多重视野的百年山水

中国艺术研究院研究生院“百年山水”研讨班纪实

中国艺术研究院研究生院
中国艺术研究院美术研究所 编

文化艺术出版社
Culture and Art Publishing House

图书在版编目（CIP）数据

多重视野的百年山水——中国艺术研究院研究生院“百年山水”研讨班纪实 / 中国艺术研究院研究生院，中国艺术研究院美术研究所编．—北京：文化艺术出版社，2019.6
ISBN 978-7-5039-6656-9

Ⅰ．①多… Ⅱ．①中… ②中… Ⅲ．①山水画－绘画研究－中国－文集 Ⅳ．①J211.26-53

中国版本图书馆 CIP 数据核字（2018）第300120号

多重视野的百年山水

——中国艺术研究院研究生院“百年山水”研讨班纪实

编　　者　中国艺术研究院研究生院
　　　　　中国艺术研究院美术研究所
主　　编　杨晓能　牛克诚
副 主 编　孔德平
责任编辑　梁一红　董　斌
版式设计　姚雪媛
出版发行　文化艺术出版社
地　　址　北京市东城区东四八条52号（100700）
网　　址　www.caaph.com
电子邮箱　s@caaph.com
电　　话　（010）84057666（总编室）　84057667（办公室）
　　　　　（010）84057696—84057699（发行部）
传　　真　（010）84057660（总编室）　84057670（办公室）
　　　　　（010）84057690（发行部）
经　　销　新华书店
印　　刷　鑫艺佳利（天津）印刷有限公司
版　　次　2019年12月第1版
印　　次　2019年12月第1次印刷
开　　本　787毫米×1092毫米　1/16
印　　张　26
字　　数　350千字　图片220余幅
书　　号　ISBN 978-7-5039-6656-9
定　　价　138.00元

序一

在中国国家外国专家局的高端外国专家项目支持下，我和中国艺术研究院美术研究所所长牛克诚先生合作，于2014年9月29日正式启动了“百年山水：困惑、探索与创新”研讨班。研讨班主要由中国艺术研究院美术研究所的专家和中国艺术研究院研究生院的师生组成。此后的几年间，研讨班由跨学科的讲座、师生互相点评的研讨、专题论文写作三部分组成。讲座部分刻意安排美术史、音乐创作、美术创作、科学研究、策展等领域的相关课题的互动、交叉探索，在于开阔视野与思路。参加讲座的皮特·迈克尔逊、刘国松、吴洪亮、徐冰、陈怡、周龙等教授在相关领域颇有建树，他（她）们的讲座收录在本书的第一部分。

参加研讨班的研究生和年轻研究人员大多数学习的是艺术创作专业，他（她）们有创作的功底，但艺术史、艺术理论、研究方法等方面的训练比较薄弱。与此同时，少数专攻史论的同学视野不够开阔，如何识别和完成重要研究课题的训练不足，缺乏策划社会效益和学术意义并重的展览及学术活动的经验。研讨班试图强化创作、史论、文艺批评、视觉艺术和策展相结合的跨学科研究和训练，探索艺术从创作到其作品成为研究和欣赏对象的整个进程与背景，做到从单纯灌输知识到人人参与研讨、发现问题、在研讨课题中学习和提高的方法转变。

在研讨班的进程中，出席讲座的听众有时达数百人，全程参加研讨班的师生有40多名，6位中青年教师和研究人员为分组课题的带头人，小组代表分别汇报开题论证和研究方法，大家进行从思维方法、立题、论证、撰写大纲、报告会多方位的实践和不同课题的交叉探索。研讨班师生大多撰写了论文，这些论文均为研究性教学的尝试。其中，课题组老师的论文为本书的第二部分。第三部分是从研讨班学生中选出的一部分论文，涉及面较广，有的同学的论文是和他（她）们的学位论文研究相结合的。这些论文展示了同学们可喜的进步，同时也有不足之处，有待继续努力。此研讨班只是相关课题的起点，期待通过进一步的合作，改进和深化教学与研究。

研讨期间，中国艺术研究院常务副院长、研究生院院长吕品田先生大力支持，研究生院的王跃奎先生和李妍女士周到细致地安排的讲座和课时活动，使研讨班得以顺利进行。杭春晓先生在研讨班上的敏锐点评，让师生多有启发。孔德平先生为出版事宜尽心尽力，确保了本书的出版。在此，对以上各位和研讨班的师生谨表诚挚的感谢！

上海交通大学艺术、考古与文化遗产研究中心主任　杨晓能

2019 年 9 月 9 日

序二

杨晓能教授是我的师兄，我们都是北京大学历史系考古专业（即现在的北大文博学院）的本科生，他是1978级的，我是1979级的。毕业30年后，我们有了一次合作的机会，这就是由国家外国专家局资助、中国艺术研究院研究生院和美术研究所共同主办的高端外国专家项目“百年山水：困惑、探索与创新”研讨班。北大考古专业毕业的学生中，从事艺术史的，有杨晓能、尹吉男、张辛以及我。从一个共同专业，不约而同地跨到另一个共同专业，这让我们彼此心心相印。但在此前我们之间却很少做过共同研究或活动。现在，我与晓能学长合作一个项目，这个机会就弥足珍贵。

这个项目以20世纪中国山水画为观察对象，以具有里程碑意义的艺术家和经典作品为范例，系统梳理百年来中国山水画家所面临的挑战以及他们多途径的尝试及其成就。项目着眼于中国近现代山水画自身发展谱系，在纵向时序中展开其样式与语言发展过程；同时又将这一时期的山水画置于百年中国社会剧烈变革的背景下考察，以呈现其文化精神性格，进而探究走向现代的中国是如何面对西方、升华民族传统并逐渐开始影响世界的。其研究指向力图超越山水画乃至绘画本身，进入到对于一个民族国家在现代化进程中所经历的挑战与应对的观照与思考。该项目围绕两个轴线展开：一个是悠久的中国山水画传统，它提示着百年山水画的本土文脉，是百年山水画形式语言与观念精神的本源；另一个是西方文化与艺术的传来与影响，它为百年山水画提供外来思潮与语汇的借鉴与参照。这两个轴线交织在一起，也就汇成中国百年山水画所面临的“古今”与“中西”的交锋与抗衡，而这也正是百年中国艺术乃至文化所面临的两个核心问题。该项目为这两个核心问题的展开，提供了一个美术史的研究案例。

晓能学长于北大毕业后就职于国家文物局，后又赴美留学，于 1993 年毕业于华盛顿大学艺术史与考古学专业并获得博士学位，主持美国收藏中国文物艺术品的重镇——纳尔逊 – 阿特金斯艺术博物馆东方部。自 2008 年起担任斯坦福大学坎特视觉艺术中心亚洲主任。多年来，晓能学长通过博物馆和大学的平台以及学术著作，倾情向海外介绍中国文化、艺术和考古成就，多次策划并组织具有重大国际影响的中国文物或艺术展览。其策划的“中国考古学的黄金时代：中华人民共和国辉煌考古成就展”1999 年在华盛顿国家美术馆展出，被《纽约时报》赞誉为“中国的凯旋”。2010 年在斯坦福大学组织了“汲古开新：二十世纪中国水墨画大师”特展，并举办了为期三天的大型国际学术研讨会。其两卷本、长达千余页的《中国历史的新思维：二十世纪中国考古学》获 2006 年全美院校艺术协会最佳美术史著作提名。生活·读书·新知三联书店 2008 年出版了其著作《另一种古史：青铜器纹饰、图形文字与图像铭文的解读》，被国内高校和学术机构相关专业的学者和学生广泛参阅。他是一位兼具古典情怀与当代视野，活跃于国际美术史、考古、博物馆等领域的著名学者及策展人。

因此，这个项目虽说是一次合作，但其实是我向学长的一次学习。我学习到晓能学长的敬业精神，在研修期间，他数次跨过重洋，不辞辛劳地为研究生讲座、指导；也学习到他的艺术史观照方式，它根基于本土文化又滋养于西方学术经验；还学习到他的策展理念及其工作方式，其理念是将中国艺术经典放大为文化承载并在世界文化背景中观察，其工作方式是既注重宏观设计，又凡事亲力亲为，用细节的精雕细刻呈现整体的宽广与磅礴。

而对于参与研修的中国艺术研究院研究生而言，则接触到一种在国内还不太普遍的研究性教学方式。这个项目是中国艺术研究院研究生院与美国斯坦福大学的首度教学合作，是借鉴国外研究生培养模式，多渠道、多方式开展研究生教学，为构建具有中国艺术研究院特色的教学体系所做的有益探索。项目得到研究生院院长吕品田的大力支持，也得到研究生院教师李妍、王跃奎的全力协助。

研讨班的活动由名师讲座、师生研讨及专题论文写作三部分组成。名师讲座邀请到中央美术学院徐冰，台湾水墨艺术家刘国松，北京画院吴洪亮，美国密苏里大学陈怡、周龙，美国斯坦福大学皮特·迈克尔逊等著名艺术家、科学家及策展人，集合了美术史、音乐创作、美术创作、科学研究、策展等领域最新思想及理念的精彩讲座，极大地拓宽了学生们的研究视野。

师生研讨则参照国外流行的Seminar教学方式。根据专业背景及学习兴趣等，将研究生分为六组，每组开设一个专题并配备一位课题老师。学生们按照专题研读相关著作及查阅资料，经过一段时间后，六组师生坐在一起进行讨论。六组专题各自不同，或是山水画史，或是现状观察，或是绘画语言探究，或是展览策划，等等，这让每位学生可以了解到自己专业所长之外的更为多样的观察视点。以学生为主的讨论调动起学生的课题参与感，使他们从一味地被动接受知识逐渐学会主动探求问题。据说，中国留学生到国外，往往不太适应这种Seminar教学方式，这可能缘于我们长期以来的师讲生听的单向教学方式，以及儒家文化熏陶的执中内向性格。因此，研讨班也训练了学生们的学术思维、学习姿态以及与人沟通能力，他们收获到的是“渔”+“鱼”，而不只是“鱼”。

专题论文写作则与讨论同步进行，从选题到结构，从观点到资料，从论证到写作等方面所触及的问题，都进入到讨论的过程之中。一次次的讨论，不仅深化了对于百年山水画的认识，也使论文从雏形到渐渐有些模样。参加讨论班的绝大多数是创作实践类学生，还有一些艺术硕士，其艺术史研究基础薄弱，论文写作能力亦较欠缺，但他们对于问题思考的角度及其思维逻辑，有时也会异于学业素有专攻的学术类学生，这也是这个研讨班让人兴奋的地方。

百年山水，多姿多彩。视点不同，看到的样貌也便不同。这本集子呈现的是通过近三年间的研究性教学而从模糊到不断趋向清晰的百年山水。它不同于艺术史研究者以精深的学问探研出的必然形象，它是由正在求学的学生们用稚拙的画笔描绘出的生长着的百年山水。因为稚拙，所以生动。

中国艺术研究院美术研究所所长　牛克诚

2019年9月16日

目录

学者系列讲座

指导教师论文

学者系列讲座

百年山水

——现当代中国美术史的一个视点

主讲人：杨晓能／美国斯坦福大学坎特视觉艺术中心亚洲主任、教授

主持人：牛克诚／中国艺术研究院美术研究所副所长、研究员

时　间：2014 年 9 月 29 日

地　点：中国艺术研究院第五会议室

牛克诚：各位老师、同学，各位美术史研究的同道，大家上午好！

“王朝闻学术讲坛”第 12 期现在开讲。按照每一次的惯例，首先把这个讲坛的概况向各位介绍一下。“王朝闻学术讲坛”是由中国艺术研究院美术研究所在 2012 年设立并组织的，以著名美学家、美术史论家、雕塑家王朝闻名字命名的中国美术高端讲坛。该讲坛在中国艺术研究院院长王文章同志的关怀下，由美术研究所所长吴为山创立并布置实施，并得到全国政协委员、银帝集团董事局主席朱奕龙先生，全国政协委员、龙润集团董事局主席焦家良先生的大力资助。讲坛的宗旨是扩大知识视野，推进学术探究，分享思想成果，激扬文化力量。它一方面依托于美术研究所既有的学术资源，同时汲取所外、院外思想智慧，将延请海内外中国美术研究、创作领域的著名学者和艺术家自命题目进行演讲。该讲坛将竭力呈现“朴实学风与思想锐度兼备，专深学问与前沿话题并重”的高品质讲座，以贡献于当代中国社会。

第 12 期讲坛，我们很高兴请到了美国斯坦福大学东亚研究中心教授杨晓能先生，让我们热烈欢迎！

按每次讲坛的惯例，都是由美术研究所所长吴为山先生向演讲人致感谢状。吴为山

先生现在在中国美术馆，本来是要来参加这个讲座的，但早晨他打电话说中宣部领导要到美术馆参观，他要陪同。他向杨先生表示欢迎。那么我在这里代吴为山向杨晓能先生致感谢状。

大家也都知道，前不久吴为山所长已经到中国美术馆担任馆长。在这里我也想到“王朝闻学术讲坛”每次都是由吴为山所长亲自布置，我是做一些具体的落实工作。在这个时刻我也回想起吴为山所长5年来为美术研究所贡献的辛劳和智慧，以及他为美术研究所重新振兴所做的种种努力和取得的诸多业绩。所以在这里我们也向他表示感谢，同时也感怀他这5年来和我们所的同仁结下的真挚、深厚的友谊，让我们用掌声感谢吴为山所长！

今天我们很高兴请到我刚刚介绍的斯坦福大学东亚中心杨晓能先生。在介绍杨晓能先生的时候，我是怀着亲切与敬重的心情的。之所以说亲切，是因为杨晓能先生是我的师兄，他是1978级北大历史系考古专业，我是1979级的，他是严格意义上的我的师兄。我说敬重首先是来自一种羡慕，因为在大学读书的时候，杨晓能师兄是北大学校文工团团长，同时他还担任北大学生会文艺部副部长。用我们现在一个时髦的话来讲，他是我的一个风云学长。毕业后，他到原文化部文物局出国文展办公室工作了一段时间，90年代到美国华盛顿大学攻读美术史博士，1993年在那里毕业，后来长期在纳尔逊–阿特金斯艺术博物馆东方部主持工作，取得了一系列在国内外美术史领域令人非常赞叹的业绩。他在那一段时间完成的学术专著《另一种古史：青铜器纹饰、图形文字与图像铭文的解读》，是学术界公认的一部探讨商周文明的力作。我们知道，李学勤、李伯谦先生所主持的中国古代文明断代工程也是研究那个时期，所以这是和那个时期国内夏商周考古研究相呼应的一个很重要的成果。这本书原版是英文，在2008年被三联书店翻译成了中文。除了这本书之外，杨先生还有一本著作就是《中国考古学的黄金时代：中华人民共和国辉煌考古成就》，获得了2000年美国杰出学术出版物。两卷本的《中国历史的新思维：二十世纪中国考古学》获2006年全美院校艺术协会最佳美术史著作提名。

同时，杨先生还是一位展览策划人，在美国和其他国家做了一系列弘扬中国文化的展览，非常有影响。我刚刚特别提到的那一本书，也是同名的一个展览，就是“中国考古学的黄金时代：中华人民共和国辉煌考古成就展”，1999年在美国国家美术馆展出。

这个展览与常见的通史模式的展陈不同，是以重大考古发现为线索，用数百件国宝和出土文物展现不同地区的文明交融与发展。展览被《华盛顿邮报》誉为“令人震撼的古代艺术展”,《纽约时报》也称赞它为“中国的凯旋”。

近些年，杨先生把观察视点和工作重心转到中国近现代美术史研究以及展览策划上。在这方面，他也有一些成果，比如“汲古开新：二十世纪中国水墨画大师”特展。近年杨先生主要做的课题是“百年山水”，这也是他今天演讲的题目。同时杨先生还要主持同样一个主题的研习班，会后杨先生还会向大家介绍。研习班采用国外那种阶段性研讨的交流形式，对学术问题进行深入探索。特别高兴能请到杨先生，让我们用热烈的掌声欢迎杨先生为我们做精彩演讲！

杨晓能：早上好，谢谢牛所长的介绍，过奖了。谈这个题目有点门外汉，我原来是做考古的，过去考古一般是不下夏商周的，为什么研究现当代呢？其中一个原因是在美国从事中国和亚洲研究的不少是“万金油”。什么意思呢？因为我们没有像国内那么得天独厚，国内一个美术研究机构通常有研究不同领域专家，如果按历史时期划分，有研究史前的、隋唐的、明清的，也有分专题研究的，诸如绘画或瓷器。而在美国没有那么多位置，美国除了对西方艺术分工很细，研究东方艺术的位置则有限，而且涵盖面很广。比如说我负责亚洲艺术，但不可能全懂，所以要自己学，不同国家、不同文化、不同时代的都要学。关注中国现当代艺术的另一个动力，就是前些年在西方非常热衷介绍中国的前卫艺术，诸如那几个画“大头”之类的艺术家，或者有争议的艺术家；介绍多了之后，久而久之给别人的印象，好像中国的艺术就是那样的。我觉得有点不全面、不客观，所以我作为外行开始组织一些现当代的展览、出版物、讨论会，与学界和观众一起较全面、深入地探讨中国的艺术现状，随之成为近年来的一个研究重心。

我刚才跟牛所长也讲了，我想结合这个讲座，为我们下一步合作研究讨论班做一个准备，首先这个讲座是比较勾勒性的，不会特别深入，只能提供给大家几个问题点，作为研讨班的基点，讲完以后，如果有兴趣的话，大家聚集一起再探讨这个研讨班具体怎么开展。

“现当代”这个词的定义有不同的解释，比如什么叫当代呢？到现在还没有一个固定的定义。一般有两种说法，在西方，一种说法是第二次世界大战以后开始的艺术，但对于“二战以后”有很大的异议，有人说50年代起，有人说60年代左右开始至今活跃的艺术。还有一种观点认为，20 世纪 50 年代或“二战”以后就不算当代了，因为历史总在发展，这个时段已经是过去时，显然这个争议还会持续。对于海峡两岸暨香港、澳门的艺术，当代艺术多被认为是“文革”以后，或者 20 世纪七八十年代以后的事，但这也是一家之言。比如说 20 世纪七八十年代以后，大陆是开放了，但是如果我们回头看台湾，台湾在 20 世纪 60 年代，刘国松等艺术家已经开始所谓的新水墨实验，你怎么解释那种情况？再比如说香港的吕寿琨，20 世纪五六十年代也开始了水墨实验。因此我们研讨的时候大家要考虑现当代的定义，今天我们所说的“当代”再过一段时间又不一样了，所以大家听我讲这个题目，也要带着批判的眼光，不是一个定论，这是随着时间的推移而变化的一个定义。

我想要谈的重心是现当代，但先简单回顾一下中国山水画的发展。为什么谈山水呢？给大家边看图边讨论。唐代绘画繁荣的高峰是人物画，唐代的壁画也达到了顶峰，唐代以后人物画鲜有唐代的那种朝气和气势，但是从唐代起又兴起了一个新的独立画科，就是山水画。现在我们看到的可确认的唐代山水画，都是考古出土的，这是一幅 8 世纪唐墓中的壁画，是在墓室墙壁上画的一幅六屏山水画，山水几乎占据画面的三分之二的空间。今年刚发现的唐代韩休墓壁画中有一幅巨大的朱色框山水画（2.2m × 2m），正对墓室出口，展示山水画已经普及并成为绘画的主角（图 1）。日本奈良正仓院保存的唐代琵琶上的装饰画中，山水的比重也很突出。今天我们讨论的都是以实物为凭据，不是以古籍描述为依据的推测，这是我们研究与其他以文献为基础研究的一个重要的区别。比如说唐代名著《历代名画记》谈到很早的山水画，但如果观察考古发掘的材料，汉代出土的虽有山水图景，但是那个时候的山水景色都是配角、背景，不是主题。我们看这些唐画，山水本身就是画中的主角。大家知道河北五代王处直墓，

图1 （唐代）《韩休墓壁画》，220cm × 200cm，740年

图2　（五代）《王处直墓壁画》，河北曲阳，924年

墓葬前室壁画的中心是一幅大屏黑框山水画，显然它是复原生活场景（图2）。这幅大屏是水墨山水特写，画面几乎布满整个北壁墙面，此画两侧为花鸟画，画面较小，起烘托作用，可见山水画在当时的显赫地位。今天我们不细谈花鸟、人物，因为讲题是山水。山水题材从宋代开始，实际上已经占据了中国绘画的主流，我们并不是贬低人物画和花鸟画，这些画科各有千秋。不过山水题材从此占据了一个难以取代的位置，无论是院体画还是以后的文人画，历代都是画坛中的重心。我们提倡开阔视野地考察山水艺术，不光从美术史的角度，还可跨学科，从文学、诗歌、音乐、科学的角度，从意念上的山水到视觉上的山水，从地面的山水到太空的“山水”，比如我们描述时常会使用“如诗如画”之类的词汇，赋予想象的空间。从绘画角度，宋代的山水达到中国山水画的顶峰，我们现在欣赏一下许道宁的《渔父图》（图3）。当然，看原作与看照片不一样，原作更有震撼力。早期的东西我就一带而过了，大家看一下南宋夏圭《山水十二景》，这件作品实际上有一种大写意的感觉。如果说北宋范宽的《溪山行旅图》，细节描述非常到位，整体造就出一种高不可攀的气势；这张南宋《山水十二景》则讲求写意，用笔比较简略，代表一种新风尚。宋以后的山水，文人画家逐渐掌控话语权，文人画家通俗讲就是“业

图3　（北宋）许道宁《渔父图》，绢画，225.4 cm × 48.26 cm，约1049年

余画家”，以画画的形式抒发情怀。文人画跟宋院体画相比，审美趣味截然不同，技法上扬长避短，构图也不完全一样。此后“正宗”流派延续相传，讲求仿古，比如说清初四王。如果说早期山水还有对自然的写照，呈现意境、灵感的话，后面则基本上是对前朝宋元大家的模仿，丧失了活力与创新。传统绘画在 20 世纪受到猛烈的冲击，重要的原因就是当时文化界的领军人物认为没有古人画得好、不如洋人画得像，远远落后于时代，以致鼓吹美术革命。涉及近现代绘画，学界经常会讲到西方的影响，在 20 世纪有两次西学东渐的浪潮，首先是 1919 年前后受当时高剑父、徐悲鸿、林风眠等海归艺术家的影响，再者是改革开放以来大批艺术家直接和西方的接触。其实中国受西方影响早于 20 世纪，一个比较突出的群体就是传教士，其中最著名的为意大利人郎世宁（Giuseppe Castiglione, 1688 — 1766），来华后成为宫廷画家。那个时候的外国画家不太会处理中国的传统山水，所以经常是合画，也就是和中国的山水画家一起画，但是画完以后大家可以看出来，应用了西画透视和光的技法，如果拿这幅画和四王的画比较，就完全不一样。虽然受西方影响较早，但是那个时候西方的影响局限于很小的圈子里，宫廷画家、皇亲贵族才有机会跟洋人画家接触、切磋画技，并不具有普及性，西画的普及性传播是在 20 世纪。

20 世纪的西学东渐伴随着两次自我否定，第一次是五四运动前后，基本上就是对中国艺术的全面否定，不光是艺术还有文化，认为中国的衰落就是文化和科技的落后，所以鼓吹学习西方的民主和科学，甚至试图以美术代替宗教，“以美育代宗教说”是蔡元培提出的口号。蔡元培对中国现代艺术的发展至关重要,极力栽培一些留学欧洲的海归画家，包括徐悲鸿和林风眠。如林风眠 1926 年任国立北平艺术专科学校校长，1928 年在杭州创建国立杭州艺术院（现中国美术学院）并任首位校长，当时他很年轻，20 多岁就做校长了。徐悲鸿和林风眠提倡的西方艺术流派不同，林氏提倡的在当时过于前卫，徐氏提倡的学院派写实主义后来占据上风，引导了中华人民共和国成立后的绘画风格和教学方向。20 世纪上半叶的艺坛非常活跃，众多画家赶时髦，摸索怎么样把西方艺术元素吸收到中国艺术中。当时的风云人物中，刘海粟年少得志，在上海艺专提倡素描、裸体写生、搞画展，受军阀通缉，他也曾得到蔡元培的提携。不过他和徐悲鸿志向不投，曾公开论战。

当时也有一派是坚持水墨画传统的，其中一些画家结社研习，提倡临古，师法宋元，比如说北京画坛的领军人物金城。还有一些画家在继承传统的基础上又有突破，有代表性的是两位“本土派”画家，一位是齐白石，另一位是黄宾虹。一说到齐白石，或许首先想到他画虾米、画螃蟹，其实他画的山水画很有意思，他的山水画弥漫着孩童情趣、乡村气息，他等于把过去那种高不可攀、可望不可即、好像是一种贵族艺术的山水画拉回到民间（图 4）。齐白石不忘初心，沉浸于他本人童年时光的追忆和乡村生活的留恋，其山水画面呈现出一种接地气的百姓生活状态。他也号称自己临摹古画，看这张画，他说是临摹沈石田，哪有沈石田的味道，他的临摹不是真正的临摹，他取了一个大意，实际上更多表达与发挥自己的感悟。齐白石山水画的讨论出现在一些出版物里面，但专门研究其山水画的比较深入的并不多。齐白石山水画应是一个起点，为什么拿它说起点，因为齐白石实际上使中国山水画面目一新。

图4　齐白石《木鸢上天图》，纸本设色，136.6 cm×38 cm，20世纪二三十年代

另外一位跟他大概同时期，即大家常说的“北齐南黄”中的黄宾虹，不少评论者认为黄宾虹先生是 20 世纪最重要的山水画大师。黄宾虹虽然曾在北京生活很长时间，但晚年及去世在杭州。黄宾虹的早期绘画也是临摹古人，但他很多其他的画特别是晚期的却别具一格。大家看一下，如果我们对西方艺术很了解的话，他这种风格、处理，近似当时西方艺术的发展趋势，例如印象派的画。黄宾虹经常写生，比如南海写生、黄山写生，他写意风格的写生稿非常有特色（图 5），他的画在这个时候不是真正意义的写实或临摹了，而是一种高度提炼的意念表现。黄宾虹本人就是一位学者和编辑，他对当时西方艺术的内涵理解非常深刻，但从他自己作品的演变中又不易看出模仿或借鉴西画的痕迹，这就是高明之处。黄宾虹深知艺术发展的整体趋势，承袭

图5 黄宾虹《南海写生画稿》，纸本设色，19.5 cm × 55 cm，1934年

古画的精工和照相式的写实，一是很难超越古人，二是与时代发展的艺术理念和审美观不合拍。徐悲鸿一直提倡学习西方的学院派写实主义，并左右了中国画坛几十年，但从世界美术史的角度，他引进的是一种当时已经在西方被冷落的画风。

20 世纪上半叶中国画坛百家争鸣，流派缤纷，不过齐、黄两人极少参与辩论，他们用实践表达自己的看法，这一点很可敬。

20 世纪的画家中张大千很有名，张大千最初成名于仿造古画，以假乱真。但以后张大千在南美和加州生活期间，自然接触到西方艺术，他也愿意跟西方名流交往，比如常说的他访问毕加索的事。张大千注重自己在画史上的地位，亦将自己画成高士之类的形象入画（图 6）。齐白石也看重留名后世，名家写他的传记时，他非常配合。张大千自 60 年代起开始绘制泼墨、泼彩的大写意作品，实际上这和当时西方流行的一些艺术

图6 张大千《松间休憩》，纸本设色，53 cm × 106 cm，1966年

风潮合拍。另一种说法，张大千自己也讲，是他年龄大了视力欠佳，画不了工笔画，从而促使他采用大写意的方法，不过就是这种大写意的风格，才真正反映了张大千的艺术特色和创造力。大家想想，仅从张大千临摹的古画评价，从美术史的角度上讲没有什么特殊贡献，只能说他的技法高超，所以真正形成张大千特色的，除了他的敦煌莫高窟临摹画以外，也就是从六七十年代开始的这种大写意的泼墨泼彩画。上述几位画家有一些共同点，他们都是游刃于像与不像之间，罕见完全的抽象风格。目光长远的艺术家的手法往往相似，就是很巧妙地把东方人的审美习惯和西方的艺术潮流做一个平衡。他们的画，技法好、笔墨也好，感染力强。很抽象的作品，一般老百姓看不懂，很难做到雅俗共赏。即使现在，到中国的美术馆参观的老百姓，许多在评论展品时，常说“画得真像”，“像”在这里是指画得好的意思，而从行家的美术批评角度就不一定了，尤其是 20 世纪末期以后。

在传统画家中，陆俨少先生别具一格，他在新中国成立后有一段时间不太得意，不过那段时间却画了不少很好的作品，他画的留白、流云、行水很有特性（图 7）。可惜的是陆俨少晚年时有不少作品雷同，没有他在生活比较坎坷时画得用心，商品经济的刺激扼杀了创作力，他晚年基本上是为卖画而作，鲜有经典问世。

图7 陆俨少《巫峡波涛》，纸本设色，106.7 cm × 58.4 cm，1978年

刚才我讨论的这几位画家，他们虽然说意识到世界美术发展的潮流，但是并未去随大溜，他们还是在中国传统的笔墨和构图中探索。那么下面这位就吸收了西方绘画元素，走另一条调和中西的路，他就是林风眠先生。虽然林先生不懈摸索、屡经实验，但除了他早期的一些水墨画外，他的画的格调基本上不像中国山水画，而

图8 林风眠《飞鹭》，纸本设色，67 cm × 65 cm

是更接近西方镜框式风景画（图 8）。林先生这个人品格高尚，不擅长社交和自我宣传。他早年红极一时，中晚年不太得志，他退出画坛领导层以后逐步丧失了画坛主导权。林风眠提倡的欧洲艺术风格和流派超前于当时国内的审美习尚，始终未能占据画坛主流。除了刚刚列举的“风景画”式山水，他喜好画仕女画，这些仕女画很容易让熟悉西方美术的观众联想到马蒂斯等欧洲画家的作品。艺术忌讳模仿或类似，如果说 A 先生画得很像 B 先生的画，可能意指 A 先生缺乏独创力。我很尊敬林风眠，他是 20 世纪中国美术史（尤其是美术教育）中的一个至关重要的领军人物，不过他的作品吸收西方艺术的元素的痕迹明显，虽然他画中国题材，他画中国仕女，但是他的构图、色调和用笔很容易让人联想到欧洲的一些经典画家。他的山水画也是这个特点，他画的山水画很有味道，不过欠缺中国山水画的情调，弥漫着西方风景画的格调。中国山水画和西方风景画还是有区别的，虽然都是描绘自然景色，但许多中国山水画中的哲学、历史、人文内涵要比西方风景画深厚得多，两者实际属于不同的画科。在那个时代，林风眠是一个代表人物，是一个领军人物，是一个坚持理念、执着的画家，但是他在艺术创作方面，我个人认为没有达到他在美术教育方面的成就。

自 20 世纪 50 年代起有几个地域性画派兴起，用时髦的话讲，不同地方的画家不约而同地响应时代的召唤，致力于中国画的现代化。其中最突出的有岭南画派、新金陵画派、长安画派，还有生活在北京、上海、杭州的一些画家。他们实现艺术现代化方法的共同之处是现代景观入画。这种手法早在 20 世纪初已经开始运用，最著名的是岭南画派的先驱高剑父，他的现代化的方法就是画现代题材，把城市场景和社会事件直接描绘在画面上，完全脱离了传统的高山流水之类的构图（图9），这种改造中国画的方式在当时引起了很大的争论。高剑父的画里折射出明显的日本画影响，坚守传统的画家还认为高剑父的笔墨不够好，改革派和传统派之间互相批评、激烈论战。

图9 高剑父《淞沪浩劫图》，纸本设色

当时用水墨来描绘现代景色的画法，不只是高剑父，陈师曾也曾经这样画，不过他画的是日本火山，不是城市景观。大家知道陈师曾英年因病去世，如果这个人不早离世的话，肯定不得了，他留下了评论文人画价值的经典著论。看来有一条很重要，就是画家需要长寿，比如齐白石，大器晚成，晚年作品才形成个人的特点。其实从文化修养、历史知识、家教各个方面讲，陈师曾如果不早去世的话，肯定在美术史中占据举足轻重的地位，你看他的北京风俗人物画，画得多么生动，笔墨非常好。很可惜，包括刚才提到的另一位北京的画家金城，也是很早去世的。

到了第二代岭南派画家，技法、笔墨大有长进，比如说关山月，他擅长创作反映新中国、歌颂新中国的新国画。他的画有的在自然山水中加上现代元素，有的将自然山水与城市景观合为一卷。宋代张择端的《清明上河图》也是描绘城市景观的，宋代许道宁的《渔父图》是自然山水的代表作，关山月把这两类题材的长卷合二为一，发展成山水画的一种新式样。这方面我们在研讨班中会进一步讨论。关山月最有名的是和傅抱石合画的《江山如此多娇》（图10），以鸟瞰的角度把祖国山河浓缩到一张画里。画中太阳醒目、比例超大。原稿的太阳没有这么大，周恩来总理审图时，要求把太阳放大，因为太

图10　傅抱石、关山月《江山如此多娇》，纸本设色，550 cm × 900 cm，1959年

阳就是象征毛主席。《江山如此多娇》的题名的样本是毛主席自己写的，毛主席写了几幅，然后把选出的字放大摹写在画上。这幅画可能是新中国成立以来最醒目的山水画了，国家领导人在人民大会堂接见外宾时常在这幅画前合影。但是现在在人民大会堂悬挂的是原作的复制品，据说原作大概在20世纪90年代以前由于漏水，造成损坏，原作被仿制后现在收藏在国家博物馆。

傅抱石是新金陵画派的领军人物，他才华横溢，可惜也是去世过早。傅抱石曾留学日本，汲取了日本画的方法。除了"抱石皴"之外，他还发明了一种云云雾雾湿濛濛的画法。这个人有一个特点，就是像李白饮酒作诗一样，他画画时爱喝酒，喝到一定程度才借势作画。他去世也因为喝酒，当时上海请他去画画，去了之后茅台喝得高了，回南京之后就脑溢血去世了。在中国，傅抱石开创了以毛主席的诗意作画的风气，傅抱石在去世之前非常红，之所以红是与郭沫若息息相关，傅氏留学日本的时候郭沫若也在日本，郭沫若很赏识他。大家知道郭沫若在新中国成立以后身居要职，他还兼任中国科学院院长，不仅如此，郭沫若是位多产的文人和书法家。傅抱石搞画展，郭沫若撰文赞扬，挑选傅抱石和关山月画《江山如此多娇》应该也是郭沫若的提议，郭沫若提供的各种帮助，有助于提高傅抱石和关山月的社会地位以及在画坛的影响。几年前我在美国策划了一个特展，介绍传统水墨大师，其中没有选傅抱石，并不是因为傅抱石不够好，而是他的画或多或少地流露出日本绘画的影响，不过他处理得非常到位，不太了解日本画的人看他的画很难感觉出来。国内对水墨画大家的归属一直有不同的看法，比如说咱们美研所的郎绍君先生提出的四大家是吴昌硕、齐白石、黄宾虹、潘天寿，有的人则觉得傅抱石跟潘天寿应该不相上下，这个问题到现在还有争论。

石鲁是长安画派中最有个性的画家，石鲁也不是他的原名，因为他崇拜石涛和鲁迅，当他 1940 年到延安后自己改名为石鲁。他多才多艺，不仅画画，也写电影文学剧本。他歌颂共产党、歌颂毛主席，结果反而弄巧成拙，比如说画这张《转战陕北》（图 11）

图11　石鲁《转战陕北》，纸本设色，238 cm × 216 cm，1959年

反而受到批判。为什么受批判？画面中毛主席背手屹立在悬崖之巅，遥望远方，但石鲁被指责把毛主席描绘得“走投无路，悬崖勒马”，使他蒙受厄运。“文化大革命”时石鲁被判死刑，后来没有被枪毙，因为他患有精神分裂症。“文革”以后他画风和内容巨变，再也不作革命画了，回归到这种文人画题材。他的突出特点就是画黄土高原的景色，形成一种强烈的地域风格，被称为长安画派。石鲁的画笔墨比较张狂、对比强烈，有人因此不欣赏他，批评他野、怪、乱、黑，他不以为然、自得其乐。

新中国成立以后文艺界的发展趋势是：艺术为政治服务，你要在那个社会环境下生存，你必须迎合这种来自官方的要求，否则的话像林风眠一样，你追求自己的画风吗，好吧，你被冷处理了。新中国成立以后，林风眠生活很凄凉，他早年结婚娶了一个法国媳妇，媳妇病死了，后来又找了一个太太，这个太太后来到巴西去了，他晚年孤身到了香港，到香港后画了好多作品，遗憾的是他手中的“文革”前的画在“文化大革命”期间被他毁掉了，研究他那个期间绘画的实物有限。

20 世纪不少画家有一个共同特点，就是他们早期学西画的，晚期又改攻国画了，转了一圈回归本土。在北京的李可染先生就是代表，他早年师从林风眠和法籍画家克罗多学习西画，后来拜齐白石和黄宾虹为师，他擅长画水牛、骑着牛的放牛郎，他成熟期的山水画折射出一种西画的意境，他用一种逆光、侧光技法描绘桂林山水、红色山水，

图12　李可染《漓江胜景》，纸本设色，69 cm × 116 cm，1986年

他的这种画风颇具特色，将西方绘画的技法恰到好处地融入传统水墨之中（图12）。

当时一些传统的水墨画家，比如说上海的吴湖帆，也积极迎合形势，甚至描绘原子弹爆炸的情景，他画得比较新颖，笔墨处理得亦有韵味。吴湖帆画技一流，也有深厚学养。他画得虽然很好，但罕见醒目的新意，如果写一本有关20世纪水墨山水画家的书，吴湖帆应该入选，如果要选界标式的或里程碑式的画家，可以入选的则屈指可数，这就是好的画家与引领时代潮流的画家之间的区别。

下面谈的两位画家都是背离传统的，可称为北吴南刘。"北吴"的"吴"就是吴冠中，"南刘"则讲的是刘国松，这两个人在美术史上有一定意义的原因是他们不仅挑战了传统、挑战了笔墨，而且摸索出自己的道路。现在仍然有很多人说吴冠中的笔墨不够好，实际上他就是有意要放弃追随传统笔墨。吴冠中和刘国松背景近似，都是先学西画，刘国松在台湾学习绘画，60年代开始试验水墨画；吴冠中留学法国，70年代起开始摸索水墨画。他们想突破前人的禁锢，他们明白用传统笔墨来超越宋元是不可能的，所以他们另辟蹊径，虽然说当时不太受欢迎。吴冠中1952年因他的人物画被批判为"丑化工农兵"，从此改画风景，并被排挤出中央美院体系，实际上他不仅西方油画的根基深厚，也跟潘天寿学习过国画。他感悟出新的时代期待有一些新的审美风尚，他的作品确实跟往常的不太一样。我刚才介绍的那一组山水画是用现代景观展现现代美，但是吴冠中并不满足这种套路，他尝试用新的"笔墨"和色彩来处理，他的"笔墨"不是传统的，而是采用了西画的笔

图13　吴冠中《大江东去》，纸本设色，96.6 cm × 179.5 cm，1985年

法和色彩技法，点、线、面、晕染以至构图有很多的随机性（图 13）。所以有人说，吴冠中的画很像美国 50 年代初期很有名的现代艺术家波拉克（Jackson Pollock）的风格和方法，也是那种随机性地将色彩滴洒到画面，形成一种偶然性的构图。但是吴冠中解释说 1950 年以后我就回国了，我不太知道波拉克。如果从国画的角度看，西方的油画用笔、水彩画用笔多少欠缺国画笔墨的内涵，但这些不同的画种有不可比性。批评吴冠中笔墨差，他回答笔墨等于零，有情可原。他本来追求的就不是传统笔墨，而是形式美、构图美。所以我们分析美术作品、分析一个画家，不能从单一角度立论，因为我追求这个方面，你硬从另一方面和我说事，找出弱处，缺乏客观性。

改革开放以后的 80 年代初刘国松先生在大陆非常火，很大一个原因就是大陆封闭了 30 年，突然来了一个画家展示抽象艺术，令人耳目一新。当时刘国松办展览，中国画坛的重要人物包括江丰、李可染等都参加他的开幕式给他捧场，江丰过去是中央美院的领导和新中国美术政策的制定人，反右运动时被打成右派，“文革”后平反了。刘国松和吴冠中是一拍即合，可以说是南北呼应，不过刘国松在台湾变法比较早，当时台湾画坛包括黄君璧不看好刘国松的画，黄君璧是他的老师。后来刘国松在台湾找不到工作的很大一个原因就是老师不喜欢他的艺术，黄君璧是比较传统的，是大陆过去的渡海三家之一（另二人是张大千和溥儒）。黄君璧和溥儒到台湾以后，他们在以美术专科著称的台湾师范大学教美术，黄还长期任职系主任，在台湾画坛举足轻重。他们教授以传统为主的笔墨和构图，不欣赏刘国松的画风。后来刘国松告诉我他当时在台湾工作都找不到，就是老师不喜欢他。台湾画坛当时对立得非常厉害，刘国松甚至呼吁“革笔的命”“革中锋的命”。他和吴冠中在面对传统画派的批评时一唱一和，但刘国松比吴冠中启动早得多，这两个人在当代美术发展进程中都有一席之地，是挑战传统水墨的两个重要人物。刘国松革传统绘画的命比吴冠中更进一步，他不光是革笔墨的命，他连纸的命都革了，他创造性地使用一种粗纹理纸筋的“刘国松纸”。现在看刘先生的画，画上很多白线条，这些空白的白线条是难以用毛笔画出来的，画出来的线条必然有颜色，即使是白色的。刘国松的方法是在“刘国松纸”上画染了墨色以后，随机地把粗纤维体撕掉，撕掉的空白地方形成白色线条和纹理，成为构图的重要部分，台湾的同行称之为“抽筋剥皮法”，有点贬低的意味，无论如何，这种技法成为了刘国松的一个特色，也很有味道，但是这个味道是一般的传统笔墨做不出来的（图14）。

虽然说吴冠中在北方，刘国松在南方，但实际上他俩的画风和气韵与他们所处地域正好相反。刘国松老家是山东的，带有北方汉子的特色，比较大气，他的画也有阳刚之气。吴先生是南方人，常画江南水乡，流露出江南窈窕淑女的韵味，两人风格截然不同。还有，大家也看到这两个人的构图，都吸收了西方的抽象风格，但是没有完全抽象，还保留了一定的具象，他们有的作品还体现出中国书法的笔触，两个人努力协调东西方的审美习惯。

图14　刘国松《消失的冰河：西藏组曲之161》，纸本设色，188 cm × 94.5 cm，2011年

刚才讲这两位艺术家在绘画技法上都有独到之处，除了吴冠中的随机性着色和构图，刘国松“抽筋剥皮法”外，刘国松也采用其他的方法，比如水拓法，在水里放颜色，纸漂在上面，用纸粘色构成图案，刘国松的九寨沟系列就是一例。有人评论刘国松的作品不是画画，而是制作画，刘回应说我就是制作画，我不是追求这个程序，我是追求这个效果。过程是一种工具，或者说手段，但不是目的。

其实中国早就有了完全不用笔作画的，比如说清代画家高其佩。张彦远《历代名画记》描述了唐代人用手用脚作画，但是没有作品传世。高其佩的画很不错，但是在构图和内容等方面没有太大突破。讨论指画自然要提高其佩，但是他在水墨画上有多大的贡献，除了指画以外，就很难讲。

潘天寿是20世纪最有名的“指”画家，但他实际上也不全用指头作画，他有时候用的方法还是很当代的，以手掌、揉搓的纸张蘸墨作画，有时面对观众，又像一个行为艺术家。潘天寿用指画意在追求与用笔不同的效果，而不是哗众取宠，潘天寿的笔

图15 潘天寿《雄视》图轴，指画，纸本设色，347.3 cm×143 cm，约1964年

图16 潘天寿《江山如此多娇》图轴，纸本设色，72 cm×30 cm，1959年

墨也是一流。那潘天寿的构图有什么特点？先对比黄宾虹，黄宾虹画全景山水，在整个构图上没有显著突破，大多是高山峻岭，他着重的是笔墨的使用法。潘天寿构图正好相反，他把山水的一个局部放大成整个画面，另外他是把山水与花鸟题材结合起来，形成自己的特点（图15）。中华人民共和国成立后国画受到压制，潘天寿的路子并不受宠，50年代后期恢复国画系后，像潘天寿这样的画家才受到重用。潘天寿掌权后不仅发展国画教学，还建立了书法、印章专业。这也是为什么他能够在那个时代的画家中享有很重要的地位。潘天寿的许多画墨色为主，和当时大红大绿的颂歌式绘画的色调形成反差，“文革”时被当作罪状受到批斗和迫害。他当时也想迎合社会的需求，比如说这幅《江山如此多娇》（图16），以传统青绿山水为基调，而且画得很认真，大家看那个右下角有个补痕，他画过之后不满意把它挖掉又画了一块补上去的，虽然是很尽心，但是他毕竟采用了宋画隔江相望的一角山水构图，可谓古为今用，但是和我们看到的傅抱石与关山月的《江山如此多娇》相比，潘的这幅隐逸山水缺乏气势，傅和关的颂歌式全景山水画更符合当时的政治需求。

用摄影技法创作山水画似的作品，始于郎静山。郎静山早年也就是中华人民共和国成立前是在大陆的，当时已经很有名，1949年去了台湾。郎静山开始用摄影来仿山水画，就是取山水画之景和意，他是成功地用西来媒介（或者说科技产品）来表现中国风的先驱人物。这张《松荫高士》明显模仿马麟的《静听松风图》，大家知道画面中那个身着道家装束的人是谁吗？是张大千。张大千喜欢在郎静山的摄影中出头露面，成为郎氏人物风景摄影中的主要模特。郎静山制作了类似刘国松水墨画中的白线条，不过他用感光学原理，利用暗房技术，比如说将小树枝、小沙粒等放到纸上，然后运用暗房技术，曝光之后树枝、沙粒压的痕迹就变成白的线和点了，这是一种独特的艺术处理方法（图17）。他的另一种技法就是合成摄影，就是从不同景色的照片中选出所需景物，然后根据构思和古代山水画面，通过摄影和暗房加工出呈现水墨韵味的图像。他借用古画元素以现代科技再现的手法开启了当代艺术的先河。当代步郎静山后尘者诸多，比如众男女扮演的《韩熙载夜宴图》、城市景观摄影的《清明上河图》等。了解了郎静山的方法和作品，也就明白这些热闹一时的当代艺术的来龙去脉了。

图17　郎静山《雪山献瑞》，合成摄影，51.5 cm × 39.7 cm，20世纪60年代

和郎静山风格最为近似，但采用更先进的数码摄影和电脑合成技术的有一个在上海的年轻人，叫杨泳梁。他用电脑制作图像，刚才谈到的郎静山是利用自然的风光，自然的山水，而这个年轻人的有些作品比较有讽刺意味，他也是仿古画。大家看，他制造的这自然景观很逼真；但是仔细看，他的山水图是由摩天大楼、高压线、建筑工地的吊车等经过电脑合成加工拼凑而成的“伪山水”（图18）。这个套路依然是从郎静山的手法发展而

图18　杨泳梁《观潮图》局部，喷墨印，2008年

图19　谷文达《遗失的王朝》，纸本，310 cm × 150 cm，1998年

图20　徐冰《背后的故事》，磨砂玻璃、碎物，2011年

来，但有进步，揭示自然山水外观的内在问题，从这个角度来说他的创作还是有一定深度的。

从改革开放以后到现在，艺坛呈现出“八仙过海，各显其能”的局面。有的追求奇、怪、丑，流于庸俗；有的借用西方当代艺术，“标新立异”；也有的反传统，但有一定的新意。并不是说我们当今没有发扬光大传统的好画家。不过挑战传统的人很多，比如说谷文达，他在80年代中国美院的学生时期，就出来挑战传统水墨，用编造的“赝品汉字”作水墨山水的核心，推出概念化、符号化的新水墨画，立意于批判与解构传统。他还在全世界收集头发，然后编织成文字造型，构成“联合国”装置艺术。他最近十几年又开始绘制上述的水墨画，或许因为收藏界对新水墨画越来越有兴趣（图19）。

中央美院的徐冰擅长“文字游戏”，结合山水画元素和对应的汉字，表现对应的景观，也就是汉字“山、水、木、林、石”等成为山水画中山、水、木、林、石图像的基本元素。近年来他把山水立体化，创作了“背后的故事”系列，他利用光影折射的原理，把废弃物、碎料拼贴或放置在半透明的玻璃板背面，然后从背面打光，结果是背面杂乱无章的物料，在正面呈现出一幅幅经典古代山水画（图20）。

蔡国强，北京奥运会请他设计焰火，他在国内或有一定知名度。他曾把山水艺术自然化，利用地形地貌，放置石头，构成自然景观山水。当然他最著名的还是使用中国四大发明之一的火药，把火药撒在纸张或丝绸上面，点燃灼烧的痕迹构成图像，有些类似抽象的水墨山水画。他经常与观众互动，邀请很多人参与，又有些像行为艺术。他2012年在杭州西湖做了一个类似活动，以西湖山水为范本“灼烧”丝绸山水画，完成后在浙江美术馆做了一个特展（图21）。

图21　蔡国强《西湖》，火药丝绸，2012年

近似的做法还有上海的王天德，用焚烧技法取代笔墨，由在纸张上灼空的粗线痕迹构成山水和书法。他还经常把灼痕山水画和拓片装裱在一起，是一个新套路。台湾的李君毅，是用小软木方块压印出印章式、小方格组成的山水画。以上诸位都是在借鉴、肢解传统元素之时，开拓新语汇、新技巧。

他们每个人都有自己的想法，每个人的途径也不一样。他们没有走传统套路，而是糅合中外古今为一体，形成自己的语汇。所以当看到他们的作品时觉得与过去不同，但又没有完全抛弃他们的根。徐冰、蔡国强、谷文达在国际上已经有一定的名声，希望能够经得起时间的检验。当然也有坚持传统笔墨，又有自己特色的画家，比如李华弌，他

图22　李华弌《秋山》，纸本设色，105 cm × 240 cm，2007年

赴美留学，先学油画，后攻水墨，最近几年比较火，他的画有些北宋山水的味道，但是他画的松树很像加州的松树，构图上近似潘天寿的风格，把山水局部特写放大（图 22）。

中国山水画 20 世纪的发展经历了三个延续和交错的重要时期：第一个重要时期是 20 世纪上半叶面对外来文化冲击、中国画现代化的种种尝试；第二个重要时期是 20 世纪 50 年代至 70 年代在艺术为政治服务的氛围中，歌颂社会主义祖国和革命新貌的主题创作；第三个重要时期为改革开放后，面对艺术商品化的诱惑和再次的外来文化输入，五花八门的对应和琳琅满目的探索。每个阶段均有杰出画家，他们有哪些特色、哪些突破，有待我们深入研讨。这三个阶段还可以根据风格、地域流派等再细分研究，因时间关系今天我不可能讲得太细，我的讲座仅是一个简略回顾。即使在这样的回顾过程中，也可以发现值得深入研究的课题，我们刚才看的所有图像，都是男性画家，为什么从古至今罕见杰出的女性山水画家，或者说为什么很少有女性画山水？这反映了中国文化的一个传统，即使是今天女画家还是画花鸟的多，很少有画山水的。这种文化现象很少有人深入研究，在座的同仁可以探究是什么原因，是因为历史文化传统所致，还是性别选题的偏好？表面问题往往有复杂的历史背景，比如社会变革、文化政治运动、近年的艺术商品化。50—70 年代的中国，艺术商品市场薄弱，大部分画家都工作，也不会太富有，但比较不受市场的干扰。现在的中国艺术家的条件和环境是世界上最优越的，可以一边拿工资一边卖画挣钱。在美国很多画家、艺术家要打工谋生，比如做博物馆搬运工、安保等，白天辛苦工作后回家再画画，很少有像我们国内的艺术家那么幸福。国内近几十年还有一个新的现象就是书画“礼品市场”，这是腐化现象给书画者提供了挣钱机会，不过能持续多久？至少近来国内的礼品风气没有过去那么热了。政治运动的束缚，金钱的诱惑，生态环境的变化，都可以影响到书画的质量和内涵。我们研讨班并不是简单的研究 20 世纪的山水艺术，而是要探索山水艺术与文学的关系，山水与诗歌的关系，山水与音乐的关系，山水与人的关系，山水与科学的关系，山水与社会的关系。我们今后将邀请相关专家讲座，和大家分享他们的经验和看法。我今天就讲这么多，大家有什么问题，我可以解答。

牛克诚：感谢杨晓能教授的精彩演讲，下面还有一点提问的时间。有问题的可以举手，我们讨论问题之后，大家休息 5—10 分钟，讨论班的朋友们再回来聚会。现在有没有提问的？

提问 1：我想问一下当代无论是从画作上还是从创作上，都提倡山水画，您怎么看它在当前社会的优势？请您谈一下对写生的看法。

杨晓能：山水画历来是中国水墨画的核心画种，可以满足当代社会的各种需求，从个人欣赏到大型楼堂场所的装饰，具备得天独厚的气势、兼容性、可塑性、共赏性。西方现在很大的问题是很多美院的学生在缺乏绘画技法训练时，老师就让学生自己创作，写生就是基本功，也是一种工具。写生有中国的传统写生和西方的写生，两者不太一样。比如齐白石，他是在仔细观察生活后把很多东西记在脑子里，然后再创造性地画出来，称为写生（图 23）；另外一种写生是尽量如实地把自然景色画出来，西方传统的是这种写生。这两种写生都有可取之处，也各有各的长处。其次，我认为不要以写生为目的，绘画时自己的感觉和想法很重要。但是很多美国学绘画的学生，或者职业画家，不注重绘画的基本功，绘画基础教育的理念薄弱，而强调表达想法或概念。基础训练国内要比国外强，但很关键的一点是写生是一种手段，千万不要误解为，照着这个画、画得像就是你的目的了。

提问 2：您怎么看写实在中国美术史上所起的作用？当代的美术界很多人反对写实风格，但是对于当时中国本土反而流行，很注重这一点，写实会有一个什么样的发展？或者说它就是一个相对落后的情形？实际上我看到写实对于山水画起到很大的作用，因为现在山水有很多表现形式，对写实人物也有一定的影响。中国绘画是一个什么样的发展过程？是不是就是像西方这样的，还是说在两端？

图23　齐白石《竹鸡图轴》，纸本设色，33.2cm×34.2 cm，1948年，浙江省博物馆藏

杨晓能：现在很多人觉得徐悲鸿先生提倡落后的、过时的学院派写实风格，实际上这种观点也不对，或者说不全面，徐悲鸿学派在美术发展进程上还是有一定贡献的，特别是在教育方面，起码建立了一种新的教学体系。他的缺点就是有排他性，认为自己的是最好的，排斥和压制其他的西方艺术风格和画派。在别的方面他比较开明，比如在雇用老师方面，注重提携和培养后学。他对一些传统水墨画家也很尊重，比如齐白石。但是对他同时期引进西方艺术的一些同行，他反而攻击得比较激烈，比如刘海粟，把刘海粟贬得一文不值，刘海粟当时追求的西方艺术比较前卫，与徐悲鸿提倡的画风格格不入。其实，武断地讲写实风格落后是不客观的。现代西方画坛有一种艺术潮流叫超写实风格。艺术的发展最好是多流派共存，你不能说我这个流派占了上风，别的画派都不好，好坏只有历史来评论。从美术创作这个角度看，中国山水画吸收西方技法、借鉴西方经典的写实风格也不一定是坏事，就看他吸收到什么程度，运用到最后是拿来革自己的命，那就没有自己的东西了。如果你运用得很巧妙，有自己的特色，吸收一点也没关系。中国北宋山水就很写实，和西画各有千秋。中西绘画基本是并行的，采用写实还是写意或者抽象是艺术家自己的选择。不过没有必要走极端，能够表达自己的想法和情感，有别具一格之处，就是成功的作品。做自己喜欢的事情，不是别人不喜欢的就不好，不知道这样说对不对啊？

提问 3：尊敬的杨老师，请教一下，就吴冠中先生的个案研究，我看他的画册，他的点、线、面在绘画方面是比较通用的一些语言，就您对吴冠中先生的画的认识，请点评一下中国山水画的绘画语言如何走向国际化？谢谢！

杨晓能：其实中国画已经国际化了。我发现咱们国内包括一些领导干部都希望中国文化、中国艺术走向世界。其实中国从 20 世纪初开始，面临的一个很大的问题就是失去了自信心。你做得好，别人就尊重你，尊重你、学习你也就国际化了。日本和韩国的绘画无论从材料到语汇都可以在中国画中找到根。中国绘画语言中有书法入画，在西方也有以中国书法为素材的画作。以上都是国际化的例子。西方油画有自己的语汇和媒介，中国水墨画有自己的语汇和媒介，有时双方可以相互借鉴，两者都是世界画坛中的重要画科。吴冠中是把西方的绘画语言融进中国山水画中，反之再走向世界。所以我不太认同中国山水画的绘画语言如何走向国际化的命题。现在中国艺术家有机会到国外发展，像谷文达、徐冰这些融汇中西的艺术家在国外知名度比较高，也有海外市场，但并不见得国内以传统为根基的画家就不能国际化了。国际化是根据你自己国家的政治、文化背景而言。为什么美国在20世纪变成了一个世界文化中心，因为它的社会、政治、军事、经济都位于世界的前列。等中国发展好了，也可以成为世界文化领军。所以根本没有必要担心这样的问题，做得好，早晚会被世人承认，做得不好，就是把作品放到纽约推销也没用，这是我自己的看法。五四运动和“文革”之后中国发生了两次自我否定，现在是增加自信、戒骄戒躁、埋头苦干的时候了。

提问4：就是说民族的就是国际的？

杨晓能：民族、民族主义、民族文化不能等同，西方的民族主义有时有点贬义。世界不是一个单一体，而是由众多的民族和文化组成。每个民族都有长处和自己的特点，合在一起组成国际。艺术也一样，不能说中国画最好，世人都要引进，这样只能引起他人的反感。只有各个民族保护和发扬各自的文化艺术，世界才会丰富多彩，更有活力。

牛克诚：下面还有一个研讨会，时间比较紧张，今天的演讲就到这儿。此前每次讲座的规定项目都是由吴为山所长做精彩的学术点评，每次点评都是激情洋溢。他打来电话对杨先生表示感谢！我在这里还是代替他做一个点评，不，还不能说是点评，只能说是学习体会。我在开始介绍杨先生的时候就对他表示羡慕，因为他是北大学生文工团团长。我羡慕在哪儿？我是北大书画社的一个成员。文工团和书画社的风格是非常不一样的，文工团都是一些俊男靓女，整天歌舞升平；书画社这边就是在房间里埋头写字画画。这两种不同的风格，有点不一样，今天我听到杨先生的演讲使我联想到当年文工团所谓“文艺范”的样子，用特别轻松的心态来进入对于百年山水的考察。这样的心态对于我这样有一点像苦学派的来讲呢，很能打开思路，深受启发。

杨先生讲座的信息量非常大，很多东西给我们提供了一些特别有价值的参考，这是我们原来坐在书斋读书收集资料所不能获得的。他的视野非常宽阔，在很多领域、方向上为我们提供进一步思考的可能性。他从百年山水的这几个派别，如汲古开新、借洋改中、北吴南刘、刻意无笔、胶片数码、游戏传统等梳理下来，我们看到从最开始他打出那张幻灯片，从宋元时期我们传统山水画最经典的面貌，绢本的、笔精墨妙的，到后来一点一点走到了胶片、数码、科技山水、游戏传统，这样我们可以看到中国山水画从经典到解构经典的这样一个脉络。同时他又把这一脉络放在两个大的时代背景中考察，一个是五四时期的传统断裂，一个是“文革”时期的传统批判，中国山水画正是在这样一个文化断裂或文化批判的背景下才形成了一个那样的前行脉络。他在这里面还探讨了山水画的哲学内涵、文化内涵，特别谈到现在的山水画是从自然山水进入到景观山水，也是提供我们一个更宽阔的视野。特别又谈到笔墨的价值，这个是山水画的一个很核心的问题，他也让我们看到笔墨从最开始的经典形态到后来越来越被消解的一个过程。这促使我们思考，笔墨所承载的文化精神，今天我们用什么方式来继承？或者是用一种什么方式能够使传统在今天得到复活？同时也谈到了山水流变的政治因素、商业因素，等等，它们共同促成了山水画从宋元传统向现代的演进。

他最后回答同学的一个提问，我觉得特别有意义，就是文化自信。作为世界第二大经济体，中国已是一个经济强国，那么文化强国该如何实现？我们可以说都是一个个未来的文化人，或者是未来从事文化工作的人，这实际上是给我们提出了将来的责任担当这样的一个思考，刚刚杨先生讨论了未来的世界文化的中心能够在哪里形成，我想未来的中国一定会成为一个文化中心。那么到那个时候我们就不会再提与世界接轨这样的问题,因为中国就是世界。好,感谢大家,辛苦了！特别感谢杨先生的精彩演讲！谢谢大家！

（根据讲座录音整理，经主讲人审阅。
整理人：田超，中国艺术研究院研究生院美术学硕士）

艺术与科学的回响：宇宙的创造性探索

主讲人：皮特·迈克尔逊（Peter F. Michelson）/美国斯坦福大学教授

主持人：牛克诚/中国艺术研究院美术研究所副所长、研究员

杨晓能/美国斯坦福大学坎特视觉艺术中心亚洲主任、教授

时　间：2015年4月10日

地　点：中国艺术研究院学术报告厅

牛克诚:各位老师、各位同学，大家上午好！“王朝闻学术讲坛”第13期现在开始。首先向大家介绍今天到会的嘉宾：中国艺术研究院副院长、研究生院院长吕品田先生，香港中文大学艺术系前主任、台湾师范大学讲座教授刘国松先生，美国斯坦福大学物理系主任皮特·迈克尔逊先生，斯坦福大学东亚中心教授杨晓能先生，中国艺术研究院美术研究所副所长郑工先生，以及中国艺术研究院研究生院留学生处李妍老师。下面先请吕品田院长致辞。大家欢迎！

吕品田：首先我谨代表中国艺术研究院、研究生院热烈欢迎迈克尔逊先生、刘国松先生和杨晓能先生！感谢他们远道而来，来给我们做这样一个精彩的学术讲座！

今天的讲座，实际上是我们中国艺术研究院和斯坦福大学的一项学术和教学合作活动，是由斯坦福大学杨晓能教授和中国艺术研究院美研所牛克诚研究员领衔，共同开展的一次关于艺术研究和艺术教学的、带有探索性的合作活动。这项活动已经开展有一年时间了。这是一个系列活动，是采取多种方式进行的，包括学生的研讨，导师带领学生们展开一些小组式的、分题式的研讨，也包括像我们今天这样邀请有关方面学者来做的学术讲座，展开一种拓展性的学术探讨。这项活动，在“百年山水”这样一个话题下展开，希望能对我们某些方面的困惑、我们的探索和我们的创新诉求，进行一种全方位的科研工作和教学探讨，课题非常有意义。

在这样一个主题下，杨晓能教授邀请到了来自斯坦福大学物理系的迈克尔逊教授和台湾著名艺术家刘国松先生，今天来做一个非常有意思的学术对话。迈克尔逊教授是在美国太空望远镜的探测观测方面卓有成就的科学家，也是美国科学院院士。刘国松先生是中国最早展开中国画现代化探索的艺术家，早在20世纪80年代就对大陆的国画现代形态的探索产生过深刻的影响，是在国内美术界尤其是国画界众口皆知的、非常著名的大艺术家。两位都是具有宽阔胸怀和深邃眼光的重量级人物。没有他们这种宽阔的胸怀，我们就不能够感受宇宙的这种宏大；同样，没有一种现代科技的深邃眼光，我们也不能够感受到宇宙存在的宏伟图像。

今天，在“百年山水”这样一个课题之下，我们借助刘国松先生所代表的人类的这样一种广阔的宇宙胸怀，去仰望星空，去感受宏伟的宇宙图像；用这样一种审美的眼光和审美的方式，去感受这个无限的世界。同时，我们也借助迈克尔逊的伽玛射线、太空望远镜，凭借望远镜深邃的穿透力，穿越黑洞，去探索在物质包括黑物质、暗物质的宇宙所呈现的，凭我们一般肉眼所感受不到的，宏伟的太空图像。今天，我们是在这里，立足大地，仰望星空。我们凭着两位艺术家与科学家的这种对话，去深切地感受艺术和科学的共鸣，去感受我们人类胸怀的伟大和这个客观世界的宇宙的辽阔。我想，今天的讲座一定非常精彩，可以把我们带入到一种有助于大家进行艺术探索的、非常有兴味的意境当中。

最后，我代表中国艺术研究院、研究生院，再次感谢迈克尔逊先生、刘国松先生和杨晓能先生，同时也感谢为这个合作项目付出辛苦劳动的研究人员和工作人员，感谢美研所！谢谢大家！

牛克诚：感谢吕院长的致辞！他非常精准地概括了迈克尔逊教授和刘国松先生的学术、艺术成就，同时也把这次演讲的主题阐释得同样深刻。感谢吕院长的精彩发言！我们这次很高兴地请到了迈克尔逊教授和刘国松教授，为我们呈现一场艺术与科学的对话。像我们每次讲坛的惯例一样，为了表示我们对于艺术家和专家的敬意，下面有请美术研究所副所长郑工先生向两位专家颁发感谢状。大家欢迎！

下面我们进入演讲程序。首先为大家做演讲的是迈克尔逊教授。迈克尔逊教授是斯坦福大学人文科学学院讲座教授，同时还是物理系主任。斯坦福大学物理系是在全世界非常著名的物理系——今天我们在座的可能也有来自科学院的一些听众，你们应当知道，这个系自建系以来，产生了10多位诺贝尔奖获得者，我们中国人所熟知的朱棣文教授，也是在这个系里供职。如果我们再往前追述，迈克尔逊教授的爷爷其实也是一位诺贝尔物理奖获得者。如果我们感觉谈论迈克尔逊教授的爷爷还有点儿不太亲近的话，那么，迈克尔逊教授的爷爷就是我们北京大学原校长周培源教授的导师。迈克尔逊教授跟中国的关系，应该说从他爷爷那里算起，是有很深渊源的。关于迈克尔逊教授的研究领域，我只是粗浅地说明一下。他是天体物理学家，主持美国航空航天局伽马射线太空望远镜空间工程，其是目前世界上最强大的太空望远镜之一，它的主要功能是观测研究黑洞和暗物质。同时，迈克尔逊教授还通过研究来发展探测引力辐射的技术，这项技术同样是世界前沿技术。引力辐射的概念是1916年爱因斯坦在他的相对论当中所提出的一个科学预言。迈克尔逊教授现在所从事的工作，就是用他的科学实验来证实、检验这一预言。迈克尔逊教授在美国享有很高的声誉，他是美国艺术和科学院院士，同时也是美国物理协会院士。他也是一位对艺术抱有浓厚兴趣的科学家，他在20世纪80年代就曾收藏过刘国松先生的作品。今天正好是这样两位——一个藏家和被收藏作品的艺术家的一次交流，当然也是一次严谨的科学思维与浪漫的艺术想象的交会，这是很有意味的一个场面。下面就有请著名的科学家，同时也是怀有艺术情怀以及中国情缘的科学家迈克尔逊先生为我们做演讲，大家欢迎！

皮特·迈克尔逊：最早有关太空和宇宙探索的记忆还得追溯到60年代我的童年时代，那时美国（国家）航天局（National Aeronautics and Space Administration，NASA）正致力于肯尼迪总统提出的目标："十年内人类踏上月球并安全返回地球"[①]，它激励了我对科学和探索宇宙的兴趣。而我对艺术，特别是来自中国的艺术的浓厚兴趣却是在二十年后才油然而生。

我第一次访问中国是在1982年8月，当时我参加了在上海召开的第三次广义相对论马塞尔·格罗斯曼（Marcell Grossmann）会议。我在加利福尼亚州的斯坦福大学从事发展探测引力辐射的方法和研究爱因斯坦广义相对论的预言。[2015年9月，在美国的

---

① 约翰·肯尼迪于1961年5月25日在美国国会联席会议上致辞。

激光干涉引力波观测站（LIGO）与位于意大利比萨外的3000米干涉仪（Virgo）合作首次检测到了引力辐射，它来自距离地球约10亿光年的两个巨大质量黑洞的组合。]

当时的中国科学技术协会会长，也是上述会议主办人的周培源教授在会议上作了开幕致辞。大约一年后，我访问了广州的中山大学，开始与中大物理系胡恩科教授领导的小组合作，花了大约6个月时间，我们共同设计了重力辐射探测器。接下来的十年间，几乎每次赴广州访问，我总会拜访在北京的周教授。他慷慨地与我分享了他的科学见解，并非常赞许我当时正在寻求的在检测引力辐射方面的合作。

在1984年一次途经香港的旅行中，我第一次体验到刘国松的绘画艺术。在香港画廊的展览会上，当我看到刘教授的作品时，我最初的反应是：哇！他的艺术是如此的鼓舞人心！在随后的几次访问中，每次看到他的画作，我总会有同样的感受。不记得是在什么时候，我获悉他在60年代末和70年代初所作的“太空画系列”多少受到从月球上传来的阿波罗地球图像的启发。阿波罗8号宇航员于1968年12月第一次在月球轨道上运行。下图（图1-1、图1-2）展示了一幅宇航员自月球拍摄到的地球照片，以及刘国松的“太空画系列”的第一幅画作。

图1-1　阿波罗8号在1968年12月24日从月球拍摄地球的照片

图1-2　《这是地球》，1969年，刘国松的“太空画系列”中的第一幅画。参考：http//www.liukuosung.org/timeline.php?lang=en（图片来源：财团法人立青文教基金会之刘国松文献库）

自我在80年代初第一次访问中国，首次遇到这一伟大文明艺术以来，我开始意识到，艺术家和科学家经常分享他们对自身寓于其中的宇宙和大自然的认识与赞赏的激情。

在20世纪90年代，我自己的研究使我能从太空观测台观察我们的宇宙。在此，我想与大家分享从这些观察中获悉的最精彩的部分。从我这些经历中我得到的一个重要结论是，人类对宇宙的探索和理解远超越了国界，它属于我们所有人。

2012年8月，我出席了在北京召开的国际天文联合大会。在开幕致辞中，天文观测和发掘以及更广泛的科学探索的重要性获得充分肯定。当时的中国国家副主席习近平发表了开幕词[①]，他也谈到了基础研究的重要性，特别是在天文学。他指出："天文学是人类认识宇宙的科学，是推动自然科学发展和高新技术发展、促进人类社会进步的最重要、最活跃的前沿学科之一。它对其他门类的自然科学和技术进步有着巨大推动作用。浩瀚无垠的宇宙空间，让生活在地球上的人类充满好奇、为之神往。博大精深的天文科学，以其独特魅力吸引着世世代代有识之士为之孜孜钻研、不懈探寻。天文学作为一门研究天体和其他宇宙物质的位置、分布、运动、形态、结构、化学组成、物理性质及其起源和演化的学科，在人类认识世界、改造世界的活动中始终占有重要位置。"

他还指出："天文学的发展，是全人类认识宇宙的智慧结晶。天文学的发展历程给予我们不少宝贵而深刻的启示。"

我是在那个时候认识到我们应该积极赞颂艺术和我们对宇宙研究的科学。艺术家、科学家和社会都是宇宙的一部分，我们应该就宇宙研究中探索到的东西进行对话。2015年4月，我在中国艺术研究院美术研究所与刘教授一起作的"王朝闻"杰出学术讲座正是这类对话的一部分。本篇文章基于"艺术和科学的回响：宇宙的创造性探索"那个演讲。

"宇宙的创造性探索"和对它的起源、程度以及演化的疑惑与人类文明本身一样悠久。然而，只有在20世纪，宇宙的研究已经从主要的形而上学、神学或意识形态的推测转变为一门观测和数据驱动的科学。这种转变正在超越国界。

天文观测常常使我们感到震惊，它们已经揭示了宇宙以及环绕其他恒星周围的行星诞生时留在外层空间的残余。由于人类的好奇心和寻求对诸如"宇宙如何开始""它

① 习近平：《IAU大会开幕致辞》，北京2012年，http://www.cqast.cn/uploads/soft/130701/ 021.pdf。

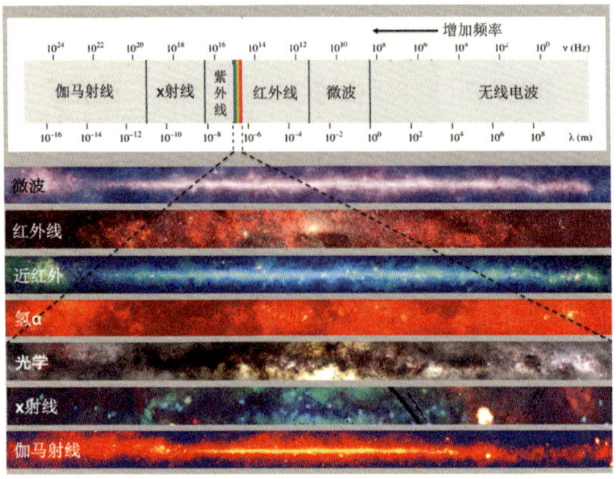

图2　从微波和无线电波到X射线和高能γ射线的银河系平面视图。该图像由许多不同的观测台获得的数据汇集制成：普朗克（微波），各种无线电观测台（无线电波），Spitzer（红外线），各种光学观测台（光学和氢α），ROSAT（ X-射线），费米（伽马射线）

的终极命运是什么”“为什么我们在这里”等问题的答案而促使人们对宇宙认识的迅速增长。这个认识上的提高只有因技术革新才会成为可能，它将使我们观察到遍布整个电磁频谱的宇宙图像。以从微波和无线电波到高能 γ 射线波段的我们星系平面图像（图 2）显示了这个技术创新。

从 20 世纪 60 年代空间时代的启梦阶段开始，当代天文学的发现不仅深化了我们的理解，也刺激了世界各地人们的想象力。这些努力已经并继续跨越国家的和学科间的界限产生重要的文化反响。

这种探索的许多文化含义也反映在艺术之中。以我一个科学家的角度来看，我认为艺术和科学其核心就是在探索和理解我们与自然和宇宙的关系过程中的合作伙伴。

我将在这里介绍 50 多年前由美国航天局阿波罗月球计划开创的当代探索宇宙的几个辉煌成果。

阿波罗计划涉及航天器，旨在最终携带三个宇航员到月球。它遵循了成功的双子座计划，重点旨在开发近地球轨道上载人航天飞行的能力。

1968 年 12 月 24 日，阿波罗 8 号航天器首次载入人类超越空间飞行近地轨道而绕行到月球远端。当他们的宇宙飞船从月球远端绕回时，宇航员拍摄了你在左侧（图 1–1）看到的地球似乎在上升之景象。这幅图像传送给地球上的数亿人。关于这个图像，诗人阿奇博尔德（Archibald Macleish）在 1968 年 12 月 25 日写道：“看到真实的地球，它是如此渺小、湛蓝和美丽，飘浮在这永恒的沉寂之中。正如看到我们自己作为地球上同舟共济的乘客，在这永恒酷寒中充满了生气和爱的地球上的同伴——他们认识到他们是真正的兄弟和朋友。”

6 个月后，阿波罗 11 号载着尼尔·阿姆斯特朗（Neil Armstrong）在 1969 年 7 月 20

日踏上月球，超过5亿人次在电视上观看了这一重大历史事件。世界各地的人们全都庆祝了阿波罗11号月球着陆的伟大壮举（图3）。它记载了其后1969年和1972年之间的5次登月。通过阿波罗任务，我们可“在通往月球的途中观察地球”。

图3　世界各地庆祝1969年7月24日人类在月球上着陆的情景

从1962年开始，作为美国航天局空间计划的一部分，几十个美国艺术家，包括诺曼·洛克威尔（Norman Rockwell）、罗伯特·劳申伯格（Robert Rauschenberg）、杰克·佩尔蒙特（Jack Perlmutter）、安迪·沃霍尔（Andy Warhol）和詹姆斯·惠特（James Wyeth），受美国航天局局长詹姆斯·韦伯（James Webb）委托，参与美国航天局艺术计划[①]和记录奇妙的新的空间世界，尤其是阿波罗月球计划。

尽管大量使用照相摄影技术一直是NASA的工作，但詹姆斯·韦伯和美国航天局意识到艺术家眼睛的重要性，它能诠释那些精密但无创意的镜头下无法捕捉到的未知世界。以前，没有一个美国民间或政府机构曾经赞助过这样一个综合性的而完全不受限制的艺术项目。

在1969年项目的巅峰时期，罗伯特·劳申伯格被美国航天局邀请去见证第一次将人载上月球的阿波罗11号的发射。美国航天局向罗伯特·劳申伯格提供了详细的科学地图、图表和发射的照片。结果是劳申伯格的具有三十三幅石版画作品的“石头的月亮”系列[②]问世。请看该系列中的一幅画作（图4）。

劳申伯格认为“石头的月亮”系列颂扬了人类和平探索空间，它是人与技术之间互动而负责的合作。在整个60年代，他探索了艺术和科学之间的结合，并称那个年代是“正

① 《NASA / ART：50年的探索》，James D. Dean and Bertram Elrich，Abrams，2008。

② 《罗伯特·劳申伯格的“石头的月亮”系列》，http://www.rauschenbergfoundation.org/art/art-in-context/stoned-moon。

在熔断着的保险丝阶段”。

20 世纪 60 年代初开始的美国航天局艺术项目一直持续到今天，它至今已收藏了超过 500 件作品。收藏品中的大部分绘画集中于人类与人类探索空间开发技术的相互作用。说明早期美国航天局空间计划中这个互动的有趣例子是一幅詹姆斯·惠特的纸上水彩画：1965 年双子座发射台。它展示了技术人员在远处的混凝土炮楼中监测双子座 4 火箭发射的景观。前景的自行车是技术人员的交通工具，这与空间计划的尖端技术形成了强烈的对比。

在载人空间计划专注于地球和月球的同时，无人飞船已经探索了我们太阳系的行星和部署了空间望远镜，它们为我们提供了宇宙独有的景观。在过去 25 年中，一些无人观测台和地面建造后发射到空间去的探测器探索了银河系和宇宙如图（图 5）所示。互联网又使这些观测台获得的数据和科学研究结果得以公开，从而跨越国际边界共享成果。这是非常重要的，它有助于促进国际间的合作。我希望未来它将继续发展。现在，让我们来看看借助于观

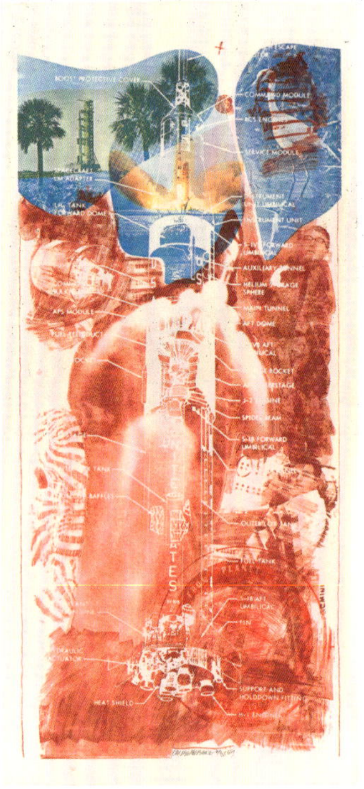

图4　罗伯特·劳申伯格《天空花园》（石头的月亮）1969年，石版画和丝网印刷，89英寸×42英寸（226.06cm×106.68cm）。旧金山现代艺术博物馆藏，哈里·安德森和玛丽·玛格丽特·安德森（Harry W. & Mary Margaret Anderson）赠。版权属罗伯特·劳申伯格基金会和经纽约州纽约市VAGA注册的杰米尼绘画有限版商（Gemini G.E.L.），并由杰米尼绘画有限版商出版发行。照片：本·布莱克韦尔（Ben Blackwell）

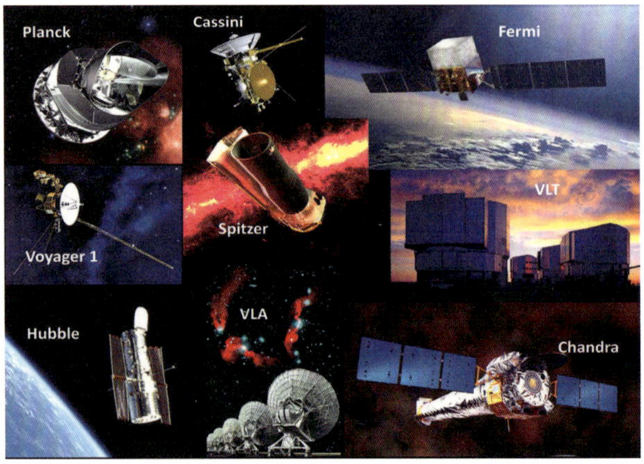

图5　空间和地面观测站以及太阳系行星探测器。空间观测台包括Chandra（X射线），Fermi（伽马射线），Hubble（光学），Planck（微波）和Spitzer（红外线）。超大阵列（VLA）是位于美国新墨西哥州的射电望远镜列阵，它以精确的角度分辨率观测无线电波。超大望远镜（VLT）是一座位于智利北部的光学望远镜设施，由四个光学望远镜组成，它们可以单独运行，也可以一起工作以获得高角度分辨率。Cassini和Voyager是行星探测器

图6　左图：M51，涡状银河系的哈勃图像。这个图像实际上显示了两个相互作用的星系，M51A（涡状银河系）和图像左上角的较小星系，即 M51B。右图：在2012年拍摄的哈勃极端深场图像。这个图像是从哈勃空间望远镜拍摄的许多单独的图像组合而成。图中天空的面积约为整个空间的二千四百万分之一。几乎在这个图像中的所有物质都是星系，其中一些是宇宙中最遥远和最年轻的星系（图片来源：NASA）

测台已经取得的一些最突出的成果。

哈勃空间望远镜（HST）也许是最具标志性的观测站，它观察到了一些岛宇宙以及星系，像美丽的 M51 涡状银河系，如图（图 6）左边所示。M51 遥在大约 2500 万光年以外，实际上它是正在相互作用的两个银河系。

哈勃空间望远镜还观察到非常遥远的近乎在星星和星系最初形成瞬间的星系。图 6 右侧的图像被称为哈勃极端深场图像，它是经由望远镜长时间观察具有少量明亮物体的区域而拍摄到的。这个图像中的一个星系是至今可观察到的最遥远和最古老的星系。该图呈现了这个星系在宇宙只是其目前的年龄 137 亿年的百分之几的时候形成的情景。

图7　欧洲航天局的普朗克卫星测量到的整个天空微波发射图。银河系的中心在每个地图的中心。上图是测量到的发射，我们银河系的发射在测量到的发射中占了主要部分。下图是减去银河系发射之后的剩余发射。它起始于恒星和银河系形成之前，那个时候宇宙还很小，很热（图片来源：ESA）

欧洲航天局的普朗克卫星已用微波将整个天空绘制成图。该图（图 7）

中的上部图像是由我们的银河系发射所主导的整个天空微波发射天体图。值得注意的是，我们银河系的发射是已知的，这样它可以从这幅图中剔除，剩下的就是宇宙的微波背景。这些抵达我们这里的辐射来自恒星和银河系形成以前的时候。图像中看到的非常小的波动可以追溯到形成宇宙中我们所知道的每个物体的源头，这包括了所有的恒星、所有的行星和所有的星系，以及我们所有的一切！

在我们观察的最高能量波段，费米伽马射线空间望远镜（图 8）揭示了超越伽马射线波段的星系和宇宙。这种辐射的主要来源之一是在遥远的星系中心形成的一些非常大质量的黑洞，和在我们自己的银河系中形成的中子星和恒星质量的黑洞，这些黑洞其实就是已经燃烧完它们所有核燃料的垂死星系。

费米检测的高能量源头非常不稳定，并有不同时间跨度的闪烁。从显示一些正在崩溃的星系的核心中黑洞诞生的不足一秒钟的爆发，到来自远距离的“活动”星系中心中的 10 亿倍太阳质量那样大的黑洞的闪烁。其（图 9）包含有一个巨大质量黑洞的一个活动星系中心的艺术展现，正像我们为了近距离观察而飞去那里所见到的那个样子。黑洞吞噬来自周围星系的恒星和气体中的物质。如果黑洞正在旋转，则一小部分物质实际上会以物质流形式加速离开黑洞，而出现在黑洞的旋转轴线上。这种物质移动非常快，速度接近光速，并且发射一束伽马射线辐射。环绕地球运行的费米卫星可观测到这些伽马射线。

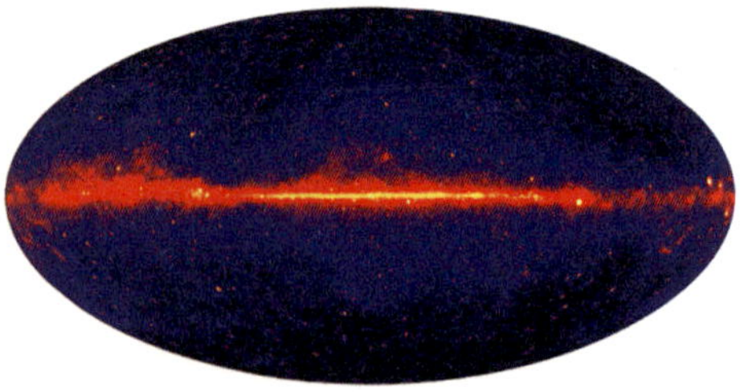

图8　由费米伽马射线空间望远镜测量到的天空的伽马射线图。地图上明亮的射线是来自我们银河系平面的发射。从遥远的在其中心包含有非常大质量的黑洞的星系来的发射，以及从我们银河系中旋转着的中子星和黑洞来的发射都可以看到（图片来源：NASA）

图9　一个“活动”星系核心景象的艺术展现。在其中心有一个巨大质量的旋转着的黑洞。大多数围绕黑洞旋转的物质被黑洞吞噬，但有些以喷射形式逃逸。射流发射的伽马射线可由费米卫星检测到

1977 年发射的空间探测器旅行者 1 号（Voyager1）是用来探索木星和土星的，我要用来自旅行者 1 号的一个非常特殊的图像来结束这次简短的概述。当它冲离太阳系的旅程刚刚过了天王星时，天文学家卡尔·萨根（Carl Sagan）说服了美国航天局，将旅行者 1 号掉过头来，并让它从经 13 年 40 亿英里（约 64 亿公里）的旅程后在接近太阳系边缘处回首地球。

在旅行者 1 号发回地球的图像（图 10）中，左边的太阳散射光红色光带中的小白点是地球。看到这张图片的萨根博士[①]说道：

> 从这个远距离的制高位置看，地球似乎没有任何特别的有趣之处。但对我们来说是不同的。请再次考虑那个小白点地球吧。那就是这里，我们的家，我们人类所居住的地方。你爱的每个人，你所认识的人，所听说过的每个人，都在它上面度过他们的

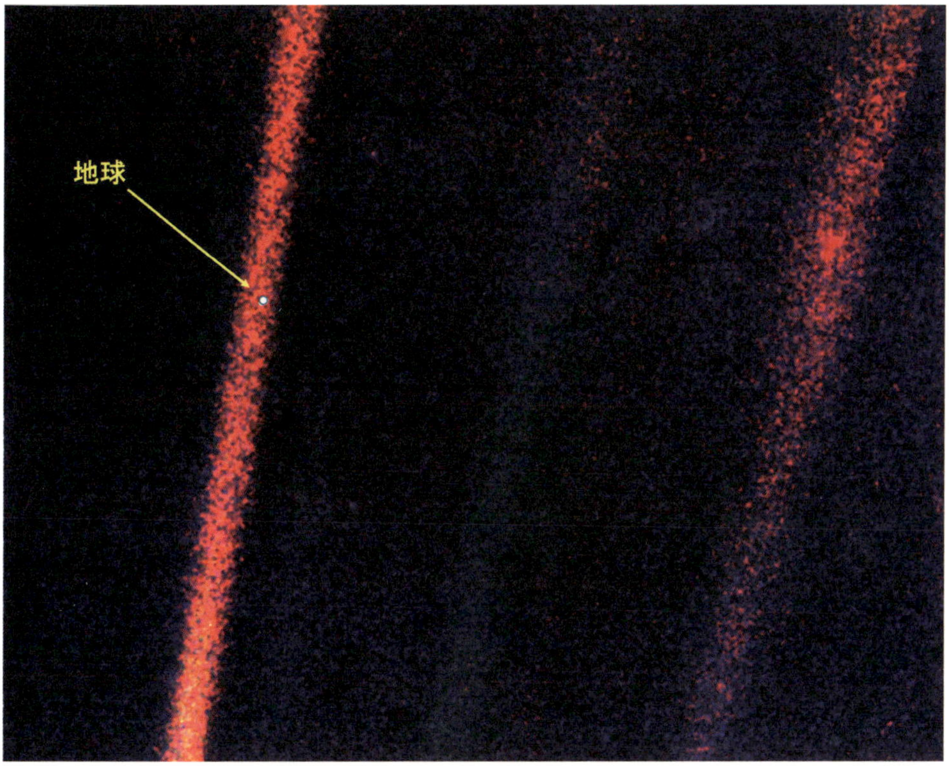

图10 旅行者1号传来的从太阳系的边缘回望地球的图像。因为从旅行者1号的角度来看地球太接近太阳，地球只是图像中的一个单个像素，它位于一束散射光线的中心

① 卡尔·萨根：《浅蓝色的点：人类未来在宇宙空间的远景》，Random House，1994。

一生。我们的快乐和痛苦，数以千计的不同宗教、意识形态和经济理论，每一个猎人和恳求者，每一个英雄和懦夫，每一个人类文明的创造者和毁灭者，每一个国王和农民，每一对相爱的年轻夫妇，每个母亲和父亲，充满希望的孩子，发明家和探险家，每一个高尚的教师，每一个腐败的政治家，每一个“超级巨星”，每一个“最高领袖”，生存在那里的我们人类历史上的每一个圣徒和罪人，都在那里——那里却是阳光中众多尘埃内的一粒微尘。

所有这一切都在一个浅蓝色的点上，我们称之为地球。

牛克诚：听过迈克尔逊教授的精彩演讲，我不觉得这是一位科学家在给我们讲科技，而是一位诗人给我们描绘了我们原来一直以为非常枯燥的那些美丽景象。感谢迈克尔逊教授的精彩演讲！

科学与艺术的共鸣

——从人间山水到太空幻境

主讲人：刘国松 / 台湾师范大学讲座教授、香港中文大学艺术系高级讲师

主持人：牛克诚 / 中国艺术研究院美术研究所副所长、研究员

杨晓能 / 美国斯坦福大学坎特视觉艺术中心亚洲主任、教授

时　间：2015 年 4 月 10 日

地　点：中国艺术研究院学术报告厅

牛克诚："王朝闻学术讲坛"第 13 期的下半场现在开始。首先我简要介绍一下"王朝闻学术讲坛"。"王朝闻学术讲坛"是一个由中国艺术研究院美术研究所于 2012 年设立并组织，以著名美术学家、美术史论家、雕塑家王朝闻先生的名字命名的中国美术高端讲坛。该讲坛在中国艺术研究院院长王文章同志的关怀下，由美术研究所时任所长吴为山教授倡议并布置实施，并得到全国政协委员、银帝集团董事局主席朱奕龙先生，全国政协委员、龙润集团董事局主席焦家良先生的大力资助。讲坛的宗旨是"扩大知识视野，推进学术探究，分享思想成果，激扬文化力量"，它将延请海内外中国美术研究和艺术创作领域的著名学者和艺术家自拟题目进行演讲。

今天我们很高兴地请到了迈克尔逊教授和刘国松教授给我们做演讲。下半场演讲的是刘国松教授，刘国松是我们大陆艺术界非常熟悉的一个名字。我们这个讲坛在请嘉宾的时候，都要有学生去接嘉宾，这次报名去接刘国松教授的学生都非常踊跃。这些学生都是刘国松先生的粉丝，他们踊跃报名表达了对刘国松先生的崇拜之情。

刘国松先生的艺术创作，开始于 20 世纪 50 年代中期，他在台湾师范大学美术系毕业之后，在现代艺术领域努力探索，积极倡导并创办了后来具有深远影响的绘画组织——

五月画会,在台湾艺术界掀起了一场现代艺术运动。这场艺术运动,其影响不仅在艺术界,同时也成为当时文化界的非常醒目的话题。60年代之后，他又在水墨的世界中探索中国画的创新。他的作品，无论是材料的探索还是观念的突破，都有自己非常独特的个性，比如说我们知道的那个“国松纸”，还有他所说的“抽筋剥皮皴”，都是他从媒材到创作技法一整套具有实验性同时具有内在自洽性的探索。

同时，刘国松先生又是一位现代水墨艺术的理论家与思想家。他的每次重要展览，都要配合一场精彩演讲,这些演讲集中起来形成了我们所熟知的口号性的主张,比如“笔就是点和线”“墨就是色和面”“皴就是肌理”“革中锋的命”“革笔的命”“建立20世纪中国绘画的新传统”，等等。这些主张，在现代水墨界影响深远。

刘国松先生同样也是对大陆有着非常深厚感情的台湾艺术家。我们知道，他的祖籍是山东，1932年生于安徽省蚌埠市，1949年到了台湾，1983年刘国松先生的第一个内地个展在中国美术馆举行，这个展览也是台湾文化界第一位破冰之行到大陆来进行文化交流的先导性展会。同样我们也知道，2007年刘国松在故宫博物院举办了一个具有回顾展意义的“宇宙心印”大型展览，其影响同样震动了中国美术界。

说到今天这个话题，刚刚迈克尔逊教授也多次提到这个航天艺术计划，也是在这个时期，刘国松先生把主要创作精力倾注于一项对宇宙宏观景色的描绘上，也被称为华人太空画的创始人，他的艺术作品展现了这个宇宙的单纯、沉静、壮丽之美。他的这种艺术语言，在我看来是超越了个人的风格界定，也超越了艺术的古今之争，而具有普遍性的视觉上的审美价值。那下面我们有请刘国松先生为我们做精彩演讲，大家欢迎！

刘国松：今天我感到非常荣幸，能够到中国艺术研究院来做一个报告。我们在一个月以前，我跟皮特·迈克尔逊在美国斯坦福大学做过一次对话，今天在这里我再次跟他一起来讨论科学跟艺术的关系。

当然我们都知道，皮特·迈克尔逊是美国艺术科学院的院士。我们中国也有科学院，但是没有把艺术加进去，但是美国这个科学院把艺术跟科学并列。为什么他们把艺术看得这么重要？是因为人类的文明史，是由科学家和艺术家创造出来的。整个的人类文明史，物质文明的发明者就是科学家，精神文明的发明者就是艺术家，所以说画家是其中的一部分。

我们知道科学家之所以能成为科学家，是因为他先有一种想法，先有一种思想。要把他的这个想法证明是对的，他就要到实验室去做实验，要用实验做出来的成果来证明他的想法是对的，他就有所发明。做大的发明就是大科学家，小的发明是小科学家。做艺术也一样。艺术家跟科学家为什么一样？艺术家也是要先有一个新的想法、新的观念，然后有新的感受，而且有强烈的表现欲，要把他新的想法、新的感受落实在作品上。如果他的新的观念、新的想法，真的用点、线、面、色彩给它表现出来了，他就有所创造。有所创造才是画家，没有创造不能称为画家。

因此，因为这个观念，我就提出了一个口号，过去我在国内演讲的时候我也提过，我说："艺术家的画室，不是复制绘画的工厂。艺术家的画室是实验室。"因此，国内后来有了一批画家就自称为实验水墨画，也就产生了一批实验水墨的画家。这就是为什么美国把艺术跟科学放在一起，成立一个研究院。

到今天，我除了受这个太空发展的影响，画过一批太空画之外，我也受过其他各种的影响，创作了一些作品。今天我就想把我整个的绘画的思想跟绘画的创作向各位报告一下。我们刚才看到的，是我看到 1968 年 12 月阿波罗 8 号太空船第一次把人类居住的地球拍回来之后，根据它对我的印象创作的。这是我当时的一个作品（图 1）。

我跟所有的画家一样，从小就喜欢画画。现在我这里的这一张画，是我高中一

图1 刘国松《月球漫步》，复合媒材，59cm×85cm，1969年

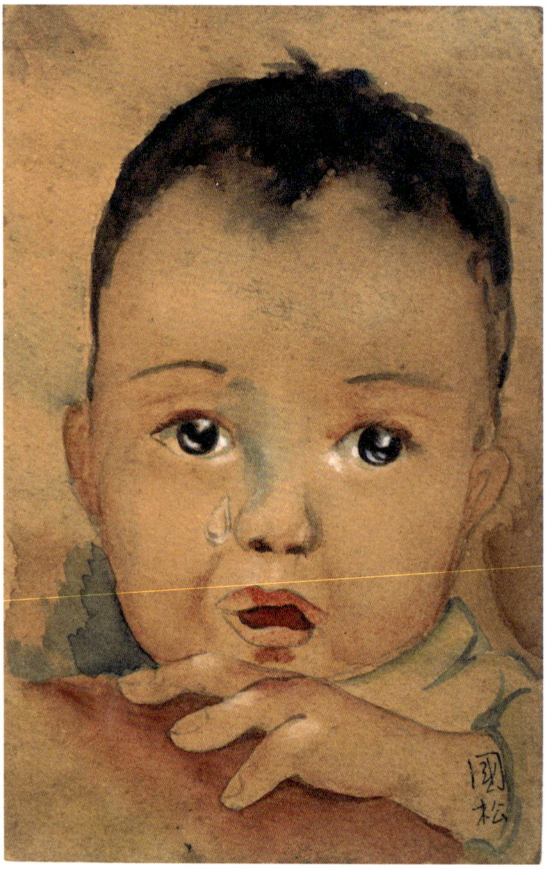

图2　刘国松《妈妈，您在哪里》，水彩，
13.8cm × 88.8cm，1949年，山东博物馆藏

年级画的一张《妈妈，您在哪里》（图2）。那个时候，1949年，我到了台湾之后，就非常想念我在武汉的妈妈。因为想妈妈，就画了这一张作品。这是我在大学一年级的时候画的一些传统画。我从初中二年级的暑假就开始画传统的国画，所以说我考师大，就是靠我的国画考进去的。木炭素描，我在中学里从来没碰过，也没看过。在考试的第一天的上午考素描的时候，就发了一张纸，发了一根炭条，然后还发了半个馒头。那个时候我拿了馒头都不知道干什么，我说早上还有早点吃啊。后来才知道那个馒头是拿来擦炭的，但是我当时不知道，我只是看到大家都到墙角上的一个水桶，拿水去捏这个馒头，我也跟着去捏。我看人家画这个素描的时候，黑的，拿手一擦变成灰的，好看得不得了。我看着人家拿那个馒头这么一擦，那个灰的又变成白的了。哎呀，我说这个真好玩啊！结果呢，我照着人家的样子画，结果我那个馒头往上一擦，不得了——别人一擦变成白的，我一擦却变成黑的了。后来才知道，我那个馒头的水太多了，结果那个木炭一碰到我这个馒头的水之后，变成墨了，而且这个墨一下子就沾到那个纸上了。结果我那个素描考得一塌糊涂。后来，下午考水彩，水彩画考得还可以。

第二天早上考画国画的时候，结果我很快就画完了。我在教室里走一趟看其他人的画。我一看，哎呀，我就高兴得不得了，因为那些人画国画就像我的素描一样。这下我就安心了。结果我就考取了台湾师大。这一幅是我在一年级的时候画的白描。这是一年级画的工笔花鸟。这是学的溥心畲先生的山水。这是学的黄君璧的山水。

在大学一年级的时候，我的艺术导论老师讲过一句话，对我的影响很大。他说：“一切的艺术来自生活。”我就反省，我从初中二年级的暑假开始学中国画，一直画到进师大一年级，我画的国画全部都不是来自生活，都是来自古人，是临摹古人和老师的画。因此我到了二年级，开始画水彩画、画油画的时候全是写生。我后来一想，这个才是真正来自生活。所以就从二年级开始，我整个的思想有了一个 180 度的大转变，就全盘西化。

作为中国画，好像五六百年没有什么发展，都是在仿古。那个时候我就在考虑、反省中国美术史，发现唐朝以前的中国画是以人物画为主。人物画有所谓的十八描，就是画人物的轮廓线能用十八种方法来画。后来山水画从人物画的背景脱胎而出，变成一个独立画种的时候，还是用画人物画的线条来勾石头、勾山的形，然后在里面涂青绿的颜色，这就是早期的青绿山水。但是后来，山水画家发现这样不对，说石头和山的肌理没有表现出来，所以就连续发明了很多的皴法。从唐朝到五代，经过五代到宋朝，发明了很多皴法，一直到了元朝，我们就有了所谓的“三十六皴”，有三十六个画家为了表现他个人的看法，创造个人的风格，就发明了三十六种画山石肌理的技法。

元朝以后，一直到民国，我们就没有看到任何新的皴法发明，其原因是文人进入了画坛。因为文人是外行人，所以中国画从元朝以后是外行人领导内行人。文人都是读圣贤书的人、考科举的人、做官的人，他们在写公文、写奏章、批公文、写论文、写诗、写书法之后，晚上有那么一点儿空闲，拿起写字的笔画幅画。不会画怎么办？就临摹，仿古人。大家一起，你临这个古人，他临那个古人，大家一起来各临各的。临摹的日子一久了之后，就变成中国文人画的传统。因为他们不是专业画家，没有那个雄心壮志把中国绘画往前推进。他就是觉得好玩，把它当成一个休闲活动，然后大家雅集，你的画拿来，大家欣赏，然后你送我一张，我送你一张，大家一起画一张，结果，没有创作。这就是当时我觉得中国画完全没有希望的一个原因。

作为开始全盘西化，这就是我二年级模仿塞尚的作品。这是模仿鲁奥的野兽派的作品。这是模仿毕加索的立体派的作品。这是后来画人物的作品（图 3）。

图3　刘国松《裸女》，水彩，48.5cm × 38.5cm，1954年，山东博物馆藏

这样，我从大学二年级开始，一直画到毕业。毕业的时候非常有意思，就是在准备毕业展览的时候，我们台湾有一个全省美展。我们一年级看了全省美展，二年级看了全省美展，三年级再看了全省美展，觉得这美展都是保守得不得了，都是很差的，西画得奖的都是印象派，而国画得奖的都是日本画。当时我跟我们班上的一共四个同学，都认为我们的油画画得比那些全省美展得奖的画还要好，我们就相约去拿他的奖。结果没有想到，全部落选。对于这个结果，我们就到处去表示不平。后来人家就告诉我们说："你们永远不可能得奖。为什么呢？因为你们画的都是野兽派、表现派、立体派的画风，而那些得奖的人都是那些评审委员的学生，他们的学生每一年都是轮流得奖。你们要是入选了之后，摆到他们得奖的画旁边，人家都觉得奇怪为什么这些画得比较新的、比较好的不得奖而他们得奖。"我们就觉得走官方的展览这条路没有希望，五月画会就是在这种情形下成立的，从此我们就开始在台湾鼓吹现代画。

你们看到的就是我那个时候画的所谓的西方的绘画。画了一阵子之后就发现，跟着西方走是有问题的，就是说作为一个中国人，我们是不是应该考虑我们这个时代给我们的一些任务，中国画家不都说“笔墨当随时代”吗？现在是中西交流非常频繁的时代，要想表现这个时代精神,就应该是中西合璧的风格。所以那个时候我就开始走中西合璧。你们可以看到，这个是画在油画布上，用油画颜色，拿松节油去冲，想冲出一些水墨画的趣味来。这个也是，你们可以看到上面有一些网状的形状，这个是当时所谓的 mixed media（复合媒材），就是在画完之后，上面又蒙上一层纱窗。这个是用石膏打底，开始也用了一点墨在上面，也用了一些油画颜色。这就是那个时候的作品。

中西合璧的这个时候，我觉得完全跟着西方跑不行，就想怎么样把中国画的一些感受，或者一些东西加到我的画里面来。你们可以看到，左面这个是沈周的《庐山高》，我就用他的构图，然后用油画颜色来冲洗作品，来试试看走中西合璧。我们都知道，中国画家受西洋画的影响非常之大，现在我们也跟各位介绍一下西洋人怎么受中国画的影响。这个是我在西班牙一个宫廷里面看到的他们的装饰，它里面有很多的装饰都是中国的东西，我把这个局部放大，你们可以看到，这里边他们把中国的人物画、仕女画整个做上去。左边这一张是英国人用油画学中国画。这个学中国花鸟画，是用油画画出来的。这个画现在藏在香港的艺术馆。

19 世纪末，巴黎曾经举办过一个世界博览会，但是当时满清政府被列强欺负，自顾不暇，就没有参加这个博览会。日本参加了，送了他们的浮世绘和版画去。那个时候，印象派在西方的绘画里面达到一个写实的顶点。莫奈曾经画一个教堂，他上午画那个教堂，每天上午去画；下午画那个同样的教堂，他下午去画；傍晚的时候画同一教堂，就傍晚的时候画。同一个教堂画了很多张，他就想把时间都定在绘画上。不仅是三度空间，他要把西方的绘画变成四度空间，把时间也加进去。当那个写实到了极点的时候，结果看到东方的绘画不是三度空间的，而是二度空间的表现。他们觉得二度空间的绘画比西方三度空间的绘画更能够呈现艺术的本质，所以就开始很大的转变。

这是马奈的画，后面的墙上挂的全是日本画。这是凡·高的画，后面的画也都是日本的版画。他们那个时候一窝蜂地抢日本的版画，凡·高就开始受影响。本来他们印象派的画笔是方的，在画面上是直接贴上去不走动的，凡·高就开始把笔在画面上走动，结果出现了线条。而且，印象派是外光派，外光派不承认有纯粹的黑颜色、纯粹的白颜色，所有的黑颜色、白颜色都受光线的影响，它不会是纯的，但是他却开始用黑线来勾轮廓、勾线条。这都是受了东方绘画的影响，所以他们的黑线条越画越长、越粗、越大，这时候的画从三度空间就完全变成二度空间。

这是杜飞的画。他画的这个马，根本就是按照中国画的方法，画的人物也都是用中国画的方法画出轮廓的线条来。你们看到这些作品很像中国的写意画，就是他们在受到东方绘画的影响之后，从三度空间变成二度空间，然后又往前推展，最后达到了抽象的境界表现。

我们那个时候的中国画家画抽象画，很多人说这是西方的，不是中国的。其实中国是一个最具抽象性的民族，而且是欣赏抽象美学最早的一个民族。我们就拿西方早期的彩陶跟中国早期的彩陶来比，中国的彩陶上面所有的图案都是抽象的，而埃及早期的彩陶都是具象的。

中国人喜欢石头，有多少奇石、怪石博物馆！我们把石头磨平之后做桌面、做椅子背，把它裁了之后装个框挂在墙上。那种大理石的花纹完全是抽象的，中国人欣赏这抽象的花纹。拿中国的戏剧来讲，中国的戏剧，布景完全没有，是抽象，就是凭你自己想象。中国戏剧的动作，不但是抽象的，它还是舞蹈的。比如说剧中人要上马，大家都知道一个马鞭子，拿了之后就上了马，甩几下，就在台上转两圈，就 200 里。而西方的歌剧、话剧，布景都是写实的。如果西方演员要骑马的话，他就会把马牵到台上来。

所以说中国是一个最早欣赏抽象美学的民族。如果说中国的绘画早期没有感觉到太抽象，是因为文人画家有抽象的概念的时候，都借用书法表现了，所以绘画就始终停留在半抽象领域。之所以形成这种状况，也是受孔子的中道思想的影响。中道思想是不偏不倚，在绘画上就是既不写实也不抽象，就是一个半抽象。我们现在看一看美国的抽象派作品。后面几张图片，左边都是中国的书法，右边是美国抽象表现派大师们受这种书法影响的作品。右边这个是杰克逊·波洛克的作品。这是中国书法石碑拓片。右边是马克·吐毕的作品。他自己承认是受了中国石碑拓片的影响。这是原封不动地把中国字搬到画上去，这个是马瑟韦尔的作品，你看这是中国“州”和“儿”字嘛，对不对。说西方抽象表现派那么伟大，美国人把世界艺术之都从巴黎搬到了纽约，就是靠这几个抽象表现派的大师，但是他们都是受中国书法的影响而得名的。

我在自己画画的过程之中，对于东方和西方的美术史做了一番研究，后来我就发现——左边这个是梁楷的《泼墨仙人》，是创作在13世纪初，现在藏在台北故宫博物院——你们可以看到，中国绘画在13世纪初就画出这么伟大的杰作，而在西方一直到了20世纪初德国表现派出现的时候，才能跟梁楷相提并论。我就在想，中国画有这么伟大的传统，为什么我们自己不把它发扬光大，而要美国人、要西洋人去把它发扬光大变成他们的传统呢？我们作为中国人，怎么能眼看着中国的绘画没落，死在我们这一代人的手里？所以在这样一种反省思维情绪之下，一种责任心跟使命感就油然而生，就觉得我们有责任把中国的绘画推向现代并将它发扬光大。

那个时候，我曾经在学校里面，后来在外面也听过一句话，说是“你不用中锋就画不出好画来”。这个就是文人到最后走火入魔的一个结果。文人画因为没有创作，就想搞一些理论来支持他们，所以发明了“书画同源”的理论。你们现在想一想，书画同不同源？根本不同源。原始人就已经在崖壁上画画了，但是文字什么时候才发明？文字发明之后才会有书法，这中间差了上千年，所以它们并不同源。你要勉强说它同源的话，那就是同一用笔。文人画家就提出了“书法入画”“书法即画法”的主张，为什么？文人在一天的工作完了之后，练书法的时候忽然高兴起来，就拿写字的笔画起画来，所以他们就主张“书法入画”“书法即画法”，用写字的笔法来“写”画。书法大部分，也许全部都是用中锋。展示到绘画上面，你不用中锋就画不出好画来，是因为你要用写字的方法来画画。本来中国的绘画有十八描，有三十六皴，结果到最后就变成一皴了。中国画的领域是越来越窄，走到牛角尖里去了，所以中国画不没落哪有可能，最后只有被西方同化一条路可走了。

黄宾虹先生是文人画家，曾经讲过一句话，他说：“唐画如曲，宋画如酒，元画如醇；元以下渐如酒之加水，时代愈近，加水愈多；近日之画，已有水无酒，故淡而无味。”你想，中国画经过文人画的临摹，到最后都是仿古的技巧，仿古变成了传统，结果艺术的创造本质完全丧失掉了。

因此我就在想，我们怎么样才能把中国绘画复兴起来？那个时候我就写了一篇《革中锋的命，革笔的命》，文章在香港《星岛日报》副刊连续登三天，在台北《联合报》副刊连续登三天。这一下，台、港两地就群起而攻之，骂得我简直像过街老鼠，说我是中国画的败类，说我是数典忘祖。

我的一个好朋友汉宝德先生，在台湾最近刚过世。我以前在成功大学建筑系做助教的时候，他也是助教，我们住在一个宿舍里，一起包饺子什么的，是非常好的朋友。那时我在台湾，所有的美术系都不敢请我，因为那是保守派的天下，他们怕我把学生带坏了，最后我是被挤到建筑系去的。汉先生是建筑系毕业的，他也看不惯了，就写了一篇文章，用建筑来比喻中国画的笔墨。他说中国画的笔墨就等于建筑的栋和梁。他说，如果没有柱子和梁，这个建筑盖不起来。大家都觉得他讲的非常有道理。因为那个时候骂我的人太多，我就一概没有回。我就跟我自己讲："咱们十年以后再说。"我觉得我的思想是走在他们前面的，他们十年以后可能会了解我的想法。结果十年还不到，美国的巨蛋体育馆盖好了，就像北京的"鸟巢"一样，里面既没有柱子，也没有梁。后来我见了我那位好朋友，就说："巨蛋体育馆盖好了，里面没有柱子、没有梁。"结果他说："先知！先知！"我就跟他解释说："我之所以革中锋的命、革笔的命，是因为中国画的领域太窄了。要把中国画的领域拓宽，我就非要想办法不可。"我说体育馆建筑，因为柱子的关系，在里面只能打篮球，只能打羽毛球，只能打网球，不能打棒球，不能踢足球，宽度不够用。因此，建筑师为了要拓宽空间，想尽了办法把柱子拔掉。我为了要把中国画的领域拓宽才想出这个办法来，与你们建筑巨蛋体育馆是一个道理。

图4 刘国松《山水》，水墨，56.5cm×30cm，1955年，山东博物馆藏

我看到中国绘画的组合基本上是点和线（图4），而西方传统绘画的组合是面和面的关系。因此我就开始做实验，因为我一直是认为画室就是实验室，不是传统复

制的工厂。一开始我就用排笔把花卉做出一个新形式来，结果做了一段时间，觉得不是太有路子可走。我就又开始用纸折，然后涂上墨，往画面上拓印，这是受了中国石碑拓片的影响。你们看到右边那些线条，都是用纸拓印出来的。拓了之后发现，这个线条非常自然，比用笔画出来的线条还自然、还活泼。

你们可以看到，右边那张画是我用石头涂上墨，然后拓印出来这些肌理，经过渲染整理做出来的山水画。这一张，下面是用纸拓、上面是用另外一种拓法做出来的山水画。就在 1961 年到 1963 年，我非常痛苦，我把它称为临产前的阵痛。那个时候痛苦得不得了，我把台北所有的纸都买回来实验。因为每一种纸，都有它的特性，比如宣纸的效果跟绵纸的效果跟麻纸的效果都不一样，所以我就找出各种纸来，实验它们的效果。

就在这个时候,我看到了日本收藏的这张画的图片——这是石恪的《二祖调心图》。我看到了这张画的印刷品之后，就在想，文人画不是一直强调书法入画吗，为什么这种狂草的抽象笔法没有传下来？我立刻有一种将其发扬光大的强烈欲望，于是在 1963 年创造出我的狂草式的抽象水墨画。这些都是当时的狂草作品。但是,在我看到范宽的《溪山行旅图》之后，就改变了想法。我可以把我当时看到这张画时的感受讲给各位听。当时美国要借中国台湾的艺术品到美国去展览。因为《大公报》有一篇文章曾说，台湾当局已经穷到发疯了，要把中国的国宝拿到美国去卖。台湾当局为了让人家不要有这种想法，就在出国之前在台北展一次，等到回来之后再展一次，就表示多少东西出去，就是多少东西回来。因为这样，我们才第一次有机会真正地看到了古人的杰作。

当我看到这张《溪山行旅图》的时候，往它前面一站，就觉得一股冷风吹下来，我浑身起鸡皮疙瘩。其实哪里有风，只是使我感动得目瞪口呆！后来我就在想，我看着这幅具象画这么感动，所以抽象画不是现代画家最后的目标了，绘画不一定非抽象不可，各种形式的绘画都能够表现艺术的本质。从此以后我就不再被抽象观念束缚，完全自由了。于是我的水墨画里面就不再排斥山水的形象。山水是中国绘画的主要传统。我用贴纸的方法，是因为不同的纸有不同的效果，贴纸就可以把不同纸的效果在一张画里表现出来，拓宽了水墨画表现能力与领域。这张画的下面就是贴上去的。

在这里我给你们讲一个故事。你们看到这里面我贴了三块纸。这个贴纸是从立体派毕加索那里学来的，因为毕加索把报纸往画上贴。我认为我是向西方学来的，结果后来我到美国艾荷华大学教书的时候，到图书馆去借了一本书，叫*Collage*。Collage，狭义的翻译可翻成“拼贴”，广义的可翻成“集锦”，就是把许多的东西放在一起，就像装置艺术也是由 Collage 发展而来。

看那本书时曾把我吓了一跳。为什么呢？它讲道，毕加索贴报纸在画面上，是从马蒂斯那里学来的。马蒂斯晚年瘫痪了，躺在床上没办法画，就开始剪纸，剪纸人物贴在画布上。书里说，马蒂斯这个做法是从中国的民间剪纸那里学来的。所以你看看很有意思，我们画抽象画是从抽象表现派那里学来的，抽象表现派是从中国书法那里学来的。我们以为贴纸是从西方学来的，到最后源头还是中国。中国的传统是一个大的宝山，我们从里面随便开采一点东西，把它发扬光大，都可以为人类文明史创造一些财富。

这个就是刚刚迈克尔逊教授向你们介绍的，是 1968 年 12 月我们全世界同时在电视上看到地球，我们的家的照片。因为一切的艺术都来自生活，整个人类的生活已经进入了一个太空时期，作为一个艺术家不可能没有感受，不可能视而不见。我在看到这个之后，就开始表现我的感受。这是我的第一张受太空影响的画，是 1969 年年初画的。后来我把它送到 5 月份美国主办的“主流国际美展”。我到那里，马上获得一个绘画大奖，评语说我是一个最敏感的现代画家。

得了这个奖，我非常受鼓舞，结果一下子就画了五六年的太空画。你们可以看到，我把地球的照片也剪下来贴在我的画上面。到了 1969 年 7 月美国的阿姆斯特朗登陆月球，各大报纸、杂志都登出来照片，我又把阿姆斯特朗的这个照片剪下来，贴到我的画上去。你们看我也曾经年轻过。这是我画的第一幅《午夜的太阳》，这张画后来被美国斯坦福大学的美术馆收藏。

我们过去如果画春夏秋冬的话，都是画四个条幅，现在我把春夏秋冬画到一张画上。我这个十字形的画的标题叫《不朽的月亮》（图 5），中间的方块是月亮，四边的四个方块就代表四个季节，春夏秋冬都画在一张画里。这张画在构图上我也想过很久。这些都是我太空时期的作品。

大家可以看到这幅画（图 6）上面的红太阳里面有字。那字是什么呢？是“一个东西南北人”，这是我的一个闲章。后来在 1971 年，德国的美术馆跟博物馆给我办了一个巡回展，就用了我这个图章放大做成海报。你们可以看到，那个“一个东西南北人”的太阳里面最下面还有一行小字，就是德文的说明展览的地点和时间，也就是那海报上的广告。

图5 刘国松《不朽的月亮》，复合媒材，157cm×157cm，1971年，香港艺术馆藏

图6 刘国松《一个东西南北人之十八》，彩墨，181cm×91cm，1972年

现在我再给你们解释一下我这个图章怎么来的。我曾经看过一个齐白石写的对联——其实齐白石的这个对联还是从明朝的一位画家那里得来的，上联是“几间东倒西歪屋”，下联是“一个南腔北调人”。我看了之后就很感慨，我也写了一个对联就叫“几幅乱七八糟画，一个东西南北人”。后来我就请一个朋友把这个下联“一个东西南北人”刻成了图章。

这个“一个东西南北人”是怎么想到的呢？很有意思。我在台湾被打压得非常厉害。到最后把我打压不下去，他们就用政治来迫害，说我是共产党的同路人，要把中国文化彻底破坏掉。我在台湾简直是一点出路都没有。后来，一位美国教授到台湾来，看到了我的画，他非常感动。他是一个中国人，在美国教现代美术史的李铸晋教授。我们海峡两岸暨香港、澳门有很多他的学生。他一直觉得中国绘画应该改革，就不知道怎么样改革。他看到我的画之后，就说“你现在的改革正合我意”。就因为这一感动，他把我推荐给美国洛克菲勒三世基金会，该基金会就一下子给了我两年的环球旅行奖金。结果我就在 1966 年初到了美国。我在美国表现得非常好,很多美术馆给我办展览。1971 年德国也帮我办了巡回展。我从美国两年环游世界回到中国台湾，台湾马上给了我一个杰出青年奖。那个时候我就很感慨：为什么一个中国画家，要被外国人肯定了，自己人才承认？崇洋媚外竟然到了这种程度！就在这种情形之下，我很感慨地想到：我是一个生在北方的人，却在南方长大；我是一个东方人，结果在西方成名。所以才有这个“一个东西南北人”闲章产生。

你们可以看到，太空画有一段时间我是用直的构图，后来我又改成横的构图。这都是那个时候的一些作品。这是我画的月食。那一个时期也有这种画星球爆炸的这种感觉的作品。

但是，我画了五六年太空画之后，就觉得没有什么挑战性，就觉得应该再改变。那个时候我在美术史上读过一段话，说中国画除了文人画之外，还有年画、版画、漆画、缂丝、绣画，还有火画水画。其他的我都知道，火画水画我不知道是什么样子，就开始实验火画，但是实验不出来。我就想水画一定跟水有关。我们画传统国画的时候，想把浓的墨调淡一点儿，就去蘸水，这时水上面马上就漂了墨的痕迹。我想这一定跟这有关系，所以我就开始用洗脸盆，里面放上水，然后把墨滴上去。这个水流动的时候，自然会出来很多的黑墨线条和花纹，然后用宣纸去沾，花纹立刻贴在纸上。你们可以看到，这个就是水画做出来的。后来我把它叫作水拓。中国画里边有泼墨画，有破墨画，后来我又创造了两个名词，一个叫作拓墨画，另一个叫作渍墨画。这个拓墨画，刚才你们看到，最早我是用纸拓的，这个是用水拓的，这都属于拓墨画。拓墨画可以画成抽象，也可以画成具象。从以下两图（图 7、图 8）你们可以看到，那个画里面，中间的那些线条都是水拓出来的，下面是裱贴的。

1984 年年底，第六届全国美展在北京举办，希望我拿一张画去参加展览，我就拿了这一张画。这张画不大，结果没有想到第六届全国美展就给了我一个特别奖。跟我同时得特别奖的还有李可染先生。特别奖是在金奖之上的。在这之前，1981 年，我得到李可染院长的一个邀请函，邀我参加 11 月 1 日北京中国画研究院成立大会，并且希望我带两张画来参加这个大会的展览，我就带着两张画来，一张比较抽象，另一张比较具象、有山水画的感觉的。当时我在想，如果抽象不能被接受的话，我还可以展一张具象的，结果两张都展出了。大家对我的画非常感兴趣，觉得中国画怎么还可以这样画，结果大家都围着我的画研究、讨论。江丰先生是那个时候的美协主席，他看到这个情形，就当面邀请我到北京来开展览，所以我的展览就在 1983 年 2 月初在北京中国美术馆正式展出。这次展览，本来只安排在北京中国美术馆和南京江苏省美术馆，结果北京一展出，全国都来邀请，结果先后三年里就在全国巡回了十八个主要城

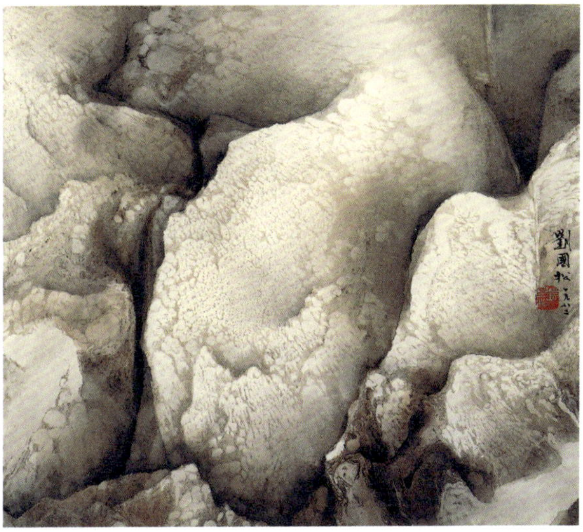

图7　刘国松《白雪是白的》，彩墨，39.2cm × 44.5cm，1983 年，水松石山房藏

图8　刘国松《窗外春山窗上雨》，彩墨，95cm × 179cm，1955年，吕学图先生藏

市，北边到了哈尔滨，西边到了乌鲁木齐，你们想想这个跨度有多大！大概也就是因为我的绘画展出的影响，才给了我这个第六届全国美展的特别奖吧。这就是得奖的那个作品，都是用水拓的技法做出来的山水画。你看同样都是用水拓，但是每张拓出来的效果就不一样，这个雪山是这种感觉，那个雪山是另一种感觉，都是水拓拓出来的。

画了差不多十来年的水拓画之后，我又觉得没有什么挑战性了，又再实验新的创作技法。我已经讲了，画室是实验室，所以我又实验新的技法。这个新的技法，我就叫它渍墨法。你们可以看到，黑的线条出来，旁边还有白色的，这个线条用笔绝对画不出来。我们用新的技法所想达到的，就不是笔写得出来的。我们一定要做出用笔做不到的新线条来，才能把中国的绘画领域拓宽，表现能力增强。

这些渍墨作品，还是我到国内去转了一趟才画出来的。我到了九寨沟，被九寨沟的水感动得不得了。如果你们没有去过九寨沟，我劝你们一定要去。画家不去九寨沟是绝对不对的，会有非常大的损失。我从九寨沟回来，就想画水。这是九寨沟给我的感受。

在这里我再提一点。刚才提过，我在台湾，所有的美术系都不敢请我，我被挤到建筑系去了，结果建筑系就给了我两个非常重要的理想。你们看我早先用油画来表现中西合璧，想在油画里表现水墨画的趣味。我在建筑系教书，建筑系就有一个理论，叫作材料学的理论，就是说你用什么材料，就应该把那个材料的特性发挥到最高境界，不可以用另外一种材料来代替这个材料的特性。那个时候就是批评台湾用钢筋水泥仿造宫殿的建筑，仿造中国古典建筑，认为那是人为的作假。为什么呢？我们想，木造建筑的房檐下面有很多斗拱。斗拱的目的是分散琉璃瓦的重量。木造建筑为了防虫，就把它涂上油漆。结果台湾的仿古建筑呢，它的钢筋水泥绝对可以承担琉璃瓦的重量，但是也在房檐上弄一些水泥斗拱，梁柱也刷上红的油漆。他们建筑学里面就反对这种作假。后来我一想，我不是也在作假吗？！我想在油画里表现水墨画的趣味，我在油画颜色没有干之前，用大量松节油去冲出水墨的味道来，这不也是在作假吗？我为什么不好好地回到纸墨上面去呢？这也是当时促使我回到中国画上面来的原因之一。

从九寨沟回来之后，我用所有的纸张都无法表现那种水纹的感觉，后来我想在建筑系教书时曾去教室，看过学生画建筑图所用的那种描图纸，在国内叫作硫酸纸。我想拿这个硫酸纸回来试试看。在我实验了两三个月之后，用渍墨的技法居然被我实验出来了。你可以看到，过去的画家画水，都画房子、画岸、画树、画山，甚至于莫奈画水的时候还要画睡莲，但是我今天什么都不画，就只画水。这是其中的一幅作品（图 9），是我的实验品，用硫酸纸实验成功的一种表现，你们可以看到我画的水面的纹路或者倒影。同样是渍墨画，用同样的纸来表现，也会出来各种不同的效果。

图9　刘国松《长海四季变化——九寨沟系列152》，彩墨，70cm × 422cm，2009年，退一步斋藏

后来我又去了西藏。2000 年的时候，西藏大学请我去讲学，我跟他们提出一个要求，要去看珠穆朗玛峰。我去的时候，他们跟我讲，上去最多半个小时就得下来，千万不要太久。如果是下雨、阴天看不到珠穆朗玛峰，就赶快下来，不要在上面等。结果我去了一看，哇，晴天。那个珠穆朗玛峰真美啊，一会儿从云彩里出来了，那个山坡被太阳照得非常亮，白得不得了；一会儿云彩把太阳盖住了，山坡就黑得不得了。我一直坐在那儿看。我们常常听说这么一句话，叫作“忘我的境界”，我那个时候真正地体会出什么叫作“忘我的境界”。他们叫我最多待半个小时，结果我不知不觉坐在那里欣赏了两个多小时，结果没有想到，我从拉萨坐飞机一到成都，忽然之间左边耳朵听不见了，因为气压变化太大。到现在为止，我的耳朵都听不见，只有右边耳朵听得见。我虽然赔了一个耳朵，但是我创作了一大批雪山的画（图 10）。一路上，那个喜马拉雅山的雪山都让我感动得不得了。这就是那时候画的雪山。这张画是故宫博物院收藏的。我画了一系列的雪山，还画了夜晚的雪山。人家都说现代水墨画画不了大画，可是你们看看这张画有多大：有五层楼高，近 20 米。

后来，我们中国开始登陆月球，结果我又感动得不得了，又画了几张我们中国人登陆月球的画。

好了，今天我就讲到这里。耽误你们这么多宝贵的时间，谢谢你们！

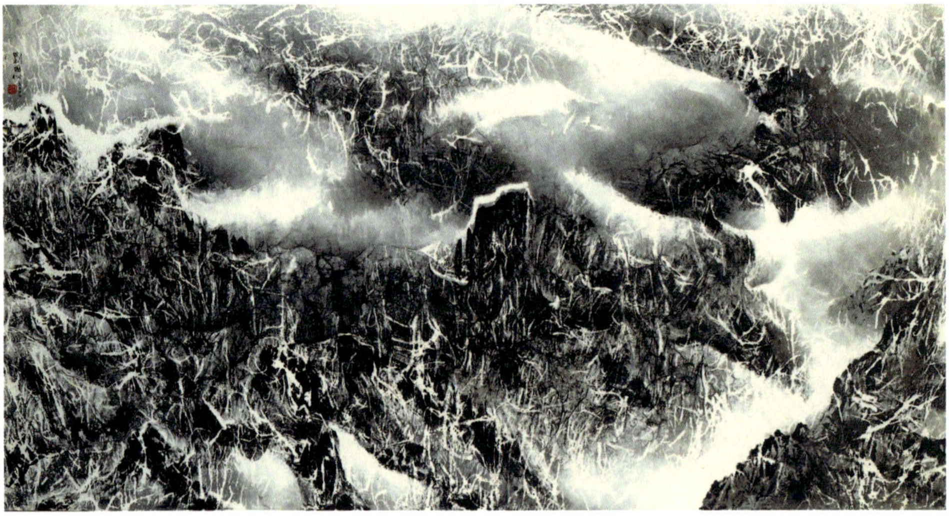

图10 刘国松《云树银枝——西藏组曲十六》，彩墨，91cm×182cm，2000年，香港艺术馆藏

牛克诚：感谢刘国松先生的精彩演讲！现在有请杨晓能教授做点评。

杨晓能：谢谢刘教授！谢谢大家耐心听完他们俩非常精彩的讲演！其实我们这样的机会很少，我简单地补充几句。上半场的迈克尔逊教授演讲的内容，其实有一个政治背景，就是美国和苏联在竞争。当时美国的爱国主义特别高涨，美国经济又处于黄金时代，跟现在的情况不太一样。另外，大家知道，美国是一个学术自由的国家，一般是政府不干预艺术的，可是在那个爱国主义高涨的大环境下，就出现了美国宇航局赞助艺术家创作的历史情景。我们看了这些画，如果对这些艺术家有了解的话，就会觉得他们的作品都比较有时代含义。看了这些画，我们会联想到中国“文革”时期的、工农兵题材那种感觉的画——我们现在叫“主题性绘画”，政府给一个题材，如抗日战争纪念等，画家据此进行创作。同时，美国人也有他们的特色——人和科技互动的表现。但是，你看刘国松先生的作品就不一样，他的画法折射出中国水墨传统，是宏观的，是对一个宇宙、对一个自然的表述。这也反映了东西文化的一个差别，因为视野不一样。再从另外一个角度看，刘先生的画饱含自发的艺术创作激情。美国艺术家是被邀请去做的主题创作，不过个性鲜明；但刘先生是不邀自创，受科技成就的鼓舞而自己创作。大家可以看出虽然两者都有民族自豪感的成分，但在精神层面上略有不同。我想说一点，刘先生实际上是目前艺术界里面唯一被大陆和台湾都承认的艺术家，他曾获得大陆的首届“中华艺文奖”，台湾也给了他第十二届文艺奖，都是最高奖。刘先生还是一个活字典，他本人的经历几乎贯穿了20世纪后半叶到今日的中国美术史，他与很多当时的跨时代人物都是朋友，比如说李可染，也是一个改革中国画的代表人物。还有一个重要的人物刚才没提，就是吴冠中，我给起一个词就是“南刘北吴”，他俩有共同之处，都是要革传统笔墨的命，强调“笔墨等于零”；而且吴冠中先生对体制、对画院非常看不惯。刘国松和吴冠中，都在试图突破中国传统绘画。从20世纪80年代到现在，这两个跨世纪的人，一南一北遥相呼应；实际上两人的风格相异，刘先生是北方人到南方去的，他的画有北方人的大气、豪迈；吴冠中画江南很优美，他的画很甜，两个人的绘画风格完全不一样。所以说，我们研究美术史要纵向与横向比较，科技与艺术的对话是其中的一个亮点。下面我想留一点时间让大家问问题，很宝贵的机会。

（交流环节，略）

牛克诚：今天时间确实已经太晚了。大家还有问题我们以后有机会再交流。再次感谢刘国松教授的精彩演讲！谢谢大家的耐心听讲和积极参与！今天的讲坛到此结束。再次感谢大家！

（根据讲座录音整理，经主讲人审阅。

整理人：孔德平，中国艺术研究院美术研究所副研究员）

策展热潮中的冷思考

——基于学术研究的展览策划

主讲人：吴洪亮 / 北京画院副院长、北京画院美术馆馆长、齐白石纪念馆馆长

主持人：牛克诚 / 中国艺术研究院美术研究所副所长、研究员

杨晓能 / 美国斯坦福大学坎特视觉艺术中心亚洲主任、教授

时　间：2015 年 4 月 17 日

地　点：中国艺术研究院第五会议室

牛克诚：各位同学，各位老师，大家上午好！“王朝闻学术讲坛”系列讲座第 14 期现在开始。今天，我们特别高兴请到北京画院副院长、北京画院美术馆馆长、齐白石纪念馆馆长，同时也是中国美术家协会策展委员会副主任兼秘书长吴洪亮先生为我们做演讲。

吴洪亮先生于 1999 年毕业于中央美院美术史论系，是一位非常年轻的美术学者和著名策展人。关于他的策展，我想从一个很小的细节跟大家来介绍一下。我们中国艺术研究院美术研究所这样一个研究机构，几乎每天都会收到来自全国各地的一些展览的请柬或者一些画集。从 2007 年开始，我们陆续接到一系列来自北京画院的展览请柬，令我们耳目一新。这些请柬的背后，凝结了一些非常好的展览创意，同时也体现了这些展览所强调的基础工作，就是学术研究。展览请柬不是很大，但非常雅致，它就非常诱使我们想去观看这样的展览。而就是这些请柬、这些展览让北京画院美术馆逐渐走进美术人的视野。

这背后的工作就是由吴洪亮先生操作的，因为从这一年，即 2007 年开始，吴洪亮

先生开始担任北京画院美术馆馆长。也是从这个时期开始，他策划了一个特别有影响的展览系列——“二十世纪中国美术大家系列展”。这个展览，选取了20世纪以来对于中国美术发展起到非常重要作用的一些画家，其中包括李可染、李苦禅、庞薰琹、吴作人、石鲁、王雪涛、陈之佛、于非闇，等等。这样一个展览的名单，在某种意义上已经构成了20世纪中国画发展的一个历史。这个展览的策展人，也是一直围绕这个展览进行组织、研究、出版工作的，就是吴洪亮先生。

吴洪亮先生年龄不是很大，但是他策展的历史却算比较长了，相对于他的年龄来讲，从2003年“北京国际美术双年展齐白石特展”的策展，至今已有十几年策展的历史了。他也是一个帅哥，很年轻，并且能量非常大。他的这些展览所依托的北京画院美术馆，展厅面积虽然不是很大，但是影响非常巨大。我想这背后，真的就是一个人带动起一个学术平台。现在大家有请吴洪亮先生为我们做演讲，大家欢迎！

吴洪亮：各位朋友，各位同仁，大家上午好！很荣幸受到美术研究所的邀请，参加“王朝闻学术讲坛”。我很小的时候就开始读王朝闻先生的文章，也曾做过一段时间的雕塑研究，对王朝闻先生在多个领域的成就都十分敬佩。接到邀请我其实有点担心，因为各位在研究院接触更多的是艺术家与艺术史研究，可能对美术馆并不太感兴趣。其实美术馆本质上是一个服务平台，这样一个平台能为大家带来些什么？我和杨教授商量之后，最终确定了今天的演讲题目——“策展热潮中的冷思考”。

我今天想跟大家分享的是我们在工作中具体是怎样思考的。我是2007年接手北京画院美术馆工作的，这是一个很小的馆，总面积不到5000平方米，对外开放部分只有1000多平方米。虽然北京画院成立于1957年，是一个历史悠久的地方，但是美术馆是2005年才建好的。从2005年参加建馆的第一个展览，到今天已经快10年了，真的是弹指一挥间。当时我并不清楚这个地方将来会怎么样，但今天它已经安然屹立在中国的美术馆体系之中了。因此，我想从最新的一些改革和思考谈起。

建构中国美术馆的观看方式

对于美术馆人来说，展览既是一个研究的动因，也是一个研究的结果和呈现。一个好的展览必须要有前期的功课，这对做20世纪研究的人来说尤其重要。做一个展览，其实是特别具体的事情。前两天《艺术新闻》的中国版微信平台登出了一篇文章，谈国际上几个著名策展人的策展理念。其中一位特别强调展览过程中要事无巨细，关注细节。其实，一个好的展览就是细节的叠加，当然，前提是要有理念作为支撑。所以策划一个展览，理念的设定和作品的选择很重要。作品的选择会影响策展的逻辑，逻辑的确定又决定了展览流程、传播方式和公共效率。因此，展览其实是一个系统工程。在今天，很多策展都被明星化了，我一直试图躲在背后，但这个行业本身的明星化性质无法改变。我更希望从事这个行业的人，能真正从美术史做起。

那么，在这样一个系统里，策展人到底应该是什么样的？我认为，策展人其实就像我们所说的好妻子——下得了厨房，上得了厅堂。首先是“下厨房”，要知道画怎么搬，墙怎么刷，钉子怎么钉，作品怎么挂，灯怎么打，恒温恒湿的机器怎么设定，人流怎么控制……这些问题都是最基本的问题。比如，在一个 3.5 米的空间里，一张画挂多高，换到 7.5 米的空间里，这张画又要挂多高；在一个 200 平方米的展厅和一个 2000 平方米的展厅里，人和画的不同关系怎样去处理；等等。我在故宫博物院帮一个当代艺术家做展览，第一个要处理的问题就是如何控制观众与古建的关系，如何考量一件新的作品与故宫这样的殿堂级、庙宇式的建筑之间的关系。接下来要分享的，就是在具体的展览中我们如何去处理这些问题。

在这里我们重新思考这样一个问题：展览到底是什么？在我看来，做展览，尤其是做中国艺术家以及中国传统艺术的展览，其实就是文化态度的表述，是一种意识形态。对当下的艺术创作，包括很多老先生在内的业内人士并不满意，认为好的艺术并不多。但与此同时，我们并不知道中国好的东西在哪里，因为在我们的美术馆里看不到真正的产业。我们没有为国内和国外的人树立一个好的中国艺术的标杆。所以北京画院自成立以来，一直坚守着在做齐白石的产业，也是一种意识形态。我们认为好的艺术，就要把它解释给别人，甚至在国际视野内为它寻找位置。这个事情不能急于求成，只有我们自己先把齐白石讲清楚，才有可能让国际艺术界承认。所以这些年我们一直在做最基本的功课，就是建构一种观看的方式。观看其实是人与世界发生关系的一种手段，而我们就是要把这种手段通过一个空间的逻辑来实现。美术馆是来自西方的，但在我们这片土地上已经生长了这么长时间，我们希望通过中国的美术馆找到中国人自己的表述方式，因为它归根结底是服务于中国艺术的。中国人总说“心想”，而不说“脑子想”，所以中国式的观看调整的是心与物的距离。昨天，大卫·霍克尼在中央美术学院做了题为“我的观看”的演讲。他其实写了很厚一本书来说明这个问题，书中解释了很多西方艺术家如何画得那么准，包括维米尔怎样利用机器，等等，显示出西方透视学的价值。但是这种单视角的观看同样给艺术发展带来问题，他就是要解决这个问题。1983 年，大卫·霍克尼在美国看到了中国的手卷，从而对多视点的观看发生兴趣。于是，他利用 12 台摄影机拍了一段杂技演员的表演，每一个摄影机都是一个单点，但衔接起来后，就和手卷十分相似，是一种移动状态下的观看。其实，我们在展览中也一直在寻找观看世界的方法。

到北京画院以后，我需要从工作的角度关注中国传统艺术。在这个过程中，就会发现很多问题。比如，中国画在展厅里很容易被空间“吃掉”。一幅国画在工作室里可能是笔精墨妙，但在一个展览空间中就很难显示它完美的内涵。这一方面自然有艺术创作本身的问题，另一方面其实也和观看方式有关。现行的美术馆制度源于西方民主制度以后建立的规范。它将作品转移到大的公共空间，将以前的皇室、贵族收藏作为民主观看的对象。这实际上是公众观看取代少数观看的过程，而且为了保证作品安全，镜框、围栏等障碍被设置，都会影响观者对于作品的观看和认知。在这种环境下，西方艺术的厚度、力度、透视、强有力的笔触等都要比中国的手卷和册页的视觉吸引力强悍得多。同时，生活方式的转变，艺术作品的庙堂化呈现都促使中国艺术家去寻求改变。从这个角度，就可以理解李可染先生这辈人为什么要非常努力地塑造厚重视觉印象的中国画，也能够理解人民大会堂为何会选择《江山如此多娇》这样的作品。这时候我们再去审视传统中国画，就发现它不适应现行美术馆的空间，也不适应当下的观看方式。

在展览工作中，我们尝试寻找解决的办法。2011 年我在今日美术馆策划了一个实验性的展览——“观”。这个展览只做两个功课，一个是手卷，一个是册页。为了能让观众进入一种中国艺术的观看环境，我们利用今日美术馆的环形空间，将它做成了一个立体手卷，而且所有作品都不上墙。展览没有开幕式，所有观众都是特约、分批来的。而中国的手卷和册页就是三五好友的分享，我们希望通过这样一种方式让私密的分享变成可能。

在展览的开始，我请中央美术学院的丘挺老师写了一个“观”字，预示我们在探讨观看的问题。我在这里写了一段话 :“心与物太远还是太近? 观山、观水、观人，合一还是两望? ”意在说明，中国人借用艺术创作在表述内心和世界的关系。展厅的第二部分是一条长长的走廊，当观众已经走过展厅将近二分之一的时候，仍未看到一张作品，只有一个对于中国手卷和册页的介绍。这样的空间设置是为了让观众先静下心来，从而达到一种观画的心理状态。为了确保观者达到这种状态，我把展厅的一个小空间做成了一个茶室，看画之前先喝杯茶，聊聊天，慢慢去除内心的浮躁，此处还借用了苏东坡的一句诗“人间有味是清欢”。再进去才是大家一起坐下来亲自上手去看画。在这样的观看中，我们确实给观众营造了一个相对安然的状态。这样的活动持续了四天，来了很多朋友，我也期望来过的人能够给出一些回应。所以，我们专门安排了一个叫作“访问室”的空间，和大家聊一聊观画的感受，朋友的回应就像当年手卷后的题跋。整个参观过程有观看还有表述，这是中国人看画的习惯。在展览的后半程，我们把中国传统雅集的观画图像和大家分享。墙的另一侧贴着观画人的照片，就会知道谁来看过了，这也是一种信息的表述。不过从策展的角度来看，展览到这里并没有结束，一个好的结束其实是一个新的开始。我在丘挺老师家中看到他画室里有一块匾——“愿学”。这给了我启发，其实这个展览就是我们向前人、向古人、向艺术家、向古老的手卷和册页这种艺术形式以及它建构的观看方法的致敬。因此，我们的态度就是“愿学”。

基于这样的观看，我再和大家分享另外一个实验性的案例。这个案例着重探讨如何更好地让观众进入一个情境。这里可以先谈一下我当年参与王府井大街改造工程的体会。那时候我开始关注一个学科，叫人体行为学。对于做建筑、规划、园林的人，都要研究人在一个空间里行走、停留的问题，也可以说是如何利用空间结构来控制人的行为和大脑。当年我参与了给王府井大街设置雕塑的项目，暂且不去评论雕塑本身的好坏，这些雕塑设置后确实带来了一个客观事实，那就是行人在大街上停留的时间变长了。从A点到B点，原先只需要10分钟，但在添置了雕塑、座椅、广告后，行人穿过这里的时间就可能变成40分钟。假如一个人是11 ： 30去的，这延长的30分钟就促使他必须在这里吃一顿饭。吃饭就是消费，所以改造完成后，这条街的利润额增长了很多。把这个思维带到展览中，就有了下面要分享的这个展览——“渐”。这是武汉美术馆的一个青年项目，展览入口处放了一盘话梅，是我们尝了十几种话梅之后，投票选出来的最好吃的一种。这是我在上海陪太太逛街的体会，当嘴里含着一颗话梅的时候，人就会慢下来。因为要去品滋味，身体就自然地进入了一种舒缓的状态，这时候去看画，人的眼睛、大脑、心灵和画的关系也会进入一种舒缓的交流状态。那个展览有很多作品，这样就可以促使大家慢慢去看。通过这个方式，就把观展变成了一个有意思的过程，也让更多的人愿意在这儿多待。事实上，这种方式也是希望对当下一些现象做一点改观。很多人都会发现一个事实，比如之前在武汉，我发现湖北博物馆的参观队伍可能要排两公里。美术馆也不错，但大概只排 50 米。这是因为美术馆的东西更偏当代，能真正理解当代艺术的人不多。很多人觉得自己看不懂，很快就离开了。含话梅的方式也许可以让观众更多地去关心一下那些 80 后，甚至 90 后艺术家的作品，其实他们的作品也是一种思考方式。比如这个展览中 UNMASK 的雕塑，是一个以冬瓜为对象，在它从新鲜到枯萎的过程中多次翻制，然后再接起来，反映的其实是一个生命的轨迹，也是一个“渐”的过程。我记得丰子恺先生在一篇文章里说：“渐的本质是时间。”在这个展览空间里，观众的行走距离是一定的，但我们通过控制他们的速度，从而延长了参观的时间，增进了他们和作品的交流。所以在展览中，我们重新演绎了小时候学习的“速度 × 时间 = 距离”的公式之美。

真诚地做好服务工作

以上两个展览都具有很强的实验性，不能直接挪用到传统名家的展览中，但这些尝试对做 20 世纪的展览也会产生启发。接下来我就和大家分享在北京画院的一些工作。

齐白石，1864 年 1 月 1 日出生，1957 年 9 月 16 日去世。这位活了 90 多岁的老人，应该说是 20 世纪给中国艺术带来很多新鲜感和生命力的一个人。在北京画院，所有关于齐白石的收藏有 2000 余件，其中绘画 1000 多张，印章 300 方，图稿数百张，还有齐白石收藏的吴昌硕、于右任、徐悲鸿等其他人的作品。我们还有李可染的相关藏品 400 余件，包括 108 张绘画、122 张书法、13 张水彩以及李可染收藏的齐白石等名家作品，这是可染先生家属对国家的重要捐献。除此之外，当年在北京画院工作的老先生们给这个地方留下了特别丰厚的藏品，大家知道的许多 20 世纪中国画名家的作品都有收藏，比如潘天寿、黄胄、何海霞等。

针对这些藏品，我们做了“二十世纪美术大家”系列展和齐白石的系列研究展。做好一个展览，除了空间设计、传播、公教等之外，更重要的是要做好前期研究。而在这个过程中，其实公关能力非常重要。举两个例子，比如我们做董希文先生的展览，无论是他生前还是身后，都是第一个个展。为了做这个展览，我们花了将近两年的时间和家属磨合。在这个过程中，我体会到作为美术馆人，人情和功课都要做。我在做北京画院美术馆馆长之前，差不多花了 5 年时间做人民英雄纪念碑的前期研究，找到大量文献。当把这些文献逐渐公布之后，董希文先生的女儿董一沙就找到我，告诉我董希文也参加过人民英雄纪念碑的创作，还拿画给我看，我就把作品放到了后来的展览里，就这样建立了友谊。此外，董希文先生跟李可染先生都曾住在大雅宝胡同，而李可染先生之子李小可是北京画院的艺委会主任，我的领导王明明跟董一沙一家关系也非常好。当所有的机缘和关系叠加在一起，再加上我们的研究和服务，最终才能促成这个展览。

另外一个是做庞薰琹先生的展览。庞先生的女儿庞壔是中央美院教授，是一个对所有事情都要求非常严格的艺术家。庞壔老师认为庞先生的水彩画寿命是有限的，并不愿意公开展出，即使展出也对光照的时间、强度、恒温恒湿条件等要求非常严格，她对今天的美术馆服务水平表示怀疑。但我非常想做庞薰琹先生的展览，所以就想办法去打开这扇窗。这个切口就是我考美院之前读过的一本庞薰琹先生的书——《中国历代装饰画研究》。在我看来，他是用后半生的生命去写的这本书，但在出版的时候，考虑到成本和普及的问题，把所有的插图都去掉了，只附了一个图片目录，告诉读者在哪里可以找到这些作品。此外，在 80 年代初因为一些政治因素等问题，他的一些观点也没办法完全呈现，我就对照他的笔记去补充。我们差不多用了半年的时间，得到很多专家、老师的帮助，几乎找全了书中的所有配图，并进行了补充修订，很快就重新出版了这本书。而这个事情是家属 20 年来一直想做却没做成的，因为这件事情，我们赢得了家属的信任，最终促成了展览。通过这件事我们应该明白，和这样一个三四代都是艺术家、学者的家庭交流，我们必须以他们可以接受的方式，用真情的服务去表达我们的诚意，这样才能跟家属建立良好的关系。

再比如李可染先生的家属捐了数百件作品给国家，我们如何为他们、为作品提供更好的服务呢？其实很多家属捐赠之后，最担心的就是这些作品不被善待，很少展览，不能和观众见面。所以我们用了 5 年的时间为可染先生做了 5 个展览，每次都是不同的角度，几乎涵盖了他艺术的方方面面。比如说李可染的人物画，其实很大程度上是被大众忽略的。谈到李可染，一般都会想到“中国 20 世纪山水画转型的重要艺术家”“20 世纪中国画山水大家”等成就，但是李可染成名却是因为人物画。他早年参加民国时期的全国美展画了一张《钟馗》，抗战时期在四川做展览，老舍先生专门作文，盛赞他是当时最重要的人物画艺术家。中华人民共和国成立初期，因为种种原因，他的人物画受到批评，后来才转入了山水画创作。所以，我们通过一个展览告诉公众李可染不仅是山水画大家，在人物画方面也有了不起的成就。

“一叶知秋”的工作方式

基于以上的态度和方法，北京画院用大概 7 年的时间，做了 30 多个艺术家的个案。对于我们而言，做这些展览面临很多困难，比如空间小、人员少、资金紧缺等等，所以在 2010 年的时候，我就总结了一个工作方法，叫作“以个案勾勒全景”。也就是说，在做这些个案的时候，我们不去做一个人的方方面面，甚至不做某个大的时期，可能寻找一个时期里的一个小板块，从细节入手。机缘巧合，有一年的秋天，我早上上班，发现画院门口有一些落叶，当拍下一片叶子后，突然想到一个词叫“一叶知秋”，这其实正好可以表述我们的工作方式。作为一个美术馆的馆长，我要做的不只是简单地策划一个展览，更要策划美术馆的学术方向、未来发展；在具体的展览中，我们以“个案勾勒全景”的工作方法也可以叫“一叶知秋”。

基于这种工作方法，我们 9 年做了 10 个齐白石的专题展，第一轮在今年刚刚完成。今年 9 月，我们会推出齐白石系列展的第二轮第一展。这次是齐白石的草虫大展，我们从全国各地借到齐白石的草虫作品，放到北京画院集中展览。因为齐白石的草虫，无论是工笔还是写意，都留下了很多问题，不少专家学者在各种文章、平台上去讨论。我们这次不做更多的评论，而是把作品摆在一起让大家去观看、对比，讨论真伪问题、好坏问题、手段问题，等等。我们希望通过所有细节的研究，通过 10 年，甚至 20 年、30 年，直到我们这些人退休后还有人继续做，以齐白石为中心找到一个能够观照中国 20 世纪艺术，整个中国艺术，乃至世界艺术的方法。这种方法可能很慢，但希望它是有效的。

就像陆俨少先生画画一样，从一个局部开始，最终画好一整张作品。我们希望用这种中国式的“生发”来研究我们的美术史，做我们的展览。

接下来就以具体的展览为例，谈一谈我们的工作方法。去年是齐白石诞辰150年，也正好是北京画院第十个齐白石专题的收官展。我们用了一张特酷的照片，是之前《人民画报》刊登的一张齐白石彩照，有人说是填色，但不管怎么说这是我找到的唯一一张齐白石的彩色照片。去年的收官展叫作“人生若寄——齐白石的手札情思”（图1），为什么把这样一个专题放在第一轮系列展的最后？其实是我们一直不敢做。齐白石留下了大量的文献，包括日记、诗草、手稿、书信、账目等，非常细致。具体细到什么程度？比如说卖一张画，如果钱多我们可能会记下来，但齐白石不是。就连在报纸上刊登一张他的篆刻，他有的都会剪下来，记上稿费三毛。从这个角度看，老爷子很善良，因为他为我们留下了大量可供研究的线索。如果以法律的角度去思考，这些都可以叫作“痕迹”，对于破案而言，追凶的过程就是通过无数痕迹去寻找问题的缘起。

图1 “人生若寄——齐白石的手札情思”展厅

其实，艺术家很容易留下各种痕迹，要不然为什么会有美术史呢？齐白石就是这样一个什么事都写的人，比如去哪玩了，见到谁了，烦谁了，今天大螃蟹好吃，等等，各种各样的信息都会被记录，就像今天发微博。正是因为信息过于丰富和庞杂，所以我们始终不敢去做这样一个展览。所以，从2005年到2010年，我们专门请了艺术研究院的前辈郎绍君先生带着他的家人、学生一起，花费大量时间和精力，对北京画院收藏的几乎所有齐白石文献进行了释读，并且出了全集和单行本《人生若寄》。另外，北京画院跟文化部合办了一个研究中心，把我们做完基础工作的藏品信息都公布出来，这在当今中国博物馆藏品体系还不完善的情况下，其实是一个很善良的事情。这些信息的公布，极大地推动了齐白石研究，现在每年的“齐白石艺术国际论坛”，我们根本不用发愁稿件，很多时候还要删稿，这就是藏品信息公开后取得的非常好的成果。

正是在这些前提下，我们最终做了“人生若寄”的展览。“人生若寄”其实是个很悲哀的题目，一个人，哪怕像齐白石一样活到 90 多岁，对漫长的历史而言也只不过是一瞬。所以我们最终确定了这个题目。继续去查，这个词其实来自陶渊明的诗“人生若寄，憔悴有时”。用这样一个题目，既是对齐白石人生的观照，也是提醒我们对于展览的态度。具体如何去做，我们花了很长时间去思考，最终找到《白石老人自述》作为切入点。这本书由齐白石的学生整理编撰，书里记录了白石老人到 1948 年的几乎所有感悟。虽然有些地方出现一些错误或个人化的情绪，但基本能勾勒出齐白石大半生的状态。我们利用这本书的方式叫作“齐白石带你看展览”。在展场中，我们把七万字的叙述压缩成七千字，把画里有意思的事和文献对应起来，白石老人的语言又生动活泼，就像讲故事一样，所以观众在看展览的时候很容易就进入了齐白石的世界。展览的开头就引用了齐白石的自述：“穷人家的孩子，能够长大成人，在社会上出头的，真是难若登天……回想这一生经历，千言万语，百感交集，从哪里说起呢？先说说我出生时的家庭状况吧！”这个开头非常好，所以展览没有写序言，就以白石老人的自述展开了。这个以第一人称展开的展览，引起了很好的反响，还在文化部的评选中获奖。

接下来可以谈一谈展览研究的问题。这两张画是齐白石于 1915 年在北京画的，内容是他在北京看到的远景。第一张是傍晚时的景色，另一张根据他在画背后写的，是他到游乐园去玩，不知道是不是指的天桥，看到远处的灯泡厂冒出的黑烟，我开玩笑说这大概是北京雾霾的开始。这些作品和文献其实是死的，关键是做研究、做展览的人怎么把它读活了。这就像当年做人民英雄纪念碑的研究，我差不多用两年的时间搜集从 1951 年到 1953 年的会议记录，包括吴作人先生家和档案室等都找了。但是这些文献真的很难读下去，很多人也不认识，背景也不知道，他们的语言逻辑也不明白，在这种状态下这些文献就是死的文献。但当我花了两三年读完以后，突然发现这些人都认识了，他们讲话背后的意思也明白了。这些东西都是需要研究者去读出来的，因为最终的作品可能跟一个艺术家到了哪个地方，做过哪些创作，形成了哪些团体，以及产生的后续影响都有关系。从这个角度思考，就可以理解齐白石大量文献背后的无穷意蕴了。

在研究过程中，我们还要就文献去寻找、连接新的东西。比如，一个外国人写过一段关于齐白石的回忆。记载他到齐白石家，墙上没有什么画，满屋子都是告白。这告白是什么呢？可以从北京画院的一件藏品来理解，上面写着：“卖画不论交情，君子有耻，请照润格出钱。”这意思很明显，就是说不管交情好不好，买画都要按明码标价来。这就是齐白石，非常可爱。英国学者苏利文先生去世之前，每年到北京我都会请他吃饭。会问一些很直接的问题，比如齐白石是什么样的艺术家？苏老爷子的回答很直白，甚至变成了赵大山先生谈论齐白石的一个证据。他说齐白石是一个商业画家。听到这句话的时候我有点儿被惊到了，完全想不到会是这样的答案。艺术家大致可以分三类：一类是学术性艺术家，比如高校艺术类教师；另一类是以卖画为生的职业艺术家，这类人也很多；最后才是在琉璃厂、潘家园接订单甚至造假画的一批人，叫商业艺术家。所以说齐白石是商业艺术家好像地位太低了，但后来一想，齐白石不就是天天等着订单吗？有订单他就特别高兴，这就是商业艺术家啊。基于这样的判断，就会产生另一个问题，为什么我们又认为齐白石是个了不起的艺术家呢？苏利文先生又给了我很精准的回答：齐白石是把自己的性格融入了自己的创作。哪怕是一个商业艺术家，我们也可以看到他的真性情，看到他的赤子之心。

关于这个问题，我们就可以从齐白石对于钱的态度谈起。2009 年，我专门去捷克见到了齐白石研究学者海兹拉尔。他当时身患癌症，刚刚接受化疗，有幸见面之后，我们长谈了 4 小时。他的太太李玳君是湖北人，我太太也是湖北人，有时候事情就是这么简单，我们的距离无形就拉近了。临走的时候，李玳君夫人给我看了一份齐白石的润格，并把它捐赠给了北京画院（图 2）。这些天，老奶奶又寄来一批资料，都是李可染当年题写给海兹拉尔的文献。之后还有东西要捐给北京画院。我们可以一起看一看这份润格残片（图 3）：大赭，应该是 30 元，因为中赭是 25 元，红色（进口西洋红）重用（比如画个大桃子）10 元，少用（比如画个小花儿）5 元，这是按生产资料计费了；篆刻治印，费工夫的朱文 20 元，白文 15 元，这是按劳动时间计算的；此外，以上每元加一角。这句话我很长时间不理解，直到有一天北京出租车开始加收燃油费，每次打车加三块钱，那会儿突然我就明白了这种涨价方式。

为什么要采取这样的涨价方式呢？这其实涉及消费心理的问题。我当年去许麟庐先生家采访，许家其实是齐白石的总代理，他们告诉我一个信息：齐白石这一辈子有两个爱好，第一是最好天天卖画，第二是喜欢别人在那儿等着。这就需要建构一种期待性，所以他怕一涨价就没人订画了，就是近期不能卖，远程也没有，这就会使他紧张。这就涉及他生活的年代——军阀混战、抗日战争、解放战争，在这种环境下他对稳定的收入是很看重的。在他的回忆里就提到一件事，1946 年，他和溥心畬等人一起去南京、上海办展览，作品大卖，但回到北京之后发现一堆钱也买不了几袋面。所以他总爱反反复复修改润格，会根据当月、当周，甚至当天的米价来计算卖画的钱。为了好卖，齐白石在世的时候作品价格一直都很低。我曾在米景阳先生处看到早年荣宝斋售卖画家作品的价格，齐白石的画价远远低于傅抱石。对于代理而言，对齐白石这样的低价其实并不满意，因为卖得再多利润也不高，所以他们就催着齐白石涨价。在这种情况下，他就想到这么一个涨价方式——“以上每元加一角”。所以这么一个简单的润格笔单，其实暗含着从社会到生活再到人的逻辑。再比如，他会写告示告诉买主：“已出门之画，回头补虫不应；已出门之画，回头加印加题不应。”以上就显露出来白石老人的性格了。

图2　海兹拉尔夫妇捐赠作品时的合影

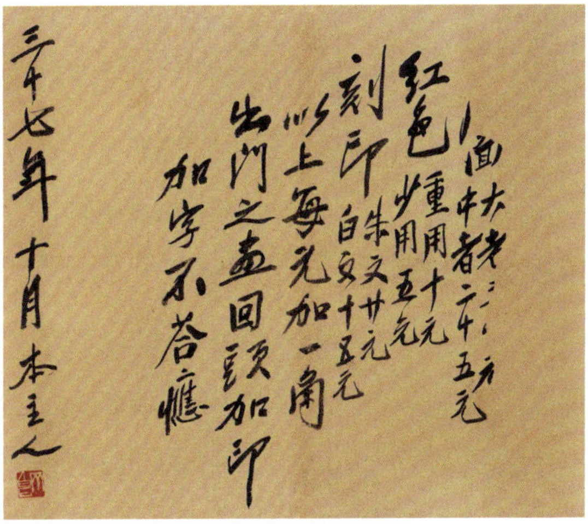

图3　海兹拉尔夫妇捐赠的齐白石润格

面对一件文献、一件作品，做美术馆、做展览的人一定要把它的背景逻辑想清楚。比如说这张青蛙的作品，题跋、印章、记载都没有，所以第一次做水族展的时候我们没有展出，因为说不清楚。后来我们花了很长时间去研究，也请教了很多学者，最终确定这个东西应该是齐白石 96 岁到 97 岁，也就是他最晚年的作品之一。我们可以拿荣宝斋藏的相对比较可靠的齐白石 97 岁的作品比较，可以发现包括用笔状态在内的很多地方都很相似。所以很多藏品留给我们很多问题，这就需要坐冷板凳的研究，扎扎实实做功课。

接下来再进入展厅具体来看。当时我和王明明院长商量空间，他提出应该有竹影，我觉得这个创意特别好。之前我们一直使用白色的石头，这次结合齐白石在湘潭老家的环境——水塘、房子、竹林、山坡，所以我们就用竹林来暗示他出生的地方。并经过多次拍摄，实现了理想的动态竹影效果。另外就是空间路线的问题，当一个人走进展厅，很快就会面临向左还是向右的选择，最直接的办法是画一个箭头，让观众按照我们设计的展线参观，但这个办法很笨。我们是请王院题写了展览的题目，放在合适的地方，观众自然就知道怎么走。从我们预设的角度还能看到郎静山拍的齐白石照片，都是对观众的一种引导。

为了让大家更清晰地看到齐白石的文献，我们和雅昌合作了电子书，观众在现场可以自由看。我们还根据齐白石的《癸卯日记》，用动画还原了他“五出五归”第一次的云游路线，直观有趣。另外，齐白石有很多诗草，是供他题画备用的。我们就花了很多工夫从诗草中摘录可以和画对应的诗句，比如辽宁省博物馆的《石门二十四景》就和他的诗草对应上了。在展签上我们设置了二维码，观众通过扫码可以获得作品和诗草的解释，还有中英文语音，方便外国观众。在这里，我们还使用了齐白石的一张照片，看起来好像他在玩手机。通过这样的传播，我们收到很多反馈，那段时间我们的微信平台非常热闹。这些其实都是一些小的办法，但可以吸引更多的普通观众、年轻人走进美术馆。现在我们越来越重视微信平台的作用，很多热心的观众对展览提出想法和意见。后来我们还做了一次简单的交流活动，在微信发了一个 15 分钟的唠嗑，参与的人有拍卖行的，有搞企业的，甚至门卫，等等。我觉得特别好，说明我们的观众组成很丰富。

还要给大家介绍一件拓片作品——“开张天岸马，奇逸人中龙”。这件作品之前一直在画院的库房里，但我们不知道它的来历。后来，我在捷克买到了一个叫齐蒂尔的人的书。他曾在北平艺专教水彩，有两个大师级的人物都出自他的门下，一个是被称作“中国水彩之父”的李剑晨，另一个是国画大家李苦禅。齐蒂尔在中国结识了齐白石，也是他最早把齐白石的作品带到了欧洲。在他的书里有一张在齐白石家拍的照片（图 4），墙上就挂着这个拓片。再查出处，原刻石应该是在龙门石窟。所以把这件作品放在展厅的合适位置，就给了观众更多信息，也使展览更亲近、更开放。在展览结束的地方，我们采用了更加开放的方式，向观众提出了问题："150岁的齐白石还活着吗？他的艺术在21世纪的今天，是否依然具有魅力？齐白石从木匠到巨匠的艺术历程在证明一些什么？"我们期待观众回答这些问题，留言也确实很多，现在已经有一摞了。连华中师大美术学院的院长也写了自己的感受，很多观众的评介、意见都非常好，我们会经常去读。

图4　齐蒂尔在齐白石画室

今天做一个完整的展览策划，公共效益是重要的。从20世纪70年代开始，国际的博物馆协会对博物馆、美术馆的认定发生变化，从收藏、展示为主转变到了服务、公共效应为先导，我们也逐渐在做这个功课。在这个展览里，美术馆组织了"打开艺术之门"系列公教活动，获得了文化部的优秀公共教育奖。比如，我们设计了一个母亲节的活动，让孩子们写一封信，画上一幅小画送给妈妈，不但非常感人，也符合信札的展览主题。借这次展览机会，我和院里提议重新出版《白石老人自述》，插图以北京画院藏品为主，这样既对展览是一种支撑，同时也传播了画院的收藏，这个提议后来很快就实现了。

寻找展览的逻辑

接下来我想跟大家分享一下画院前期的一些展览，包括展品选择的一些逻辑。2010年，北京画院做了一次关于齐白石的国际论坛，配合论坛，我们做了“真有天然之趣”的展览。

在一层展厅，我们只展出了两张小画，其中一张是一只小鸟。这只小鸟是齐白石1919年在北京寄居法源寺，看到一个石头的摹印，就给画了下来，也算是写生吧。画完这只小鸟，他就在画上记下了这件事，并写下“真有天然之趣”几个字。这其实也是齐白石艺术成功的非常重要的方面，我们可以仔细品味一下这几个字。“真”是艺术的核心；中国艺术不同于其他民族的特殊之处则在于“天人合一”，也就是“天然”；“趣味”也是中国艺术中十分重要的一点，这个趣味不是“好玩”，而是一种内在的品格和修养。所以“真有天然之趣”就成为了展览的主题，也是我们挑选作品的标准。如果说这张作品说明齐白石与自然的关系，那么另外一张作品则可以从另一面看到他的“真”。我们都知道齐白石对钱是很在乎的，他很节省，甚至有点抠门，但在另一种情况下，他又很明确哪些作品是不卖的。比如一张画虾的作品上题有：“此小虾乃予老眼写生，当不卖钱”。我在第二次过手这件作品时才发现，画上条子的颜色比较浅，应该是晚一点加上去的，可见齐白石对他这样一个小画作的珍视。这一点可以从另一件事里得到辅证。1957年，李可染外出写生，齐白石那时候年纪已经很大了，觉得学生这次离开也许就不能再见面了，他就把一盒很珍贵的印泥送给了李可染留作念想，从中可以看到齐白石的真诚。所以我们研究一个人，一定要把他尽可能地还原，而不是一说起齐白石，就嘿嘿坏笑，说一句“那个抠门鬼啊”。这种研究是需要真正下功夫做功课的。

这个展览的空间是从齐白石老家的环境来的。他出生的地方，有水塘、山坡、树林，背山面水，一看就是中国传统意义上的“好风水”。展览空间里的石头、荷花砚台，还有养了鱼的一汪水，都是对齐白石生长环境的一种呼应。

在这个展览里，我们希望用最简单的方式给观众讲清楚齐白石，所以借用了他的三方印章来勾勒他的一生。第一方是“鲁班门下”，齐白石27岁之前是一个木匠，这方印说明他是一个不忘本的人。第二方叫“寂寞之道”，齐白石一生主要的艺术成就是自己研究出来的，虽然得他人帮助，但他的自我意识非常强，走了一条寂寞之道。第三方是“知己有恩”，齐白石是一个感恩的人，他对帮助过自己的人念念不忘，包括徐悲鸿、林风眠，甚至周恩来等。配合这枚印章，我们在展厅里放了齐白石当年和徐悲鸿、吴作人的合影，同时还展出了他感念徐悲鸿而作的《寻旧图》（图 5）。

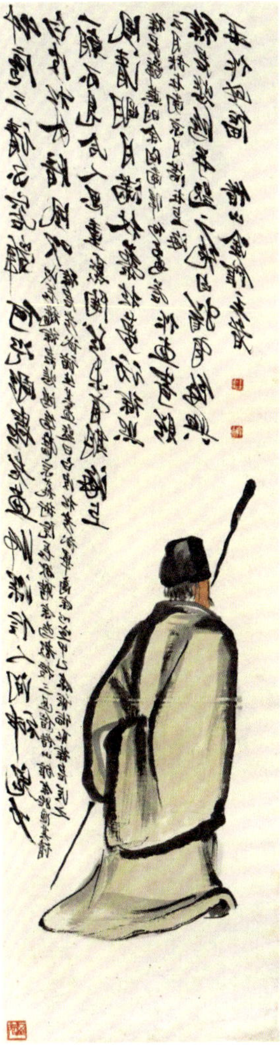

图5　齐白石《寻旧图》，纸本设色，151.5cm × 42cm

一个展览其实就是这么一段段生成的，不过很多观念其实是从前人那里汲取的。比如我们从齐白石说到李可染，李可染先生有句话，大概意思是传统对我们来说是血液，外来的东西是营养。仔细琢磨，少了营养我们顶多是面黄肌瘦，但没有血液却是不能活的。而且在当代艺术最热闹的时候，他在 1989 年写下了“东方既白”四个字，针对的其实是“穷途末路说”。今天我们重新回望这些事情，除了钦佩李可染先生外，也希望从中找到面对 20 世纪中国画的方法，找到“东方既白”的东西。当然这会有很多困难，不过就像之前《三联生活周刊》的主编朱伟先生所说的“坚硬的阅读”，要读一些特别难的文本。对应到美术馆人，我们也要做“坚硬的展览”。

“通变—变通”——理解 20 世纪艺术家的入口

去年是澳门回归十五周年，我们跟澳门博物馆有一个齐白石展览的合作，之后澳门博物馆还会有一个吴湖帆的展览。他们馆长的想法非常好，就是做一个吴湖帆鉴定过的作品展，包括在画上有题跋、认定，以及他笔记中有所记载的作品，要从故宫、上博等多个博物馆借作品。同时邀请很多学者去开研讨会，这样就变成了吴湖帆和今天的鉴定学者比拼的一个有趣的展览。我也很想去看这个展览，但又不是研究古代美术史的，按道理不能参会，后来和他们馆长协商，我也可以写一篇文章去发言。这个时候我就想起

图6　吴湖帆《庆祝我国原子弹爆炸成功》，135cm×67cm，1965年

图7　原子弹爆炸彩照，《人民画报》，1965年第1期刊登

2007年在展览中接触到的吴湖帆的《庆祝我国原子弹爆炸成功》。这件作品作于1965年，完全超出了我对吴湖帆以往的认知。所以我就想在研讨会上，针对这件作品做一个吴湖帆的小研究，推演一下一张画的展览如何做。

研究的过程中，我翻看了多年前朋友赠送的吴湖帆的传记，也去采访、请教了很多人。研究一张作品，就必须要了解和它相关的背景。1964年，正好是中华人民共和国成立15周年，那时候中苏关系已经恶化。就在那一年原子弹爆炸，当时正好在拍大型音乐舞蹈剧《东方红》，毛泽东、周恩来这些领导人亲自接见。就在这个时候，新闻正好公布原子弹爆炸成功的消息，我相信这不是偶然的。那么，这件事对吴湖帆又意味着什么呢？1956年，他参与筹备上海中国画院，内部已经基本确定为院长，但因出身问题事情被搁置。1957年又发生了“檀香扇事件”，“反右”开始后他又受到审查。这一系列事件之后，当1960年上海画院成立时，吴湖帆只是普通画师。就这个事情我也采访过很多老先生，很多有境界的人，视野是很宏大的，他们会把“小我”和“大我”分离。所以自己虽然遭遇不幸，但知道原子弹爆炸的消息后，吴湖帆主动去研究，最后创作了这件作品。他在创作这件作品时，参考了当时的新闻照片，而且看了很多遍纪录片。我们可以拿他的作品和新闻图片做一个对比，可以发现非常一致（图6、图7）。但是吴湖帆也做了调整，特别是底部调整后气氛更浓。那么对于一个传统的中国画家，他是怎么去处理这种应该说是西方的空间关系的呢？我们往前追溯他的作品，发现从他的成名作《云表奇峰》开始，就一直偏爱云雾的塑造，也许在这件作品里，他就是把蘑菇云当成云雾来画了。这就好比牛奶和豆浆，本质上是不一样的，但在我们看来都是白色液体。进一步从作品出发去研究，发现终归是有一些细化的逻辑在里面。比如在一张 1946 年的照片（图 8）里，我们发现吴湖帆、张充仁、张大千等一些人在一起，这里面既有画中国画的，也有画西画、做雕塑的，有传统派，也有留学归来的，他们之间是相互交流的。另一张是张充仁给吴湖帆做雕塑头像，也是很有意思的照片（图 9）。总之，这些信息引导我们要对吴湖帆进行重新的认识。我特别赞赏卢辅圣先生对这张画的评价，他说《庆祝我国原子弹爆炸成功》是吴湖帆对艺术功利观的自觉顺应。

图8　1946年合影（右起：郑午昌、张充仁、张大千、吴湖帆、许士骐、汪亚尘、颜文樑）

图9　张充仁和吴湖帆

吴湖帆只是我们分享的一个例子，其实 20 世纪的一代人普遍面临着社会的压力，以及现实生存与艺术追求之间的矛盾。如果要用一组词来解释我所理解的 20 世纪艺术和艺术家，那应该是“通变—变通”。无论做艺术还是做学问，都是通古今、中西之后的变化，但那个时期没有给艺术家和学者更多机会。所以，他们只能在变通中寻找通变的逻辑。也是基于这样的思考，我们在上海做了“通变涵远——20 世纪中国美术中的 10 个样本”这一展览。

图10　齐白石《钳锤道义图之一》，纸本设色，76cm × 39cm，1951年

图11　齐白石《钳锤道义图之二》，纸本设色，74.5cm × 39.5cm，1951年

还是从我们熟悉的齐白石和李可染入手来谈这个问题。1950 年，齐白石已经 91 岁，一方面要适应新中国表现劳动人民的要求，另一方面他又没有表现这一对象的经验，所以就有了两张《钳锤道义图》（图 10、图 11）——穿古装的人扛着钳子、锤子，这就是齐白石变通的解决方案。再看李可染，1951 年他画了《劳动模范赴北海公园》，用工笔重彩年画的形式表现劳动模范，这是现在找到的唯一一张李可染如此风格的作品，当时还得了奖。他还有另外一类人物画，像《领得土地证　洗血千年泪》《老汉活到八十八　才知军民是一家》等。这是用传统人物画的笔墨画劳动人民，但相貌外观与社会需求相去甚远，受到了普遍批评。这也就可以理解为什么李可染很快就转向了山水画创作。再看之前傅抱石展览中的一件作品《乾坤赤》，好不好我们可以再讨论，但这就是他的解决方案。再比如北京画院的《东风吹遍百花开》，这是画院老先生们的合作。开始我以为这是一张任务画，后来从他们的回忆中发现完全是自发的。因为中华人民共和国成立之初，很多老画家失去了生计，1957 年北京中国画院成立后，他们算是有了工作，这些老先生们一高兴，就讨论画了这么一张作品。如果再往后延续，就可以看到北京画院的另一位前辈，周思聪先生。我们已经做过多次她的展览，从人物画来看，她也画领袖像，但和其他人不太一样，她会把女性的细腻和情感放进去。《人民和总理》（图 12）是她

图12　周思聪《人民和总理》，纸本水墨设色，151cm × 318cm，1979年

非常重要的一张作品，当时受到一致好评，还获了大奖。但很多老先生说到这张作品的时候，都会叫成《总理和人民》，这其实很有意思。为什么一般艺术家的同类作品没有留下？是因为他们先想的是总理，然后才是人民，周思聪恰恰相反，所以周总理并没有在画面的中央。周思聪后来的通变也与原子弹有关，1956 年她在中央美院附中的时候，就见到过日本艺术家丸木夫妇创作的《原爆图》。1980 年她又有机会去日本访问，见到了这对艺术家夫妇。再后来，周思聪还陪他们到过桂林、浙江等地写生。在这一过程中，我们看到了周思聪的力作《矿工图》的诞生。现在，家属已经决定把《矿工图》捐给北京画院，这将是我们继齐白石、李可染以后得到的最重要的藏品。

再从原子弹这件事情继续延伸，我们可以联系到当代艺术家蔡国强。1996 年，蔡国强在美国内华达的核试验基地，完成了他的成名作《有蘑菇云的世纪：为二十世纪作的计划》。这件作品也确立了蔡国强作为一个中国艺术家的国际地位。随着后来不断以火药为对象的创作，蔡国强也遭受到一些质疑，比如下面这段话就说得很好："这与其早期爆破计划所具有的社会意义和艺术精神有所背离。这是否意味着蔡国强的火药艺术已从具有反思意义的形象走向了装饰或献媚的形象？未来的‘火药’是否还能诞生出另一个‘蘑菇云’，再一次擦亮人们的眼球？”应该说蔡国强一直在努力，包括他去年在上海做的《白日焰火》《挽歌》。所以，一个艺术家的生产过程，或者说艺术创作过程，有时候确实是一种逻辑的修复。

我记得中央美院的尹吉男先生曾经讲过“私”的个人写作和“公”的写作的差别，其实美术馆也有“私”的展览和服务性的展览。很多时候这个东西是动态的，是一种主观与客观的结合，是态度与行为的综合体。所以，有时候出发点也许并不是最重要的，最重要的还是那个结果，我们也期待这样的结果。

我今天就讲到这里。谢谢各位！

牛克诚：感谢吴洪亮馆长精彩的演讲！他讲座的副标题是“基于学术研究的展览策划”，我听了之后，觉得他的展览策划做得这样有创意、这样精彩，一方面固然是基于学术研究，但很重要的一点则是他基于对策展这件事的关注、投入与专注，他就喜欢做这个事。我们从他做展览的过程以及他今天的讲座，都能感受到他非常痴迷于做展览这件事，所以，他全情为这件事投入、研究，然后把最精彩的展览呈现给我们。

关于“王朝闻学术讲坛”这个讲座，我原来的想法，总希望找一些特别特别著名的、德高望重的专家或者艺术家进行讲座。但是在今天，这个讲座是服务于我们听众的，应该给听众带来更锐意、更丰富、更全面或更有深层思考的讲座内容。我想，今后我们的讲坛再邀请专家的时候，可能会做一些思路上的调整。我们今天这个“王朝闻学术讲坛”其实也是中国艺术研究院研究生院和美术研究所共同主办，由美国斯坦福大学东亚中心杨晓能教授领衔的外国专家高端项目“百年山水”的一系列活动之一，所以杨晓能教授对这个讲座以及这个活动付出了很多心血。下面，我们也有请杨晓能教授对今天这个讲座做学术点评。

杨晓能：吴先生讲座的亮点就是“小题大做”。他拿一件作品来深入地研究整个作品的政治背景、历史背景和艺术创作的过程，实际上也是我们在座的同学，包括参加我们课题进行研究的一个方向。我们不需要求大求全。比如说你要研究傅抱石，一定要有作品的分析，一定要有一个切入点，从一件作品或一个事件入手，然后把它分析清楚，这样才会有成果、有效果。现在很多国外的博士学位论文，就是从一个画家或一件作品入手。比如说赵孟頫的《二羊图》就有好几篇论文。我只是举个例子。

另外一个就是吴先生讲的策展。策展有两种：一种是商业性的策展，诸如画廊经纪人等的策展；另一种是学术性的策展。对这两种策展不必做褒贬之分，各有其目的和对象。比如说我们在座的画家想要被社会认知，往往第一步是经过画廊，画廊开始给你策展，这是第一阶段。现在有的画廊做得很好，他们也有相当的水平。但是，如果一个画家、艺术家想进入美术史，那就需要通过第二种学术性的展览。在西方，作品被选进博物馆展览是被认可的关键一步。一个好的策展人往往可以左右一个艺术家、一个流派在美术界的地位，说严重一点儿就是可能影响他的艺术命运。一个很好的艺术家被很正宗学术展览承认，影响他的往往不光是他的艺术命运、美术史地位，还有他的市场价值。当然市场价值不是学术策展的目的，但还是有一个连锁效应。

这两类策展人的要求不一样。

第二种策展人基本由博物馆/美术馆的策展人或者相关的专家学者担任，一定要有学术研究做基础。中国的展览往往做得很快，但在西方，一个好的大型展览经常要花五年甚至更长的时间，这个展览做了以后，往往具有里程碑的意义。不光是展览本身，还包括一本学术性展览图录，重要的会指引学术研究和大学的教学方向。同时好的展览也有雅俗共赏的教育作用，能够引导和提高观众的欣赏品位。比如说很多人对当代艺术不太理解，比较有水平的策展人策划了相关的重要展览，慢慢地大家就开始接受当代艺术了，甚至当代艺术现在已成为一种时髦。

牛克诚：今天吴馆长的讲座对我真的触动很大。我也经常跟我的研究生们讲，我们做研究确实是一件苦差事，但这里面又确实是有乐趣的，它就像是一种成年游戏。做游戏的时候，没人给你工资，也没有人要考核你，但是打游戏会废寝忘食。这个动力在哪儿？如果把这种动力移植到学术研究当中，或者策展当中，真的把它当成一件乐事，自己驱赶着自己去向前，我想这个动力是超越一切的。我想，这也可能就是策展和研究所共同的地方。

再次感谢吴馆长非常精彩的演讲，感谢杨晓能教授精彩的学术点评，也感谢大家的耐心听讲。谢谢大家！

（根据讲座录音整理，经主讲人审阅。

整理人：田超，中国艺术研究院研究生院美术学硕士）

艺术创作能量的来源

——从《天书》到《背后的故事》

主讲人： 徐冰 / 中央美术学院副院长、教授

主持人： 牛克诚 / 中国艺术研究院美术研究所副所长、研究员

杨晓能 / 美国斯坦福大学坎特视觉艺术中心亚洲主任、教授

时　间： 2015 年 4 月 17 日

地　点： 中国艺术研究院学术报告厅

牛克诚： 各位同学，各位老师，大家下午好！“王朝闻学术讲坛”第 15 期现在开讲。“王朝闻学术讲坛”是以著名美学家、美术理论家、雕塑家王朝闻先生的名字命名的，由美术研究所原所长吴为山先生倡议并布置实施的中国美术高端讲坛。它将不定期延请中国美术创作研究领域的著名学者、艺术家自命题目进行演讲。讲坛的宗旨是“扩大知识视野，推进学术探究，分享思想成果，激扬文化力量”。今天我们特别高兴请到了中央美术学院副院长徐冰教授为大家授课，大家欢迎！

首先感谢徐冰先生。他刚刚从机场赶到这儿来，他是一位饮誉国际艺术界的先锋艺术家，经常在世界各地办展、演讲，日程很紧，像今天这样从机场直接到会场的情况可能是常事，非常辛苦，再次感谢！我先简单介绍一下徐冰先生及其艺术成就，虽然大家对他已经很熟悉。徐冰先生于 1955 年出生于重庆，1987 年毕业于中央美术学院，获硕士学位，1990 年移居美国，2007 年回国担任中央美术学院副院长和院学术委员会主任。他的艺术成就是多方面的，1989 年现代艺术大展上的《析世鉴－天书》是他现代艺术创作的首次重要亮相，2004 年以后从《天书》到《背后的故事》一系列的艺术创作，其中包括新象形文的《地书》，也包括大型装置作品《桃花源的理想一定要实现》《凤凰》等。

徐冰先生的艺术成就在国际上获得了极高声誉，他的作品在纽约现代美术馆、美国大都会博物馆、英国大英博物馆、德国路德维希美术馆等一些世界著名的美术馆进行展出、收藏，并多次参加国际艺术大展。从《天书》系列到《背后的故事》，我觉得就是从汉字解构出发，采用了宋版印刷的形式，用的也是基本笔画，但它们却被徐冰制造出了数千个新汉字，从而组成了一个我们很难进入的空间，使我们有一种文化的迷惑和不解。如果说《天书》系列给我们带来的是汉字为何是这样一种观看态度的话，那么他的《背后的故事》应该是一个建构的过程，“背后”的构成，只是一些树枝，或者是枯萎的植物，以及日常生活中我们常见的废弃的东西，看起来是无形、芜杂，但是当我们看到它的正面，才明白原来是这样一幅经典山水。这样从解构到建构的过程，我觉得多少也映衬了20世纪80年代以来中国社会、文化的发展历程。80年代，我们自身文化身份是迷茫的；当今，随着我国国力的增强，随着中国文化自信心的高扬，我们就会用一种建构的态度对待我们的文化。因此，从徐冰先生的《天书》到《背后的故事》，也浓缩了中国文化人对于中华文化的心路历程。这些年他的艺术成就逐渐被国际认可，1999年他获得了美国文化界最高奖麦克阿瑟“天才奖”，后来又获得日本亚洲文化首届国际视觉艺术奖，2010年哥伦比亚大学授予他人文学荣誉博士学位，等等。但我认为他的艺术成就“背后的故事”还是丰沛的中国文化资源。就像他自己所说的，他要在自己的作品中表达坚定的生活方式和态度，发扬中国文化智慧。我们在他《背后的故事》当中能够看到很多中国文化元素，比如，前面那个画框，就让我立即想起古典建筑中的花窗，计成在《园冶》中说花窗要安置在可“观眺”处，以通过这个小窗看到园外的景色。贝聿铭先生也说中国的窗户是一个画框，花园永远在它外面。我甚至还可以想到苏东坡的“月和疏影上东窗”，那是月下的竹子将影子投到窗户上，窗上的竹影也便是一个图像。通过这样一个影像折射我们内心的一个想象。我想徐冰先生一个很重要的贡献，就是他是用中国的智慧向国际说话，并为中国文化收获了广泛的世界性荣誉。那么我们现在有请徐冰先生为我们做演讲，大家欢迎！

徐冰：谢谢牛老师的介绍，感谢美术研究所的邀请，也谢谢晓能教授对演讲的安排。其实杨教授在美国做过很多推动中国当代艺术，特别是中国传统艺术在学术界的传播的事情，说实在的，平时这些事情都是他们给大家演讲。艺术研究院其实我很少来，当时还是高名潞老师等几个人在读研究生的时候来过。今天我来挺高兴的，但是我也想说一声对不起，因为我确实是晚到了。今天我想说的题目，是跟晓能教授一起讨论过的，因为咱们这个班是跟中国书画有关系，他希望我谈一些这方面的实践和体会，我很愿意。我不是书画方面的专家，大家是这方面的专家，或者是长年的实践者，所以我不好在这方面，在专家面前乱说。我们可以谈一点其他的作品，这样可以补充我在这方面的不足。

首先，我把几件作品稍微做一个简单的梳理介绍，这几件作品也是大家比较熟悉的，其次我把一些跟书画和水墨和中国艺术更有关系的几件作品集中在第二个阶段来谈，最后再说一下我最近在做的一个东西，然后多留点时间讨论，这样安排比较好，差不多需要一个半小时或者两个小时。

我先放两张片子，这两张片子和国外没有什么关系，和所谓的当代艺术也没有什么关系，但是我想说明一个问题，目前所有在中国学习艺术的人，其实都有这样共同的背景，因为冷战使世界变成两大阵营（的对抗），而西方开始进入现代艺术阶段的时候，我们还是在社会主义的阵营内思考艺术，所以实际上整个世界的艺术在变化，我们却一直在欧洲古典的这样一个系统中探索。到底这个和什么有关系呢？和当时的冷战格局有关系，还和什么有关系呢？我觉得和中国的教育方式有关系。这个涉及最后谈到的一个问题，我为什么说和中国的传统教育方式有关系呢？这个是我个人的体会，因为1990年我出国以前在美院教了十年书，主要是教素描，但其实我并不太喜欢画人，因为我觉得人有点太具体。对我个人来说，不是画人物不好，而是太具体，太生理性，而且太个性化，也就是说你把他再有意处理，他还是他，就是比较叙述性，所以我比较习惯画风景，就好像把这个风景移到外面似的，找一张大家看看，这个不多说了。我想说什么呢？就是这个是冷战的社会关系导致的，另外一个就是我们的传统教育方式其实是和欧洲的古典素描训练方式有很多内在的相关性，比如说中国所有的艺术家，比任何一个国家的艺术家在素描训练上所花的时间都要多，从我们的考试之前的准备入学，到大学到研究生，甚至到了博士生还在画素描，当然也需要有一定的比例在画素描，我就体会到素描实际上是对人的一个根本上的训练。最终，他是训练你这个人，让你的思维状况和生理状况都要进入这种框架之中，这是中国的一个方法，比如说，从小让孩子念《三字经》，其实孩子并不懂，但是《三字经》的节奏，从小念，念多了以后孩子在这样一个节奏的关系中成长，结果他出口就是有文化的，这是传统的概念中感觉他是有文化的。为什么说书法要有童子功，其实小时候我父亲每天让我练一篇描红什么的，我那时候老觉得是让我把字写得好看，但是现在看来他不是让你把字写得好看，而是让你按照这样一个传统的框架去生长，是这样一种理念。所以说童子功就是让你的手握笔等从小就训练，你的肌肉是有变化的，这样你将来一出笔就是一个有文化的人，是这样一个关系。所以说，中国这种训练其实是对人的一种带有生理性的训练，所以将来你的一举一动和你的节奏其实都是有文化和没文化的一种区别。实际上我发现，为什么中国人那么喜欢长期的素描训练，其实也是注入了这样一种教育的思想，就是说让你在那坐着磨铅笔头，就会让你变得很精致，非常有观察力。油画国画还是什么画也好，就是一出笔，能感觉到你具有受过严格的学院训练的品位，这个思想可以说它很好，也可以说它很有问题。但是，我的体会是就看你怎么用，我其实后来做了各种各样的不同形式的作品，或者说做各种各样和二维的这种毫无关系的材料作品。但是，实际上我觉得这套训练对我非常有帮助，是因为我对这个形、对这个感觉，或者说整个一个装置、整个一个展览哪些部分是最关键的、是最要命的，我可以获得一个比较有程序的把握。所以我在很多的博物馆做展览，很多人都觉得我是个完美主义者太挑剔了，我到展厅感觉哪块不舒服，最后给他点评是一定有出入的，他们觉得差两三公分什么的没关系，但是我觉得就不太舒服，他会说你怎么对形这么苛刻、这么讲究，我说没办法，在中国训练过的眼睛太厉害了，因为我们画过太多的大卫。曾经我留英时的一个特展，因为它收藏了很多的凡·高、高更这种在当时很重要的一些作品，包括我特别喜欢的米勒的作品，其中我的作品是作为一个让西方观众容易接受的作品。这个作品被这些框子装起来我觉得真的挺像样的，所以他们绘画部的主任说徐先生的素描画得很好，他有点纳闷一个东方的艺术家怎么能把西方的这套东西弄得那么好。我说我们中国的艺术学院毕业的都能画这么好，都差不多。因为我们一二百年以来太崇拜西方了，我们对你们的研究太多了。所以我想说的是我们今天中国的艺术家不管是做什么样的艺术，画国画也好，画油画也好，做装饰也好，都是在一样的艺术训练背景下成长起来的，这就关系到一个问题，即我们怎么样来使用这些“营养”。但是我们的问题就是我们的复杂性，我们的复杂就在于我们不仅要把西方作为一个参照，同时我们还要把我们的古老传统作为一个参照。其实，本来这个对我们是有利的，下面我想展示一些我刚去纽约的作品。

纽约我是1990年去的，那时候一心想着要融入西方，一定要进入那边的主流社会，要搞当代艺术。结果我以前在美院画的一些画，当时就没敢拿出来，我希望别人感觉我天生就是一个当代艺术家。后来我的东西越来越受到重视，批评家和理论家、艺术史家开始关注我这个人是怎么回事，他为什么能够给艺术系统带来这样的东西，就是我刚才说的这些作品，还有各种背景都被提出来了，我后来意识到，实际上对我有帮助的是我自己身上所携带的传统的基因以及我们在社会主义时期生长过程中所获取的，其他地方都没有的一种养料。我说的这种养料都是带有正负方面的，我刚才体会到的是什么？体会到的就是一个艺术家，为什么很多的艺术家去纽约，从美国各地，从世界各地去纽约，为什么有一些人被认可，有一些不被认可，因为每一个艺术家都带着自己的特殊的文化背景，每个人都不一样。

但是，大家都在那里做一样的事情，关键是什么呢？关键是看你能不能用你的艺术把你身上所携带的基因的优质部分带入艺术界，带入的东西必须是艺术界所缺失的，对调节艺术系统现状有启发的东西。只有这样才能说明你的思维的范畴大于现有的当代艺术系统的范畴，这个时候你的东西才能够受到重视。它有效是因为，我们过去的思维概念就是要融入西方，但融入以后是把自己融没了，那里并不需要再多一个跟他们一样的东西。道理说出来就是这么简单。我刚去的时候，这些作品我是一直很想试验这个比较实验性的、比较前沿的一种特殊的当代艺术的手段。

但是，说来说去，不管你多么想把作品做得当代，但是实际上你根上有什么东西，你的东西就还是什么东西，实际上我最初做《天书》(图1-1、图1-2、图1-3、图1-4)，其实那个时候从1985年开始，差不多是1986年、1987年，一种方向一种运动，但是我不想做过去的艺术，我想做新的艺术，新的艺术是什么东西我也不知道，但是我想从过去的一种艺术的概念中出来。所以，从一个地儿出来又不知道往哪进的时候，最后它只能抵押出来你身上所携带的所有东西的结果就是，像这些当时在纽约做了很多关于语言、误读，什么不同文化之间的关系这样的作品。但是，做了一段时间以后我开始感觉到创造力的缺失，再一个感觉是自己是当代艺术家，能不能从人类之外获取一些能量带入艺术世界、带入艺术创造。

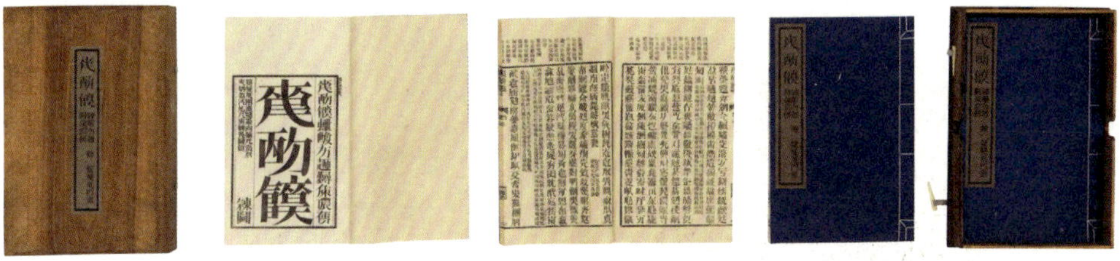

图1-1　徐冰《天书》

图1-2　徐冰《天书》，首页刻版，39.5cm×21.5cm，1987年

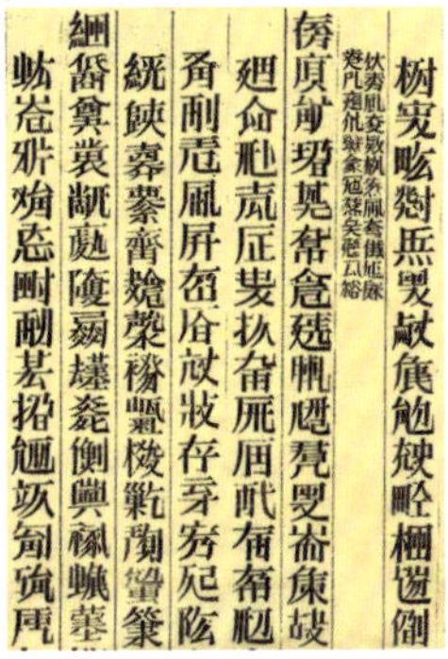

图1-3　徐冰《天书》，单页细节

图1-4　徐冰《天书》，综合媒材装置，1998年，加拿大国家美术馆藏

所以我开始做一些与活的动物有关的作品，这就是在美国做的养蚕系列。这个是VCR，打开以后里面放的是这个蚕在做茧。其实当时的想法是什么呢？我是想把一个电视机的后盖打开，打开以后它像一个盒子似的，后面放满了吐丝的蚕，然后在里面裹得满满的在变化。前面放的还是这个，感觉这是一个实体，这边是一个生物的现状，另一边就是一个数字的表达，我觉得其实挺有意思的，但是那个显示屏和显像管太热了，后来就没有实现，就成了这样一个东西。有时候创作其实和条件的限定性是很有关系的，但是这种条件的限定性有时候会让你的思维激发出更多的东西，怎么讲呢？就是说这种局限性是最值得使用的，包括展示的空间。我开始很喜欢那种方方正正的空间，因为咱们的艺术家过去的展示空间不够好，但是在一些特别怪异的美术馆做了展示之后，就很喜欢使用很难用的空间，很难用的空间把你的思维逼到了一个死角上，最后你的思维不得不往前走一步。比如说这个作品《蚕花》（图 2-1、图 2-2）。这个是当时在巴德学院的一个展览，时间和这个蚕的季节不合适，但那会儿是不管怎么样努力我都希望达到我

图2-1　徐冰《蚕花》，综合媒材装置及表演/桑树枝和蚕，1998年，纽约

图2-2　徐冰《蚕花》，综合媒材装置及表演/桑树枝和蚕，1998年，纽约

想要的效果，所以我们开始算时间来养蚕。最后因为早春没有那么多的桑树，所以策展人就把桑枝插在瓶子里，就跟野蚕一样在树上、在插花上放了。最后差两天开幕这些蚕还没有吐丝，本来什么时候把这个蚕丝从冰箱里面拿出来是特别计算过的，所以没办法，我就做了这么一束花，这束花差不多有两米高，挺大的，是用桑树插出来的，上面放满了蚕。这个展览开幕的时候，这个蚕就吃这个，过了两天这个蚕就开始吐丝了。吃光了蚕就开始吐丝了，最后就成了这样一个状况。

当时在西方的一些大展上，他们觉得中国的艺术家思维很怪异，居然可以把装置做成这个样子，我其实很喜欢这个作品。这个作品对我后来的启发挺大的，就是说它真的很有东方的哲学，或者是禅学的概念。其实我觉得很多东西都是喜欢在边缘之间的，或者说是在变化的，好像在一个体上画来画去的，不知道什么时候一个同样的东西，一朵明媚的花，变成了干枯的，完全是另外一种形态和质地的花，就像水一样是完全无法控制的。

这个作品是一个烟草系列的虎皮地毯（图3）。这个作品最初是在美国的杜克大学开始的，杜克是美国的烟草大王，我去那以后闻到烟的味道，就有一个想法，用所有的烟的材料、烟的历史，限定在烟、卷烟这样一些材料上做一个大的系列的作品，这个是其中之一，而且这个系列是游走的系列。所以，我当时在大学图书馆做研究的时候，发现杜克烟草和100年前的早期中国有一个很密切的关系。卷烟技术是他们带到中国的，他们以卷烟技术是一种文明的、卫生的、时尚的生活方式而让中国人接受，实际上和现

图3　徐冰《烟草计划3》，综合媒材装置/旧烟草工厂遗址及各种制烟材料，2011年，里士满

在的全球经济推广是一样的。我们所消费的西方文明差不多都是以这样的理由在调配，或者是在接受的。

这个特别有意思的是什么？你围着虎皮转，从这边看是一个虎皮地毯，从那边看就像一个斑马皮的地毯，因为它可以顺着人走路而变化你知道吧，就是它像一个数字的作品，会变化。这个是关于"9·11"的作品，很多人喜欢，其实这两张图片是在我的工作室拍的，我是亲眼看着这两座楼倒下来的，亲眼看到那架飞机撞的第二栋楼。你感觉不到这种震撼，因为你觉得不是一种现实，但第二天你出门的时候真正的震撼就来了，你习惯的视觉生态环境变了，你总感觉这边缺了一个大东西。那时候我就想到作为一个艺术家怎么样面对这样一个视线，于是我收集了一些东西，就是灰尘。这个图片是讲我当时怎么把这个灰尘从纽约带到威尔士的一个过程。这个看上去像一个不守规矩的行为，但是实际上和世界的那个时期，或者说以至现在的一个状况是非常有关系的，就是世界的不正常。

这个作品其实很安静，但是给人一种紧张感，这种紧张感就像是一阵风吹过以后，整个世界就要变化，整个状况就要变化。这个作品其实一直在谈物质世界和金融世界的关系，而不是谈"9·11"，美国的加州博物馆向我要这个灰尘，他们有救火队员的服装、死难者的驾照之类的，但没有收集这些尘埃。我觉得这个事有意思在于，不同的价值观和对尘埃与对物质的概念是不同的。可是，在传统的宗教中，对尘埃的态度都是非常接近的，这是今天的人类，把基本的判断力，最基本的知识性的、范畴的东西都给淡忘了。比如说“9·11”的这个双塔，这个双塔让我看是被自身携带的资本主义的能量，或者说物质的能量自身给摧毁了。而顷刻间回到了像尘埃的一个状况，因为尘埃是一个最恒定的状况。

我们很快过一下《地书》（图 4-1、图 4-2、图 4-3）这个作品。这个作品我很喜欢，我们开设了有十年多了。这个作品可以说是世界上第一本不需要学习的阅读物，而且不同的文化背景和不同的受教育程度的人都可以阅读，因为它里面的每一个字符，或者是每一个符号，都是我们收集来的，就是说这些符号没有一个是我们创造的，我们只是做比较和整理，而让它更标准化。但是，这个不是我们自己设计的，因为我认为收集来的

图4-1　《地书》工作室现场展示，2012年，上海外滩美术馆

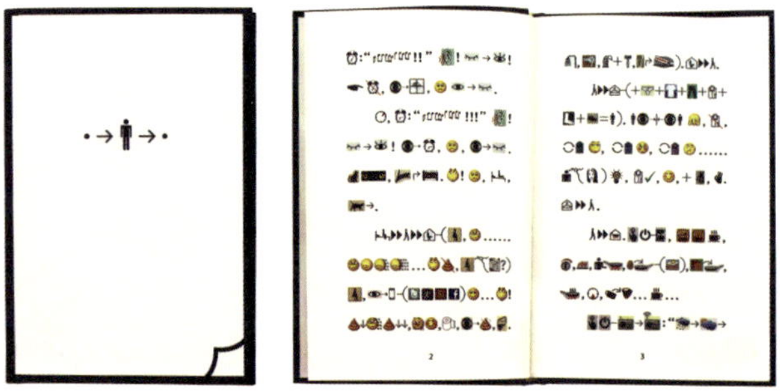

图4-2　徐冰《地书》，上海版本，2012年

图4-3　徐冰《地书》成品版

符号更带有文字的种子的价值，所以所有编造的语言其实某种程度上都是缺少生命力、繁殖力的。这个是很早的一个版本，一直在做，其实在十多年前这个书已经写出来了，但那时候还没有这么多的符号，没有这么多的表情。现在可能有上百套的表情符，我们随时拿出手机都有新的符号出现。

这本书是三四年以前拿出来的，最早是在台湾地区出版的，后来在广西师大出版社六次印刷，而且它在世界各地有好几个版本，比如说西班牙、法国、美国。因为什么呢？因为这本书不用翻译，而且它挑战了我们关于知识评价的一个系统，挑战了我们文化区域的一个界定。这个东西和《天书》有共同之处，虽然这两个东西截然不同，但是他们对所有人都是平等的。不管你受过教育，还是没受过教育，不管你来自哪个地域，耐心仔细读，其实也很好读的，年轻人读得特别快。我举这个例子是想说这个作品其实是一个很当代的作品，实验性的一个作品，或者说很有未来性的一个作品，但实际上它本身的灵感来源，来自我们自身的文化背景，因为我们有读图的文化，我们祖先读图读了好几千年。这个东西让我对符号变得更敏感。所以对传统和当代的关系，其实可能不是我们习惯的一种思维、一个思路。同时我们在做这个软件，你输入中文、英文都会变成标识的一个文字，这是七八年以前在纽约的现代美术馆的一个互动软件，这个软件其实在当时是比较粗糙的。

下面我介绍的这个动画作品其实跟我们今天讲的东西还是有一定关系的。它的题目就叫《汉字的性格》。这个作品时长 16 分钟，有点像一个小论文，我想通过它谈谈我对中国书法的一个认识，或者说是对中国书写方式的一个认识，因为我觉得中国人的性格，一个文化的最终结果，以至中国今天为什么是这个样子，中国人怎么工作，我们是怎么样思维和怎么样处理事情，都和我们的书写方式有关系。谈到书法，大家都是专家，讲笔画怎么样用笔，都在谈古法今法，像“高山坠石”等，全是这些东西。

我觉得处理事情的很多的方法和灵活性，都是我们的书法，中国人写书法写了很多年，从接受教育以来就考究书法，因为书法中第二笔是由第一笔来决定它的位置，第三笔由前两笔来决定位置，最后一笔最重要，是保持平衡的。所以中国人的文化中，其实很善于在临时的条件下决定下一步该怎么办，这个直接反映在我们开车的方式上。

再往下看，还有一个拷贝文化，拷贝文化其实在咱们的文化中是非常重要的一个组合，渗透到我们的思维和工作方法之中。刚才谈到的中国人处理事情和决定事情的方法与拷贝，可以让我们意识到中国为什么发展成这样，或者说为什么可以在这么短的时间内发展成一个非常强盛而且充满着活力及能量的国家。其实这个里面有很多东西并不是资本主义带来的，是和我们的文化中根本的那一部分有关系。

下面我再介绍一下《木林森》这个项目。这个项目稍微有一点复杂，主要是起因于环保。当时有一个环保组织跟我联系，说他们联合了美国三个美术馆，希望和艺术家一道共同参与到环保事业之中，因为他们觉得艺术家可以提供新的思路，让世界文化遗产保护地的人民对当地的环境有一个认识。当时他们有一句话写在邀请书上，说不希望艺术家做一个完整的艺术作品，而是希望艺术家的参与和创造对当地的人有一个长期的作用。这句话对我很具吸引力，所以我参加了这个项目，因为我一直意识到当代艺术本身的局限性。其实我越来越意识到，生态系统本身有的东西已经有了，但它的有价值的东西，或者说对它能够有启示的东西一定是在这个领域外获得的，所以我参与是因为觉得可以帮助我推进这个艺术的表达方法，于是我去了肯尼亚。在肯尼亚我们设计了一个自循环系统，这个自循环系统就是帮助肯尼亚种树。这种所谓的自循环，就是让每一个参与的部分都获得利益，不是像基金会那样的一种支持是单向的，这个东西是长久的，这样大家都获得利益就可以慢慢循环。本着这么一个目的和想法，我做了一个小小的教科书，就几页纸，教孩子们怎样用人类的原始的符号。实际上很多文化中最早的文字都是象形的，包括英文，都是象形的，但是，因为发音系统的不一样，只有中国的发音是单音节的发音，它可以用一个音对一个符号，而西方的发音是黏着音，黏着语气是连在一块的，一串一串的，所以它必须走拼音的系统，不可能用一个符号来代替。

到了美国以后，我很想探索英文，有没有可能像一个英文的《天书》似的。最后我的研究结果就是，英文是一种“音”的文字。这是一个肯尼亚孩子画的画，画得很好，特别有意思，这个东西对我很有启发，后来我就临摹这些孩子的画，画了比较大张的森林的画。上面有一句话就是说我像临摹大师一样临摹这些孩子的画，不敢对它们有任何的改变，如果改变了，就像是砍掉了树木的某些枝干一样。因为在我看来他们是自然的艺术家，后来我发现其实每临一幅孩子的画，收获都很大，因为里面藏着很多的秘密，很多的信息。我一边临，一边觉得实在是临不好，这条线画得就是不如他们好，原因是什么？你拷贝一个东西，一定是不如他好的，因此后来我每临一幅就做一个笔记，真的很有收获。包括对中国画的认识，通过临摹这些孩子的画，我找到了中国画为什么是这样的一种皴法和程式？这种美感怎么来的，它的来源是什么？儿童画和中国绘画很多基本的东西都是有关系的，这个又涉及什么呢？就是说中国画虽然是程式化的，但是它保存了很多非常原始的，幼童感的，没有经过文化污染的东西。比如说我后来发现孩子画画不太讲究构图，找一个地就画，如果画一棵树每一片叶子都用三笔完成的话，整棵树一定是用三笔完成的。在中国画中，其实画一棵树是非常讲究的，这个梅花点一定是该多少只就多少只的，不会说这个八只，那个七只。所以中国画的美感是由这种模板画构成的。我的《木林森》其实在很多地方实施过，这个是在台湾实施的，我用台湾孩子的画做了一个比较大的、我觉得像青绿这样的一幅画，这个在这里献丑，因为我觉得大家画的都会比我画的好很多很多，我觉得这个青绿也很了不起。青绿这个概念是很当代的一个思想。我临摹这些孩子的画其实也是为了让这些画能有一个升值的空间，这些画会放到美术馆、放到网络上售卖，售画的钱，就用网络转账的系统，就会自动转到肯尼亚种树基金会中。去年在台湾的博物馆，我们做了一个专门的《木林森》的项目展览，比较大的一个展览，我们把小小的教科书用历史博物馆的文物做了一个立体的解释。下面我介绍一个比较有意思的项目，这个项目会根据当地的文化和对自然的理解补充新的作品。

这个是什么呢？我们发现了一个孩子收养树的状况的程序和系统，我们用简易的观察树木、葡萄园的设施，跟踪这个树木，因为这些树木随时会产生光合数据，水土数据，风速、潮湿度等数据，这些数据可以转换成声音，合成一种特别怪异的音乐，随时可以发送到孩子的手机上，或者是他们家长的手机上。这是声音的一些元素，经过合成以后，会随时出现永无休止的声音，这些声音可以由孩子自己收集起来，也可以送给朋友，这个是唯一的声音，而且是由他们收养的那几棵树所制造出来的。

下面我再介绍一下《文字写生》这个系列（图 5-1、图 5-2、图 5-3、图 5-4）。后来我对中国文字中的特性，由于一直想探讨中国文化中到底什么东西是有价值的，因为我们都知道我们的文化太了不起了，太好了，但是到底怎么好，好在哪里？最主要我们的文化中有价值的东西到底怎么用，其实我们是没有经验的，这个是很大的问题。因为我们有使用西方文化的经验，但是利用我们自身文化的这个经验欠缺，这个是需要我们

图5-1　徐冰《文字写生》，纸、墨，99cm×172.5cm，2002年

图5-2　徐冰《文字写生》，纸、墨，71.1cm × 302.3cm，2006年

图5-3　徐冰《文字写生》，纸、墨，80cm × 367cm，2013年

图5-4　徐冰《文字写生》，纸、墨，132cm×80.5cm，2013年

做的。这些图都是石、松、水、草、竹子等，这些都是文字结构本身的核心，我发现它和皴法的核心很有关系。后来我发现皴法其实就是一种符号的不断重复，这个是比较早期的文字解释，这套东西是在肯尼亚开始的。在肯尼亚山上，我面对那个山画画，是画画也是在写字，但实际上这些符号跟不上云的变化、山的变化。如果我有时间其实可以把这种线索画得很有意思。这个是比较早期的一幅《文字写生》,这些都是一些文字符号，其实我觉得这种方法真的可以把我们的诗、书、画糅在一起，你可以说它是一幅绘画，一篇书法，也可以说它是一篇文章。

下面一个作品可以更深入地探讨中国的文化基因中的内涵，这个作品叫《芥子园山水卷》。基本方式就是我把芥子园上的每一部分的图像拼回到一张山水长卷上，这个长卷很和谐，而且很有意思，你会发现中国的绘画中优秀的和不优秀的地方都在于它的模仿画和这种拷贝画。比如说在我看来《芥子园山水传》就是一本字典，它记录了大千世界的偏旁部首，学习中国画就是在背这些偏旁部首，把这些偏旁部首记牢了，再用这些偏旁部首去写、去画，或者是编造你自己心目中的大千世界，就是这么一个关系。它的继承和学习就是拷贝、拷贝、拷贝，其实中国的传统不太讲写生，它都是这种符号，用偏旁部首去拼自己的画，它都是合拼。比如说一个人怎么画，两个人怎么画，都是有道理的，都是讲究式。中国人说话也讲究式，四字成语就是这个式，不同的内容归纳到一个句式中，很整齐，所以我们的书写、经文，我们的诗歌都是七言、五言这种的。四字成语其实涉及我们中国人思维的特性，就是我们喜欢把东西归类，而归类以后对具体的类的内容不太管，比如说这个人是不肖子孙，他怎么不肖怎么坏不管，细节不算，总之把他归类到不肖子孙，所以四个字可以代表他了，就像我们的国画一样。比如我们画这个山，不管它是哪里的山，后期黄公望才有写生，你去了富春山，可以深入理解《富春山居图》，但是真正的绘画传统，他画这个山就是代表所有的山，不像西方的马奈等他们画的山，画的法国哪个部分的山，中国这棵树就代表所有的树，一棵松树代表所有的松树，所以是非常程式化的。你看这里有个过程，用中国传统打刀的方法把它刻出来，结果刻出这么一个作品。这上面有一个注释，都出自不同的大家之法。你拣什么，你拿什么，你要画一个老头，你就画拄杖势，不用画这个老头的性格特点，不用把背画得弯一点或更弯一点，这都没关系的。

下面我介绍一下《背后的故事》系列（图 6-1、图 6-2），也是从十多年前就开始，其实我的很多系列开始了以后，它会不断地深化和不断地挖掘，不断地尽可能把里边的基因的东西给裂变出来，这个也是在不断地深入。我在大英博物馆做的一个个展，是拷贝了他们的一个收藏，这个作品对我《背后的故事》的系列有了很多的推进和启示。策展人说他特别兴奋，这个展览效果反响特别好，而且我觉得挺奇异，很深入。他说这是一种光的绘画，我比较喜欢是因为我看到这幅画，它不是一个实体的绘画，而是由光构成的，但是为什么要有光的绘画，因为我们有油画，有国画，它们有一个非常长的历史。光是比任何物质的绘画都要丰富的一种手段，我们基本手法就是用一个宣纸玻璃，把宣纸弄到玻璃中间，光从这个宣纸玻璃穿过以后，宣纸记录了空间中的光的状况，我们的创作过程就是调节空间中的光，用这些植物、这些纸壳调节，最后由这块玻璃呈现这件王时敏的原作。

图6-1　徐冰《背后的故事》，综合媒材装置/磨砂玻璃后的各种材料及装置，2011年，大英博物馆藏

德国东亚博物馆在“二战”时丢失了 90% 的作品，我觉得这段历史很有意思，用这种方法绘制了他们丢失的三幅绘画。为什么会找到这种手法，其实是很偶然的。我看到有一些办公室的盆栽挨着毛玻璃，太像中国画了，我就想怎么样使用这个空间，怎么样能够诉说“二战”时期的特殊的历史，我因此获取了这么一个灵感。我在想为什么用这种方法很难复制西方的写实油画，虽然我采用的都是现实的原料，后来我一直也搞不明白。我发现有一个原因，就是中国的绘画基本上是一种拼图的方式，中国为什么有题跋、题字这样一个传统，而且历代不同的人，不认识的人谁想往上写就往上写，因为它是一个拼图，每一个人题了以后，都会把原先的格局打乱，而为下一个人提供空间，下一个人再题了以后，又制造了一个新的拼图关系和空间关系，而为下一个人（提供空间），这实际上就像我们写字，第二笔由第一笔决定，

图6-2　徐冰《背后的故事》，综合媒材装置/磨砂玻璃后的各种材料及装置，2011年，大英博物馆藏

第三笔由前两笔决定，这也是中国文化很有意思的地方。我使用的这些材料，实际上等于在一个一个的拼图板上，在平面上给拼出来。有一次在杭州，我看到一个走廊很好看，白墙，深红色的柱子，后面是绿色的竹子，相互呼应。我就用手机照下来，照下来发现很难看，阴影的地方变得很黑，这个给了我一个启发，就是为什么背后透光的方法可以复制中国画，这个使我认识到，东西方绘画在技术和手法上的不同，这是非常核心的一点。西方的绘画最核心的东西是把画家的眼睛训练成不变焦，不变光圈的一个照相机的眼睛，就是谁能把自己的眼睛锁定在不变的光圈里边，谁就是一个好的艺术家。所以我们刚才那个画，在教室画画老师总是要眯着眼睛看，要看整体不看细节，其实就是我们一个手机里的眼睛。所以你眼睛看就锁定一个光圈，然后看整体，可以你就可以画出来，该暗的地方暗进去，里面的整体要给它细节化。中国绘画与之不同的地方就是我们用肉眼，一双随时调光圈，随时调瞳孔的眼睛看世界，而把这个调节后的世界搬到平的画面上，那么我们看的时候，就是暗的地方也可以把它看成像是亮面，因为我的瞳孔会调节。相当于把传统相机的光圈拉平，加一个更传统的挡光板，就是这样的一个关系，然后达到这么一个效果。我们也做了室外的实验，用真正的植物做这么一幅画，就是立体的空间中居然有一个东西，用一个很土的方法，把一个立体的东西压缩在这个平面上，根据一天的光线、一年四季的光线的变化，这些变化很丰富很有意思，在室外利用自然的光线和植物做得非常有意思。

我一般在展览中注重效益，比如说这底下的材料，像魔术师做魔术后再把谜底告诉人一样。你看这些数字很有意思、很丰富，它特别适合布置宋画，宋画为什么最后就像印刷品一样，因为时间和氧化等，它的墨色及绢、纸本都完全氧化到一起，就像光一样。这个展览也有一幅小画，我们可以两边看，它镶在墙里也可以挨着墙。展览《背后的故事》都是在一个展厅中间，可以围着看，一进来看是一幅很好看的中国山水画，但实际上到背后，这个对艺术的概念和对山水画的概念，都是打乱的。这个为什么能看到，因为它后面放一面镜子，镜子反照过来，构成它实际的材料，这是里面的情况，相比纸都是在调节光，光是很敏感的。这个作品一直让我看到中国的艺术和自然的关系，到底是什么关系？它其实更有一种复杂性。这个实验就是利用建筑空间，在台湾台北市立美术馆利用一个大玻璃做的董其昌的一幅画，这幅画其实比较大（图 7–1、图 7–2）。这幅画是张大千晚年画的最大的一幅画，没画完，看原作真的很丰富、很有意思，这个作品背后是用一些塑料袋串联起来，准备拿到德国展览，到了展厅根据光线再做各种光的调整。

英文，方块字，大家比较了解，我就不说了。我的作品的兴趣点是对人类思维的改造和触碰，就像你在教室里写书法，最后不知道你在写中文还是写英文，因为我把两种不同的书写方式压在一起，表面上在写中文，实质上跟中文毫无关系（图 8）。这是教科书里的一页，这些书法我觉得很有意思，它拓展了我们人类知识的范畴和概念的范畴，因为我们有中文的概念和英文的概念，而面对这种书法我们没有一个现成的概念，所以我们必须把这种关于文化的概念打乱，然后再重新启动，这样我们的思维就会打开更多的空间，就像电脑一样。这是我的书法作品，不好意思献丑。这个是李白的诗，这是比较早期的，这是刘禹锡的诗，这是叶慈的诗，用我的方块字将它写出来（图 9–1、图 9–2）。

再谈一个立体的作品跟中国画是有关系的，就是《桃花源的理想一定要实现》（图 10–1、图 10–2）。创意来自于当时我介绍西方美术馆的一个纪录片，他在做一个作品，这个湖水对我很有吸引力，我就想怎么样用这一潭湖水来做一个作品，我想这个吸引力来自西方的四四方方的古典建筑的衬托之下，这个古典建筑之外是伦敦的古典现代化城市，这让我觉得这潭湖水很珍贵，于是我用中国的九种不同的山石做了二维半的景观，这个景观像是一幅山水长卷。为什么这个是二维半，因为它看上去是可以进入的，是现实的，但是当把它压扁了，又不能进入，实际上这是跟理想有关系的。后来我发现其实不同类的山可以对应中国不同的山水画的风格 ，所以你看我们的这些石头都是扁扁的，这些都是自然的。在创作过程中我有一个新的体会，中国的山水画的美感和来源，确实来自于古人对自然的体会，其实美感的核心是一个自然的融入，一种自然的节奏。很多古人，比如黄公望，他在剩山前面隐居，我到那个山沟里就感觉，古代晚上没灯，又没车，去哪儿都不方便，你说他晚上干什么，因此，他可以把自然中的任何一块石头都观察到丰富至极的程度。这个我深有体会，像在山里的小村子，你每天一出门这几个山形，实际上都刻在脑子里了，每天看的东西太单调了，太深刻了，越是这样，你对这些山的形、季节的变化、一天的晨曦的变化就非常敏感，它有一点变化你都能感觉到，包括云彩，为什么觉得这朵云彩好看，实际上是因为那会儿我们没什么好看的，不像现在我们每天拿着手机，世界各地任何奇奇怪怪的东西随时萦绕在我们的视觉之中。古人赏石就是把一块石头搬回家反复地看，看出很有意思的东西。从镜头上看贾又福的画，特别像陆俨少的风格，这是我们在做的一个实验，我们用各种方法创造一个理想的生活之地，实验人工彩虹等，孩子们很喜欢这个作品，包括《地书》，孩子们读得可快了。园林里有很多的朝房，朝房是菱形的，石头也是被压扁的，在朝房里边有很多小的屏幕，这些屏幕上都有动画的一些小动作，这些人在很愉快地生活，它是很小的。西方园林和中国园林比较，让这个作品变得很有意思，很美。因为它是微观的，这个山最高，石头最高两米半。我觉得这种比较公共城市化，这么多人，羊、狮子，很多小动物出现在桃花源的各个地方，还有很多小人在那儿享受着自然。关于中国绘画，我的体会就是它是一个很成熟的体系，你只要按照中国传统的方法来画，你的东西就很成熟，但是你把它移开半步，就感觉很幼稚。比如说我们做当代的作品，因为它的历史体系时间太短，很多作品都非常幼稚，这个幼稚不是单个作品幼稚，是整个体系属于年轻幼稚的时期。有一次我在炎黄艺术馆看徐悲鸿的展览，体会挺深，说实在的徐先生有些画的是不成功的，有些也带有幼稚性，但有些特别生动、特别有意思，原因在于我认为徐先生不愿意用程式化、模板化的方式画，他总是想用一个中西合璧方式，用中国的水墨画欧洲的感觉，这个我们前面提到，这两个系统在核心上是不同的，这就仰赖于他每次画画都得琢磨，这两棵大柏树怎么画，都需要实验。有时候他实验的结果就很生动，很有意思，但是有些就很幼稚，很不成功，而如果他按照一个传统的方法画柏树，他不会画坏，他可以画得很成熟，这就是中国绘画传统和当代的新的方式，有一种很特殊的关系。

下面我再给大家介绍一下正在准备的威尼斯双年展的《凤凰》(图 11–1、图 11–2),我想用这个大楼的建筑废料做一个东西然后挂在这个大楼中间,结果就出现了一对 28 米长的大凤凰,我很欣赏工人对这些材料,低廉的工具的利用,这是他们的一种智慧,用一种很土的方法,把这两个东西拼合在一起,这个我都保持在作品本身。这是我最感兴趣的作品,使用了与西方当代艺术不同的中国民间艺术的手段,民间艺术手段就是用最低廉的材料达到能够代表我们愿望的东西。这个作品大约是在七年以前开始的,里面还藏有 LED 灯,白天看不见,晚上光线暗下来以后,这种隐隐约约的、很平很平的像星系一样,由于这个作品没有挂到原先大楼的中间,后来这个《凤凰》就在世界各地游走,有意思的是把作品本身突出的东西、内在的东西激发出来。比如说在美国的一个很大的艺术中心,这个中心其实是过去一个破落的工业小城改装来的,有点像 798 的前身,《凤凰》在那里展览能激发出有意思的东西。《凤凰》就是全球经济资本化的结果,如果没有资本化就没有这两只凤凰,但是它确实是在一个疯狂中发生的,而且是伤痕累累又回到前世今生的关系。《凤凰》又去了纽约的一个圣公会大教堂,它又激发出了另外一种张力。我在布展的时候希望这两只凤凰对着门,不对着圣坛,但是他们的大主教说没关系,两千多年来宗教有两千多种解释,他最兴奋的就是《凤凰》所携带的一种内在的真正的东西,这就是来自底层的关怀和对底层的寄托,因为每一块材料都是由劳动者之手触摸过的,它有一定神性,每一块材料背后的故事,都是来自于底层,是现实中达不到的抚慰,这个东西让教堂在那个期间激发出一种很美、很有尊严的空间。我发现很多的文化其实都有《凤凰》的意象。由于一些原因,我们又

图7–1 徐冰《背后的故事 · 烟江叠嶂图》,画心520cm × 2250cm,2014年,台湾台北市立美术馆

图7–2 徐冰《背后的故事·烟江叠嶂图》,背面

图8 新英文书法教室，1993年

把这个《凤凰》经过重新打扮、重新组装，最后一对新的《凤凰》出来了，新《凤凰》经过七年的变身，变得更凶猛、更强悍，更有攻击性，更像变形金刚，它带有一种组装性，它身上带着一种能量，这种能量来自于变形金刚的组装性可以用于所有的局势，所以孩子很喜欢。它可以变身，可以有无限的适应性。它变得更强壮，所以人们说，我们的工作室就像造飞机的大空间似的，好像在造一个什么未来怪物似的。这么一个空间，实际上它很长很长，因为它以前是做缆绳的，那两个龙头很有意思的空间是14世纪的建筑，很少有艺术家把这个空间用得充分，弄得很有意思，我就希望这两只《凤凰》面临着大海和底下的倒影，我希望它会是一个很精彩的展示。.

好吧，我放的图片就这么多，还有一些时间我们可以做一个讨论，做一个对话，杨教授来主持还是怎么样？

杨晓能：首先，徐老师的创作确实是中西合璧的一个成功范例，他的创意很时髦，

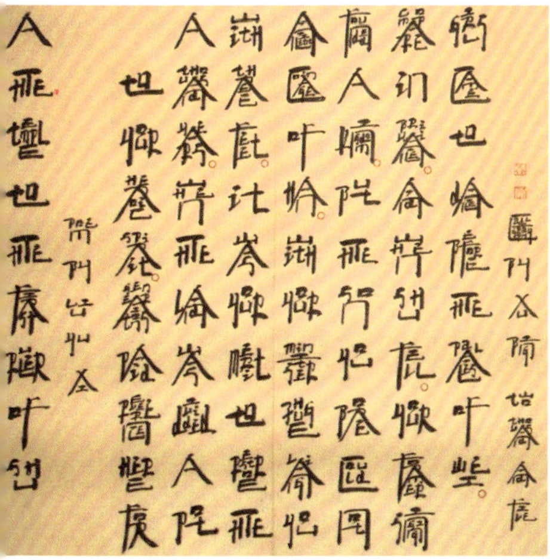

图9-1 徐冰《新英文书法·刘禹锡诗》，纸、墨，143.5cm×152.4cm，2005年

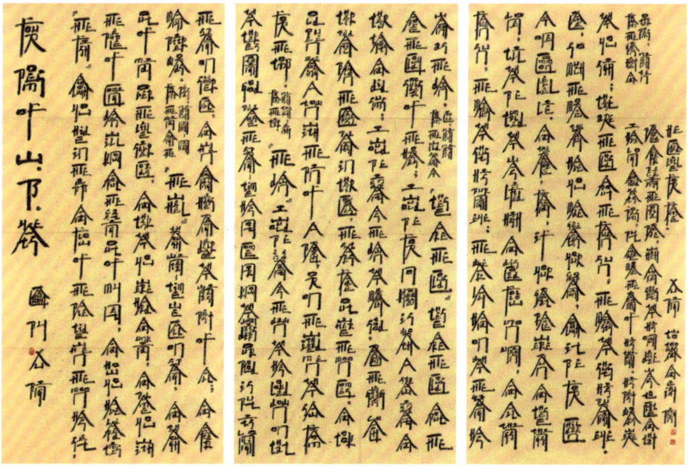

图9-2 徐冰《新英文书法·叶慈诗四首》，纸、墨，276cm×135cm×3，2008年

有针对性和创新性，并不断推出与众不同的新作品。第二，他在做学生时的基本功很扎实，中西训练都很好；另外就是文化素养高，而且还有童心，他的不少作品都是在汲取儿童素材和意趣的基础上，组合与升华。第三，他的一些作品，能够引起观众互动，比如他的英文方块字，其英文的符号与中国书法的结构和外表，常常引起西方观众的好奇心，条件许可的展览，观众甚至可以现场学习书写，既能看到一种新的艺术形式，又能亲身体会他的创作过程，这点很有新意。下面请徐老师和大家互动。

提问 1：徐老师您好！我是学山水画专业的，我想问的是，您在创作过程中，要跳出当地文化的格局，可能需要从其他的人之外的动物什么的体系一开始就做实验，然后有了创作能量的来源，在这个过程中，从其他的自然、动物等得到这个能量，这个能量有更好的创作的源泉，您在这个过程中如何把这种能量凝聚在创作中？在这个向成熟演变的过程中，这个能量是怎么转化的？第二个我想问一下，在当代艺术的背景下，我们很迷茫，西方也不了解，在这种情况下，我们都在寻找能量，您觉得从什么地方可以得到？

图10-1　徐冰《桃花源的理想一定要实现》，综合媒材/石、黏土、烟雾、光效、鸟叫虫鸣声效、LCD屏，2013年，V&A美术馆藏

图10-2　徐冰《桃花源的理想一定要实现》，综合媒材/石、黏土、烟雾、光效、鸟叫虫鸣声效、LCD屏，2013年，V&A美术馆藏

徐冰：你这两个是一个问题，对我来说，这个艺术能量，来自于艺术系统之外，我觉得做艺术的人不能把艺术系统之内流派、风格的事情太当回事，如果你把它太当回事，在风格、流派之间比来比去，你一定是没出息的，就会被绕到一个不值得费脑子的坑中，其实我们

很多的讨论，都是无用功，就是说它不是一个问题。我是觉得新水墨也好，当代水墨也好，有没有发展，我觉得都不是问题，因为艺术本身就不是形式本身的事，这个就涉及什么是对艺术重要的。我为什么说艺术系统本身不重要，因为在艺术系统之外的所有领域，或者领域中间一定是有很多的可能性和能量，或者说资源或者说思想或者说启示。事实上，今天很多的领域发展之快，和它的敏感性，和它对当代文明水准的代表性，我觉得比当代艺术这个系统要更敏感而更有价值，比如说我们今天的人看文化，什么是需要不断保留的？什么是需要不断研究的？能够代表这个时代更高的文明水准的，未必是我们当代的艺术作品，或者中国画等，为什么这么说呢？实际上其他的领域发展得比我们这个领域要多，比如说高科技艺术，另外最主要的是艺术系统本身是一个非常传统的体系，不管多前沿的艺术，一个艺术家的东西最终都要归到非常古典的体系之中去。像前一段时间我策划的第二届未来展，给年轻人做的，这些年轻人他们的生活方式、他们的思维方式、制造艺术的方式、怎么样处理这些社会和合作的方式等，其实都很有意思，但是最后将这些有意思的现象由一个物化的作品呈现的时候，再把它们放到一个美术馆，这个有意思的现象就没有了，为什么？因为艺术这个东西，不管多先进、多当代的手段，其实都是有局限性的，与当今人类工作的方式是不匹配的，所以大家看到这个展览觉得没什么意思，我觉得这不是年轻艺术家的问题，是我们习惯认定的艺术在一个白盒子里展览以后，再有意思的东西也没有意思了，它就是这么一个陈旧的系统。人们盖一个白房子，世界各地的艺术品空运到这儿，人们再到这儿来看，这就是非常欧洲的城堡式的，这样一个概念，现在这种方式和未来都是相反的。我想事情喜欢从一个大的范畴和关系中去想，这样我们就可以认识，我做的东西是实验性，但是再实验性，它也是在一个很传统的范畴、框架之内的。

提问 2：徐老师您好，我主攻中国山水专业，所以对您各方面的山水画特别有感触，我毕业后在美术馆做展览工作。刚才您谈到的在台湾台北美术馆的展览，感觉挺庞大的一个系列，那么在您展览过程中有没有一个故事？我看您去年接受《芭沙艺术》采访过程中，记者好像说您是一个非常严谨的人，您是不是一个超现实主义的人？

徐冰：这跟性格有关系，跟教育有关系，我是中央美术学院毕业的，中央美术学院严谨的专业训练，使得你不严谨是不行的，我做事情喜欢把它做到尽可能地好，尽我所能。自己在这个工作过程中的满足，来自于我的设想、灵感，我这个作品值得做，没有人做过，而且对人类有意义，对这件事要说，值得说。所以我才会用所有的精力去把它做出来，像做科研似的，我不是一边做一边想，而是做之前首先要认定这个东西非常值得做，你看我很多东西、很多年前的想法没做会觉得很遗憾，那到了最后，我要看看这个东西和我的设想到底有多少出入，做了以后一个特殊的时间段，让你觉得特别有价值，特别充实、特别崇高。最后你又回到原点，又得寻找下一个更值得做的，调动你所有能量的东西去做，这是对个人来说。对展览来说也是另外一个话题，像中央美术学院美术馆，确实我觉得这个馆材料用得比较多，空间变化有点大，如果要很好地展览，要花很多钱，因为它的空间很难使用，它的每一个空间有它的性格，就是你摸到它的性格，怎么用它的限定性，能把它做得有意义，我是这么体会的。

提问 3：徐老师您好，您刚才对于中国人和中国文化的个性的分析，它会激发一些灵感想法。在中国迅速发展时期，需要向西方借鉴，中国这种环保的传统和逝去的传统，在这方面您有没有一个更深的思考。因为我知道您经常换一些题目，寻找一种新的灵感，也是一种新的突破，您在做一个课题时会不会反复地深入或扩张？您是否把自己设定为一个当代艺术家，一个行家？

图11-1 徐冰《凤凰》，综合媒材/建筑垃圾，发光二极管，凤：3100cm×720cm×630cm，凰：3000cm×860cm×470cm，2015年，威尼斯双年展

图11-2 徐冰《凤凰》夜景，2015年，威尼斯双年展

徐冰：你的问题其实不太清楚，我能感觉到你要谈的事情，我确实用各种各样的风格形式或者手法，但是我很多的作品内在是一个系列，我也在不断地挖掘。像我的《地书》这个作品，我的

展览是把我工作室的这个角落搬到展厅去了，其实并不是为了特殊的展示方法，或者艺术的物质的概念等，而是为了传递一个信息，我们用的材料是不断发展中的材料，以前是这么小的材料，现在变得这么大，将来会变得更大，所以是在不断深入、不断挖掘的一个事情。我一般做事情是这样的。至于我的风格，我相信一个艺术家就像一个导体，社会和物质之间的导体，导体什么样，这个作品就什么样。而一个艺术家的作品也不是计划出来的，是把一种风格发展到极端。或者说我要做一个什么类型的艺术家，其实不是计划出来的，你做一个作品出来回头看你是这样的一个艺术家，我是对这个东西感兴趣，我对客体感兴趣，比如说我不喜欢我自己的风格，我喜欢别人的风格，但那个不是我，再努力也不是你，所以艺术的诚恳性就体现在这里。一个艺术家一个风格的系统，我相信不是表面的风格的系统，而是一个方法的系统，最后达到你所有的作品在互相注视，互相衬托，就是你过去的作品中有的东西，永远在那，不会被调动，被别人意识到，但是你过去的作品的特殊性基因可以让别人意识到。而现在对新作品的一个注视和解释，就是艺术本身，就像一个文学作家一样，它是一个封闭的系统，它是自己完成自圆其说的一个系统，这是我所体会到的。

提问 4：徐老师，您最早学画，是受到家庭的影响还是老师的影响？您创作的这种方式，实际上是对生活现象的一个缩写。

徐冰：这种东西其实就是每一个艺术家过去的生活背景，包括和他的性格、DNA有一定关系的，任何的生活的背景，都作为一个基因在他的作品中显露出来，但这个不是艺术家自己去分析的，这个艺术家做的事情其实就是用我们这种方式为人类理性思维和逻辑思维再补充一种东西，我们做的东西给理论家、文化学者一些提示，是在他们概念里没有的，所以真正有价值的东西就是在你没有任何概念的前提下，就是你真正的灵性才出现，也就是说我们要做的东西是为人类的推进整体补充，这个在我们以往的范畴和概念内无法归类的东西。然后再有艺术家去分析，他为什么这样，他过去得过病也好，接触过什么人也好，在哪儿生活也好，就开始分析出来了。

提问 4：我是说您在学术方面，推翻了一些东西，但感觉您又在进入那个东西，您是怎么做的？

徐冰：这个东西我刚刚说是性格所致，就是内定的。比如说我很想做当代艺术的时候，像《天书》这样很中国的东西，它的材料和它的方法，以及工匠的态度等，包括这个作品跟一般人沟通的方式，通过不工整达到工整，声东击西，你感觉在说这个事，其实你没说这个事，在说别的事，这是我们的方法。那这些东西怎么来的，一定是和你的性格有关系。比如说传承，它不是书本上来的，它是很内在的东西，是通过你的父母，你身边的人的一举一动、言行，包括他说话语气和速度，和他处理的事情，这些东西都是我们文化非常核心的东西。就像孔子的思想是通过他的学生记录他的行为举止，他见到达官贵人怎么处理，该怎么做，这件事情什么时候要止，什么时候要行，都是学生记录下来的，就成了孔子的思想，成了我们文化一个很核心的东西。其实我们每一个人都继承了很多核心的东西，我们这代人的教育是缺失的，但是不能把传统文化给隔断了，或者给颠覆了。在社会主义文化里又有很强的中国文化的方式，这个东西很复杂，我们所有的思维在中国和在今天的这个关系中。你刚才说的为什么中国发展这么快，它实际上跟这个世界的状况是有关系的，因为世界真的是一个很奇异的世界，是一体化的。双年展的主题是全世界的未来，就是在探讨这个东西。其实这也涉及一个问题，就是我们艺术的未来的价值和可能性，其实就是寄托在这么一个地方，在实验一种人类前所未有的文明方式的过程中，如果这个文明方式真的能够解决问题，那这个文明就是有价值的，就像一百年前美国的文明是有价值的，因为它推动了人类的进步和人类的物质生活等各种各样资本的问题，这是毫无疑问的。我们探讨一种东西，这个东西前所未有，无法判断，就是我们没有一个足够的思想和分析能力的速度，就像这种速度也掌握在艺术界上，艺术发展和演变的速度，变形的速度其实有点太快了，人类没有经验来说当代艺术这个事，我们没有思维准备来解释这个事。比如说我们一直在探索什么是艺术，最后探索到艺术到底是什么，就是世界到底是什么东西，人类也是前所未有不清楚。

提问 5：我看了您的作品特别喜欢，请问当代艺术有没有一个主题，有的话是什么？

徐冰：当代艺术主题，每一件作品都有一个主题，很难说有什么主题。我自己的体会就是由于我们生活在当下，而很多的感受和你要说的话都是过去没有过的，这个时候我们就在过去说话的词库中找不到一个恰当的词汇说这个事，因为过去没说过这事，因为是过去的时代，那为了把这个事说得更好，你就得找新的词汇，对艺术家来说就要找到新的表达方式。我体会到这些各种各样的艺术的实验性，它内在的原因，恰恰就是这一部分，就是你得找到一种特别能够表达你要说的话，从当代现实中感受到的，而且是当代要解决的问题。那你就进入一种新的方式，这样才能说得好，才能说得确切，这时候新的艺术语言就出现了，就是这个关系。而艺术史是在艺术语言中有提示和突破的，因为艺术史不是政治史也不是思想史，你可能是一个很优秀的思想家或者社会学家，但是你没有完成一个艺术家要做的事。其实我很注重艺术新的语法，新的词汇的建设或者新的寻找，是因为我觉得很多艺术家，毫无疑问应该是有思维能力的人，但是你再有思维能力，最后一步你没去实现你就不是一个好的艺术家。当代艺术是什么，没有定论，我刚才说过不清楚，越来越不清楚了，所以艺术这事本身就变得非常不清楚。再一个，我可以说所有无法归类的东西，其实都可以包容在当代艺术之内，这是我理解的。

提问 6：徐老师好，刚刚提到的《凤凰》，在追寻和改变背后的东西，那么这种是新的能量，还是?

徐冰：这个新的能量其实也是来自世界的改变，和世界不同的人接触所激发出来的能量，这个东西开始是那两只《凤凰》，我很希望它一直很强，也像变形金刚似的。我回来第二个星期，就接到这个任务去了工地，当时对我的震撼特别强，之所以中国现场这种反差的强烈是因为我没在这里生活过，但是我意识到恐龙和变形金刚，我做不出这种景象，所以就变得有点凄美。经过这么多年，与这七年有关，我自己的身份有一个巨大的改变，比如说我做独立的艺术家，到中国美术馆做行政，到现在重新做我的艺术，其实人类的每一次转折都释放一次能量。中国就是个制造能量的地方，革命时期，改革开放以后，能量用在这里，这真的是很有效。那么对于艺术家来说怎么使用这些能量，把这些能量转化到我们的艺术观念和艺术创作上很重要，对于个人来说，每一个阶段的转折，也是可以调动很多能量的。比如说我回到中国，纽约已经不能给我太多的思想动力了，中国整个社会非常欣欣向荣，它真的给我很多的思维动力，我回来以后就像我刚去纽约似的，需要重新调整自己的生理习惯、生活节奏，包括文化认知，这就是能量的重新调动，你才能够在这里生活和工作，在这里做点事。比如说这种新的状况，它一定是和这七年以来，中国的整个状况的改变，它与全世界的关系，以及全世界所表现出来的危机感以及新的一种状况，一定和这些有关系的。这两种新的状况就像来自危机现场，又要投入到未知的需要去应对的现场之中，所以让它成为现在的样子。

提问 7：徐老师您好，还是关于《凤凰》的问题，我知道您之前要做成仙鹤的，为什么后来又做成凤凰，这里面有一个什么问题或力量？请您谈谈。

徐冰：你的问题可以谈得比较深入，好像刚才一位先生说，你善于思辨、思考，带有文化感，等等。再回到你说的，我非常想做仙鹤，那时候我的思想中，其实做仙鹤也好，做什么东西都不重要，我去看了 WFC 国际环球中心，这个中心是一个很大的玻璃房子，50 多米长，我当时感觉到它特别像一个大的鸟笼子。我当时意识到我要在这个空间中，我好像觉得有两个奋飞的东西，是飞机也好，是鸟也好，至于凤凰啊仙鹤都没关系的，也确实没有想到是凤凰。我在纽约和我女儿去植物园，她离仙鹤挺近的，仙鹤也挺多的，所以我首先想到做两只仙鹤，但是李兆基先生岁数大了，他说仙鹤不吉利，驾鹤西归的意思，但是我想到的是松鹤延年的意思。仙鹤不行那就改凤凰，没关系，只要是两个向前奋飞的东西。为什么是两个向前奋飞的东西？因为只有这样它的张力才出来了，在有限的空间内，这两个东西又无视这个空间的限定，它在这个关系中，在艺术范畴的关系中。实际上凤凰更适合于这种手段，因为有个凤凰的民间传说，曾有一只大鸟在扑山火，奋力扑灭山火后它的羽毛都没了，众鸟表示敬意，每人给它一根羽毛，它就成了鸟中之王。这个凤凰的古装感和垃圾碎片的组装，很适合凤凰的意象，而且也很适合那时候中国的现场，我很强调中国的现场感，这个凤凰为什么在展览时有非常强的信息，因为它就是来自于中国现场感的信息，因为这个信息别的地儿没有。当然世界各地都有凤凰的意象，但基本上都是凤凰涅槃、凤凰重生。所以策展人有一个说法，凤凰其实在于把我们进步中的碎片或者资本中的碎片重新集合成一个新的能量，或者集合成新的一种未知的东西。

提问 8：徐老师您是否做的就是公共艺术，您如何看待当代和传统的关系？

徐冰：公共艺术我不太做，因为我觉得它很难做，不容易做好。为什么？因为基本上来讲，它有点强迫性，就是它强迫别人去看，而且这个环境其实都是在变化的，而公共艺术不变，但是它又占据一个非常好的空间、公众空间，所以我觉得它是不容易让人喜欢，因为你强占了别人的视觉和空间。我们老说它没有一个在那儿的理由，一个信筒在那儿，一个电线杆子在那儿，因为它有公用性、有立在那儿的理由，所以也不会难看，公共艺术之所以难做是因为它不容易解决。我在做的过程中，从来没有考虑过它是什么、不是什么。我做的《木林森》这些都和社会、和公共参与是有关系的，我们真正进入艺术家的角色的时候，其实我是把所有的概念都抛掉，比如说传统和当代，我们费了好大劲探讨它们的关系，实际上这个东西，我把它看成一个东西，是否传统是否当代，它可以随时转化，像一个磁铁一样，它周围的关系变化时，一个传统的东西，同样可以变得非常当代。我总说它是否当代不在于它本身思想当不当代，而在于人类文明发展到一定阶段，人类是否需要它，什么时候需要它的时候它就是当代的。我们的核心思想是人与自然的关系，我们最会处理与自然的关系，这是我们文化中很重要的一部分。今天是人类和自然最紧张的时期，而同样的天人合一的思想在今天成为最当代的思想，就是它成为最前沿的思想，是这么一个当代和传统的关系。而你想这个事情，你的创作就不存在当代和传统。我的很多作品很当代，也很传统，因为我们不应该考虑这个事，跟这个没关系。

牛克诚：感谢徐冰教授的精彩演讲！感谢大家的听讲和参与！谢谢大家！

（根据讲座录音整理，经主讲人审阅。

整理人：曹英杰，中国艺术研究院研究生院博士、湖北美术学院副教授）

“听画”

——音乐中的四季山水与浪漫诗韵《九歌》

主讲人：陈怡 / 美国密苏里大学堪萨斯城校区音乐舞蹈学院教授
周龙 / 美国密苏里大学堪萨斯城校区音乐舞蹈学院教授

主持人：牛克诚 / 中国艺术研究院美术研究所副所长、研究员
杨晓能 / 美国斯坦福大学坎特视觉艺术中心亚洲主任、教授

时　间：2015 年 6 月 12 日

地　点：中国艺术研究院第五会议室

牛克诚：大家好！我们今天非常高兴地邀请到美国密苏里大学堪萨斯城校区音乐舞蹈学院杰出作曲教授陈怡教授，以及周龙教授给我们做演讲。本次演讲，我刚刚介绍的“王朝闻学术讲坛”宗旨大家如果听到的话，就知道它多少是有一些拓展的。我们原来这个讲座一直是在美术范围内来邀请专家，那么我们今天邀请的是在国际上特别有影响的两位音乐专业教授来给我们做演讲，等于是从美术这个基点，拓展到了音乐领域。其实这还不是简单的两个领域之间的拓展，而是我们的讲座立足于美术，同时向整个文化艺术来展开，这也为我们将来的讲座提供了更广阔的向度。

那么现在我再介绍一下两位教授的基本情况以及他们的学术、艺术业绩。陈怡教授出生于中国广州，毕业于中央音乐学院，是吴祖强教授的高徒，后来留学美国，获得美国哥伦比亚大学的音乐博士学位。陈怡教授有几个第一。她是第一位，也是目前唯一的一位入选美国国家文理科学院终身院士的华裔作曲家，同时陈教授也是第一位在美国举办个人专场多媒体交响作品音乐会的女作曲家，也是一位多产作曲家，同时也是作品被频繁演奏的为数极少的专业作曲家之一。她的作品广受欢迎，特别是其大

量的室内乐与合唱作品，更是在世界各地广为流传。陈教授曾与多位世界著名的音乐家进行合作，比如马友友先生、梅纽因先生，等等。和中国的一些作曲家以及指挥家、特别指挥家有很多合作，比如说我们熟悉的陈佐湟先生、叶咏诗先生、邵恩先生、汤沐海先生、余隆先生、谭利华先生，等等。还与国际上很重要的或者是著名的音乐团体进行合作，包括美国克利夫兰交响乐团、纽约爱乐乐团、中国国家交响乐团、英国皇家爱乐乐团等著名的音乐机构。

陈教授的音乐融汇东西，打破了传统的疆域，创作了既有鲜明的个性特征，同时又富于我们民族文化意韵的音乐作品，在世界音乐舞台上有广泛的影响。由于突出的音乐业绩，她在 2001 年获得了由美国国家文学艺术院设立的艾夫斯作曲家奖，这个奖是国际作曲奖里面金额最高的一个奖。

同时，她这些年在国内也非常活跃。于 2006 年接受教育部的聘请，在中央音乐学院任长江学者讲座教授，现在她入选了天津市的“千人计划”，任天津音乐学院特聘教授。

周龙教授，我现在介绍，不知道应该说是陈怡的先生，还是说我们在介绍陈怡教授的时候说这是周龙的太太，我想两个人应该是齐名的，在同一个领域做出了同样出色成就的两位音乐艺术家。周龙先生 1978 级中央音乐学院毕业。当时，谭盾、叶小纲、陈其钢、郭文景，都是同班的。这一段涌现了这么多杰出的作曲家，周龙教授也是其中的一位。1983 年在音乐学院毕业，然后任中国广播艺术团驻团作曲家，在 1993 年也获得了哥伦比亚音乐艺术学院博士学位。现在担任美国密苏里大学堪萨斯城校区音乐舞蹈学院杰出作曲教授，以及天津音乐学院“千人计划”特聘教授。周龙教的《态势》于 2014 年 9 月在世界著名的伦敦夏季逍遥音乐节上首演。这个作品是受新加坡交响乐团联合委约的钢琴协奏曲。这个“委约”是委托的委，不是我们今天说的违反规定的“违约”。这个委约和邀约是不一样的，邀约是无报酬的，委约是要付报酬的。

我们下面会听到好几首他的委约作品。2013 年他应北京国际音乐节委约，首演专场大型交响史诗《九歌》。同年他获林肯中心室内音乐协会颁发的伊利斯・斯托格国际大奖并由该机构委约及首演他的室内乐曲《九钟传奇》；2012 年他完成纽约新乐团委约的《云地》及北京交响乐团委约的交响组曲《京华风韵》。2011 年，这个奖项就更为重要，他的歌剧《白蛇传》，获美国第 95 届普利策音乐奖，这个普利策我们以前也知道它是一个新闻奖，或者是文学上的一个小说或者诗歌奖，也有历史奖。历史奖刚刚杨晓能教授也介绍了，是侧重于美国历史。那么它音乐奖是只有这一项，就是一部在评奖的前一年在美国首演的音乐作品，这个也是号称美国艺术界的诺贝尔奖。周龙教授在2011年获得这一奖项。这个奖项也是有史以来第一次由美籍亚裔作曲家获得，整个亚洲的作曲家，周龙先生也是第一个获得该奖的。

同时周龙教授也曾两次获得美国国会图书馆库茨维斯基音乐基金会及哈佛大学弗朗姆音乐基金会委约，多次获美国国家艺术委员会、美国作曲家基金会委约，并获美国科普兰及纽约凯利基金会唱片录音奖金。此外，他1993年获美国古根汉姆基金会作曲奖，1999年获格莱美唱片奖，2003年还获得了美国文学艺术院终身成就奖。他的作品在国内外著名团体公演、广播以及录音传播。

再一次请大家以热烈的掌声，欢迎陈教授和周教授！

我现在代表“王朝闻学术讲坛”来向两位教授颁发感谢状。

下面就由陈教授为我们做讲座，大家欢迎。

陈怡：谢谢牛克诚教授的介绍，也谢谢杨晓能教授，他是斯坦福大学的教授，也是我们的老朋友，把我们介绍给大家，今天很荣幸能够跟我们美术界的朋友来交流，尤其是中国艺术研究院，是我们的一个顶尖的学术研究单位，我很荣幸能见到大家，还能跟大家一起分享一些创作经验。因为我们今天讲课的时间有限，所以欢迎你们如果有问题，今天也可以问，会后也可以问，因为我和周龙老师都是在密苏里大学任教，网站上都有，你只要打一个学校的名字，他们的教师的电子邮箱都在那上头，所以你们有问题还可以来提问。如果需要了解更多的乐谱和录音、唱片的话，中央音乐学院的图书馆馆藏都有，包括我们的一些论文，还有全部乐谱和出版的唱片应该有几十张，包括不同的作品。欢迎大家去欣赏或者研究。

咱们先从两个曲子来介绍我的一些作品，因为我写过很多作品，是跟我们的中国文化、我们中国的古诗词有关系的，尤其是交响乐作品，我的取材，还有室内乐作品，室内乐包括各种组合的小型的器乐演奏或者声乐演奏的形式。这些作品我多数都是采用了中国古诗，或者中国民间音乐元素，或者是直接采用中国民歌素材来创作的，当然包括有很多合唱曲。所以今天我们先来介绍两个作品，咱们看见在摘要上面介绍的，一个是管弦乐《四季》，另一个是《中国古诗五首》这样的童声合唱。

因为我们中国所有的文化传统很多会追溯到中国古代的文人，或者说文人、文化。所以我们会看到这个琴棋书画的一种结合的形式，而且以前的知识分子，也就是文人吧，他们是不会把这个界限划分得太清楚的。一般你画一幅画，画上得题诗，题诗还会有书法，他会讲究书法的写作、创作。然后呢，这个和音乐和舞蹈也直接有关联，因为我们的音乐也就是流动的艺术，你可以说美术也就是凝固了的音乐。所以这个是互相影响和互相结合的。

所以当我在2004年、2005年接受了一个罗氏基金会的委约，就是瑞士的一个罗氏医药公司，大家可能都知道，因为他们有过很多药，在中国是很适用的，尤其是治肝炎的药和维他命C，所以在中国很出名。他们有一个系列，是因为罗氏公司的董事长之一，是一个著名的指挥家，是瑞士的指挥家，他们的家族有巨大的现代艺术品收藏。所以呢，每一个公司的职员都能到他们的展览馆里挑选一幅现代画，放在自己的办公室里。我就到瑞士巴塞尔这个城市做过两次参观、研究，并且对整个医药公司的系统的历史和他们的制作、研究有了一个比较详细的了解。这个创作系列是写给世界一流交响乐团的，每两年委约一位世界著名的作曲家作曲，2005年我接受他们的委约为美国克利夫兰交响乐团创作了这首《四季》，乐队编制是该乐团提供的，而这个曲名则是由我自己定的。

因为美国的交响乐团有五大最出名、最好的乐团，包括克利夫兰交响乐团、芝加哥交响乐团、波士顿、纽约爱乐和费城，所以我在这个作品中就运用了克利夫兰交响乐团的四管编制，就是大型交响乐团的乐器组合。同时因为这个作品的共同委约方，包括美国纽约的卡耐基音乐厅和瑞士的卢森音乐节，所以这个作品在瑞士的卢森音乐节和纽约的卡耐基音乐厅进行世界首演。

我现在打出的是创作《四季》这个作品时，使我受启发的四首诗。

为什么我们说琴棋书画的联系呢？我受到中国的宋代的诗的影响，四首诗，分别是描写四季——春夏秋冬这么四首诗，用的那个诗意的形象来创作我的音乐，所以我们今天着重的是介绍这个关系。怎么样能从视觉艺术中、从你看到的景象之中来想象到音响，又怎么样把音响记载到谱子上。这个谱子上也是有一个很严格的规范，怎么样才能达到那个最精确的记谱，才能使演奏家把它演奏出来，然后才能使我们听众，也就是接受的一方，能够接受到这种美感，也就是说有你们不同层次的感受。为什么说不同层次呢？因为我们听众有不同的历史背景、人文背景、文化背景，所有的语言也不一样，所以你们接受的自己心里的感受可能是不一样的。但是怎么样把作曲家的想法能够精确地呈现到乐谱上，然后再让很好的演奏家来演奏，这是一个过程。咱们现在就来介绍这个过程。

咱们现在看到，看不看得清楚这个反差？这个已经是这一页的全景。这个是乐曲介绍，这就是我方才说的话，是不是反差不够，你们看得清这些字吗？你们看到这四首诗里头，有三首是苏轼的作品——《饮湖上初晴后雨》《望湖楼醉书》《题西林壁》，最后一首是曾巩的《西楼》。今天我讲完之后，我会把这个 PPT 的文件和音响留给系里、院里，所以大家还可以仔细地阅读。

这四首诗都是广泛流传的，也是对我们春夏秋冬各个景象的描写，风景画，对吧。比如春天你看到湖面的水光潋滟，这种形象怎么样在音乐中表现出来？然后第二首诗呢，描写到夏季西湖，你看到那个忽然卷起的乌云，可是在很短的时间内，平静的湖面又呈现了。这种转折和这种对比也可以在音乐中体现出来，咱们待会儿听听乐队的使用。

因为所谓大型交响乐团就是每一种乐器都呈现了一个家族的状态，是三至四根管儿在每一种乐器组中的表现。好比长笛，得有长笛两支，还有短笛，然后双簧管，它的家族里头还有英国管，是稍低音的。然后有单簧管，里面有不同调的单簧管和低音单簧管，然后有巴松管，就是我们中文里的大管，同家族里还有低音大管。以上形成了木管组。然后会有铜管组，铜管组呢也是有这么一个，我把谱子给你们看。这是总谱，虽然缩小了以后你们看不大清楚，但是听到我这么解释，你大概知道这个是叫作乐器编制。我刚才说完第一组了，那是木管组。

第二组叫作铜管，其中有法国号，就是圆号，一共有四个。然后有小号三个，还有长号和大号。

接下来一组是打击乐，我们把打击乐都分得很细，四位打击乐家每人都要奏好多种乐器，全都列出来。然后有竖琴和弦乐。大家看看这是谱面。

当然了，我们不需要一页一页地放这谱子，因为荧光屏有限，我们一般都要摊开了大页纸的谱面，摊到地面或者是桌面，这样自己能够来预计时间流长，在写作的时候就是这样的。因为你不可能打开十个荧光屏把这些页都摊开，来预设时间。所以今天就只是看一个谱面，这是有各个器乐组的。最顶上是木管组，然后你看到有一个小空隙，这个留出来的一点空间是用来分隔乐器组的。小空隙之后是铜管组。然后再有一个小空隙，之后就是打击乐。打击乐完了，还有竖琴，和最底下一大组是弦乐队。弦乐队里头包括第一小提琴、第二小提琴、中提琴、大提琴和倍大提琴。这个谱子就介绍到这里。

我们现在开始放音响，我同时可以做一些解释。这个是在卡耐基音乐厅演奏的现场演奏录音。

（交响乐欣赏）

这时转接到下一首诗的意境。

（交响乐欣赏）

大家听见的旋律，现在是用的京剧的音调，因为我曾经在广州京剧团工作八年，在乐队任小提琴首席，也就是说这个语言是潜移默化的，我随便哼出来一定是京剧的曲调，但不是某一个戏里头的，而是它们的综合，你提炼过了，或者是抽象出来的这么一种音调，是有它的风格和韵味的。

刚才你们听见的几段，它有单旋律的表现，又有复调线条，就是说所谓很多条，两条以上的旋律线在同时地走，然后你又听见有不同组合的伴奏，这个时候形成和声，或者形成音块。音块就是没有以前既定的调性体系中所设定的和弦音那么一种音群的密集纵向组合。

现在听见的是第四首诗的景象，然后是低音，和声的组合，用了更多的铜管。北方的冬是白雪，而诗中描绘南方的冬天则是雷雨寒风。

（交响乐欣赏）

这里像是听见远处的雷声，闷雷的轰鸣，而且听到了烟消云散之后的平静。这整个曲子其实只用了两个音调素材，一个是我们江南丝竹的《老八板》（示范哼唱），你们听见了无数次的变奏，没有一次是一样的。然后我们还听到了刚才那个京剧曲调。最后这个弦乐最高音区的泛音群就像是白噪音在渐渐远去。

这个曲子完了，谢谢大家。

我们接下来讲这个我写的一首《中国古诗五首》，是写给旧金山女童合唱团的。旧金山女童合唱团就如在美国其他多个城市和地区都有的公开招募青少年学生来参加各类表演艺术集训的课外教育机构。此团是在整个城市进行面试，共招来三百多位女孩子，她们每个星期大概有两至三个晚上来参加训练，分几个班级接受专业合唱老师的指导并排练音乐会表演曲目，在年度音乐季的音乐会上演出。咱们来看看，这个合唱团当初来找我作曲，是因为我在哥伦比亚大学得到博士学位之后，曾经获得美国作曲家基金会的交响乐团新驻团作曲家计划奖助到旧金山工作过三年，为在基层社区里推展音乐教育与传播，担任三个机构的驻团作曲家：第一个是旧金山的妇女爱乐交响乐团，这在当时是全世界唯一一个全部由女演奏家组成的交响乐团，指挥也是女指挥，演奏的曲子也大多是女作曲家创作的音乐。第二个是香缇克利尔男声合唱团，这是美国唯一的一个全职专业合唱团，曾几次获得世界知名的格莱美唱片奖。他们来中国访问过两次，在北京国家大剧院和上海音乐厅演出，并且于 2009 年在中国被选为该年度的现代作品演出最优秀小型音乐表演团体。这个男声合唱团有 12 个演唱家，分别可以唱女声男高音、男高音、男中音与男低音这四种声部。我为该团和后来认识的很多合唱团写过新作品，其中包括多套中国民歌改编，最流行的是我的十首中国民歌改编合唱曲，几乎所有外国合唱团到中国来演出都唱过我的民歌改编曲。第三个机构是旧金山市亚图斯中学创作艺术中心，我在这个公立中学里做了很多普及音乐的教育项目，在当地有广泛影响。旧金山女童合唱团也是因为我在这三个机构出色的工作而认识我并委约我为其创作第一个专门为她们三百多个女孩同时上场演唱的曲子。她们是从不同的背景而来，而且她们的程度不一样，岁数也不一样，所以她们按不同年龄分成了六个组，最大的孩子 15 岁，也就是上高中之前了，最小的只有 6 岁。她们说：“我们需要有挑战性的作品。”因此我就决定给她们写五首中国古诗的合唱曲，这样我既可以传播中国文化，还可以深入浅出地从我们中国所有小学生都会背、会念、会写的五首诗来入手，让她们唱中文，使整个作品既有某种程度上的挑战性，又有教育意义。

请大家来看，这里是我用的五首诗。其中三首是唐诗，另外两首是民谣。第一首是王之涣的《登鹳雀楼》，我在这一首的音乐里模仿了一级一级往上走的登山形象，用了五声音阶中五个不同调式的上行音阶，全部都从一个相同的音开始往上唱。在很短的时间内，孩子们就学会了中国的五声音阶和调式。

第二首我用了江南民谣《江南可采莲》。大家都知道这个词："鱼戏莲叶东，鱼戏莲叶西，鱼戏莲叶南，鱼戏莲叶北。"首先，我把“东西南北”这四个字抽了出来，让40个6岁的孩子用不同的节奏型来念唱。因为我把音乐就写成跟讲话的腔调一样的音高，所以她们唱完之后就等于学会了中文的这四个字。

第三首我用了李白的《静夜思》，因为初中一年级的13岁的孩子，还没有学会唱四部合唱，她们只会唱三部。这个时候呢，我给她们写了第四个声部，用的是无音高的噪音，就等于我在嘴里念“簌簌、嘻嘻、簌簌”这样。比如，《静夜思》在很宁静的月光底下，是万籁俱寂，假如你有一点响动，像我刚才唱的，就显得更安静了，因为有动的对比。这个时候呢，我就用了第四部的一组孩子来唱这个衬词。在写歌曲的时候，这种无实际意义的词就叫衬词，它没有意思，可是它是形声的，同时又有它的意境的表达，这都是我从中央音乐学院的作曲系学习的时候得到的灵感。因为我们每年要背诵很多的中国民歌。中国民歌又分全国的各个省，然后又有各个少数民族，他们的唱词都能表达他们的文化背景。因为不管你是农作号子，还是山歌小调，都跟生活紧密联合在一起，或者是跟语言联系在一起。所以，有了这种灵感，在创作音乐作品的时候，如果你有一个有机的组合和提取，你就会形成你自己的风格，或者有很强烈的中国风格的表现。所以，刚才你们在这第三首《静夜思》里听见了“嘻嘻、簌簌、嘻嘻”这种音响，像不像是昆虫、小虫叫？这种音响是不是在很安静的环境下形成了一种反差？

第四首是我们北方民歌《敕勒歌》，是为最大的一组孩子写的。这45个孩子的年龄是15岁，她们能够唱十五个不同的声部，这样就等于3个孩子唱一部。我就给她们写了十五个音纵向组合起来的音块，作为旋律声部的伴奏部分。因为我在每个声部用不同形式的三和弦进入，所以虽然有挑战性，但是她们没觉得不可能唱出这么难的音块。小孩是教什么就能学什么，这是我悟到的一个道理，因为我做了无数的教育项目，跟美国的交响乐团下到大学、中学、小学，去跟他们做普及古典音乐的工作。同时给他们写这种有教育意义，或者说是教材式的作品，所以它的流传非常广泛，能受更多人的欢迎。他们通过这个音乐和美术，或者说我们的各个门类的艺术形式，就能接受我们的中国文化，至少他们是在更深入的一个层次受到了更多的教育。

第五首是《望庐山瀑布》，大家知道这宏观的景色，所以这个曲子就用了所有三百多个孩子一起唱。

这一套曲子里头第二首和第五首都用了全团三百多个孩子。但是第一首只用了中间那两个组，第三首就像我说的，只用了 13 岁的孩子那个组，而第四首是用了 15 岁的那 45 个女孩。所以，我现在放给你们听，听的时候，我把谱子打出来，你们可以更详细地了解我刚才作过的介绍。可能我们很多同学参加过合唱团。请问有多少同学参加过合唱团？对，很棒，你们都唱合唱！在美国的文科学院，这是必修课。每个学期需要参加两个大型组合的演奏或者演唱的训练，这是为了培养我们的合作关系和集体观念，还有创作和契合，就是跟团队一起工作的一种锻炼，一种再创造。

所以说，很多同学因为他的乐器演奏考不进管弦乐队、管乐队，或者爵士乐团，他还可以参加各种形式组合的室内乐团。但是如果都考不上呢，他可能还能考合唱团。但合唱团也不大容易进去，因为你试唱，要找得到全部音高。还有合唱是有各种语言的，至少有五种语言是经常唱到的。你至少能看到拼音要能唱出来。所以这样又使你要有更广泛的视角，去接触更多的文学和艺术作品。因为在他们的唱词之中，你要牵涉到它的背景，你就要有更多的学习和启发和不同层面的接受。

我现在放音乐的时候，把这个谱子给大家打出来。因为合唱谱面小一点，所以我们大概能看清楚。

（乐曲欣赏）

这整个曲子都有更上一层楼的形象，所以都是上行音阶，她们还都学会了中国的五声调式音阶。

这里唱的是东西南北，是由 40 个 6 岁的孩子唱的。现在这一层加上去的音型是像一群鱼儿游来游去的形象，另外再加上来的一个声部唱“莲叶”。这样就把一首横向的诗，纵向地组合起来了。

（乐曲欣赏）

6 岁的小孩子能数这样的拍子不容易，因为“东西南北”这个节奏型并不是固定的和方整性的，而是要学好数拍子才能唱整齐。

（乐曲欣赏）

在这个三百多个孩子的团体里有几个中国孩子，其中有一位妈妈被请进来辅导过她们的发音。

（乐曲欣赏）

现在我们到了全团一起演唱的《望庐山瀑布》，大家看到了这个无计量记谱法，是由各种噪音、衬词组合的背景。

（乐曲欣赏）

这里结合了中国民歌的衬词，还有爵士乐演奏的衬词，把它组合起来，作为一个背景。还有孩子模仿小虫、小鸟的叫声。这是模仿我们京剧里用的行弦在背景中作伴奏，才可以引出这个旋律。

（乐曲欣赏）

你们看见的曲线是刚才那些噪音的延续，全是即兴演唱。

（乐曲欣赏）

好，刚才是整首《中国古诗五首》的演出，这是现场录音，其实有很多张唱片也出过，但是各团有不同的节选，其中包括有我们深圳盐田路小学的一个 CD，是中国唱片公司出的，大家都能找得到。YouTube 上也有很多外国团体唱，所以你们要搜索也能看得到。但是今天我们听到的这个是首演，在旧金山交响乐团的音乐厅，是满座，而且是五首同时背谱唱下来，没有间歇，也没有节选，所以我就放了这个版本让大家听，希望对你们也有启发，或者说是喜欢，待会儿还可以问问题。

我先说到这，好吧。

牛克诚：现在有请周教授来讲。

周龙：这首曲子呢，是在 2013 年写的，实际上这个《九歌》我在很早就已经构思了。2010 年我的歌剧《白蛇传》在波士顿和北京首演。当时在这歌剧的北京首演之前，余隆先生，就是北京国际音乐节的总监，他就跟我提出来说："我一直想把这《九歌》弄一下。"当时我也不可能一下子创作出一个大型作品来。到 2013 年的时候，我 60 岁，"你一定得弄出来了吧。"他说。于是那年我们就做了一个《九歌》的首演，是在北京国际音乐节做了一个专场，因为这是一个整场的音乐会，把《九歌》的十一首，它一共有十一段，作了全本的演出及实况录像播出。这个也是以前没有做过的。

这首乐曲在首演的时候也是有一定难度的。从创作角度来说，其实我本人以前是读过《九歌》的，我觉得这应该算是中国文化的一个源头了吧，其实它实际上是屈原的再创作，屈原收集了很多民歌，楚地的民歌。我在读《九歌》的过程中，有一些段落也不可能完全理解。所以我当时就是借助今译去反复读《九歌》本身的诗句，还去参考那些英文的翻译，不同版本的翻译。从这些不同版本的翻译中，去理解、去感受《九歌》这个诗的本身。

应该说《九歌》和其他诗还不一样，有很多诗是写实的，而《九歌》本身有一种超自然的浪漫，是浪漫派的，在那么古老的年代，艺术创作有一种超自然的浪漫派的气质。在座的大概都是搞美学、美术的，也有些音乐学方面的。其实根据《九歌》的题材呢，也有一些美术的创作，根据这个主题，有一些还有舞蹈的关系。在舞台的表演艺术上，还有一些是用《九歌》的其中一段的情节，去创作一个全音乐的作品，但是全本地把《九歌》的十一首文字全部读取，这个对我来讲也是一个大挑战。

我现在就给大家列下来，从构思这部作品的时候，我尽量遵从原作的这个十一段。《九歌》为什么叫《九歌》？就是九首诗，但却是十一段，就是它前面有一个序曲，还有一个尾声，这样就变成十一个乐章。从这个首演的阵容来讲，我们请到了黄英，女高音。她实际上就是《白蛇传》白娘子的主演。梁宁也是个很好的女中音。还有莫华伦先生是男高音。袁晨野是男中音。原来我准备在《九歌》中写男低音，但是我们没有找到很好的男低音，就请了袁晨野先生来。我在创作中，又改写了男中音这个声部。

余隆安排了广州交响乐团来首演这部作品，总长大概 70 分钟，也就是没有休息、没有间断的整场音乐会，在中山音乐堂。当陈怡六十岁的时候，我就把这个《九歌》献给她了。

十一首，大家看我在布局十一首的时候，如何去想象它。因为你看了这个诗以后，就觉得它的每首诗里面都描绘了一个形象，而这个形象又是很抽象的，因为它描写的都是人神不太分得清的形象，它这个云神、山神、山鬼，它这个主人公不是很明确的。但是我要写一个大型史诗性的，都是由声乐来唱原诗，那我就一定要有这个组合。比如说这个《东皇太一》，我就用了四部，就等于是四重唱的形式。我在跟余隆谈开始创作构思的时候，我要求有一个大的合唱团，但是他说：“别请合唱团。”又说：“乐队出访，带几个独唱家就可以了，带一个合唱团太难了。”所以我就没有合唱团，这样的话，这部作品就成了给女高音、女中音、男高音和男中音这四位独唱家与乐队写的一个协奏曲，但是不同的章节中有不同的组合。

比如说我一开始的开场曲是四重唱，《云中君》就是女中音独唱，《湘君》是女高音与乐队。它有的段落是由主人公演唱去描述另一个角色，有的段落是由一个角色在唱自己的心态，表达自己的一个心情。第四段的《湘夫人》就是男中音与乐队。《大司命》是女高音和男中音的一个二重唱。《少司命》是男高音与乐队，是一个独唱。《东君》这个有点低音的形象，画面有点像《东皇太一》，它是一个有乐队伴奏的大场面，所以这个地方用了男高音领唱，其他三部也是伴唱。《河伯》在整个《九歌》中，可以说是脱离开楚地文化的一个段落，这是我自己领会的感觉，它脱离开了楚地。

屈原本人也不是楚国人，他好像是被发配到那里去的。他深入到楚国文化，所以从音乐的素材当中，大体上是选用了湖南那边的一个《担水歌》作为一个主题，贯穿到整个《九歌》的史诗中。而《河伯》可以说不是那边的江，它描写的有点像是黄河，所以它脱离开了楚地文化。到了《山鬼》这个大家都知道，我们有一些美术作品，还有一些雕塑作品都做过这个，因为它很神秘，这个山鬼形象很模糊，屈原描绘的是进到山里的他本人，还是那时候的巫师？或者是他这个“山鬼”本人所追求的？所以这个山鬼不是男也不是女，是个中性的，他说不清的。到《国殇》，当然就是一个大型的礼赞，到最后的《礼魂》是一个尾声。

大概的结构就是这样，每一段都不超过 10 分钟，大概四五分钟到 10 分钟这么一个结构。下面每一段是我在构思中，怎么样去描绘，或者是从配器的手法上，还有组织上，构思上的。刚才提到的《担水歌》实际上是一种取材于楚国的舞蹈性音乐的迎客歌。

我们的首演是在中山音乐堂，当时他们很重视这个首演。整个画幅是在中山音乐堂的前厅从地到顶的这么一个画幅，我这个是摘下来的。当时这个《九歌》的首演还是挺隆重的。

大概我刚才都提到了，我把它比喻成是中国的《荷马史诗》，当然它比《荷马史诗》的篇幅要小多了。但是对于我来说，十一段的谱曲也是相当大了，分量很重。这是我刚刚提到的演奏的阵容。刚才没放出来，对不起。

因为今天时间有限，我就大概简单介绍这个基本创作构想是怎样发生的。再笼统地把它走一遍，我就不具体去说了。

可以说这里面有几个姊妹篇，比如说《湘君》和《湘夫人》、《云中君》，所以我在音乐处理上，也是根据这个诗本身的结构，实际上给诗谱曲，从大的结构上说，它已经给你定格了，我也不愿意改动，因为我觉得既然我为它谱曲，就应该用它原始的这个结构来表达它本诗的原意。当然，这是我个人的理解。

《大司命》《少司命》也是一个姊妹篇。《东君》很像开场的《东皇太一》，它这个里面渲染了很多节庆的气氛。当时这个诗里头有描绘打的什么街鼓，在乐队的配器上也都表现出来了。像《河伯》这块就描绘得非常浪漫，他为这个水神描述了一个小宫殿，在水里头的一个小宫殿。甚至是从诗句里面你仔细去揣摩它，好像拿个贝壳镶在宫殿里头那种场景那个故事都描绘出来了。我们从诗句这么一看，那几个字一下就看不出来了。我是通过一点一点去读，一点一点体会，来这样启发从音乐上怎么来表达这个画面。

这是我本人的创作习惯，因为我父亲是个画家，所以我的很多音乐创作，先是有画面，才有音响，当然这里是先来诗，再来画，再来音。《山鬼》这个就比较神了，我一开始先写了一个合唱，后来因为我们在表演中不用合唱，所以就把它改成了一个领唱。领唱这个角色当然我也只能选择一个女高音来表达。可是它有各种不同的解释，这个山鬼跑到山里去等这个情人，最后骑在豹上在那里跑，后来被发现了，最后变成了一个野人，很失望，但是很凄美的一个故事。大概就是这样的。《国殇》和《礼魂》就是像终曲的气魄，战场上斗士的悲壮形象。

这样，我先把这个音响放一下，然后我们大家就可以留一点时间来解答一些问题。这个还不是音响，这个是视频，所以音响不是太好。当时他们是把这个音乐会整个现场放在网络上去，在网上可以看，但是过了以后就没了。所以它基本上是视频，音响做得不是太好，不像专门录音的效果。但是可以看到大概意思。这个视频大概可以给画面全景。

（《九歌》视频欣赏）

它前面是在放字幕，我准备从头放，放到尾，时间到了就叫停。

在中山公园音乐堂首演之前，我先到广州，在广州先排练，但是没有演出，排练了以后，整个乐队拉到北京，然后在北京首演。

我可以放下来，因为他在对音，在调音，看这个样子，我大概能放到四五首，放到《大司命》差不多了。基本上是有几部独唱的。当时他们录这个镜头还不错，就是截录了几个特写，有五部舞台机器给网上、网络播放。实际上摄制团队都没人来听排练的，就一个导演过来看了一下排练，大概记载了一下这个场景，结果分镜头非常专业。

在座的有没有看过这个首演的，一个都没有？就在北京首演的。我们看视频，就不看谱子了。

（《九歌》视频欣赏）

这是第一乐章，就是序曲了，这基本是颂歌式的。

（《九歌》视频欣赏）

好，因为时间关系，今天我们就放到这。下面就是我们大家提问的时间了。

牛克诚：我们再次感谢周龙教授、陈怡教授的精彩演讲！也感谢他们为我们创作了这么精彩的音乐！

我们这次讲座呢，也要感谢杨晓能教授，杨先生是美国斯坦福大学东亚研究中心教授，是美国国家美术馆高级客座主任，他领衔的一个叫"百年山水"的项目，围绕这个项目，杨教授无论是从讲座的策划还是组织安排上，都付出了很多心力和智慧。那么我们在这里呢，也感谢杨教授。现在就有请杨教授为我们做这次讲座的点评，大家欢迎！

杨晓能：谢谢大家，谢谢陈教授和周教授在百忙中来跟我们分享他们的成果。其实邀请两位讲演的用意很简单，因为我听过他们的讲演，对我们搞视觉艺术的听众深有启发，相信在座的听众会有同感。因为他们在整个创作过程中，与我们现在所有在从事人文艺术创作的同行一样，都面临着相似的问题：一个是20世纪以来中国艺术的现代化，另一个是中西合璧的问题。他（她）们在这两方面都给我们提供了很多启发性典范。

他们从音乐角度，在选用和释读中国文化元素方面也给我们提供了借鉴。大家都知道，他们在整体构思上摆脱刻板，处理得是比较开放的、比较浪漫的，它们不是那种传统的古典音乐，虽然运用了古典音乐的方式。它们的作品实际上也是现代音乐，是现代中西结合的音乐。所以如果说得比较通俗一点，类似于我们视觉艺术创作中的一种大写意，写神。他们在音乐板块上的处理，很像我们美术方面的笔法和色调的运用。

怎么将一个很短的古诗，以艺术形式展现出来，她（他）们的作品展示了具体的创作手法。比如说周教授的《九歌》是很难理解的，就像很多现代绘画作品，是阳春白雪；很多观众可能说“我听不懂”，“我看不懂”，这需要时间消化。

陈老师讲的作品，取材脍炙人口，可能相对来说比较容易理解，而周教授创作的曲子素材本身就很难，读《九歌》，不少的词义本身都有争议，到底什么意思，释读不同。而且他那个作曲，大家知道，不像国内的一些作曲家，简单地采用一个民歌、民调或者大家熟悉的一个旋律，然后发挥。陈教授和周教授是在汲取民族精华后的一种再创作。这点是与一些普通的作曲家，或者艺术家创作的一个区别。展望视觉艺术领域，国内一些画家画古代人物，都是一个模式，穿一个长袍，留几根胡子，脑袋抬着，都是那个套路。

他们的讲演和播放的视频为大家提供一个新的思路，当然这个思路本身是比较难理解的。说实话，《九歌》这个作曲，如果没有耐心，很难真正理解。加之用一种西方的歌剧形式，用西洋唱法，来再现中国的这种远古经典确实很难。如果用油画恰到好处地展现楚辞唐诗，容易吗？这方面他们的作品是有益的启示。我们这个讲座本身的目的，不管是搞音乐艺术，还是搞视觉艺术，就是给大家开阔思路、开阔视野，就是怎样诠释中国文化元素，怎样把你自己的创作呈现于国际舞台。因为他们的创作，不光要考虑到我们中国的观众，还要考虑到外国的观众，要都能够接受，这也是一个很大的挑战。

我讲得太啰唆了，下面留些时间请大家跟周教授、陈教授交流吧，看看有什么问题。谢谢大家！

牛克诚：我对杨教授的介绍，还应该补充一句。杨教授是当年北京大学的学生文工团的团长，所以音乐是内行。同时他这些年又做美术的展览策划。刚才他的这个点评，正好是从音乐和美术的结合上，为我们做了一个很本体、很有深度的一个解读。再次感谢杨教授！

下面就是大家提问的时间，大家可以举手。

提问 1：两位老师好，我想请教一个问题，就是说两位在作曲的过程当中，在创作过程当中，是如何寻找中西音乐契合点的？谢谢老师。

陈怡：要看题材和体裁，还要看演唱、演奏的要求。因为有很多创作吧，是根据演唱、演奏方面的要求量体裁衣的。所以当我接受一个委约的时候呢，我先要看对方他们是怎么一个演出阵容，然后我再来决定我的题材。这个题材呢，当然是跟自己的背景很有关系，比如说你的文化积淀，你学习的历史、美学、哲学，还有你音乐的基本功，还有各种积累越深厚的话，供你选择的这种可能性就更多。在这个时候，你就要运用你所有的知识和积累，使这个作品的创作和它的表演要有一个吻合。基本上我是用这种方法，来完成每一部新作品的。

因为从我们硕士毕业以后，到现在，写的每一个作品都是接受不同的机构的委约而创作的，所以我基本上是采用这种方法，一般是两年之前接受一个邀请，然后签好合同之后呢，我有一些时间，因为一个演奏团体的宣传部门在发表他们的首演计划之前，他会跟你沟通，到时候你还会提供一定的素材、标题等信息。再有就是乐曲的简单说明。在两年期间内完成了这个作品的时候就进行排练和首演。刚才你们听到的这个合唱作品是已经演过上百次的，就是有很多团跟在首演之后演，所以刚才我们说的这个积累和创作是个最重要的部分。

比如我一开始工作的时候，接受一个香缇克利尔的男声合唱团的委约，这是我的工作任务。我头一下就写了十首一套的中国民歌改编合唱曲。为什么我能选那么多曲子呢？是因为它们全部都分布在全国各地不同的省，而且有不同的风格，又有快、又有慢、又有明亮、又有抒情这样的一个组合，还有各个少数民族的特点。这样我的用意是给更多的演唱家和听众，就是一些小孩、学生等，让他们了解中国文化。还有一个很浅的大概的地理知识，当我讲解这些各地民歌的时候，就会有这个地区的介绍，还有方言的介绍。比如《茉莉花》，它用扬州方言唱，或者其他歌用普通话唱，你就可以介绍它们的地理。还有台湾的《丢丢铜》，也是一首很著名的本土民歌，这样也能从各个文化背景和他们的唱词方面来介绍。我把歌词都翻译成英文了。这是一个最浅的作品了，可能有不止几千个人唱过。

我是用这种方法来传达我们的中国文化的，也能让更多的听众分享和促进世界的和平。我以为这样的沟通，人与人之间的沟通，民族与民族之间的沟通，和思想文化从哲学、美学方面进行沟通，具体到我就是音乐。所以在这一点上，你们看到我的作品目录，有很多是用中国古诗，或者中国民间音乐素材，和各种民间文化的源泉来启发自己，还要跟现代作曲技法结合。因为我们已经不能回到50年代的创作技法，那将是老声音。我们现在尽量地去学习全世界的各种音乐的表达方式，也就是自己吸取了这些养料并融化，然后再外化出来的、创作出来的自己的声音，是有原创性的，而且是自己能够跟更多的人分享的。

也许我回答了你的问题，如果没有的话，你接着问。谢谢！

周龙：那我也回答你，简单一点。我们搞艺术创作，不管音乐、文学，都讲个性。那个性是从哪来的？我认为个性跟你的文化的根基是有直接联系的，还不完全这样，因为跟你个人的习性、习惯也有关系，还有思维方式也有关系。但是我觉得跟中国的文化背景是分割不开的，它是很重要的一部分。

那我们作为一个在海外生活的作曲家、艺术家，他们来请我写的作品中，为什么我们都加上这么多中国文化的题材、素材？他们作为西方的机构他们来找你写作品，他们就说你是中国作曲家。虽然我们现在是美国公民，但是他们就一直觉得是中国作曲家，我们找你写这个东西，就是想听比较中国气息的、中国文化的那些作品。

所以我觉得个性和你的创作风格还是有一些关系的。那这个所谓个性就是跟中国文化离不开的。现在有时候一些年轻学生也不太重视这方面，我觉得还是应该重视，不是说非得要民族化，民族主义。但是这个个性实际上就是融入在民族文化中的。

陈怡：其实个性跟语言的独特性有关系，就是说原创性是最重要的。咱们说了很多个性的问题，很多手法的问题，其实是一个词，就是“原创性”。怎么样能用自己的语言来说话，这就是一个创作的最关键之处。如果是模仿性的，那出来就是像别的体系、别的语言。如果是你作为一个人，你接受的所有的教育和积累，社会的积累、经验的积累，就会形成你自己的语言。所以这叫创作出来的，是有自己的原创性的，我以为这是最重要的。

提问2：两位老师您们好。请问您们在创作的过程中，是否为了音色或者音响的需要，而放弃传统的调式功能的和声方法？

陈怡：这些是互相结合的，所谓调式、调性是比较受限制的一种词。因为创作的色彩可以用很多方面的元素来表现，你刚才说的只是音高，就是调式、调性。如果音色呢？包括所有乐器的性能和人声的特性，但是这些都是手段。我以为这个还是很受限制的，我们的想象应该要发挥得更加广泛。好比说现在的电子音乐，已经是没有音高的限制，没有音响的限定，对吧？它有一个无限放大的领域，可以给你发挥想象，我以为这个不会被限制。

周龙：你这个问题的意思是说，如果我们追求色彩的话，就要放弃调式和调性，是吧？

提问 2：是否会偏重于这一点？

周龙：这个跟你们其他门类的创作手法一样，就是说，现在有很多流派，比如现在有一种叫 Spectral（光谱），其实这个跟美术是很有关系的，它在音乐上叫频谱音乐。它没有旋律，也没有节奏，它只是一种泛音列的组成，泛音列的音响、频谱，那你说它是不是放弃了其他因素，或者元素呢？有很多极端的无调性音乐，它发展到极端的时候叫序列，全面序列。序列音乐已经是无调音乐的极端了，它还要全面序列，就是说不但音高要序列，而且全部音乐元素都要受到严格控制，跟着它设置的序列走，包括它的力度。

音色的安排、节奏的安排全部要跟着它那个序列走，当然我们这是技术性的东西，但是它也是一种不同的流派。你们在美术——视觉艺术上的流派就更多了。其实音乐的流派跟美术是息息相关的，在同一个时代，它一直是互相影响的。而且视觉艺术基本上是走在前面的，音乐创作中的很多术语，都是从美术中借来的。比如我们的音块、色块、频谱，这都是从视觉艺术上来的。

这个你不能说得太绝对，不能说我为了使用这种手法，我就要放弃那个手法，这是不可能的。因为它整个的手法和这些技术，还有这些结构的方式，全都是有机结合在一起的。

杨晓能：补充一下，就像刚才讲的，比如当代艺术吧，你看不出来仅使用一样的手法。简单地、通俗地说吧，现在的艺术，诸如行为艺术、装置艺术、摄影等采用多种不同手法，但它们又有共同之处，反映当代的思维和时尚。而且这牵涉一个大问题，就是审美思考，什么叫美。现在变了，人们有不同的观点。可能有的人喜欢古典的，觉得很像，比如国内画写实油画的王沂东那一派，画得很像，小美女图像，这一流派，有人喜欢。但是很多人说“这已经过时了”，反而欣赏写意、印象、抽象等风格。总之，品味和流派很多并共存，和音乐基本相似。就是说流派没有高低之分，作品本身有好赖之别。关键是刚刚陈老师讲的原创性，就怕你临摹别人。

有的人当今在市场上很火，人们争相去仿效他那个样子，或许这些人都会火，但早晚都会被遗弃，这是一个道理。

陈怡：你说调式、调性只是音高表现的一种，所以跟美术一样，你不能只用一个写生来代表这是一幅画，一幅画会有很广泛的含义和手段。

提问 2：那陈老师，在您创作的过程中，会特别偏重于确立这个调式或者调性吗？

陈怡：不会。因为我创作的很多旋律是根据中国的古诗吟诵的音调而写的旋律，吟诵的音调像口语，但是是夸张了的吟诵，夸张了的朗诵。所以它有音高、线条的体现。这个时候可能更多的是跟无调性音乐的结合会更贴切，会更能表现人声的、说话的音调，这个也能成为一种写作旋律的手法。这个时候就很难以老套套去套哪一个调式、哪一个音阶，或者哪一个十二音体系的音列。这个要具体情况具体分析。

提问 3：两位老师好，我想请问一下陈老师，您在创作的时候，是怎样选择您需要的这些诗的？还有一个问题，就是您刚才在给我们播放您的作品的时候，也配了古诗词。然后我就想问，是不是您觉得有的时候这个音乐脱离了文字或者图片，仅仅依靠这个音乐本身，是不是表达不清楚想表达的内容？

陈怡：我的作品有两种，有一种是这么贴切地去配合的。但是我更多的作品是抽象的，所谓抽象就是说整个诗意，或者是整个人的情绪作为一个总体，然后用音乐表现出来。而那个写作出来的音乐又有它自己的形式，这个时候完全跟诗、词的格式是没有关系的，这个是我们所说的抽象形式的音乐，这种音乐我写得很多。

比如给马友友写的一个三重奏叫《宁》，是小提琴、大提琴、琵琶，这是为一个叫“魂桥”的项目作的曲，纪念第二次世界大战，就是日本入侵中国的这么一个项目，也是全世界演遍的，是让大家记住日本侵略中国这个事实，因为在西方还不是太多地被认识。这个作品是很抽象的，但是你听见了音乐以后，都会觉得它这种残酷，这种血腥的场面。还有象征渴望和平的江苏民歌，就是这首《茉莉花》，它的素材原先是抽象的片断式的表现，到最后才是较完整的表现。

还有就是我给德累斯顿交响乐团写的小提琴协奏曲《德雷斯顿之春》。也是第二次世界大战的时候，因为德国军队轰炸了英国的一个城市，就是《格林童话》的起源地。到第二次世界大战结束，德国人已经宣布投降的时候，英国空军为了报仇，就把整个德累斯顿给炸平了。在德国人重建这个被炸毁的妇女教堂的时候，英国女皇还给他们送了一个 300 英镑的金十字架放在顶上。为了庆祝这个妇女教堂的重新建成，他们委约我作了这首小提琴协奏曲。那这个曲子其实是抽象的，因为我不可能去描写它的具象。所以就是有这么一种审美思维在里头，然后融化到音乐里头，再外化成作品。这个小提琴协奏曲的结构形式是基于中国古诗《春夜喜雨》诗句里的形象与意境。这个唐诗呢，因为它触景生情，这样从一个很原始的山水画的景象，一直描述到后来这个花开满城，这个时候的繁荣景象，那是我们向往的未来。我用了这样的隐喻，来创作这个作品。但是，并不是像我刚才介绍的那个作品，使你有一个想象中的视觉感受，然后把它转化成音乐来表现。像这种写法呢，就比较直接地根据诗句每一行的表现来翻译或可以说来演释成音响。这个方法也是我在哥伦比亚大学念博士班的时候从周文中教授那里学来的，因为他很早就开始研究我们中国的山水，还有我们中国的古琴艺术和书法，他的很多作品都是用这种方法来构思的。我也是从他那里受到启发，当然他没写过这四首古诗，但是我可以得到这个影响。你可以从每一句诗句里头感受到音乐的表现。

我有很多其他的作品也是用这个方法写的，不过用的是不同的诗，还可以是民间诗，还可以是题画诗。比如苏东坡的题画诗，可能画都没了，他的诗倒是流传了。这个时候也可以把它外化成音乐的形式。

周龙：你刚才这个问题的意思就是说，你这个音乐跟你的诗配不上，好像脱离了。是吧？

提问 3：不是，我是想说，是不是有的时候音乐不用这些诗，或者还有图片一块去表达的时候，这个音乐本身，它也可以很清楚地表达想要表达的东西。

陈怡：这个音乐本身是独立的。

周龙：应该有这个，我有一个《唐诗四首》，它并不是唱的。它这四首诗就是四个乐章，就是用这个诗的意境来创作的。但是呢，也不是每个乐段就是在解读这一段诗句，它表现的是个意境。

陈怡：我以为，音乐是比美术更抽象的一种表现形式。

周龙：音乐里头也有很具象的，比如说像你们在画画里面，有连环画，咱们音乐里面也有写那个连续剧的音乐，它要跟那个画面配上，这翻一个跟头，来一个什么声音，然后这有一个什么动作，来一个什么声音，有这种配乐。但是我们艺术创作，艺术音乐和音乐会音乐是另外一种形式，写意的比较多，这与直接去描绘一个画面、准确地去配图的做法与感觉是不一样的。

陈怡：中国民歌改编合唱就是比较具象，因为它的词都给你了，你唱着那个词，唱出的民歌，就是农民都会唱，这种是很具象了的。所以这是一种很基础的形式，但是你写成管弦乐有可能就很抽象。你是问这个问题吧？

因为还有一个审美的层次问题，我以为这是你要问的，你所说的是不是能很直接地来表现这个诗句，那个是很具象的，我所说的音乐是一种很抽象的表现形式，也许你听到以后会有你的想象，也许你们十个人之中有五个人之中的想象是很像的，但是另外有三个人是反的，这都有可能，这可能是你的问题。所以说，音乐的魅力在于此，它是抽象的。而且它的接受面是可以有各个层次的。这个层次是怎么来的呢？是根据每一个人的想象和他的文化积淀，和他的背景，和他在场当时的情绪变化和联想。

杨晓能：你要问的是不是这个意思，如果我理解对的话。你看他讲时放上诗，放音乐。她是说如果不放这首诗、不放这音乐，您这个音乐还能不能完整。是不是这个意思？

陈怡：对。

提问 3:你如果不放这个诗的话，我们作为听众来说，是不是也可以很快地感受到？

陈怡：这是个很好的问题，在美国，所有的现代音乐会，都会有音乐会之前的座谈会，基本上是免费让观众进来的，这个时候有基金会可以发放这种奖助金，是给这个作曲家去演讲的。这个时候呢，观众还可以沟通，当你知道了我的原意是这么个意思的时候，你还可以提问。这可以沟通作曲者和观众的思想交流，还有创作手法交流。然后呢，还有的听众是完全得到了相反的想象，这个都是很普遍的现象。不过如果你接受得越来越多，你会感觉到它的层次感，你还会有更多的深入的欣赏吧。

周龙：其实这个有唱词的作品，看着唱词理解得比较好。但是一般我们在音乐会里头，一印节目单，唱词、歌词都在节目单里呢，根本看不见，那个昏暗的光。所以呢，有的比如歌剧得打字幕。刚才我放的视频就有中英文字幕，这个对你同时看着表演，同时听着唱，还同时看着这个词，这样你理解得非常直接。

如果要是没有这个词的话，有时候可能就不太理解，这个是很实际的。比如说你听一个意大利歌剧，你不懂意大利文，你就是听那个意思，你要知道它的故事情节你就好一点，如果你知道每一句的意思呢，你就理解得更快。但是呢，我们现在国内好像有好多流行歌曲反而做得很精准，又是字幕，又是图像，电视台一放，青年人都学得很快。但是里头有很多问题，比如说他谱曲的时候，他有可能倒字，他通过这个媒体，就有可能把这种反文化的东西，直接就传播出去了，是吧。

但是这个直接给你接受的方式，这个媒体是非常快的，马上一首流行歌曲，就传播出去了。有词、有形象、有音响。

陈怡：音乐的创作很多是不需要这么具体了解的，有很多作曲家写的是无标题，那个标题是最后安上去的，他可能是为了吸引听众，还有可能是为了贴上一个标签而起的题目。对于我来说，我是比较明确有目的、有形象的，虽然我不是具体到每一行诗的表现。我刚才回答你的问题的时候，就说我是比较抽象的，并不会觉得跟画小人书一样，这叫画公仔画出肠。音乐表现就有这点不一样，它不是连环画。

杨晓能：来个美术的提问吧，我看都是音乐的问题。有没有？

提问4：老师好！我是美术系的，我想问周教授一个问题，就是您的这个《九歌》的创作，尤其是唱这部分，我觉得很多是调式上扬的或者是提升的。在我前几年接触的古琴打谱中，尤其是关于《诗经》一些篇目的创作，很多调却是下扬的，就是往下走的比较多。虽然两者都比较拉长，像是有点歌剧的咏叹调的感觉，但是我想问您，这个在您创作中，是因为乐器的局限呢，还是说创作手法上、技巧上，它的调子就是这么走的？

周龙：你指的是唱腔部分，是吧？我觉得跟诗句本身有直接关系，比如它每一个诗句都有一个“兮”，还有它这个尾音的尾字，声韵直接有音调的上扬和下扬的关系。还有就是跟口语有关系，还有发音不一样。所以我还给这几个唱歌的人标了拼音在上面，因为他有时候一下反应不过来。

提问 4：还有就是女高音那一段，突出了有一阵是马林巴特别跳的。但是我感觉这种让人听到印象深刻，反而比管弦乐更能够打动或者立刻感染到人。那是不是这种乐器都不可能在大的交响乐中起到主要作用，或者是只能占一点点部分。

周龙：刚才你看那个特写，突出了这个马林巴，其实它是在打击乐声部里面，在这里是整个乐队的辅助部分。它的高音区跳音给音乐增添了比较喜庆的这么一个色彩和情绪，是配器上的表现手法。

陈怡：其实整个弦乐队都在演奏，只不过镜头照着他。

提问 5:周教授、陈教授好，我的专业是传统音乐，我想请二位能不能谈一下，在当下，您认为传统音乐，包括传统音乐在内的传统文化，咱们怎样去传播，才是一种最好的传播方式？谢谢。

陈怡：我们在纽约有一个长风乐团，从 20 世纪 80 年代到现在，每年举行国际民乐创作乐曲比赛，叫“长风杯”，周龙是团长。我们中国几乎所有音乐学院的作曲系主任都曾经赢过我们这个比赛。我们是全世界征稿，赢了以后呢，我们在纽约的林肯中心，对这些作品进行首演。

这些作品当今已经传播到了全世界。在欧洲也演出很多这些获奖作品，包括我们两个人也给中国乐器，或者不是纯民乐而是民乐器和西洋乐器结合的各种组合写过很多的作品，这在我们的创作中占很大的比例。我甚至在密苏里大学开这门课。在我教的高级配器法中，有时会开一门选修课，是给研究生开的，介绍如何结合中国民族乐器和西洋乐器来作曲。全世界也有很多人学习用现代手法为中国民族器乐作曲。我在北京中央音乐学院当长江学者讲座教授的末期，帮助我们作曲系创办了北京国际作曲大师班。我曾经在过去的二十年里，在美国和欧洲，每个夏天都在各种国际作曲大师班里当客席教授。这样，我把这些方法就介绍到中国来。我们中央音乐学院成立北京国际作曲大师班，面向全世界的作曲家。我们的特征是给传统中国乐器和西洋乐器的混合组合来创作，我们还有作曲比赛。

这个时候呢，我们会让民乐教授给参加的学员开示范讲座并给他们的写作做辅导，比如教他们现代演奏法的技术和记谱法。然后作曲教授再指导他们这种混合编制作品的写作。这是作曲大师班的基本形式，已经在全世界有很多年的经验。但是在中国，我们是世界首创，把这两类乐器结合起来写，这个大师班现在已经是第六年了。

牛克诚：由于时间的关系，提问到此结束。下面，我们再一次感谢陈教授和周教授的精彩演讲！也感谢杨晓能教授的精彩点评！感谢大家的耐心听讲和积极参与！谢谢大家！

（根据讲座录音整理，经主讲人审阅。
整理人：曹英杰，中国艺术研究院研究生院博士、湖北美术学院副教授）

指导教师论文

山水画：中国人自然情愫的图像表达

牛克诚

中国艺术研究院美术研究所副所长、研究员

人与自然之间的天然纽带随着文明的进步已日趋松弛，但人类的自然情愫历经千载万年却从未释怀。中国人借助山水画的艺术形式表达这一自然情愫，一部中国山水画史也便是一部中国人关于自然的情感历史与精神传记。

一、自然情愫的图像嬗变

中国人以“山水”作为自然的指代，不只是一种思维的抽象，更是对于自然的诗性感知与发现。

从上古至秦汉，山水或是作为神仙居所，或是作为祭拜对象，或是作为“比德”象征，或是作为通向“道”的媒介而存在，那一时期的山水图像只是一些零散的山石、树木。而进入魏晋南北朝之后，文人官宦所集聚的社会名流、上层集团在道、释、玄的思想驱动下，萌发了一股强烈的重返自然的激情与热望，原本作为“自在之物”的山水因此成为一个新被发现的审美对象，成为一种凝结着生理舒适感与视觉悦目感的现实而精神性空间。中国人的情感世界中从此就生长出了山水之乐。山水也逐渐从宗教画和故事画的背景中独立出来，成为绘画主体；作为自然情愫图像表达的山水画，以山川景色为载体实现着人们皈依自然的情感诉求。东晋顾恺之《洛神赋图》在洛神与曹植的身影背后描绘着树石流水、河岸远山，它们为这一感天动地的爱情故事铺设了“容与乎阳林，流眄乎洛川”的自然空间。隋代展子虔的《游春图》是现存最早的卷轴山水画，表现了悦目怡情的自然风光。远山高耸，白云缭绕，山石积翠，树影婆娑；山间瀑布垂下，激起珠光一片；朱桥衔接台岸、近坡，坡陀上桃树掩映，绿草如茵；游人或策马而行，或寻径闲步；春水初涨，微波粼粼，二三佳人沐浴熏风，荡舟远眺……一派春和景明的旖旎风光，一派纵享山水的陶然心境。这是美的目光与大自然欣然相遇的情与景谐。

美的目光同样诱导着唐代的自然情愫。唐人富于诗人气质，他们用浓酒般的热情拥抱山水，也用唐诗般的浓情把丘壑林泉之美渲染得淋漓尽致；他们敏感而多情，纵情于现实山水，却将其表现得如同“湍濑潺湲、云霞缥缈”的神仙之境。青绿山水技法语言的成熟也为将这般美景描绘得绚丽多彩提供可能。李思训（传）的《江帆楼阁图》即是用江天一色、波光万重、轻舟荡漾、巉岩幽岭、松竹掩映、桃红椿绿、水榭朱栏等，烘托出日丽风清的江岸美景；而李昭道（传）《明皇幸蜀图》所表现的本是“安史之乱”后唐玄宗仓皇出逃、避难入蜀的窘迫经历，但却也一定要把那蜀地山水画得群峰竞秀、山花争妍。

晋唐以来观看山水的美的目光，在五代时期被注入探究自然的理性意识，及至北宋形成尚理的自然情愫。五代北宋的山水画家纷纷涉足于真山真水，用现实而具体的地理样貌来表现“图真”的山水。荆浩、关仝及北宋李成、范宽、郭熙所代表的北派山水以石质坚凝、重岩叠嶂的北方山水为原型，描绘崇山峻岭、千岩万壑的壮美气象。以董源、巨然为代表的南派山水，以峰峦平缓、草木繁茂的江南景色为原型，表现轻岚淡烟、平淡天真的山水意境。无论北派、南派山水画家，都借对于自然的逼真描绘，来表现他们所领略的山水的内在秩序感，以及对于自然带有敬意的理性思考，他们把山水看作可游、可居，身临其境的现实空间。而同样是表现江南山水，南宋的刘（松年）、李（唐）、马（远）、夏（圭）却画出了苍劲雄强之势，因为，他们将笔墨方硬刚劲的斧劈皴法笼罩在江南景色之上。

皴法到了元代画家笔下就从对自然山石的如真描绘中日益独立出来，元代画家观看山水的目光中就带有鲜明的皴法内容，与其说他们是在观看山水，不如说是在自然中印证其笔墨图式，他们将自然的一石一景收纳于纸上的一笔一墨；他们在对自然的凝思中获得内在心性的独特体验，自然情愫的表达也便成为文人逸气的抒发。于是，就在黄公望、倪云林、吴镇、王蒙的山水中呈现出寂静的山野、清旷的湖水、孤影随波的扁舟、空无一人的草亭。他们以书写“胸中逸气”的“逸笔草草”演绎出符号性的山水笔墨，笔墨意趣也便表征着平淡、高逸的精神品质。这种笔墨的独立性在明清山水画家手下被进一步强化，自然山水的许多生动细节就被忽略，笔墨自身就仿佛一个完整的自然，在山水图式中游戏笔墨就仿佛一种对于自然的情感诉说。明代董其昌说“宇宙在乎手者，眼前无非生机”，一笔下去就是一个自然的写照；清代王翚自述其山水是“以元人笔墨，运宋人丘壑，而泽以唐人气韵”，对于自然的情感可以不诉诸现实山水，而是倾注在对于前人笔墨图式的摩挲玩味之中。中国山水的图像表达也就从晋唐时期的自然写实嬗变为一种自然象征，山水画所表现的自然情愫也就从晋唐时期的美的发现嬗变为一种自娱与遣怀。

然而，虽历经嬗变，“天人合一”的文化感知方式却一直贯穿在中国山水画家的自然观照之中，他们视自然为知己，不仅身即山川，而且精神与之往还，他们永远“在”自然。

二、山水画与风景画：内在自然与外在自然

事实上，世界各文明早期都怀有对于自然的强烈依赖与迷狂崇拜。但随着文明的多元展开，自然在不同的文化中就遭遇到不同的目光。与古希腊对于人体美的崇尚不同，自先秦以来的古代中国始终将目光投向于自然；对于山水一往情深，这是中国人倾注于自然的一种独特的情感方式。

源于古希腊的西方古典艺术，一直将“人”作为观察与表现对象，甚至直至文艺复兴，其雕塑、绘画也依然主要表现美的典范与象征的人体，在完美的人体中寄寓鲜明的理性情智。西方文明的认知与思想的底层逻辑是关注自我、认识自我，从而形成“人是宇宙的中心”“人是万物的尺度”等人类自恋式的精神传统。这一精神传统将自然看作是外在于人的对象性存在，自然与人的关系是彼此割裂、对峙的，其所维系的情感，或是深重的恐怖感，或是强烈的征服欲。

因此，西方风景画的历史要远远晚于中国山水画。如果说在中国的魏晋时期，就将美的目光投向自然并已产生了山水画，那么，欧洲的风景画则初现于 17 世纪的荷兰，至 19 世纪浪漫主义运动在欧洲兴起，画家的视野开始拓展到天空、大地、森林、河流及草地等，真正意义上的风景画才最后形成。代表着那一历史时期欧洲风景画艺术高度的透纳（Turner）笔下的风景，或是翻滚的海浪，或是峻耸的高山；或是雷电交加，或

是暴雨倾盆；或是火山爆发，或是洪水肆虐；或是烈日，或是狂风……而这些让透纳一生为之动容的“如画”（sublime and picturesque）风景，在中国人看来不过是奇观异景，它带给人们的心理感受除了惊叹也还是惊叹。北宋郭熙在《林泉高致》中所说的“可望”“可行”“可游”“可居”，不只是景致的自然分类，更是人对自然情感体验的价值区分，“可望”的奇观是人类永远走不进去的风景，而“可游”“可居”的山水才是人类的理想栖居地。栖居的意义不只是身体在自然中的舒适和宜，更是心灵在自然中的自由舒展。

中国山水画就这样表征着人与自然的关系，人与山水草木一样，其自身已经融入自然的生息之中，自然也便是人的生命的一种外延。因此，中国山水画构筑出人与自然浑然融合的和谐画面，人在山水中，情在自然间，人的自然情愫向着山水倾述，山水便映射出“望秋云，神飞扬，临春风，思浩荡”的人在自然状态。

中国山水画与西方风景画对于自然的观看方式便因此而迥然不同。西方风景画家始终在独立于自然之外的立场来观看自然、认识世界，他们是在一个固定视点下对自然景物进行片段截取，看到的是体积、明暗、光影、透视、色彩等的视觉真实。而中国山水画则绝非对某一固定视点下视觉映象的直接描摹，而是自然本身形质样貌的自在呈现，无论是画家还是观赏者的目光，都是与这一呈现过程中一个个生动的自然细节的不期而遇。中国山水画家将自己置身于自然生命之中，心随山水而婉转，在一种“游”的状态中俯仰宇宙、吐纳自然。无论是郭熙《林泉高致》的“三远”，还是沈括《梦溪笔谈》的“以大观小”，无不是这种观照方式下的空间呈现。它们都既不是现实的物理空间，也不是视网膜影像中的视觉空间，而是经过饱游饫看而形成的山水意象，是从自然本身生发出的令人神畅的诗性空间，是中国人关于人在自然中的自我位置与存在方式的图式证明。

然而，人类进入现代化进程以来，文明的发展方式基本上是以西方科技优先为主导。无论西方还是东方，人们已经骄横自大地将自己凌驾于自然之上而征服自然、豪夺自然、侵凌自然，而自然也同样以灾难的方式严酷地回报人类。人与自然的关系不再友好，人与自然之间仿佛处于敌对状态。远离自然，已不只是人与自然的现实空间距离，更是心理情感、认知方式及体验方式的疏离。

好在，山水画为我们定格了中国人观照方式下的一个永恒自然，山水画以图像的方式记录下中国人丰沛而深沉的自然情愫。中国人与山水的对晤、对于自然的感知、对山川草木的亲密感、对于宇宙空间的体认、对于人在自然中自我位置的内省，等等，都已经历代画家的倾情创作而熔铸到山水画的内在肌理中，我们在那里便可以怡然感受和谐、宁静、朴素、平和……山水画使我们可以身居都市而目游山川，心与自然共悦，情与山水相欢，而这一切又都根源于山水画这一中国文化经验所呈现的人与自然交往的独特姿态——智慧并优雅、悠然而深情。

“写生”的概念嬗变与二十世纪中国画

杭春晓

中国艺术研究院美术研究所研究员

蔡元培于1919年10月在北京大学画法研究会上的演讲中提及：“此后对于习画，余有二种希望，即多作实物的写生及持之以恒二者是也。”[①] 该演讲先后发表于《北京大学月刊》及《绘学杂志》，是蔡氏1917年8月在《新青年》发表《以美育代宗教说》论及美术功能与价值之后，一篇专门针对绘画进行论述的重要文献。相对1917年仅仅宏观论述美术功能的文章，此篇演讲提出的关于绘画的观点更为具体、明确。他于开篇提出希望，继而分析了中西画法入手方法之差异，进而指出所谓“西洋画采用中国画法”之现象，最后呼吁“彼西方美术家能采用我人之长，我人独不能采用西人之长乎？故甚望学中国画者，亦须采西洋画布景实写之佳，描写石膏物象及田野风景……今吾辈学画，当用研究科学之方法贯注之，除去名士派毫不经心之习，革除工匠派拘守成见之讥，用科学方法以入美术”[②]。虽然，蔡氏文中未对中西画作出直接的价值评判，但行文逻辑无疑隐含了“以写实为尚的西画，正是中国画革新之必备良药”这样的前提。此种说法，与当时的康有为、陈独秀颇有合拍之处。但蔡氏相对康、陈，又超越了仅从文化层面上展开的论调，而在“提倡写实”精神的口号之下，提出更为具体的训练方式——“写生”。那么，这种具体性无疑使蔡文对中国画内在的稳定性具有更强的冲击力。

其实，“写生”作为一个词汇，在中国画史中并不新鲜。据现有资料看，它最早应出现于宋人著述中，多指赵昌所绘花鸟。如“近时名画，李成巨然山水，包鼎虎、

① 蔡元培：《在北京大学画法研究会之演说词》，《北京大学月刊》1919年10月25日。

② 蔡元培：《在北京大学画法研究会之演说词》，《北京大学月刊》1919年10月25日。

赵昌花果……昌花写生逼真而笔法软俗，殊无古人格致，然时亦未有其比”[①]。“正如赵昌花写生逼真，世传为宝，然终非真花耳。”[②] 此时写生，多偏动词性质，意指逼真描绘客观物象。[③] 至元人，则开始偏名词属性，如袁桷《徽宗梅雀图》中有句云“上皇写生工入神，一枝潇洒江南春”[④]。至明清，写生则成了花鸟画的一种指代性名词，如吴宽《为白郎中题荷花鹅图》中云：“前朝画学人如市，不独丹青竞山水。点朱涂粉擅写生，花鸟纷纷总良史。赵昌名与黄筌齐，后来更称崔子西。”[⑤] 然，此时“写生”却开始偏离最初“逼真描绘”的含义，如钱谦益《雪里桃花次薛叟韵》中“朱门人面愁相映，紫陌尘埃恨欲销。拟为写生谁下笔，王家还有雪中蕉”[⑥]。王摩诘“雪里芭蕉”与赵昌之“写生花鸟”实是大相径庭。另，钱大昕《作墨菊长卷出以见示并属题》中有句“主人供写生，不写形写神，淋漓泼墨汁，下笔清而淳”[⑦]。泼墨之法“只为写神而不写形”，与“逼真”之差别，无须赘言。由此可见，“写生”作为词汇，在中国画史中，其意义是有所变化的：由描绘方式变为画种指代；由求真描绘变为写神描绘。但是，这种转变在时间序列上并非完全的前后继承，而是时有混淆的。也即，它并非一个严格意义上的、有着固定界定的科学概念，与20世纪专指实物造型训练的“写生”概念，存在本质区别。即使最早强调“逼真”概念的赵昌写生，也不是指“对景造型”的过程，而是指画面效果“接近真实”的一种描述。如果说，中国画史中存在一个接近20世纪写生概念的词汇，倒可能是某些用法下的“写真”。如南朝颜之推于《颜氏家训》中曾言：“画绘之工亦为妙矣，自古名士多或能之，吾家常有。梁元帝手画蝉雀白团扇及马图，亦难及也。武烈太子偏能写真，坐上宾客随宜点染即成数人。以问童孺，皆知其名矣。”[⑧] 联系当时绘画实迹考察，此种对景描绘可能更接近于“速写”，而非实

① （宋）欧阳修：《欧阳文忠公文集·归田录》卷2。

② （宋）释惠洪：《石门文字禅》卷23。

③ （五代）黄筌《写生珍禽图》虽以写生为名，但其本仅为课子画稿，所谓“写生珍禽”始见于《宣和画谱》，其画所题之名亦为徽宗瘦金体，故此名应为宋代所定，非其原名。

④ （元）袁桷：《清容居士集》卷45。

⑤ （明）吴宽：《匏翁家藏集》卷12。

⑥ （清）钱谦益：《牧斋初学集》卷5。

⑦ （清）钱大昕：《潜研堂文集·诗集》卷7。

⑧ （梁）颜之推：《颜氏家训·卷七·杂艺篇第十九》。

物造型写生。[①]就此而言，蔡元培于1919年提出的“多作实物的写生”应与中国画史毫无关联，是一个完全外来的概念。

但蔡元培并非第一个引入“写生”概念的人。1915年8月31日至9月3日，《申报》广告栏连续刊登了“东方画会招收会员”的消息：“本会自露布后，入会者甚众，远途来会，寄宿者亦不乏其人，旧有宿舍，势不能容。今特将会所推广，至课堂、宿舍、浴室等皆高畅清洁，颇合卫生。尚有退闲室、阅报所、藏书楼，均布置适当。课目有静物写生、石膏模型写生、人体写生、户外写生等。本会正式开会日期系阳历9月5日，嗣后逐日可以入会，寄宿者尚有余额，幸希从速。欲知详章，来会取阅，函索附邮票一分。”[②]其中，明确提出系统的写生训练，甚至还将其划分为静物、石膏、人体与户外四类。东方画会是由当时上海图画美术院部分教师共同发起组成的，会员有乌始光、汪亚尘、俞寄凡、刘海粟、陈抱一、沈伯尘、丁悚等七人，“他们试图以画会的形式，来共同研究和促进西画运动”。提倡以写生为宗旨，同年暑假还举行了到普陀山的写生旅行，是开中国西画户外写生的最早先例。[③]除此之外，上海美专亦曾组织学生外出写生，例如1918年四五月间，刘海粟便带领学生乘火车赴杭州西湖野外写生，并于6月1日在杭州浙江省教育会举行了“上海图画美术院旅行写生成绩展”[④]。而且，上述资料中提及的写生活动尚为户外写生，理论上推测，室内写生较之户外更早，它是伴随中国引入西方图画教学而被引入中国的。

并且，有资料显示，这种外来学画方法，在其传入中国的过程中，还曾与以临摹为途径的中国画学习方法发生过混淆。试比较《申报》1914年、1916年同由上海图画美术院出版的《铅笔画》的发行广告。1914年《铅笔画》第一集云：“夫画岂易为哉？然必须按部就班，始底于成。铅笔画为习画之初步，无论钢笔、水彩、油画等，悉从铅笔画入手。顾市上好范本绝少，不足以诱掖后进。本社有鉴于此，特出铅笔习画帖一种……”[⑤]西画之中，铅笔画为基础，本该以写生为法，出版画册只是为了丰富视觉经验，而绝无临摹之说。但刘海粟等所出的《铅笔画》却是一个临摹的范本，并如字帖一般名之曰“铅笔习画帖”，

① 将此例联系赵昌逼真之写生，倒也从某个角度上显现中国画在其发展过程中，也有着某种“写生”的萌发，但毋庸置疑的是，这种萌发并未成形，其中原因相对复杂，此处无须展开。

② 《申报》1915年8月31日。

③ 参见许志浩《中国美术社团漫录》，上海书画出版社1994年版，第26页。

④ 整个事情散见于《申报》1918年4月30日、5月8日、6月1日相关报道。

⑤ 《申报》1914年12月1日。

可见中西学画的两个概念、两种方法相互影响下的意义混淆。然至1916年《铅笔画第一、二集再版》的广告中，情况则有所改变，“学西画者必从铅画入手，如将铅画学好，不论何种西画均可迎刃而解。但所临铅画又须注重写生，盖所写之稿，虽一点一画，皆具真理”[①]。此时，“铅笔习画帖”这样明显中国化的名称消失了，虽然也曾提及临习铅画，却开始强调这种临摹范本的写生概念。两次广告的发布者同为上海图画美术院，那么前后说法的改变则从一个侧面反映了出版者对于“写生训练”的深入理解，同时也显现出“写生”作为一种学画造型训练的方式，在中国的传播过程中由开始与中国传统临摹观念的混淆逐渐走向清晰的过程。至1919年，这种情况得到了彻底的改变，《画学真诠》的广告云：“第一集由商务印书馆出版发行，内容着重铅笔画之写生原理和技法，附有图例。”[②]此时，不再提及铅笔画的临摹问题，而是让人直接理解写生的原理和技法。于是，造型训练的写生概念的理解已经走向成熟。

由此可见，早在蔡元培提倡“实物写生”之前，西化概念的写生训练在中国就经历了一个由“误读”向“理解”转变的传播过程。而且，资料显示最迟在1917年，写生作为一个画种的名称也已形成。1917年6月1—3日，江苏省教育会为倡导职业教育，推动小学校的图画手工科教育，特征集各校作品举办了“手工图画展览会”[③]。其征稿种类中有“图画科”一目，目录下分“记忆画、写生画、图案画、写生图案画（由写生变化为图案者）、制样画（系制作物品前预备之图样）、特别应用画（如适用于广告簿二信封信笺者）”[④]。然而，明确了“写生”概念在蔡元培之前的一些传播情况之后，一个新问题又产生了：这些写生概念与蔡氏所提相同吗？如果相同，蔡氏之说的价值或意义又体现在何处？如果不同，它们差异何在？

应该说，蔡氏之“写生”与上述的“写生”同属学画过程中的“对物造型训练”，基本含义一致，也即蔡氏所谓的“描写石膏像与田野风景”与“石膏像写生与户外写生”都是对照实物进行造型训练的学画方式，没有本质区别。但蔡氏所言对象是中国画，是“甚

---

① 《申报》1916年7月7日。

② 《申报》1919年12月22日。

③ 参见《手工图画展览会预志》，《申报》1917年5月18日。

④ 《征求小学校图画手工之成绩》（《申报》1917年2月25日）附“小学校图画手工成绩展览会办法”。其中，记忆画与写生画、图案画与写生图案画在概念上的并列，显示出“写生与创作”这一对概念业已形成。

望学中国画者，亦须采西洋画布景实写之佳，描写石膏物象及田野风景”，最终希望是“除去名士派毫不经心之习，革除工匠派拘守成见之讥，用科学方法以入美术”。这是针对中国画的价值内核提出的革新之语，而之前的“写生”却非如此。无论东方画会，抑或上海美专，所提倡的“写生”都是为了推动西画发展，而非中国画。[①]那么，这种差异正是蔡元培“实物写生”不同前人的地方，其意义、价值也同样如此。应该说，1917—1919年的中国书画虽处于“西风东渐”的冲击下，但自身作为一个文化整体却相对稳定，西画的写生概念只是在其外围通过西画的学习、推广而蚕食中国书画的外在资源[②]，其内在发展方向却未产生太大影响。故而，蔡元培登高而呼，并依借美术教育研究机构进行具体的推行，其产生的影响自然与前人不可同日而语——他开始将“西风东渐”真正吹向了中国书画的价值内核，并从操作的层面上明确了这种“东渐”的具体作法。正是因为这一点，才使蔡元培于20世纪中国画的发展中具备了一种不可回避的独特价值。虽然，他并非画界中人。

当然，蔡元培的论述产生的意义、价值并非孤立的现象，历史虽然最终多以个别性的现象作为历史意志的代表，但其真正的演变、发展中，一个现象意义的产生却与其他现象共同关联。也即，蔡元培的论述的意义不是蔡元培一个人完成的。我们不能遗忘一个事实——在蔡元培倡导“实物写生”之前，已有康有为、陈独秀不遗余力地对西画写实精神的鼓吹。没有这样的前奏，蔡元培的独奏难以奏效。当然，康、陈二人缺乏蔡元培于美术教育上的独特背景，无法对画界产生直接影响，但他们在文化上的姿态却无疑不是“西风东渐”由外在冲击走向对中国画内部发展产生影响之间的一组重要音符。或许，他们对中国画震耳欲聋的高呼未必得到直接回应，但却能够形成一种相对过去更为清晰的要求——中国画进行自我革新的社会力量。这种力量，正是促使中国画一步步走向20世纪“革新”道路的重要推动力。从某种意义上看，也正是康、陈二人，才使蔡元培的“写生论”能够更为轻松地推动中国画“革新”的大门。

自此，“写生”从一个词汇转变为一种“话语”，并嵌入中国画20世纪的发展中。

---

① 参见前文相关论述中所引述的材料。

② 参见《美术大家王介凡莅申》（《申报》1913年10月31日）中王介凡言“近自欧风东渐，学者力求新学，不暇书法者百有九九，而求书法之精良者似有万难选一”。

大致而言，它在蔡、康、陈诸人表述中，针对的对象是中国画传统与"真实世界"的背离，故强调"写生"，亦即强调中国画回归"视觉真实"——在写实能力的塑造中革新中国画。民国时期，它成为"为人生而艺术"的思想在中国画领域中的某种"显现"，并因此改变了传统中国画"形式自足"的美学体验。新中国成立后，由于文艺方向发生变化，"为人生而艺术"的命题逐渐被"为政治而艺术"取代，"写生"的话语内核亦相应转变：从表现"真实"的工具，转而成为表现"现实"的工具。其具体的发生历程，始于新中国成立初的"新国画"运动，并贯穿于此后的政治运动中。诸如，新中国尚在筹备期的1949年4月，北京80余位画家在中山公园举行了"新国画展览会"，展出作品多为画家于北京解放后的创作。该展览所用名称"新国画"乃徐悲鸿于1947年提出，是基于前20年来"绘画之进步"，建立"新国画"的构想——"既非改良，并非中西合璧，仅直接师造化而已"①，其意更多着眼于徐氏强调的"写实性"的绘画方法。然而，此次展览所用"新国画"，虽同于徐氏之名，内涵却发生了很大变化。

针对展览中出现的描写劳动人民生活的新题材作品，如《翻身游行图》《庆祝五一》等，蔡若虹在1949年4月22日《人民日报》撰文中评价："是一个可喜的现象，一个进步的现象，是颓废不振的国画艺术开始转向新生的现象"，是一部分水墨画家"深切地感受到国画有急需改革的必要，使国画也和其他艺术一样地适应于广大人民的要求，从而达到为人民服务的目的"②。紧接着，《人民日报》1949年5月25日、26日两日又相继发表了江丰的《国画改造第一步》、王朝闻的《摆脱旧风格的束缚》。江丰在文章中认为这次展览是"具有划时代意义的大事情，因为它标志着那些供给有闲阶级玩赏的封建艺术——国画，已经开始变为为人民服务的一种艺术"③。而王朝闻在文章中则提出"要紧的是：首先要严格深入地检讨我们的审美观念，首先要割舍尚存在的，对于旧形式、旧风格的偏爱（特别是文人画与欧洲现代诸流派）"④。蔡若虹、江丰、王朝闻三人的文章都发表于《人民日报》"星期文艺"副刊，虽然以"国画讨论"为标签，但却观点一致，

---

① 徐悲鸿：《新中国画建立之步骤》，载王震、徐伯阳编《徐悲鸿艺术文集》，宁夏人民出版社1994年版。

② 蔡若虹：《关于国画改革问题——看了新国画预展以后》，《人民日报》1949年4月22日。

③ 江丰：《国画改造第一步》，《人民日报》1949年5月25日。

④ 王朝闻：《摆脱旧风格的束缚》，《人民日报》1949年5月26日。

强调国画必须进行改造，其发展应以“为人民服务”为前提。其实，上述观点并不新鲜，都只是1942年延安文艺座谈会的再次重复。但由于它发生于新中国政权诞生之际，故而不再只是解放区局部的文艺现象，而是面对全国的一次讨论，在中国画的发展中意义重大，它成为了延安文艺座谈会思想影响全国中国画发展方向的重要事件。对比徐悲鸿1947年与蔡、江、王三人于1949年关于“新国画”的概念，两者差异明显。前者关于国画之新的描述，侧重于技术与方式，而非题材、内容与主旨；后者则强调建立于题材、内容之上的“为人民服务”之主旨。尤其是江丰对“有闲阶级玩赏”功能的批判，标志着中国画在新历史条件下不得不展开自我适应的改造。虽然徐悲鸿一直以来也强调国画对现实的介入，但一方面他更强调写实造型的方法训练，另一方面他仅代表个人，其观点无法获得政权性的全面支持，故而徐氏在1947年提出“新国画”时，还无法形成类似新中国成立后的“新国画”运动，甚至还受到传统派画家的反击。但蔡、江、王三人，却是解放区文艺工作者的代表，他们在新中国政权建立前后的发言，某种程度上代表了新中国文艺思想的官方论调，故而其影响与力量，绝非徐悲鸿在1947年时所能比拟。

蔡、江、王三人文章发表的同时，“新年画”运动也在全面展开。两者共同的文艺功能观，很快得到了积极回应。不仅在创作实践上出现了徐悲鸿的《在世界和平大会上听到南京解放的消息》，李可染的《土改分得大黄牛》《老汉今年八十八，始知军民是一家》等作品，而且在理论反思上，也出现了1950年徐悲鸿在《新建设》上发表的《漫谈山水画》，1950年《人民美术》创刊号上同时刊登的李可染《谈中国画的改造》、李桦《改造中国画的基本问题》、洪毅然《论国画的改造和国画家的自觉》等文章。这些文章从不同的角度呼应了蔡、江、王三人，共同于新中国成立之初营造出中国画不得不进行改造的思想及舆论基础。其中，徐悲鸿言及：“艺术需要现实主义的今天，闲情逸致的山水画，尽管它在历史上有极高的成就，但它不可能对人民起教育作用，并无其他积极作用。”[①] 将艺术的教育功能等同于艺术之价值判断，徐氏之论不仅回应了新时期下的国画改造论，更强化了艺术工具论的理论基础。而李桦则进而认为：“气韵、笔墨等形式主义，论文题词等文人玩意，都不再是画家追求的方向了。绘画应是表现‘人’的集体生活及其思想感情，因此它必须写实。表现现实的真实性、思想性、教育性才是绘画最高

① 徐悲鸿：《漫谈山水画》，《新建设》1950年第1期。

境界。因此，山水、花鸟、‘四君子’便再没有发展的余地。”在强调国画应具有真实性、思想性与教育性，否定山水之类中国画题材的同时，他还进一步指出：“要改造中国画，最要紧的还是先要改造画家的思想，换过一个新的头脑，一个新的世界观，新的艺术观，新的美学与新的阶级立场，然后具有新的内容与新的形式的新国画才可以产生出来。”[①]将改造中国画与思想改造紧密相连，以“画品即人”为基础，为艺术家在社会运动中通过改造来创造新艺术的实用主义诉求奠定了理论脉络。或许，正是基于这种现实际遇，针对旧中国画的批判，甚至是对此画种的否定论调不绝于耳，类似“中国画的山水画是山林隐居，花鸟画是风花雪月，都是为地主资产阶级等有闲阶级服务的……中国画是没有前途的，今后只有一种世界性的油画，中国画必然淘汰”[②]之类言论渐成洪流。那么，身处如此背景中，中国画的改造就必然是不得不进行的文化运动，任何个人都无法左右这种具有内在动力的历史变迁，而1954年王逊关于中国画改造的论述所引发的争论，以及争论最终以政治化的方式结束，也正是这种内在动力的必然显现。

1954年7月11日至25日，由北京中国画研究会举办的“北京中国画研究会第二届国画展览会”在故宫博物院展出，共展出280件作品。王逊在看了中国画研究会第二届展览后，写下了《对目前国画创作的几点意见》，并认为：“我们今天国画创作中最根本的问题仍是属于思想范围的审美思想和创作思想的问题。无论人物、花鸟、山水所遭遇的问题是共同的：画家要与人民共忧喜，同爱恶，画家才能最后达到根据生活以创造艺术的目的。但是从展出的作品中也可以看出写生之作还不能摆脱老一套的束缚，正如花鸟画还不能完全摆脱旧画稿，人物画不能接触更广阔的题材，是因为没有自由表现的能力，有力不从心之苦的。所以技法的提高必须争取早日解决。”王逊所谓用来“摆脱老一套的束缚”“摆脱旧画稿”“接触更广阔的题材”的“技法”，其实就是能精确再现的写实技法。在他看来，绘画作品的艺术价值，“最主要的是题材的选择是否得当，题材内容是否得到了真实的生动的表现，等等，而不是把笔墨放在第一位”。因此，王逊得出“古人的笔墨在我们手中不是武器，而是阻碍了我们接近真实的自然景物”[③]。要解

① 李桦：《改造中国画的基本问题》，《人民美术》1950年创刊号。

② 参见方增先《斥右派分子的“中国画不科学论”》，《美术研究》1957年第4期。

③ 王逊：《对目前国画创作的几点意见》，《美术》1954年第8期。

决这个矛盾，必须用“科学的方法”去整理艺术遗产，而他所谓的“科学的方法”就是写实技法。于是，王逊从题材与技法两个层面上完成了对传统中国画的批判，并希望通过这样的批判实现中国画“摆脱束缚”。虽然，王逊的根本观点，不出蔡、江、王三人有关国画应该走进现实的基本论调，但一方面此时不再是新中国成立前后，全民对新生活的期望由热烈转而冷静、理智，对一些问题的看法不再是一边倒；另一方面，王逊较之于蔡、江、王，不仅缺乏解放区工作的背景，同时还在他们三人观点的基础上进一步否定了传统笔墨价值。于是，王逊的文章发表后，引发的讨论与争议较之于蔡、江、王就显得激烈、热闹。首先，曾经与徐悲鸿在1947年争论的邱石冥撰文《关于国画创作接受遗产的意见》批评王逊的观点。他在文中指出“民族形式不能排除技法等组成部分”，虽然民族形式也要发展，但必须在本民族传统基础上逐渐转变。因为国画遗产中的方法、形式极其丰富，具有自身特征，绝非“科学的写实方法”所能简单替代。另外，传统之中也具有写实的因素，所以学习古人与写实并非绝对矛盾，故而在“写实与学古发生矛盾时，其解决的办法是进一步加强对传统技法的学习，而不是因噎废食地取消它，以‘科学的写实技法’去代替”[①]。于是，一场关于“国画改造”的大讨论就此拉开序幕。邱石冥之后，《美术》期刊紧接着就于第2期发表了线天长、潘绍棠《对〈关于国画创作接受遗产的意见〉的商榷》，徐燕荪《对讨论国画创作接受遗产问题的我见》；第3期发表了秦仲文《国画创作问题的商讨》，方既《论对待民族绘画遗产的保守观点》；第5期发表了蔡若虹《关于“国画”创作的发展问题》，张仃《关于国画创作继承优良传统问题》；第7期发表了黄均《从创作实践谈接受遗产问题》，西北艺专美术系理论教研组的《关于国画创作接受遗产问题的讨论》，南京师范学院美术系四年级全体同学的《我们对继承民族绘画优秀传统的意见》；第8期发表了来稿摘录《对国画创作和接受遗产问题的意见》。直至1956年，《美术》期刊第6期还发表了杨仁恺的《论王逊对民族绘画问题的若干错误观点》；第8期发表了洪毅然的《论杨仁恺与王逊关于民族绘画问题的分歧意见》，岳松、王忱的《关于杨仁恺一些论断的商榷》。

实际上，看似热烈的理论争论，并非正常学术范围内的“讨论”，而多流于“表态”。因为，无论争论双方发生怎样的变化——舆论上，抑或政治身份上，都不表明他所主张

① 邱石冥：《关于国画创作接受遗产的意见》，《美术》1955年第1期。

的艺术方向是否被接受。正如艾青、江丰、王逊等虽然被打成右派，但并不代表他们的主张就不再发生作用；而秦仲文等虽然在1956年左右看似受到舆论支持，但却无法改变他们被“保守主义”标签化的命运。或者说，这些争论的参与者，作为个人，都无力决定、改变新中国成立后既定的服务于政治需要的文艺发展方向，他们的观点是否发挥作用，完全取决于他们是否符合主流意识形态。那么，在与“新年画”“民族性、大众性、宣教性”的旗帜相同诉求下的“新国画”，也就不得不在“为人民服务”的根本方向上进行自我改造，从而实现中国画走进现实、反映现实的功能目标。支持这种改变的核心，不外乎“题材”与“方法”。“题材”好解决，只要转换描写对象即可。但只是简单改变内容，却会产生“旧瓶新酒”的毛病——“有的也想描写新的生活和新的自然景物，也开始注意到现实主义的创作方法，可惜体验生活不够，想画的东西表达不出来，或者处理不恰当，画出的东西很生硬，不生动”[①]。那么，怎样才能让新东西表达出来，或处理恰当呢？必须还要有方法上的改变。虽然传统派画家认为传统笔墨的灵活运用是可以解决的，但这种灵活运用的基础还是建立于深入生活之上。正如胡佩衡在前引文中，继而谈及：“这类画家虽然在创作方法与创作态度上存在着严重的缺点，但只要今后明了自己的缺点，吸取成功画家面向生活的经验，严肃地对待创作，从自己的画室里走出来，走到群众中去，从现实生活寻找创作上的题材，运用自己已经掌握的笔墨技巧不断加以努力，是能表现出成功的作品的。我们应该记住，无论古今中外比较成功的绘画都是有生活基础的。”他虽然仍强调笔墨的价值，但由于没有细分中国画传统对生活的体验是一种意象型的形态感受，从而使他的观点可以在“接近生活”上与当时主流意识中的“反映生活”混同，进而也就在“写生”问题上达成统一。[②] 于是，在当时改变题材以产生新内容的同时，通过“写生”实现创作方法的转换，也就自然成为“新国画”运动的重

① 胡佩衡：《第二届全国国画展评选工作中的感想》，《美术》1956年第7期。

② 正如蔡若虹在全国美协第一届理事会第二次扩大会议上的发言，在论及“国画写生”时，也有和胡佩衡相似的论调：“对于造型艺术这一专门业务来说，写生本来不是什么新鲜的花样；是沿用了中国美术史上一条‘师造化’的老法子，这是我们古代画家们通常走过的一条老路，是从生活中汲取形象的道路，因而也是通达现实主义的道路。可是近数十年来，有些画家不太喜欢走这条道路，他们走的是相反的一条，这就是从古人的作品中汲取形象的道路。艺术创作的源泉就枯竭了，艺术的创造性能力就愈来愈削弱了，艺术和人民的关系就断绝了，艺术的发展就停止了；这条路决不是什么康庄大道，而是一条走不通的死胡同。”（蔡若虹：《关于“国画”创作的发展问题》，《美术》1955年第5期）

要组成部分。

对此，周扬在中国美术家协会理事会第二次全体会议上曾指出："近年来，新的国画创作已有很多的成绩。国画家开展写生活动，这是很好的事。好处首先是在，打破了国画界传统的模仿风气。我们必须把创作放到生活的基础上。国画的改革和发展，是无论如何不能脱离真实反映新的时代的生活的要求，违背新的时代人民的需要的。"① 如果说，作为官方文化代表的周扬，其发言无疑从政策层面上解读了新中国成立初国画写生运动的内在政治需求，那么，作为中国美协副主席的蔡若虹，在美协理事会第二次扩大会议上的发言则是在学术层面上确定了国画写生的主流地位："重新提倡写生，就是请画家们退出死胡同走上现实主义大道的第一步；其目的是让画家们接触现实生活，同时养成具有表现实际物象的能力。这种做法不但不是一件坏事，而且是继承中国古代'师造化'的优良传统方面一件大大的好事。同时，我们必须认清，'国画'家进行写生活动还仅仅是开始，萌芽是不能一下子就变成绿叶婆娑的，开始接触生活实际的画家也不会马上就创作出来最好的作品；从进行写生到从事创作，必须经历一个过程，就从根据实际物象的写生活动或根据现实生活的创作实践来说，它本身也还有一个从不熟练到熟练的过程；应当承认，我们'国画'方面的写生习作和反映现实生活的创作都没有达到熟练的程度，这是发展过程中不可避免的现象。可是却有人提出了疑问：提倡写生是一条正确的道路吗？艺术就是这种'如实地反映现实'吗？'国画'创作难道不要学习古人的'经营位置'和'传移模写'吗？这些问题是应当提出的，可是在回答这些问题的时候，却不能忘记事情的发展过程。"②

于是，"写生"成为新中国成立后国画改造的一条重要途径。从1953年开始，北京中国画研究会便多次组织画家到北京近郊各风景名胜点写生；1954年，吴镜汀、惠孝同、董寿平、周元亮、王家本去黄山写生，6月9日，中国美协创作委员会召开"黄山写生座谈会"，参加写生活动的画家以及徐燕荪、胡佩衡、吴一舸、陈少梅等出席了会议；1954年9月19日，"李可染、张仃、罗铭水墨写生画展"在北海公园悦心殿开幕，展出了他们5月赴无锡、杭州、苏州、富春江、黄山等地所作的80幅写生作品；1955

---

① 周扬：《关于美术工作的一些意见》，《美术》1955年第7期。

② 蔡若虹：《关于"国画"创作的发展问题》，《美术》1955年第5期。

年10月23日，由北京中国画研究会举办的“写生习作展览会”在北海公园道宁斋开幕，展出了50多位画家一年来深入生活的写生作品115件；1955年12月21日，中国美协举行“写生习作观摩会”，其中便包括吴镜汀、秦仲文、罗铭、陶一清等国画家到秦岭、丰沙线和京郊红星集体农庄所作的写生作品；1957年1月18日至2月10日，由北京市文化局美工室举办的“写生展览会”在北海公园举行，这些写生作品反映了一年来会员下厂下乡体验生活、到基建工地和风景区写生的成果，也反映了现实生活中的急剧变化。应该说，新中国成立后的中国画界，以写生反映现实逐渐成为主流，随着大量代表新时代需求的作品被创作出来，国画改造也逐渐走向深入，成为新国画得以实现的基础方法之一。此后，中国画的发展主流由文人画表现自我、书写意趣，转而表现新的社会生活，直至讴歌新时代，完成了艺术功能观上的根本改变。随着此后运动迭起的年代，中国画家以满腔热情紧跟时代潮流，从“大跃进”、人民公社，到大炼钢铁等新内容，不断地成为中国画自我嬗变的题材、对象，甚至是政治图解的工具。而这一切变化得以完成，正取决于“写生”带来的技术与方法上的改造。当“写生”与“深入生活”等“表述”逐渐一体化后，国画改造运动便走向深入，形成一系列的话语控制，甚至成为此后国画教学的重要环节。大批20世纪50年代接受中国画教育的学生，就是在这一前提下建立自身关于“中国画”的认识，并将诸多形式语言的训练诉诸“写生”之中。

20世纪70年代末，政治领域变革导致国画发展面临新的语境。“形式美”之类述求，通过绘画语言相对主题表述的独立，试图进行“去意识形态”的努力。然而，具体到“写生”，却无法以类似方式改变。因为，“写生”天然具有的“真实”“现实”等目标、方向，使它往往依托写生对象，成为“深入生活”的工具。从某种角度看，“写生”因为20世纪“再现”“政治”“生活”等一套话语系统，甚至成为新时期以来中国画力求改变新中国成立后状态的反作用力。显然，“写生”不断强化“绘画”与“现实”的关系，巩固了所谓“艺术源于生活”的基本观念，并进而导致“绘画服务于现实”的意识形态化。或许，正是基于如此原因，新时期以来试图变革的国画家，多将“写生”“创作”进行一定程度上的分离，抑或改变20世纪“写生”的话语系统，使之重归传统语境中的“写生”经验。如果比较此期主要画家与六七十年代的写生活动，我们会发现一个有趣现象：相对新时期之前几乎未曾间断的实景“写生”，80年代以来的水墨“创作”虽仍保有一定“写生”感，然越往后期越强调笔墨形式语言，诸如黄宾虹画面的形式感以及焦墨形式等。也即，他们多在“创作”中试图通过形式语言与传统的关联来弱化，抑或改变新中国成立后30年“新国画”的视觉经验。对待“写生”，自然也就不再像六七十年代那般热衷——甚至“写生即创作”。也因此，他们对自己作品进行“水墨”“写生”的二分法，主要发生在80年代之后，此前则几乎全是“写生”。从某种角度看，这种现象恰是五六十年代国画教育中成长起来的画家，面对新生语境的“突围”策略：一方面，他们仍保留“写生”话语背后的经验系统，并不时显现；另一方面，他们又意识到新生方向，需要改变“写生”带来的一套视觉方式。于是，他们将两者进行分离，从而使自己能够在所谓“创作”中最大限度地摆脱“写生”。然而，这种人为主观区分，只是一定程度上获得了创作的“自由”。由于没有从根本上反思20世纪以来的“写生”，其背后话语系统没有得到有效检讨，故形式上的“写生”“创作”之区分，并没有解决我们对待视觉发生的根本逻辑。于是，一个有趣的现象在他们身上时常显现：他们自认为的“写生作品”“创作作品”，并非那么泾渭分明。也就是说，绘画的视觉结果，从来不决定于绘画发生的“行为”特征（诸如是否现场写生），而取决于我们采用了怎样的视觉原则面对绘画。所以，他们自认为的“创作作品”，有些其实仍然是“写生”；同样，他们自认为的“写生作品”，却有可能并非“写生”。两者间的区别，并不在于是否现场“写生”了，而是那些视觉经验的背后，是否仍然保留着上述20世纪“写生”概念下的话语特征。

新中国“十七年”山水画笔墨之变研究

王跃奎

中国艺术研究院研究生院美术系副主任、一级美术师

新中国成立后，随着山水画题材之变理论和实践的发展，其笔墨之变的理论也相应地得以深入研究。新中国“十七年”山水画题材新变后，笔墨上出现了“旧瓶装新酒”的现象，引起了国画界的思考和讨论，提出了一些切实可行的措施。

一、笔墨之变的理论发展

（一）关于笔墨创新问题的初步讨论

从1953年艾青主张写生以实现对新山水画题材进行合理表现以后，经过山水画家们多年的努力在对山水画题材进行开拓的同时，山水画笔墨方面也发生了新的变化，许多画家在实践中探索和发现了全新的笔墨语言，取得了可喜的成绩。但对这些新的笔墨语言，引起了广泛的争议。石鲁就是其中取得新笔墨成就而备受争议的画家之一。

《美术》期刊为了对笔墨创新的问题进行深入讨论，把摆在大家面前的“中国画怎么样继承传统，又怎么样表现现实生活”的焦点问题弄清楚，就去找各方面的画家收集信息。根据《美术》期刊编辑华夏的陈述说，他们找了各方面的画家了解情况。注重传统的画家不太注重现实生活，对画现实生活的画家看不起，认为他们的画“水汪汪一片，一点笔法都没有，一点传统特色都没有”；而注重创新的画家也瞧不起传统画家，认为他们的作品老气，没有时代气息。对于当时这两种较为普遍的观念，华夏让他们发表文章进行探讨，可是他们不写。华夏于是托名孟兰亭，把自己写的文章作为读者来信发表在《美术》1962年第4期上。[1]

① 李朝霞：《新中国的美术观及其话语实践》，博士学位论文，中国艺术研究院，2010年，第150页。

这次由孟兰亭（华夏）发起的对石鲁作品的评论，进而引发“关于中国画创新和笔墨问题”的讨论，一直持续到1963年底。这次讨论是1953年“关于国画创作接受遗产问题”讨论之后又一次大规模的学术论争，在现代绘画史上具有重要的意义。

把石鲁作为争议的焦点，起初《美术》期刊是出于让大家多关注石鲁这样一位富于创新的优秀画家的想法，然而这却给石鲁带来灭顶之灾，这是后话。“孟兰亭”在文章中说，石鲁的笔墨没有依据，没有传统，“但看石鲁先生的画，只是一片水汪汪的烘染，不讲骨法用笔，充其量而言，有墨而无笔，远不见马夏，近不见四王”[①]。“孟兰亭”的文章确实引起强烈反响。接着，《美术》期刊第5期以“关于中国画的创新与笔墨问题”为题发表了施立华的文章《喝“倒彩”》，还有余云的来信，都赞成“孟兰亭”的观点。还另外对林风眠、洪世清的作品进行了批评，说他们的画不是中国画。这些观点都比较保守，否定山水画对现实生活的表现，否定新中国“十七年”山水画在笔墨方面取得的成就。此后，《美术》期刊收到来信50余封，由对石鲁作品的讨论扩展成“中国画的创新与笔墨问题”的论争。

《美术》期刊1963年第1期发表了《关于中国画的创新与笔墨问题——来稿综述》。文中涉及六个方面的问题。（1）对石鲁作品的看法，大多数人认为石鲁的作品在一定程度上运用了中国画的传统技法和形式，反映了现实生活和时代精神，具有新的风格，发展了传统技法。（2）要“喝彩”还是要喝“倒彩”？多数人认为对创新要多鼓励。（3）笔墨技法能否当作艺术批评的唯一标准？大多数人的观点是否定的。（4）传统之精英是“笔墨”吗？大多数人的观点是否定的。（5）“六法”是不是万古不移的金科玉律？大多数人认为这是保守的观点。（6）继承是为了创新。[②]

在对石鲁笔墨的争论中，焦点在于石鲁作品中的“笔墨”算不算“笔墨”。在保守者的眼里，石鲁作品中的“笔墨”是不能称为“笔墨”的，认为他没有骨法用笔，笔墨软弱，缺乏条理，线条生硬，锋芒太露，野气太浓。在50多年后的今天看来，石鲁作品的“笔墨”当然是很好的“笔墨”，笔墨的范围很广，不应该局限于大家熟悉的见过的前人“笔墨”。

---

① 《来函照登》，《美术》1962年第4期。

② 参见《关于中国画的创新与笔墨问题——来稿综述》，《美术》1963年第1期。

在同期《美术》期刊里刊发了李恁的《与孟兰亭先生商榷》。李恁在文章中批驳了“孟兰亭”关于笔墨的观点。他认为笔墨的目的是为内容服务，为作者的思想感情服务，借不同情趣的笔墨来抒发各自不同的思想情怀，并且适应形式美的规律。讲究笔墨才能最大限度地发挥笔墨宣纸的性能，才能经受反复推敲。李恁肯定了石鲁的笔墨，他认为，石鲁的技巧虽还没有成熟，还处在变的过程中，显得有些野，但并没有忽视对笔墨的表达，而且已经有了朴厚雄健、稚拙天然的风格。李恁认为石鲁的画笔墨很好，兼用泼墨与积墨，墨中见笔，在泼墨中有积墨的厚重，在积墨中也有泼墨的润泽。他认为石鲁的画把传统文人画和现代版画结合起来，又有明显的国画气质。李恁指出，我们不能搬用古人现成的笔墨程式来表现当今的现实生活，这两者是不一定协调的，必须用新的笔墨来表现，所以不能以马夏、四王的笔墨作为准绳来衡量今人，继承传统尤其要研究传统精神，找出其规律，而不是表面的形式。①

《美术》1963 年第 2 期又组织了“什么是新，如何创新”的讨论，张安治、辛莽、许幸之、蒋兆和、艾玛、安林、戚单、司徒杰、王琦、秦岭、李焕民都谈了不同的看法，除了从题材求新上分析外，也从笔墨方面进行了阐述。张安治说，只要能深刻地反映现实生活，又有生动的表现技巧，就能产生新的时代风格。秦岭说，我们标新立异，应该标群众喜爱之新，立群众受益之异，画家永远要考虑群众喜欢不喜欢。李焕民认为，变是创作上思想与技巧成熟之后有所突破的新成就，独创性既包括这个时代新的思想，也包括与这个思想相适应的被观众喜闻乐见的新的形式。他认为变就要变得更准确地表达时代精神，要变得境界更高，变得更适合中国人民的表达方式。

（二）关于笔墨创新问题的深入讨论

1. 1963 年周韶华、刘纲纪《略论中国画的笔墨与推陈出新》②

这篇文章是笔墨之争中阐述最为深刻的一篇理论文章，由周韶华、刘纲纪合写。作者认为技法和技巧是两个不同的概念，共同构成笔墨风格。技法是与中国绘画工具的特殊性能相联系的一些基础画法，是中国画造型的基本方法。技法包括用笔用墨，用笔有方圆、正侧、曲直、提按、勾、皴、擦、染、点的方法，用墨有干湿、浓淡、积墨、宿

① 参见李恁《与孟兰亭先生商榷》，《美术》1963 年第 1 期。

② 周韶华、刘纲纪：《略论中国画的笔墨与推陈出新》，《美术》1963 年第 2 期、第 3 期。

墨等方法。这些技法是千百年来历代画家反映现实生活创造出来的，并在历史演进中不断发展变化，它只有在表现现实生活时才有意义，离开了具体的现实表现就毫无意义。作者用荆浩的画论《山水节要》进行旁证，“笔使巧拙，墨用轻重。使笔不可反为笔使，用墨不可反为墨用。凡描枝柯苇草、楼阁舟车，运笔使巧，山石坡崖、苍林老树，运笔宜拙。虽巧不离乎形，固拙亦存乎质。远则宜轻，近则宜重”。从荆浩的画论中可以明白笔墨技法的运用，必须服从于所描绘的对象。如荆浩、关仝、范宽等人的技法反映北方的山水，董源、巨然、米芾等人的技法表现南方的山水。技法不仅是表现对象的必需因素，而且是笔墨形式美的重要因素。[①]

接着作者指出，除了技法之外还要有技巧。技巧离不开技法，它包括技法和对一切有关造型规律的掌握和运用。

技法和技巧构成笔墨风格，我们常说的笔墨苍劲、飘逸、简淡、古拙等就是指笔墨风格。画家的个性、思想、选材决定笔墨风格。笔墨风格的独特性是笔墨成熟的重要标志，是表现对象和画家思想感情的统一。比如“苍劲”，与表现对象的坚实有力、挺拔高峻有关，又与由此产生的激昂慷慨、豪放刚毅的感情相适应。没有技法不可能有笔墨，仅有技法也不可能有真实动人的艺术形象的笔墨。有了技法，还要有技巧才能具有精湛的笔墨。如果仅仅把技法当笔墨，这是一种狭隘的思想。

周韶华和刘纲纪又进一步指出，笔墨是不断变化发展的，如石涛所言“笔墨当随时代”。旧的时代过去了，新的时代产生了，出现了新的生活面貌、新的审美理想，于是社会出现新的画家，在旧艺术的基础上创造出与新时代相适应的新艺术，这就出现了新笔墨。作者最后得出结论：推陈出新不仅是我们时代艺术发展的规律，也是过去全部人类艺术发展的规律。

2. 1963 年阎丽川《论“野、怪、乱、黑”——兼谈艺术评论问题》[②]

这篇文章主要讨论了石鲁、李可染作品中笔墨的“野、怪、乱、黑”问题。阎丽川对于石鲁、李可染的作品是肯定的，但对其笔墨的“野、怪、乱、黑”提出了批评意见。

阎丽川认为，“野、怪、乱、黑”虽然可能会被少数人欣赏，但它不是优良的传统，

---

① 参见周韶华、刘纲纪《略论中国画的笔墨与推陈出新》，《美术》1963 年第 2 期、第 3 期。

② 阎丽川：《论“野、怪、乱、黑”—— 兼谈艺术评论问题 》，《美术》1963 年第 4 期。

也不是革新创造的正途。一方面由于它不是现实主义艺术规律中被认可的东西，另一方面人民群众不接受，所以它不过是推陈出新过程中的暂时现象，这种现象在当前破旧立新的过渡时期出现是不可避免的。

阎丽川认为“野、怪、乱、黑”问题是美学问题，是关于笔墨的审美问题。他说“野”是艺术技巧不成熟；“怪”是艺术规律和生活规律的反常；“乱”是结构用笔没有秩序，不严谨，不精练，缺乏节奏感；“黑”是用墨用色无变化，少气韵，没有虚实关系。这些都会妨碍笔墨的表现力，妨碍“以形写神”的现实主义创作方法。

阎丽川进一步分析了“野、怪、乱、黑”的深层含义。他认为“野”有两种含义，一种是格调上的粗犷豪放、生动活泼，具有浪漫主义气质，是法外求法，并非法的否定，如齐白石、潘天寿的作品；另一种是粗糙原始的东西，不成熟的东西。作者认为石鲁、李可染的笔墨粗野生涩，不够成熟，应该进一步锤炼解决。这种解决不是回到传统文人画的清幽淡雅的境界，放弃豪迈壮阔、斗志昂扬的时代精神，而是力求形式多变，艺术加工由野而文，变不成熟为成熟。他认为“怪”是结构、造型、表现方法等不同于习惯画法，或有悖于生活美的规律。作者对俯视角度大的构图作品提出批评，认为是“怪”，不符合人们的生活经验和习惯感觉，主张应该避免，这个认识在今天来看有些不妥，不足为信。作者把立体派、达达派、超现实主义和抽象主义说得狂怪无理，“除了混乱的线条和色块之外什么也找不到”，更有失偏颇。但作者指出当时有些画家不合理的狂怪是妥当的。作者认为“乱”是结构和构图的杂乱，笔墨的零乱，认为石鲁、李可染、黄胄的某些画有这种情况。或许，在他的画中，偶尔也会出现这种情况，但大多数情况都还能做到“乱而不乱”。但作者很认可石鲁的《家家都在花丛中》，认为鲜丽夺目富有诗意，是推陈出新之作。作者认为“黑”是指笔墨的气韵问题，虚实不分，灰暗阴霉，给人们堵塞肮脏的感觉。他认为问题的关键不是调子的深浅或墨色的浓淡，而在于调子的变化，山水画的笔墨要有多样统一的浓淡深浅变化，要有时间感、空间感以及风雨阴晴的变化和阴阳向背的区分。作者也承认李可染有不少明朗清新、耐人寻味的好画，比如《江南春朝》《漓江烟雨》等，同时也批评李可染有些画“黑得到家，好像用一个墨色画出来的。看来似乎有一种苍茫深厚之感，其实相当闷塞，气韵不接”。他认为黄宾虹在这方面的大胆的尝试精神极为可贵，而有些评论家居然认为其画妙在于黑，便不可思议了。可以看出作者对“黑重”的山水并不欣赏，而是喜欢清新明朗的作品。

阎丽川以己之好论人长短，当然有失偏颇。整篇文章对笔墨“野、怪、乱、黑”的分析有些合理，但由于审美习惯或喜好因素认为石鲁的山水画作品是“野、怪、乱、黑”而妄加批评，故失偏颇。

3. 1963 年王朝闻《探索再探索——石鲁画集序》[①]

《美术》1962 年第 4 期由孟兰亭（华夏）发起的对石鲁作品的评论，进而引发“关于中国画的创新与笔墨问题”的讨论，一直延续到 1963 年底，最后在这年《美术》第 6 期发表了王朝闻的文章《探索再探索——石鲁画集序》，从而结束了这场论争。

王朝闻从题材、思想、笔墨表现方面肯定了石鲁的创作，赞扬他在题材选择、立意构思和笔墨图式方面的创新精神和成功探索。

王朝闻首先肯定了石鲁选择和表现题材的典型意义。他认为石鲁有丰富的生活体验基础，有革命战争岁月的亲身体验，所以能很轻松地从生活中提取素材，创作出像《东方欲晓》这样构思独特、立意新颖的成功作品来。王朝闻认为思想是第一位的，生活是第一位的，有了对题材和生活的深刻感悟，才能在作品中表达出深刻的思想，才能引起观众的感情共鸣，否则一切笔墨都等于零。王朝闻认为石鲁不但对生活有深刻的体验和理解，还对创作素材进行创造性想象，避免绘画的平铺直叙。王朝闻认为，革命实践的重要性，不仅在于它是我们创作的动力，是产生创作意图的根本原则，而且还能改造审美情趣，改造画家的思想感情。只有当画家的感情和观众的情感合拍时，观众才能把画家的情感当成自己的情感加以体验，从而产生共鸣。

王朝闻认为笔墨是第二位的，也是极为重要的艺术元素，在山水作品里，要依靠笔墨状物和传神，笔墨的好坏直接决定作品思想、意境的表达。不讲究中国画的笔墨技法和不磨炼笔墨功夫，就不利于形式美，不利于状物传神，也不利于抒情言志。作者反映生活的手段，中国画家必须精湛地掌握。王朝闻认为，前人的笔墨对于后人来说只是一种借鉴，而不能代替我们在笔墨上的创造性，更不能为了“一笔一画皆要有出处”而使前人精华成为我们前进的绊脚石。王朝闻很欣赏石鲁在《东方欲晓》中的笔墨创新，他说：

① 王朝闻：《探索再探索——石鲁画集序》，《美术》1963 年第 6 期。

窑洞前面的树枝，是恰当利用了水墨和宣纸的特性而画成的，画出了树枝在晓雾蒙蒙中的特性，从而与窗户上的灯光相配合，成为表达主题不可缺少的构成因素。在这里，说画家完全脱离笔墨传统未必公允，他是力图使传统中的规律性的东西得到新的体现。[①]

王朝闻指出，石鲁的探索道路是值得肯定的，其不足之处不足以抵消其主要成就，他对新中国山水画的创作不仅是一种借鉴，更是一种鼓舞。至此，由对石鲁作品的评论所引发的“关于中国画的创新与笔墨问题”的讨论结束了，使大家又一次深入地思考了笔墨继承与创新的问题，对中国山水画的发展起到了积极的推动作用。

4. 1964年王靖宪《喜看钱松喦的新山水》[②]

王靖宪在文中从题材思想和笔墨表现两个方面肯定了老画家钱松喦对社会主义初期时代精神作出成功表达的山水画成就。

首先，王靖宪肯定了钱松喦利用了山水画的形式成功反映了当时的社会主义时代气息。在钱松喦的作品里，我们看到了祖国河山的巨大变化，看到了欣欣向荣的新气象，那些美丽的风景点缀着人民的劳动、憩息、丰收和欢乐。作品的意境和古人大不相同，完全是那个时代的气息，如作品《群山万壑一城新》，描写的蜀道已不是过去的蜀道了，群山之中，点缀着一座座新建筑，一排排高压线，火车代替了毛驴，新城市代替了荒村。

王靖宪认为时代变了，人变了，山川也变了，而钱松喦的山水画正反映了这种变化，反映了新中国的劳动人民辛勤建设的山河新貌，同时还表现了社会主义时代人民的思想感情。在他的作品里，虽然不直接表现人，表现斗争，但通过自然景物赞美了人民，赞美了日新月异的祖国。

其次，王靖宪认为钱松喦的笔墨创新较为成功。他的山水画笔墨形式和内容比较协调，笔墨带有鲜明的时代特征，已大不同于以前的传统笔墨。他对建筑物的线条运用已经和皴法很协调了。在《江山同寿》中，山上“毛主席万岁”几个大字用皴法和苔点突出字形而不用线勾，处理非常巧妙。在《青衣江上万木流》中，用水彩画的手法与中国画的墨骨画法相结合，没有改变中国画的特色。在另一些画中用胭脂染湖水，表现晚霞

① 王朝闻：《探索再探索 —— 石鲁画集序》，《美术》1963年第6期。

② 王靖宪：《喜看钱松喦的新山水》，《美术》1964年第3期。

的映照，用朱膘画山头表现朝阳初升的景象，这些都表明他在笔墨技法上的大胆创新。

钱松嵒还有一些巧妙的笔墨表现足以表明他的独具匠心。在《铁山钢城》里，没有古代的构图，没有披麻折带等传统皴法，只用水墨烘染的手法就把热火朝天的气氛画出来了。《常熟田》没有山峦起伏，全是平原，不像传统山水画，在历史上还没有人这样表现过，但钱松嵒把鱼米之乡的江南良田画出来了，一看便知是那个时代热火朝天的农村景象。虽然不是传统图式的山水画，却一样能感动你。

钱松嵒说：

> 拖拉机、水库、红旗是新事物，是需要画的，问题是如何画。比如，画一幅《陕北江南图》，在面貌上把陕北画成江南并不难，画出原来贫瘠的陕北为什么能够变成今天富庶的江南就难了。其中必有道理，这个道理即是时代精神的典型例子。……我每于伟大的社会主义建设波澜壮阔的大场面中，或在不平凡的平凡小节中，一种豪迈的气概往往会油然而生。绘画不徒拘于形象刻划和笔墨技巧，更应于笔墨形象之外，看到一种气概。所谓气概，也就是我们社会主义的时代精神。①

钱松嵒的这番话道出了他能抓住时代精神的关键，通过他独具匠心地处理题材与笔墨，成功地走出了一条表现社会主义山水画的新途径。

二、笔墨之变的实践发展

新中国成立后，由于政治的原因，中国画不得不进行改造，新中国的文艺方针沿袭延安文艺政策，要求艺术要为工农兵服务，为社会主义建设服务。山水画能不能为工农兵服务？能不能为社会主义建设服务？这是摆在每一个山水画家面前的严峻的问题。这时许多画家都很迷惑，甚至还出现改行的消极思想与行为。李可染、李桦、洪毅然、徐悲鸿都首先进行了深刻的思考，探讨山水画为工农兵服务、为社会主义建设服务的可能。他们从思想、题材、笔墨技法等方面都进行了深入广泛的思考，在实践中首先开拓了新题材，从题材的改造入手，紧密结合工农兵群众和社会主义建设，在主题上结合政治，在笔墨技法上结合工农兵群众，逐渐为新中国山

① 王靖宪：《喜看钱松嵒的新山水》，《美术》1964年第3期。

水画开辟出一条条广阔的新路。社会主义新建设、社会主义新城乡、社会主义新河山、社会主义新诗意、社会主义新圣地等新题材相继出现。在最初的笔墨探索中，不可避免地出现了旧山水加新人物的不协调的现象。随着笔墨技法的不断发展，这种不协调的局面开始得到改善，笔墨形式随着新题材的深入逐渐适应新题材的内容。新中国“十七年”的山水画在笔墨上有着共同的新变特点。首先，都有共同的品格气象，那就是康健雄强、意气风发的笔墨精神，这种笔墨精神暗合着社会主义新中国的时代精神。其次，笔墨和客观物象紧密结合。由于政治的需要，艺术为社会主义建设服务，导致题材的新变；艺术为工农兵服务，导致技法的新变，走上现实主义的道路。再次，由于受到西方图式的影响，笔墨整体意识更强，改变了笔墨的组合方式，往往不厌其烦地笔墨叠加，形成体块结构，区别于古人山水以线为主，略施墨彩的笔墨组合方式。这一特点在李可染、石鲁、关山月的作品中尤为突出。最后，减弱书写性，增加塑造性。为了与写实手法相配合，描绘自然环境的真实感、空间感时必须弱化书写性，随物象质感的变化而改变用笔用墨的方法。但每一种新题材，又都有着各自不同的笔墨特点。

（一）社会主义新建设题材山水画的笔墨特征

社会主义建设题材的山水画在新中国“十七年”中形成了鲜明的特色，是这一时期最重要的题材内容。它迥异于传统山水宁静幽深的境界，反其道而行之，表达积极进取、斗志昂扬、意气风发的时代精神。由于山水精神的不同，作为其媒介的笔墨表现方式当然也有了显著的变化。建设题材的山水画，其笔墨较为写实，一反传统笔墨中工整细腻的笔法、温文尔雅的墨法，而多采取豪放、急速、外露的笔墨方式。如石鲁《秋收》（1961）、《南泥湾途中》（1961），关山月《开山路》（1954）、《山村跃进图》（1958）、《煤都》（1961），亚明《钢铁据拾集》（1960），林风眠《轧钢》（1958）等作品，笔墨奔放，绝不含蓄。这些作品和古代山水画的笔墨拉开了距离，不是“披麻”“解索”等程式化的笔墨，建筑物、电线杆、工厂、堤坝等都是新符号，用了崭新的笔墨去得以完美的表现。

（二）社会主义新城乡题材山水画的笔墨特征

社会主义新城乡题材的山水画，其笔墨技法与前人山水画技法有很大的不同，体现了这一时期共同的笔墨特征。

其一，多采用写生的方式。写生是新中国山水画寻求变法、摆脱困境的最重要的方法，也是这一时期广泛应用的创作方式，尤其在城乡题材的山水画中运用得最为普遍。为了反映社会主义城乡新貌，就得深入城市和农村实地观察，现场记录正在发生的变化。李可染、陆俨少、石鲁、关山月、钱松喦等都画了许多反映城乡新貌的写生作品。

其二，写实的方法。新中国成立以后，社会主义现实主义一直作为艺术家的创作原则，一方面摆脱历史形成的形式主义的积弊，另一方面作为工农兵群众容易接受的方法被认可。对于表现社会主义城乡新貌来说，采用写实手法更能具体表现社会主义城乡的新面貌，更具现场感、真实感。如罗铭的《西湖》（1954）[①]。

其三，弱化书写性，一切为造型服务。在新中国以前的历代文人山水画里，形成了一套完整的绘画程式，在这个程式中，用笔的书写性被严格地规定着。新中国成立以后，题材的扩大，写生方法和写实技巧的运用，解放了笔法上的桎梏。弱化书写性，一切为造型服务，大大丰富了中国画的笔墨技法。如方济众《黄昏》（1961）[②]，整幅画很少用书法线条，多用散锋笔法表现暮色中的茂密山林，在仅有的几处用线之处，如树干树枝、房屋等处也都洒脱直挥，并不按书法用线的要求去勾勒。在近处的道路、远方的山峰处，用散锋、用线轻松自然地表现了物象的形态结构。

（三）社会主义新河山题材山水画的笔墨特征

这一类题材的山水画似乎远离了政治功能，不像“新建设”“新城乡”“新圣地”等题材山水画那样具有明显的歌颂社会主义的特征。但是，从笔墨气息上还能体现出社会主义山水精神，那就是这个时代康健明丽、朴厚雄强、生机盎然的时代精神。社会主义新河山题材山水画的笔墨洒脱豪放，鲜活厚重，这和画家们的运笔用墨息息相关。生活的希望、工作的激情给每位画家以无穷的力量，反映在笔墨上自然就透露出节奏的欢快、力量的迅猛和意境的开阔，可以用“笔丰墨健”来形容这一时期“新河山”题材山水画的笔墨特点。

李可染的社会主义新河山题材作品最有特色，也最成功。如《杏花春雨江南》（1961）、《黄海烟霞》（1962）、《万山红遍》（1965）等，用笔沉雄健壮、用墨酣畅淋漓，

① 范迪安：《搜尽奇峰——20世纪中国山水画选展作品集》，安徽美术出版社2012年版，第209页。

② 范迪安：《搜尽奇峰——20世纪中国山水画选展作品集》，安徽美术出版社2012年版，第207页。

呈现出崭新的笔墨气象。虽然李可染的其他题材的作品也会有这样的笔墨，但没有这些作品的笔墨精到痛快。

傅抱石的抱石皴在这一题材上运用自如，纵横恣肆、笔扫千军的气概在这一题材中发挥得淋漓尽致。如《西陵峡》（1960）、《天池飞瀑》（1960）、《待细把江山图画》（1962）、《登庐山》（1964）等笔飞墨舞，自由挥写，如有神助。

石鲁是极具创新意识的画家，他的新河山题材山水画自由、朴拙、怪诞，极富探索精神，完全不理传统笔墨的程式，色墨浑融，极富形式感。如《深山峡谷》（1959）、《秦岭东麓》（1960）、《秋色》（1962）等，笔墨激荡，势不可遏，体现出天才般的创造力。

这一类题材的作品，最能体现作者性情，因而最能体现各自的笔墨个性。陆俨少松秀典雅，关山月清丽浪漫，钱松嵒稳健端庄，他们的笔墨个性在这一题材中彰显无遗，最具典型性。

（四）社会主义新诗意题材山水画的笔墨特征

首先，社会主义新诗意题材山水画是以毛泽东革命诗词为母题，通过革命历史或祖国壮丽河山的描绘，表现毛泽东气势磅礴、意气风发的革命情怀，同时也反映了战争岁月和社会主义新时期的时代精神。要充分体现这种精神，在笔墨上肯定就不同于社会主义新建设或社会主义新城乡这种歌颂建设与幸福生活的作品，而要凸显其革命性、战斗性，所以在笔墨上更加雄强、厚重。虽然每个画家的具体特点有所不同，但都有着同样的精神气质与笔墨气象。如傅抱石《江山如此多娇》（1960，与关山月合作）、《虎踞龙盘今胜昔》（1960），李可染《万山红遍　层林尽染》（1963），陆俨少《毛泽东念奴娇词意图》（1966）等，明显要比别的作品更加有气势，笔墨厚重而奔放。

其次，笔墨的程式化语言特色更加鲜明。由于是以诗词内容为创作母题，具有广阔的想象空间和发挥余地，因此不受具体形象的束缚，更加自由地发挥画家各自独有的笔墨特色。如傅抱石的新诗意作品，其“抱石皴”的程式化特点更加明确。李可染的新诗意山水画尤其突出，他的泼墨法与积墨法反复使用，并使用强烈的色彩渲染。如他的《万山红遍　层林尽染》作品。有学者认为，“他仿佛集中了画家几次出行写生的全部观察、认识、感受中的精华，使观画者不难由此联想到画家笔下峨眉的峻秀、雁荡的雄奇、桂林山水的变幻多姿……画家将这种种个别、丰富的自然美，进行提炼，统一在绚烂瑰丽的情景中，经过了艺术想象的加工，概括为一定程度上典型化了的祖国山川新的面貌、新的风采”[①]。

社会主义新诗意山水画是毛泽东文艺思想、政治理念、社会理想、个人气质的形象化阐释，集中体现了这个时代鲜明的精神面貌，也反映了这个时代对于革命斗争的集体记忆，体现了山水画的民族文化特征，体现了毛泽东个人的诗意追求，是这个时代国家形象的视觉图像化。

（五）社会主义新圣地题材山水画的笔墨特征

社会主义新圣地题材山水画是20世纪50年代后期兴起的新题材作品类型，是新中国“十七年”山水画史上的新发展，是从写生走向政治宣传的大转折，在写生中找到了与政治紧密相连的切入点，在笔墨上有以下一些特征。

其一，笔墨造型较为写实。由于是描绘革命事件或革命家诞生地，其描绘对象具体真实，所以要求在笔墨塑造上必须尊重客观对象，真正做到可识、可行、可游。如傅抱石《韶山》（1959）、关山月《大井毛泽东故居》（1962）、钱松喦《长征第一桥》（1960）等作品，都极为写实。关山月在画《大井毛泽东故居》（1962）时，先进行了铅笔速写写生，严格按照故居的自然风貌来描绘。

其二，笔墨严谨朴实。由于是表现对革命先驱的歌颂与怀念，表达深厚的崇敬之情，故用笔用墨都较为朴实稳重，而少有奔放挥洒之气。傅抱石的笔墨气势磅礴，挥洒自如，但在他画的《韶山》（1959）作品里，却不见昔日的激情澎湃。

其三，色彩厚重艳丽，具有象征意味。为了使作品与一般意义上的写生作品区别开来，往往在色彩上作了大胆的夸张。如钱松喦的《红岩》（1960），将黄土化为红岩石，“黄土坡塑造成挺拔的富有节奏的红色岩壁；以朱砂平涂加以洋红皴染，颜色鲜明、爽朗，展现出一派阳刚正气”[②]。大片的“红”与题目“红岩”呼应，也象征了革命先烈的鲜血染红了大地，换来了今天的红色江山。石鲁《转战陕北》（1959），左下角岩石的鲜艳厚重，更加烘托出毛泽东刚毅雄强的精神气质。

---

① 陈履生：《新中国美术图史（1949—1966）》，中国青年出版社2000年版，第168—199页。

② 黄名芊：《笔墨江山 —— 傅抱石率团写生实录》，人民美术出版社2005年版，第182页。

三、笔墨之变的个案研究

新中国成立之初，山水画改造被提出来，改造的形势非常严峻，谁也不知道以后的发展会是怎样。经过众多艺术家的共同努力，终于让山水画这棵古老的大树重发新枝，并日渐茂盛起来。在新中国“十七年”山水画的探索道路上，有这么一些勇士呕心沥血，竭尽心智，使这门古老的艺术焕发了新的活力，开拓了广阔的道路。李可染、傅抱石、石鲁、陆俨少、钱松喦、关山月等就是这样的勇士，他们为中国山水画的发展做出了不可磨灭的历史性贡献，是新中国“十七年”山水画探索的杰出代表。他们结合社会主义新题材，创新和发展了山水画的笔墨技法，代表了这一时期山水画笔墨之变的伟大成就。

（一）李可染

李可染是20世纪的中国画大家，为中国画的创新与发展作出了历史性的贡献。这个贡献不仅仅是笔墨的发展、图式的成功，尤其重要的是由他开辟的新中国山水画写生与写实道路的成功。新中国“十七年”，是中国山水画发展的重要转折点，是李可染艺术道路中最重要的转折点，也是新中国山水画发展的艰难起点。李可染顺应历史发展的潮流，迎难而上，艰难探索，终于在新中国山水画的创新道路上开拓出一条新路。新中国成立前，李可染山水画学四王、八大、石涛、齐白石等，都是仿古山水，笔墨简洁，气象萧疏，谈不上什么成就。其中画得最好的作品莫过于《松下观瀑图》（1943）了，这是一张意仿石涛的山水。如果没有新中国初期对中国画的改造，就不可能有后来笔墨雄浑、气宇轩昂的李可染山水画图式，从这个意义上说，时代造就了李可染，李可染也为时代做出了贡献。

笔法上，李可染在继承前人传统的基础上，又有新的发展。从李可染的理论和实践去考察他的笔墨新变，有以下一些特点。

1. 笔墨紧密结合物象

在一定程度上弱化书写性，使用笔充分表现客观对象，减弱笔法与线条的抽象性与程式化，减弱线条本身独立的审美特质。李可染遵循古人笔墨“无起止于迹”的说法，而且做得更加彻底。

古人讲笔墨，说要“无起止于迹”，因为客观事物都是浑然一体没有什么开头完了的痕迹，这不难理解。又说“无笔痕”，看来颇为费解。既然用笔作画，又讲究有笔有

图1 李可染《夕阳略阳城》，61.1cm × 43cm，1956年

墨，怎能说无笔痕呢？这并不是说画法工细到见不到笔触，而是说笔墨的痕迹要与自然现象紧密结合，笔墨的形迹已化为自然的形象。笔墨原由表现客观物象而产生，笔墨若脱离客观物象就无存在的必要了。①

李可染在1954年、1956年的两次写生中，其笔墨的写实性非常明显。如《灵隐茶座》（1956），路面石头的用笔，树干的质感，左边墙面的肌理等，都根据客观对象的实际情况来进行用笔。在《夕照略阳城》（1956）（图1）这幅作品中，笔法的新变更为典型。近处路坡、梯田，远处山石的体积结构，树的形体等，都用侧锋皴擦塑造，像西方素描中的铅笔侧锋塑造技法，这是李可染将笔墨结合西方塑造方式进行大胆尝试的成功典范，在新中国成立前从来没有这样的笔墨出现。笔墨根据物象的明暗进行塑造，有光感，有结实的体积，有明显的空间感、透视感与空气感，再罩上深浅不同的赭黄颜色以后，整个画面表现了夕照余晖中，广大社员辛苦劳作一天后结伴而归的收工景象，表明中国画具有无穷的开发潜力，虽然是毛笔、宣纸和水墨，一样可以用现实主义的手法进行描绘，而且达到相当写实的程度。当然，李可染把握了写实的分寸，不至于让笔墨流于“庸俗的自然主义”，仍然可感十足的中国画笔墨气象与趣味。我们想起李可染在1949年11月25日的文章中说过的话：

① 参见中国画研究院编《李可染论艺术》，人民美术出版社2000年版，第78页。

> 我们要改造中国画，必先以进步的科学方法，批判地研究遗产，尤其要着重清算在封建社会下降阶段产生的主观主义的文人画、公式主义的八股画；反对封建残余思想对旧中国画无条件的膜拜、反对半殖民地奴化思想对于遗产的盲目鄙弃，我们要从深入生活来汲取为人民服务的新内容，再从这新的内容产生新的表现形式；我们必须尽量接受祖先宝贵有用的经验，吸收外来美术有益的成分，建立健全进步的新现实主义，同时还要防止平庸的自然主义混入。①

李可染具有睿智的洞察力，为中国画指出了光明的道路，并且亲自践行，将古今中外的优秀成果化为己有，融而出之，终于在新中国山水画史上翻开了新的一页，这种创新的核心就在于将笔墨与写实结合，用新的笔墨方式呈现新的笔墨气象，从而形成新的山水画图式。

2. 以碑书入画，发展了线条的力度表现

李可染在写生之初虽然减弱塑造中的书法性，但在用线造型时依然非常重视线条的质量。李可染从很早就开始注重对线条质量的锤炼，尤其是在20世纪60年代初以后，其线条质感比以前有质的飞跃，以魏碑的沉厚笔法入画，形成厚重朴拙、雄强坚实的磅礴气象。以碑书入花鸟画，始自赵之谦，以碑书入山水画，则始于李可染。

李可染在多篇文章中谈到笔墨技法，可见其对笔墨的用力之深。《谈学山水画》《论笔法》《山水画教学论语》《桂林写生教学笔录》等文章多次详细地论述笔墨问题②，尤其讲到笔法时对线条的要求，是将魏碑笔法中线条的浑厚方硬作为审美特质，这是李可染山水画笔法的新创造。

20世纪40年代到50年代，李可染对齐白石和黄宾虹的笔墨技法做过深入的研究，为他后来的碑书入画打下了坚实基础，虽然齐、黄的书法是篆隶体系，但他们追求的金石之气却和碑学体系有着同样的雄强浑厚之美。

李可染对这种碑书线条多有论述，他曾经讲过一个故事，传说当年修雁门关，要请一位大书家写“雁門關”三个字，但这位书家不愿给人写正式的东西，于是有人设计先请他分别于不同的时间写这三个字，当最后一次写到“關”字的“門”时，突然想起“雁

---

① 参见中国画研究院编《李可染论艺术》，人民美术出版社2000年版，第78页。

② 参见中国画研究院编《李可染论艺术》，人民美术出版社2000年版，第74、128、144、155页。

門關”三个字，便一怒掷笔而去。大家无法，只好另外请人补了“關”字里面的笔画。后来刻在雁门关上时，人们在二里外只看见“雁門門”三个大字。这个故事体现了李可染对线条力度的重视。①

李可染还讲过另一个关于黄宾虹的故事。在黄宾虹小时候，有一个书法家去看望他父亲，不巧他父亲不在家，黄宾虹就要求书法家给他讲书法。书法家让黄宾虹先写个字来看看，黄宾虹就写了一个“大”字。书法家把纸反过来对他说：“你没有写‘大’字，只是点了五个点。”原来他写的这个“大”字只有起笔、收笔处墨渗透过了纸，中间笔画却浮在纸上，没有透过来，书法家告诉他这是写字最大的毛病。②这个故事反映出李可染对黄宾虹的“五笔法”的重视。关于“五笔法”，李可染有过详细的介绍。

（1）平：线条最根本的规律要平。不能忽轻忽重，力量基本要匀，处处有力。不匀就出现跳跃的线，古人叫作系马桩，是用笔大忌。忌“坠”与“飘”，“坠”是没提住笔，“飘”是没按住笔。③

（2）圆：线条要圆，要善于画有弹性的曲线，如折钗股。④

（3）留：李可染认为这是线条中最重要的一点。留就是收得住，如“屋漏痕”，线条要控制到每一点。李可染在后来发展了“屋漏痕”的笔法，用它来勾勒树石房桥。⑤

（4）重：用笔峻劲，如高山坠石，要稳准狠。李可染说黄宾虹用紫毫作画，落笔有声，“笔落春蚕食叶声”。⑥

（5）变：平、圆、留、重是根本，在此基础上要求变化，线要有提按、顿挫、轻重、方圆的变化。⑦

李可染认为这“五笔法”是最根本的规律，是一切书体和一切线条的根本要求，其中包括对碑书线条的要求。

李可染根据线条的提按、顿挫、轻重、转折，把线条分为两种基本描法：一是

---

① 参见中国画研究院编《李可染论艺术》，人民美术出版社2000年版，第74页。
② 参见中国画研究院编《李可染论艺术》，人民美术出版社2000年版，第75页。
③ 参见中国画研究院编《李可染论艺术》，人民美术出版社2000年版，第130页。
④ 参见中国画研究院编《李可染论艺术》，人民美术出版社2000年版，第130页。
⑤ 参见中国画研究院编《李可染论艺术》，人民美术出版社2000年版，第130页。
⑥ 参见中国画研究院编《李可染论艺术》，人民美术出版社2000年版，第130页。
⑦ 参见中国画研究院编《李可染论艺术》，人民美术出版社2000年版，第130页。

铁线描，力量平匀，如锥画沙，无提按、顿挫。二是兰叶描，就是在力量平匀的基础上有提按、顿挫、转折的变化。[①]

线条的力度是如何产生的？李可染认为，矛盾产生力，只有对笔施加阻力才会有力度感。[②]水在墙上往下淌，在淌的过程中遇到墙面凹凸不平的阻力，就会出现“屋漏痕”，就产生涩的感觉，就有力度感。毛笔在纸上行走、摩擦，艰涩而线条边缘毛糙，才显得苍劲有力。

李可染讲，用笔有三种力量：

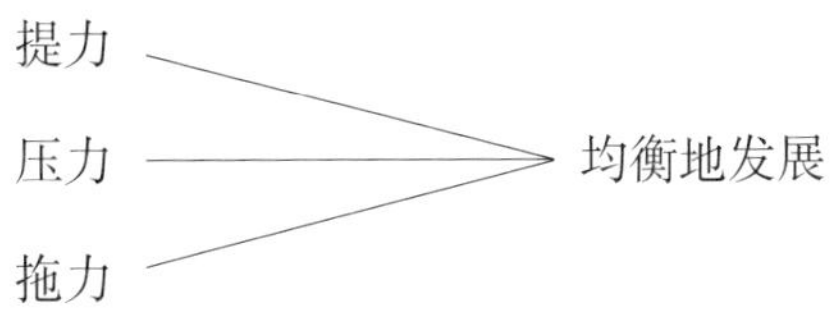

笔要提得起，不能倒卧，另一方面要压，例如画粗线，应该压六提四，必须把笔压住。齐白石画荷叶梗，执笔如铅笔一样，始终压住二分。李可染求教于张伯英，张伯英说压的时候尽量求重。他还用二胡技巧来比喻力度的把握：“慢而密切，快而稳。”[③]

李可染说线还有两个要求：力量和含蓄。中国艺术都是辩证统一的，王羲之字体“虎蹲凤阁，龙跃天门”，厚重结实而又活泼变化。李北海的书法如“金铁烟云”，笔画坚实如金铁，却又满纸变化如烟云。李斯的书法“画如金石，体若飞动”，用笔挺拔有力，姿态却飞动变化，苍润兼备，虚实有致。[④]

李可染以碑书入画的作品，从1962年以后已经成熟，如《黄海烟霞》（1962）、《阳朔渡头》（1962）、《万山夕照》（1962）、《黄山烟霞》（1963）等，其线如刮铁，力划千钧。

3. 笔墨整体意识更强

李可染的山水画作品，笔墨层层堆积叠加，反复皴染，层次极其丰富，体量感极其厚重，营造了雄强朴厚的笔墨气象。同时，笔墨的层层叠加与咬合，交织成一面密不透风的铜墙

① 参见中国画研究院编《李可染论艺术》，人民美术出版社2000年版，第77页。
② 参见中国画研究院编《李可染论艺术》，人民美术出版社2000年版，第133页。
③ 参见中国画研究院编《李可染论艺术》，人民美术出版社2000年版，第133页。
④ 参见中国画研究院编《李可染论艺术》，人民美术出版社2000年版，第133页。

铁壁，和一座座真实可触的重峦叠嶂，都由千笔万墨作为一个整体时呈现出宏伟沉雄的气象，令人震撼。在古人山水中，从来没有如此“沉重”的山水，其力量感咄咄逼人。

李可染的这种泼墨法、积墨法最初源自黄宾虹，但他和黄宾虹又有所不同。从某种意义上说，李可染的泼墨与积墨比黄宾虹更“彻底”，更发挥到极致，只是黄宾虹的苍润灵动、浑厚华滋是李可染所无法企及的。黄宾虹的作品中，笔墨无论怎样交织重叠，总有一些“透气”的亮光，有人称其为“灵光”，黄宾虹极其喜欢这样的笔墨结合方式，有雄强厚重而不失空灵的效果。但在一定程度上这些灵动的“亮光”抢夺了观赏者的视线，略有“花眼”“凌乱”之嫌。但也有作得极好的作品。笔墨飞举、线条舞动是大多数中国山水画的主要特色，但从另一个角度看，这也是大多数山水画的弊端，从空间和塑造的角度看不够整体统一。李可染解决了这个问题，显然李可染是受到西方绘画的造型观念的影响，把笔墨当作素描的调子，或油画的笔触，千笔万墨“铺出”满纸云烟与山川河流，不留“亮光”的空隙，减少古人山水中线条的交织组合，增加笔墨体块的反复叠加，在黑白灰关系上形成整体统一的山水画图式，开辟了笔墨淋漓、雄强凝重的新画风，引领了中国人在山水画审美中整体空间的审美习惯，舍弃了古人山水画中过于抽象的笔墨构成方式。

李可染在写生之初的20世纪50年代末，作品塑造的物象中还有许多留白，到了1962年以后，作品《黄海烟霞》(1962)、《阳朔渡头》(1962)、《万山夕照》(1962)、《榕湖夕照》(1963)、《黄山烟霞》(1963)、《山亭夕阳》(1963)、《苍岩白练图》(1963)等具有典型“黑密满重”的特色，黑白灰关系的处理上整体感极强。这一时期也是他碑书入画的时期，碑书笔法与黑重色调的结合，形成了他鲜明典型的个人画风。

4. 雄强沉重、气宇轩昂的笔墨精神

李可染经过20世纪50年代中后期写生的努力，对中国山水画的改造探索出一条光明大道。虽然时代“逼迫”山水画的自我改造和自我创新，但李可染却是积极主动地去迎接历史的挑战。早在1949年11月25日他写的《谈中国画的改造》一文中就明确了改造的方向，要有人民的思想感情，要结合人民大众和革命事业，要有新的思想认识、立场和态度。[①]

1959年，李可染在《漫谈山水画》一文中着重论述了意境的营造，认为只有真挚的思想感情才能画出感染别人的山水画意境。文中体现了李可染对祖国河山的热爱，对

① 参见李可染《谈中国画的改造》，《美术》1950年第1期。

社会主义生活的热爱，正因为他有“为祖国河山立传”的深厚感情和雄心壮志，才可能达到水墨淋漓、黑密厚重的山水画境界。李可染把社会主义意气风发、斗志昂扬的时代精神作为山水画意境追求的目标，用从齐白石、黄宾虹处学来的笔墨技法表现社会主义新建设、社会主义城乡及社会主义新河山等，立足传统，大胆创新，赋予齐白石、黄宾虹的笔墨技法以新的时代精神。时代选择了笔墨，时代造就了笔墨，笔墨反映了时代，笔墨影响了时代，笔墨和时代之间就是这种辩证统一的关系。李可染铸墨如铁的碑书线条、反复叠加的皴擦墨块、整体浑融的空间结构和咄咄逼人的浓重色调，共同营造了霸悍雄强、壮气凌人的宏伟气象，反映了社会主义新时期欣欣向荣、蓬勃发展的时代风貌。可以说，社会主义新时期的时代精神在李可染的山水画中体现得淋漓尽致。李可染的山水画，代表了这个时期的艺术成就，是社会主义新时期山水画的艺术标志。

李可染认为，山水画最重要的问题是“意境”，意境是山水画的灵魂。1956 年，李可染写生时把“可贵者胆，所要者魂”作为座右铭，勉励自己一方面继承传统，另一方面大胆创新，努力表现山水画的新意境。笔墨怎样表现意境？怎样表现时代精神？李可染认为这就需要画家深刻认识对象，要有强烈真挚的思想感情，把这个思想感情融入笔墨技法中去，带着感情去画画，不要为技法而技法，为笔墨而笔墨，笔墨需要灵魂，画家需要熟练掌握笔墨技法，在作画时要忘记笔墨技法，才能把全部的思想感情全神贯注在笔墨上，贯注在作品里。[①]

图2　李可染《山亭夕阳》，69.4cm × 46.8cm，1963年

《山亭夕阳》（1963）（图 2）是李可染的经典之作，画中点线繁复、色调厚重，逆

① 参见李可染《漫谈山水画》，《美术》1959 年第 5 期。

光和暖色调的铺染，使画面呈现出夕照中山林静谧、溪流淙淙的景象，让人身临暮色茫茫之中，感受到山河的壮美，家园的温馨。李可染在这幅画中成功地将色彩融入笔墨之中，一点也不显得孤立，赭黄、赭红、少许的花青让人感觉色调极其丰富。李可染将西方色彩关系运用到国画山水中，不留痕迹，让人觉得是那么浑融、自然，是色彩在中国山水画运用中的突破。树、房屋的用线铿锵有力，山、树层层皴染，深重而层次分明，不觉得闷腻，这是需要高超的笔墨功夫的。整个画面的厚重感体现了这个时代的强音。

（二）石鲁

石鲁（1919—1982），生于四川仁寿县，原名冯亚衡。石鲁是20世纪中叶最有独特气质的伟大艺术家，长安画派的主要创始人，是现代中国画领域里最富于探索性、创造性和实验性的代表。他“一手伸向传统，一手伸向生活”，注重在生活中发现创作灵感，在传统中寻找创新资源，极富创造力。理性兼具激情，天才兼具癫狂，他极富传奇色彩的悲喜人生赢得了人们的同情与尊敬，使他的作品在思想深度、人格魅力、创新精神上更增添了灿烂的光辉，被誉为“东方的凡·高”。

在艺术上，石鲁绝对是一个天才式的画家，他的山水画、花鸟画、人物画都极富特色与成就。尤其是在山水画领域，生机勃勃、鲜活美丽、灿烂华滋的笔墨语言，开拓了社会主义山水画的崭新气象，反映了社会主义新时期活力迸发、朝气蓬勃的时代精神。

石鲁的山水画作品中笔墨新变的特征：

1. 色墨浑融互皴

色墨浑融是石鲁山水画笔墨新变上最突出的特点。以墨破色的方法，在吴昌硕、齐白石的作品里出现过，但以墨破色，以色泼墨，发展成色墨浑融的方式来当作山水画中主要的造型手法，石鲁还是第一人。1953年，石鲁的《劈山开路》作品中，已经有了初步的面貌。在他表现社会主义新建设的题材中，首先运用了新的笔墨技法。在古人山水里，绝对没有此画中山坡的皴法与色法，用侧锋长线描绘山坡，用点皴表现推土机前的土堆，这种大胆落笔皴点的方法是古人不曾有的，尤其是在处理色墨的关系上具有独创性，在未干的色块上，点以大小浓淡干湿不同的墨点，使色墨浑融，笔墨和物象自然结合，更具塑造感、体积感、空间感。当然，这幅画的技法还只是石鲁的初步尝试，还不够生猛老辣。

1959年，石鲁创作了《转战陕北》，这是他运用色墨浑融的方法表现现实主义革命题材的成功典范，并在地域上开拓了山水画表现黄土高坡的新领域。山石表现方法是石鲁的新创造，对客观山川的特点进行夸张、概括、抽象，成功描绘了山石的浑厚高峻与宏伟壮丽。但这幅作品的色墨浑融程度还不够典型，色墨还相对较为独立。

1960年，石鲁色墨浑融的技法业已成熟。如果说《高原放牧》（1960）、《逆流过禹门》（1960）色墨浑融还略显生硬的话，那《秦岭冬麓》（1960）就是比较精彩的作品了，《秋树林》（1961）、《冬日的灌木丛》（1961）就更胜一筹，未曾见过前人有这样的风格、面貌。《秋收》（1961）（图3）、《上工图》（1961）、《秋色》（1962）是这一笔墨技法的登峰造极之作。

图3　石鲁《秋收》，69cm × 50cm，1961年

《上工图》（1961）（图4）是石鲁作品中笔墨鲜活、亮丽华滋、色墨淋漓风格特征的典型代表作。整幅作品只用了墨、赭石、石绿三种色彩画山石，由于三种颜色的调配互溶，形成变化丰富的色调层次，间以留白，造成五彩斑斓、光鲜亮

图4　石鲁《上工图》，66cm × 49cm，1961年

丽的视觉效果。

此作山石色调推移的层次千变万化，如下所示：

墨—赭—绿—干—湿—浓—淡

由上可知，除了干与湿、浓与淡之间，每一个因素都与别的因素相结合，形成不计其数的层次美。这就是这幅画里三种颜色就能产生光鲜亮丽、五彩斑斓的丰富效果的原因。

《上工图》山水色墨互皴的方法是：用墨色勾山石结构——用纯色赭石皴擦山石结构上的体面，不要拘泥于山石结构——用墨在赭石色之上皴擦，让墨破色，山石上部较亮，下部较暗——用赭石色或赭墨复加调整，或用墨线复勾复皴。

山石上端梯田的方法步骤是：先用石绿加赭石铺出梯田，然后用墨、赭石色皴擦。

石鲁这样皴染山石的方法，独具特色，前人未曾有过，怪不得有人抨击他的山水画"远不见马夏，近不见四王"，没有传统，没有出处，其实这正是石鲁的创新所在，抨击的语言反过来成为他独创的赞语。所以，有人这样评价他的作品：

> 从石鲁的画面，我们看不出某家某派的具体烙印，然而在精神上，却觉得某些作品有荆关的雄强，某些作品又有马夏的苍劲，更多地吸取了二石的奇宕，也还具有黄宾虹的葱郁。他不拘一家，能广征博采，又能从这些传统的框框里跳出来，自辟蹊径。①

作品《秋色》（1962）是运用色墨浑融技法获得极好效果的作品，石鲁将色墨浑融的技法运用得娴熟自如，将极富抽象构成的形式组合营造得妙趣横生，其干湿浓淡、鲜灰清浊相得益彰，笔墨润燥相间、线面穿插有致，极富韵律。

2. 笔法墨法丰富多变

石鲁的作品中，没有固定的笔法与墨法，根据创作的对象不同、意境营造的不同而

① 《关于中国画的创新与笔墨问题 —— 来稿综述》，《美术》1963年第1期。

采取不同的笔墨技法。

（1）石鲁笔法分析。

如果说傅抱石的山石皴法可称作“散锋皴”的话，石鲁的山石皴法就可称作“侧锋皴”。他的“侧锋皴”不同于古人“斧劈皴”的整饬，而是将锋侧卧，八面出锋，提按使转，多方向皴擦。如作品《延河归牧》（1960）、《秦岭冬麓》（1960）、《上工图》（1961）、《赤岩映碧流》（1961）等，山石的塑造都是运用这种笔法作皴，这种笔法是石鲁比较常用的笔法。

石鲁的笔法中，有一种奇特的用笔方法，那就是“颤笔法”。这种笔法古已有之，清人虚谷就喜将这种笔法运用于花鸟画的勾线中。石鲁将这种笔法运用于山水画的皴法中，这在中国山水画史上，还是第一次。如作品《冬日运肥忙》（1963）（图5），画面中石鲁用起伏颤抖的长线塑造黄土高原的土山，润燥结合，浓淡相间，或线或面，断续的点状线恰如其分地体现了黄土高坡土山的“疙瘩”状长沟纹理，这是石鲁在皴法史上的创举。石鲁在这幅作品中，同样也将颤笔法运用到树的描绘中，题字也运用短促的线条，使整幅作品非常统一。20世纪70年代石鲁大量使用这种笔法与皴法，创作了许多这种笔法的作品，但这些作品不在此文论述的范围之内。

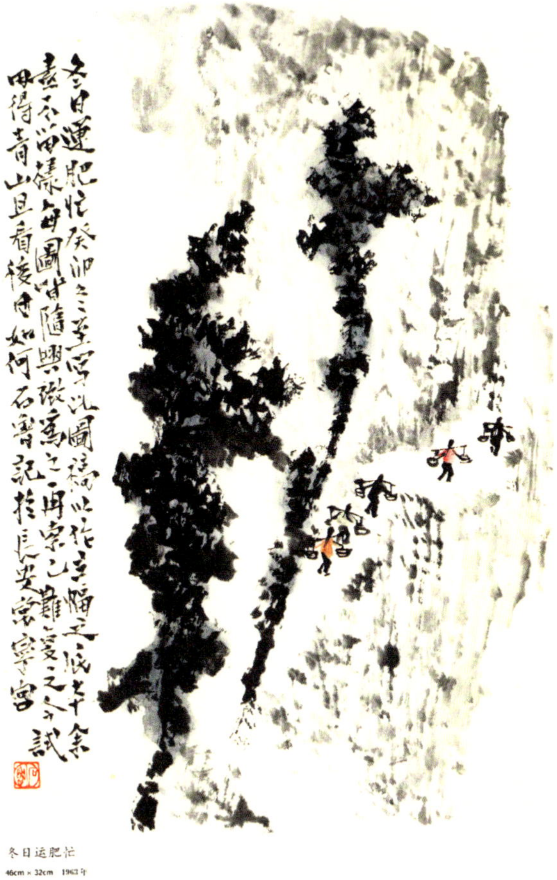

图5 石鲁《冬日运肥忙》，46cm × 32cm,1963年

石鲁还有一种像水纹似的长线皴法，笔者姑且称其为

图6　石鲁《沙丘驼队》，16.5cm × 11cm,1962年

“水纹皴”，如作品《秋收》（1961）、《沙丘驼队》（1962）（图6）等作品中梯田和沙丘的皴法。这种皴法是石鲁在画水的时候创造的，用这种长线画汹涌的黄河水，如《延河饮马草图》（1959）、《逆流过禹门》（1960）、《湖畔》（1961）、《过河》（1961）、《赤岩映碧流》（1961）等。

除此之外，石鲁作品还用乱柴皴，如作品《山石写生》（1960）、《山间野花》（1961）、《独舟》（1962）等。还有乱麻皴，如作品《山水写生》（1961）等。另外还有泥里拔丁皴，如《晚照黄土原》（1964）等。

（2）石鲁墨法分析。

石鲁首创留痕法。石鲁利用赭石色在宣纸上干后使纸变“熟”不洇墨的特性，先用赭石画前景，再用墨铺远景，获得前后层次分明的效果，或在颜色里加明矾使效果更明显。这种“熟化”宣纸的效果应该说每个国画家都不陌生，但在石鲁之前还没有人把它作为一种技法主动运用。石鲁就是这样一位在生活中善于抓住灵感，在创作实践中积累经验的天才画家。作品《秦岭山麓》（1961）中，前景先用赭石画几棵枯树与杂草，干后再在上面用墨画后面的杂树，先前的赭石色树由于宣纸熟化还能清晰地留存下来。《秋林朝阳》（1962）中这种“留痕法”的效果更为明显。

石鲁发展了宿墨法。黄宾虹创造了宿墨法，将宿墨运用在皴染的过程中，营造了润泽幽冥、水墨淋漓的笔墨气象。他的宿墨法大多不在勾线阶段运用，最多是用干而浓的宿墨勾勒山石树木，但不会让笔的含墨量过大，这种勾勒还没有运用宿墨法。宿墨法最突出的特点是笔中含墨量大，落笔纸上会迅速洇开，但无论墨色洇得多远，落笔时的痕迹会有保留。这种宿墨法的效果是既有形状，又有毛茸茸的边缘，笔形重而边缘淡，产生水墨淋漓、晶莹剔透的意境。而石鲁将这种宿墨法彻底运用在整个作画过程中，主动选择运用，充分发挥宿墨法的效果，直接用宿墨造型，这在黄宾虹的基础上又有所突破和发展。如《夜店》(1963)(图7)中，画中所有的物象都用宿墨法画出，驴、草垛、人物、瓦房、丛林等，落墨成型，一笔到位，体现了石鲁高超的造型能力，生动逼真地再现了夜晚微光中，人们经过一天劳作后回到家中喂养牲口、做饭、聊天、休息的情景。用宿墨法表现夜色，一切物象都隐隐约约、模糊不清，恰如其分，如果有过农村生活经历的人，都会感受到石鲁表现绝妙。这样的作品还有《雨中所见》(1963)等。

图7　石鲁《夜店》，69cm × 58cm,1963年

石鲁大胆运用“湿墨法”。傅抱石早在20世纪40年代就开始用湿墨法创作山水，如《大涤草堂图》(1942)。李可染在20世纪50年代的写生中也喜欢运用湿墨法作画，如《杏花春雨江南》(1956)。而石鲁运用湿墨法更加大胆，如《深山蓬居》(1961)中，远处的山石树木浑融一片，浓墨、淡墨、水相互洇渗，不见笔触，没有物象边缘，但墨线、墨点的洇化轨迹又清晰可见，不是一团死墨，这种效果一方面纸质要好，另一方面墨要好，研墨或将墨汁脱胶后才能有这样的效果，直接运用现在市场上的瓶装墨汁产生不了这样的效果。湿笔法难度极大，方法是在前一遍墨色未干时继续在上面作画，后来的墨色会由于先前的湿墨洇开，这种方法要求画家要有极其丰富的经验，需要画家事先预测洇化后的效果，控制墨色的干湿浓淡的程度。

3. 笔墨“野、怪、乱、黑”

阎丽川抨击石鲁的画是“野、怪、乱、黑”[①]，现在看来，这恰好是对石鲁绘画特点的肯定。在20世纪60年代初期，山水画的创作在经过艰难探索之后，已经取得了可喜的成就，但仍然存在着大量保守的思想，对于石鲁这样一位极富创造力、极有革新精神的艺术家来说，受到极大争议是在所难免的。阎丽川是这样定义“野、怪、乱、黑”的：

> “野”字在艺术上有两种含义。一种是属于格调方面的审美要求，含有粗壮、豪放、生动活泼的意思，所谓“天马行空”，所谓“笔飞墨舞”，是一种不可羁绊的、生辣的野性，具有浪漫主义的精神，给人以强烈的感染。……也就是说在已有的成法之外找寻尚未被发现的新法，并非法的否定。野的另外一种含义是毛主席所说的“粗细”之分与“文野”之分。……
>
> “怪”的感觉主要是由于结构、造型以及某种特殊表现方法之背于习惯画法，如扬州八怪。……
>
> 所谓“乱”就是杂乱无章。主要出现于画面的事物结构和位置经营，另外还有笔墨问题。……
>
> 所谓“黑”，主要指的是笔墨的气韵问题。画面上呈现于笔墨之间的气韵，要求有多样统一的浓淡深浅变化，特别是山水画，时间感、空间感以及风雨阴晴的变化和阴阳背向的区分，见助于墨色水分的地方很多。……处理不当就会虚实不分，灰暗阴霉，给人以堵塞肮脏的感觉，也就是“多黑”。[②]

其实，石鲁的山水画非常精彩，但他特立独行的画风在当时看来犹如艺坛“怪胎”，对此，石鲁毫不退却，坚定地走着自己的艺术道路：

> 人骂我野我更野，搜尽平凡创奇迹。
> 人责我怪我何怪，不屑为奴偏自裁。
> 人谓我乱不为乱，无法之法法更严。
> 人笑我黑不太黑，黑到惊心动魂魄。

① 阎丽川：《论“野、怪、乱、黑”——兼谈艺术评论问题》，《美术》1963年第4期。

② 阎丽川：《论“野、怪、乱、黑”——兼谈艺术评论问题》，《美术》1963年第4期。

野怪乱黑何足论，你有嘴舌我有心。
生活为我出新意，我为生活传精神。

石鲁对于“野、怪、乱、黑”是主动选择的，他的“野”，是泼辣雄强，无拘无束；他的“怪”，是特立独行，不求苟同;他的“乱”，是乱而不乱，意气风发;他的“黑”，是浓郁厚重，惊心动魄。笔墨上的“野、怪、乱、黑”形成画面风格的“野、怪、乱、黑”。到20世纪70年代后，石鲁的笔墨性格更加走向极端，如果20世纪60年代的作品和后来的作品相比，那简直一点都不算“野怪”了!

图8　石鲁《麦浪》，66cm×42cm，1961年

《南泥湾途中》（1961）、《麦浪》（1961）（图8）、《深山蓬居》（1961）等相比较来说，是石鲁作品中精心经营之作，是新中国“十七年”山水画中的精品力作。如果要说“野”，有《延河归牧》（1960）、《冬日的灌木丛》（1961）、《赤岩映碧流》（1961）、《鸦栖图》（1962）、《打谷场一瞥》（1962）（图9）等作品。如果要说“怪”，有《雨后》（1961）、《湖畔》（1961）、《过河》（1961）、《归林图》（1961）、《东方欲晓》（1961）、《沙丘驼队》（1962）。而“乱”有《山间野花》（1961）、《山水写生》（1961）、《逆流而上》（1961）、《山野

图9　石鲁《打谷场一瞥》，69cm×48cm，1962年

之花》(1962)、《独舟》(1962)等。“黑”有《华山》(1961)、《麦浪》(1961)、《深山蓬居》(1961)等。

这些作品反映了石鲁山水画笔墨的鲜明特征，是石鲁“外师造化，中得心源”的伟大创造，作为从延安过来的革命艺术家，具有深深懂得笔墨的精神，懂得自觉将个人情感融入笔墨反映伟大的社会主义时代的精神。石鲁热爱祖国，热爱人民，热爱社会主义，虽遭厄运，依然不改本色，一身正气。从他屡遭迫害，精神分裂，具有悲剧色彩的人生命运中，我们看到了一个坚忍不拔、顽强抗争的伟大灵魂，我们从艺术之外对这位饱受摧残的老人抱以崇高的敬意。在蒙冤受屈中，他不改故我，依然进行着山水画的创新探索，在他的心中，一直铭记着自己的历史责任，就是“笔墨当随时代”，用色彩的笔墨营造全新的山水，歌颂伟大的时代，歌颂伟大的人民。石鲁曾说：

> 画有笔墨则思想活，无笔墨则思想死。画有我之思想，则有我之笔墨；画无我之思想，则徒作古人和自然之笔墨奴隶矣。故，但仿某家笔墨乃无笔墨之验也。思想为笔墨之灵魂，依活意而为之则一个万样，依死法而为之则万个一样。[①]

石鲁的笔墨之变是积极主动的，在新中国“十七年”的山水画史中，其笔墨风格独具特色，完美地和时代精神相结合，呈现了光鲜亮丽、灿烂华滋、朝气蓬勃、势不可遏的时代精神。

① 张渝：《石鲁的意义》，载广东美术馆编《石鲁与那个时代：2007学术研讨会论文资料》，广东美术馆2007年版，第147页。

《渔村小雪图》的流传及研究述评

仇春霞

中国艺术研究院研究生院美术学博士，北京画院副研究员

一、流传

尽管《渔村小雪图》（图1-1、图1-2、图1-3、图1-4）是一幅非常重要的作品，但自宋代到清代，关于王诜《渔村小雪图》的著录或笔记并不多。它首见于《宣和画谱》，在王诜条目中所列举的35件作品中，有一件就是《渔村小雪卷》，但仅限于画名，没有任何详细说明。

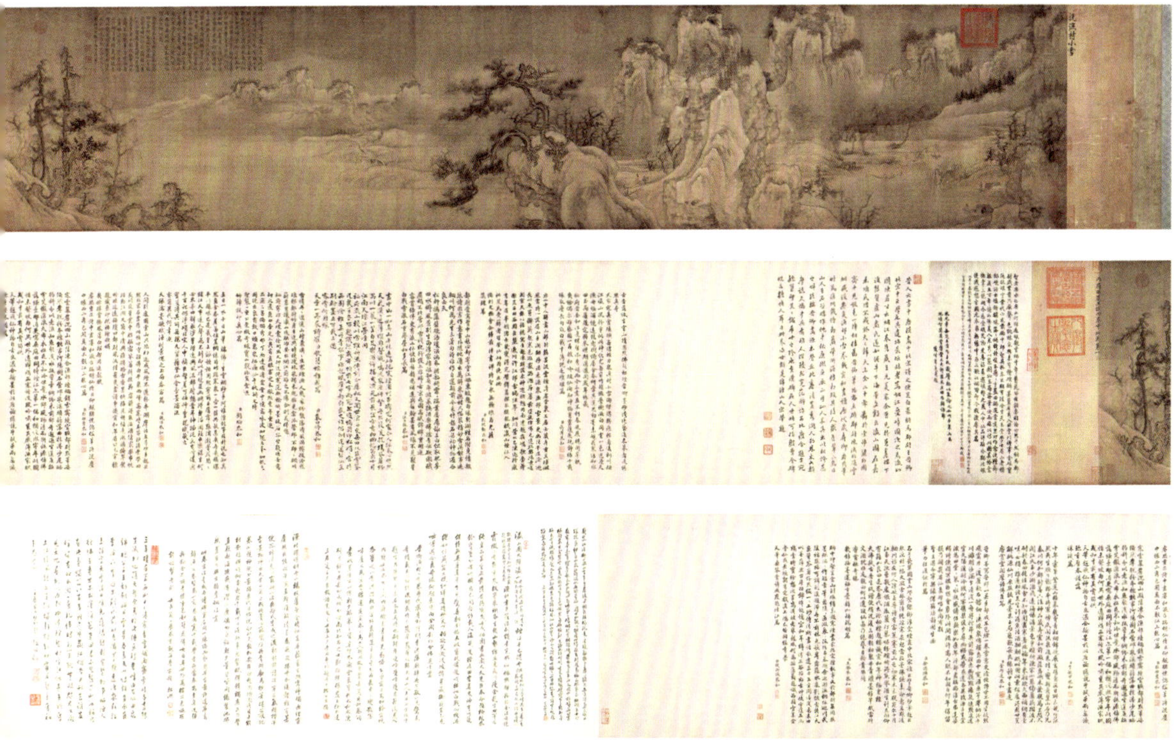

图1-1 （宋）王诜《渔村小雪图》，绢本设色，44.5cm×219.5cm，故宫博物院藏

图1-2　局部1

图1-3　局部2

图1-4　局部3

（一）文徵明经眼、题跋

《渔村小雪图》没有在靖康之乱中被金人抢走，却也不知道藏于谁手。然后是经历了152年的南宋、近百年的元代，在明朝嘉靖十二年癸巳（1533），文徵明有《跋王晋卿〈渔村小雪图〉》[①]，内容包括如下几个方面：

> 鉴定：右《渔村小雪图》，宋驸马都尉王晋卿真迹。
>
> 王诜小传：晋卿为神宗爱婿，博洽能诗文。少见知于翰林学士郑獬。及尚秦国长公主，益折节礼贤，故眉山、襄阳、山谷、龙眠□公皆与之交。及党籍兴，晋卿亦被谪而无悔。盖士林之诤诤者，非仅戚畹中称翘楚也。
>
> 王诜艺技：晋卿善书法而耽于画，尝作宝绘堂于其第，壁张古人名画，效宗少文澄怀于其中。故纵笔挥洒，烟云林壑，动与古会。
>
> 画面著录：此卷上有徽宗标题及宣和诸玺，盖亦内府物。至元而散落人间，故魏公题咏及仲温题识，皆亦绝代名流。
>
> 品鉴：余观其画法苍秀，绝类右丞，而设色又拟李云麾父子。至于布置得宜，种种合度，非寻常畦径可及也，诚为希世之宝。
>
> 落款：时嘉靖十有二年春三月既望。

在王诜小传部分有一处错误，晋卿非神宗爱婿，而是英宗爱婿，神宗的妹夫。

跋文中的“魏公”或许是指赵孟頫，而“仲温题识”，则指明初书法家宋克的题跋。

---

① （明）文徵明著，周道振辑校：《文徵明集（增订本）》（下），上海古籍出版社2014年版，第1295页。

可惜都看不到了。

（二）吴升收藏、题跋

又大约100年后，《渔村小雪图》在明末出现于庙市上，被收藏家吴升看到了，吴升几经周折才将画买了回来。

吴升在《大观录》中对《渔村小雪图》的记载包括如下几个方面：

材质：淡黄绢

尺寸：高一尺三寸，长七尺

装裱：鹅黄隔水

题签：宋徽宗瘦筋墨书"王诜渔村小雪图"七字

品鉴：笔法全学李、郭，直接右丞一派而结构精密过之。山坳石面都以墨青渲染，阴森之气凛然。树头沙脚峰顶岚尖纯用粉笔烘渍，自觉晃曜夺目。汀洲杨柳渚岸芦苇夹叶金点宛然，雪消日霁，光华荡漾也。

收藏记录：曩在庙市获观，知为异物，后展转访求始购入手。南归与徽宗《五色鹦鹉图》为法眼收去，虽庆得所，然彼美之，终惓惓于怀也。

吴升的著录中，尺寸与现藏于故宫博物院的《渔村小雪图》相差无几（纵44.4厘米，横219.7厘米），但是宋徽宗的题签有出入，吴升记载为7个字，而图卷上只有6个字，想必是吴升在回忆时弄错了，这虽是小事，却也使得后世争论到底有几卷《渔村小雪图》。

吴升拥有《渔村小雪图》的时间并不久，后来连同宋徽宗的《五色鹦鹉图》一并被另一位收藏家所得。这位收藏家，吴升称之为"法眼"，估计是戴明说，因为明末清初著名收藏家和鉴赏家宋荦（1634—1714）在《西陂类稿》中说到此画曾被戴明说收藏过，而戴明说同时收藏的还有《五色鹦鹉图》。

（三）戴明说收藏

戴明说（1609—1686），河北沧州人，崇祯甲戌（1634）进士，工文章，善山水墨竹，酷爱收藏字画。在明朝曾官至科臣，明亡之际曾上书讽谏有些人抵御清兵不得力，明亡后入仕清，官至尚书，算是贰臣了。

《渔村小雪图》在戴明说处的情况因缺乏记载而不甚明了，据同时代的宋荦记载，戴明说去世后，后人将其卖给了王石谷（1632—1717）。

（四）王石谷收藏、题跋

王石谷精于鉴赏，擅于摹古，曾仿过王诜的山水画，如33岁时作《仿王晋卿山水轴》，78岁时作《仿王晋卿平桥秋色图》[①]。王石谷对《渔村小雪图》的评价，可见于清末端方的《壬寅消夏录》中：

> 王晋卿真迹流传绝少，《画谱》所载第闻其名，翚见《渔村小雪》卷已极骇异。此外纨扇二三本，好事者借名讹溷，又无徽宗标签御宝可据，岂能相信。向闻《烟江叠嶂图》名最著，往来于怀者六十余年，恨未一见。今阁下获购此卷，与维岳兄同一披玩，喜出望外，大慰平生。《渔村图》峰峦树石皴染气韵，下笔沉着，溪壑深邃，映带渔村，芦荻柳岸沙汀，一一尽致逼真，李郭派的此种风格，真五百年来所未有者。

王石谷的这段题跋本是写给王诜的《烟江叠嶂图》，对《渔村小雪图》的记叙不过是顺带而已，其“翚见《渔村小雪》卷已极骇异”可与宋荦的“购作枕中秘”相呼应。

（五）宋荦题跋

王石谷69岁那年曾将《渔村小雪图》携至宋荦处，请这位大鉴赏家一起欣赏。宋荦为之叫绝，并题了一段跋文，内容包括如下几个方面：

> 1.概述王诜作品收藏情况：昔人云“书中唐模，画中北宋”，得之便足自豪。驸马都尉王晋卿，北宋中巨擘也。其遗迹最烜赫者为《烟江叠嶂图》，次之为《瀛山图》。陈眉公云《烟江卷》旧藏王元美家，余曾见于万卷楼下，后转质虞山严氏，遂如泥牛下海。董文敏云《瀛山图》在嘉禾项氏，惜不戒于火，已归天上。余二十年前于棠村梁相国斋中见设色一幛，相传为晋卿笔，恐尚未确。都尉风流殆随云烟灭没尽矣。
>
> 2.叙述《渔村小雪图》的收藏轨迹：《渔村小雪卷》载《宣和画谱》，历代藏弆御府，鼎革时为沧州戴侍郎岩荦所得，侍郎殁，其后人求售辇下。乌目山人王石谷购作枕中秘，康熙庚辰正月，山人来吴，出以相夸，为之叫绝。

① 温肇桐：《清初名画家王翚、吴历年表》，《南京艺术学院学报》（美术与设计版）1982年第3期。

> 3.评《渔村小雪图》：按晋卿画源本营丘，此卷清苍秀润，人物林木大类摩诘，尺幅中具有雅人深致，非宽范醉许可比，瘦金题字宛然，玺印累累，诚希世之珍也。夫汉碑在人世，略可指数，《曹全碑》晚出，顿焕人耳目，此卷得毋类是。[①]

这段跋文中的“戴侍郎岩荦”就是前文提到的戴明说。

跋文后盖了一方“商丘宋荦审定真迹”的印章，以及宋荦之子宋至的“纬萧草堂画记”一印。有人据此说王石谷的《渔村小雪图》被宋荦赚去，但是证据并不充足，仍然无法确定王石谷所称的这位“好事者”是不是宋荦。之后，有清晰线索的是画又落入年羹尧（1679—1726）之手。

（六）年羹尧收藏、题跋

年羹尧给《渔村小雪图》题了一段跋文：

> 米元章每笑王晋卿多收藏赝物，以我论之，如此手笔，亦具绝顶智慧，其赏鉴当不大谬，岂米老好为颠语耶？双峰年羹尧。

此段跋文没有落年款，不知写于何时。

王石谷故去九年后，也就是1725年，年羹尧被雍正帝削夺官爵，次年被赐自尽，财物被籍没官府。

（七）乾隆及清臣题跋

1745年，《石渠宝笈》成书时，《渔村小雪图》已编入收藏目录中，被编排在“画卷上等”栏目中，这个栏目中的上等画一共才15件。相比《宣和画谱》，《石渠宝笈》的著录要详细得多，它记载了作品的材质、装裱、印章，以及宋荦的题跋及其尺寸。但是还没有被乾隆皇帝题跋。差不多十年后（甲戌年，1754），乾隆皇帝才在《渔村小雪图》的画芯上题了长诗，其诗以苏轼在王诜的《烟江叠嶂图》所题诗的韵脚相和。乾隆又约了一班文臣玩起了唱和活动，参与者有蒋溥、刘统勋、汪由敦、裘日修、刘纶、观保、彭启丰、于敏中、董邦达（1696—1769）、金德瑛、王际华、钱汝诚。

① 《清代诗文集汇编》编纂委员会编：《清代诗文集汇编》第135册《西陂类稿》，上海古籍出版社2010年版，第323页。

（八）流出清宫

《渔村小雪图》在清宫廷一直保存到清朝灭亡。清亡后，《渔村小雪图》以及其他许多清宫藏画被溥仪带出宫，其名出现于1934年出版的《故宫已佚书籍书画目录》中。在《溥仪赏溥杰宫中古籍及书画目录》中，王诜的《渔村小雪图》编号为“永字三百三十九号”[①]。

后《渔村小雪图》又再度流入庙市，在一份名为《焦序生从1946年至1948年经手收买到的伪满皇宫散失书画目录》[②]中，有王诜的《渔村小雪图》，目录中的名称为“王诜渔村小雪图手卷”。不久又经过了王恩庆和靳伯声（1901—1967）之手，最后于1950年归于惠孝同（1902—1979）。

（九）惠孝同收藏、题跋

据杨仁恺先生的《国宝沉浮录》记载：

> 再如他本人手中的一件南宋画院待诏李嵩所绘《货郎图》绝品，绢本设色，作于宋宁宗嘉定辛未（四年），又通过靳蕴清转售北京画家惠孝同（均），五十年代中，连同北宋王诜《渔村小雪图》一并价让北京故宫博物院。收入黄金不少，当然不是他原先所能料到的。

上述这段文字中的“他”指的是王恩庆，他在新中国成立后一直从事《故宫已佚书籍书画目录》中的字画买卖。这段话的表述不是很清楚，不知道后来归于惠孝同的《渔村小雪图》是不是也曾经王恩庆之手。是谁收入黄金不少，是谁原先没有料到，都没有表述清楚。总之不久，《货郎图》和《渔村小雪图》都到了惠孝同之手，并且也最后归入故宫博物院。

惠孝同，原名惠均，字孝同，号柘湖。父亲曾任清内务府总管。惠孝同曾拜金城为师，是松风画会和湖社的重要成员，后成为北京中国画院画家。《渔村小雪图》中有两段尾跋，其一落款为“均”，其二落款为“柘湖”，这都是惠孝同题的跋文。

惠孝同在《谈王诜和他的〈渔村小雪图〉》中说《渔村小雪图》是由“北京商人”购回，

---

① 王文锋：《末代皇帝溥仪与国宝》，群众出版社2015年版，第342页。

② 王文锋：《末代皇帝溥仪与国宝》，群众出版社2015年版，第202页。

这位商人很可能是论文斋靳伯声。靳伯声，是新中国成立前后活跃于京津地区的字画商，他曾从“八大公司”购买过许多重要古字画，也有隐约的线索说明《渔村小雪图》曾经过他的手。

惠孝同于1950年购得《渔村小雪图》。朱省斋（1902—1970）曾在《王诜〈渔村小雪图〉》[①] 中说“今吾友得此，诚足自豪也”。不知道这个“吾友”是不是指惠孝同。惠孝同在画上和了两首诗，题了两段跋文，并请张伯驹也和了一首诗。

1950年对于古文物界来说是个非常重要的时间点，因为在此前和此后，国内掀起了回收传统重要文物的活动。惠孝同也配合活动，前前后后连卖带捐地交出了好几幅字画，但《渔村小雪图》一直宝藏着，直到后来才脱手给了故宫。

（十）故宫收藏

在2017年北京泰和嘉成拍卖有限公司春季艺术品拍卖会上，有一份惠孝同的写本，似乎是一份交代材料，写于1966年，其中有一条是关于《渔村小雪图》的：

> 宋王诜《渔村小雪图》卷，是由文物商店宝古斋靳伯声经手的，价两万元，付宝古斋手续费两千元，实得一万八千元，也都是经过评价和正式手续的。
>
> ……
>
> 王诜《渔村小雪》卷，旧币八千万元，约合黄金五条。

自此，《渔村小雪图》重新归入“御府”故宫博物院。

二、《渔村小雪图》的传播：几卷临本和重要展览

（一）王石谷仿本（图2）

王石谷拥有《渔村小雪图》的时间并不长，应不超过8年，至少到康熙四十七年（1708）时，此画已经易主。王石谷只好自己再画了一幅。据张珩的《木雁斋书画鉴赏笔记》[②] 记载，王石谷仿的《渔村小雪图》情形如下：

① 朱省斋：《朱省斋文选（六）王诜〈渔村小雪图〉》，《紫禁城》2009年第7期。

② 张珩：《木雁斋书画鉴赏笔记》，上海书画出版社2015年版，第1423页。

图2 王翚《渔村小雪图》轴，纸本设色，129cm × 63cm，1708年，广东省博物馆藏

馆藏：渠楚南旧藏

材质尺寸：纸本，高一百二十九公分，宽六二·八公分。淡设色。

画面内容：画沿溪坡石上老树十余，枯枝残叶，意态萧疏。溪中渔舟二，大者撒网，小者垂钩，舟旁水鸭成群，浮游觅食。稍上竹林茂盛，烟霭微茫中略见茅舍，右侧板桥跨溪，其上流泉飞瀑。数处林木蓊翳，峰峦重叠。

点评：此图以水墨烘染状初雪景象，惟竹树点绿施朱，浓淡参差，虽云摹拟，实出自运。大凡石谷稍晚虽觉工整琐屑，而耐细看，通幅似觉平凡，拆而观之，则处处见工，如此幅者是也。自题小行书四行，在右上角。戊子为康熙四十七年(1708)，时七十七岁。

钤印：虞海(朱文)，允中所得金石书画(白文)，宫子行玉父共欣赏(朱文)，徐氏珍藏(白文)，来青阁(朱文)，腥樵雅趣(白文)。玉印右下角。

王翚跋文：王晋卿《渔村小雪》全师李、郭，妙绝千古，有宋徽宗标题。余从京师购归，惜为好事者(眉批：此云好事者，乃宋牧仲也)攫去，不可复睹，徒切往来胸臆。此追用大意为之。戊子闰月望日，耕烟散人王翚识。

钤印：王翚之印(白文)，耕烟野老时年七十有七(白文)，致和藏(朱文)，耕岩所得(白文)，藏之名山(朱文)，包良训印(白文)，松溪珍赏(白文)。五小印左下角。

此画曾被山西祁县票商渠楚南、民国收藏家张允中(1881—1960?)、包良训、惠孝同收藏过，现藏于广东省博物馆。

按画的尺寸，王石谷并非临仿了王诜《渔村小雪图》的原作，原作是手卷，而王石谷的是立轴。王石谷无法临原本是因为此时王诜原作已经被“好事者”攫去，他只好“追用大意为之”。内容也有了很大的改变,原作中没有“舟旁水鸭成群,浮游觅食”。正如张珩所评，王石谷的临本“虽云摹拟，实出自运”。

王石谷虽然临过王诜的其他作品，也仿了《渔村小雪图》，但是，诚如杨仁恺先生所说：

(《渔村小雪图》)原为宣和裱，后有年羹尧一题，曾为王石谷之“枕中秘”，惟王画中无一笔似晋卿，殊可怪也。[1]

(二)董邦达仿王诜《渔村小雪卷》(图3-1、图3-2)

图3-1 (清)董邦达仿王诜《渔村小雪图》局部1

图3-2 (清)董邦达仿王诜《渔村小雪图》局部2

董邦达，浙江富阳人，雍正十一年进士，乾隆二年授编修，曾参与《石渠宝笈》《秘殿珠林》《西清古鉴》等大型典籍的编修工作。董邦达工书、善画，长于临仿古画，是乾隆皇帝比较喜欢的台阁书画家，乾隆还为董邦达的很多书画题过诗。

董邦达临完《渔村小雪图》后，乾隆皇帝为此题了一首诗：

蛤粉轻匀貌雪姿，不教留白袭前为。
别传宝绘堂中法，宛见富春滩上时。
雁阵惊寒犹个个，渔蓑耐冻故披披。
苍松强项撑云表，是客星耶系我思。

诗中的“不教留白袭前为”指的是《渔村小雪图》所用的破墨法和晕染法，改变古人留白的旧法。“宝绘堂中法”，指的是王诜的宝绘堂，借指董邦达得王诜之笔法。

董邦达的《仿王诜〈渔村小雪图〉》被收入清宫，后来被溥仪带往长春伪满皇宫，在《溥仪赏溥杰宫中古籍及书画目录》中，董邦达的《仿王诜〈渔村小雪图〉》编号为

① 杨仁恺：《故宫已佚书画见闻及其考证(手稿)》，《辽宁省博物馆馆刊》2007年第00期。

“一百二十四号”[①]。后散落民间。1972年，经过细致考察，得知此卷仿画与其他几件重要的清宫旧藏作品都在长春市五十三中学教师王世宜手中[②]，吉林省博物馆于是将之征集入馆。

相比王石谷，董邦达很幸运，他是看着王诜的原作临仿的。但他也是有压力的，因为临仿之后要给乾隆皇帝看。所以我们现在看到董邦达临的《渔村小雪图》是非常严谨的。画芯上有横题“仿王诜《渔村小雪图》”8个字。

（三）惠孝同师生临仿

《渔村小雪图》被惠孝同收藏后，据他自己称是将《渔村小雪图》“座右以备朝夕临摹之资”。此画也成为惠孝同教学生们的教材，学习者多半都被要求临仿《渔村小雪图》。冯骥才曾跟随惠孝同画过画，他在回忆文中写道：

> 我的一位老师惠孝同先生是湖社的画师，也是位书画的大藏家，私藏中不少国宝。他住在北京王府井的大甜水井胡同。我上中学时逢到假期就跑到他家临摹古画。惠老师待我情同慈父，像郭熙的《寒林图》和王诜的《渔村小雪图》这些绝世珍品，都肯拿出来，叫我临摹真迹。[③]

惠孝同进入北京中国画院（今北京画院）后，也经常让学生看原作，并要求学生临仿《渔村小雪图》。虽然看到原作的人数是有限的，但效果却是最好的。再如白雪石教学生山水画，一般情况下，是画家到课堂上给学生讲课、演示，如惠孝同的小青绿，秦仲文的逆锋皴法，胡佩衡的焦墨重彩，但有时画家也会没有时间去课堂，白雪石就会带学生去一些画家的家里学习。在惠孝同家里一般都会看到他所收藏的古代经典作品。

（四）孙天牧（1911—2010）临本（图4）

1953年，荣宝斋出于保护经典艺术品之初衷，决定对传统经典名画做水印木刻。由于无法用原作进行水印木刻，荣宝斋于是开启了临摹复制历代名家字画的工程。首

---

① 王文锋：《末代皇帝溥仪与国宝》，群众出版社2015年版，第337页。

② 王文锋：《末代皇帝溥仪与国宝》，群众出版社2015年版，第258页。

③ 冯骥才：《我与〈清明上河图〉的故事》，载《冯骥才散文精选》，长江文艺出版社2015年版，第154页。

图4　孙天牧临《渔村小雪图》

批作品是藏于故宫博物院和东北博物馆（今辽宁省博物馆）的经典作品。参与此次临摹的画家均是当时有较好传统功底的画家，根据每个画家的特点来分配任务，如金振之先生临摹唐周昉的《簪花仕女图》，于非闇先生临摹宋徽宗的《瑞鹤图》，冯忠莲临摹张萱的《虢国夫人游春图》等。

《渔村小雪图》也在被临摹的表单中，但作品仍在惠孝同手上。惠孝同与时任荣宝斋编辑科科长的董寿平私交甚好，于是将珍藏的《渔村小雪图》借与荣宝斋，“一借就是两年”①。

由于《渔村小雪图》并非工笔山水，不以线为主，而是有水墨晕染，且极为细腻丰富，如何用木版水印的工艺来处理，当时还是个未解的难题，因此需要先临出副本。负责临摹《渔村小雪图》的是山水画家孙天牧。

孙天牧，山东莱阳人。1937年拜陈少梅为师，1953年加入北京中国画研究会，先后应聘至沈阳博物馆、北京荣宝斋、故宫博物院等单位复制古画。1956年，孙天牧被调入北京荣宝斋工作，参与故宫藏画临摹活动。在三年时间里，完成了王诜的《渔村

① 米景扬：《我在荣宝斋40年》，北京出版社2014年版，第207页。

小雪图》《玉楼春思图》，马远的《梅石溪凫图》，惠崇的《沙汀烟树图》和萧照的《秋山红树图》，赵孟頫的《秋郊饮马图》和《雪江买鱼图》，陈居中的《四羊图》，赵仲穆的《寒江澄月图》。孙天牧在临摹时，由米景扬负责原作的进库与出库，“原作装入特制的盒子，由我负责，早晨搬出，晚上锁好”①。据称孙天牧所临摹的《渔村小雪图》后被收入故宫。

（五）王兰若（1911—2015）临本（图5）

1969年，广东画家王兰若临摹了宋王诜《渔村小雪图》长卷。王兰若，广东揭阳人。1935年毕业于上海美专国画系。其临仿也是忠于原作，不知道王兰若是如何能将已经藏于故宫的国宝级作品取出来临摹的。王兰若临仿的《渔村小雪图》现藏于广东省美术馆。

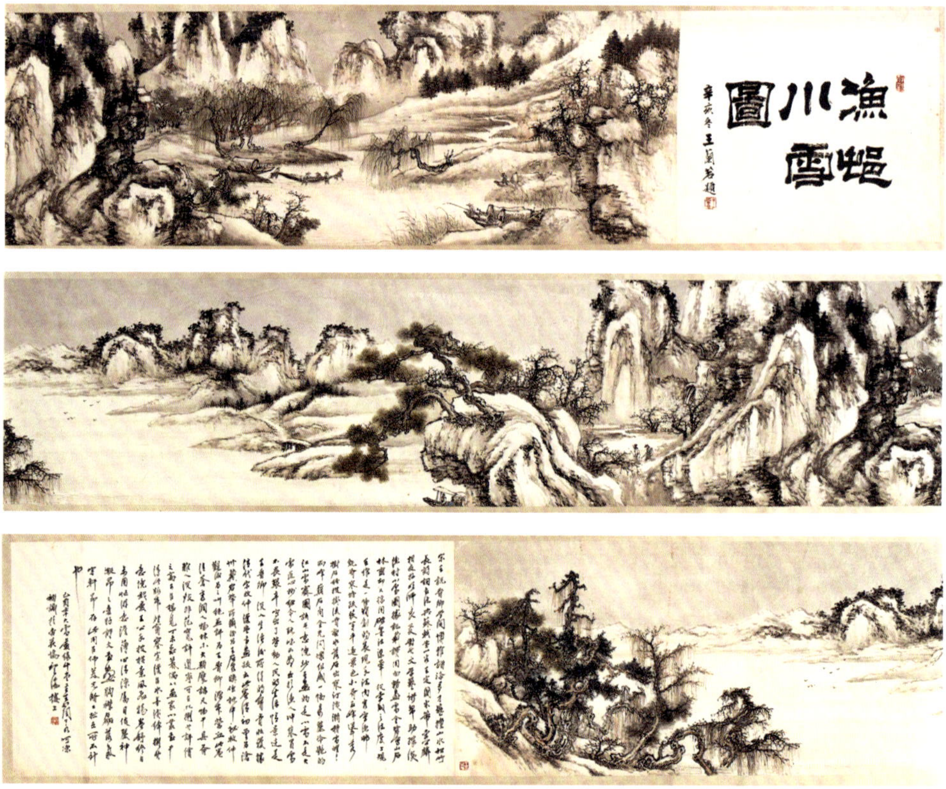

图5 王兰若临《渔村小雪图》，纸本设色，40cm × 430cm，广东省博物馆藏

① 米景扬：《我在荣宝斋40年》，北京出版社2014年版，第97页。

（六）参与“伟大的祖国文物展”

新中国成立后，《渔村小雪图》参加的第一个展览是郑振铎主持策划的“伟大的祖国文物展”。

1949年后，时任国家文物局局长的郑振铎通过多方努力，将抗日战争时期南迁到南京的万余箱故宫文物回迁到北京故宫，并于1953年组织了一次大规模的“伟大的祖国文物展”。这次展览除了原来属于故宫的文物，还有散落在民间的经典文物，几乎件件都是重量级的珍贵文物。《渔村小雪图》此时属于惠孝同，郑振铎借了参加此次展览，同时被借的还有李嵩的《货郎图》。此次展览可谓盛况空前，很多画家大饱眼福。

> 使我惊叹的是已知故宫一部分重要宝物包括书画名迹早运去台湾，现在短短的数年内，又能展出这样丰美的古代精品！如东晋顾恺之的《洛神赋图》…… 王诜的《渔村小雪图》。[①]

所有的展品，包括《渔村小雪图》都刊载于《伟大的艺术传统图录》之内。

《伟大的艺术传统图录》是新中国成立初期有代表性的中国艺术史图录，其编印目的如下：

> 如晚周帛画，辽阳汉墓壁画，隋代展子虔“游春图”，孙位“高逸图”，王诜“渔村小雪图”，韩滉“文苑图”等，均为以前从未见过的。应该把它们介绍出来，使国外对新中国珍视、爱护古代文物有新的看法，澄清帝国主义和敌人的污蔑。因而预备着手编印一部《伟大的艺术传统图录》。[②]

图录按年代共分为12辑，其中宋辽金合为2辑。每辑图录合装在一个牛皮纸袋里，收录了各时期有代表性的艺术品共198件。《渔村小雪图》在第六辑（宋辽金一），第七图则是《渔村小雪图》，给予此画的图版量最多，从第9至第15都是《渔村小雪图》，其著录为：

---

① 《紫禁城》杂志社编：《故宫新语》，上海文化出版社1984年版，第96页。

② 刘哲民编注：《郑振铎书简》，学林出版社1984年版，第241页。

第七图 王诜：渔村小雪图卷。（王诜字晋卿，太原人，徙开封。尚英宗女魏国大公主，赠昭化节度使，谥荣安。性嗜书画，作堂曰宝绘，藏古今书画颇富。画山水，清润可爱，不古不今，自成一家。此卷峰峦松石，柳荻、汀洲，均布置有法。）[①]

图录出版后受到极大的欢迎，一版再版，对中国传统艺术的传播起到了较大的作用。

（七）参加北京中国画院成立展

1957年，在周恩来总理的支持下成立了北京中国画院（今北京画院），并在当时的帅府园美协展览馆举行了国画展，《渔村小雪图》是当时的重要展品。朱省斋也受邀参观展览，时任北京中国画院的院长叶恭绰接待了他。朱省斋在回忆中写到他所看到的展品：

我所最感兴趣的是古人作品，这里面有鼎鼎大名的宋徽宗《雪江归棹图》卷（张伯驹藏）和王诜《渔村小雪图》卷（惠孝同藏），可以称是稀世之宝。[②]

（八）参加故宫400周年纪念、“十大画家纪念展览”

1961年3月，故宫为纪念建宫400周年于绘画馆举行了“十大画家纪念展览”，十位画家分别是顾恺之、李思训、王诜、李公麟、米芾、米友仁、倪瓒、王绂、徐渭、朱耷。对于此次展览，美术史家胡蛮回忆道：

王晋卿《渔村小雪》图，水墨写意有现实感。王孟端的“竹”好，山水赶不上倪云林。看完后觉得这些系统展览对研究绘画发展很方便，一目了然。[③]

4月15日，胡蛮又到故宫重新重点细看了几幅画，其中有一幅就是王诜的《渔村小雪图》。

展览期间还举行了座谈会，重点分析了《渔村小雪图》的技法和意境。

---

① 郑振铎编：《伟大的艺术传统图录》，生活·读书·新知三联书店1989年版，第79页。

② 朱省斋：《北京十日》，载谢其章编《朴园日记》，海豚出版社2012年版，第129页。

③ 胡蛮著，康乐编：《胡蛮记新中国美术活动》，中国书店2014年版，第298页。

（九）参加“晋唐宋元书画国宝展”

2002年12月1日—2003年1月6日，故宫博物院、辽宁省博物馆、上海博物馆在上海举办了“晋唐宋元书画国宝展”，共展出了72件国宝级的书画作品，此次展览是新中国成立以来最高级别的古代书画展。在此次展览中，王诜两件重量级的作品《渔村小雪图》和《烟江叠嶂图》同馆展出，可谓书画界的旷世盛事。一些山水画家受益匪浅，考虑山水画“应该画什么，究竟如何画”[①]。

（十）在中国美术史中的传播

随着照相和印刷技术的迅猛发展，《渔村小雪图》被大量复制和传播，凡是介绍中国传统绘画的书籍和画册，几乎都会有《渔村小雪图》，如《中国最美的100传世名画》[②]有一节是《诗画一律的典范——〈渔村小雪图〉》，周卫明、徐建融编著的《中国历代绘画精品100幅赏析》[③]，陈少丰等编著的《中国美术史教学纲要》[④]，郭味蕖等著的《中国古代十大画家》[⑤]，徐邦达编的《中国绘画史图录》[⑥]，张光福编著的《中国美术史》[⑦]，黄宗贤著《中国美术史纲要》[⑧]，张大鸣、高峰主编的《珍本中国美术全集》[⑨]，徐书城著《中国绘画断代史 宋代绘画》[⑩]，杨建峰编的《中国山水画全集》[⑪]，卢辅圣主编的《中国山水画通史》[⑫]，阮荣春等著的《中国美术史》[⑬]，牛志高主编的《中国历代名家作品精选 历代山水》[⑭]，等等。

---

① 《上海文化年鉴》编辑部编：《上海文化年鉴（2003）》，《上海文化年鉴》编辑部2003年版，第3页。

② 《图说天下·国学书院系列》编委会编：《中国最美的100传世名画》，吉林出版集团有限责任公司2008年版，第8页。

③ 周卫明、徐建融编著：《中国历代绘画精品100幅赏析》，山东科学技术出版社1995年版，第40页。

④ 陈少丰等编著：《中国美术史教学纲要》，中央美术学院美术史系、广州美术学院教务处1979年版。

⑤ 郭味蕖等：《中国古代十大画家》，香港文苑书屋1979年版。

⑥ 徐邦达编：《中国绘画史图录（上）》，上海人民美术出版社1981年版。

⑦ 张光福编著：《中国美术史》，知识出版社1982年版。

⑧ 黄宗贤：《 中国美术史纲要》，西南师范大学出版社1993年版。

⑨ 张大鸣、高峰主编：《珍本中国美术全集（上）》，中国对外翻译出版公司1999年版。

⑩ 徐书城：《中国绘画断代史 宋代绘画》，人民美术出版社2004年版。

⑪ 杨建峰编：《中国山水画全集（上）》，外文出版社2011年版。

⑫ 卢辅圣主编：《中国山水画通史（上）》，上海书画出版社2014年版。

⑬ 阮荣春等编著：《中国美术史》，辽宁美术出版社2015年版。

⑭ 牛志高主编：《中国历代名家作品精选 历代山水》，安徽美术出版社2015年版。

（十一）在美术院校里的传播

《渔村小雪图》最广泛、最有效果的传播方式应该算是在美术课堂上。早在王逊所编辑的《中国美术史讲义》[①] 中，就有关于《渔村小雪图》的详细描述。

改革开放以后，随着高校美术教育和印刷品的发展，《渔村小雪图》逐渐得到广泛传播，临仿者也越来越多。如王盛烈 1985 年在鲁迅美术学院组织成人山水画学习班，其中古画临摹学习作品就有《渔村小雪图》。山水画家孙恩同（1923—　）在山水画教学中也要求学生临仿《渔村小雪图》：

> 后来孙恩同回到教学岗位，也教学生认真临摹，从中体悟传统绘画的精髓。来自朝阳的李刚在孙恩同指导下，把《溪山清远图》《渔村小雪》《雪景寒村》等苦临了多遍。[②]

另外，像中国美术学院、中央美术学院等高等美术学院的山水画教学任务中，《渔村小雪图》俱为必临作品。

三、《渔村小雪图》的研究：技法与意境

（一）惠孝同的《谈王诜和他的〈渔村小雪图卷〉》

在当代研究成果中，关于《渔村小雪图》的第一篇研究文章是惠孝同写的。

> 惠孝同作为一位复古派的山水画家，他获得《渔村小雪图》后，其心情与王石谷无异，甚是珍爱。他曾写了一篇题为《谈王诜和他的〈渔村小雪图卷〉》的文章，先是发表于《中国画》创刊号上 [③]，后又发表于《光明日报》上 [④]，接着又被转载于《故宫博物院藏宝录》[⑤]，以及《紫禁城》[⑥] 上。

---

① 王逊：《中国美术史讲义》，中央美术学院 1956 年版。

② 罗文华主编：《中国艺术》，中国国际艺术出版社 2008 年版，第 122 页。

③ 惠孝同：《谈王诜和他的〈渔村小雪图卷〉》，《中国画》1957 年第 1 期。

④ 惠孝同：《从〈渔村小雪图〉谈王诜的艺术才能》，《光明日报》1961 年 4 月 6 日。

⑤ 惠孝同：《谈王诜和他的〈渔村小雪图〉》，载《故宫博物院藏宝录》，上海文艺出版社、三联书店香港分店 1986 年版。

⑥ 惠孝同：《谈王诜和他的〈渔村小雪图〉》，《紫禁城》2007 年第 6 期。

《渔村小雪图》在《中国画》创刊号上的刊载标志着此卷绘画正式进入新时代的研究领域。惠孝同的这篇文章谈到了如下几个问题：

1．王诜的历史和他的画派
2．《石渠宝笈》所载王诜的四卷画
3．《渔村小雪》卷的介绍
4．关于《渔村小雪》卷的题跋和著录
5．《渔村小雪》卷的流传经过
6．对于《渔村小雪》卷错误记载的分析

从文章所谈的几个方面来看，可以看出当时特殊情形下作者的关注点。由于传统国画只是在小众圈子里传播，《中国画》的发行意味着传统绘画有了普及的园地，爱好或不爱好绘画的人都可以通过《中国画》了解传统绘画，所以惠孝同介绍了王诜的历史和画派。

关于第二点，《宣和书谱》著录王诜作品一共有35件，但到清代编修《石渠宝笈》时，只有4件。惠孝同是一位山水画家，他关注的是可以看得到的作品，至于看不到的作品，猜测都是白搭。关于第三点，以往的书画著录和题跋一般都不涉及作品的具体内容，而惠孝同详细介绍了作品内容，这对于看到过作品的人来说，并不重要，但对于没有看到过作品，或者将来出现同名作品需要鉴别时是非常有帮助的。关于第四、五、六点，它们所涉及的问题是作品的鉴藏。第六点还专门对宋徽宗的题签作了说明，徽宗题签只有6个字“王诜　渔村小雪”，并无“图”字，但是有著录并不严谨，多加了一个“图”字。这也就是惠孝同在全篇文章中只将“渔村小雪”作为作品的名称，将“卷”字放在题目之外的原因。

严格来说，惠孝同的这篇文章并不算是真正意义上的“研究”文章，因为他并未试图解决什么问题，他所谈到的问题都是画面和题跋上所原有的内容。也许基于此，惠孝同在标题上用的是“谈”，而不是“研究”。但是，这种方式也是中国美术史论文写作的基本方式。

（二）技法研究

在惠孝同之后，对《渔村小雪图》的系统研究并不多，大部分都是零碎的片段。然而尽管如此，这些碎片里还是有不少闪光的认知，概括起来有两点：一是技法上的研究，二是对画境的研究。

对技法的研究成果几乎都不会有太多完整的学术论文，因为对技法的认知多半是临习者的个人心得体会，是碎片式的、不成逻辑的，然而却是最触及绘画本体的研究。

从比较宽泛的视角来说，《渔村小雪图》自从进入收藏与流传领域以来，其技法就被有幸接触到它的人所关注，如前文提到的几位收藏者。

文徵明评价极高，认为“画法苍秀，绝类右丞，而设色又拟李云麾父子。至于布置得宜，种种合度，非寻常畦径可及也，诚为希世之宝”。

戴明说认为《渔村小雪图》“笔法全学李、郭，直接右丞一派而结构精密过之”，王石谷认为“《渔村图》峰峦树石皴染气韵，下笔沉着，溪壑深邃，映带渔村，芦荻柳岸沙汀，一一尽致逼真，李郭派的此种风格”，宋荦认为“按晋卿画源本营丘，此卷清苍秀润，人物林木大类摩诘，尺幅中具有雅人深致，非宽范醉许可比”。

惠孝同在跋文中写道：

> 此卷宗法李成，与《读碑窠石》同一脉络而郭熙《早春图》、许道宁《高头渔父卷》皆为一家眷属，实千载学者所当奉为圭臬，况弹粉钩金，不施青绿，重色如《簪花仕女》，自具世外高标，非东施所能效颦者耶？

总之，他们评论的重点就围绕在如下三个方面：一是与王维的关系，二是与李成的关系，三是王诜的个人成就。他们总是试图从王诜的作品里找到王维和李成的痕迹，而王诜作品的表象的确又为他们提供了许多证据，可是当他们深入考究时，却发现王诜作品技法的终点还是通向王诜本人。这样的体会，在20世纪研究者中，孙天牧和谢稚柳两位算典型代表。

孙天牧在为荣宝斋临仿《渔村小雪图》时有一段文字记录了出人意料的体会：

> 有一天董寿平和我研究临摹《渔村小雪图》时，我们感到原作者王晋卿的笔法确有特别之处。我用放大镜仔细观察，怎么看都是郭熙云头皴的笔法。然而在实际演示时却又大相径庭。那一段时间，我回到家也不停地用郭熙的曲线用笔画了无数张草图，尽管已经很像了，但总觉得没有达到王晋卿笔法的要旨。一天老伴多次催我去吃饭，匆忙间我将最后一笔不经意地拖长了一些。饭毕回来一看眼前一亮。那加长了的曲线笔迹不正是王晋卿的《渔村小雪图》的用笔之道吗！经过演示后达到了天衣无缝、别无二致的程度。①

这段文字中“怎么看都是郭熙云头皴的笔法。然而在实际演示时却又大相径庭”非常有意思，它道出了艺术个体的独特性，如果《渔村小雪图》的笔法都是郭熙的，王诜又如何成为王诜？而要探究出两者的不一样，还必须从艺术本体入手，凡是泛泛观画的，都不能得到答案。孙天牧因为用心很深，所以才能在偶然中找到技法与艺术家心性上相通的关窍,他所说的“匆忙间我将最后一笔不经意地拖长了一些”,才能得来全不费功夫。

谢稚柳是一位画家兼鉴定家，他收藏过王诜的《烟江叠嶂图》，为了弄清楚作品的真伪，谢稚柳对王诜的作品进行过入木三分、掘地数尺的研究，其中重点就在笔法上。他在《李成考》中写道：

> 黄山谷说，郭熙在苏才翁家临摹李成《六幅骤雨》，从此笔力大进。而米芾分析王诜的画派，说是金碧和水墨平远，“皆李成法也”。应该指出，郭与王的画笔是有一定距离的。各人自己独立的风格，首先在于郭的用笔壮健而气格雄厚，它有圆笔中锋的含蓄性。王的用笔，尖俏而气格爽利，它有圆笔尖锋的暴露性。这是两人的基本分野之处，从而形成各自的风骨体貌，然而在铺陈习性，描绘形体这几方面，两人却有较多的相通之处。
>
> 有一个例子，可以说明这一点。《溪山秋霁图》，是历见著录的郭熙画笔，为元代倪瓒、柯九思，明代文嘉、王穉登、董其昌这些著名的鉴定家所公认。然而，《溪山秋霁图》却不是郭熙而为王诜的手笔。……但是，问题在于何以郭与王产生这样张冠李戴的事，正暴露了一个客观存在的问题，问题说明正在于铺陈习性，描绘形体这几方面的相通之处，因而把王诜当作郭熙了。因此，可以设想，郭与王的相通之处，其中就有李成。②

① 孙天牧口述，孙树德整理：《我和荣宝斋》。

② 谢稚柳：《李成考》，载《鉴余杂稿·中国古代书画品鉴（增订本）》，上海人民出版社2016年版，第108页。

引用这么长一段话，主要是想对谢稚柳的研究背景有更多了解，而其重点在“问题说明正在于铺陈习性，描绘形体这几方面的相通之处，因而把王诜当作郭熙了。因此，可以设想，郭与王的相通之处，其中就有李成”。

谢稚柳在王诜的《烟江叠嶂图》跋文中表达了与上文相同的观点。

另外，谢稚柳在《郭熙、王诜合集序》中再次说道：

> 王诜的笔势，真所谓“毫锋颖脱”。又王诜《渔村小雪图》中的松叶，真所谓“如攒针”。在王诜的画笔中，这应该都是李成的消息。郭与王的画松，尽管用笔有二，但体貌习性是相类的，整个的“气象”，也是相类的。在总的看来，王诜之于李成，较之郭熙似更亲切些。[①]

谢稚柳作为一位研究王诜的资深专家兼著名的山水画家，他的观点代表了很多人的看法，如：

> 如果我们细研王诜的《渔村小雪图卷》《烟江叠嶂图》不难发现，画中大实大虚，雾霭迷蒙，如梦似烟的处理方式和意境营造已开南宋马远、夏圭小景山水之端倪。……他在北宋院体画和文人画之间起着融合与桥梁作用。比如，宋徽宗有的山水画就直接借鉴或受到王诜作品的启发，这从现藏北京故宫博物院的《雪江归棹图》与《渔村小雪图》得以窥见。[②]
>
> 《渔村小雪》笔法全学李成、郭熙，直接右丞一派．而结构精密过之。山坳石面都以墨青渲染．阴森之气凛然，树头、沙脚、峰顶、岚尖，纯用粉笔烘渍，自觉晃曜夺目，汀洲杨柳，渚岸芦苇，夹叶金点宛然．雪消日霁，光华荡漾也。[③]
>
> 王诜《渔村小雪图》中的松树用锐利的尖笔勾写出松针，显得清爽而劲朗，而这正是李成“毫锋颖脱”与“画松叶谓之攒针”的特征。[④]

以及：

---

① 谢稚柳：《郭熙、王诜合集序》，载《鉴余杂稿·中国古代书画品鉴（增订本）》，上海人民出版社2016年版，第194页。

② 张荣国：《王诜〈烟江叠嶂图〉研究》，上海人民出版社2016年版。

③ 吴宪生、王经春主编：《中国历代名家技法集萃：山水卷·石法》，山东美术出版社2012年版。

④ 陈传席、顾平、杭春晓：《中国画山文化》，天津人民美术出版社2005年版，第120页。

> 王诜的《渔村小雪图》画积雪破墨，飞流泉湍，渔人冒着严寒下网，他的用笔是尖而较小，圆劲而秀润，富有尖锋酌暴露性，因此是接近李成的清秀隽峭的风格，但在某些地方也有范宽的粗壮圆厚。①

此外，关于《渔村小雪图》还有研究得更具体的技法，其中较为详细的有《中国历代山水画技法评析》，谈到了“点景法”“树法”“云水法”“山石法”，占用的篇幅都比较大，如谈到手卷形式的章法时，作如下分析：

> 王诜先在中心偏右的位置上放置左倾的“物形气化”巨石，画面先取斜势；同样因势利导，石上设定左倾的两棵“宗老”：一棵指向右侧虚空、引气脉向右势上升，上接天气；一棵指向虚幻的水面，引气动向左下势，下达地气；并虚“隔”开整张画面的左右两大块，右为实形，而左为虚形，为大章法。②

有人研究了色彩，如陈兆复在谈到“随类赋彩”时就用了《渔村小雪图》所说：

> 王诜的《渔村小雪图》画的是冬末早春的景物，只在树木和道具上用极淡的赭石，所谓“浅释”真是浅得很，而在水天之间渲染了许多墨青，峰峦林顶还傅了薄薄的白粉，加强雪后阴寒的气氛。此外，又用金线勾勒溪边的柳条和芦苇，反映出微露的阳光，这样就将一个欲晴未晴的小雪景象描写得淋漓尽致。③

再如：

> 在唐代的金碧山水画中，金属颜料已成为中国绘画材料中不可缺少的组成部分，米芾的《画史》中记载：“立本画皆着色，用细屑银作月色布地。”宋王诜的《渔村小雪图》用金线勾勒溪边的柳条和芦苇，反映出微露的阳光，将一个欲晴未晴的小雪景象描绘得淋漓尽致。④

---

① 郑重：《积雪破墨的奇观——王诜〈渔村小雪图〉》，载《美术欣赏》，四川人民出版社1986年版，第152页。

② 李钢、朱佳妮、谈佳洁：《中国历代山水画技法评析》，上海人民出版社2012年版，第104页。

③ 陈兆复：《中国画研究》，丹青图书有限公司1988年版，第154页。

④ 姚青华编著：《中国历代山水名作技法解析》，经济管理出版社2014年版，第29页。

有人研究光，如：

> 王诜在山石上特别是在山头部分的用墨相当明亮，山坳石面皆以墨青渲染，呈阴冷气氛，树头、河脚、峰顶、风光，纯用粉笔烘渍，颇为晃耀。[①]
>
> 北宋王诜的代表作品《渔村小雪图》描绘了初冬小雪后渔民捕鱼的景象。整幅画以爽利通透的笔墨，于山头略施白粉，描绘出一派晶莹剔透的雪后冰山反照的绚烂景色。[②]

类似研究成果非常多。

（三）画境研究

王诜因其特殊的文艺修养而被视为北宋文人画队伍中的代表，《渔村小雪图》笔墨劲秀，意境清幽天然，因而被后人目为文人画兴起的标志。

研究者将《渔村小雪图》视为文人画的代表作，主要是从两个方面来说的：一是笔墨，二是画境。

从笔墨来说，苏轼评价王诜"得破墨三昧"，有人认为王诜：

> 作画兼擅水墨山水和青绿山水，画幅中既有文人画幽雅清润的诗意，又有细腻华贵的贵族气息。[③]
>
> 《渔村小雪图》既有敷粉描金，又有破墨晕染，在当时是一种新鲜的表现手法，可以看出山水画由唐到宋这一发展过程的变化。[④]

在《渔村小雪图》中，"山石勾勒皴擦后，又用清水淡墨细细渲染晕化，使山石更加淹润，层次越发丰富"[⑤]。

但是，研究者对笔墨的分析还是十分有限，因为笔墨是一个看上去十分具体，但又很难说得清楚的东西，所以研究者更愿意从画境的角度来谈其文人画的特质。

---

① 吴强：《浅叙光在中国山水画中的显现》，载《浙江大学美术文集》（上卷），浙江大学出版社2007年版，第401页。

② 陈振濂主编：《浙江大学美术文集》（上卷），浙江大学出版社2007年版，第401页。

③ 谢稚柳主编：《中国书画鉴定》，东方出版中心2009年版，第36页。

④ 王树村：《王诜》，《文物》1961年第6期。

⑤ 杜哲森：《中国传统绘画史纲 —— 画脉文心两征录》，人民美术出版社2015年版，第171页。

对《渔村小雪图》的画中之味阐释得非常细腻的当属朱叶青的《寒江独钓：中国文化精神谱系研究》，他解读的重点是画面中的“渔父”：

从王诜《渔村小雪图》到马远《寒江独钓图》，依南宋而北宋，时光倒流，仿佛一艘南宋孤舟逆江而上回归于北宋港湾。王诜画了一个冬日小雪初霁的渔村，远山近岸，可将思想淹没于山光水色；疏苇寒塘，渔父们张网拉罾；浅浅白雪，连同寂寞覆盖于连绵山峦。寒枝随风，远村假峰峦岩宕而倒映波澜。苍茫水色，几株古松。我看见山中有隐士策杖，而小童携琴，于篷舟之中，故友对酌，有如一片清凉世界。经历了千山万径，而众鸟飞绝，一个个沉默的独体，终为上苍眷恩。可能是孤独者孤独得过久了，或是流放者流放得太远了，也许身心俱老忘却了故园，今生不再抱有希望。我想起了在寂寞中死去的沈曾植、王国维、陈寅恪、陈梦家、林风眠、吴大羽，还有一个轻易不敢触动的名字：林昭。以泱泱大族千年而计，不能不叹息：同道中人，寡之又寡。远山近水依然沉睡万古，然蓑衣渔翁于走投无路之际，忽如看到一个温馨所在，那些孤独飘零、身心疲惫的同类，却在洗尽铅华之后，群聚于此，那会是一种什么样的感觉？生活在一个封建集权社会里，若抱持基本人性尊严，遭遇自可想而知，每个人有如牟宗三谓之“寂寞中的独体”，孤苦无靠。然而山穷水绝后，却又江天寥廓，上帝与我同在，方知吾道不孤，曾经结伴投胎于人世的兄弟，终于某个时辰重新聚首，故此不能不感动也矣。宋神宗、哲宗年间是中国历史上文人画思潮真正形成之时，元祐党人碑确立了文人群体的具体存在，《渔村小雪图》表达了同道中人的动容之情，气象浑穆而韵致深远，一个个“沉默独体”于黑暗邪恶势力之前，孤苦无依，雪后晴光，终将融化为一种温和辉煌的宁静。①

上述引文概括起来就是作者认为王诜在《渔村小雪图》中表现出来的是历尽人世甘苦、“洗尽铅华”后的宁静淡泊，这样的观点非常有代表性。

有人将《渔村小雪图》的画境概括为“清幽”，如朱良志：

如其传世名作《渔村小雪图卷》，画山间晴雪之状，意境清幽，气氛静寂，画中渔村山体均以薄雪轻施，寒林点缀于石间崖隙，江水滉漾，与远山相应，一切都在清晖中浮动，真是幽寒宁静之极。②

① 朱叶青：《寒江独钓：中国文化精神谱系研究》，中国友谊出版公司2015年版，第250页。

② 朱良志：《一丸冷月的韵味》，载《中国政协》杂志社主编《谈艺论文》，文化艺术出版社2011年版，第221页。

也有人将之概括为“凄迷”“惨淡”“荒寒”“幽寂”。

综观对《渔村小雪图》画境的阐释，其依据的是“知人论世”的原理，认为王诜一生不得志，因而有出世隐居以自我解怀的表现。事实上，如果要采用“知人论世”的原理来解读《渔村小雪图》,王诜的情况可能并不是特别适合。因为王诜并非人品高洁、胸怀天下的仁人志士。

在客观上，王诜的确是因为身为驸马而不能直接参与朝中大事，这是宋代的明文规定。可是王诜的岳父英宗、小舅子神宗皇帝都待王诜不薄，尤其是神宗，他很是疼爱自己的姐姐，因而对王诜也是非同一般。可王诜是一位风流才子，品行并不端，经常做一些对不起公主的事，惹得神宗非常恼火，碍于姐姐的面子，只好忍气吞声。公主芳年早逝，神宗悲痛不已，迁怒于王诜，才将他一贬再贬。所以，王诜其实有较好的客观条件，只是他不会利用而已。

另外，王诜出身贵胄，在娶公主时他已经30多岁，如果他希望在仕途上有所作为的话，是可以做到的。但实际上，王诜给人的印象就是大才子，能诗善画，亦工词，尤其喜欢收藏，其藏品之富，在当时无人可及，经常引得很多人到他家聚会围观。而英宗和公主也正是看中了王诜的才气，才愿意和年长公主15岁的王诜许以婚约。所以，王诜的定位其实就是一位艺术家和收藏家，而不是政治家。

而说到隐居，无非两种情况，一是假隐，二是真隐。假隐是想当官，真隐是谁也不想见。王诜两者都沾不上。

所以凭借《渔村小雪图》中“渔父”的形象将王诜理解为有隐士情怀的人，用水晕墨章的笔墨和疏淡空灵的画面将王诜的心境概括为“荒寒”“凄迷”似乎并不是特别合适，犯了“过度阐释”的毛病了。

齐白石的山水画：基于自述材料的初步梳理

孔德平

中国艺术研究院美术研究所副研究员

本文基于齐白石（1864—1957）的自述材料[①]，对其山水画情况进行考察。主要关注四点：一是开始学画山水画的时间，二是“五出五归”与《借山图》的创作，三是《南岳全图》和山水条屏组画的创作，四是五十岁以后不再画山水的说法与其时山水画实际创作情况。

一、何时开始学画山水

齐白石在其自述中说，他“出生在清朝同治二年（癸亥·一八六三）十一月二十二日”，“生肖是属猪”。[②] 他所言的“十一月二十二日”是中国传统使用的农历纪日，这是一个在绝大多数中国民众心目中再普通不过的冬日，但同治二年癸亥的这一天，恰是西历的1864年1月1日，如果放到现在，则是国人谓之“元旦”的一个重要日子。正是因为同治二年癸亥十一月二十二日已跨进西历新一年的元旦，所以从这一天开始便不再是该年大多数时间所对应的1863年了。按中国传统习惯，人一生下来就算作一岁，所以齐白

① 关于齐白石的自述，最早有香港《大公报》辑成、香港上海书局出版的《齐白石诗文篆刻集》所收《白石老人自述》版本，稍后有北京的人民美术出版社1962年的《白石老人自传》版本。其后，台北传记文学出版社1967年版、台北艺术图书公司1979年版、岳麓书社1986年版、山东画报出版社2000年版、生活·读书·新知三联书店2010年版、广西美术出版社2014年版、北京出版社2018年版，均依据香港的《自述》版本。但是，香港的《自述》版本是删节本，人美的《自传》版本相对完整。［参见杨良志《齐白石、张次溪与〈白石老人自述〉（〈自传〉）》，载北京画院编《齐白石研究》第六辑，广西美术出版社2018年版，第11—18页。］本文所称齐白石自述材料，包括齐白石的自述、画作款识、笔记、日记、诗稿等材料，齐白石的自述采用人民美术出版社1962年版《白石老人自传》。

② 齐璜口述，张次溪笔录：《白石老人自传》，人民美术出版社1962年版，第1页。

石在自述中所提到的年龄，即使不算后来因为避讳而自行虚长的两岁，也比现在我们通常认定的周岁年龄多了两岁。按照中国传统的虚岁算法，加上自1937年开始虚长了两岁，长寿画家的年龄便因此而显得更加长寿了。

齐白石八岁开始画画，开始接触的是雷公像，接着更多描绘的花鸟虫鱼走兽。齐白石自述，清同治九年庚午（1870），八岁的他正式跟随外祖父读书，在描红之余就私下画画，并因摹画邻居家房门上挂着的一幅雷公神像，“画得真不错，和原像简直是一般无二”，得到同伴的赞许，便“对于画画，感觉着莫大的兴趣”，“常常撕了写字本，裁开了，半张纸半张纸地画，最先画的是星斗塘常见到的一位钓鱼老头，画了多少遍，把他面貌身形，都画得很像。接着又画了花卉、草木、飞禽、走兽、虫鱼，等等，凡是眼睛里看见过的东西，都把它们画了出来。尤其是牛、马、猪、羊、鸡、鸭、鱼、虾、螃蟹、青蛙、麻雀、喜鹊、蝴蝶、蜻蜓这一类眼前常见的东西，我最爱画，画得也就最多”。①

齐白石在其1928年所作《雪山图》上题识：“余数岁学画人物，三十岁后学画山水，四十岁后专画花卉虫鸟。”② 画家的这一题识明确表示了自己是在三十岁后学画山水的，但其他人对此多有不同看法。胡佩衡认为齐白石学画山水是从他二十岁见到《芥子园画传》时开始的，二十七岁正式学画山水。他说道：“白石老人在青年学木工时，才见到‘芥子园画传’，开始学画树木山水，二十七岁后去胡沁园家，才正式学画山水。”③

清光绪八年壬午（1882），二十岁的齐白石已经有了五六年做雕花木工活计的经历。一次，他在一个主顾家里见到一部乾隆年间翻刻五彩套印的《芥子园画谱》初二三集，如获至宝，当他“从第一笔画起，直到画成全幅”，感觉“非常切合实用”，便希望能够“从头学起，临它个几十遍”。④ 于是，他将该套画谱借回家，利用做工之余，用薄竹纸，一幅一幅勾影下来，并订成十六本。⑤《芥子园画谱》即《芥子园画传》，于清康熙十八年（1679）由芥子园甥馆首次印行，其后经不断翻刻或摹印增图重刻，成为近三百年以

① 齐璜口述，张次溪笔录：《白石老人自传》，人民美术出版社1962年版，第13页。

② 胡佩衡、胡橐：《齐白石画法与欣赏》，人民美术出版社1959年版，第97页。《雪山图》见同书所附图110。

③ 胡佩衡、胡橐：《齐白石画法与欣赏》，人民美术出版社1959年版，第97页。

④ 齐璜口述，张次溪笔录：《白石老人自传》，人民美术出版社1962年版，第24页。

⑤ 齐璜口述，张次溪笔录：《白石老人自传》，人民美术出版社1962年版，第25页；严欣强、金岩编《齐白石画集》所附《齐白石年表》，外文出版社1990年版，第180页。

来流传最广、影响最大的一套学画指南和临画范本。《芥子园画传》初刻本和很多翻刻本，使用了多色套印技术。[①]《芥子园画谱（传）》初集是山水谱，但其“觉着我以前画的东西，实在要不得，画人物，不是头大了，就是脚长了，画花卉，不是花肥了，就是叶瘦了”[②]的追述，并未专门提到他临画山水的情况。在数十年后的1928年，齐白石应胡佩衡之请，为后者所刊《湖社月刊》的“雪景专刊”画了前述那幅《雪山图》，画幅题识显示，画家本人并未将当年勾影《芥子园画谱》作为其学画山水的开端。胡佩衡说法与齐白石本人说法的抵牾，我们或许可以这样认为：当时齐白石临画《芥子园画谱》的兴趣点主要在人物[③]和花卉，对山水并未太多关注。至于希望“临它个几十遍”甚或花费半年的工余时间从头至尾逐幅勾影一遍，只不过是觉得画谱实属难得，摹图订册自存，以便以后随时拿出来学习。

当然，齐白石题画中所谓“三十岁后学画山水”，可能也不过是一个大概时间，因为根据其自述，光绪十四年戊子（1888），二十六岁的齐白石拜“画像是湘潭第一名手，又会画山水人物”的萧传鑫为师学画。如果如齐氏所述“他把拿手本领，都教给了我”[④]的话，应该也将画山水的“本领”教给了他。一年后，齐白石经胡沁园介绍，开始跟随谭溥（荔生）学画山水。[⑤]这是齐白石关于自己开始学画山水的明确记载。前引胡佩衡所谓齐白石“二十七岁后去胡沁园家，才正式学画山水”，即是前述所指在胡沁园家跟随谭溥学画山水之事。但此后的几年间，其主要精力还是在画像方面，至于在山水画方面，应该用力不多。

光绪二十年甲午（1894）齐白石三十二岁，春天，住在长塘的黎松安家时，黎松安的祖父“会画几笔山水的，也收藏了些名人字画，都拿了出来给我看，我就临摹了几幅”。[⑥]

---

① 参见刘越《〈芥子园画传初集〉考评》第二章，博士学位论文，南京师范大学，2007年。

② 齐璜口述，张次溪笔录：《白石老人自传》，人民美术出版社1962年版，第24页。

③ 其实，齐白石当时见到的这套“乾隆年间翻刻五彩套印”的《芥子园画传》初二三集，内容是山水谱、梅菊兰竹谱和花卉翎毛走兽谱。齐白石所提到的“画人物”，可能是山水谱中的“点景人物式”。《芥子园画传》至巢勋（生卒未详，字子馀）于清光绪十三年（1887）摹印并增补后，才有了后来常见的第四集“人物谱”。巢勋的增图本以单色石印技术印行。参见刘越《〈芥子园画传初集〉考评》，博士学位论文，南京师范大学，2007年，第10页。

④ 齐璜口述，张次溪笔录：《白石老人自传》，人民美术出版社1962年版，第29页。

⑤ 齐璜口述，张次溪笔录：《白石老人自传》，人民美术出版社1962年版，第32页。

⑥ 齐璜口述，张次溪笔录：《白石老人自传》，人民美术出版社1962年版，第37页。

但此处也并未说明所临摹的作品属于什么题材。次年（乙未，1895），他又为诗社社友画过花笺，其中有山水画题材："在晚上灯光之下，一张一张地画上几笔，有山水……着上了淡淡的颜色，到（倒）也雅致得很。我一晚上能够画出几十张，一个月只要画上几个晚上，分给社友们写用，就足够的了。"[①] 可见他当时在花笺上画山水也简洁，或者就是寥寥数笔，否则很难"一晚上能够画出几十张"。当然，花笺功用的限制，也不允许画得很繁复，像传统山水画那样反复勾皴染点。齐白石山水画简朴风格的最后形成，应该就是在这点点滴滴的习惯性、经常性创作活动中渐次养就的。

二、"五出五归"与《借山图》的创作

清光绪二十六年庚子（1900），齐白石为江西商人画《南岳全图》组画，挣得数百银子的酬金。他以此酬金典租了莲花砦下梅公祠堂作为新居，并在祠内新筑书房，名曰"借山吟馆"，并于光绪二十七年辛丑（1901）画《借山吟馆图》。所以名为"借山"，画家认为"山不是我所有，我不过借来娱目而已"[②]。"借山"一词，后来被反复用于山水画题，其后一系列的"借山图"作品，也常被视为齐氏山水画经典。齐白石"借山图"创作的图像资源，主要得益于他历时八年"五出五归"的游历。

齐白石画完《借山吟馆图》的第二年，壬寅（1902）十月初出发去西安，这是他"五出五归"的"第一出"。途中，"每逢看到奇妙景物，我就画上一幅。到此境界，才明白前人的画谱，造意布局，和山的皴法，都不是没有根据的。我在中途，画了很多，最得意的有两幅：一幅是路过洞庭湖，画的是《洞庭看日图》；我六十岁后，补题过一首诗：'往余过洞庭，鲫鱼下江吓，浪高舟欲埋，雾重湖光没。雾中东望一帆轻，帆腰日出如铜钲，举篙敲钲复住手，窃恐蛟龙闻欲惊。湘君驶云来，笑我清狂客，请博今宵欢，同看长圆月。回首二十年，烟霞在胸膈，君山初识余，头还未全白。'一幅是快到西安之时，画的是《灞桥风雪图》，我也题过一首诗：'名利无心到二毛，故人一简远相招，蹇驴背上长安道，雪冷风寒过灞桥。'这两幅图，我都列入《借山吟馆图卷》之内。"[③]

---

① 齐璜口述，张次溪笔录：《白石老人自传》，人民美术出版社1962年版，第39页。
② 齐璜口述，张次溪笔录：《白石老人自传》，人民美术出版社1962年版，第47页。
③ 齐璜口述，张次溪笔录：《白石老人自传》，人民美术出版社1962年版，第49页。

次年，癸卯（1903）三月初，齐白石随同夏午诒一家动身进京，“路过华阴县，登上了万岁楼，面对华山，看个尽兴”，于是当晚挑灯画了一幅《华山图》。[①]“渡了黄河，在弘农涧地方，远看嵩山，另是一种奇景。我向旅店中借了一张小桌子，在涧边画了一幅《嵩山图》。这图同《华山图》，我都收在《借山图卷》内了。”[②]再次年（甲辰，1904）的春季，“王湘绮师约我和张仲飏同游南昌。过九江，游了庐山。到了南昌……我们常去游滕王阁、百花洲等名胜”[③]，到中秋节回到家乡。这是齐白石“五出五归”中的“二出二归”。

清光绪三十一年乙巳（1905）七月中旬，四十三岁的齐白石应汪颂年之约，与之同游桂林。“在桂林过了年，打算要回家，画了一幅《独秀山图》，作为此游的纪念，我把这图也收入《借山图卷》里去。”后因家事，画家“辞别众友取道梧州，到了广州”，后又赶到广西钦州。在钦州，见到了郭葆生“收罗的许多名画，像八大山人、徐青藤、金冬心等真迹，都给我临摹了一遍，我也得益不浅。到了秋天，我跟葆生订了后约，独自回到家乡。这是我‘五出五归’中的‘三出三归’”。[④]

因与郭葆生有约，过了丁未（1907）新年，齐白石即动身再去钦州，“坐轿到广西梧州，再坐轮船，转海道而往”。从北仑河北岸的东兴过铁桥到对岸的越南境内，画家“画了一张《绿天过客图》，收入《借山图卷》之内”。随后画家又回到钦州，直至冬月才回家乡，“到家已是腊鼓频催的时节了。这是五出五归中的四出四归”。[⑤]

齐白石在家没待多长时间，就又应罗醒吾之邀，于戊申（1908）二月到了广州。这是齐白石第二次到广州，“仍以卖画刻印为生”。齐白石秋天回家，在家住了不长时间后，又去了广州。[⑥]在广州过了己酉（1909）新年，正月到钦州，住到过了夏天，经广州去香港。齐白石从香港到上海，几日后到苏州，夜游虎丘未尽兴，第二天到南京。在南京匆匆逛了几处名胜，坐江轮西行。回途中，“路过江西小姑山，在轮中画了一幅《小姑山图》，

---

① 齐璜口述，张次溪笔录：《白石老人自传》，人民美术出版社1962年版，第50页。

② 齐璜口述，张次溪笔录：《白石老人自传》，人民美术出版社1962年版，第51页。

③ 齐璜口述，张次溪笔录：《白石老人自传》，人民美术出版社1962年版，第53页。

④ 齐璜口述，张次溪笔录：《白石老人自传》，人民美术出版社1962年版，第56页。

⑤ 齐璜口述，张次溪笔录：《白石老人自传》，人民美术出版社1962年版，第58页。

⑥ 齐璜口述，张次溪笔录：《白石老人自传》，人民美术出版社1962年版，第59页。《齐白石画集》所附《年表》认为，齐白石是在1909年“春，三游广州”。与齐氏自述“在家住了没有多久……有动身到了广州”，“在广州过了年”不符。见严欣强、金岩编《齐白石画集》，外文出版社1990年版，第182页。

收入我的《借山图卷》之内”。画家于九月到家，结束了他“五出五归”的最后一次行程。[①]

自壬寅（1902）十月初动身去西安，到己酉（1909）九月回到家中，齐白石历时七年，足迹踏遍大半个中国。沿途所见各地山光水色不同、人物风情各异，大大开阔了画家的眼界。从画家的自述可以看出，其所到之处，无不被当地美景所吸引，引得他常常情不自禁、赞叹不已，如初次进京路过华阴县时，在万岁楼上，面对华山，他发出“一路桃花，长达数十里，风景之美，真是生平所仅见”[②]的感慨；在与汪颂年同游桂林时，他觉得“广西境内，果然奇峰峻岭，目不暇接”，甚至认为“画山水，到了广西，才算开了眼界”；[③]从钦州北仑河北岸的东兴过铁桥到对岸越南境内，他看到此地“野蕉数百株，映得满天都成碧色”，“另有一种景色”；[④]画家“在钦州到广州的路上，看见人家住的楼房，多在山坳林木深处，别有一种景趣”，于是作了一首诗：“好山行过屡回头，戊己连年忆粤游。佳景至今忘不得，万山深处著高楼。”[⑤]

结束第五次出游的次年（1910），齐白石在家中一边读书吟诗，一边“把游历得来的山水画稿，重画了一遍，编成《借山图卷》，一共画了五十二幅。其中三十幅，为友人借去未还，现在只存了二十二幅”[⑥]。同年，他还应朋友胡廉石之请，画了《石门二十四景图》，“精心构思，换了几次稿，费了三个多月的时间，才把它画成”[⑦]。数年后的民国四年乙卯（1915）冬，又应胡廉石之请，为送出的这套《石门二十四景图》每景补题了一首诗。[⑧]

丁巳（1917）年，五十五岁的齐白石第二次到北京。在法源寺家中，对来访的陈师曾，“在行箧中，取出《借山图卷》，请他鉴定”，得到陈的鼓励。陈师曾在写给齐白石的诗中，指出齐氏“画格是高的，但还有不到精湛的地方”，鼓励他“自创风格，不必求媚世俗”。

---

① 齐璜口述，张次溪笔录：《白石老人自传》，人民美术出版社1962年版，第60页。

② 齐璜口述，张次溪笔录：《白石老人自传》，人民美术出版社1962年版，第50页。

③ 齐璜口述，张次溪笔录：《白石老人自传》，人民美术出版社1962年版，第56页。

④ 齐璜口述，张次溪笔录：《白石老人自传》，人民美术出版社1962年版，第58页。

⑤ 齐璜口述，张次溪笔录：《白石老人自传》，人民美术出版社1962年版，第59页。

⑥ 齐璜口述，张次溪笔录：《白石老人自传》，人民美术出版社1962年版，第60页。有文章认为，《借山图卷》52幅，其中30幅被陈师曾借去欣赏，但因陈师曾1923年突然因病去世，这些画不知去向。见林木《齐白石山水十二条屏及其山水画研究》注释4，载北京画院编《齐白石研究》第三辑，广西美术出版社2015年版，第61页。关于《借山图卷》的幅数，也有不同的说法，见本文所附“作品导览”中“《借山图》之一《平淡见奇》”相关说明及其注释。

⑦ 齐璜口述，张次溪笔录：《白石老人自传》，人民美术出版社1962年版，第61页。

⑧ 齐璜口述，张次溪笔录：《白石老人自传》，人民美术出版社1962年版，第64页。

诗曰："曩于刻印知齐君，今复见画如篆文。束纸丛蚕写行脚，脚底山川生乱云。齐君印工而画拙，皆有妙处难区分。但恐世人不识画，能似不能非所闻。正如论书喜姿媚，无怪退之讥右军。画吾自画自合古，何必低首求同群？"[①]

"五出五归"的游历，沿途所见所感，画家铭记在心。各地不同的山水景象，成为画家后来创作山水画的"图像资源"，其后的多件山水作品，或单幅，或成系列，均可找到这时的图像痕迹，画家或称为"借山图"，或称为"借山吟馆图"，直至其晚年，如1947年所作《借山吟馆图》[②]、1952年所作《滕王阁图》[③]，等等。

三、《南岳全图》和山水条屏组画的创作

光绪二十六年庚子（1900），三十八岁的齐白石应征为住在湘潭县城内的江西盐商画《南岳全图》，"很经意的画成六尺中堂十二幅"，并"为了凑合盐商的意思，着色特别浓重；十二幅画，光是石绿一色，足足地用了二斤"[④]。另一处的描述稍加详细："盐商本是不懂得画的，讲究着色特别浓重，以为着色越浓，显得气派越大"，他为了"迎合盐商的心理，每幅都是画得重峦叠嶂，望去一片弄翠欲滴，十二幅画，光是石绿一色，足足地用了二斤"。[⑤]这次画的《南岳全图》，有两个特点：一是形象复杂，"重峦叠嶂"；二是设色浓厚，"弄翠欲滴"。从创作心理看，主要是迎合主顾的意愿，画家创作的自主性尚在其次。那时候画家的山水画法尚未形成自己的风格。

以山水十二条屏的方式为人创作，这在齐白石是第一次。二十五年后，他又为北京名医陈子林创作了山水十二条屏作为贺寿礼。再七年后，他又为四川军政大员王缵绪画《四季山水屏》十二屏。[⑥]

---

① 齐璜口述，张次溪笔录：《白石老人自传》，人民美术出版社1962年版，第66—67页。

② 齐白石《借山吟馆图》，纸本设色，102cm×33cm，1947年，天津人民美术出版社藏。款识：白石老人四十岁后之借山吟馆。白石。图见郎绍君主编《齐白石全集》（第六卷），湖南美术出版社1996年版，图一九三。

③ 齐白石《滕王阁图》，纸本设色，105.1cm×45cm。款识：落霞与孤鹜齐飞，秋水共长天一色。琪翔部长秀仪女弟同玩。九十二岁白石。图见郎绍君主编《齐白石全集》（第七卷），湖南美术出版社1996年版，图一二五。

④ 齐璜口述，张次溪笔录：《白石老人自传》，人民美术出版社1962年版，第45页。

⑤ 张次溪：《齐白石的一生》，人民美术出版社2004年版，第59页。

⑥ 参见林木《齐白石山水十二条屏及其山水画研究》，载北京画院编《齐白石研究》第三辑，广西美术出版社2015年版，第50—61页。

据齐白石自述，乙丑（1925）二月底，他“生了一场大病，七天七夜，人事不知，等到苏醒回来，满身无力，痛苦万分。足足病了一个来月，才能起坐”[①]。另一处对这场大病的记述大同小异：“七昼夜人事不知，只剩下一口游气，在鼻子里微微地进出。等到苏醒过来，同瘫痪似的，满身无力，躺在床上，足足养息了一个多月，才能起坐。”[②]或许是为了答谢医生的救命之恩，齐白石以山水十二条屏赠送给陈子林。

1925年，齐白石已经画名鹊起，经过多次参加中日绘画联合展览[③]，绘画市场日渐兴盛，经济状况也非昔日可比。1922年的东京展览，由陈师曾带去的数幅作品，“统都卖了出去，而且卖价特别丰厚。我的画，每幅就卖了一百元银币，山水画更贵，二尺长的纸，卖到二百五十元银币。这样的善价，在国内是想也不敢想的。还听说法国人在东京，选了师曾和我两人的画，加入巴黎艺术展览会。日本人又想把我们两人的作品和生活状况，拍摄电影，在东京艺术院放映。这都是意想不到的事……经过日本展览以后，外国人来北京买我画的很多。琉璃厂的古董鬼，知道我的画，在外国人面前，卖得出大价，就纷纷求我的画，预备去做投机生意。一般附庸风雅的人，听说我的画，能值钱，也都来请我画了。从此以后，我卖画生涯，一天比一天兴盛起来”[④]。如果说早年创作《南岳全图》时，画家还更多是被丰厚酬金所吸引，画名未显的齐白石觉得应该以作品尺寸大、数量多、创作用时长、形象繁复、色彩浓厚的方式才能“适配”这丰厚酬金的话，那么现在，经过“衰年变法”和市场拓展的画家，再用山水十二条屏的方式为人作画，便愈加显得隆重了。画家对自身生命的珍视亦可由此窥其一斑。

齐白石再一次创作山水十二条屏，是1932年画给四川王缵绪的《四季山水屏》。王缵绪（1885—1960）作为四川军政主官，当时驻守重庆。他曾长期购买齐白石的印章和绘画作品。齐白石在自述中提到：“四川有个姓王的军人，托他住在北平的同乡，常来请我刻印，因此和他通过几回信，成了千里神交。”[⑤]这里所说“姓王的军人”，就是王缵

① 齐璜口述，张次溪笔录：《白石老人自传》，人民美术出版社1962年版，第76页。

② 张次溪：《齐白石的一生》，人民美术出版社2004年版，第125页。

③ 据《中日现代绘画展览会出品目录》和《中日绘画联合第三次展览会目录》，齐白石参加“中日现代绘画展览会”的作品为《松鹰》，参加“中日绘画联合第三次展览会”的作品共10件，其中山水画作品3件，分别是《水墨山水》《白石老屋》《草堂烟雨》。见王燕来编《历代书画录续编》第十八册，国家图书馆出版社2010年版，第264、301页。

④ 齐璜口述，张次溪笔录：《白石老人自传》，人民美术出版社1962年版，第74页。

⑤ 齐璜口述，张次溪笔录：《白石老人自传》，人民美术出版社1962年版，第90页。

绪。齐王二人的交往，屡见于齐氏日记、信札、画款和印章边款。[①] 王缵绪曾多次致信邀请画家到四川游玩，均未能成行。1931 年，王缵绪又一次写信邀请齐白石到重庆游玩，因为“时变”原因再次未能成行。其后，齐白石作《梦游重庆》诗并序，写道：“王君治园与余不相识，辛未（1931）春，以书聘游重庆，余诺之，因时变未往。闻余苦于磨墨，赠以小婢；又闻家山伤财，担赠负千金；愿余身健，常进药物；恐余冬寒，远寄丝绵。神交之道，虽古人未有能如治园之笃者。因感，余梦见荆州。百回尺素倦红鳞，一诺应酬知己恩。昨夜梦中偏识道，布衣长揖见将军。”[②] 对王缵绪的多次、多途径体恤和照顾，齐白石深有愧疚之意，于是打算为其作画以为报答。《梦游重庆》一诗，就是为王缵绪赠画而作的题诗。[③] 从他们的交往经历可知，二人当时已非一般的书画印章买卖关系，画家引之为“千里神交”“万里神交”，“神交之道，虽古人未有能如治园之笃者”。表示五十岁后不再接受订购山水画件的齐白石，将十二条屏的《四季山水屏》赠与王缵绪，或是对这种至深交往的郑重表达。

1936 年春初，当王缵绪再一次邀请画家到四川游玩时，画家就带着妻儿老小，于阴历闰三月初七日离平南下，从汉口，往川江，过沙市，至万县，泊武陵。其后，又经嘉州、重庆、内江，十六日到达成都，并游览青城山和峨眉。一路下来，画家认为“川中山水之佳，较桂林更胜一筹”[④]。

1900 年齐白石为江西盐商作《南岳全图》，现不知所踪。1925 年送给北京医生陈子林的《山水十二条屏》，为私人收藏，曾于 1954 年在故宫举办的“齐白石绘画展”和 1958 年在苏联展览文化馆举办的“齐白石遗作展览会”上展出。2017 年 12 月在保利秋拍中拍得高价的《山水十二条屏》，据说就是这一套。此《山水十二条屏》分别为《江上人家》《石岩双影》《板桥孤帆》《柏树森森》《远岸余霞》《松树白屋》《杏花草堂》《杉树楼台》《烟深帆影》《山中春雨》《红树白泉》《板塘荷香》，均为纸本，除《石岩双影》

---

① 关于二人的交往，可参见张玉丹、刘振宇《四川博物院藏齐白石作品初探 —— 兼论1936年的齐白石与王缵绪》，载北京画院编《齐白石研究》第一辑，广西美术出版社2013年版，第224—261页。

② 齐白石《白石诗草（庚午至壬申）》第12—13页，载北京画院编《人生若寄 —— 北京画院藏齐白石手稿·诗稿（下）》，广西美术出版社2013年版，第481—482页。

③ 从该诗手稿的修改痕迹看，“序”的最后一句“因感，余梦见荆州”原为“今题画及之”，可知此诗是为题赠王缵绪的画而作。诗可见于《四季山水屏》之《梦游渝城》屏题识，“百回”作“毋忘”。

④ 齐璜口述，张次溪笔录：《白石老人自传》，人民美术出版社1962年版，第92页。

为水墨外，其他11幅均为设色，每幅纵180cm，横47cm。部分画幅的款识信息著录如下：

《石岩双影》：密树浓阴绕地云，石岩双影虎同蹲。是谁留着秦时月，抛在（亦作上）长天照近人。乙丑中秋后作画十二幅之二并题。濒生。

《板桥孤帆》：乙丑中秋后作画十二幅之三。杏子坞老民。

《远岸余霞》：雕尽人情山水在，余霞犹似昔时红。乙丑中秋后作画十二幅之五。阿芝题旧句。

《烟深帆影》：烟深帆影乱，潮长海山低。余旧题海山烟舫图五言律中句也。乙丑中秋后作画十二幅之九。木居士。

《山中春雨》：不教磨墨苦人难，一日挥毫十日闲。幸有杨枝慰愁寂，一春家在雨中山。八砚楼主者，乙丑中秋后作画十二幅之十，时居京华。上题之诗旧句也。白石。

《红树白泉》：三百石印富翁，乙丑中秋后制画十二幅之十一。空中楼阁半云封，万里乡山有路通。红树白泉好声色，何年容我作邻翁。三百石印富翁又题。

《板塘荷香》：少时戏语总难忘，欲构凉窗坐板塘。难得那人含笑约，隔年消息听荷香。乙丑中秋后制画十二幅之十二并题。老萍。子林仁兄先生清鉴。弟齐璜老眼。

赠王缵绪的《四季山水屏》，后由收藏者捐献给当时的西南博物馆，即今中国三峡博物馆前身。[①]《四季山水屏》分别为有标题的《清风万里》《岱庙图》《借山吟馆图》《绿天野屋》《荷亭清暑》《一白高天下》《雨后云山》，无标题的《夕阳水渚》《飞鸟暮归》《月圆石寿》《木叶泉声》《梦游渝城》，均为纸本，除《绿天野屋》《雨后云山》《月圆石寿》为水墨外，其他9幅为设色，每幅纵138cm，横62cm。各幅的款识信息著录如下：

《清风万里》：清风万里。画吾自画。老萍。

《岱庙图》：岱庙图。曾见石田翁有此图。借山吟馆主者。

《借山吟馆图》：借山吟馆图。门前凫鸭与人闲，旧句也，只此一句，足见借山之清寂。白石。

《绿天野屋》：绿天野屋。吾尝游安南，由钦州之东兴过铁桥，有万蕉，中见野屋，风景绝佳，已收入借山图矣。白石山翁。

《荷亭清暑》：荷亭清暑。杏子坞老民。

① 参见江洁《重庆中国三峡博物馆馆藏齐白石〈四季山水屏〉赏析》，载北京画院编《齐白石研究》第一辑，广西美术出版社2013年版，第197页。

《一白高天下》：一白高天下。三百石印富翁制。

《雨后云山》：雨后云山。寄萍堂上老人造并篆此四字。

《夕阳水渚》：齐白石画于燕。

《飞鸟暮归》：为政清闲物自闲，朝看飞鸟暮飞还。借唐人绝句诗前二句题画。白石山翁。

《月圆石寿》：月长圆石长寿树木长青。治园运使论定。壬申七月，齐璜赠。

《木叶泉声》：布衣尊重胜公卿，生长清贫幸太平。常怪天风太多事，时吹木叶乱泉声。画成犹有余兴，得一绝句补此空处。萍翁。

《梦游渝城》：毋忘尺素倦红鳞，一诺应酬知己恩。昨夜梦里偏识道，布衣长揖见将军。梦游渝城诗，将军谓治园君。治园将军一笑。白石草衣齐璜。

对比两套山水十二条屏可见，二者之间构思运意和章法布局的关联性和高度近似性，如前者的《石岩双影》与后者的《月圆石寿》、前者的《烟深帆影》与后者的《夕阳水渚》，以及《山中春雨》与《雨后云山》、《红树白泉》与《木叶泉声》、《板塘荷香》与《荷亭清暑》等。这种相似性，是由画家作画常使用的稿本，常常依照一幅画稿反复进行创作的习惯所导致的，尤其表现在其山水画和人物画创作方面。

除了上述三套山水十二条屏外，齐白石的多条屏山水系列作品仍可见。如他在1922年的一幅山水作品的款识中就曾提到，在京“为友人始画四小屏”。[①] 辽宁省博物馆所藏有齐白石《山水条屏》3屏。由画家在其中一幅作品上的题款可知，该作品亦属应他人所托而作。[②] 其他山水画系列条屏，如作于1919年的《四季山水条屏》[③]、作于1920年的《四季山水条屏》[④]、作于1922年的两套《四季山水条屏》[⑤]、约作于20世纪20

① 参见齐白石《山水》，纸本水墨，76 cm × 33 cm，1922年作，载秦公、少楷主编《齐白石绘画精萃》，吉林美术出版社1994年版，图23。

② 齐白石《山水条屏》（3屏），纸本设色，94 cm × 19.5 cm × 3，1918年作。款识：汉□夫子大人之命受画。齐璜。见王耀庭《齐白石在他的时代》附图5，载北京画院编《齐白石研究》第一辑，广西美术出版社2013年版，第73页。

③ 齐白石《四季山水条屏》，纸本水墨设色，131 cm × 32 cm，1919年，原中央工艺美术学院藏，图见郎绍君主编《齐白石全集》（第二卷），湖南美术出版社1996年版，图一一四。

④ 齐白石《四季山水条屏》，纸本水墨设色，137 cm × 33 cm，1920年，私人藏，图见郎绍君主编《齐白石全集》（第二卷），湖南美术出版社1996年版，图三一一图三四。

⑤ 齐白石《四季山水条屏》，纸本水墨设色，158 cm × 36 cm，1922年，私人藏；齐白石《山水四条屏》（分别题名：竹林白屋、入室松风、青山红树、米氏云山），纸本水墨设色，149 cm × 39 cm，1922年，北京市文物公司藏。图分别见郎绍君主编《齐白石全集》（第二卷），湖南美术出版社1996年版，图八八—图九一、图一〇〇—图一〇三。

年代中期的《四季山水条屏》[①]等。

四、所谓五十岁后不画山水

齐白石自述，三十岁开始学画山水，五十岁后不再画山水。他说："我画山水，布局立意，总是反复构思，不愿落入前人窠臼。五十岁后，懒于多费神思，曾在润格中订明不再为人画山水，在这二十年中，画了不过寥寥几幅。"[②]五十岁，也就是壬子（1912）年，这个时间是他"五出五归"后在家里完成了对游历期间所记画稿的整理，画成五十二幅《借山图卷》后两年。画家"五出五归"后，不再作远游之想，只希望能够在老家安排生活，照料家庭，享受天伦，终老家乡。

齐白石在多种场合都曾表示过这种对山水画的远离，如他曾记道："中年仅自画借山图数十纸而已，老年绝笔。"[③]他在20世纪30年代初所作《伤往事》诗："老来山水断因缘，最喜闲游是少年。无事出门三十里，赤泥山下听流泉。"[④]三十年后，他在为人画《冰庵刻印图》[⑤]所题"冰庵弟请予卅年以来不作之作"，依然表达出自己不画山水的情况，并似乎透露出不愿再画山水的思想。

齐白石五十岁后不愿再画山水，或又声称"老年绝笔"，是有多方面原因的：一方面，山水画创作一般需要勾皴染点等相对繁复的作画程序，费时费力，效率不高，而他又"不愿落入前人窠臼"，不愿沿用传统山水的画法而自创风格，需要"反复构思"，因此画家不愿意再"多费神思"。

除了主观上的"不愿"，可能还有客观上的"无奈"。齐白石独特的人生经历和学画环境，决定着他早年接触传统山水画经典作品的机会并不是很多，即使是在"五出五归"期间，也只是偶尔见到为数有限的古代名家或冒充古代名家的山水画，所以他在传统山

① 齐白石《四季山水条屏》，纸本水墨设色，178cm×47cm，20世纪20年代中期，湖南省博物馆藏。图见郎绍君主编《齐白石全集》（第二卷），湖南美术出版社1996年版，图二七六一图二七九。

② 齐璜口述，张次溪笔录：《白石老人自传》，人民美术出版社1962年版，第85页。

③ 胡佩衡、胡橐：《齐白石画法与欣赏》，人民美术出版社1959年版，第99页。

④ 齐白石：《白石诗草（庚午至壬申）》第12—13页，载北京画院编《人生若寄——北京画院藏齐白石手稿·诗稿（下）》，广西美术出版社2013年版，第482页。

⑤ 《冰庵刻印图》，纸本，101cm×51.5cm，约1940年作，图见秦公、少楷主编《齐白石绘画精萃》，吉林美术出版社1994年版，图80。

水画方面下的功夫并不太多，导致其对传统山水画技法的掌握和熟练程度，远不如他对花卉虫鱼题材的驾轻就熟。尽管如此，他还是对遭遇率很低的这些古代或仿古代山水画作表达了特别关注之情。如他在1922年的一件山水作品的款识中就曾题道："余年未二十七岁时未出本邑，不知世有善画之名家。一日至长沙，客舍有少年人来，自言恪守勤之裔孙，出画四幅求售，欲得纹银二两，且言八大山人所作者。余细观其画，系第二层，惟有题跋之字迹若有若无，八大四字似是，余亦不知为何人。以银一元得之，即将题跋舍去之，藏于箧。至衰年来京师，陈师曾见而讶之，惜不知作者为谁。余以来处告之，师曾曰：此临八大者或有之，非八大笔也。叮咛即付裱褙。记而藏之。"[①]另外，画家不愿意画未见之物，认为画山水还要见到真山水。除了"五出五归"游历的创作"资源"外，画家以后很少外出观游以获取新的创作资源，尤其是在他定居北京后。在1926年住进跨车胡同后，齐白石只在1936年出游重庆一次和1946年到过南京一趟，其余时间基本上宅在家中。对传统山水画着力无多和"师造化"资源的固化，也加剧了画家自创山水"反复构思"的难度，因而也就更让画家"多费神思"。

齐白石的山水画师承，按照胡佩衡的说法，开始学的是清初"四王"，40岁以后"五出五归"，沿途写生，见过石涛、八大的山水画，对石涛的山水画尤其感兴趣。[②]在齐白石看来，"前清以青藤、大涤子外，虽有好事者论王姓（王翚）为画圣，余以为匠家作"[③]，而石涛所画山水，"数百年来毫无替人，虽有得其皮毛者，未免气薄"[④]。

齐白石多次表达过对绘画宗派拘束的反感和对"死临死摹"的反对，以及自创风格极少得到认同的苦恼。他表示"余画山水，不喜平庸……然余画山水，绝无人称许"[⑤]。他还对张次溪说道："我向来反对宗派拘束，曾云：'逢人耻听说荆关，宗派夸能却汗颜。'也反对死临死摹，又曾说过：'山外楼台云外峰，匠家千古此雷同。''一笑前诸朝巨手，平铺细抹死工夫。'因之，我就常说：'胸中山水奇天下，删去临摹

① 齐白石《山水》款识，图见秦公、少楷主编《齐白石绘画精萃》，吉林美术出版社1994年版，图18。

② 参见胡佩衡、胡橐《齐白石画法与欣赏》，人民美术出版社1959年版，第97页。

③ 胡佩衡、胡橐：《齐白石画法与欣赏》，人民美术出版社1959年版，第99页。

④ 胡佩衡、胡橐：《齐白石画法与欣赏》，人民美术出版社1959年版，第97页。

⑤ 胡佩衡、胡橐：《齐白石画法与欣赏》，人民美术出版社1959年版，第99页。

手一双。’赞同我这见解的人，陈师曾是头一个，其余就算瑞光和尚和徐悲鸿了。”[①]

陈师曾（1876—1923）对齐白石绘画风格的转型转变产生过重要影响，直接促成了后者的“衰年变法”；同时，陈氏还在不同场合以不同的方式竭力推介和鼓扬齐氏绘画。1922年春，陈师曾还曾带着齐白石的几幅花卉和山水，到日本参加在东京府厅工艺馆举办的中日联合绘画展览会，“带去的画，统都卖了出去，而且卖价特别丰厚。我的画，每幅就卖了一百元银币，山水画更贵，二尺长的纸，卖到二百五十元银币”[②]。可惜，天不假年，伯乐陈师曾于1923年英年早逝，而他的另一知音、得意门人瑞光和尚（1868—1932）也在九年后去世，力图变革并想获得认可的画家感到更加孤独。

齐白石表示晚年不画山水，除了不愿“多费神思”外，似乎还有另外一个重要原因，即他“用我家笔墨画我家山”的“齐家山水”风格极少能够得到同行和社会的认同，这在一定程度上打击了他创作山水画的积极性和自信心，虽然画家“自信都是别出心裁，经意之作”[③]，不时表示出对自己山水画满满的自信。[④]齐白石的山水画不受欢迎，早在他于1908年第二次到广州时就有反映。“那时广州人看画，喜的是‘四王’一派，我的画法，他们不很了解，求我画的人很少。”[⑤]定居北京后，其画山水依然未能得到美术界的普遍认可，甚至“遭到‘时流’画家的诽骂”[⑥]。即使是对齐白石赏识有加的陈师曾，见到《借山图卷》时，也只是肯定了其“画格是高的”，并指出“还有不到精湛的地方”。[⑦]而其山水有时得到认同，画家便掩饰不住内心的高兴。他于丁巳（1917）九月为友人作山水册页（北京画院藏），其上题款道：“余不为人画山水，即偶有所为，一丘一壑，应

---

① 齐璜口述，张次溪笔录：《白石老人自传》，人民美术出版社1962年版，第85页。

② 齐璜口述，张次溪笔录：《白石老人自传》，人民美术出版社1962年版，第73—74页。在其后的1924年，齐白石有10件作品参加“中日绘画联合第三次展览会”，其中山水画作品3件：《水墨山水》《白石老屋》《草堂烟雨》。见佚名编《中日绘画联合第三次展览会目录》，载王燕来编《历代书画录续编》第十八册，国家图书馆出版社2010年版，第301页。

③ 齐璜口述、张次溪笔录《白石老人自传》，北京：人民美术出版社，1962年版，第85页。

④ 画家自称对自己的山水画创作信心满满，与实际因遭受冷遇而受到打击的沮丧和愤慨，从他对“时流”的评价文字中即可探知，抑或可从心理学等角度深入探讨，另，被齐白石引为知己的得意门生瑞光和尚，从日本须磨弥吉郎收藏其画作来看，其对山水画的理解力和实践水准，也还徘徊在比较低的层次。瑞光作品，［日本］西上实《雪庵瑞光的山水画法》附图2、图3、图4，见北京画院编《齐白石研究》第五辑，广西美术出版社2017年版，第106、107、108页。

⑤ 齐璜口述，张次溪笔录：《白石老人自传》，人民美术出版社1962年版，第59页。

⑥ 胡佩衡、胡橐：《齐白石画法与欣赏》，人民美术出版社1959年版，第99页。

⑦ 齐璜口述，张次溪笔录：《白石老人自传》，人民美术出版社1962年版，第66页。

人而已，秋江见而喜之。余为制小中幅。此馀纸也。画中之非是，秋江能知之矣。”又曾记道：“余重来京师，作画正多，初不作山水，为友人始画四小屏，褧公见之，未以为笑，且委之画。此画法从冷逸中觅天趣，似属索然，即此时居于此地之画家，陈师曾外，不识其中之三昧。非余狂妄也。”[①]

齐白石虽然公开表示五十岁后不再接受山水画件，晚年绝笔，但事实上，其后他的山水画创作仍然不少，有的是应人所请而作，有的是作为谢礼而作。这可以从其自述中找到记录，也可从多件作品的款识中得知。

除了前述给陈子林的山水十二条屏和给王缵绪的《四季山水屏》外，1932年，他还因委托他人为其编印诗稿，“答允各作一图为报，破例画了几幅，如给吴北江（闿生）画的《莲池讲学图》，给杨云史（圻）画的《江山万里楼图》，给赵幼梅（元礼）画的《明灯夜雨楼图》，给宗子威（威）画的《辽东吟馆谈诗图》，给李释堪（宣倜）画的《握兰簃填词图》”[②]。此前一年，齐白石住在袁督师故宅的张园，先后画了《张园春色图》和《葛园耕隐图》，并为两幅画作题句，以表对主人殷勤招待的感谢之意。[③] 1942年春，张次溪打算去长椿寺凭吊陈散原，“老人愿偕往，归后，特作《萧寺拜陈图》”[④] 给张。

翻检手边图册，亦可看到齐白石晚年为数不少的山水画作。如《齐白石画法与欣赏》[⑤] 所附其山水画9件，均为六十岁以后所作：《米山图》（60岁作，见图114）、《白石老屋旧日图》（61岁作，见图112）、《洞庭日出图》（62岁作，见图116）、《群帆烟雾图》（63岁作，见图117）、《石岩双影》（63岁作，见图118）、《雨后山村图》（约64岁作，见图111）、《雪山图》（66岁作，见图110）、《柳岸鸬鹚图》（70岁作，见图113）、《石

① 齐白石《山水》款识，图见秦公、少楷主编《齐白石绘画精萃》，吉林美术出版社1994年版，图23。

② 齐璜口述，张次溪笔录：《白石老人自传》，人民美术出版社1962年版，第85页。

③ 齐璜口述，张次溪笔录：《白石老人自传》，人民美术出版社1962年版，第83页。同书张次溪按语：“《张园春色图》和《钓虾图》，今存中央历史博物馆，《葛园耕隐图》今存广东省博物馆。”关于《葛园耕隐图》，图见齐白石口述，张次溪笔录《白石老人自传》，山东画报出版社2000年版，第157页附图。另据记载，“该画在上世纪六十年代为梁戈亮的妈妈治病筹款，以一百五十元卖掉了。”见东莞市人民政府驻北京联络处编《东莞人在北京》，广东经济出版社2016年版，第88页。《葛园耕隐图》款识：葛园耕隐图。黄犊无栏系外头，许由与汝是同俦。我思所旧扶犁去，哪得馀年健是牛。次篁先生仁世兄雅属。癸酉秋八月，齐璜并题。耕野帝王家万古，出师丞相表千秋。须知洗耳江滨水，不肯牵牛饮下流。画园题后。是夜枕上又得此绝句。白石。

④ 齐璜口述，张次溪笔录：《白石老人自传》，人民美术出版社1962年版，第99页。

⑤ 胡佩衡、胡橐：《齐白石画法与欣赏》，人民美术出版社1959年版。

墨居闲步归来图》(78岁作，见图115)。

外文出版社《齐白石画集》[①] 收录其山水画作品10件，其中9件是20世纪20年代及以后制作:《山水》(1922年作[②]，见图七，第23页)、《乘风破浪》(1924年作，见图九，第25页)、《山水》(1924年作，见图一二，第28页)、《荷塘》(1926年作，见图一五，第31页)、《秋水鸬鹚》(20年代作，见图一九，第35页)、《山水(青山红树)》(20年代作，见图二一，第37页)、《山水》(30年代作，见图五六，第72页)、《蛙声》(1951年作，见图一二六，第142页)、《晨耕》(1952年作，图一三二，第148页)。著录信息如下：

《山水》，56cm×30cm，1921年。款识：平野结庐，四无人径，经老夫愿居之。辛酉三十日画，壬戌初一日记也。白石。

《乘风破浪》，136.5cm×39.5cm，1924年。款识：风流浊世旧此游，十日一画万里浪。君欲卧游借顺风，为君挂向高堂上。三百石印富翁齐璜四百二十甲子时制于旧京。

《山水》，102cm×38.7cm，1924年。款识：鳞桥烟柳图。甲子冬十二月。齐璜。

《荷塘》，191cm×50cm，1926年。款识：子林仁兄先生清鉴。弟齐璜老眼。少时戏语总难忘，欲构凉窗坐板塘。难得那人含笑纳，隔年消息听荷香。乙丑中秋后制画十二幅之十二并题。老萍。

《秋水鸬鹚》，117cm×23.5cm，20世纪20年代。款识：……余画秋水鸬鹚直幅，求者皆欲依样为之，此第五幅也。

《山水》，140cm×34cm，20世纪20年代。款识：青山红树。三百石印富翁。

《山水》，97cm×41cm，20世纪30年代。款识：湘潭齐璜画此，为□元先生八十寿。[③]

《蛙声》，134cm×34cm，1951年。款识：蛙声十里出山泉。查初白句。老舍仁兄教画。九十一白石。

《晨耕》，69.5cm×53cm，1952年。款识：齐白石九十二岁尚客京华白石铁屋。

《齐白石绘画精萃》[④] 收录其山水画作品30件，除《雨后云山》[⑤](见图5)约作于

---

① 严欣强、金岩编:《齐白石画集》，外文出版社1990年版。

② 该书标注为1921年作。据本幅题款“辛酉三十日画，壬戌初一日记”，可知作于1922年。

③ 同《齐白石绘画精萃》图26，该书著录信息为:《碧波千里》，76cm×33cm，1922年作。

④ 秦公、少楷主编:《齐白石绘画精萃》，吉林美术出版社1994年版。该书扉页署“首次面世作品”。

⑤ 齐白石《雨后云山》，纸本设色，104.5cm×28.5cm，约1912年作。款识：雨后云山。濒生。

1912 年外，其余均为 20 世纪 20 年代及以后之作：《山水》（1921 年作，见图 8）、《山水屏》（1922 年作，见图 11）、《山水屏》（1922 年作，见图 12）、《山水屏》（1922 年作，见图 13）、《山水屏》（1922 年作，见图 14）、《红杏开花》（1922 年作，见图 17）、《山水》（1922 年作，见图 18）、《山水》（1922 年作，见图 23）、《山水》（无年款，见图 24）、《山水》（1934 年作，见图 25）、《碧波千里》（1922 年作，见图 26）[①]、《雨后山光》（1925 年作，见图 33）、《寄斯厂制竹图》（1927 年作，见图 36）、《山水扇面》（约 1937 年作，见图 37）、《柳塘游鸭》（1929 年作，见图 39）、《清波扬帆》（约 1927 年作，见图 40）、《山水》（约 1932 年作，见图 49）、《山水》（约 1932 年作，见图 57）、《中流砥柱》（1934 年作，见图 61）、《山水》（1934 年作，见图 62）、《扁舟与人同患难》（约 1934 年作，见图 63）、《林间茅屋》（1935 年作，见图 65）、《春风归帆》（1936 年作，见图 66）、《冰庵刻印图》（约 1940 年作，见图 80）、《洞庭君山图》（1938 年作，见图 100）、《岱庙图》（无年款，见图 118）、《扁舟隔浪》（约 1945 年作，见图 132）、《桔木归鸦》（约 1955 年作，见图 174）、《山水》（1949 年作，见图 200）。著录信息如下：

《山水》，纸本设色，58.5cm×57.8cm，1921 年。款识：与公先生正。辛酉，齐璜。

《山水屏》，纸本设色，149cm×39cm，1922 年。款识：借山吟馆主者制。

《山水屏》，纸本水墨，149cm×39cm，1922 年。款识：徐徐入室有清风，谁谓诗人到老穷。犹可夸张对朋友，开门长见隔溪松。壬戌年四月，白石山翁并题。

《山水屏》，纸本设色，149cm×39cm，1922 年。款识：青山红树。三百石印富翁。

《山水屏》，纸本水墨，149cm×39cm，1922 年。款识：见笪重光临米家画后作。虞生二兄先生正之。壬戌，弟齐璜。

《红杏开花》，纸本设色，104cm×40.5cm，1922 年。款识：前时春色较今浓，红杏开花烟雨工。清福无声寻不见，何人知在此山中。宝丞将军雅正。齐璜并题。壬戌春白石山翁。

《山水》，纸本水墨，74cm×40cm，1922 年。款识：余年未二十七岁时未出本邑，不知世有善画之名家。一日至长沙，客舍有少年人来，自言恪守勤之裔孙，出画四幅求售，欲得纹银二两，且言八大山人所作者。余细观其画，系第二层，惟有题跋之字

① 同外文社《齐白石画集》图五六，该书标注为《山水》，97 cm×41 cm，20 世纪 30 年代作。

迹若有若无，八大四字似是，余亦不知为何人。以银一元得之，即将题跋舍去之，藏于箧。至衰年来京师，陈师曾见而讶之，惜不知作者为谁。余以来处告之，师曾曰：此临八大者或有之，非八大笔也。叮咛即付裱褙。记而藏之。壬戌秋八月，白石山翁。

《山水》，纸本水墨，76cm×33cm，1922年。款识：余重来京师，作画正多，初不作山水，为友人始画四小屏，褧公见之，未以为笑，且委之画。此画法从冷逸中觅天趣，似属索然，即此时居于此地之画家，陈师曾外，不识其中之三昧。非余狂妄也。濒生记。

《山水》，纸本水墨，尺寸不详，无年款。

《山水》，纸本设色，尺寸不详，1934年。款识：伯言先生清嘱。甲戌秋八月，清凉北地，正好挥毫，欣然成之。白石齐璜时居旧京第十八年。

《碧波千里》，纸本设色，76cm×33cm，1922年。款识：湘潭齐璜画此为□元先生八十寿。

《雨后山光》，纸本，98cm×49cm，1925年。款识：三百八十二甲子齐璜居京华第九年制。雨初过去山如染，破屋无尘任倒斜。丁巳以前多此地，无灾无害住仙家。乙丑正月，白石山翁又题。少臣仁弟清论。

《寄斯厂制竹图》，纸本，49cm×30cm，1927年。款识：寄斯厂制竹图。瘦梅仁兄刊竹名冠一时，曾刊白竹扇器赠余，工极。余画此答之。时丁卯六月居燕第十一年，齐璜。

《山水扇面》，纸本设色，23cm×70cm，约1937年。款识：简庐仁兄先生法教。弟璜。

《柳塘游鸭》，纸本，137cm×35cm，1929年。款识：玄伯仁弟雅正。己巳夏，齐璜制。

《清波扬帆》，纸本，135.5cm×33cm，约1927年。款识：□日清波山万重，柳条难系故人篷。劝君莫到无边岸，也恐回头是此风。宋若夫人法正。齐璜白石山翁画并题。

《山水》，纸本，32cm×25.5cm，约1932年。款识：萍翁。

《山水》，纸本，32cm×25.5cm，约1932年。款识：白石。

《中流砥柱》，纸本设色，75cm×34cm，1934年。款识：中流砥柱。柱宇先生鉴此图。甲戌冬齐璜。

《山水》，纸本，104.5cm×44cm，1934年。款识：江上青山树万株，树山深处老夫居。年来水浅鸬鹚众，盘里加餐那有鱼。白石山翁并题。少怀仁弟为小儿女补读病假之书甚勤快，俭此赠之。甲戌冬，璜。

《扁舟与人同患难》，纸本，73cm×20.5cm，约1934年。款识：何物与人同患难，只有扁舟。三百石印富翁并题。森然先生。白石。

《林间茅屋》，纸本，24.5cm×27.5cm，1935年。款识：乙亥冬，客来出此小册请题记，余见之，乃代之弟画，因书数字归之，他日代之如见之，也应一太息墨色犹新，鬓丝如雪也。白石记。

《春风归帆》，纸本，104cm×40.5cm，1936年。款识：馀三先生清属。丙子齐璜。

《冰庵刻印图》，纸本，101cm×51.5cm，约1940年。款识：冰庵刻印图。冰庵弟请予卅年以来不作之作。白石。

《洞庭君山图》，纸本设色，23cm×15cm，1938年。款识：洞庭君山图。冰庵弟请予卅年以来不作之作。戊寅六月为瑟依仁弟画。白石。

《岱庙图》，纸本设色，113cm×48.5cm，无年款（题款：岱庙图。白石老人齐璜画。

《扁舟隔浪》，纸本设色，89.5cm×45.5cm，约1945年。款识：似旧青山识我无，华年心与迹都殊。扁舟隔浪丹青手，双鬓无霜画小姑。白石山翁写真并题旧句。

《枯木归鸦》，纸本设色，102cm×27.5cm，约1955年。款识：省却人间烦事，慕（？）斜阳枯树，树看雅（鸦）归。白石。

《山水》，纸本设色，尺寸不详，1949年。款识：乱涂几笔树，远望似有理。鸬鹚人不识，老翁且自喜。己丑，八十九岁白石老人。

其他如《齐白石全集》，收录1919年以后齐白石山水画，除了前述系列条屏外，还有山水册页12开、仿石涛山水册8开、1931年作山水册页8开、1932年作山水册页12开等；此外，收录其单幅作品100余幅。[①]从《齐白石全集》所收录作品的统计数据看，齐白石自20世纪30年代晚期以后，所作山水画数量确有减少。

虽然齐白石对其山水画自视甚高，但总体来看，其绘画成就主要还是在花卉工虫水族一类题材。相对于花卉工虫水族画，其山水画尚属非常次要的位置，甚至在其人物画成就之后。这应是业界对齐白石绘画艺术的基本认识。[②]这种认识，也得到官方的认同，如1977年10月21日文化部政策研究室《文艺情况简报》第20期刊发的对齐白石的评

① 作品图和著录信息，分别见郎绍君主编《齐白石全集》（第二—七卷），湖南美术出版社1996年版。

② 胡佩衡与胡橐合编的《齐白石画法与欣赏》（人民美术出版社1959年版）一书，对齐白石山水画多有介绍，而三十年后胡橐再撰齐白石《画法与欣赏》（见严欣强、金岩编《齐白石画集》，外文出版社1990年版，第171—178页）时，只介绍了齐白石画虾、蟹、鸡、虫、麻雀、牛、牡丹、紫藤、荷花等9种花卉虫鱼类题材的画法，并没有对其山水画和人物画予以介绍。似有可玩味处。

价，即是如此："在艺术上，主要是在花鸟画（花卉虫鱼等）方面，齐白石有一定的成就，应该给予适当的评价。"[①]

本文以齐白石口述的《白石老人自传》为起点，结合其部分山水画作品及其款识，参以齐白石笔记、日记、诗稿等文字材料，对画家山水画创作经历、创作理念、创作状况的几个问题进行初步梳理，以期能对研讨班的同学进一步探讨近百年来的山水画发展，并在研讨过程中逐步掌握研究方法，形成各自的研究方式，取得更多有价值的研究成果而有些微助益。本文对齐白石山水画艺术特点等方面问题探讨较少，拟另文再行讨论。

附：作品导览

按：这一部分文字，是2006年秋冬之际笔者接受时任北京画院美术馆馆长的尚辉先生委托，为该馆即将举办的"北京画院藏齐白石山水画作品展"所撰导览。本次附刊，除了部分作品以附注形式增补了基本信息以便于读者按文索图外，其余一仍其旧。

1.《借山图》于右任题签

《借山图》是齐白石山水画中的重要作品，其中所收主要是齐白石从1902年到1909年，也就是在他40岁至47岁之间的5次远游，他自己称之为"五出五归"期间，陆续创作的山水画作品的整理稿。

"借山"就是"借山吟馆"，是齐白石在湖南老家时一间书房的名字。1900年，齐白石一家搬到了莲花峰下的梅公祠居住，后来又在祠堂内添盖房子作为书房，取名为"借山吟馆"。1904年，齐白石和他的老师王湘绮等师徒四人在南昌游玩。七夕那天，王湘绮举办宴会，师生畅饮，王湘绮出了两句诗让学生们对，三个学生面面相觑，一个人都对不上来。齐白石内心非常愧疚，感到自己诗文基础太差，需要多多读书来提高自己，于是，回家后就把"借山吟馆"改称为"借山馆"。

关于《借山图》的命名，齐白石曾经这样说过："凡天下之名山大川，目之所见者，或耳之所闻者，吾皆欲借之。所借之山非一处也。……皆中国风景，为山水写照。"

① 文化部政策研究室《文艺情况简报》第20期（1977年10月21日）之四：《对齐白石的评价问题》。转引自李松《风雨晦明——齐白石身后半个世纪的升沉遭际》，载北京画院编《齐白石研究》第三辑，广西美术出版社2015年版，第49页。从该文落款时间可知，该评价形成于1977年8月。

《借山图》又叫《借山吟馆图》。这个题签是著名书法家于右任书写的。于右任是20世纪前期声名显赫的人物，曾跟随孙中山，加入同盟会，后来在民国政府担任各种重要职务，是国民党元老。他的书法学习北魏碑版，用笔劲拔洒脱，结体奇宕。“借山吟馆图”书于洒金色纸之上，更加显出勃勃生机。

2.《借山图》陈师曾题诗

在齐白石的绘画生涯中，陈师曾是一位十分重要的人物，从某种意义上来说，没有陈师曾，就没有后来的齐白石。陈师曾出身名门，6岁开始学画，后来得到海派大家吴昌硕的亲自传授，是20世纪初期北京画坛的领袖人物。

1917年，齐白石刚刚定居北京，早就见过齐白石画作的陈师曾就主动找到齐白石的住处法源寺，两人一见如故，促膝相谈，十分投机。陈师曾看了齐白石的新作品和《借山图》，对他大加鼓励，对《借山图》尤其喜爱，写下了这首诗：

> 曩于刻印知齐君，今复见画如篆文。从蚕束纸写行脚，脚底山川生乱云。
> 齐君印工而画拙，皆有妙处难区分。但恐世人不识画，能似不能非所闻。
> 正如论书喜姿媚，无怪退之讥右军。画吾自画自合古，何必低首求同群。

这是鼓励齐白石不要取媚于世人，要坚持自己的艺术追求，创造独特的绘画风格。齐白石的山水画富于首创精神，在当时还不能被社会接受，甚至还经常受到讽刺，这使他十分痛心。陈师曾的劝勉和鼓励，好像空谷足音，给了他巨大的精神支持。

后来，陈师曾还对画家胡佩衡说“齐白石的《借山图》，思想新奇，不是一般画家能画得出来的。可惜一般人不了解”。1922年，陈师曾把齐白石的山水画等作品送到日本展出，从而使他名扬于海外。

3.《借山图》之一《平淡见奇》

在北京画院所收藏的齐白石山水画作品中，最重要的是《借山图》。对于这套作品，齐白石自己也十分珍爱，他曾经这样说过：“余画山水二十余年，不喜平庸……然余画山水绝无人称许，中年仅自画《借山图》数十纸而已，老年绝笔。”[①]

《借山图》原来有五十多幅，被陈师曾借去了一个多月，还回来的时候丢失了10

① 六十岁前后日记。

幅[①]，后来又有散失，不算副页的话，现在仅存22幅。

这一幅图上有陈师曾的题字“平淡见奇”，并加盖了“陈衡恪”印，由此可见陈师曾对《借山图》的喜爱之情。画中一座孤房，背山面水，被竹林丛树所掩映，画面取景平凡，构图平稳，笔墨平和，然而就是在这“平淡”之中，却又显示出气息的渺远和意境的深邃。全画以淡墨画成，更增添了几分超然尘世之气；用笔轻松随意而又无处不见匠心。由此可见，陈师曾对齐白石的作品“平淡见奇”“思想新奇”，非一般画家所能为之的评价，可谓是知者之言。

4.《借山图》之二《绿天过客》

在葱茏繁密的芭蕉林中，有一间小屋或一栋小楼，住在其中，读书画画，这是何等的惬意。齐白石向往这种生活，更喜欢这种意境，他曾经反复地画过这个题材。在一幅相同构图的画中，他写道：“吾画蕉屋，七十岁喜楼居，故画蕉楼。”[②]

在这幅画中，芭蕉叶以流畅的淡墨线画成，蕉林后面掩映着小楼，黑瓦红墙，楼房的稳定沉厚，与前面蕉林的舒展飘逸形成对比。蕉林与楼房共同组成一个矩形结构，具有逼人的张力，景物好像近在眼前。而画面上边和右侧，不着一笔，留出空白，又将画面空间推向深远，给人以浩渺无垠的感觉。

5.《借山图》之三《祝融峰》

与前面所看的两幅图的平稳构图不同，这幅描绘祝融峰的册页则是构图奇险，空间寥阔，意趣横生。

山置于画面右方，前段山顶略显平缓，后段转折后山势变得高耸，线条勾勒轻松自由。山顶画一小屋，只露出屋顶，这种图式，我们会在后面的多幅图中看到。画面左下角，浓云中托出一轮红日。太阳的红色与山石的青色形成冷暖对比，云彩的淡墨横扫与山石的浓墨勾勒也形成线面、浓淡、轻重的对比，还由此造成一横一竖的势的对照。画中物

① 关于《借山图》的幅数，齐白石有过不同的说法，他曾为门人杨泊庐所临《借山图》题诗称：“五十六图半天下，吾贤得仿十之三。剩水残山真位置，经营与俗异酸甜。”据此，李松先生认为，56幅的数字较可靠。（见李松《平淡见奇　灵气往来》）张安治在《齐白石先生的山水画》一文中则说：“据齐白石先生致徐悲鸿先生书中提及‘借山图原有四十余幅，为陈师曾借去失八幅，尚存三十三，皆中国风景，为山水写照……’此次参加遗作展览者二十二幅。”（见力群编《齐白石研究》，上海人民美术出版社1959年版，第124页。）

② 图见《荣宝斋画谱·七十三》，北京荣宝斋出版社1993年版，第一二页。

象虽少，却处处显出匠心独运，大师作画所以不同凡手，由此可见一斑。

6.《借山图》之四《洞庭日出》

1902 年，40 岁的齐白石开始了他平生中的第一次远游。

这年十月，齐白石接受朋友夏午诒和郭葆生的邀请，前往西安教夏午诒的夫人姚无双学画，途中经过的地方，无论是喷薄欲出的洞庭日出，朔风凌厉的的灞桥风雪，还是巍峨挺拔的华山，无不给他留下了深刻的印象。有时他就干脆留几日，饱览壮丽风光，潜心写生。途中画的很多画稿中，齐白石最为满意的有两幅，其中之一就是《洞庭日出》，后来他还题了长诗来赞美洞庭美景。

洞庭湖地跨湖南、湖北两省，是中国的第二大淡水湖，著名的鱼米之乡，物产极为丰富。洞庭湖衔远山，吞长江，碧波万顷，沙鸥翱翔，浮光跃金，气象万千，诗意荡漾。湖外有湖，湖中有山，湖滨风光秀丽迷人。洞庭美景自古就吸引着无数的文人骚客吟咏、歌颂，唐代诗人孟浩然曾作诗赠丞相张九龄，喟然长叹其“八月湖水平，涵虚混太清。气蒸云梦泽，波撼岳阳城”。

《洞庭日出》这个题材，齐白石画过好几幅，画面形状不同，但景物位置相似。收在《借山图》里的这幅册页，意境与前一幅相似，上端一抹清墨，右上露出半轮红日，左端中部是四面环水的君山，图下端中部横一叶扁舟。对角线的构图把天地拉得极宽，正像他在诗中所说的：“浪高舟欲埋，雾重湖光没。雾中东望一帆轻，帆腰日出如铜钲。”又不免使人想起刘禹锡的诗句：“遥望洞庭山水色，白银盘里一青螺。”

7.《借山图》之五《独秀峰》

两次远游使齐白石大开眼界，也使他越来越体会到自然山水给他的创作带来的好处。1905 年 7 月，齐白石应江西提学使汪颂年的邀请，去广西，到桂林，游漓江，这是齐白石的第三次远游。与华山的险峻不同，这里山灵水秀，山朗水润，气候温和，齐白石早出晚归，辛勤作画。在桂林过了年，齐白石打算回家，为了作个纪念，他画了一幅《独秀峰》图，并把这幅图收在了《借山图》里。

册页《独秀峰》构图奇特，清秀的山峰兀然耸立在画面中央，带给人极强的视觉冲击力。山石方折，山间一条小路时隐时现，从山脚通向山顶。黛青色的房屋与山脚的院落遥相呼应。周围云卷云舒，水气弥漫，清秀、奇特的江南山水形象跃然纸上。

桂林山水给齐白石留下了极其深刻的印象，直到晚年他还在画上题诗说：“自有心胸甲天下，老夫看惯桂林山。”

8.《借山图》之七

在这幅画中，中间的山峦之前画一房舍，房门紧闭，从窗户可以看到房舍内放置一书桌，桌上笔筒、砚台、书卷，一应俱全，只是未见主人，可能正卧榻休息，也可能是外出未归。房舍后面，山石突兀逼人，云气回旋缭绕，山间溪水潺潺，溪上有桥，通向山外。

左边山石以块墨为主，用笔自由奔放，用墨元气淋漓，右边云烟则用细笔勾勒，左右两边，一重一轻，一黑一白，一实一虚。紧靠着房舍的山峦，被云气隔开，形成一个馒头形状，坐落在画面正中，本来应该是章法布局的大忌，但在这幅画中却起到了调和矛盾的作用，使左右两边达到强烈对比中的统一。就整幅画来说，构图以“动”为主，而无人的房舍又透露出几分静气，使画面动中有静。景物虽然繁多但安排有序，对比虽然强烈却调和有度，就好像一位富有经验的将军，指挥千军万马，举重若轻，运筹帷幄。

9.《借山图》之八

冬去春来，天气转暖，水色变深，万物复苏，桃花绽放，一派明媚景色。作品中只用红色轻轻一点，就把桃花绰约、春意融融、生机盎然的意味表现了出来。花青调和淡墨，横向顺势一抹，似湖水，则春意荡漾；似地面，则又表现出小草刚刚露头、“遥看草色近却无”的情状。远山连绵起伏，简单勾勒后，略加皴擦，再施以赭墨，显得明快融和，不免使人想起宋代山水大家郭熙“春山澹冶而如笑”的描写。

与前两幅作品截然不同，这幅作品取景自然，构图平稳，不作奇俏之笔，气息平和，通过不同色彩的巧妙运用，准确地捕捉到春天的怡人气息。孙过庭在论述学习书法时曾经说过：“至如初学分布，但求平正；既知平正，务追险绝，既能险绝，复归平正。”绘画的学习与创作也是一样。齐白石的绘画不正是达到了险绝之后，复归平正的境界吗？！

10.《借山图》之九《雁塔坡》

右下角一座桥，只露出桥顶，左边一尊塔，坐落在沙洲。一桥一塔之外，只有湖水无边。齐白石的山水画素以取景少而著称，这幅册页也可以作为这类构图的代表之一。他曾经这样说过：“余近来画山水之照，最喜一山一水，或一丘一壑。”这幅画中虽然没有丘壑，但仍旧是“一山一水，或一丘一壑”的创作理念。画中大面积的湖水，近处用蓝色，远处用淡墨，墨不碍色，色不碍墨，墨与色浑然一体，相得益彰。湖水越远，用墨越虚淡，直至成为空白，墨已尽而水境无边，笔已停而意境无穷。有的评论家认为齐白石的画是对传统作“减法”，并且做到了极致，做到了令后人高山仰止。[①] 可谓是中的之言。

11.《借山图》之十一《梦中风月》

齐白石出生在农村，当过木匠，后来以画为生，一生艰辛。生活使齐白石养成了勤勉、朴实、天真、乐观的品格。齐白石由于为生活所迫，年轻的时候没能读很多书，但这并没有影响他对文学的向往和对知识的渴求。他勤奋好学，喜欢与知识丰富、学识渊博的人打交道，并努力提高自己的学养，跻身于文人行列的想法一刻也没有停止过。

人们都知道唐代的王维“诗中有画，画中有诗”，将诗与画融为一体，开辟了文人画的新境界。天真朴实的齐白石却也同样有着诗一般的心，它不仅写下了很多诗稿，连一些专门的诗人都感叹不已，而且常常将诗意在绘画中表现出来。《梦中风月图》就是一个很好的例子。

圆圆的月亮倒映在水中，淡青色的水面透露着清冷，两山之间，孤立着一棵苍松，正在风中摇曳，也助长着风势。岸边的道上，孤零零一个人，双手笼袖，徐徐前行。他要走向哪里？何处才是他的归宿？“风月”本是多么美好，可惜现在却只能浮现在梦中。齐白石八年间五次远游，后来又定居北京，但他无时无刻不思念自己的家乡，无时无刻不思念自己的亲人。《梦中风月图》极富诗意，意味隽永，同时又是齐白石生活的真实写照，也是齐白石心灵的诗意抒写。

12.《借山图》之十二

这件作品构图奇特，用色大胆，有一种鲜活的生命感扑面而来，给人以强烈的视觉冲击。

山从画面中间开始，由前而后，由小而大，由低而高，最后冲出画外，用墨逐渐浅淡，山也越来越远。山的整体造型是不是又像一个大的海螺呢？与山相对应，从左下角向右上长出两棵松树，形态奇特，只在顶端长着稀疏的几丛松针。松树的造型和用笔，以及

---

① 舒士俊：《黄宾虹的学术价值与大众释读的困惑》，载中国艺术研究院美术研究所编《黄宾虹国际学术研讨会论文集》，即将出版（补注：该书后由浙江人民美术出版社和山东美术出版社2008年出版，书名《黄宾虹研究文集》）。

后面的山，都存有清代遗民画家八大山人的遗意。齐白石到钦州的时候，在朋友郭葆生那里曾经看过八大山人等人的作品真迹，这些令他仰慕已久的名家的作品使他受益匪浅。

齐白石曾经仰慕八大、学习八大，但他毕竟不是八大，他还有着自己天真、质朴的一面。再看远山，大概只有齐白石才会这样画。远山和近坡的用色，是借鉴了民间艺术的色彩，艳丽、明快而又淳朴。这种用色给他的作品注入了一种生命力，同时也给文人画补充了新鲜的血液。

13.《借山图》之十三《华岳三峰》

1902 年底，齐白石到达西安，在那里住了三个多月。到了第二年的三月初，齐白石又随同夏午诒一家到北京去，路过华阴县，登上万岁楼，面对华山，尽兴观赏。晚上，齐白石便在灯下画了一幅《华山图》。

西岳华山，是我国著名的五岳之一，位于陕西省华阴县城南，南接秦岭，北瞰黄河，因东、南、西三面都是悬崖峭壁，只有柱峰顶向北倾斜，打开了一条攀登华山的道路，所以有“自古华山一条路”的说法。华山奇峰峭壁，险径危石，鬼斧神工，亲临其境，无不叹为观止，有“奇险天下第一山”的美誉。

这幅《华岳三峰》，就是参考当时所画的《华山图》，并根据华山在心目中留下的印象，重新创作而成的。全画以水墨画成，满纸烟云浮动，在云彩上端，兀立着用浓墨涂写的三座高峰，物象虽然简单，但是意境却异常深邃，在云雾缭绕中，更显出华山的巍峨和气势的恢宏。特别是右边的山峰，画笔饱蘸浓墨，也饱含着激情，顺势一笔抹下，将华山的险峻、峭拔，像刀削一般的陡立表现得淋漓尽致。画中的景象虽然是来自画家对自然的观察，然而却又是画家经过高度夸张、升华之后所形成的画家心中的形象。

14.《借山图》之十四《滕王阁》

滕王阁坐落在江西南昌西北，赣江东岸，有“江西第一楼”之誉，又与湖南的岳阳楼、湖北的黄鹤楼并称“江南三大名楼”。王勃写了《滕王阁序》后，这座楼阁则更是名传千古了。继王勃之后，唐代又有王绪写了《滕王阁赋》，王仲舒写了《滕王阁记》，这就是历史上所说“三王记滕阁”的佳话。以后，滕王阁更是成为历代文人士大夫们迎送宴请、行文赋诗的好地方。

1904 年春天，齐白石开始了他的第二次远游。在江西，齐白石和他的老师王湘绮等人游览了庐山、百花洲等名胜，也登上了滕王阁这座历代文人骚客吟诗作赋的楼阁。滕王阁果然名不虚传，登阁远望，满面春风，“落霞与孤鹜齐飞，秋水共长天一色”。经过对滕王阁景致的不断提炼，齐白石在创作时选取了一山、一阁、一沙洲，有时添一抹红霞，勾几许水纹，表现水天辽阔，画面意境深远。

册页《滕王阁》构图奇特，采用高视点，滕王阁只露出楼顶，远处的山也只在画面顶端，从左到右画出一排山脚，而中间任其大片空白，不着一笔，而仍旧能使人感觉到湖水荡漾，波光粼粼。从色彩方面来看，从滕王阁和印章的红色，到中间沙洲的淡赭，再到山脚下部的赭墨，遥相呼应；山的青色与树的颜色相一致，联系着楼顶的淡灰。而总体上又是近处暖色，远处冷色，越远越冷。虽然整个画面只有两种色彩，但经过画家的巧妙运用，整个作品却组成了一首色彩的交响曲，令人回味。

15.《借山图》之十五

与景物少、空白多、构图奇险的其他山水画相反，这一幅册页，选取景物较多，几乎占满画幅，只留下左上角一点空白；构图也比较平稳，较多地保留了传统山水画的意趣。房屋背山面水，后面竹林相拥。左边有用篱笆围成的院落，篱笆旁边，树木高大，后面的山顶上，松树挺拔。一切都显得那么平淡、自然、和谐，好像来到尘世之外的另一个世界。

画面全部用水墨画成，山用大米点皴法，上浓下淡，一气呵成。树也是一遍而过，特别是山上的苍松，颇有剪影的效果。虽然画面景物较多，画家在画法上经过处理，从而使作品浑然一体，平添一股幽静冲和之气。

米点皴是宋代画家米芾所创造的一种画法，是以饱满的大墨点子来表现山石，使之具有雄浑圆厚、湿气弥漫的效果。使用这种画法，与花鸟画中的点厾法几乎没有什么区别，作为主要是画花鸟的画家齐白石，对这种画法自然是再熟悉不过了。

16.《借山图》之十六

这幅册页中，树林的画法与前面看过的桃花林的画法一样。如果说那一幅表现了春光的明媚，那么，这件作品则着意于风光的秀丽和水天的辽阔。

传统的画山方法，一般来说有两种：一种是用石青石绿颜色层层堆积渲染，使画面笔迹细腻，色彩鲜丽，光彩照人；另一种是用水墨，以写意的方法，勾皴染点，或者再用淡淡的水色敷染一遍，但仍然是以用笔用墨为主。但是齐白石画山，改变了画法，简化了程序，正像他自己所说的，“用我家笔墨，写我家山水”[1]，山石的轮廓和结构，用笔极其简略，有人认为他是在用画花鸟的方法来画山水。这幅作品中的山峦，简略地勾勒之后，以写意的方法，使用的却是青绿色彩，既与前面的红色相呼应，又使作品显得充满生机。

齐白石的画法看似简单，而实际上他是在用极简的笔墨、极少的景物，来营造丰富而深邃的意境。两只小船、一抹远山，意境之空阔，就连元代山水大家倪瓒也莫过如此。

17.《借山图》之十八《小姑山》

齐白石画山水，取景甚简，那是画家反复提炼的结果。其实画家在对自然进行观察的时候，却是非常仔细、非常用心的。为了画好小姑山，画家曾经花了好几年的时间，多次对它进行观察，从不同的角度了解它的全貌，以求准确地把握小姑山的特征。在一张画稿上，他这样记录道：“余癸卯由京师还家，画小姑山侧面图，丁未由东粤归，画前面图。今再游粤东，画此背面图。”正是有了对小姑山的深刻、全面的了解，画家在正式创作时，才能选择最具特征的正面图，画上题款说：“前癸卯画此侧面，乙巳画正面图，因远观似钟形，尤古趣，已编入《借山图》矣。”

已编入《借山图》中的小姑山，在这幅册页上，独立于画面中央，画面中部是水中的沙洲，其上画有树林、房舍，以及远山，天水不着一笔，却更能给人以天之寥廓、水之浩森的感觉。沙洲和远山形成带状，贯通画面，与小姑山一横一纵，构图简洁明快。画面左边钤盖的一枚印章，取得了平衡画面构图的作用。

18.《借山图》之二十《竹霞洞》

两山之间露出一线天空，夜空晴朗，月明星稀。山间云雾缭绕，天上月亮正圆。近处岩石之上，有一人静坐，双手笼袖，独自品味眼前云卷云舒、溪水潺潺。

这幅《竹霞洞》册页，与我们前面看到的第七幅《借山图》左上角部分相类似，只是这一幅取景构图更加简略，用笔用墨更加奔放。画面中卷云以细线勾出，在山间自由飘游回荡；山石以云头皴法，兼皴带染，浑然一体，颇具动感，与卷云一起，共同构成了画面动荡不定的基调。天空的蓝色使气氛显得冷清，遥相呼应着岩石上人物的心境。

---

① 山水画题句，转引自胡佩衡、胡橐《齐白石画法与欣赏》，人民美术出版社1959年版，第96页。

这幅作品取材于齐白石远游期间所见，画家触景生情，以情入画，这感情又通过画面感染着观者，扣击着人的心弦。

19.《借山图》之二十二

这是现在北京画院所藏的《借山图》的第二十二幅，也是最后一幅。全画以雅净的色彩画成，表现了杨柳岸边的明媚春光。与齐白石其他的山水画一样，空白占据了大部分画面，使景色主要集中在画幅的左下方，用笔疏朗，设色明快。小路上有两个人物，其中一人作揖，好像在向另一个人问路，另一人指向停在岸边的小船。船被堤岸挡住，只露出桅杆。齐白石的山水画取景甚简，却都蕴含着无限的意趣。明代的唐志契曾经说过："只要晓得景愈藏，景界愈大；景愈露，景界愈小。"并且指出，很多画家心里知道这个道理，等到动笔的时候，却是"手与心迕，心与景迕"。[①] 齐白石却是手与心相应，心与景相通的。

齐白石的五次远游，开阔了眼界，也加深了对山水画的认识，使他达到了"胸中富丘壑，腕底有鬼神"[②] 的境界。他选出最美的、最有纪念意义的写生稿中加以整理，组成了《借山图》。

关于《借山图》的幅数，齐白石曾经有过不同的说法，他在给徐悲鸿先生的信中说，《借山图》原有四十余幅，被陈师曾借去，丢失了八幅，还剩下三十三幅；他在为弟子杨泊庐所临《借山图》的题诗中又说："五十六图半天下，吾贤得仿十之三。剩水残山真位置，经营与俗异酸甜。"李松先生根据这一点，认为《借山图》原来共有 56 幅这个数字比较可靠。[③]

20.《山水图》[④]

齐白石曾经在 1928 年的一幅《雪山图》上题跋道："余数岁学画人物，三十岁后学画山水，四十岁后专画花草虫鸟。今冷厂先生一日携纸委画雪景，余与山水断缘已二十

① 均见唐志契《绘事微言》，人民美术出版社 1985 年版，第 16 页。

② 为胡佩衡所作篆书联语，引自胡佩衡、胡橐《齐白石画法与欣赏》，人民美术出版社 1959 年版，第 40 页。

③ 参见李松《平淡见奇　灵气往来》。

④ 补注：款识：余不为人画山水，即偶有所为，一丘一壑，应人而已，秋江见而喜之。余为制小中幅。此馀纸也。画中之非是，秋江能知之矣。齐璜，丁巳九月同客京华。余此次来京，独与姚君石长相见，如再来，当早亲之，秋江可代白。白石又及。钤朱文方印三：萍翁、木居士、小称意小怪之。

余（年），何能成画？然先生之来意不可却，虽丑绝，不得已也。”[①] 其中所说“四十岁后专画花草虫鸟”“与山水断缘已二十余（年）”的话不是事实。事实上，他一直都没有停止山水画创作，并且对自己的山水还颇为自喜，觉得虽然“乱涂几株树”，但是“远望得神理”，“看似寻常实奇崛，成如容易却艰辛”。

他之所以这样题跋，是因为他的山水风格独特、笔墨高超、意境新颖，摆脱了历代山水画陈陈相因、缺乏生活的僵死的程式，而是来自生活，来自自己的灵气，大胆创造，因此常常不能被人理解，甚至还经常遭到一些“时流”画家的诽谤和谩骂。于是除送给几个知音的画友之外，他就很少拿到外面去。这幅画上所说的“余不为人画山水，即偶有所为，一丘一壑，应人而已”，也是这个意思。

这幅画中，山取其一角，用笔爽利，近处三五株树，远处两三座山，也极为精简，中间的秋江，不着一笔，使画面形成“C”字形构图，虽然景物不多，画幅也不大，但给人的感觉却是意境深远、气势宏大。题跋所言：“秋江见而喜之”“画中之非是，秋江能知之矣”，以及左下角的图章“小称意，小怪之”，也都表明了画家对作品的自信和自喜。

21.《山水图扇》（2件）

对齐白石来说，1922年是值得欢庆的一年。他的画被陈师曾带到日本，参加中日联合绘画展览会，获得一致好评，画全部被卖出，而且价格也很高，尤其是山水，一张二尺长的就抵得上两三张花鸟。这对于在北京卖画很不景气的齐白石来说，无疑是再高兴不过的事了，一则卖画获得了不少的钱，更重要的是也带动了他在北京的绘画市场，买卖一天比一天好起来，在国内、国际上也名声鹊起，有了“南吴北齐”之誉。

这两幅扇面都是1922年的作品。题跋在上端的一幅[②]，左边楼房掩映在丛树林中，右角小桥流水，远处群山连绵，用米点法画成，全画有云烟缭绕、水汽弥漫之感。另一幅[③]取景略简，视点较低，用笔也较明确，似有阳光普照之意。

在较熟的宣纸上画画，本来就是齐白石得心应手的事儿，加上他听从陈师曾的建议，

① 图见胡佩衡、胡橐《齐白石画法与欣赏》，人民美术出版社1959年版，图110。该书第97页所录“四十岁后专画花草虫鸟”，误为“四十岁后专画花卉虫鸟”。

② 补注：本幅款识：齐璜白石山翁十入都门画。时壬戌五月十又六日也。钤白文方印一：白石翁。

③ 补注：本幅款识：白石翁。钤朱文方印一：老萍。

学习了吴昌硕的画法，用笔较粗、墨点较大，笔致豪放，沉厚苍劲。这两个扇面都有这样的特点。

22.《风柳图》

除了《借山图》之外，在这里展出的《风柳图》《桃源山水》《秋水鸬鹚》《万林山居》等，也都是齐白石山水画的代表性作品。

在这幅《风柳图》中，齐白石很成功地创造了风柳的艺术形象。柳树枝干优美，婆娑动人，尤其是枝条，随风而飘，柔美有致。浓淡长短不同的线条组合，构成了一场形的舞蹈，也构成了一曲声的交响。后面的山峰，用长线皴法，落笔爽利，运墨自然，连皴带擦，一气呵成。山形配合着笔墨，形成了很强的动势，与前面的风柳相映衬，更加强了柳树的风姿。

齐白石的山水画，在用笔、用墨上都富于独创性。他主张画“山水笔要巧拙互用，巧则灵便，拙则浑古”[①]。如果说这幅画中的风柳是“巧”、山峰是“拙”的话，那真是将“灵便”与“浑古”这两种不同的审美表现统一了起来，从而使作品平中见奇，充满灵气。

23.《山村烟雨图》

山雨过后，水汽弥漫，烟岚连绵。这幅《山村烟雨图》，用笔画出山形，趁湿用淡墨渲染，浓淡墨互相渗化，再顺势用湿墨画出两座远山；山前和近处的树林更是用涨墨点出，晕成一片，画出了被迷蒙的烟雨笼罩着的山村景象，也画出了“元气淋漓障犹湿”的感觉。

在前此几年的64岁所画的一幅相同题材的画上[②]，画家曾题了这样一首诗：

十年种树成林易，画树成林一辈难。
直到发亡瞳欲瞎，赏心谁看雨余山？

“画树成林”之所以比“种树成林”还难，就是因为树是有生命的，要画出树的活泼泼的生命，画出树林的鲜活的精神来，恐怕是花一辈子工夫也不一定能画得好的。画出树林的这种精神，不就是在画出画家自我的精神吗？！

① 《老萍诗草手记》，1919年。转引自李松《平淡见奇　灵气往来》。
② 图见胡佩衡、胡橐《齐白石画法与欣赏》，人民美术出版社1959年版，图111《雨后山村图》。

24.《秋水鸬鹚图》

这幅《秋水鸬鹚图》，画家采用又窄又长的条幅形式，画面构成仍旧是“三段式”。近处小河中鸬鹚捕鱼，中部堤岸垂杨，远处一坡，坡上房舍，坡旁小桥。整个画面以淡墨为主，越远越淡，表现出无限深远的空间，也使画面表现出恬淡、自然的意境。

画中垂杨用笔轻松、流畅，自然中饱含着力量，挺拔中蕴含着韧性，直而不刚，曲而不软，淡而不轻飘，密而不拥堵，尽得自然之趣。水中的鸬鹚用浓墨画成，有的两笔，有的一笔，有的只一墨点，形象十分简练，犹如剪影，但表现出鸬鹚的各种姿态，却又非常生动、逼真、感人。远处的桥上有一位行人，拄着拐杖，过桥回家。正如画家在上面的题诗所言：

堤上垂杨绿对门，朝朝相见有烟痕。
寄言桥上还家者，羡汝斜阳江岸村。

美好的景致是画家家乡的写照，这幅画表达了画家对故乡的思念之情。

25.《双肇楼图》

《双肇楼图》作于1932年夏天，是应张次溪的要求，画了送给他作纪念的。那年张次溪24岁。齐白石是张次溪父亲的朋友，也是张次溪的老师。1931年，齐白石曾经住在左安门内的张家消暑、作画，两家交情甚好。张次溪帮助齐白石编辑过诗稿，后来又笔录了齐白石的传记，就是大家都熟悉的《白石老人自传》[①]。

《双肇楼图》用大笔蘸浓墨，以大混点画出柏树，再间以淡墨，然后用花青色点染，把柏树的森然苍翠表现得形完神足、淋漓尽致。苍柏掩映着的双肇楼以细笔勾出，与苍柏的用笔雄肆、奔放形成对照。尤其是楼中的人物，别有情趣，好像一对恋人，正在赏景消暑、交心谈情。男的坐在椅子上，身体后仰，显得悠闲自得；女的留短发，身穿红衣，手臂搭在栏杆上，转脸望着窗外，好像半含羞涩，又好像漫不经心。人物虽然画得很小，但却是全画的焦点所在。

《双肇楼图》画面处理与《借山图》中的《祝融峰》类似，景物完全集中于下部，留出三分之二的空白。对于这种构图，齐白石特别得意，也特别在意，他唯恐张次溪请

---

① 齐璜口述，张次溪笔录：《白石老人自传》，人民美术出版社1962年版。

人在画上题字，把画面的空间关系破坏了，后来曾经专门写信给张次溪，嘱咐他说："承索画《双肇楼图》，以布置少，能见广大，觉胜人万壑千丘也。贵楼题词甚多，不必写于图上，使拙图地广天空。……加书题词，其图有妨碍也。"[①]

26.《栖鸦图》

这是一幅构图具有半山水半花鸟特色的册页。全画以简洁的手法绘制而成，远处群山连绵，近处三五株树从右下方伸出，在稀疏的树枝上，落着十几只乌鸦。画家以极其简略的手法来表现乌鸦各自不同的动态，生动有致，又颇具生活情调。乌鸦有的好像在窃窃私语，有的则伸长脖子努力倾听；还有的独自栖在那里，好像刚刚归来，非常劳累，正在闭目休息。乌鸦的表现有着齐白石独具的幽默和风趣。

齐白石经常充分利用包装纸来画画，包装纸原有的褶皱使笔画平添几分苍茫和老辣，读来别有一番风味。画家采用近乎方形的构图，也给人以全新的感觉，具有很强的现代感。

27.《万竹山居图》

这幅《万竹山居图》，也是齐白石的山水画代表作之一，取景、构图、造意都与那幅《借山吟馆图》非常相似，我们可以把这幅画看作是齐白石对故居借山吟馆的思念。

借山吟馆坐落在莲花峰下的梅公祠内，周围长满了梅花和木芙蓉，花开时节，一片锦绣迷人的景象。后来齐白石又在房前屋后种了几株芭蕉，夏天绿荫铺阶，几榻生凉；秋风夜雨潇簌，助人诗思。齐白石曾经在这里读书、画画、学诗，度过了六七年的美好时光。后来定居北京后，他还常常想起这里，也曾经作过一首诗：

廿年不到莲花洞，草木余情有梦通。
晨露替人垂泪别，百梅祠外木芙蓉。[②]

艺术的创作毕竟不同于实地地图，在这幅作品中，齐白石并没有描绘梅花或木芙蓉，也没有描绘芭蕉，而是将房舍放置在万竹掩映之中，背后青山，面前绿水，一片幽寂清凉。这是画家思念着的故居，更是画家巧思妙造的天地。生活在这里，定能助长诗兴，而画作本身不就是一首诗吗？！

---

① 转引自李松《平淡见奇 灵气往来》。其中"……"原为"若嫌空白太少"一句，与上下文意思相左。
② 齐璜口述，张次溪笔录：《白石老人自传》，人民美术出版社1962年版，第46页。

28.《桃源山水图》

自东晋陶渊明以平淡自然而韵味隽永的笔调写成他那脍炙人口的《桃花源记》之后，桃花源就一直是人们心目中的理想世界，那是一个充满自由、人人平等的生活乐园。陶渊明身处乱世，世外桃源是他心灵的寄托。1938年的北京，乃至整个中国，与陶渊明所处的社会何其相似，齐白石身居北京城西，闭门谢客，也营造了一个属于自己的世外桃源。这幅画上的题诗写道：

平生未到桃源地，意想清溪流水长。
窃恐居人破心胆，挥毫不画打鱼郎。

画中山峰对峙，桃花盛开，小桥流水，闲人幽居。画法简洁明快，色彩单纯明丽，一派春光明媚、纤尘未染的景象。山的造型高耸陡峭而又清丽可人，明显是受了桂林山水的影响。自从三十多年前游历广西之后，齐白石就始终对那里的山水情有独钟，认为桂林山水是最富有诗情画意的，他曾经这样说过："桂林一带山水，形势陡峭，我最喜欢，别处山水，总觉不新奇……桂林山水既雄壮又秀丽，称得起'桂林山水甲天下'。所以，我生平喜画桂林一带风景，奇峰高耸，平滩捕鱼，即或画些山居图等，也都是在漓江边所见到的。"[①] 桂林山水成了齐白石心中的世外桃源。

29.《古树归鸦图》

古树归鸦是齐白石非常喜爱的一个意象，因而常常画它，直到晚年还乐此不疲，并且还常常题上一首诗：

八哥解语偏饶[②]舌，鹦鹉能言有是非。
省却人间烦恼事，斜阳古树数鸦归。

像齐白石的大多数诗作一样，这首诗浅白而且幽默，反映了他对人间世事的看法和态度。

画中乌鸦的画法极简：蘸浓墨，三两笔，就把乌鸦不同的情态描绘出来了，有些

① 胡佩衡、胡橐：《齐白石画法与欣赏》，人民美术出版社1959年版，第98页。
② 饶，本画题款误为"晓"。

早已立在树枝上，有的则正在飞来。远山用大笔涂抹，色彩与近坡呼应。画面采用“S”形的构图：从题款开始，由上而下，通过印章和一只乌鸦转向左上鸦群，又顺着树干往下，再通过那株横出的老树，把人们的视线引向小桥上的行人。桥上老人拄着竹杖，急匆匆地向前走，赶着回家，与树上的乌鸦一起，点出了画面的主题。画中的老人正是画家自己的写照，回家的主题也正是87岁的齐白石真实情感的表露。

30. 画稿《客桂林为郭五造稿，又为汪颂年画册》①

这是齐白石在桂林的时候，为郭葆生和汪颂年画画而作的草稿。

汪颂年是齐白石的朋友，长沙人，翰林出身，当时是江西提学使。1905年7月，齐白石第三次远游，到广西桂林，就是应他的邀请。图稿上所说的郭五，就是郭葆生，也是齐白石的老朋友。1902年，齐白石下定决心出远门开阔眼界，就是因为郭葆生的一封信。后来郭葆生以候补道的身份放钦廉兵备道，驻扎在钦州。1906年，齐白石由桂林，经广州，来到钦州；1907年、1909年又两次来到钦州，都是奔赴郭葆生的。在那里，他一边教郭夫人学习画画，一边也替郭葆生画了一些应酬画，因为郭葆生喜欢画画，但画得不好，却又总少不了应酬。

这虽然是一幅草稿，但还是能够看出齐白石的用心。尤其是画面中间，一人倒背双手，站在悬崖上，望着江上的帆船渐渐远去，是不是也多少反映了身在桂林的齐白石想念故乡的心情呢？

31. 画稿《此地有大小鸡》②

宋代画院考试画家，曾经有一次以古诗“乱山藏古寺”为题，很多应试的人都画山中露出寺庙的屋顶。其中只有一位画家，只是画出乱山中露出一根幡杆，并不画出寺庙，结果得了第一名。

藏与露的关系历来是画家十分注意的一个问题。齐白石的这幅草稿，与“乱山藏古寺”有着异曲同工之妙。山脚下画出半圈篱笆，柴门敞开，并不画房屋和人，就已经使画面有了生活的气息，而在门前的空地上，再添几只小鸡，围着母鸡嬉戏、觅食，生活

---

① 补注：纸本墨笔，33.5cm×40.5cm，1905年。图见《北京画院藏齐白石全集· 山水杂画卷》，文化艺术出版社2010年版，图〇〇三《客桂林造稿》。

② 补注：纸本墨笔，29cm×16cm，无年款。图见《北京画院藏齐白石全集· 山水杂画卷》，文化艺术出版社2010年版，图〇一二《远游写生画稿》。

气息就更加浓郁了。

草稿上没有画出鸡来，只是写了几个字来表示，试想画家在正式创作时，一定是浓墨一点，像他画《归鸦图》那样，鸡的神态便神灵活现、呼之欲出了，即使没有人的出现，整个画面也生机盎然了。齐白石的画总是充满生活的情调，具有平民思想和田园情结，即使是一幅草图，也显示出他的匠心独运、不同凡响，显示出一代大家的风范。

32. 画稿《万鸦飞集盼儿归》[1]

这是一幅带有人物故事情节的画稿。空中晚霞夕照，树上万鸦飞集，天色已晚，家中母亲正焦急地等待小儿放学回家。路上，小儿一手提篮，一手抱书，一边背着先生刚刚教过的诗文，一边急匆匆地往家赶，免得母亲挂念。

晚霞点明了时间，归来的乌鸦，与小儿还没到家的情况形成对比，更衬托出母亲的焦急。从上面的局部刻画来看，母亲虽然手中忙着活计，但似乎已经心不在焉，心里只惦念着儿子。齐白石小时候，早上出去上学或者放牛，到了傍晚，祖母总是倚着门，盼望着他平安归来。晚年，齐白石总是回想起自己儿时的情景，怀念自己的先人，他曾经作诗写道：

祖母闻铃心始欢，也曾总角牧牛还。[2]

并自己在诗的中间解释说："幼时牧牛，身系一铃，祖母闻铃声，遂不复倚门矣。"

这幅画稿构思巧妙，情意浓浓，是白石老人内心的独白和真实情感的流露。

33. 画稿《北京风景》两幅[3]

这两幅画稿描绘的都是北京的风光。上面一幅描绘傍晚时分，远观北京郊外的自然景色，淡山渺远，近草稀疏，空中大雁自由飞翔。画面空间开阔，视域宽广，笔清墨淡，意境空灵。如果不是画家在画稿上写明，我们很可能会把它看作是南方美景。

① 补注：纸本墨笔，29cm×16cm，1905年。图见《北京画院藏齐白石全集· 山水杂画卷》，文化艺术出版社2010年版，图〇〇七《客章门存稿》。

② 《白石牧牛图及题诗》，见胡佩衡、胡橐《齐白石画法与欣赏》，人民美术出版社1959年版，图125。

③ 补注：纸本墨笔，15cm×22cm，1919年。图见《自家造稿：北京画院藏齐白石画稿》，广西美术出版社2014年版，第165页《己未日记第二页》、第166页《己未日记第三页》。

另一幅画稿画的是北京城楼。城楼用笔粗重朴拙，浓烟用笔肆意奔放，均以浓墨画出，再用淡墨渲淡。无论是笔墨还是意境，都与上面一幅截然不同。画稿中的黑烟来自北京的一座工厂，这在当时是现代化生活的象征，而在今天看来，这却成为环境污染的记录。上面一幅所呈现的景象却还始终是人们心中的向往。

34. 己未年（1919）日记、画稿[①]

这几页日记和画稿，记述了1919年齐白石从湖南老家回北京，以及回到北京后的情况。

前一年，回到老家的齐白石眼见家乡兵荒马乱、土匪横行，自己连生活都不能安定，于是下定决心定居北京。1919年正月下旬，他告别亲人，离开故乡，3月初到达北京。日记就记录了这段时间的事。

回到北京后，齐白石仍住在法源寺庙，尽管非常简陋，但毕竟是自己的栖身之所，正如他在七月八日的画稿上写的“北地贫屋，老萍愿家焉”。刚刚来到北京的齐白石，卖画刻印的生意并不好，又想着亲人不能团聚，年近六十还要流离他乡，心情特别糟糕，所以在《题公园图记》中说：“余今年来北京，无意游览。”在朋友的劝说和陪同下，他到了社稷坛，“时值黄昏，余霞未减，树影朦胧，余删去闲人游女，以寂寥之境画之成图。恐观此者必谓大非公园，因作是记”。在另一幅《公园图》画稿上，院内几座房屋，墙外晚霞满天，柏树参天，绝无外物，虽有闲人游女等好事者游览，则一概删去。这样的处理，既是为了营造画面寂寥之境的需要，更是画家当时的心情使然。

---

① 补注：画稿纸本墨笔，15cm×22cm，1919年。图见《自家造稿：北京画院藏齐白石画稿》，广西美术出版社2014年版，第167页《己未日记第四页》、第168页《己未日记第五页》。

傅抱石诗意山水画的现代性转换

宋永忠

中国艺术研究院研究生院美术学博士，宁夏师范学院美术学院副教授

"诗意画"将诗与画结合起来进行创作，又称作"命题画"，大致属"文人画"范畴。中国的诗画结合起始于汉代，形成于唐、宋，兴盛于元、明、清时期，具有文学化特质的民族文化内涵。"诗意画"的创作讲究"诗中有画，画中有诗"，是画意与诗情的融合。其中的"言外之意"和"画外之情"都是作者的情思凝结，是深入生活的艺术感受升华。所以，传统中国文人画家特别注重对于个人心性的修养以及文化特质的锤炼。傅抱石诗意山水画立足现实，从亲身感受出发，借鉴国外画风，融入现实因素，对传统诗意山水画进行了现代性转换，主要表现在以下三个方面。

一、绘画观念的现代赋形

傅抱石对传统文人"诗意画"进行以文化特质培养为引领，"道"与"技"两方面的革新。他在1942年画展序言中提出了自己的"文人画"原则："文"学修养，高尚的"人"格，"画"家的技巧。这三项原则其实就是中国画的基本精神，其中具有递进层次：绘画内在特质就是以"人格"的境界为培养核心的，实现的途径和凭借的手段首先在于"文化"，次在"技术"。[①] 从中体现出傅抱石对于绘画观念的重视。特别是在1947年8月13日"中国绘画之精神"演讲中，傅抱石对中国画本质进行了概括："超然的精神（笔法、气韵、自然）、民族之精神（人品、修养）、写意精神（重神轻形，写意精神产生于中国画的工具和材料尤其是思想）。"从"笔法""气韵""自然"三层次由形而下的技术层面逐步上升到文化精神层面，倡导继承中国传统思想中崇尚"自然"和追求"道"境。

① 参见黄戈《傅抱石画学思想研究》，光明日报出版社2009年版，第35页。

由此入手，傅抱石在思想观念上对传统“文人诗意画”进行了现代意义的转换。

在绘画实践方面，将视觉要素融入类型化创作手法之中是傅抱石继承传统与创新的关键，而他从日本画中所汲取的营养就是对于视觉感的回归。傅抱石留学日本的老师金原省吾在其著作《绘画中的线条研究》中，以美学分析为基点，分别论述了“线条的发生、轮廓线、线描法、线条的绘画性、线条表现、线条运动、线条情感、皴法、线条的美术史、线条的确立”等内容。其中既有艺术心理、形态方面的分析，又有线条技法，还有绘画原理，构成了辩证有机的整体。这些观点为傅抱石提供了不同于传统的参照系，他认为：“把线条与点、面进行比较是纯形式的、西方立场的，把线条落实到皴法、描法却又是历史的、中国立场的，兼此二长，诚可谓是开古来未有之新境。”[①] 这些观点强化了傅抱石的绘画观：中国画是完全根据线条组织成功的，无论是山水、花卉、人物里面都是线条，即古人所谓的“笔”。线条是中国画最显著的基本条件。

> 中国画的生命恐怕必须永远寄托在“线”和“墨”上，这是民族的。……“线”和“墨”是决定于中华文化基础的“文字”之上，工具和材料，几千年来育成了今日的中国画上的“线”和“墨”的形式。[②]

图1　傅抱石《万松山馆图》，纸本设色，83cm × 42cm，1941年，成都望山堂藏

基于这种认识，傅抱石选择了历史人物作为突破口，进行自己的线条研究，开始向中国画创新方向迈进。他学习顾恺之线条时既借鉴日本画中光、色表现技法，又坚守中国画线条传统，用笔快速，以散锋、破笔法为主，旁及其他笔法，从而弱化了日本画样式。尤其是他善于把握与传达微妙、真切的气息，在表现力上又超越了日本画。

在绘画技法层面，傅抱石追求画面的混沌感与压缩空间，回归对于画“境”的建构。1941 年创作的《万松山馆图》（图 1）体现了他这一画风转变的轨迹，那就是“抓大放小”，放弃局部

① 陈振濂：《维新：近代日本艺术观念的变迁 —— 近代中日艺术史实比较研究》，浙江古籍出版社 2006 年版，第 374—375 页。

② 傅抱石著，叶宗镐编：《傅抱石美术文集》，上海古籍出版社 2003 年版，第 334、501、533—535 页。

图2 傅抱石《杜甫九日蓝耕会饮诗意图》，纸本设色，208cm × 59.5cm，1944年，敬之斋主藏

精描细写，服从整体画面混融一体的倾向。这幅作品借鉴石涛的探索成果，在技法运用上，前景偏重于“乱柴皴”和“拖泥带水皴”；中景以后各种皴法交替互用，综合运用乱麻、卷云、荷叶等各种皴法，在布局上借鉴运用日本画法，采取大块体积分配画面，并配合色彩的浓淡变化，表现山体的层次及空气感；中景以下的松林清晰可辨，逐渐向纵深延伸与山壁相接，靠近山壁部分的形象则浑然概括。这种处理方式使得前、中景画面物象距离与层次区分明确，主山的描绘则浑然一体，弱化了空间层次。傅抱石在画面心理空间的营造中采取混融感与压缩相结合来表现空间，这也是他入蜀以后绘画变革的主要特征之一。整幅画经过山势的错落放置、山间的烟岚效果，用墨的浓淡轻重等经营，凸显了景象的层次，合乎自然实质空间。其中最具特点的是对线条的概括与创造性运用，显示出从学习石涛技法到自我笔墨面貌的转折与变化。这种转化的代表作品还体现在 1944 年创作的《杜甫九日蓝耕会饮诗意图》（图 2）中。作品大量运用适度的浓墨渲染，尤其是画面下部的经营处理独特，将笔墨用线、面与体结合在一起，使墨色更加厚重。他独具匠心地运用光影处理画面，上部分与下部分采取了不同效果，使画面更加开阔，增强了体积感，并由此形成强烈的视觉冲击力。画面下部描绘的文人或漫步于山间小径，或切磋交流，或观赏佳境，各个意气风发，成为他营造的点睛之笔，也是诗意升华之处。

傅抱石以杜甫诗意描绘蜀地山水，在表现自然山水的同时，更注入了人生的苍凉与孤寂，借杜甫之诗表达自己的感受。1939 年到 1946 年居住在四川期间，傅抱石强化了画面中物象的轮廓线，采取散锋用笔，以线破线，使用碎线条来打破传统山水画中线的连贯性，在弱化轮廓的同时突出了肌理、质感，将山石轮廓线与山体的体、面在运笔过程中一气呵成，获得有异于传统的画面经营，体现出对现代感的追求。

二、现代性绘画语言的提炼

第一，画面结构的现代性转换。

傅抱石早年留学日本，对于日本画和西方现代油画都有接触，深受直接写实性绘画的影响。归国后，他在自己的山水画创作中开始引入西方式写生结构，如运用“近大远小”的原理，以夸大树木枝干为特写近景，突出了视觉经验感。但是，傅抱石并没有全面运用这种方式，直到20世纪50年代中期，利用东欧写生的机会，才将从写生中获得的构图方式运用于创作中，强化了近大远小的透视关系。他这样做既拉开了与传统文人画的距离，又使作品增加了亲近自然的现实感。如在写生作品《布拉格宫》（图3）中，加强了近景的表现，使传统绘画呈现出新的结构意味，令人耳目一新。尤其可贵的是，傅抱石摆脱了焦点透视的约束，坚持中国传统的“以大观小”及“观物取象”的方式，既符合视觉习惯，获得了现场感和真实感，又保留了精神空间的自由。为了兼取两种方式的优点，他通过全方位观察，经提炼概括而组合成典型性画面。其中一个突出的特点是提高了画中的视点，将视野锁定在画面中上部。这种方式提高

图3　傅抱石《布拉格宫》，纸本设色，45.5cm × 69cm，1957年，南京博物院藏

了与画面的互动，拉近了自然物象与观者的心理距离，从传统高远式构图对于天地宇宙情怀的向往，引入对现实的关注的视点，通过画面造型元素的经营，注入了对现实的感受。

第二，寓笔墨于心理经验，创造典型艺术形式。

20 世纪 50 年代，傅抱石以西方写实方法改造中国画，通过写生来提高绘画技法，体验现实生活，探索自己的绘画语言与风格。他认识到，对客观对象的强烈感受只能通过提炼、概括的方式表达出来，而最有效的方式就是将中国画的写生与创作有效结合。出于这种理念，他把所见事物勾画成印象式的符号，并善于概括对象特征和内在联系，做到“胸有成竹”“意在笔先”。同时，他又重视中国画笔墨技巧和表现规律的运用,在“立意”到“用笔”的全部过程中鲜明地经过酝酿和制作阶段,而“意”与“笔”又是不可分的完整整体,是两者的高度统一。“极具新‘意’,又出以妙‘笔’,‘意’‘笔’相发，才有可能画出满意的作品来。”[①] 可见，傅抱石是从笔墨表现到形式构成两方面入手进行现代性探索的。

《东欧写生组画》真实地反映了傅抱石观察自然和创作方法的改变过程，启发了他晚年创作的基本形态，也确定了其在中国画改造的历史地位。《韶山图》采用写实性、近似焦点式的满构图，形成与以往不同的画面基调：低调的偏银灰墨色、淡赭和暗绿调性中充满诗意的宁静气氛，主调中蕴含着丰富的层次。除了几处大块的留白外，傅抱石在大面积渲染的同时，注重色与墨的轻重与厚薄度的处理，恰当控制画面的整体效果，松动中透气，浑厚中化灵，笔墨处理浑然天成，人与自然融为一体。在构图、敷色等方面的崭新形式，构筑了对自然景物形与神、光与影、色与墨、虚与实、质与文的高度融合，极大地拓展了观众的心理空间。这种形式加强了视觉经验的亲切感，拉近了绘画与生活的距离，也实现了特定题材的政治内涵。他强调在写生中“勾画形象符号，储存于脑海中，画稿是用来呈现目观、恢复心记的美术日记”[②]。一般而言，傅抱石写生勾勾、画画，多为一些景物元素的原始记录，自称为“张天师的符”[③]。他的这种做法是为了记忆特征，在写生画稿中时常添加一些简单记号，来帮助记忆。在傅抱

① 傅抱石著，叶宗镐编：《傅抱石美术文集》，上海古籍出版社2003年版，第334、501、533—535页。

② 曹青：《师造化的印记 —— 傅抱石先生的速写画稿》，荣宝斋出版社2007年版，第464页。

③ 傅抱石著，叶宗镐编：《傅抱石美术文集》，上海古籍出版社2003年版，第334、501、533—535页。

石看来，写生是“目识心记”的过程，仅是为创作之需而作“必要的记录”[①]。傅抱石强调写生要用脑，不要光用眼，面对自然景物，只对景写生是愚蠢的。黄鸿仪的《傅抱石先生的美学思想》从“动”与“情”两方面论述了傅抱石的美学思想：“傅氏对动的妙悟反映在他对艺术发展的整体观和艺术局部造型观的认识和表现两方面，傅氏强调以‘感情’作画，而不单纯用‘技法’画画。”[②]傅抱石应对不同环境，能把心胸志趣做不同层面的表达，突出诗意的意境美。他将山水画笔墨的形式与真山水自然美相结合，在艺术表现上独创具有现代感的“抱石皴”，形成了典型的艺术风格。

三、现代性诗意的创构

第一，从一般山水到特定山水的转变。

傅抱石的《韶山图》卷最早脱离了写生层面而进入主题创作，以“一种宽阔、高大、雄伟的画面格局，创造了一种浓郁、繁盛、谨严的审美风格”[③]，成功地完成了从一般山水向一种特定的山水——“领袖故乡的山水”的转移。

在这幅作品中，傅抱石在创作中“和谐地融汇了中国山水画传统与西画造型元素，表现出一种与韶山领袖‘精神’相吻合的清新、浓郁的鲜明风格和特定意境，实现了视觉语言、文化结构、审美情趣与时代题材的有机融合”[④]。他依据毛泽东的诗词《七律·到韶山》连续创作了韶山图景，在1960年5月创作的一幅《毛泽东〈七律·到韶山〉诗意图》（图4）中，大面积运用充满了诗意和韵致的深绿色，获得了良好的视觉效果，同时也寄托着画家诚挚的情感。在这一系列将平凡的景色纳入画面的创作中，

图4　傅抱石《毛泽东〈七律·到韶山〉诗意图》，纸本设色，118.5cm × 88cm，1960年，南京博物院藏

① 傅抱石著，叶宗镐编：《傅抱石美术文集》，上海古籍出版社2003年版，第334、501、533—535页。

② 傅二石：《傅抱石速写集·后记》，江苏美术出版社1985年版。

③ 彭来：《从领袖到革命圣地——20世纪中国美术的一个历史过程》，《文艺报》2001年6月28日。

④ 万新华：《图像、风格、观念——中国现代绘画史研究丛稿》，山东美术出版社2013年版，第206页。

图5　傅抱石《清平乐·六盘山》，纸本设色，1950年

图6　傅抱石《苍山如海　残阳如雪》，纸本设色，74cm×36cm，1964年，南京博物院藏

傅抱石用自己的笔墨技巧突出了生机，反映了特定题材的精神特质，也体现出他的一种主要的审美取向。

傅抱石是新中国美术史上最早探索毛泽东诗意山水画创作并取得历史性突破和成就的画家之一。他从毛泽东诗词中找到发展的灵感，突破传统的束缚，积极探索新技法与新题材的结合途径，恰当地表现出毛泽东诗词的恢宏意境，拓展出中国画表现的广阔空间。1950年9月第一幅《清平乐·六盘山》（图5）毛泽东诗意画中还保持原来画风，只是在画面中增添了红军队伍和大雁等元素作为点缀，这一时期的作品在形式上还没有明显的政治化。后来的一系列创作活动如1958年、1963年以及1964年，傅抱石曾多次创作毛泽东诗意画《苍山如海　残阳如血》（图6），在诗意的创构、笔墨的经营等方面逐步达到了独到的境界，探索出风格鲜明的、具有现代感的毛泽东诗意画风格。

对于反映时代气息的新诗意画创作，傅抱石首先从题材上改变，由革命史实的描

图7　傅抱石《江山如此多娇》（与关山月合作），纸本设色，550cm×900cm，1959年，人民大会堂藏

绘入手。如《更喜岷山千里雪》等作品，基本上就是革命题材的故实画。他在15年间创作了近200件作品，并通过展览、出版等途径将毛泽东诗意山水画广泛传播，为当时的山水画家提供了成功的典范。尤其是1959年9月，傅抱石与关山月以毛泽东的《沁园春·雪》为立意，联合创作了巨幅作品《江山如此多娇》（图7），将毛泽东诗意画创作推向了高潮。画面表现了宏大的气魄，新奇的意境，精美的布局，是罕见的经典之作，在某种意义上象征着一个时代的民族文化心态，树立了民族绘画新的审美范式。

第二，特定山水的诗意凝练。

傅抱石特定诗意山水画在互动交流中凝聚诗画的象征与升华，将语言与图像、诗情与画意完美结合。从本质上说，"语言和图像的根本关系是'语象'和'图像'的关系问题。因为，语象和图像是文学和图像关系的'细胞'，是二者可能实现'统觉共享'的主要基因……实则是语言文本和图像艺术之间'语象'和'物象'的相互唤起、相互联想和相互模仿"[①]。

傅抱石（与关山月合作）在《江山如此多娇》中表现了毛泽东的经典诗篇《沁园春·雪》的诗意。通过描写场景的颜色唤起想象中的色彩，使用色彩词中雪白与红日的强烈对比作为"语象"，与"红装素裹"两者并置，引起强烈的画面视觉张力。他将诗句与绘画语言有机结合，并在两者的转换中产生出新的意味，赋予观者以丰富的想象空间。傅抱石将写实性与抽象性相结合，造型依附但不固执于特定对象，而以隐性的内心情思取代了可视的外在描摹，突破物象描绘的局限性而获得了自由的表现空间。这种造

① 赵宪章、王汶成主编：《艺术与语言的关系研究》，人民出版社2013年版，第134页。

型与色彩的抽象化处理增强了画面的象征性、符号化特征，将“物境”“情境”以及“意境”（王昌龄）有机统一，获得了“状难写之景如在目前，含不尽之意见于言外，然后为至矣”（欧阳修《六一诗话》中引梅尧臣语）的追求，表达了“象外之象”的意韵，成功地把内在意象外化为画面的艺术形象。

“诗画一律”的存在状态是以牺牲绘画图像中的具象因素为代价的。在这一前提下，绘画要模仿不可见之物，所表现的物象就不是物象自身，而成为一种标志，所指向的是其背后的文化品格与形式意味。以标志为载体去追求的“象外之象”，是可以凭观者的经验意识辨识出造型形象来的。然而，要显示标志之后所蕴含的可能性意味，就必须通过不同层次的延伸对话方式。通过交融的意境达到更高层次，实现诗画合体，表现主题与技法两方面的对话交流。在技法层面通过诗语的描写与绘形的状物两方面，将画面中的物象元素都统一于书法的用笔，取得“和而不同”的艺术效果，使诗的语言描述与画的技法表现相通并互为诠释，直接构成了同一时空的交流。就艺术表现方式而言，绘画着意于语言、意象的表现，而诗歌则以语言表现绘画的色彩与形象对比。如诗中“红装素裹”句的色彩对比映衬，“山舞银蛇，原驰蜡象”的动态描写，突出了动势的线条勾勒，与诗中的远近层次变化及绘画语言的形式对比产生共鸣，烘托出诗意的主题：“江山如此多娇！”白雪与红日的冷暖对比、动静搭配协调。诗句影像画面选择采取俯瞰全局的视点，借助景物的配置表现诗意。景物与情状描写结合，通过画面形象的提炼与浓缩、组合，展现跨越时空的意境。尤其是对于“须晴日，看红装素裹，分外妖娆”一句的表现独具匠心，画面中提炼出一轮红日，并通过这一象征性的符号语言，表示出其隐含的深意——新时代充满激情的生机与火热的情怀。这是诗意的升华，是诗人内心世界所引发无限联想的契机。画面体现出那个年代所显示出的精神倾向，既有浪漫诗意的凝练，又有现实景象的升华，更有画家与诗人内心世界的交流。傅抱石经过绘画形象的造型与情状描绘，将诗句的情境描述与意蕴阐发相结合，构成了多层次的有机关系，升华为一轮红日的象征符号，形成了统一全画的绝对主体，达到了表达效果张力的最大化。

总之，傅抱石诗意画的现代性探索是从观念入手，在继承传统文人诗意画的基础上引入现实语言元素，又经过写生吸收外来营养并加以吸收运用，将视觉经验与心灵空间相融合，创造典型的艺术语言。他在画面结构、语言锤炼与诗意的创构等方面进行了卓有成效的探索，创造出心灵与现实共鸣的经典作品，实现了对传统诗意画的现代性转换。

参考文献

[1] 黄戈:《傅抱石画学思想研究》，光明日报出版社 2009 年版。

[2] 陈振濂:《维新：近代日本艺术观念的变迁——近代中日艺术史实比较研究》，浙江古籍出版社 2006 年版。

[3] 傅抱石著，叶宗镐编:《傅抱石美术文集》，上海古籍出版社 2003 年版。

[4] 曹青:《师造化的印记——傅抱石先生的速写画稿》，荣宝斋出版社 2007 年版。

[5] 傅二石:《傅抱石速写集》，江苏美术出版社 1985 年版。

[6] 彭来:《从领袖到革命圣地——20 世纪中国美术的一个历史过程》，《文艺报》2001 年 6 月 28 日。

[7] 万新华:《图像、风格、观念——中国现代绘画史研究丛稿》，山东美术出版社 2013 年版。

[8] 赵宪章、王汶成主编:《艺术与语言的关系研究》，人民出版社 2013 年版。

时代背景下地域自然形态的艺术呈现

——论孟光涛的“贵州新山水画”

曹英杰

中国艺术研究院研究生院博士、湖北美术学院副教授

孟光涛先生作为现代贵州绘画史上一位较重要的山水画家，在一定程度上，已经在时代要求下完成了自己的艺术建构，形成了具有独特地域气质的“贵州新山水画”。作为主流的新山水画家，他在践行特殊时代的艺术思想观念中，为贵州山水画的发展谱写了新篇章。但是，在肯定孟先生的贡献和地位的同时，也要看到其艺术创造上的不足，尽管他的山水画具有一定地域特色，但由于种种原因，其在艺术语言上缺乏深度建构，未能形成一种具有标识性质的“格体”。因此，可以这样说，孟先生的山水画有特色，有新意，但也仅是初具风格，它存在缺憾，未达成经典。

一、孟光涛艺术思想的特征及背景

孟光涛于1917年出生于贵州省仁怀县，抗战期间，先后在成都艺专、武昌艺专、南京中央大学艺术系等校学画，早年擅素描、水彩、油画，后专治中国传统山水画，师从黄君璧先生，并受徐悲鸿影响。孟光涛的作品长期以贵州自然山川为题材，创作了大量表现地域自然生活的作品，在现代贵州山水画界具有一定影响。孟光涛是一位重视生活、注重写生的画家，艺术源于生活是他的艺术信念，杨抱林曾在一篇纪念文章中提及孟先生关于生活与创新关系的原话：“不深入生活，没有坚实的生活基础，那就不能发展创新。”[①] 杨长槐也曾在文章中提到孟先生所言：“贵州山川，风采多

① 杨抱林：《孟光涛与贵州山水画》，《贵州文史丛刊》2010年第2期。

姿，要独辟蹊径，画出贵州人民喜闻乐见的贵州山水画（图 1、图 2）来。”[①] 从孟光涛注重生活与写生的观点来看，他的艺术创作态度源于 20 世纪五六十年代这一特殊时期的艺术改造语境，或者说，孟光涛作为与时代同步的画家，接受了当时国家提倡的为政治服务，表现社会主义新生活、新面貌的文艺政策。前面文中提到孟光涛希望作品获得人民的“喜闻乐见”，另外，他的学生杨抱林曾在文章中提到，自己在学习期间的作品《少女之恋》受到孟先生的严肃批评，指出画中反映的是小资产阶级思想，不能作为正面来讴歌。[②] 从这两点可以看出他思想深处的大众化、集体化意识，而这种意识也正是新中国成立后，国家文艺政策的思想核心。从根本上说，孟光涛的艺术态度来源于苏联的社会主义现实主义艺术思想，而当时国家在文艺界提倡的就是这种思想。

图1　孟光涛《溪山松林》，纸本设色，92cm × 57cm

图2　孟光涛《幽谷青山》，纸本设色，97cm × 60cm

美术史论家汤哲明先生曾说：“无产阶级与资产阶级的对立，或谓‘阶级斗争’，体现在社会主义国度的文艺领域里，一方面是提倡集体主义，反对自由主义，另一方面则是强调摈弃封建和小资产阶级情调，歌颂劳动和劳动人民，这成为社会主义新文艺的重要落脚点。”[③] 这段话反映着特殊时期，不管是创新派还是传统派画家共同的艺术价值取向，即反映社会主义制度的优越性，

① 杨长槐：《孟光涛先生画集・序言》，载《中国近现代名家画集・孟光涛》，人民美术出版社 2010 年版，第 7 页。

② 参见杨抱林《孟光涛与贵州山水画》，《贵州文史丛刊》2010 年第 2 期。

③ 汤哲明：《中国山水画通鉴・江山多娇》，上海书画出版社 2006 年版，第 19—20 页。

图3　孟光涛《川黔铁路建设中》，纸本设色，90cm × 48cm

图4　孟光涛《建设中的贵阳电厂》，纸本设色，27cm × 40cm

讴歌山河新貌、劳动人民、建设场面，体现集体意识、大众趣味。那么，如何在具体艺术创作中反映这种时代要求呢？这是摆在当时面对国家文艺新政而寻找自身艺术的政治出路的山水画家们面前的迫切问题。在当时的中国画论争中，李可染在《谈中国画的改造》一文中认为：“深入生活是改造中国画的一个基本条件，只有从深入生活里才能产生为我们这个时代所需要的新内容；根据这新的内容，才能产生新的形式。”[①] 该论断成为当时山水画家们的共识，在传统的基础上，深入生活，进行写生，风行全国，成为当时山水画创新的最重要方式。

孟光涛在当时的画界并不突出，但从艺术思想及其创作情况来看，他的艺术思想价值取向当然也不会脱离这一时代艺术语境。他没有旁观，而是积极融入。孟光涛注重写生、重视生活的思想，显然来源于五六十年代中国画革新语境（图 3、图 4、图 5）。从他与李可染出于一辙的写生言论即可明确，他的山水画创作和当时的“革新型”山水画家一样，是扎根于生活，最终成就于写生的。孟光涛显然是“跟

① 李可染：《谈中国画的改造》，载中国画研究院编《李可染论艺术》，人民美术出版社2000年版，第7页。

得上时代”的画家，在思想观念上融入了那个时代，成为反映着国家审美意志的“体制内”画家群的一分子。也正因为这样的艺术身份和观念，他才能产生“为人民”的艺术思想，才能创作出反映现实新气象、新风貌的“贵州新山水画”来，这对于文化艺术相对落后的贵州来说，是具有特殊意义的。

图5　孟光涛《韶山颂》，纸本设色，80cm × 53cm

寻绎出孟光涛艺术思想的时代特征，一方面是为了说明他艺术个性背后的群性意识，另一方面揭示出他在表现贵州地域自然形态时，在图式、造型、技法、意境等方面的方式与方法，进而指出他一生竭力创造的“贵州新山水画”所具有的时代特色。

二、孟光涛“贵州新山水画”的探索与建构

孟光涛善于根据不同的描绘对象，表现具体的感受和意境，使得每幅画传达出鲜活真实的氛围与现场感，具有较浓郁的人间气息。由于这种强调真实的创作方法，使得他在探索贵州山水画时，必须深入观察自然，对贵州地域的地理地质特征有十分具体的掌握，对贵州的山石、树木、水文、建筑等物象有细致的了解。事实上，孟光涛也确实一直都在做着这样的探索。“孟先生认为，从地域的角度看，一个画家的艺术视野必须放开阔，但创作的作品又必须有地域个性。要做到这一点，画家对地域特征的研究必须深入而不肤浅。”[①]“在生活中求画”是他一生尊奉的原则，他的不少创作都是依据写生作品加工整理而成，而在他的创作中，我们也确实能分析出他对贵州自然的独特认知与切实的把握。

① 杨长槐：《孟光涛先生画集·序言》，载《中国近现代名家画集·孟光涛》，人民美术出版社2010年版，第8页。

在具体分析孟光涛的山水画是如何描绘贵州的地域风貌前，我们先分析了解贵州的地域地理特征。贵州是中国西南地区典型的高原山地省份，有“八山一水一分田”之说。全省地貌可概括分为高原、山地、丘陵和盆地四种基本类型，其中 92.5% 的面积为山地和丘陵。境内山脉众多，河流纵横，植被丰厚，气候潮湿。其山势起伏绵延，重峦叠嶂，山高谷深，少见平地。在黔西北地区，山势则高耸峭拔，逶迤连绵，呈整体形态；黔东南的山脉大而平缓，山沟深谷突出。可见贵州的山形态多样、变化丰富，这为贵州山水画家们的艺术创作提供了极为丰富的山石素材支持。贵州的河流众多，水系交叉，由于其所依附的山地形势复杂多变，所以也呈现出各种存在形态，浩荡蜿蜒的江河、湍急回环的溪流、飞腾溅落的瀑水等，这为画家们对“水”的描绘提供了优越的先天条件。贵州森林覆盖率很高，且植被类型多样，这使得许多山地少见裸露山石，显得茂密幽深，色调统一。山为水赋形，水为山生灵，树为山水润肤增色。贵州画家画山水林泉，可谓得天独厚。又由于贵州地区雨量丰沛、湿热润泽，云形岚色雾气，蒸腾缭绕弥漫，为贵州山水更增添了一种神秘灵性，这也成为贵州山水画家们表现的重要内容。

图6　孟光涛《苗岭风光》，纸本设色，128cm × 95cm

身为生长在贵州重视写生的山水画家，孟光涛对贵州的地貌特征自然有着深入的研究和表现，他揣摩自然的功夫在其作品中显现出来。在构图上，很少有局部特写，多是从大处着眼，全局营造，近景与中、远景联系较紧，远处的视平线消失点开阔辽远，如《乌江天险》、《苗岭风光》（图 6）、《野营长征路》（图 7）等作品，即采取了这种典型的构图形式，表现出贵州山势稠密连绵、高耸阔大的地貌特征。贵州植被丰茂，山石多被森林灌木覆盖，较少裸露明晰的肌理结构，但它又具有明确的关系转折，以形成连接起伏态势。为了表现这种特征，孟光涛善于采用大块的泼墨破墨法，在表现山体时，多用经过改造的斧劈皴，但皴法并不繁密，而是简练概括，并常与泼墨互用，使见笔的皴与片状的墨融合在一起。这种表现手法成为孟光涛的主要语言方式。

图7　孟光涛《野营长征路》，纸本设色，57cm×67cm

另外，通过对孟光涛作品的大量分析，发现其常用的一种重要技法即“染”，有些作品甚至具有光影的效果。孟光涛早年曾学过水彩、素描、油画，并受徐悲鸿影响，且处在中国画深受西画影响之年代，在山水画中借鉴西方，是不难理解的。顾森在《孟光涛的价值》一文中认为“孟光涛所跟随的黄君璧则属中西兼善更趋于新的一类”[①]。孟学黄，不能不受其影响。而孟光涛大量运用染法并制造光影效果，则更多的是得益于贵州多云雾烟岚的地域特征。贵州的雾岚具有透明性，晨晚多见，飘浮变换，笼罩在山水林木间，这是贵州地域自然的典型特征。孟光涛的许多作品如《云岭晨雾》(图8)、《清水江畔》(图9)、《乌江帆影》、《写苗岭雷公山一角》(图10)、《花溪春晓》等对这种云岚飘绕、光影明灭的

图8　孟光涛《云岭晨雾》，纸本设色，85cm×53cm

图9　孟光涛《清水江畔》，纸本设色，95cm×59cm

① 顾森：《孟光涛的价值》，载《中国近现代名家画集·孟光涛》，人民美术出版社2010年版，第3页。

图10 孟光涛《写苗岭雷公山一角》，纸本设色，67cm×82cm

自然特征表现得非常充分，因此，孟光涛的“染”，对其建构“贵州新山水画”具有非常重要的意义。

“水”在贵州域内的自然形态构成中，是极为重要的元素。一生致力于为贵州山川写照的孟光涛，自然也就把“水”作为重要的表现题材。赤水河、乌江、都柳江、清水江、黄果树、花溪以至各地的溪水流泉，都是他反复表现的对象。鉴于各种水系的不同形态，孟光涛非常注意在作品中对细流、飞瀑、漩涡、缓流、静水等各种水形变化的描绘，并由此营设不同的趣味和意境（图11、图12、图13）。陈训明曾描述“孟光涛信笔画去，或浓或淡，或燥或湿，轻重缓急，各具妙用：或生白沫，或起漩涡，或起棉团百处，石牙隐约可见；或呈瀑布千条，挟有雷电轰鸣”①。这段话较好地道出了孟光涛在表现各种水系时的笔墨变化，以及笔墨与水的造型之间的谐应关系。关于孟光涛画水的方法，杨长槐曾说：“孟先生在写生中总结的表现瀑布、水口的技法，

图11 孟光涛《黄果树大瀑布》，纸本设色，46cm×38cm

图12 孟光涛《幽壑争流》，纸本设色，59cm×49cm

图13 孟光涛《高山流水》，纸本设色，96cm×60cm

① 陈训明：《贵州书画家简论》，贵州美术出版社1986年版，第363页。

除了运用传统技法之外，还在瀑布上用皴法，以增加水的动感和质感。”[1] 其实，通过观察分析孟光涛的作品可见，其各种形态的水，主要还是以勾染法画出。孟光涛的每幅作品中，几乎都有“水”，但并不像杨长槐所说的他将其师黄君璧画水皴法发扬光大，“走得更远”。“水”也许仅是孟光涛构建“贵州新山水”的一种物象形态，而并没有特别的形式语言创造。陈训明言“非孟光涛不能为贵州激流写照，非贵州激流不足养孟光涛笔墨”[2]。此语虽有过誉之嫌，但也道出孟光涛清醒意识到“水”对构建“贵州新山水画”这一艺术理想的积极意义的艺术自觉性。

三、时代精神的表现与地域语言的缺失

20世纪五六十年代的“新山水画运动”，是在中国共产党的国家政权下，基于当时的文艺思想和宣传政策，在山水画领域发生的旨在歌颂祖国和人民，描绘河山新貌、缅怀革命事迹等带有极强政治色彩的“革新”思潮，中国传统山水画因此发生了巨大变化，并创造出一大批新山水画的“红色经典”。

新山水画的笔墨，其特色是强调色彩对比，突出现实中新气象；善用垛笔和泼墨，粗豪深重，画面质量感沉重强烈，突出时代审美要求的历史感和分量感。孟光涛的笔墨也完全符合这一特征，他善用的简括粗放的皴法以及泼墨破墨技法，便是时代特色的反映。新山水画为了表现时代精神，除了在构图形式、笔墨语言方面进行改造之外，另外一种办法就是在画面上加入“新事物”如水库、铁路、火车、汽车、轮船、烟囱、红旗、队伍以及劳动人物等，虽然这种方法存在着某些问题，但它毕竟是展现新气象的一种尝试。孟光涛的作品中也有大量的这种“新事物”，显然他对这种方法是认可的，并有着熟练的运用。从画面上看，孟光涛的作品显然是符合那个时代山水画的总体美学特征的。

孟光涛的山水画，是通过对贵州地域自然的广泛具体的描绘而进入五六十年代“新山水画”的群体系列的，并由此体现出它的时代气息与文化品格，孟光涛本人也因此成为一位“扣住了时代脉搏”的新山水画家。孟光涛在艺术上将贵州山水拉出了此前少有

---

① 杨长槐：《孟光涛先生画集·序言》，载《中国近现代名家画集·孟光涛》，人民美术出版社2010年版，第8页。

② 陈训明：《贵州书画家简论》，贵州美术出版社1986年版，第363页。

改变的化外蛮荒的观照意识，将其赋予了极具主流意识形态的“歌颂祖国的新河山”的政治文化色彩和无产阶级美学意志。贵州自然山水成就了孟光涛一个新艺术人生，展现了生命的时代价值，而孟光涛也把偏居西南一隅的贵州地域山水推进到全国性的主流艺术地理的层面上，纳入了“红色山水”的大局。

孟光涛的艺术身份虽然是一个对生活与时代充满激情的“新山水画家”，并竭力使自己的审美意识融入当时的主流观念，但他并非重要画家，他是参与者。如此定位的一个根本性原因就是孟光涛在艺术语言上的创造性缺失。

语言形态是艺术创造的一个本质性问题，它决定了艺术内涵中观念、思想、精神、意境等因素的传达方式，也是风格建构的首要因素，一种艺术是否具备独创性，首先在于本体性的语言是否具有全新的结构与表述方式。新山水画中的许多作品之所以能够成为经典，除了其精神内涵符合时代要求之外，便是语言形态具备高度的原创品质。孟光涛虽然也有自己的笔墨方式，诸如他简略粗犷的皴法、泼破交互的墨法、多变的渲染等，但致命的是他的这些笔墨技法缺少独属于自己的个性面貌，其主要表现在两方面，一方面是传统的笔墨形式因素过多，另一方面还有与孟同时期的其他画家的笔墨技法的影子。另外，在物象表现上，尤其是对山石的描绘，孟光涛的技法显得不够到位，缺乏精微多变的结构，致使在深入程度与细节刻画上陷入困境，未能传达出自然界的更为深沉细腻的精神韵味，而多停留在对物象的大形大势的描绘上。孟光涛在艺术本体语言上缺乏原创性，没有建立起一种独特的风格结构，不能提供出一个经典的视觉图式。他在20世纪绘画史上缺乏地位，主要原因在于此。

而也正是由于这种原因，使得孟光涛热情的贵州山水画创作在艺术性上打折扣，未能创造出在艺术性、思想性、时代性上全面上乘的“红色经典”作品。虽然孟先生对绘画的地域性有明确的意识，但他的注意力或说表现重点，主要还是集中于贵州地域的物象类型与视觉特征上，而并未显现出对独特表现语言的更多关心与探索，或者说，孟光涛贵州山水画的语言特性并不突出。因此，可以说贵州的地域形态与孟光涛的山水画并未有太深入的结合，之间的联系仍处在形态上的表层。在一定程度上，孟光涛表现地域形态的主观理想是有遗憾的，并未做到“研究必须深入而不肤浅”。这是孟光涛的遗憾，也是时代的局限。

1987年，孟光涛逝世。几年后，中国艺术再次发生转折并进入新的发展时期，中国山水画也随之呈现出了新的时代特点和发展态势。孟光涛所属的时代过去了。

结　语

孟光涛作为新中国成立后贵州画界一位重要的“新山水画”运动的积极参与者，以无限的激情和使命感深入贵州自然，体验生活，观察写生，努力探索如何以贵州的地域自然形态来建构自己的山水画艺术理想。他并未有效地建立起“贵州新山水画”的典型范式和个性语言形态，因而不能像西安、南京、北京等地的画家开启一代新风。但他一生都以贵州自然山川为主要创作题材，他以火热之心和喜悦之情面对贵州大地，并赋予其积极、蓬勃、明朗的艺术性格。他是贵州自然山川的描绘者、时代风貌的讴歌者。

孟光涛的价值，在一定程度上并不体现在艺术本体的创造方面，而是表现在如下两点：一是来自他的艺术身份，作为“新山水画家”，积极融入时代的艺术潮流，其艺术行为本身就具有重要性，它使得当时的贵州国画界没有完全脱离全国的艺术大形势与大格局。二是他对贵州自然形态的艺术性开拓与广泛描绘，以及试图建立“贵州新山水画”写实风格的意志与理想，标志了他与其他人的不同，他也因此对贵州画界产生影响，从而成为贵州山水画的一个引领者，使得他之后的贵州山水画一直处于描绘与讴歌性质的艺术形态之中。

学生作业选刊

抱石皴成因探索

刘胜洋

2013 级工笔人物画创作研究方向博士

一、抱石皴的由来

我初见傅抱石先生的山水画之时，感觉有一种强烈的震撼力，他在山水画的表达之中所体现出的国画笔法畅快淋漓，以及每一幅作品风格中的不拘一格都令人折服。傅抱石先生的作品整体气势非常地庞大，其中在绘画中所体现气势恢宏之处所用到的技法便是众人所知的“抱石皴”技法。[①]

关于抱石皴的成因，在傅抱石先生的《壬午重庆画展自序》中有言：“以金刚坡为中心的周围数十里处，是我经常写生的地方，的确有很多美好的景色，一草一木，一丘一壑，到处都是画家们的纸本练习稿子。烟雾笼罩，苍茫雄奇，这里的境界正是沉湎于东南的人胸中所缺失的。在我的山水画制作中，大部分都是先有了某一种特别的自然境界（也就是某种特定的章法），之后才会演练成一幅绘画作品。”[②] 1939 年至 1946 年间，傅抱石先生一直归隐于重庆的郊区“金刚坡”，那里的景色十分迷人，山势崎岖，高空中云雾缭绕，树林之间郁郁葱葱。傅抱石先生在那几年间一直生活得非常艰辛，虽然他整日忙于宣传抗日，但是他最喜爱的山水画却没有被他放弃，一直勤于苦练，他对山水画的研究与创作在那个时期达到了一定的高峰。在中国近代的山水画历史上，傅抱石先生的“抱石皴”堪称是空诸依傍的重要的中国画技法之一，他的这种技法是在他写生的过程中形成的。傅抱石先生曾经在四川山岳有过多年写生的经历，他善于表现山岳的变化多端，树林的枝繁叶茂，以及山谷之间的瘦骨嶙峋之景象。在《壬

---

① 参见王先岳《“抱石皴”的成因及风格演变》，《解放军艺术学院学报》2013 年第 1 期。

② 傅抱石：《谈山水画写生》，江苏文艺出版社 2006 年版。

午重庆画展自序》中，傅抱石先生又说："我认为中国的山水画需要注入温暖的因素，单就山水画而言，到了晚明时期，当时吴梅村所咏'画中九友'的时代，那时候山水画的发展已经到达了顶峰。同时，山水画的衰退阶段也是始于那个时期，一种极其赋予了生命力的艺术品就这样逐渐地退出人们的视线。傅抱石的出现使山水画又有了新的生命力，中国画当中的'气韵生动'最为重要，就是因为画中有'动'，所以才能显现出画中的价值所在。"[①] "抱石皴"是从1939年开始出现，并且后来发展逐渐趋于成熟。傅抱石先生作为中国山水画坛中一位具有重大影响力的画家，"抱石皴"无疑发挥着巨大的作用。

"抱石皴"的笔锋成散开状态，运笔变化多端，轻重、缓急、提按等都体现出了强烈的节奏感及明显的形式感。线条勾勒之后的淡彩渲染也十分巧妙，都是以非常迅速的笔法于宣纸上拂面而过。傅抱石先生自己非常崇仰石涛先生的艺术观点"搜尽其峰打草稿"，他善于将这种理论与中国山水画中的皴法进行结合，因而创造了"抱石皴"。

傅抱石先生在作画的时候还经常借酒助势，他作画从来都是离不开酒的，自从他在抗战时期借酒消愁之后就形成了习惯。傅抱石虽爱酒，但并不酗酒，他在酒后的创作可以使他的笔墨更为粗犷、有劲，使画面风格更加浩瀚，画面中的景象更加生动、富有活力。

二、抱石皴的艺术内涵

傅抱石先生的绘画历程中提倡写生，他认为：第一，在写生时，不会出现构图的雷同；第二，根据写生场景的不同，需要适当地调整自己的作画手法，以此来渲染不同的画面效果，这就可以促使他在写生的过程中不断地进步，但是他在山水画中线与墨的使用上始终保持着传统的绘画方法，一直都保持着率真、苍劲的用线手法，保持着其独有的气韵。此外，傅抱石先生自身对雨景的绘画创作主题十分喜欢，其山水画中甚至有一半的内容都带着雨的痕迹，很好地渲染出了画面环境中的湿度感与温度感。

傅抱石先生的"抱石皴"对中国山水画的贡献是很大的，"抱石皴"是傅抱石先生在传统皴法以及在创作环境和创作材料等这些客观原因基础之上，并结合他自己的艺术

---

① 傅抱石：《壬午重庆画展自序（节选）》，江苏文艺出版社2006年版。

审美观念而产生的一种新的皴法。这种新生的“抱石皴”画法源于传统，但又具有创新的意寓，是傅抱石先生在综合前人诸多绘画特点的基础之上而形成的一种绘画技法；在体现出时代特色的前提下，又展现出民族风格的一种笔墨技法。皴法这一笔墨技法在山水画中主要是为了表现山中石景、树林、屋宇、山体等这些景物的纹理结构、材料质感以及山中整体的山脉走向，阴阳向背，以及山水画中各种不同表现物象之间的体积关系，等等，所以其在中国山水画的发展历程当中起到了非常重要的作用。中国现代著名的画家贺天健就对此现象做过相关的评价：“中国画当中的山水画，正是在这种山石之间以皴法美为主要的表现手法，如果失去了这一重要的技法，它所体现出来的便不再是中国山水画的情境，而是单纯的一幅风景画。”虽然贺天健先生的这个观点稍微有点过激，但是确实有一定的道理。因此，我们可以从中了解到，中国山水画的艺术形成，在很大程度上是取决于中国画中皴法的发展而形成的，换一种说法而言，中国山水画的发展，主要是随着中国画当中的皴法的发展而不断变化的。

山水画中的皴法是一种程式化非常高的笔墨技法，主张“外师造化，中得心源”，然而，“抱石皴”作为一种富含生命力的精神层次与其画面中个性特征的塑造，早在中国画中就有自己的一席之地。

三、抱石皴形成的条件

（一）傅抱石的留学经历

傅抱石先生在日本留学期间，师从金原省吾研究画论，并且经过系统的绘画理论训练，从而使他能够走上愈加专业的绘画学术研究之路。当时日本的诸多艺术现状给傅抱石先生带来了很强烈的视觉冲击力，从而引发了他对美术中的观念的思考，以及在治学中的态度也受到了很大的影响。去日本留学是傅抱石先生这一生当中非常重要的一个转折点，从那样偏僻的南方城市，到高度发达的东京，对当时处于自学状态下的傅抱石先生而言，是他能够开阔眼界与增加自己见识的一个最好机会。

在当时，傅抱石先生的声誉日渐高涨，很多研究者们站在绘画的角度对他在日本留学期间的绘画艺术进行了分析，萧芬琪认为：“傅抱石在日本留学期间有两点收获，第一是有机会能够欣赏到中国流传到日本的一些古代名画（在中国已经失传），第二是他在绘画中吸取了当代日本画家的一些绘画技法。”[①] 张国英认为，傅抱石先生的绘画确实受到了日本画家的影响，并且把傅抱石先生的每一幅作品都拿出来与日本画家作品做详细地对比与分析。[②] 基于此，傅抱石先生也做了肯定的回应 ：“我在日本留学的这些年，并不是学习如何作画，而是学习美术史论知识。但是日本的绘画风格也确实对我产生了一定程度的影响，第一是光线效果，第二则是绘画中颜色的大胆使用。现在看来，我的绘画中对于第一点的表现比较突出，我在之后的绘画创作中确实注意了光线之间的对比，在绘画作品的用色中，影响不是非常突出。”[③]

傅抱石先生对于绘画史以及绘画技法的研究都是顺应时代潮流的，四川山中的景色能够激发起人们的创作灵感及其个性的表达，从而创作出气势恢宏的画面景象。他提倡把强烈的个人情感及人生观融入作品当中，他在绘画界是比较突出的一个人物。傅抱石先生的画作是集人品、史学知识、才华、悟性、激情、气质、时代精神于一体的艺术品。日本学者吉村贞司在《宇宙的精神，自然的生命》中对傅抱石作品的评价是 ：“他用线把宇宙的生命以及自然的生命生动地表达了出来，在他画面中显现出来的是整个大自然的生命，那就是傅抱石先生在创作中所想要体现出的美的本质。”陈传席教授在《中国山水画史》中，评论傅抱石先生的画体现的是时代的精神与民族的生命。[④]

（二）傅抱石的写生经历

傅抱石先生是中国当代最伟大的艺术大师之一，他的山水画征服了许多画家，同时也影响着现在的绘画风格。他作为 20 世纪中国山水画中的革新者，所创造的艺术就是使用传统的笔墨来对大自然进行描绘，其绘画风格也是在写生的过程中逐渐形成的，在他这一生的写生历程中，也产生了很多著名的作品。

20 世纪 40 年代的金刚坡写生经历奠定了傅抱石先生山水画的艺术风格 ；1957 年，傅抱石先生在东欧的写生过程，使得他的笔墨进一步成熟 ；1960 年的二万三千里长征写生中，傅抱石先生的山水画中的艺术内涵得到了进一步的提升 ；于 1961 年在东北三省的写生历程，促成了傅抱石先生山水画的艺术风格，从此便走上了大虚大实的境界，在

---

① 萧芬琪：《傅抱石和屈原》，载《其命唯新 —— 傅抱石百年诞辰纪念文集》，河南美术出版社 2004 年版。

② 张国英：《傅抱石研究》，台湾台北市立美术馆 1991 年版。

③ 傅抱石接受访问时自述，1962 年。

④ 参见殷树德《傅抱石开创中国画的新纪元》，《新余学院学报》2011 年第 2 期。

这个过程中形成了他最终的典型风格。

在他的山水画创作中，基本上都是在某一种自然情境下（或者是被感染的某种情怀下），之后才进入绘画创作的环节，从而才能演绎成一幅完美的中国山水画。所以说，想要在这个演变过程中有所变化，或者想以某种程度区别于原来的绘画方式，这是需要我们在平时的练习中去慢慢积累的。

《山水人物技法》当中说道："中国绘画当中的各种表现技法，主要是随着画面中的主题的变化而变化的，所以在很多画面的表现中，傅抱石先生总是使用表达物象所对应的特性来进行表现，这就是傅抱石先生最独特的表现技法之一，它能够在创作中做到灵活多变，完美协调，这即是傅抱石先生在创作时的理性与感性的结合之处，傅抱石是绘画美术史中非常稀有的人才之一。"同时，傅抱石先生又是一位在创新道路上勇于探索的艺术家，他经常对同一种对象尝试用不同的方式去表现（构图与技法等），例如《华岳千寻图》，该作品是傅抱石先生于 1961 年创作的，作品尺幅为 105cm × 35cm，纸本设色，现收藏于保利艺术博物馆。作品中的岩石高耸，近景的用笔十分紧凑，盘旋而起，皴擦叠加，别有一番意境。《镜泊飞泉》是傅抱石先生于 1965 年创作的，作品尺幅为 49cm × 61cm，纸本设色，现收藏于南京博物院，该作品是傅抱石于东北写生时的创作之一，他在创作的过程中倾注了自己的情感及创造力，尤其是对镜泊湖的描绘，重墨勾染，衬托出了水的明亮。《观瀑图》是傅抱石先生于 1963 年创作的，作品尺幅为 109cm × 62.2cm，纸本设色，现收藏于故宫博物院。这幅作品是傅抱石最爱描绘的题材，用其独创的抱石皴画山石飞瀑，破笔散锋，或提或按，或湿或干，顺来逆往，自由挥洒，尽显博大雄伟之气。《虎溪三笑》是傅抱石先生于 1954 年创作的，作品尺幅为 28.3cm × 40cm，纸本设色，现收藏于南京博物院，为儒释道人物的绘画素材。儒者陶渊明与道士陆修静相偕访问在庐山修行之高僧慧远，归途中三人谈笑而行，送客之慧远不觉间跨越其自我禁足之虎溪，三人因之相视大笑，此即《虎溪三笑》图所绘之内容。《夏山图》是傅抱石先生于 1943 年创作的，作品尺幅为 111cm × 62.5cm，现收藏于故宫博物院，全图采用截景式构图，崇山峻岭的崔嵬壮阔被进一步强化，以硬笔散锋写就的石壁巍然峭拔，山间升起的淡淡青烟四处流动。《西风吹下红雨来》中，"秋风吹下红雨来"本是清初画僧石涛的诗句。傅抱石先生易一字作"西风"，似乎更含蓄且更有诗情，傅抱石先生对石涛绘画的创新精神推崇备至，进而对其事迹、艺术加以深入的研究，陆续发表多篇论文进行阐述。《湘夫人》图中，湘夫人默默地立于树下，端庄淑静，仪态万方，仅有飞舞而下的大片落叶相伴左右。《煤都壮观》中，傅抱石把煤当成山石来画，在这个有创意的全新题材中，傅抱石先生也发挥了自己的长处：多变的点染、皴擦，造成阔大、雄壮的气势，烟气四散，多处留白，有如千军万马奔腾，像一幅壮阔的山水画。在进行创作的过程中，他始终肩负着“创新”的使命，现存的傅抱石先生许多画作中，都存在着不同的绘画技法和绘画题材等，他与其他画家存在着诸多的不同之处，富于创新精神。

从文献中的资料分析可知，“抱石皴”确实是蜀道山水之中“晕染”的一种演变成果。金刚坡一带的景观特色与蜀道山水风光极其类似，那一带植被十分葱茂，环境幽静，形成了一种独特的山川景致。所以傅抱石先生曾经说过：“如果山水画家在四川作画时没有被感动，那才真的是将四川的山水景色深深地辜负了。”但是，对于这种景色的表现，通常的画法是做不到的，传统的笔墨技法当中，毕竟只能够表达比较普通的山水风景，四川的那种奇特精致的表现还是需要通过傅抱石先生的“抱石皴”才能够表达得更加充分，才能营造出更加比较理想的画面效果。傅抱石先生的“抱石皴”勇于打破常规的表现手法，将传统笔墨中的皴、擦、点、染的技法程式，以及传统的中锋笔线技法，还有笔法表现中的侧锋以及中侧锋的用笔方法，都用“散锋的笔法”将其一一突破，进而形成“藩篱”。傅抱石先生对蜀道之中的山水景致有独到的见解与感情，并且对蜀道之中雄奇山水风光有深深的感悟，于是他呼唤“师造化”“师法自然”。“蜀道中的山水，使中国山水画发展起来，所以自从唐朝之后，很多画家都以蜀道的山水画作为学习的范本。元朝之后画面中的雄奇之感逐渐地消失，直至清代初期已经毫无一丝雄奇的迹象。”[①]“抱石皴”是源于蜀中真山真水的，但是又有略微的神似，取之于蜀中但是又有一种抽象意味的美感，肌理效果与结构的形式美感十分强烈，在他的山水画面当中，又将空气、云雾、光色等客观元素融入其中，使画面整体更加地流畅、雄奇。所以“抱石皴”这一技法是具有一定的灵活性、适应性的。它能够表现出各种有内涵的特殊的情景，以及画家对某种画境的向往，都能够通过“抱石皴”这一绘画技法来完成。还有学者指出：“傅抱石先生的‘抱石皴’是中国画中体现意境美的萌发阶段，同时也是中国画中互相交织具有

---

① 马明宸：《傅抱石的写生足迹》，《艺术品》2014年第10期。

内涵博大精深之所在，它会使中国画能够具有持续发展的一个强盛的生命力，‘抱石皴’作为人类艺术宝库中的精华，将随着时间的慢慢推移，随着时代的逐渐进步，会越来越发挥其自身丰富多彩的魅力，将会永远的根系发达，枝繁叶茂，坚挺地屹立于世界艺术之林。”

（三）对石涛山水画的研究

傅抱石先生一生当中十分崇拜石涛，将石涛视为“震惊世界范围的中国民族艺术家”，其绘画成就甚至远超于元人，并从中能够体现出“积极”的力量。傅抱石先生对石涛的绘画艺术情有独钟，他少年的时候曾见过石涛的真迹与仿品，之后裱画师傅就对他讲述石涛的故事，深深地吸引着他，令他心生钦佩。而后石涛的《瞎尊者传》深深地打动了他的心。1921 年，他开始对石涛的绘画艺术进行研究，开始关注《苦瓜和尚画语录》，闲暇时他就抄录《苦瓜和尚画语录》当中的精彩章节，以此来作为他的座右铭。在学术上的研究，傅抱石先生始于他去日本师从金原省吾学习美术史论研究之后，大致在 1934 年的冬天。金原氏在绘画当中的治学方法及学术思想对傅抱石先生产生了极大的影响。傅抱石先生在学到创新的研究方法之时，也获得了很重要的学术信息，使其受益终生。

石涛在绘画史上的研究造诣十分深厚，身为一代宗师，为后世提供了充足的学习资源，在现代的民族史中，为了艺术而反抗异族，其精神是名垂千古的。① 傅抱石留学日本的时候，曾见过许多石涛的真迹，并且结识了专门研究石涛的桥本关雪，之后他的研究视野变得十分开阔，他从杂乱无章的材料中开始一点一滴地整理石涛的画稿著作。

傅抱石一生当中最喜爱研究画学，对石涛先生的作品尤为在意，即对石涛的一生开始研究，汪绎辰的《大涤子题画诗跋》、汪研山的《清湘老人题记》以及近现代程霖生的《石涛题画录》等著作，包括他们的名画真迹等，傅抱石得到许多，并且仔细地辨别其真伪，考察其异同……从这段记载中可以得知，傅抱石先生对于石涛的研究，出发点是从石涛的生平和作品及其史料的收集着手去做的，并且一一进行了整理编辑，也积累了一定的原始材料，之后才逐渐进入到史料的考证阶段，因而对石涛的研究也慢慢地转向叙述方面。1941 年 6 月，傅抱石将其多年的研究成果进行总结，他完成了对石涛作品的考辨及

① 参见傅抱石《关于石涛之研究经过及石涛年谱提要》，油印稿，1937 年版。

整理——《石涛上人年谱》。[①]

石涛在山水画领域中的造诣十分高妙，他的山水画水平可以说是代表了明末清初时期的最高水平。他是一位僧人，正是因为他受到了儒家、佛家以及道家的深刻影响，这才成为其山水画作品所体现出的核心理念之源泉。石涛不仅在画法上继承了唐代传统的山水画技艺，在山水画的理论上也开创了新生的理论观点，对之后山水画的发展及创作产生了非常深远的影响。石涛的山水画作品构图十分讲究，其对画面设色及笔墨渲染有独到之处，以此而形成了他生活中十分洒脱的性格及作品风格。石涛认为，他能够通过笔墨来将山川的起伏跌宕表现得十分形象，在这个表现的过程中，石涛认为画面中的意境表达是第一位的，其次比较重视的才是绘画手法的表达，这在山水画的发展历程中具有划时代的意义。画家的创作往往与他们的生活环境及经历是分不开的，艺术源于生活又高于生活，石涛的大半生都是居住在深山老林之中，所以在石涛的生活中充满了浓浓的山水田园之特色风光，且在石涛的作品中也能够明显地体现出其创作来源于生活的这一理论观点。他认为，在进行绘画创作时要把自己的心灵清空，回到最初的状态，并且不能受到前人画家思想的束缚以及画法的影响，在创作时需要追随自己的内心，遵循自己的真实感受，只有将自己的真实感受记录下来，才能够使自己的作品充满灵气，愈加生动。在山水画中，石涛的态度是“山川与我融为一体”，他始终将这一理论作为山水画中的主要思想，将山川与画家思想进行结合也是道家思想的体现。在这样的画法下，所产生的这种山水画中的美是很自然的，石涛不仅将传统的山水画的技艺传承了下来，在一定程度上也开创了山水画理论，对后世山水画的创作产生了较大的影响。“傅抱石吸收了前辈艺术巨匠的精华，但又有所创新，抱石皴是在总结前人艺术成果的基础上而创造的，具有划时代的意义，这是中华民族的骄傲。”[②]

（四）《漫游太华》的创作历程

《漫游太华》为傅抱石先生于1960年创作的第一幅山水画作品，纸本淡彩设色的形式，画面中显现的是华山陡峭的山壁，其形式直上直下，几乎没有任何变化，在作画的

---

① 参见万新华《试论傅抱石之石涛研究》，《美术观察》2012年第5期。

② 惠剑：《精神相承　技法独造——论傅抱石对石涛山水画的继承与反叛》，《美术观察》2005年第12期。

过程中也有一定的难度，但是傅抱石先生在创作过程中却给我们创造了惊喜，虽然作品规模不大，但是山势的笔直以及重重叠叠的山峰增强了画面中的整体恢宏之感。这幅作品是傅抱石先生生平画风中的一个转折点。

之后，傅抱石先生在《漫游太华》这幅作品的基础之上将画面进行拓宽，命名为《待细把江山图画》，该作品为 100cm×111.5cm，纸本水墨的表现方式，藏于中国美术馆中，是傅抱石先生于 1961 年 4 月于南京创作的。这幅作品中体现的依然是华山的“险”，但是傅抱石先生并没有专门去表现其“险”，而是使用了飞动的“抱石皴”在画面当中留下了大块的笔触，形成了气势恢宏的画面。山腰是以留白的方式来表现的，突出了飘忽不定的云彩，山脚处是平缓的坡地，这样的画法是为了更好地衬托华山的高耸。此后，傅抱石先生的画风进一步确定了下来。

四、总结

综上所述，“抱石皴”的成因以及其形成的历史过程是包括很多外来因素的，首先，它源于傅抱石先生常年生活在山中的“外师造化，中得心源”之产物；其次，源于深层次的历史情境方面因素的感染及影响，使得画家不得不寄情于山水之中，来表达他的爱国精神；最后，这种画法使画家能够体现出其内心情感的独特需求，也是画家独特的个性特征以及精神审美的形象化的体现。然而，在新中国成立之后，“抱石皴”这种绘画技法的变化与发展适应了中国画的发展潮流，是画家在写生过程中的直接产物，换句话说，它是中国画在改造之后一种新的意识形态的结果，是中国山水画家对文艺诉求的一种精神沟通与调适。“抱石皴”是在“师古”的基础之上发展演变而来的一种技法，是在对石涛等前人的著名画作以及画论进行研究的过程中的成果，去其糟粕，取其精华，并且加入了自己创新的寓意，通过自己多次尝试之后，创造出多种皴法于一体的新型皴法，将自己的豪情壮志能够痛快淋漓地抒情于画中。

傅抱石先生的“抱石皴”成果是源于他对传统美术透彻地研究，他本着学习美术史的信念，以其深厚的学识修养、卓越的才识、超人的毅力以及执着的创新精神促成了“抱石皴”的发展及形成。“抱石皴”不仅打破了前人绘画技法的局限性，同时它在墨色的浓淡、干湿的掌握上更加生动、形象，注重使用渲染的设色手法，因此形成了一种独特的绘画艺术风格。

附："百年山水"研讨班纪要

2015年的一天，我听了刘国松老师的讲座，深受启发。刘国松老师不但对山水理论有较深入的研究，对现代山水绘画也有更多实践，且创作出很多别开生面的作品，其作品多采用泼墨的"没骨法"，内容丰富，变化莫测，在讲座上还深入讲解了他的绘画创作过程，例如，采用铝制或木制水盆，把墨倒入水中，通过引导形成自然图形，然后再把纸盖上去，墨沾在纸上，就会形成非常自然的山水图式，然后根据图式的具体情况再进行艺术加工，有时会出现意想不到的效果。他把古今山水画的特点进行比较、详解，使我受到很多启发。

杨晓能老师是著名的艺术理论家，在第一次"百年山水课题"研讨时，对我的论文给予了很多宝贵的意见，并对我的论文结构进行了具体分析和梳理，使我的论文表达思路更加清晰、主题更加明朗化。

我最初的论文题目是《傅抱石山水画研究》，牛克诚老师给了我一个很好的建议，他说"傅抱石山水画研究的题目太大，涉及面广，材料不好组织很难把握，题目又流于一般"，建议我把题目改成《抱石皴成因探索》，并对我的论文写作做了具体分析，要求我把问题的过程写清楚，"抱石皴"的成因是怎样形成的，要从当时的社会背景、经济影响入手，论文内容要有关联性，论文要严谨，论点要有个人特点，论点要有分析、形成论，我按照这个思路进行了材料组织，搜集形成"抱石皴"原因的材料。为此，我专程到傅抱石的老家新余市进行实地考察，并参观了傅抱石艺术馆，获得了大量的一手资料，为我的论文写作奠定了基础。

杭春晓老师针对论文的写作情况，更是语言锋利，一针见血，针对同学的论文做出了具体的解说，同时讲解论文结构应注意的几个相关问题。

这次开会孔德平老师讲解了如何把握论文整体布局和论文要求，详细的讲解甚至能具体到一个标点符号，特别是对我的论文给了诸多指导，比如，"引用名人句子要典型，要有说服力，并且句子要与本论文有关联，逻辑要严密，论文才能有特点"。

王跃奎老师在课题研究过程中也做了较深入的讲解，要求大家开阔思路，努力写作，这样才能回报各位老师的辛苦付出。

各位老师对课题研究的付出，大家有目共睹，不管酷暑严寒，从来没有懈怠过，使我深受感动。

我记忆最深刻的是在2016年6月24日，可以说是论文“百年山水课题”截稿的报告会，人很齐，除有特殊情况没有到场的人以外其余的都到了，牛克诚、杨晓能、孔德平、杭春晓、王跃奎等五位老师也都到场了。研讨会场上大家都发表了意见，并且老师根据每个人论文的具体情况提出修改意见。报告会由王跃奎老师主持，各位同学按照顺序依次发言，会场井然有序。杨晓能老师对我们这次的论文抱有很高的期望，他博采中外，引古论今，要求我们一定要把论文上升到理论的高度。会场上牛克诚老师提出两点要求：第一，是对这个阶段每个人的论文在开题、选题等各个方面的问题都要展现出来以便进一步修改和完善；第二，是对我们这个科研项目的一个总结。从时间上和客观上讲这也是我们研究的成果，这个课题要出一本书，把优秀的论文编在书里边，目的主要是展现一个成果的成长过程，鼓励大家把这个论文写好。杭春晓老师提出：“写论文要使用方法论，方法论就是写论文的方法，逻辑思维，结构要严谨，论点要明确，写文章要把事情问题化，把普通的东西问题化，从研究入手，打好论文基础。”孔德平老师对于论文的内容和形式做了完整说明，他说：“论文要有严格的论文结构。”并对论文的写作做了具体安排，内容包括：题目、作者、正文、图片注解，图片10张左右，按国家规范要求去做，如图片尺寸、创作年代、馆藏地点，图的分辨率不小于300像素，论文5000~8000字以及交稿时间等具体要求，有了这样一个明确目标对我们的论文写作的完成有了保证。孔老师特别是对我的论文又提出很多修改意见：“论文课题是谈体会，论过程，它的特点是一篇短文，引用的文献和文献来源要准确，‘抱石皴’在不同时期特点的形成以及石涛对傅抱石的影响，等等”，说明什么是“抱石皴”，以及定义和图式的延伸，要有作品，要引用名句来论证，师教化，师古人。这些使我受益匪浅。

在2016年12月21日，孔德平老师对论文通过的同学关于论文格式修改的问题又做了进一步的说明，并整理出“百年山水”研修班学生论文图文格式，内容包括论文格式和图片格式两部分，要求大家在写文章时多使用名词、动词和陈述句，注释和参考文献要一致，引文要注重学术高度，最好引用期刊论文和学术论文的引用语，并且是中华书局、三联书店、新华书局的出版物。

此次“百年山水”课题研究各位老师给予了我很多的指导与帮助，各位老师的辛苦与努力，使我的论文一步一步地完善起来，相信这次论文的创作经历对于我的一生都有着积极正面的影响。谢谢各位老师！

自然朴实

——赵望云山水画作品的笔墨解读

李　立

2014 级中国山水画创作研究方向博士

“赵望云先生的画，我觉得最大的特点在艺术上就是质朴。这种质朴风格体现在早期的作品、中期的作品和晚期的作品，就是说他是一贯的。他的质朴是质朴而厚，质朴而拙，有着浓郁生活气息的质朴。”这是郎绍君对赵望云艺术的评价。

赵望云是“长安画派”代表画家，其山水画作品多表现西北大地的山川景色。画家一直恪守自然是创作的源泉，足迹遍及西北的山川，深入生活写生体验，创作的作品生活气息浓郁，表现西北山林、放牧、劳作等场景。笔墨是为题材服务，题材的朴实在某种程度上影响着笔墨的朴实。画家自身的经历也是影响笔墨特征的一个因素，赵望云出生在农村，很年轻的时候就开始了他的农村写生，所以他的艺术是扎根农村生活的艺术。这些经历让画家有着朴实的审美角度，普通劳作场景就可以激发画家的创作欲望。

20 世纪初的中国五四新文化运动的发起，受外来文化的影响，画家和观众对艺术创作有了新的审美标准，绘画界也有了新的声音，在“艺术家应该走出象牙之塔到十字街头”口号的倡导下，赵望云开始了农村的写生创作，把乡村生活以创作的形式表现出来。这一时期的农村写生作品受到社会的广泛关注，在《大公报》上连载，并出版了《农村写生集》发行。在这本写生集自序中，赵望云这样说道：“我是乡间人，画自己身历其境的景物，我感到这是一种生活上的责任，此后我要以这种神圣的责任作为终生生命之寄托。”在他之后的艺术创作中，一直是按照这样的标准在写生创作中用自然朴实的笔墨画出大量的作品。这些作品为大众所接受，因为可以从他的作品中找寻到自己生活的影子。

1941年，赵望云定居西安，先后四次去西北写生，创作了大量的山水画，大西北自身的特征让画家的笔墨语言也在悄悄地发生变化，画面上笔墨的表现与西北地域特征协调地结合起来，厚重感逐渐凸显出来。墨色的浓淡层次更加分明，画面的情感流露也更加自然、强烈，可以感受到画家朴实无华的笔墨语言里有着对西北的浓浓深情以及对笔墨状物的理解程度。这时的山水画逐渐显现出笔墨的朴拙以及画家自然朴实的艺术追求和艺术表现特征。

解读一位画家的作品首先要了解画家这个人，王鲁湘在《精神家园的慷慨浩歌——赵望云简论》中这样写道："理解赵望云，需要时间；欣赏赵望云，不仅需要时间，还需要阅历，尤其需要心灵的解放，需要趣味的高尚，需要对朴素与醇和有发自生理上的亲近——这就是说，需要对虚假的、装饰的、媚悦的、甜俗的东西从本质上感到厌恶。"我们可以从以下三个方面去解读画家山水画中的笔墨。

一、纯朴的笔墨营造了自然质朴的"语境"

"语境"一词本来是用来形容文字的，这里用来表现笔墨似乎有些牵强，但是仔细想来也可以联系在一起。笔墨是一种表达外部世界特征的语言，是我们常常提到的造型。此外，笔墨同样也会表现画家的内心世界，当客观和主观相融合的时候，笔墨就会表现出一种"语境"，这种笔墨的表现是画家对自然的二次认识。赵望云早期的作品主要是冀中农村的写生创作，这个阶段的笔墨都是围绕着农村生活表现的，农民日常生活劳动场景是他表现的主题。无论何时，笔墨是为更好地诠释作品服务，所以，笔墨不能是孤立的。凡形成绘画的内部、外部因素，如造型、构图、风格，画家的书法、诗文、篆刻、美术史论修养，画家的个性、情感、品操乃至时代风气、相应的文化历史情境，无不与笔墨有着千丝万缕的联系，用当下流行的评论术语说，就是笔墨也有它的"语境"和"上下文"。赵望云农村写生作品的笔墨就有着强烈的"语境"，而不是"自说自话"。如《晚成庐藏画集锦》（图1）中，虽然画家用简练的笔墨表现了山坡和松树，但画面中最前边的山坡和两棵松树用笔用墨较为完整，左上角远处的几棵松树几乎是一带而过，再加上右下角的一个点景人物，折射出20世纪初中国社会的悲凉现状，画家用笔墨诉说着对现实的感受，同宋代的画家用那时的笔墨表现宋朝农村的特征是一个道理。笔墨在不同时期会有不同的"语境"和"上下文”，图1中，松林的后边没有了墨色的表现，坡地上也没有太多植被的表现，只有画面前方的一大块较润泽的墨色和几笔较重的墨线和墨点。整个画面呈现出的是一种荒凉的景象，点景人物的衣着和背着的布袋也让人联想到生活的贫苦。这些笔墨语言是从最真实的生活中提取的，体现了画家自然朴实的表现手法，简单的笔墨营造了丰富的画面意境。

图1　赵望云《晚成庐藏画集锦》，纸本设色，30.1cm×22.5cm，1936年，中国美术馆藏

冀中农村写生后，他又去了塞上和西北写生，不同地点的写生作品中的笔墨都是以客观景物特点为基础，没有刻意表现景物的笔墨，但是质朴的气息一直延续。我们在《边塞风光》（图2）中感受出这种自然的笔墨表现。画面中树的表现层次分明，笔墨浓淡对比明确，远处的森林墨色逐渐淡去，树木逐渐变得矮小，远山用淡的墨线简练概括，施

图2　赵望云《边塞风光》，纸本设色，145cm×83cm，1948年，中国美术馆藏

以淡赭色，使画面深远感很强，把辽阔的西北大地表现得淋漓尽致，画面上方逐渐淡去的墨线更让人联想到无尽的层山、无垠的草原。画面中的取材都是自然中最常见的景色，草地、山林、西北的山峦还有在此生活的人们，笔墨表现尊重事实，以写生为主的创作朴实自然，没有太多的修饰和唯美的造型，散发着浓浓的乡土人情。

二、雄朴笔墨表现大西北的山水画

笔墨本身没有地域性，它在表现不同地貌时的运用会让画面有不同的效果，给人不一样的感觉。笔墨运用的根本原则是要服从表现对象，通过描绘事物形象而发挥笔墨的表现力,并获得审美价值,达到“人与天侔”的效果。王鲁湘在《精神家园的慷慨浩歌——赵望云简论》一文中谈到大西北“这片辽阔、雄浑、苍茫、悲凉、厚重、朴拙的土地，成了他艺术生命真正的故乡”。

1. 四次进入西北腹地旅行让画家对这片土地以及土地上的人有了深刻的认识，西北地貌与中原的地貌有着外形上的差别，这是每个人都可以感受到的，如何用笔墨把这种地貌展现在画面上是有难度的，笔墨表现形的同时还要有质的表现。例如，一马平川的平原跟沟壑纵横的地理特点在笔墨表现上有着明显的区别，从用笔的虚实和用墨的浓淡上都有区别，所以不同的地域特征会形成不同的笔墨表现形式。赵望云冀中农村的写生作品中线条较为清晰，画面上的东西几乎都可看清楚，画面较简单。在西北写生的作品中就感觉到画面构图层次逐渐丰富，通常较为深远，把西北山水厚重与雄强的特点较为准确地表现出来，就会感觉画面比较厚实，墨色的层次变化也较多，画面整体效果丰满而有厚度，抓住西北的地域特征强化对比，同时也表现出画家自己对笔墨的理解程度。正是西北写生的积累，奠定了赵望云成为“长安画派”创始人和重要代表人物。“一手伸向传统，一手伸向生活”是“长安画派”最初的创作宗旨，赵望云也正是这么做的。

从去西北的几次旅行写生作品中，能明显地看出赵望云在表现西北的山水画中笔墨表现力趋向成熟、厚重，逐渐凸显出个人风格。如《巴山春耕》（图 3），由于西北的地理面貌有着显著的地域特色，赵望云在运用笔墨表现西北地貌的时候并不是把表现冀中农村的笔墨拿来套用，而是通过观察体会西北的风土人情、地理地貌，再用笔墨语言丰富画面，这时的笔墨在浓淡对比上趋于强烈。种种因素的结合形成了雄博的笔墨。图中的梯田和远处的层山都用大块的墨色表现，大笔触的运用以及山的大气的造型处处体现出画家被西北山林的朴素所感动，厚重的层山在笔墨中呈现出来。山坡上的树干则用了较为浓重的笔墨概括，山上房子是用几何形的造型出现在树林中。前景用几块淡墨表现田地，田间农民和耕牛又增添了生活气息。

图3 赵望云《巴山春耕》，纸本设色，150cm×82cm，1958年，中国美术馆藏

2. 相应的文化历史背景对笔墨的形成也有一定的影响。新中国成立后提倡中国画改造，画家到生活中寻找素材，笔墨运用也相应地生动，画家把感受用笔墨的形式表现出来，某一特定历史背景下对艺术作品有一定的要求，要反映这种文化下的审美和艺术标准。如《大炼钢铁·家园》系列（图4），这一时期的艺术也要紧随时代背景和社会审美要求，这幅作品表现西北的冬天，虽然没有春天的生机盎然，树后的窑洞还是给人温暖的感觉。树的笔墨提炼概括地表现了树的形态以及树枝的前后空间关系，后边的窑洞把门的结构和形表现得较完整，其他结构用淡墨大致表现，营造出空间效果，家的感觉也很强烈。这些选材虽然是山水画，但是画家总在画面中布置一些点景人物，所以画面中大面积墨表现山体与以线为主的人物描绘形成鲜明对比。

图4 赵望云《大炼钢铁·家园》，纸本设色，48.5cm×39cm，1958年，中国美术馆藏

从赵望云西北写生的作品可以看出，画家通过对不

同地域的体会运用笔墨，表现的都是祖国大好河山，画面生动有生命力，用较清晰的线条和较浓的墨色与淡墨进行对比，把西北人物或者树的形象与西北浑然的地理环境组合成画面，给人强烈的视觉冲击力，同时也给了观众深刻的地域暗示。笔墨可以诠释地域特征，在画面中有着举足轻重的作用。这时期的作品笔墨更加恣意纵横，大胆的笔墨运用使作品的感染力极强，并且充满了浓浓的艺术美感。作品脱离了前期的生涩更加趋于成熟，如《云横秦岭》（图 5）大山怀抱中人民在劳作，绵延的秦岭山脉用浓墨和淡墨表现，而且画家很注意画面中的留白，画面前边的丛林也是不同的墨色表现，把秦岭的雄厚准确地呈现了出来。在《禹门渡口》（图 6）中，笔墨更显成熟与老辣，在用笔用墨上更加游刃有余，笔触与不同的墨色自然结合，画家对表现西北山水已经有了成熟的笔墨语言，并且可以恰如其分地与情感结合起来。

图5 赵望云《云横秦岭》，纸本设色，152cm × 83cm，1958年，中国美术馆藏

图6 赵望云《禹门渡口》，纸本设色，124cm × 68cm，1959年，中国美术馆藏

三、笔墨的朴实敦厚

每一位画家的作品总能表现出画家的一些性情和性格。在一篇关于赵望云的访谈录里，画家赵振川这样形容道："在他的画里，笔墨上透露出的人格魅力就是温柔敦厚，而且博大、宽容，具有浓重的乡土气，尤其到晚年他达到了这个境界。"画家的个性、品操、情感以及生长环境也会影响笔墨特点的形成。无论是冀中农村写生还是西北塞上写生，他的作品一直散发着朴实敦厚的气息，这与画家自身的性格以及画家待人接物上的态度是分不开的。

在画家40多年的创作中，一直以乡村写生体验为主，即便在取材西北的山水画中也有当地人民生活的点滴记录，作品中的笔墨也是自然朴实的，没有太多的表现技巧，也没有刻意而为的笔墨程式，无论是前期略带生涩的作品，还是中后期逐渐成熟并且散发着浓浓的艺术美感的作品，都是以朴实无华的笔墨为表现媒介。"平实的写生。赵望云一生所坚持的艺术手法，是直接面对现实生活的写生手法，这种强调直观、直写的明快手法，使赵望云的绘画富有农民的质朴率真，达观的美学气质，记录着大量鲜活、细腻、明丽的真情实感，以至形成平易而纯朴，朴拙而清新的艺术风格。"

画家在待人接物方面充分显现出他的朴实和谦和，对待学生就像自己的孩子一样。当年在西安的时候，收了黄胄做学生，后来方济众也跟随赵望云学画，黄胄和方济众吃住都在老师家里，像家人一样生活在一起。这也从另外一个方面说明赵望云有着博大、宽容的胸怀，这种胸怀也会潜移默化地被画家植入作品中。在他的祁连山写生中，如《祁连山写生》（图7），画家把近处的溪水和石头描绘得很生动，仔细看来没有特别具体的石头结构，也没有用线表现溪水，

图7　赵望云《祁连山写生》，纸本设色，34cm × 27cm，1962年，中国美术馆藏

但是我们仍可以感受到溪水的流动和水中的鹅卵石，树木和远山形象生动，熟练的笔墨中依旧有着朴实的气息，没有太多修饰。

20 世纪 20 年代末 30 年代初《大公报》连载赵望云的写生作品时，大家对这个栏目都很关注，它连载的不仅仅是赵望云的写生作品，更是广大民众的生存现状及社会现状。坝上写生的这些作品是画家的亲身感受，笔墨里充满了浓浓的乡土气息是自然而然的。正如郎绍君评价赵望云："他的质朴不因为他在技术上的熟练而改变。我想这应该和他人的质朴有关。所谓人的质朴就是没有矫饰、没有做作，他的风格不是做出来的，他的画不是风格化的复制。所以风格是人。"这也充分说明人的质朴是质朴笔墨的前提，无论他画哪里的山水和景色用的也是质朴的笔墨语言。如《重林耸翠》（图 8）有序质朴的笔墨语言把纵深感讲述得井然有序，画面上重墨与淡墨有序地错落开，同时把树的结构与前后虚实处理得很完美。有了这种笔墨语言的表现，画面上自然流露出画家内心情感及带有情感的笔墨。笔墨其实是画家的一种心语，笔墨的轻重缓急是画家描绘物象时的一种心理认知和情感，赵望云说过他是乡间人，画他自己经历过的事物，可以看出他对笔墨的理解是朴实的，在运用笔墨时也本着一种诚实的态度去表现物象，在赵望云一生的创作中始终坚持着这种朴素、包容的笔墨。

图8　赵望云《重林耸翠》，纸本设色，257cm×119cm，1964年，中国美术馆藏

参考文献

[1] 程征编:《从学徒到大师——画家赵望云》,陕西人民美术出版社 1992 年版。

[2] 郎绍君:《论中国现代美术》,江苏美术出版社 1988 年版。

[3] 郎绍君:《守护与拓进——二十世纪中国画谈丛》,中国美术学院出版社 2001 年版。

[4] 郎绍君:《赵望云的两份遗产》,载鹤坪、姚贺全编《百年望云——中国画大师赵望云评述》,陕西人民美术出版社 2007 年版。

[5] 李松主编:《中国现代美术理论批评文丛》,人民美术出版社 2011 年版。

[6] 李泽厚、刘纲纪主编:《中国美学史》,中国社会科学出版社 1984 版年。

[7] 吕品田:《高尚艺术情怀的标杆》,载鹤坪、姚贺全编《百年望云——中国画大师赵望云评述》,陕西人民美术出版社 2007 年版。

[8] 王鲁湘:《精神家园的慷慨浩歌——赵望云简论》,《西北美术》1999 年第 2 期。

[9] 徐复观:《中国艺术精神》,春风文艺出版社 1987 年版。

[10] 周积寅:《中国画之本质特征》,《艺术百家》2009 年第 5 期。

石涛山水画笔法研究

申丽娜

2013级中国山水画创作研究方向硕士

一、石涛早期（1657—1679）山水画的笔法及其成因

我们现在能目睹的石涛最早的作品，是清顺治十四年（1657）他16岁时画的《双钩兰竹》，他在图上题跋："十四写兰五十六，至今与尔争鱼目。始信名高笔未高，悔不从前多食肉。"[①] 通过这个题跋，我们可以感受到，石涛那时候已经小有名气，这点我们在李驎《大涤子传》里得到了印证："暇即临古法帖，而心尤喜颜鲁公。或曰：何不学董文敏，时所好也！即改而学董，然心不甚喜。又学画山水人物及花卉翎毛，楚人往往称之。"[②] 广东省博物馆藏的十二页《花卉山水册页》为目前所知最早纪年作品，此册的水仙图上有落款"丁酉二月写于武昌之鹤楼"，丁酉正是1657年，石涛处于少年风华正茂时。

此图册中的《荷花图》，代表了石涛那时候的风格面貌和笔法特征，虽用白描的手法，却在疏密相间、虚实相应、枯润相济中，显现出不凡的才情和巧思。其线条不同于通常意义上花鸟画所追求起行顿挫用笔的传统白描，而是带些山水画中的用笔方法，将山水画中的用笔方法不经意间蒙养于荷花。作品用笔用墨中有元代画家的笔意，干枯的线条勾勒，松动、毛涩的淡墨线条中有稚拙的笔墨韵味。其将荷花的花瓣尖处和叶子的叶脉处用侧笔皴擦，代表花瓣的红色部分和叶子深绿色部分，笔墨之间透露出画面的体积感，显出荷花生机盎然的气氛。从石涛一开始的绘画作品中可以看到，绘画的最大特点就是忠实于自己内心的真实感受，而自出画法。

这一时期，石涛画了大量的白描，用笔稚拙，显示出纯真的面貌特征。相对于人

---

① 《石涛题画录》有石涛《写兰墨妙精册》十二开第九《双钩兰竹》题跋。

② 李驎：《虬峰文集·大涤子传》卷十六。

物画中的十八描，石涛山水画中的皴法也表现出笔法运用的不同表现形式。山水册十开《清音阁图》《施愚山招游敬亭图》《一枝阁图》等作品显现出石涛早期山水画的笔法特征。石涛后来以“立一画之法”作为贯穿画论的主题思想，“一画”就是笔道或者说是线条，贯穿画面的始终。石涛早期山水画直抒胸臆，用笔细腻随意，爽直纤细，多用湿笔淡墨勾勒，用枯笔皴擦，根据内心感受自出机杼的画法体现出他的独特个性。石涛不拘泥于对山外轮廓的准确描绘，而是借由笔墨抒发出山川传达给自己独有的感受，干湿浓淡运用自如，给人以生动感受。

石涛是善于继承传统的，早期他“临古法帖，而心尤喜颜鲁公”，就是表明了石涛师法先人、取法传统的学画精意。石涛、喝涛同时拜禅林高僧旅庵本月为师，旅庵本月有着深厚的佛学修养，而且学问渊博，在诗文、书法上也颇有建树，石涛侍奉旅庵本月座下达两年之久，受益匪浅，为以后的艺术实践起到铺垫作用。在此基础上，他主张忠实于自己的内心感受，“外师造化，我用我法”，在“传统”与“恣肆”的辩证统一中追求心师造化。

（一）从《山水册》看石涛绘画里笔法的兼收并蓄

《山水册》（图 1、图 2）八页，26.8cm × 22.9cm，纸本水墨，无年款，从风格特征中能看出是石涛在宣城时期的作品。在这本册页中，可清晰地分辨出受倪瓒、黄公望的影响，多枯笔淡墨勾勒而成，以干渴的线条皴擦出山石的肌理特征，淡设色写出黄山的变幻莫测，用笔中能看出徽派风格。

图1 石涛《山水册》（八开之一），纸本水墨，26.8cm × 22.9cm，博物馆藏

这套册页的 8 幅画中，多是对景写生和记游之作，画的是当时宣城一带景色，整体工细秀逸，多以渴笔淡墨写出，线条细腻中透露出

图2　石涛《山水册》（八开之一），纸本水墨，26.8cm × 22.9cm，博物馆藏

一种稚拙感和朴实感，在勾勒石壁时，线条不拘泥于山石形象本身，用笔蜿蜒盘旋像是乱画，使人感觉不到是在画某一处具体景物，却达到了对山形态的传神描写，让观者跟随线条的跳动，感受到勃勃生机的自然之美。

石涛的树法在历代绘画中，称得上独特。他善于画黄山的松，松树的树冠全是齐的，叫作“平头树”，这来自黄山真实的树的形象，概括得既生动又简约；还有一种悬崖峭壁上的树，画时多以斜取势，松干用干笔盘旋取势，松针用干而浓的细长线为之；石涛画杂树，行笔古拙，多以书法用笔写之，浓墨点叶，中间有夹叶用线勾之，有对比以丰富画面。石涛前期画树用笔很工整，连山石上小的松针也是以书法用笔一丝不苟地描绘，于细微处展现出用笔的力度。应该说，黄山松的奇特形象给了石涛绘画上的灵感，这时期画的树笔法简练，线条清晰，用笔用墨有力度且直爽，以书法入画的追求，恰恰成就了石涛前期艺术独特的魅力。

奇松、怪石、云海、温泉被誉为“黄山四绝”，其“云海”更是以美、胜、奇、幻著称。黄山虚无缥缈、变幻莫测的云海，给石涛带来丰富的艺术滋养，他笔下的云法也变化多端，浓淡干湿长短线条的交替勾勒；以淡墨染出云的形态，边缘线控制云的形状特征，不一而足。石涛画石，用笔肯定，行笔中一波三折，用笔的提按轻重，笔锋的中侧转换，形成了很强的节奏感。他在用笔的转折处注意行笔方向，前面的墨色重而用笔肯定，后面的山石渐行渐远，用墨淡而有气势，石头整体的取势拉开了前后空间。山上的苔点用笔有力度，如高山坠石一般，有大有小，错落有致，山头上的点堆积一起，山更醒目，前面的苔点多而重，与后面的苔点少而淡形成对此，苔点的用笔肯定，把山石上的线条重新规整，呈现新的面貌。他画水时用中锋细线勾出，远处的留空白，大片的水，多用中侧锋勾出水的波光粼粼，远处就以淡墨写出水的跃动。

总之，这个时期石涛的绘画是兼收并蓄的，用笔既有元四家以及沈周的影子，也有从真山真水中蒙养而来的很强的写生感因素，同时，他在书法上的追求和精进，从这一时期的落款上也可以看出来。石涛说："字与画者，其具两端，其功一体。"[①]"线条"在中国画和书法艺术中是不可或缺的构成要素，有着独立的审美价值。石涛的"一画"说，即是在深度阐释绘画中线条的重要意义，以及怎样配合运腕创作出松动、满意的线条。石涛的落款多用隶书，也有行书，用笔随意洒脱，和画面构成和谐的气氛。

也就是从这本册页开始，我们欣喜地看到，石涛已经开始了他包前孕后的探索，一方面，是对传统技法的融会贯通；另一方面，属于"我心我法"的绘画面貌已经初具端倪。我们仿佛看见，在黄山缥缈的云海中，一代绘画宗师已经呼之欲出了。

（二）"有经必有权，有法必有化"：石涛线性笔法的继承与发展

从南朝姚最的"心师造化"，到唐代张璪的"外师造化，中得心源"[②]，再到王维的"肇自然之性，成造化之功"，石涛的"山川与予神遇而迹化"[③]。体现了对自然山川美的感悟，对客观世界在人的头脑中能动意识的审美反映，对古代绘画的继承和发展，完成了艺术创作的过程。故宫博物院藏二十一开《黄山图册》（图3、图4），就是这种创作思想的集中反映。

图3　石涛《黄山图册》（二十一开之一），纸本设色，30.8cm×24.1cm，故宫博物院藏

故宫博物院藏二十一开石涛《黄山图册》，画的就是黄山各处风景，虽然没有标明哪幅画的是哪个地方，但熟悉黄山风景

① （清）石涛：《苦瓜和尚画语录》兼字章，《画论丛刊》，第156页。

② （唐）张彦远：《历代名画记》卷十，《中国画论辑要》，江苏美术出版社2005年版，第65页。

③ （清）石涛：《石涛画语录》山川章。

图4 石涛《黄山图册》(二十一开之一)，纸本墨笔， 30.8cm×24.1cm，故宫博物院藏

的人，一眼就可以看出哪幅画的是哪个地方，如莲花峰、蒲团松等，特征都特别明显。作品对黄山的景色特征描绘得细腻真实，线条清晰雅致，多用枯笔较细的线条描绘山峰轮廓。这些作品都淡着色，清新雅致中透露着秀丽美，画风与密友梅清极相似，明显有新安画派的笔墨气质。石涛的笔墨运用逐渐趋向成熟，黄山是他心灵的故乡，练就了笔墨功夫。石头的描绘显示出明显的特征，多是用干枯的线条皴出石头的结构，石头的前后关系用重线条和淡的线条区别开，石头呈现出不规则的形状，线条上下左右的交错，描绘着黄山的景色特征：有的山是用很细的线条组合而成，线条的疏密构成黄山山石的特征；还有的山是线条勾出外形，用墨直接渲染出山石的形状，细腻雅致，仿佛我们看到的真山就在眼前。山上的点苔，笔法清晰，以藏锋入笔且有力度，构成画面的节奏感，我们也可以将其看成短的线条，用线条勾勒出了苔点的外形，山的外轮廓的长线和短线构成明显的对比，看起来醒目盎然，极有生气。山的侧面多画上小草，用长短不一的线条，这是石涛独特的地方。小草有双勾的也有重墨单勾的，表现出山的活力。

黄山画派三巨子都画有《黄山图册》，与弘仁的《黄山写生图册》相比，就会发现在艺术风格上有很大的不同。他们三个人都是从意象美各自抒写着心中的黄山景色，同样是用墨、设色，弘仁作画时是高度理性的，用笔构图严谨，法度森严，每幅作品都经过了反复推敲与精心打造，要求符合理想中的完美；而石涛山水画中笔法多率意天真，用笔灵活多变，皴法中线条的长短不拘一格，大胆的取景构图来自对生活的真实体验，笔随心转，信手拈来。有人把他俩的绘画作形象的描绘：弘仁的作品多是把精彩表现于外在上，打眼看去沉稳有序，井井有条，使人流连忘返；而石涛则是手舞足蹈，高谈阔论，妙语惊人。在作品中看到他们不同的艺术表现手法和各自的性格特征，突出艺术上的差异性。而与梅清《黄山图册》比较，都是以写生入手，又都加入自己对自然景物的主观感受，再以豪放、泼辣的用笔方式，突出黄山特征的意境之美，独具特色，形态不一，风格上是那么吻合。石涛、渐江、梅清三人这一时期绘画都以黄山为师，他们不畏艰难险阻登临黄山，以心体悟，心源有得。石涛与梅清一样，都是元四家的忠实拥趸，都受沈周的影响，对传统的法度了如指掌。但是，石涛对一味临摹的四王画风有着清醒而深刻的认识，脱离生活的真实存在。如石涛提出："古者识之具也，化者识其具而弗为也。具古以化，未见夫人也。尝憾其泥古不化者，是识拘之也。识拘于似则不广，故君子惟借古以开今也。"又曰："至人无法，非无法也，无法而法，乃为至法。凡事有经必有权，有法必有化。"[①] "任何事物，有了准则（'经'），同时就要有运用准则的变通性（'权'）。绘画也如此，有了法度，同时就应该有运用法度的灵活性（'化'）。"[②] 法与化两者是相辅相成，辩证统一的。石涛艺术上主张"借古以开今"，主张辩证地接受传统，接受的目的不是抱残守缺食古不化，是为了"化"，为了在艺术上变革创新，以适应时代审美的需求。石涛在绘画创作中，在笔法方面是在继承的基础上创新的，主张"师古人之心"，要借古人之法来发展自己的艺术。"我自用我法"就是在符合自己情感的同时，表现出的一种绘画方式。石涛提出："法与生活联系密切，也是笔法在赋形上有极其重要的作用，画家要为万象有殊、变化无穷的自然景物作'饰'，必须有'尽其灵而足其神'的笔墨法。"[③] 不管是点、线、皴等艺术表现手法，都是为表现善性物象所决定的，则其开生面非一端也，最终达到物我交融之境界。

正是源于这种创作思想，我们看到了石涛在艺术上的魅力所在。他以黄山为创作题材，绝对不是像现代人那样以一个固定视点西式现场写生，而是通过对黄山真山真水的观照和体悟，自出机杼，别开生面。他笔下的黄山，不是仅仅依靠视觉所见的再现和模拟，也不是一味的描摹；他画的是心中的黄山，是依靠生活的真实感受所画出的黄山，是意象的黄山。渐江有诗云："坐破苔衣第几重，梦中三十六芙蓉，倾来墨沛堪持赠，恍惚

---

① 周积寅编著：《中国画论辑要》，江苏美术出版社1985年版，第240页。

② 葛路：《中国古代绘画理论发展史》，上海人民美术出版社1983年版，第177页。

③ 葛路：《中国绘画美学范畴体系》，北京大学出版社2009年版，第446页。

难名是某峰。”[1] 诗中揭示出了奇特黄山的精神实质：画家通过对黄山美景的静观体悟，一峰一石、一松一瀑都成为画家心中之境，当临池泼墨之时，人与景化，心意与笔墨交融，又何必分清具体是黄山的哪座山峰？梅清画浮丘峰自题曰：“戏以缥缈笔图之，非必实有是景也。”[2] 石涛更直接在画上题曰：“想象为之。”这种想象，不是毫无根源的凭空臆想，而是根植于对艺术法度的烂熟于胸，对物象的丰富积累与储蓄，对审美追求和创作思路的清晰把握，换言之，这是在继承基础之上的发展创新，这种创新来源于对传统审美和生活的滋润与蒙养，这就是后人所总结的创新法则：一手伸向传统，一手伸向生活。

在这种创新思想的指导下，石涛在笔墨上也经历了一个嬗变的过程。在早期的绘画中，石涛使用的是一种靠书法的力量形成的线条，近似最初临摹的白描画法，用笔的浓淡干湿、粗细变化、虚实相应来“立意”对象特征，在《黄山图册》中，用笔上有了一个新的提高，一变细弱稚嫩而为绵长舒缓的中锋长线条，轻重缓急、干湿枯润随心所欲，绵里裹铁劲道内敛。他注重笔尖、笔肚、笔根的运用，不单单是用笔尖的提按，还充分利用笔肚里的墨，注重线条的圆转折合和干湿浓淡的变化，画面中的线条丰富多彩，有很多的灵感和奇妙的变化表现于画面中，这种自由和线条的跳动在当时社会风气下，不得不说是一种创新。同时，我们也清醒地认识到，这种笔墨的高度与他的书法成就和境界是息息相关的。

（三）小结

石涛早期的作品清新秀逸，用笔稚拙有力度。石涛绘画的技巧是超群的，他于一点一线之中体会气机流宕之妙，在作书作画之际，他都能秉此阴阳之气之力，将之纳入一点一线之中，笔锋提按转折中，笔随气运，显示出生动感。石涛将“我自用我法”的绘画理论同样用于书法中，他的书风以最初的颜体，继承晚明时期书法上的恣肆气象，很少有清初书风的感觉，常以隶书落款题诗，突出个人艺术魅力。

在石涛最早的作品中，看到了石涛卓越的才华，以白描入手，以书入画，笔法中透露着不一样的绘画天赋。受黄公望、倪瓒的绘画和书法的影响，石涛早期的山水画用笔空灵秀婉，以干笔为主，枯润相济，细劲的点画之外，也有来自钟繇小楷的古朴，在豪

① 汪世清、汪聪编纂：《渐江资料集》（修订本），安徽人民出版社1984年版，第38页。

② 梅清画浮丘峰自题跋。

放的笔法中也体现出柔和空灵的一面。石涛早期的山水画善于在真山真水中抒发自己的创作灵感，在继承的基础上创新，在他生命真实的体验中，描写的作品带有灵气、野气和荒率之气，笔锋的转折提按之间，笔随气运，表现出生生不息的艺术境界。这一时期，石涛的绘画与梅清颇为相近，梅清在绘画上对石涛产生很大的影响，但石涛比梅清的画多了些空灵感，与渐江相比，又多了一些圆转，他比梅清和渐江在笔法和风格上体现出多样性，突出石涛在绘画上的独特性和创新性，对传统绘画的融会贯通，忠实于自己的内心感受，追求心师造化。黄山是石涛艺术创作的源泉，这一时期的《山水册》笔法特征质朴敦厚，直抒胸臆，线条多变，体现出天地造化之奇境，用笔、造境、笔墨之奇着眼于黄山的奇特之美，也显示出石涛早期艺术风格的独特魅力。

从石涛早期的作品看，用笔细致劲挺，从黄山的奇松怪石中体现出变化多端，用笔用墨独具特色，“我自用我法”在笔法的赋形上得到了体现，具有独树一帜、别开生面的绘画效果。

二、石涛中期（1680—1692）山水画的笔法特征

没有哪位画家，经历过石涛这样复杂多变的生活际遇和充满矛盾交织的心路历程，石涛由此经历的艺术碰撞与思考，对他的艺术产生了巨大影响，改变了他的绘画风格。石涛山水画笔法特征不再像早期那样清新秀逸，开始向严谨深稳转变，呈现出不同的风格面貌。这一时期的作品所包含的思考意识比较强烈，朝野间“四王”的临摹之风，也给石涛的绘画带来了新的认识。石涛不为时风所动，在继承的基础上大胆创新，笔墨更加精微，气势越发宏大，开始向严谨深稳过渡，创作出以《搜尽奇峰打草稿》为代表的大幅作品，还有同时期的《泼墨山水图》《细雨虬松图》《古木垂荫图》《清湘书画稿》等作品，都能表现出本时期不同笔法的运用。

（一）石涛绘画中期的三种风貌

石涛绘画的中期，大体有三种风貌：第一种是水墨淋漓、汪洋恣肆的风貌，如44岁时作的《泼墨山水图》卷等；第二种风格清新秀逸，多用干笔勾勒，简洁明快；第三种风格用笔较为细致，线条的勾勒细润，极少皴法，景色苍浑，俗称“细笔石涛”。这三种风格面貌的形成，表现出不同的笔法特征。根据每一阶段情感特征的抒发和笔墨之

间的自然天成，创作出各式面貌的绘画作品，呈现出不同的用笔方式。

《万点恶墨图》手卷创作于 1685 年，用墨丰富多变，笔法恣肆纵横，显示出线条的阔落感，属于水墨淋漓一路。全卷以点调节线条的节奏，以苔点来提醒画面的精神，用浓墨大点彰显独特的风采。《万点恶墨图》手卷用笔劲挺直率，长枪大戟放笔直取，丝毫不在意笔锋的藏露，在用笔的抑扬顿挫、用墨的轻重缓急中体现出线条的丰富变化，圆转坚实与枯淡简直互相转换，古拙和工巧交织在一起，线条的阔落与墨点干皴突出了水墨淋漓的效果。整幅画面节奏感强烈，线条的律动与笔触的跳动节奏，形成一种粗犷的旋律，点、线、面融合交织，笔法奔放雄浑，用笔沉着痛快，显示出“我自用我法”唯我独尊、霸悍之气的绘画特征。这种奔放洒脱的用笔方式充满野逸之气，同时蕴含着深厚的笔墨韵味和文化内涵，耐人寻味。石涛自己曾云：“法无定相，气概成章。”[①] 笔墨纵横洒脱，脱略形似，任情而恣肆，显示了石涛独特的绘画艺术和创新精神。与此同期的《泼墨山水图》卷，狂涛大点，笔墨纵横恣肆，表现出崇高、奇古、洒脱、精美之感，使现实世界与内心情感达到完美的统一，表现出石涛艺术的生命力、表现力、创造力。

图5　石涛《细雨虬松图》，纸本设色，100.8cm × 41.3cm，1687年，上海博物馆藏

康熙二十六年（1687）创作的《细雨虬松图》（图 5），属于清新秀逸、多用干笔勾勒、简洁明快的第二种风格。《细雨虬松图》，纵 100.8cm、横 41.3cm，现藏上海博物馆。此幅作品在用笔上较为细致，受李公麟、倪瓒及梅清绘画的影响，具有独特的面貌特征，严谨细密，俊秀典雅，秀雅之中不失敦厚，为石涛作品中的精品之作。树木苍劲有活力，或弯曲或直挺，用笔娴熟，以书法入笔，松动毛涩的线条中显出树木的活力。山石清雅秀丽，

① 康熙四十二年癸未（1703）题画文。

皴法极少颇见凝重，略加皴点，用淡赭石淡花青上色，整幅画面墨色丰富、典雅秀丽。

在这幅画中石涛题跋曰：“泼墨数十年，未尝轻为人赠。山水杳深，咫尺阴荫，觉一往兴未易穷，写以赠君。予尝有句云：‘细雨霏霏远烟湿，墨痕落纸虬松秃。’能人鉴赏否？时丁卯夏日，子老道翁出宋罗纹纸，命予作画，风雨中并识于华藏下院。清湘石涛济山僧。”[1]题跋中说出了想索画的“子老道翁”拿来一张宋罗纹纸，好纸激起了石涛创作的热情，即兴创作出佳作。古砚陈墨旧纸最受画家喜爱，石涛也不例外。得此佳纸，心情之舒爽，创作状态之佳，于画面中一望可知。整体布局之严谨，细节之精益求精，在石涛作品中也不多见。

图6　石涛《古木垂荫图》，纸本设色，175cm×50.7cm，1691年，辽宁省博物馆藏

《古木垂荫图》（图6）这幅作品创作于1691年，属于风貌较为细致一路，所谓“细笔石涛”，纸本设色，纵175cm、横50.7cm，现藏辽宁省博物馆。这幅作品描绘的是一条大江横亘画中，两岸崇山峻岭，古木萧森的场景。波澜壮阔的江水由一桥联结，在雾气中远山层层推远。苍翠的树木中有亭台楼阁。山石用荷叶皴、卷云皴勾勒而成，苔点点于山间，树木郁郁葱葱，皴、擦、点、染结合并用，最后用淡花青润色。此图笔墨运用灵活，风格奔放，画法多变而始终有自己的面貌。这是他高出一般人的地方。此图为石涛精彩之作。图中的树是最能打动人的，叶子画得很生动，树的前后组合，是石涛画中的亮点，树干的勾勒与叶子的点厾形成对比，最上面的松树与山海相接，形成一种连贯的气势。此作用笔娴熟、灵动，笔尖、笔肚和笔根都着力，中锋、侧锋转化自然，笔性发挥到极致，线条随意洒脱而有力度，画出了树叶的厚重感、层次感。石涛常

① 《细雨虬松图》题跋。

言:“古人写树叶苔点……气概成章耳。”[①] 他笔下的树叶，用笔到位，注重墨色的浓淡变化，并且深入纸里去，树的真实形象描绘得如隐如现，树的叶子用笔尖和笔肚画出，特别形象有立体感，叶子攒三聚五繁密茂盛，令人百看不厌。后面树用劲挺的线条双勾出弯曲的树干，借以突出前面直树的挺拔。石头多用细致的线条作荷叶皴法，用笔繁复稠密，线条工细复杂，具有典型的绘画风格。

石涛的作品独具特色，不管是画北方的山川河流还是南方的亭台楼阁都独具创新性，直抒胸臆，意境深远，用笔恣肆奔放，笔墨淋漓尽致，“截取法”构图传达深邃意境，细致的局部线条构成整幅画面的奔放气势。

（二）从《搜尽奇峰打草稿》看石涛中期笔法的运用

创作于康熙三十年（1691）的《搜尽奇峰打草稿》（图 7）是石涛画中的精品，现藏故宫博物院，纸本水墨，纵 42cm、横 288cm，属于“细笔石涛”中难得的佳作。整幅画面皴擦点染，山脉相连，气势磅礴，但仔细体察，在密不通风淋漓笔墨中，依然有稀疏的空间之精妙处，疏密有致，在笔墨与构图上独具创新，使人心旷神怡。图前用书体独特的隶书题写了“搜尽奇峰打草稿图卷”九个字作引首。作品中描写的奇松怪石，时而陡峭时而崎岖，树木房屋与山石相间，水流湍急，从山中蜿蜒盘桓的气势中能看出长城的气质，山间小道也回环于山中，颇有生活气息，分明是北方寻常的景致。该画深得元人意趣，石涛以细笔层层皴染、勾勒，由淡到重，画出山的厚重感，反复点染而成，淡墨统一渲染，显得苍莽凝重。该卷用点尤为精彩，在山间点出跳跃感、节奏感，笔墨的丰富变化，层层点染，点得恰到好处。正如潘季彤在题跋中说的“一开卷如宝剑出匣”，寒气袭人，光芒四射，“令观者为之心惊魄动”[②]。细读此画的最后题跋，我们会发现石涛此画有着很深用意。表现出石涛具有很高的创作才能，也抒发出其郁勃不满之意，一浇块垒。卷末有一段题道：“道眼未明，纵横习气安可辩焉？自之曰：此某家笔墨，此某家法派，犹盲人之示盲人，丑妇之评丑妇尔。赏鉴云乎哉！”[③] 在这里，石涛批评了脱离客观生活、泥古不化的摹古派创作，也表达了自己“搜尽奇峰打草稿”向生活要素材、向自然要灵感的创作主张。

---

① 为石庄和尚《苦瓜妙谛册》在册上题写。

② 《搜尽奇峰打草稿》最后的题跋。

③ 《搜尽奇峰打草稿》题跋。

《搜尽奇峰打草稿》是石涛艺术风格成熟时期的经典之作，线条风格奔放泼辣，彰显出石涛独特的个性和创新精神，用自己独特的个性化线条皴法组织画面，山的高低起伏使画面具有时空观，用笔繁复稠密，像荷叶一样的皴法使山形活泼生动，柔和细腻，里面的大小荷叶皴，大的荷叶皴把线条拉得更长，有一种山的大势在里面。还有小形状的山，围绕山的结构皴擦点染，线条显力度，深入纸上，突出石头的形状。卷云皴的运用，使远处的山具有一种飘动感，在笔法上先用淡墨层层积染，再用重墨复勾，体现出山的厚重，线条勾勒前实后虚，前重后淡，线条围绕山的结构，在山的结构处，用笔较实，向后的山绵延起伏，用墨较淡，山脉左右延伸，山石的用笔自由而不失细微，每根线条的中侧转换构成了山石的虚实转合，前面的石头多方形，形成了前后山的方线条和圆线条的对比，使画面有了空间感和时间感，显示出山体独有的形象，河流和山石交错，生机盎然。为了表现山势的起伏，作品采取了一种变化莫测的曲线，有波分浪涌的灵活感，即用硬毫小笔在纸面上轻快地抖动，笔落在画面上的同时也飞快地向上提起，形成一种独特的韵味。

更值得一提的是，石涛在此画中将各种苔点运用得繁密多样，山上有，山下有，树上有，水中也有，甚至无画处亦有，其所造成的节奏感更加引人入胜。整幅画面打眼一看是点，由线条穿成，苔点我们也可看成短短的线条，有圆的、长的、方的，大小不一错落而成，有疏有密，醒目山川。点上去的苔点看起来是那么的舒服，和山的结构相吻合，每一笔都点进纸里，一点都不浮夸，突出山的特征。点给整幅画面增添了气氛和生机，点把长线条分割成了长短不等的短线条，内在的线性笔法贯穿山石的主线，点也把线条分割成了另一种美的感受，这是一种独特的绘画方式。石涛是善于用点的大家，作品中多用苔点，这幅作品就是用苔点作品中的经典之作，满山全是苔点，干、湿、浓、淡苔点于一体，具有很强的律动感。他曾经在一幅画的题跋中论述过苔点的运用："古人写树叶苔色，有深墨浓墨，成分字、个字、一字、品字、厶字，以至攒三聚五，梧叶、松叶、柏叶、柳叶等，垂头、斜头诸叶，而形容树木山色，风神态度。吾则不然。点有雨雪风晴四时得宜点，有反正阴阳衬贴点，有夹水夹墨一气混杂点，有含苞藻丝、璎珞、连牵点，有空空阔阔干遭（燥）没味点，有有笔无墨飞白如烟点，有焦（墨）似漆、邋遢透明点；更有两点，未肯向学人道破。有没天没地

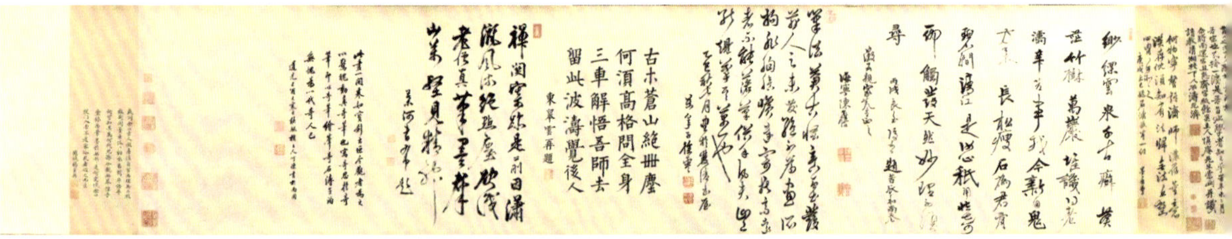

图7　石涛《搜尽奇峰打草稿》，纸本墨笔，42cm×288cm，1691年，故宫博物院藏

当头劈面点，有千岩万壑明净无一点。噫，法无定相，气概成章耳。”① 石涛山水画中的点苔是独特的，绝对不同于其他画家，石涛本人对此也十分自许，他在《丹崖巨壑图》中题跋云：“狂涛大点生云烟，烟云起处随波澜，树头树底堆成团，崩空狂壑走天半，飞泉错落高岩寒，攀之不可极，望之徒眼酸。”② 点是浓缩的线条，石涛关于点的精彩论述和经典实践，首次在绘画美学中如此丰富、精细地阐述，实属功不可没。

（三）小结

这一时期的作品称得上是经典之作，在用笔、用墨上日臻成熟，线条的沉着深稳中透露着对艺术的深刻思考。呈现出的三种风格面貌，体现了石涛在绘画中的多样性与独创性，在笔法特征上体现出不同的用笔方式。

南京时期，石涛的绘画风格面貌更为突出，笔法恣肆豪放，墨色丰富多变。北京时期是石涛绘画创作上的高峰期，笔法精湛、娴熟，笔墨极其精工。通过他在《搜尽奇峰打草稿》的题跋中可以看到：在此时期他对五代北宋的作品进行了深入研究，从作品中看出这一时期笔法运用的丰富性与独创性，描绘出山川河流的宏伟气势。这一时期复杂的心理特征对艺术的思考和由此经历的艺术碰撞，使石涛更坚定了自己的绘画主张，“不立一法，不舍一法”得到很好的体现。

艺术上的交流与学习，让石涛的绘画有了很大的提高，创作出了很多大幅的经典之作，也从而更加确定了遵从于自己的内心作画，在继承的基础上大胆创新的艺术方向。

---

① 俞剑华编著：《中国画论类编》，人民美术出版社1986年版，第778页。
② 朱良志：《石涛研究》，北京大学出版社2005年版，第553页。

三、石涛晚期（1692—1707）山水画笔法的突破

康熙三十一年（1692）秋天，在经历了一番痛定思痛的抉择之后，石涛从北京买舟南下，定居扬州，一直到去世，他再也没有离开过扬州。其实，石涛多次到扬州，与扬州有着很深的情感，最后心向扬州，建立了大涤草堂，定居在了扬州。1673年，也就是康熙十二年，师祖木陈在静慧寺做住持，石涛第一次来到扬州拜见师祖木陈，并作《采药图》；康熙十五年，也就是1676年，石涛第二次来扬州，还是住在静慧寺，绘《山水册》八帧；1682年，康熙二十一年，石涛第三次到扬州，在扬州平山堂作《水云寻仙图》；1687年，石涛第四次来扬州，也就是康熙二十六年；1689年，康熙二十八年时，康熙帝召见了石涛，可谓“天子呼其名”，也是在扬州的平山堂。①

在扬州的最后15年，石涛的绘画艺术进入炉火纯青的化境阶段。笔法上的娴熟和对艺术的痴迷，使石涛的绘画艺术有了新的突破，创作出了很多佳作，如创作《余杭看山图卷》时52岁，也就是康熙三十二年；《卓然庐图轴》为58岁所作，是康熙三十八年；《溪南八景图册》是59岁时画的，也就是康熙三十九年，等等。件件笔精墨妙，堪称经典。这一时期在绘画创作上的成就，让石涛有了审视和总结自己绘画历程和理论高度的契机，石涛开始进行深入思考，并将这些思考系统化，这就是我们今天看到的《画语录》。石涛著的《画语录》总计十八章，其中将“一画”的理论升华到一个全新高度，讲述一画代表着万事万物，画家要从一画出发，创造出新事物的外在特征，抒写自己的内心情感。

《画语录》的完成，标志着石涛艺术的完全成熟，他的绘画进入随心所欲的化境，绘画中有一种哲学意味在里面，用笔更加成熟，线条更加苍劲，力透纸背；更讲究笔墨

① 参见陈国平《石涛》下卷，广西美术出版社2014年版，第149—187页。

的变化，轻重缓急，浓淡干湿，纵横恣肆，直抒内心情感，是这一时期的绘画特征。晚年的石涛画风呈“粗笔”样式，水墨淋漓，挥洒自如，奔放不羁处有法度，精微巧妙处有气魄，俨然是卓立于时流之外的另一座高峰。

（一）从《巢湖图》看石涛的晚期画风及用笔特点

石涛在经历了“北游”南下之后，对现实的社会状态、对自己的人生有了新的认识，建立了大涤草堂，并自取号“大涤子”，决定潜心研究绘画理论，追求艺术的真谛。在此期间，石涛与八大山人关系密切，靠书信交往。八大山人与石涛的经历相似，都是明亡之后遗民，都擅长书画，互相欣赏才华。明亡时，八大山人十九岁，他所经历过的亡国之痛、他内心的忧愤、他所遭受的痛苦折磨远比石涛深切。石涛深深地为他的气质、作品所折服。石涛面对生活的磨难，在艺术的追求中是执着的，对现状的释然，在作品中第一次题下了自己的真实名字：朱若极。

图8　石涛《巢湖图》，纸本设色，96.5cm×41.5cm，1695年，天津艺术博物馆藏

思想的变化，反映在绘画上，就是更加自由奔放。石涛这时期的山水作品，突破了前人的用笔、用墨的方法，尤其是在用色上有更大的创新。笔墨更加野逸流畅，或浓墨大点，或细线勾勒深显功力。线条苍劲有力却不失典雅，在注重情感的同时，增添了理性的沉稳。这一时期的作品，注重精神层面的追求，体现山水画的韵律美、和谐美，突出文化内涵，张扬“是法非法，即是我法”的艺术主张。

现藏天津艺术博物馆的《巢湖图》（图8），纵96.5cm、横41.5cm，纸本设色，创作于康熙三十四年（1695），描绘安徽巢湖一带的风光，湖水波光粼粼，一眼望去没有边际，山石房屋亭亭玉立于水中，烟云环绕，一片气象。葱郁的树木下停靠着数只小船动静结合的场面反映着当时的景色面貌。构图新奇别具一格，深远苍莽，工细秀丽。这幅《巢湖图》的创作，有着非凡的来历。这一年的夏天，石涛受到吏部尚书、武英殿大学士李天馥（号容斋）和庐州府（今合肥）太守张见易的邀请，游览庐州。在巢湖遇见大风巨浪，无法继续返回，只好停留在这里，附近的人们闻讯赶来，拜见石涛，特地在深水处摘了枝荷花表示对石涛的敬仰。石涛一时很受感动，赋诗两首以赠。当船勉强行到中途时，又一连羁縻几天，石涛登岸饱览水天浩渺的巢湖美景，也为人们深水采荷花送他求一首诗而感动，石涛倾注自己的情感于笔端，绘画出气势宏伟的佳作《巢湖图》。

《巢湖图》构图新颖，色墨润泽雅致，意境苍茫，用墨浓重，墨气淋漓，空间感极强，是石涛山水画中上乘之作。在绘画风格上，《巢湖图》属于石涛后期工细淡雅一路作品，笔法细秀而苍劲，景色秀润生动，墨色层次分明，显示出深邃的意境美。用笔淡雅松动、工细雅致，用墨沉稳厚重、浑然大气，着色清雅秀丽、别具一格。大面积水的刻画尤为精到，波浪用有力度的带折尖的线条画成，用笔松动灵活，画出了水的波光粼粼，线条沉着于纸上，弯曲的线条通过用笔的提按表现墨色的变化和水流的轻重缓急，重墨线条与淡墨线条交织一起连贯而成。在视觉中心的地方线条多而密，线条的中侧锋转换交织，把水描绘得生动形象，仿佛微风吹过一般。再往后的线条波纹少，平静的湖面，再往后又风起，整个水面有疏有密虚实相生，动静结合，既是生活的真实再现，又有表现的意味。近处的线条也是如此，越远的线条用墨越淡，深远于天际，在笔法上形成节奏感。线条的干湿浓淡交映，在用笔上劲道有力且表现了巢湖的美景。按线条的走势和水面的波动，用淡花青色渲染部分线条，使线成面，动静结合，增强画面的整体感。从头到尾用笔、用墨、用色都显成熟老练，错落有致，柔和之中显力度。

这幅作品的笔法是可圈可点的，前面树木用苍劲有力的线条画出树干，有勾有点画出树的叶子，构成长线短线的融合统一，后面的松树直伸到岸边，中锋墨线重而挺拔，中侧锋描绘出松树的枝干，以短线条点上苔点，勾勒出松针，松针密而细。树下的大片麦田靠在岸边，圈圈点点，柔美的线条表现出生机活力。小房子也是用工细的线条勾绘而成，体现出人们的生活气息。山的描绘，线条清雅苍劲，圆润中见力度，用牛毛皴的笔法勾勒山的结构，突出骨法用笔，干涩苍茫感和描绘水的线条形成对比。远处云雾升起，笼罩着亭台楼阁，在风的吹动下，树木摇摆，形成氤氲之气，表达了自己的内心情怀。《巢湖图》的题跋是石涛作诗，达到了诗、书、画一体的完美统一。石涛在画面上方洋洋洒洒题诗四首，诗中记录了石涛此次游览的情感特征，全图诗书画精彩辉映相得益彰，可称为诗书画三绝的经典佳作。从题跋能看出石涛作画的心理状态，更能看出其书法的功力深厚，右边的三首诗是用篆书和隶书的结合而写，也是石涛最擅长的书体，线条苍劲有力，挥洒自如，讲求墨色变化。最后一首是用行书书写，字或大或小，或浓或淡，靠近最前方，拉伸了水的平面空间，大字小字错落有致，与画面形成呼应，山水相接，后面的三首诗向远处延伸，整幅画面协调一致，气韵生动。老辣沉稳的线条，用笔上的起笔都是藏锋的，和画面构成协调统一。《巢湖图》属于后期山水画的特征，这类的作品最多，成就也最高，展现了石涛的一种生活状态，也使我们看到了当时社会的环境面貌，更表现了石涛后期作品的成熟性特征。

（二）突破藩篱：石涛创作高峰期笔法的出新

1696 年秋冬之际，石涛临水自建的大涤草堂落成，彻底脱下僧袍过上了居家生活，他给八大山人写信求画《大涤草堂图》时特别点出："勿书和尚，济有发有冠之人也。"生活的改变，激发他愈加强烈的绘画情感，石涛毕生是真正用艺术来建立他的内心世界的，天真烂漫的性格决定了石涛画的动人之处。这一时期，找他画画的人很多，画兰竹、梅花之多，直抒胸臆，根据现实的需要，在这一时期的山水画的笔法上达到了一个新的高度。

图9　石涛《松窗读易图》，纸本设色，187cm×80cm，1701年，沈阳故宫博物院藏

现藏沈阳故宫博物院的《松窗读易图》（图 9），纵 187cm、横 80cm，纸本设色，创作于 1701 年。这幅作品用笔泼辣奔放，线条运用自如，线性的笔法特征突出，整体有一种意境美。石涛后期的作品有一种氤氲之气在里面，山石的用笔苍润，行笔速度快，在用笔的提按中体现墨色的变化，在山的转折处用笔中肯笔锋下按，突出了山的结

构。前面的山皴擦少，一笔勾写出山的外形，在这一笔中，有墨的轻重变化，线条的粗细转换和运笔的快慢节奏，可见是胸有成竹。后面的山层层推远，在线条的运用上，用笔的转折提按表现出墨色的变化，突出山的质感，做到收放有度，更好地突出了山的特征。

远处的山用笔苍茫细腻，气势向上挺拔，山头深远而用墨重，整体用墨淡，加上几个重苔点，醒目山川。苔点的点法成组成片，浓淡分明，整幅画面的苔点节奏感很强，前面的苔点重而实，后面的苔点圆润而虚，三三两两把线条重新编排，形成新的面貌。山上的小草是不可少的，用笔上更见力度，不再是满山都勾写，该需要的地方才画上几棵。山与山之间的间隔，有一种延伸感，留给人们很大的思考空间。溪流垂直而下，一种动态美，增加了想象的空间。房屋里的人在读书，一种画面的中心感体现出来，与山树的静形成一种动静结合的美感。整幅画面设色，用一种淡赭石颜色，内心的一种空静感，在设色上也是一种独特的创新方式。石涛的后期山水画在笔法上追求出新，达到了高度的物我统一。《松窗读易图》画面构图新奇而严谨，前后山石虚实关系层层推进。近处的树与远处的山拉开了很大的距离，前后空间感增强，墨色的浓淡变化明显，近处的树比较大，墨色比较重，远处的山和树木比较小而用墨淡，山间小道有一种幽深感。中景山和树的处理手法也是虚实得宜，近、中景的相接处，沿着飞瀑留有大片空白，增强了画面的意境美，也拉开了前后的空间关系，使前景更为突出。远处的树木由点相簇而成，山石的刻画也是用淡墨皴擦点染，山顶的苔点用重墨点积而成，山深远中见气势，与中景的山石树木笔断意连，意境幽深。山石皴法围绕山的结构，有卷云皴、解索皴和折带皴点染皴擦而成。中远景山石的皴法有折带皴中带有小斧劈皴，在皴法中追求山石的和谐统一，皴法丰富而不杂乱。树上的点与山上的苔点形成呼应变化，有秃笔胡椒点、润笔重墨点，整幅画面具有和谐的韵律。画面中近大远小，近实远虚，墨色的变化更是前重后淡，局部景色中的用墨中又有干湿浓淡的层次变化，用淡赭石着色使前后空间的节奏感增强，又交织在一起。

松树的用笔娴熟，松叶的用墨饱满，松叶看起来繁密茂盛，有笔尖、笔肚的同时运用，松叶有重有淡，形成前后空间感，“平头树”是石涛画树最典型的特征。这一时期的松树的描画，达到了一种很高的境界，使松树的物象更真实地表现于画面中。松干用中锋干笔画出，有挺拔的，有弯曲的，形成对比，用中侧锋皴擦出树干的质感特征，用笔快而且不具象，更能表现出松干的苍劲感。房屋后面的树，用墨有重有淡，有勾写出的，有点染出的，再加上墨的浓淡干湿，使整组树形成前后空间感和节奏感，这也是石涛画组树最擅长的地方。画面中近景中的树画得比较实，用笔劲挺，墨色苍润层层叠加，树的结构明显，用笔突出写实感，在画树叶的形状时干湿浓淡适宜，形象具体生动，特别考究。远处山上的小树就是用墨的干湿浓淡点，一气点染而成，与山体相融于一体。作品中的树呈 S 形趋势，具有强烈的韵律感。这一时期石涛的书法不再稚拙，从书法的线条中看出其心态的平和，用笔收放自如，字体大小均衡，看起来很舒服，书法在这一时期也达到了一种新的境界，与画面完美融合。石涛对现实生活的感受表现于作品中，抒写胸中山水，笔随心走，达到一种忠实于自己内心的境界。他在诗款中写道："书画从来许自知，休云泼墨意迟迟。描头画增多多少，花样人传花样诗。去古日远，书画无传，学者尽为指鹿为马，鉴赏者谁，予虽会意，老而精力已退，何可多得哉：此予深惜之语，大方博笑。"[①] 在题跋中，石涛告诉我们山水画的创作来自对生活的体悟，应注重对传统绘画的学习，要师古人之心，领略其内涵和境界所在，在此基础上创作出符合自己内心的作品。在用笔用墨上注重对自然事物的描绘，石涛借助题跋表达了自己对"笔墨当随时代"，"是法非法，即是我法"的艺术主张。

图10　石涛《设色云山图》，纸本设色，45cm×30.8cm，1702年，故宫博物院藏

《设色云山图》（图 10）为故宫旧藏，纸本水墨，浅设色，纵 45cm、横 30.8cm。创作于 1702 年，是比较晚的一幅山水作品。这幅作品用浓淡变化的墨色描绘出风姿绰约的云山妙境，不愧为师造化的经典之作。石涛在这幅里，没有描绘某一个具体的山峰，而是

① 《松窗读易图》题跋。

以自己的切身感受来摄取自然山川波诡云谲的奇妙变化，画面气势逼人，苍浑奇古，令人耳目一新。《设色云山图》采取了山峰的一部分，在用笔上具有创新性，用笔稍加勾勒，大面积的淡墨渲染，淡设色，打破了传统的构图方式，大胆地采用“截取法”构图，直接截取吸引自己眼球的美的部分，具有独创性的描绘，烟云缭绕的画面意境。作品的上方全用淡墨渲染，留出画眼的部分在中间，松枝在云层里时隐时现。最后小楷题跋，与画面和谐统一。整个画面笔墨淋漓尽致，线条粗细有度，墨色变化丰富，笔法灵动沉着，颇见境界。

（三）小结

石涛晚年平静丰裕的生活状态，为他在绘画上的追求提供了良好的物质条件和环境；而石涛一生坎坷波折的生活经历，为他的艺术创造提供了深厚的沉淀和营养，他晚年达到的艺术高度，在中国美术史绘画实践和理论方面开辟出新的时代。著名美术教育家吴冠中就推崇石涛是“中国现代美术的起点”，不得不说石涛的艺术天赋是超群的，远远早于西方的有关美学理论。石涛的作品具有创新性，创作的直接来源是生活的真实感受，对真山真水间的切身体验，大胆的构图方式，尤其是近景中的树和山石直冲眼底，有很强的冲击力，用笔活泼自如，用墨奔放洒脱，画出了山石的精神实质。我们看石涛后期的作品更是苍劲奔放、直抒胸臆，全部是得之自然、有感而发，并且他的感受全部来源于现实生活中的视觉形象，来源于他对形式美独特的感受。石涛是20世纪中国绘画史绕不过的人物。

石涛在晚期的创作实践中取得的成就是毋庸置疑的，在山水画的笔法上达到了高峰，在用笔用墨上追求出新。纵观石涛的艺术世界，几百年来一直被后人学习追捧，可谓是最具有独创性的艺术家，在现代美术史的发展中具有重要地位。黄宾虹在《虹庐画谈》中谈到，石涛在墨法上力争上游，在笔法的运用上可见是达到完美境界。

四、石涛山水画笔法的变化规律及对后世绘画的影响

我们研究石涛的山水画，从笔法特征上分析其变化规律，结合石涛《画语录》的美学思想，从每个时期经典作品中的树、石、云、水几个方面入手，可以厘清其风格发展的脉络。石涛山水画中的线条从爽直纤细到苍劲奔放，在行笔的方向上一波三折的成熟

掌握,用墨的浓淡干湿显露出的情感体验,是石涛“搜尽奇峰”“我用我法”“笔墨当随时代”等思想的伟大实践。石涛早期山水画用笔线条稚拙清新，多是小幅作品，完全来自对自然景物的切身体验；石涛在南京时期、北京时期的作品用笔上更多地体现了传统的绘画理念，作品多是大幅经典之作，画面繁复稠密，体现出来的情感特征更为明显，透露出对生活的深刻体验；石涛在扬州晚期的作品用笔上多是苍劲有力，作品大气磅礴、物我交织，达到一种天人合一、物我两忘的状态。

石涛早期居住在宣城，作品多是对自然景物的真实写生创作出来的，以书法线条入笔细心描绘,呈现出清新秀逸、稚拙纯真的面貌特征。早期的山水画用笔细致,线条细腻,对黄山的描绘用笔有力度且直爽，黄山的灵动感在石涛笔下凸显出来。《山水图》册多是小幅的作品，在对黄山的写生中，黄山的奇松怪石带给石涛创作上的灵感，整体显工细秀逸，能达到对山石的传神描写，从跳动的线条中感受到自然的真实美。从早期的山水画中“平头树”的描绘，展现出石涛山水画的独创性和创新性，不拘泥于对传统山水的照搬，心师自然，用笔、用墨上有元四家及沈周的影子，在继承传统的基础上，主张“我自用我法”的情感体验。石涛在书法上对线条的质量要求是很高的,秉承“以书入画”的绘画理念，线条中有钟繇小楷的古朴稚拙。在《黄山图册》作品中可以看出石涛笔法上的非凡，作品也显示出空灵意境之美。

从南京时期、北京时期的作品看，大幅的经典作品极多，这是石涛绘画理论和绘画水平的成熟时期。随着北上心理特征的复杂变化，对作品中投入的思考比较多，这一时期的作品线条多繁复稠密，在用笔、用墨上更加熟练肯定，大体上呈现出三种风貌，第一种是水墨淋漓，第二种是清新秀逸，第三种是较为细致的“细笔石涛”，在笔法上体现出不同的用笔特征。从《泼墨山水图》卷的用笔上显示出用笔的泼辣奔放，从《细雨虬松图》的笔法特征上看较为细致,《古木垂荫图》的线条繁复稠密，线条细致缜密，属“细笔石涛”一路。《搜尽奇峰打草稿》这幅经典之作，显示出石涛中期的笔法特征，也体现出这一时期“搜尽奇峰”“不立一法，不舍一法”的理论思想。

石涛回到扬州的 15 年,绘画艺术达到炉火纯青,水墨的流动性更强，变换更为丰富,用笔更加精熟，这一时期的作品在用笔、用墨上达到了新的高度，尤其是在设色上有很大的创新性。在扬州买地建立了大涤草堂，生活的改变使他增强了绘画的情感，老辣沉稳的线条描绘当时的自然景色，突出当时社会的面貌特征，《巢湖图》是石涛后期的作品，题跋尤为出色，可见在线条的运用上深显功力，在山水画的笔法特征上有新的突破。《画语录》的最终完成，使石涛理论思想与绘画实践达到完美统一，也体现了其“是法非法，即是我法”的绘画境界。

石涛后期的山水画达到了一种无我的禅境，主客融合、天人合一、复归自然。他以童心直面书画和自然，在佛禅的导引下进入空明无瑕的境界，在满目青山中回归到孩童的天真烂漫，也就是道家所谓的“比若赤子”“复归婴儿”。他是清代艺坛上具有创新成就的画论家，有着巨大的艺术魅力，超凡脱俗的艺术实践，结合了中国传统哲学思想，著《画语录》树立了中国画学思想的完整性。他的美学思想与他的艺术实践是高度吻合的，他的艺术创作恰恰体现了他艺术理论的高度，所以他的美学思想和绘画主张绝对不空洞，是丰满而具体的。也正因如此，他的艺术主张才有说服力，他的创作才有影响力，就连复古保守的王原祁都不得不赞叹他是江南第一。王原祁在清初画坛算是执牛耳的人物，居四王之首。1691年，也就是康熙三十年，石涛受博尔都将军之托作大幅墨竹，由宫廷画院的王原祁补写坡石，成为二人合作的作品。王原祁对石涛大加赞赏：“海内丹青家不能尽识，而大江之南，当推石涛为第一，予与石谷，皆有所未逮。”[①] 王原祁作为宫廷画家中的重要地位是毋庸置疑的，在临摹风气浓厚的背景下，在绘画的思想与风格完全不同的情况下，能对石涛作出如此高的评价，可见石涛的确有过人之处，石涛山水画的笔法丰富多变及创新性是值得学习的，这样的话从王原祁口中说出殊为不易。

在清代以“四王”为正统的画风下，石涛不趋于潮流，也不阿谀奉承，毅然决然地画着自己心中的山水，不拘泥于当时的绘画风气，有自己独特的绘画语言，按照自己的性灵表现于绘画中，抒写中国传统文化之精神，尤其是《画语录》所阐述的理论思想，在当今时代具有宝贵的理论学习价值。以石涛为代表的“四僧”为绘画的发展做出了重要贡献，有清一代，很多人对石涛特别敬仰，扬州八怪中的高翔、汪士慎、郑燮等都受到石涛的影响。据说汪士慎早年的山水作品“用笔傅色，似与石涛仿佛”，可见受石涛影响之深。可以说，清朝画坛之所以能够出现一扫画坛沉闷气氛的扬州八怪，与石涛的引领和影响是分不开的。

---

① 潘天寿：《潘天寿诗存》，浙江美术学院出版社1991年版，第14页。

石涛的作品包前孕后兼收并蓄，不是单纯的学习哪一家哪一派，而是在博采众家之长、认真学习传统的基础上，将笔墨技法转化为“我法”；以大自然为师，汲取创作灵感，以独有的笔墨技法抒写自然中的美。他的作品运笔灵活，笔法流畅凝重。勾皴擦点染结合并用，以苔点著称，笔墨淋漓。他用笔流畅，以方拙质朴之笔写出，方中有圆，圆中有方，质朴秀丽，耐人寻味。他的线条松动秀丽，毛涩稚拙，加上苔点的律动与跳跃，画面生机盎然，或浓或淡或干或湿的墨点，层层叠叠，劈头盖面，醒目山川；或笔简秀丽，用淡墨勾勒，或浓重滋润，重墨泼洒，变化多端。作为在野派的画坛领袖，石涛的绘画在当时即名重于世，他山水画笔法方面的多样性探索在当时的画坛具有重要的创新意义，也给我们后世线性笔法的研究提供了可以借鉴的重要范式。

在清代，石涛的绘画并不是时代的主流，“四王”的复古主义主导着其时画坛的正统思想。在近百年的山水画的发展中，清“四僧”之一石涛在美术史上被广泛认可，在新时期赋予了石涛以崇高的定位，他的绘画思想已成为现在人们创作中不可缺少的指导理论。石涛提出的“笔墨当随时代”的伟大理论，到今天也是我们学习的很重要的美学思想。石涛的心声仿佛被现代人读懂了，人们从他的作品和《画语录》中进一步了解石涛，对石涛强烈的推崇者有张大千、潘天寿、傅抱石、石鲁、刘海粟、齐白石等，他们继承和发展了石涛的艺术理念和艺术语言的魅力，广泛应用于自己的创作中。对石涛特别痴迷的画家越来越多，好像石涛生活于我们这个时代一样，仿佛是一种古典艺术在当代的重新再现。

“五四”前后，以陈独秀为代表的革命力量批判“四王”画派，把石涛推向了第一线。“石涛热”一直延续了下来，当时的张大千仰慕石涛，广泛搜罗购买石涛的画，并下大力气临摹精研石涛，成为一大部分石涛伪作的始作俑者。新中国成立至“文革”开始，以傅抱石、郑拙庐、俞剑华为代表的一大批画家和理论家开始对石涛进行系统研究，以傅抱石为代表的画家，终身学习石涛。自20世纪80年代至今，更多的人更多视角地研究石涛，对石涛理论和创作的研究、发掘越来越深刻。

现代美术史上最早研究石涛肇始于日本，大量石涛作品流落日本，为研究提供了方便。“早年傅抱石留学日本，借助丰富的资源开始系统地研究石涛及其绘画艺术，并于1921年在《支那学》杂志第1卷第8号发表论文《石涛画及其画论》，是近现代中国人对石涛《画语录》最早研究的论文，并由此开始了近代对石涛研究之先声。”[①] 傅抱石在日本时开始对石涛进行研究，他对美术史深入研究，石涛的艺术魅力吸引了他，称石涛为“震惊世界的中国民族艺术家”。也正是傅抱石的研究，使我们开始重新品读石涛。

随后，大量的画家开始关注石涛，更多的画家的创作开始受石涛的影响，20 世纪是一个中西方文化交流比较多的时期，还有很多画家在对石涛的研究中给予很多赞同，像汪世清、张大千、李可染、齐白石、刘海粟、吴冠中等。刘海粟给予了石涛很高的赞誉：“在 1923 年时，曾发表文章，对石涛作品的推崇，是一种艺术的创新与时代的不过时性，西方的新艺术新理论，包括后期印象主义中的创新，其实早在 300 年前石涛就已经创造出来了，中国文化的源远流长不是随意拿来媲美的。”[②] 吴冠中更是在他的《我读〈石涛画语录〉》中写道：“我尊奉石涛为中国现代艺术之父，他的艺术创造比塞尚早两个世纪。”[③] 从刘海粟先生提到石涛到吴冠中先生后来的提出，都是对石涛的一种新的发现，近一个世纪的时间都在重复着对石涛思想和作品的赞美和膜拜，这些艺术家的精心研究与发现，使我们更深刻地了解石涛、发现石涛作品中美的意蕴。

石涛对潘天寿的创作有着很大的影响，潘天寿作品中的用笔、用墨直接取法于石涛、八大山人，石涛的野逸恣肆之风对潘天寿影响最大，潘天寿画山石中线条的横刀阔斧，深受石涛绘画理念的影响。潘天寿在线性的用笔上找到了与石涛用笔的契合点，他把石涛作品中点、线的艺术语言放大，融合成自己的笔墨语言，体现出独特的笔法特征。潘天寿画的山石用笔肯定大气，注意中侧锋的转换，注意笔墨的转折、行笔方向的提按，笔墨运用的浓淡干湿于一体。从石涛山水画的笔法特征中找到属于自己的绘画语言，体会用笔用墨的趣味。作品《小龙湫下一角》，石头的形状多呈不规则，有骨支撑，用笔肯定大胆，从石涛笔墨恣意纵横中体会到了笔墨更深的含义，“搜尽奇峰打草稿”这一艺术主张，使潘天寿很受启发，在构图上有了深深的体会，画面简洁而敦厚。在创作中，石涛的思想理念和艺术魅力，成为他创作中不可或缺的精神力量。

---

① 万新华：《论傅抱石之石涛研究》，《美术观察》2012 年第 5 期。

② 刘海粟：《石涛与后期印象主义》，原载《学灯》，又见刊上海《时事新报》1923 年 8 月 25 日；《石涛的艺术及其艺术论》，《画学月刊》1932 年第 9 期。

③ 吴冠中：《我读〈石涛画语录〉》“前言”，荣宝斋出版社 1996 年版。

齐白石特别推崇石涛，曾说："青藤、雪个、大涤子之画，能横涂纵抹，余心极服之，恨不生前三百年，或为诸君磨墨理纸。"[①] 可以看出来齐白石对石涛的敬佩欣赏之情，石涛是齐白石"本也生平最所钦服"之人，认为"大涤子画山水……数百年来竟无替人"，也曾诗云："下笔谁教泣鬼神，二千余载只斯僧。焚香愿下师生拜，昨夜挥毫梦见君。"[②] 齐白石绘画的理论主张是来自石涛的理论思想，对石涛是真心的推崇与膜拜。根据石涛创作思想的影响，石鲁提出"生活为我出新意，我为生活传精神"的观点，诠释了艺术家和生活的关系。石鲁在石涛的绘画思想中，找到了属于自己的绘画方式和理论思想，发现了艺术来自生活中的真实美。

对石涛特别崇拜的张大千，收藏和临摹了石涛的作品，并且对石涛的画学进行深入研究，在临摹上能以假乱真，成为石涛绘画艺术上的追随者和崇拜者，在笔墨和色彩上都很像石涛，尤其是张大千后期的泼墨山水图更能体现出学习的是石涛。张大千在题跋中写道："石涛之画，不可有法，有法则失之泥；不可无法，无法则失之犷。无法之法，乃石涛法。"[③] 足见张大千对石涛作品研究之深。吴冠中在《我读〈石涛画语录〉》中，对每一章都做了分析与阐释，他以自己特有的知识，对《画语录》重新解读，理论思想在自己的作品中体现出来，研究出了线条在绘画中的意义与重要性，并应用于绘画的写生创作中。

石涛在现当代被那么多人崇拜和推崇，是有一定道理的，本来他在"四僧"中，笔法特征就凸显个性，注重自由描写与感情的抒发，尤其是自己内心的波动，对笔墨的抒发特征更明显。近百年来，对石涛的学习与研究一直没有间断，尤其是对他的绘画理论的研究，更是让人们学习和领悟，中西方的艺术家称石涛为"现代艺术之父"。黄苗子回忆：那时他似乎在追求石涛的作品韵味。李畹回忆：对石涛的笔墨趣味研究得比较深，笔墨简淡在作品中的发挥是值得大家学习的。李可染后来也说：现在的画家没有不受石涛影响的，他的美学理论思想确实适用于今天的绘画中，体现了"笔墨当随时代"这一特征。尤其在《画语录》中仅仅几百字的文章，就有很多个"我"字，被很多人阐发出新的含义，

---

① 汪世清编著：《石涛诗录》，河北教育出版社2006年版。

② 齐白石：《齐白石自传》，江苏文艺出版社2012年版。

③ 张大千《仿石涛山水轴》题跋，1928年3月。

在那个时代的石涛似乎像活在现在一样，在理论和作品中和艺术家们交流，是古典艺术的当代显现。

石涛的山水画源远流传经久不衰，其绘画理论被后世奉为艺术创作和审美的圭臬，我们应从线条入手，通过对石涛作品及理论的深入研究，厘清其风格流变及线条在不同时期表现出不同的用笔趣味，了解研究其在创作中更多的绘画语言和线条的运用，更好地把握其风格发展的脉络，以便更深层地探索其精神意蕴，对当代中国画的发展，对今后的绘画创作，提供最直接的参考和借鉴范本。

“创作”在民国绘画中的概念生成

高 勇

2014级中国绘画史研究方向硕士

创作，一般指文艺作品的创造；创造的范畴相对更加宽泛，可以指向人类主体存在的创造能力。但具体到绘画中，创作与创造有时可以作同义理解，如胡佩衡于1924年发表的《冷庵画诣》，在该文中胡氏提出了“法古与创造须交相为用”[①]的思想，而在出版于1960年《我怎样画山水画》书中，此观点则以“法古与创作须交相为用”被重提。对比使用两词的上下文以及各自语境，两者的意思并没有变。由“创造”变为“创作”可看出，在论述绘画时，胡氏对这两个概念的交换使用是默许的。[②]钟山隐在《中国绘画之近势与将来》一文中亦有类似的使用，作者将当时的画家流派概别为三派，即“复古派”“创造派”“折中派”。所谓“创造派”，“以纯主观之成见，自作聪明，对往昔之优良理法，斥为腐旧，概行抹杀，而别立门户，其志固可嘉也；然苟非学理与技巧有充分修养者，不敢言创作”[③]。在钟山隐看来，此三类派系均存在各种弊端，如“复古派”的脱离当下，“创造派”的自作聪明，“折中派”的中西不融。虽然其观点多有偏颇之处，但考虑到当时的画坛境况，钟氏的悲观论调与梁得所的乐观态度同样有其合理之处。在后者看来，民国时期东西文化门户渐开，中国美术眼光也随之得到开放，绘画思想在这种直接或间接影响之下随之解放，“有主张复古的，有主张折中派，有主张新创的，不为传统所束缚，各向自己的目标寻求真理，这是现代艺术的一线曙光”[④]。如果说，中国画面对如此复杂的环境，不得不进行改良、改革，这或许不失为一种解释，依此，关于中国画所形成的“国粹派”、“温和派”以及“激进派”阵营也有“理”可依。但是，倘

① 胡佩衡：《冷庵画诣》，《中国书画》2008年第3期。

② 因此，如果无特别情境，在本文中创造与创作可同义视之。

③ 钟山隐：《中国绘画之近势与将来》，《美术生活》1934年第2期。

④ 梁得所等：《近代中国艺术发展史：绘画》，上海良友图书印刷公司1936年印行，第40页。

若我们暂且撇开外界的思想输入的动态性，而将此变化看作静止的，也即对临摹或摹古以及创作或创造看作出自中国画发展的自身规律，那么，以上的各国画派别将展示出其极为清晰的自身诉求，即创作某种新的国画。因此，如何理解“创作”，也就在某种程度上预告了民国绘画创作审美和批评话语的形成。

一、创作之“奇怪论”

正如上文提到的，背对着传统绘画遗产，一切“求变”都意味着将遭遇某种反弹式的抗拒；从物理角度看，这种接触和反弹过程，也是其释放能量的过程。因此，“求变”接受并没有因为一次次的非难而受到扼杀，而恰是在这样的往复过程中，将思想传输给了接收者。在绘画思潮领域亦是如此。金城在《画学讲义》中提到，“今人学画，才能握管，便好大言，辄曰创作创作，而不知所谓创作者，非徒逞狂怪，胡乱涂抹之谓也，创作重在构局。一幅写成，要出人意外，而仍在人意中”[①]。在金氏看来，所谓“出人意料”，就是要“唾弃常蹊，特开新奇之境界”，而“在人意中”，则是要求“画理皆当，无背缪之处”，他列举了严载的例子作说明。严载，字沧醅，华亭人，以怪著称，故也称之严怪，与清代陆痴是同乡。据《国朝画识》记载，除了人怪绝外，严沧醅画“山水亦好立奇境。尝画一古藤，蔓延纠结，蟠两山头，一人崎岖攀援而下，凡画多类此”。金氏于文中引用了此段描述的原文，并谓之为“真奇”、为“创作”。在金氏看来，“真奇”等同于“创作”，至少需要满足上文提到的两个条件——“唾弃常蹊，特开新奇之境界”以及“画理皆当，无背缪之处”。不管金氏是否果真见过这幅作品[②]，单从勾起的画面效果来看，想必与金氏遍览过的绘画作品风格迥异。金氏对创作所持的态度是非常谨慎的，虽然重“构局”，却拿传统绘画资源当作背书；除了批判那些“好大言”者，没有在现实中寻找合适的引子作为调节，在理性和分析的理解之后，又回到了传统的表述逻辑中。

不可否认的是，虽然金城对其时“创作”态度做出了明确批判和引证，但却是有所保留的。这种保留，一方面来自对清末民初中国画发展困境的思考，另一方面则来自新

① 金城：《画学讲义》，载《湖社月刊》上册，天津古籍出版社1992年版，第11页。

② 倘若金城确实没有见过此画，不得已引用原文的描述对画面进行假想，那么金氏对“创作”与“真奇”的等观就显得感性，因为，这突出了金氏对“构局”的视觉化创造并没有精确而自主的认识，甚至可能人云亦云。

时期的绘画思想。“从某种意义上来说，这是20世纪中国人面对挫折、失败之后形成的相对理性而温和的文化变革之路。”[①]

金城对“创作”颇有微词也并非完全一己之见，一则刊登于《湖社月刊》上的《介绍广东国画研究会国画特刊启事》似乎支持了这样的立场：“晚近以来，操觚之士，每多立异惊奇，诩为创作……此次广东国画研究会所出版国画特刊……所选画品，规矩井然，论画诸作，亦复动中肯綮”，署名为“广东花塔街六榕寺内湖社画会同人谨启”。虽然没有太多资料显示湖社在广州成立了画会分会，但署名和会址却显示了湖社和广东国画研究会此时期在某种程度上意趣相合。据悉，民国十五年（1926），广东国画研究会得到时任六榕寺住持的铁禅和尚的支持，将六榕寺人月堂辟为固定会址，以后会员的雅集、展览多在此进行。[②] 从赵浩公的记载中我们也可以看到广东国画研究会成立的使命：

> 清末民初时期，广东画风萎靡不振，我们几个不自量力的，大胆地立下一个志愿，把历代绘画的成业，简练揣摩，振开风气，幸而啼声初试，收得些微的成效，却被企图入混宗支的日本画派的嫉视。分明是由日本绘画剽贼过来，偏偏说是革命、新兴、创造，这个只能瞒骗他自己的低能徒众，而站在尊严的学统的立场，我们当然不能接受。[③]

王良生在《绘画与鉴赏》一文中亦有提及，“然今之绘画者，抄袭一山一水，即以博蝇头微利，或故作写意一派，以欺愚蠢，或好作奇怪之态，自诩创造”[④]。

因此，在金城、“湖社画会同人”、赵浩公以及王良生等人看来，类似于“徒逞狂怪”“胡乱涂抹”“剽贼”“抄袭”是“不能接受”的，但对于作品的“新奇”“新意”之追求又显示出了他们对待“尊严的学统”和绘画新风气新的“立场”，即他们“并不否定创造，但首先要求认真继承前人的经验，在看懂、读熟传统的基础上推进、循序渐进，而不是断裂、突变”。

① 杭春晓：《渐进式文化改良——以民初北京地区传统派画家为中心的考察》，安徽美术出版社2013年版，第65页。

② 陈伟安：《广东国画研究会之成因》，《学术研究》2014年第7期。

③ 赵浩公：《国画研究会是怎样成长的》，载黄小庚、吴瑾编《广东现代画坛实录》，岭南美术出版社1990年版，第311—312页。

④ 王良生：《绘画与鉴赏》，载《湖社月刊》中册，天津古籍出版社1992年版，第673页。

二、创作之"进步论"

相对而言,"精细临摹"是对传统绘画资源认识、继承和发扬的最有效途径之一,特别是明清以来,其越来越得到画坛贵族以及后继画学者追随、模仿。这种风气也绝非绘画仅有,文学上,"到了清末还是模仿古人。模仿古人,便没有创作性,没有生气。……天天沉迷在模仿的工作里,自然'模仿成性',不肯创作了!"[①] 成立于 1921 年 6 月[②] 的创造社,率先发声,提倡自由解放,尊重个人内心的精神世界,为艺术而艺术。在绘画中,这种呼声虽然遭遇到了各种质疑并经历了多种争论,但在看待具体的问题上,即便有所殊异,却也能各呈其理。刘海粟发表于 1919 年的《画学上必要之点》就指出了"仿摹"之弊,其观点有二——其一,杜绝"临摹",保有创造力,其二,富有创造力,补充前人之"所不及"——我们将发现前后立场并不牢固,而后者的观点,也是"保守派"的理论源头。他们认为,如今我们认可和追溯的古代名家杰作,无疑都是立足于前人的基础上取得的成就,那么,沿袭他们的成功之途径则无可厚非,而且有的放矢。正如金城有言道:"古来画家之成名,何尝以前人之规范为不足法,而离奇独裁,以为千古未有之特创,不知画学一道。"其言外之意更加明显,即古人的法则没有差错,他们的成名也绝非所谓独创,放眼当下,使得他关于那些"辄曰创作创作"者的批判有了逻辑上的依据。

即便如此,不争的事实就是,清末民初的绘画现状确实不尽如人意。虽然金城本人在理论上多有见解和建树,并且利用个人资源为他人提供可供临摹的前人名作,但整体收效有限。因此,即使中国画不需要"革命",对于中国画自身的反思也早该提上日程。到俞剑华撰写《国画研究》时,关于"创作"的问题似乎并没有得到解决,至少在他看来,有些观点显然需要重新强调:中国绘画为重临轻创之风所崇,日趋消沉,毫无生气,已五百余年矣,若不再消除求更新之道,则中国画将终无法挽救矣。[③] 虽然俞氏不遗余力批判"重临",其意旨却并不是要全盘否定传统,也绝非取而代之。在《国画研究》一书开篇中,俞氏就肯定了中国画"独特之价值"以及巍然"不灭的精神",他

---

① 伍启元:《中国新文化运动概观》,黄山书社 2008 年版,第 26 页。

② 陈福康:《再谈创造社的成立时间》,《新文学史料》2001 年第 1 期。

③ 参见俞剑华《国画研究》,广西师范大学出版社 2005 年版。

认为“崇拜古人绝非恶德……然若崇之过甚则其弊滋大”。[①] 也就是说，俞氏并不杜绝崇古、临摹，但不能过甚；同时也不能贬今过度，在他看来，“画界之轻视创作，乃贬今过甚之当然之结果”。具体而言，一些作者，出于自己的创作，一旦其作品面貌或方法在古法中不能得到映照，那么，无论作品是否有价值，一定得不到鉴藏家的认可，而且同道之人亦将侧目而视。所以，除非是非常之人，否则一般都“舍创作而就临摹，既省力气，名利又可两全，又何乐而不为哉——夫有创作然后有进步”。[②] 俞氏所谓创作之“进化论”，多少受到当时西方思想的影响，但其首要任务还是要解决创作与临摹之间的关系，若仅以“进化论”待之，或许暂且可以在思想上得到“掩护”，却终究没法掩饰两者的冲突和困境。与金城、陈师曾的“精细临摹”不同，俞氏以为，模仿古画只不过是学画者入门的方法，艺术的最高之目的在于创造，模仿和创造缺一不可，所谓“世苟无模仿力，则文化不能传播继续；世苟无创造力，则文化不能改良进步”。[③]

关于这一点，胡佩衡则提出“法古与创造须交相为用”说。一方面，胡氏认可“学画之根本临摹”，另外，他又非常清楚“仿古者，所以练习笔墨渲染及布置诸法，为他日写生或创稿时之基础而已”。依此更进一步的绘画追求，则是“创格”，即“自创一格”。这个过程最重要的就是“变”。变，依旧来自中国传统思想，但胡佩衡则提出了怎么“变”以及朝着什么方向“变”，这就是“写生”。他坚信，“临古写生创稿诸法，循序练习，而虚心求学，进步不已，必能自创一格，卓然以力”[④]。这又与俞氏观点不谋而合。

三、创作之“写生论”

金城一派试图通过“精研古法，博采新知”，其途径无疑就是临摹。但对金城而言，此时的临摹又有不同，明清以降，能够做到精研古法、集大成者已属难得，再要求“新知”实在更难。因此，在退守“临摹”与展望“新知”之间，自然留下了一段空隙。在创作“奇怪论”者看来，这一空隙需要读万卷书以养士气、夜以继日临摹以得古法方才填满；在创作“进步论”眼中，一味地临摹意味着“退化”，但取消“临摹”又显得不那么明智。

---

① 参见俞剑华《国画研究》，广西师范大学出版社2005年版。

② 参见俞剑华《国画研究》，广西师范大学出版社2005年版。

③ 参见俞剑华《国画研究》，广西师范大学出版社2005年版。

④ 胡佩衡：《冷庵画诣》，《中国书画》2008年第3期。

一方面，他们看到临摹对中国绘画继承具有非常强的黏合作用，虽然时下出现众多弊端，但在掌握更有效的方法之前，只能加以抑之、改之。另一方面，西方绘画思潮的传入并造成非常大的导向性影响，已是大势所趋，特别是西方关于绘画写生的理念，毫无阻碍地弥补了“空隙”。

一般认为，民国时期关于绘画写生的提倡始自蔡元培，他在1918年10月“北京大学画法研究会之演讲”中提出“多作实物写生”的理念，但杭春晓指出，蔡氏所言“写生”应与中国画史中记载或使用的“写生”词汇内涵毫无关联，是一个完全外来的概念。写生概念早先在民初画坛出现时，“还曾与以临摹为途径的中国画学习方法，发生过一次相互混淆而磨合的过程”[①]。但是如胡佩衡、俞剑华等人，他们的关注似乎就没有如此“细致入微”，他们一方面需要正视眼前新的学习方法，更重要的是急于寻求自身绘画传统的价值和地位。在俞氏看来，“写生”乃中国固有之方法，并称宋代之前为写生时代，自宋到元为写意时代，明清以降为临摹时代，理由即“古人无稿本可临，非写生不可，后人有范作可循，无待创作”[②]。但我们并不能就此将“写生”与“创作”等同观之，俞氏此处的“创作”更多指向的是“稿本”，所以将“写生”与创作“稿本”等同观之是可以理解的。简而言之，后人无须创作稿本。既然明清以来，学画者都已在摹古中积重难返，创稿也就无从谈起。通过俞氏的“解剖”，“六法”中的“传移模写”几乎成为其创作“写生论”的临床对象。因此，在俞氏看来，近世中国画没有体现出创造能力，竟是误以为中国画只有临摹而无写生，导致陈陈相因，千篇一律，汩没性灵。

尽管如此，临摹在俞氏的论述中还是无法回避的传统资源，胡佩衡在谈及“写生”时也有言在先：“吾人临古，为立创造之基础。”也就是说，传统资源通过“写生”这一媒介，为当下及将来的“创作”提供了新的纽带。也正是借助于此，中国传统绘画在时下的合法性地位才通过这种迂回的方式得到一次次重申。但理论上的“溯本清源”并不意味着在实践上也能够重履古道并获得卓然成就，换句话说，理论上的胜利能否保障中国画在创作方法上的一脉相承是值得怀疑的。据俞氏与徐培基的一次雁荡山写生记载，

---

① 杭春晓：《渐进式文化改良——以民初北京地区传统派画家为中心的考察》，安徽美术出版社2013年版，第96—107页。

② 俞剑华：《国画研究》，广西师范大学出版社2005年版。

西方的写生器具以及方法无疑更为方便："作独秀峰一幅，一切构图及透视法均用西法，而用笔用色则用中法"，并"主张第一步写生必须用西法以为入门之方便，以后研究稍多，心得稍富，便可递进而用中法……自信此法乃复兴山水写生之捷径"[①]。写生之于俞氏，即便不等于创作，也是为创作提供可能的最直接途径。

"创作"在民国画坛经历了质疑、考据、提倡等种种遭遇，最终在"写生"的调节下，使得中国画发展朝下一步推进，即创造中国画的新面貌。民国画坛不仅面临清代绘画末流的影响，还要应对随之而来的绘画教学的改革和推进，在此背景之下，"创作"已渐为画坛所接受，而其形式却几乎成为绘画"实践"的代名词；曾经与"复古派""折中派"等并行的"创造派""新创派"也昙花一现。当下，关于"创作"的讨论似乎已销声匿迹，但需要警惕的是，不能让"创作"成为民国的绘画遗产。

① 俞剑华：《国画研究》，广西师范大学出版社2005年版。

如何做一个课题研究

王 娜

2014 级中国山水画创作研究方向硕士

自 2014 年 9 月 29 日杨晓能教授在中国艺术研究院作“百年山水——现当代中国美术史的一个视点”的讲座开始，百年山水课题组从建组到讨论学习，再到成果呈现，已历时两年多时间。这期间，在每一次的汇报会议中，杨晓能教授、牛克诚教授、杭春晓老师、孔德平老师、王跃奎老师针对我们找材料、分析材料和论文写作几个方面做了许多关于学术研究方法论意义上的指导，针对学习中遇到的困难也给予了我们积极的帮助。在这里，我谨代表所有课题组的同学感谢各位老师的辛勤付出。

做课题，需要一种严谨的治学态度。治学的基本态度和方法首先要区分写东西和研究东西的不同，而我们要做的是研究。一篇有价值的文章要建立在有丰富史料的基础上，因为没有足够的史料支撑，所以我未能完成一篇完整的、有学术价值的论文。但在这期间我学会了如何查史料、读史料、用史料，从点上的积累到线上的串联，到面上的观照，再到立体的通融，在链条上做学问，寻文必查，有理有据，这个学习的过程对我来说非常有价值。在这里我将自己的学习过程做个梳理，并与诸君分享。

一、材料的重要性

“做研究，要有材料的对话，没有材料不足以支撑一篇文章。”这是杭春晓老师在第一次开会时对我们讲的。杭老师严谨的学术态度要求我们的研究要建立在丰富的史料储备基础之上，而对于 20 世纪山水画的研究比较直接的史料获取方法即是从报纸中得来，报纸的报道可以显现出当时的社会现状。

开始读史料时，不要实用功利主义，也不要预设我要写什么。翻报纸，找史料，就是要先进入那个时代，进入那个事件，在那个时代左和右的相互关联中捋清楚你到底想要什么。在逻辑中，从一则史料可以触发出对别的史料的挖掘。我们通过查找史料要达到的目的是读得了史料，想得了史料，用得了史料。这种分析能力来源于哲学的思考和掌握史料信息的能力。其关键在于要进入细节，并且越详细越好。

我们在写论文的过程中容易陷入“我觉得”“我认为”这样的主观臆想中，不能以一个全面的视角来审视我们所研究的问题，其主要原因在于没有材料支撑、证据提供。对于这一问题的解决办法，还是要进入史料，阅读史料，从微观史料跳入宏观史料，找到其关节点、改变点、分歧点为突破口，从不同的话语中发现有价值的史料。

二、如何读史料

针对百年山水的研究，什么样的史料才是有价值、有针对性的？首先，艺术家及艺术家的生平经历是很重要的史料；其次，与艺术发生关系的人（如赞助人）和艺术活动等。

对找到的史料要细读，要有联想地读，我们是怎么看的，在和老师讨论中又得到哪些不同的解读。这样的讨论既教会我们查找史料、阅读史料的方法，也可以挖掘出新的知识点。

我存在的问题是容易“标题党”，有时不能从一条史料中发现有价值的信息，无法将史料相联系地分析。杭老师在小组讨论会中，不仅给我们清楚地提出查找、阅读史料的方法，并且逐字逐句地为我们分析史料。在此过程中我受益良多，这里谨以《晨报》所刊的几则材料为例，试作分析，与大家共勉。

材料一：《晨报》1928年1月29日（旧历戊辰年正月初七日，星期日）第七版“艺术界”刊发“国立艺术院成立，院址在西湖。现在正招生”的消息（图1）：

> 南京通信云：南京艺术教育委员会最近建议大学院，在西湖设立国立艺术大学，已经院长蔡元培采纳原议，惟于名义一项，决改为国立艺术院。以示专门学术最高研究机构之意。现已委派艺术教育委员会委员林风眠、王代之，秘书李朴园负责办理。林等已于本月十八日首途到杭，筹备一切，院址已勘定西湖哈同花园。园当西湖沿岸，水明山秀，风景绝佳，该院组织共分中国画、西洋画、雕塑、图案四系。中西画系，各招第一年新生两班；雕塑、图案两系，各招第一年新生一班，每系每班以二十五人至三十人为满额。与试资格，与普通大学同。自本月十八日起，在南京大学

院艺术教育委员会、上海国立音乐院、西湖本院三处报名，二月二十五日开始考试，三月一号即可开学云。

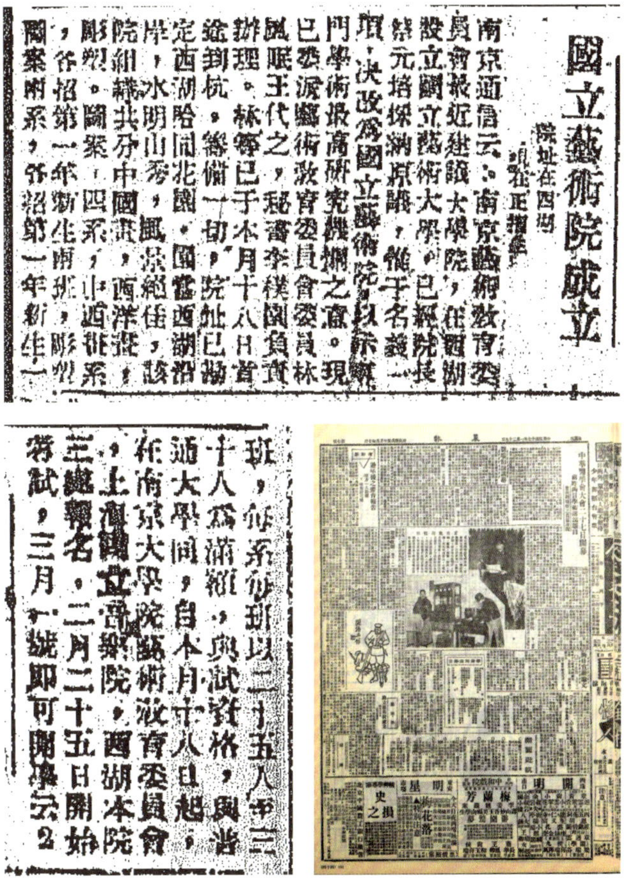
國立藝術院成立

院址在西湖

南京通信云：南京藝術教育委員會最近建議大學院，在西湖設立國立藝術大學，已經院長蔡元培採納原議，惟于名義一項，決改爲國立藝術院，以詳門學術最高研究機關之意。現已委派藝術教育委員會委員林風眠王代之，秘書李樸園負責辦理。林等已于本月十八日首途到杭，籌備一切，院址已勘定西湖哈同花園，園當西湖沿岸，水明山秀，風景絕佳，該院組織共分中國畫，西洋畫，彫塑，圖案四系，中西畫系，各招第一年新生，彫塑圖案兩系，各招第一年新生一班，每系分班以二十五人至三十人爲滿額，與試資格，與普通大學同，自本月廿八日起，在南京大學院藝術教育委員會，上海國立音樂院，西湖本院三處報名，二月二十五日開始考試，三月一號即可開學云。

图1　《晨报》1928年1月29日第七版刊发“国立艺术院成立”消息

由这则史料可以推出：时间是民国十七年（1928），政治中心在南京，涉及重要的人物是蔡元培和林风眠。材料中“……与普通大学同……”，之所以强调这一点说明它的设置不是一个普通大学。当时的国民政府专门由大学院来管理各个大学的教育，相当于一个行政机构。蔡元培是大学院的院长，他为什么要强调“国立艺术院”要“与普通大学同”？当时的教育设置、管理方式是什么？艺术院校在这里是怎样设置的？蔡元培此时的人生际遇是什么？蔡元培推动国立艺术院的成立，他的观点是什么？联系蔡元培在北大做的画法研究会，包括蔡元培和陈师曾的关系。蔡元培在北大画法研究会招请陈师曾做导师，不到一年时间陈师曾就辞职，蔡元培欣然接受陈师曾的辞职，这里面除了人际关系，有没有主张区别？蔡元培这时候和北大还有没有关系？蔡元培支持林风眠、刘海粟、陶冷月，蔡元培到底在推动什么？为什么这么做？由林风眠、刘海粟、陶冷月是不是能反写一个蔡元培在早期美院的知识来源和诉求？这里本来叫“国立西湖艺术大学”，林风眠将其改为“国立西湖艺术院”，显然是要高于北平艺专的，这一做法与蔡元培“以美育代宗教”有没有什么关系？跟西方绘画的判断标准是什么关系，等等。

通过对这则史料的细读与分析，进而提出问题，由问题出发，层层推进，由点扩散到线与面。关于蔡元培和 20 世纪的中国画就可以写一篇很有意思的文章。

杭州的哈同花园作为西湖国立艺术院的院址，与上海哈同花园之间的联系是什么？由这么一则史料就可以做更大的延展。

材料二 :《晨报》1928 年 2 月 5 日（旧历戊辰年正月十四日，星期日）第七版“艺术界”刊发“国立艺术院之设备，齐白石作品大批订购”的信息（图 2）：

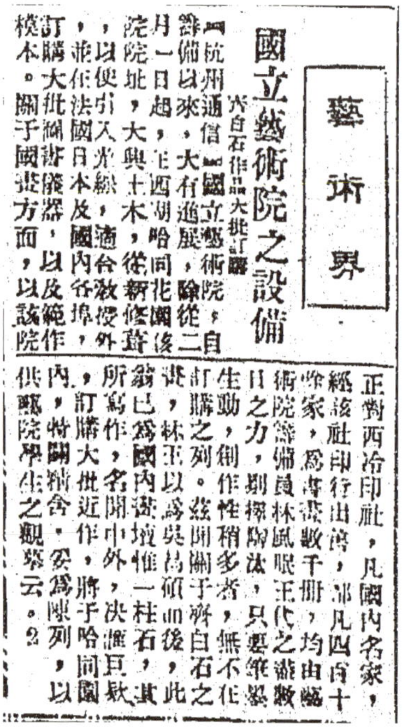

藝術界

國立藝術院之設備

齊白石作品大批訂購

杭州通信云，國立藝術院，自籌備以來，大有進展，除從二月一日起，在西湖哈同花園該院院址，大興土木，從新修葺，以使引入光線，適合教授外，並在法國日本及國內各埠，訂購大批圖書儀器，以及範作模本。關於國畫方面，以該院正對西冷印社，凡國內名家，經該社印行出售，都凡四百十餘家，爲書畫數千冊，均由藝術院籌備員林風眠王代之盡數日之力，剔擇淘汰，只要筆墨生動，創作性稍多者，無不在訂購之列。茲聞關於齊白石之畫，林王以爲吳昌碩而後，此翁已爲國內畫壇惟一柱石，其所寫作，名聞中外，決匯巨款，訂購大批近作，將于哈同園內，特開精舍，妥爲陳列，以供藝院學生之觀摹云。

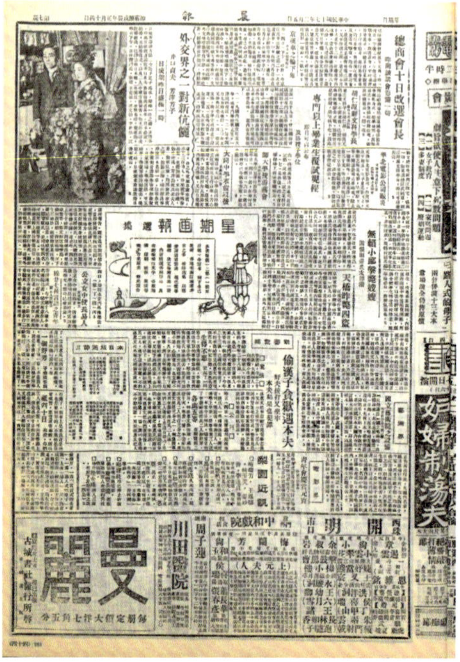

图2 《晨报》1928年2月5日第七版刊发“国立艺术院之设备，齐白石作品大批订购”信息

杭州通信云：国立艺术院，自筹备以来，大有进展，除从二月一日起，在西湖哈同花园该院院址，大兴土木，从新修葺，以使引入光线，适合教授外，并在法国、日本及国内各埠，订购大批图书仪器，以及范作模本。关于国画方面，以该院正对西泠印社，凡国内名家，经该社印行出售，都凡四百十余家，为书画数千册，均由艺术院筹备员林风眠、王代之尽数日之力，剔择淘汰，只要笔墨生动，创作性稍多者，无不在订购之列。兹闻关于齐白石之画，林、王以为吴昌硕而后，此翁已为国内画坛惟一柱石，其所写作，名闻中外，决汇巨款，订购大批近作，将于哈同园内，特开精舍，妥为陈列，以供艺院学生之观摹云。

找史料时，要对比、联系地看史料里地址信息、主管人员信息、时间信息、背后推动者信息和购买教材信息等。这则史料 20 年代至少提供了两点信息。

一是齐白石的被认定问题。首先提出疑问，是不是根据这条史料就判定齐白石在 20 年代的普遍认定呢？并不一定，因为这是由林风眠提出来的。这时我们要进一步联想之前找到的林风眠的史料。林氏 26 岁回国就担当北平艺专的校长，并推动了一场轰轰烈烈的艺术大会，艺术大会以林风眠现代主义的知识背景和美学诉求为标准，为什么最后一点声音都没有了？他的对立面是谁？遇到怎样的阻力？为什么又到了杭州西湖？到了杭州西湖为什么又强调选齐白石的作品？齐白石在当时的北京画坛能受到这样的认可吗？由一个个史料，一遍遍地检索、阅读，就可以挖掘出很多东西。

二是当时的评判系统。这则材料从订购模本、仪器和国画方面等内容渗透出一个判断标准和看法。这个判断标准提出了两点：一为笔墨生动，二为创作性稍多。这个标准意味着林风眠不会选择老旧资源，关于这两点就可以形成一个 20 世纪对中国画的看法，即创作先行。林风眠从国外留学归来，这种创作观的话语在这里已经显现出来。我们接触过的传统绘画并没有特意指出绘画的创作性。在中国古代，创作性是指一种改变，主观预设地将一个绘画风格或绘画样貌做一个变化。这里强调“创作”一词，说明了当时中国怎样的新旧共生关系和判断标准？之后 50 年代山水画的变革、山水画要创新和表现新生活，与林风眠此时提倡的艺术标准是什么关系？

材料三：《晨报》1928 年 3 月 16 日（旧历戊辰年二月二十五日，星期五）第五版刊发秦涛“曝画纪余（四）”（图 3），其中记道：

曝畫紀餘
（四）
秦濤

图3 《晨报》1928年3月16日第五版刊发秦涛“曝画纪余（四）”

> 李茂承《溪山幽境图》。开卷有“笔精韵古”横书四大字，吴门许寄渔题。纸本，长四尺，宽六寸，设色，`山头用浅绛烘托，笔意取法大痴。卷右方重山叠嶂，三起三伏，望衡相接；左首则远岫数叠，隔湖遥对，观之令人兴渔钓之思。原题“甲寅岁暮，为心周丈写。绍箕”，卷后题跋如下：“绍箕李公字懋承，松江人。从妇翁顾仲方学画，仕为南京鸿胪寺序班，佐江西幕，转都昌主簿，涉历多山川之胜，故运笔苍老，设色古雅，深得大痴翁遗意。去年曾见顾仲方《秋水归棹》长卷，与此同一笔意，而价值颇昂，为浙中贾人购去，此卷当什袭藏之矣。道光乙未嘉平月望后二日，书于静寄山房，许锦棠。是日大雪，因得句云：‘彻夜寒风意寂寥，起看满地积琼瑶。闲窗检点名人迹，展卷悠然俗虑消。李公笔墨傲痴翁，点染溪山意趣同，不向时人乞针线，居然自有大家风。’潜斧。”

《曝画纪余》为秦涛的连载文章，此篇为其中的第四篇。

曝画即晒画，同时也是一个古画展。经过曝画这一展览向公众公布了哪些古代山水，整理出来可以作为别人学习的资料来源。古人学画，如仇英，在项氏家待了十年，项氏的收藏成为他的学习对象。可见那时可供人们学习的视觉资源是比较少的。到民国时候有两点改变：一个是印刷技术，当时发行了一批古画印刷品，虽不清楚，但作为一种呈现品，人们可以阅读得到；另一个是展览或“曝画”，都可以理解为绘画作品作为公共资源的开放。在民国时期对山水画的研究和古画的著录方面作了详细的记录，哪些作品被读过，这些作品的公示引起什么样的讨论，形成什么样的画风，等等，报纸报道就成了很重要的资料来源。

找史料不是目的，触摸史料、分析史料和理解史料才更为重要。对史料的敏感度，取决于读史料的细致和自身的知识架构。在一次次的讨论中组建深入分析史料，其他的一些知识体系才能被不断激活，渐渐清晰地建立起与史料的关系。

三、问题意识

要解决一个怎样的问题是一篇文章的核心，每一篇文章的写作都是从一个问题化的想法到与材料的对话过程，需要做展开阅读。问题化是写文章一个基本前提，对一个范畴提供一个什么样具体的问题是第一步要做的。选择研究对象进行形态学上的分类，每个分类的根据是什么，它的意义指向是什么，把握这些才能让论文有一定的深度。

我们现在写作存在的弊病，一是强加一个问题，在材料准备不充分的情况下，拼凑式应酬地写作，并没有对问题真正进入地展开。不会提问题的原因在于对资料的掌握不够充分，对问题没有敏感度。因此，写一篇文章先要找一个范畴，在这个范畴内通过阅读材料和思考，找到一个问题，由问题出发再去找材料，在这个过程中对所提问题的认识又会有所不同。二是对待政治正确性问题的认识。做研究不是科普,而是要解决问题。做研究就是跟自己习以为常的政治正确性问题不断对话的过程。研究最大的价值不是写一篇论文，而是改变我们自身的思想视域。通过我们研究的不断扩张，来解放“知识监狱中的囚徒”。自己接触了哪些知识，理解了哪些知识，动用了哪些知识，这个过程就是思域的改变，这个改变就是我们人本身的改变。实现“自我越狱”，这才是做学问的价值。

学术研究最重要的能力是将一个看上去一样、普通的东西问题化。如雕塑家罗丹所说：“所谓大师，就是这样的人：他们用自己的眼睛去看别人见过的东西，在别人司空见惯的东西上能够发现出美来。”

没有美术史的知识储备，对做研究是一个很大的障碍。我在百年山水课题组的学习与成长的经历，与其说完成了一篇论文，更重要的是学会了一种治学的态度和研究的方法。再次感谢杨晓能教授给我们这样一个学习的宝贵机会，感谢牛克诚老师、杭春晓老师、孔德平老师和王跃奎老师给我们的谆谆教导和辛苦付出，这不是结束，而是一个良好的开始，是一个老师们为我们指明方向的开始，也是我们继续奋斗的目标。

李可染山水画中淡墨研究

吴金龙

2014级中国画艺术研究方向硕士研究生

李可染的山水画以黑重雄强著称，但他也画了一些全以淡墨造境的精品力作。李可染在古人淡墨的基础上，以情感和写生的第一感受出发，化生现代淡墨的表现方法，为我们提供了中国山水画的改造可行性依据。我们新一代山水画家要深刻认识传统，理解现代山水画的淡墨运用。更加深刻了解当今山水画淡墨法如何创新，对我们现在的创作具有指导意义。通过体会李可染山水画中淡墨的意象内涵，可以帮助我们开拓中国山水画淡墨的表现技法。

刘曦林说:“李可染先生一般都画得很黑、很密、很浓、很重,我们在编《李可染全集》的时候,问师母可染先生这个流派叫做什么派好？师母称‘黑派’。我问为什么叫‘黑派’，师母说‘文革’不是批判他江山如此多黑嘛。但是他画西湖那天正好赶上微雨，他就想到宋代苏轼的诗句‘欲把西湖比西子，浓妆淡抹总相宜’，心想能不能淡抹一张，于是他那张就是淡墨，有没有这个诗文修养，决定了这幅画的格调。”[①] 李可染是为了格调高才去尝试用淡墨来表现雨中的西湖的。外部的景致与内在的情丝、知识的累积与思想境界有机融合,这些都是他创作淡墨作品的源泉。正如吴洪亮描述:“对于漓江的山色烟雨,可染先生是爱其变化，求其奥妙的，因此常画而不厌，此图绘于南粤从化温泉翠溪宾舍得《清漓烟雨图》，应已是他的感怀之作了，此图的不同之处在于跋中的一个‘清’字，作品通过淡墨写成，雨雾中的渔船，山峦间的民舍，几如梦境。”[②] 化景物为情丝，化生出以淡墨的表现形式，李可染在古人淡墨的表现基础上，改造古人，以情感和写生的第一感受出发，为“天地山川立传”，其淡墨运用，变自古以来的萧索荒寒的意境为深秀

① 刘曦林:《走向高峰的“瓶颈”》,《美术报》2016年1月30日。

② 吴洪亮:《所要者魂：李可染》。

壮丽，虚静之中有物的存在，这是在自然景物的描绘中融入了对人类创造力的颂扬。以过人的艺术胆量，来索取天地山川的内在灵魂，这也是中国画之精神所在。形成了博大沉雄，浑厚大气的山水意象，体现了鲜明的时代精神和人文气息，促进了对传统山水画淡墨的变革，始终恪守着中国山水画的文化特质。以我为本，以中为本，以西为用，以开放的心态，勇敢接受西方绘画的优秀特点，为我中国画所用，赋予了传统中国画笔墨语言新的品质和意蕴，更加突出了山水画的时代性特征。

一、李可染山水画中淡墨技法运用的三个时期

李可染的学生万青力在《李可染评传》书中，将李可染艺术风格分成四个时期：第一个时期，兼收并蓄（1920—1940）；第二个时期，以最大功力打进传统（1940—1953）；第三个时期，以最大的勇气打出传统（1954—1965）；第四个时期，在写生基础上再创作，称“采一炼十”（1966—1989）。学者郎绍君在《李可染山水画的分期与特色》之中，将李可染山水画分成三个时期：第一个时期，走研究传统期（1953 年以前）；第二个时期，写生变革期（1954—1959）；第三个时期，升华创作期（1960—1989）。另有杨诚的《现代中国山水画“写生画派”的开创者——李可染》、香港学者郑明的《现代山水画革新者——谈李可染的艺术》、李可染的学生孙美兰的《李可染和他的山水艺术》和《李可染研究》、学者徐鼎一的《鉴识李可染》、梅墨生的《论齐门“二李”》等文。以上作者分别谈到对李可染山水画的分期。我偏向于郎绍君的分期方法，因为正是李可染在“文革”以前对于传统和写生过程结束的 1959 年为分界，“文革”期间李可染被剥夺了六年画画的权利，无法拿画笔画画，但是一个画家不会停止画画，当时他依然在不断练习着书法，并且在思想上依然酝酿着新的开始，这样才有了后期的“李家山水”风格的形成。

（一）早期（1920—1953）——传统继承之中的淡墨技法

中国画的根基在传统，李可染也是由传统之中走过来的艺术家。古人寒林雪景和江天旷远多用淡墨来表现，元代最突出的当属倪瓒作品，淡远、萧瑟与冷寂，多以淡墨绘画，这样更能体现倪云林不入世俗的思想，如《六君子图》等。到了明清两代，山水画的淡墨技法更为多样化，除寒林雪景与江天旷远外，更增加了月色下运用淡墨技法来表现，如明戴进《月下泊舟图》、吴伟《江山渔乐图》，清代四僧和扬州八怪也多有淡墨作

品传世。淡墨作品梅清、弘仁相对较多，如梅清的《黄山图册》系列、弘仁的《松梅图》《陶庵图》《黄山树石图》《晓江风便图》《江山无尽图》《山水图》等。弘仁作品中淡墨多以描绘荒寒、冷寂的雪景寒林居多，这些作品多是表现文人对于自然旷达的向往。绘画理论上，欧阳修认为"萧条淡泊，此难画之意。画者得之，览者一定识也。故飞走迟速，意浅之物易见；而闲和严静，趣远之心难形。若乃高下向背，远近重复，此画工之艺尔，非精鉴者之事也"。崇尚"淡"的理论，从艺术表现方面就是"写意"的真实需要，表达的完美体现。沈宗骞在《芥舟学画编》中提出将墨画分为"老墨"与"嫩墨"，就是浓墨和淡墨的意思，"老墨主骨韵"，"墨痕圆绽"，"力透纸背"；"嫩墨主气韵"，"色泽鲜增"，"神采焕发"。要力求其淡而有骨力，淡墨之中多变化，才能有高格调的作品。淡墨的提出主要是以老庄哲学为根基，道家学说之中作为生活形态与精神境界。在传统中还有很多远景，云烟，水雾，也分别用淡墨技法来表现。

现在可以见到李可染山水画淡墨的作品有 1943 年创作的《高士对话》《仿八大山人图》《蜀中》，均为他 36 岁时所作；1945 年的《放鹤亭》，其题款用淡墨写成；淡墨特用大笔挥洒，自然形成浓淡的对比。1948 年的《春山半是云》，题款为"野水多于地，春山半是云"。在这些对传统学习的淡墨作品之中，从构图到用笔，尽是体现传统山水的淡墨表现手法，不越雷池半步，传统文人的娴静、淡远的不入世俗的思想尽显无遗。在技法表现上多以平平一抹或是几笔简而方便的排序完成，并不需要做过多的处理。

（二）中期（1953—1959）——写生过程之中形成的山水画淡墨技法

李可染自 1953 年起在北京北海公园实验性写生之中并没有出现以淡墨形式表现的画作；1954 年第一次开始正式与张仃、罗铭到无锡等地进行对景写生，例如《春天的葛岭》《无锡天下第二泉》《天都峰》；1956 年第二次逆流沿长江而上写生的《苏州虎丘》、《鲁迅故居百草园图》、《清漓烟岚图》（图 1）、《横塘》与《从枇杷山公园望重庆山城》等，均以线勾、淡墨和淡彩状物写景，完全是写生形态的风景或山水。当时即引起轰动的《家家都在画屏中》（1954）也是用水彩、水墨写生而成，几乎不见传统的皴法和苔点树法，给人以清新又明快的画面意境。这样的山水画的形成多是因为对景写生时的一种真实感受，运用淡墨对意境的追求中一种表现手法上的变化，感情的融入使画面更加富有诗意，江南雨意融入了淡墨的画作之中。李可染在技法表现上已经增加了多样的表现技巧，也有很多作品之中的淡墨表现带有一点偶然性的成分，其在技法形成方面做了很多理智性的尝试。从图 1 中就可以看出淡墨表现，已经改变运用传统的表现方式了。淡远之中便是虚无，虚无并不是无物象，而是运用淡墨积染，得以呈现出虚无之中物象的存在。总是有一种水汪汪的感觉，这是李可染对于写生之中形成的淡墨表现方法，是与古代淡墨山水的最为重要的区别之一。写生之中形成山水画淡墨表现形式具有的审美情趣是丰富的，李可染对于中国画的写生是在 1954 年江南写生开始的。在写生之初就画了一张《雨亦奇》的淡墨山水画作品，并且很兴奋，连喊“雨亦奇，雨亦奇”[①]，这是画家在创出心底里想要描绘画作的兴奋，更是为自己能够在写生现场就能表现出好的作品而兴奋。他说：“我的画，色调有的是蓝的，有的是绿的，有的是浓的，有的是淡的，都是自己的感情所至。”山水画之中的淡墨作品，并不是画家一种偶然创作出来的作品。在 1954 年刚刚开始写生会有一定的偶然成分，从 1954 年到临去世的 1989 年依然有淡墨作品《元气淋漓障犹湿》的出现，这就不是偶然了，是画家就写生时对原有自然认知的一种再现，用淡墨来表现也应该是经过深思熟虑的。用笔上也是经过对物象的感悟和理解，把小笔触揉压笔法表现得淋漓尽致。运用这种美是一种心清意淡的美，是笔墨创新过程之中无比自由、无比快乐的美。力求淡中有骨力，淡中有变化，浑然而淡远，淡中亦有“积”，方显淡墨作品的高格调。这也与他的笔墨浓重黑厚的个人风格有关，画家画一段黑厚风格之后的一种调解，也是寻求另一种笔墨运用的方向性的探索。笔墨的创新发展并不简单是现代人的事，其实在古人眼里是非常正常的，这正是继承传统，进而创新，这也是人类艺术发展的必然规律。

图1　李可染《清漓烟岚图》，纸本水墨

① 李可染：《李可染的山水画讲义》。

（三）晚期（1960—1989）——衰年变法后形成的山水画淡墨技法

李可染的山水画淡墨表现主要出现在江南雨景之中，还有桂林漓江烟雨蒙蒙的情景之下，这也并不是偶然现象。一个画家的作画过程对外界的环境要求很重要，尤其是在写生过程之中，面对这样那样不同的环境，内心的感受是不相同的，自然对绘画时表现是有所不同的，这可以从李可染的作品中看出他当时作画时的心态。用什么方法表现，是成竹在胸之后，才正式下笔来作画的，肯定而直接。只为那心中一丝丝淡远的情怀，墨的淡只是外象，但心中的意淡才是内在的本真，如《渔村春晓》（1960）、《柳溪渔艇图》（1960）、《春雨江南》（尺寸不详，无年款）。李可染说："考虑水墨画的性质，在单纯的色彩中表现丰富的调子。如《杏花春雨江南》（1961）（图2），只有淡墨淡彩的画法表现江南春雨的意境，不能乱弄得花红柳绿。要发扬自己的特长，弥补自己的缺点。"[1] 题款为"杏花春雨江南此绝妙词，不知出自何代高手，吾童年至今每每为之神驰不已，故吾亦屡屡写之意，想往营思以不寻前人也"。这一题跋足可见李可染对于心中之情与眼前之景和手上之画，三者之间的转化关系，化景物为情丝，化情丝为画境的真实体现，只有在特定的地理位置上才会有对于淡墨来表现的冲动。理性的创作，意匠的安排修正，追求意境的表达，是形成我们所看到这些山水画淡墨表现的理念。杨彦说："此图题为《杏花春雨江南》。李可染早期中期直至晚期常用此题材作画，面貌可分为两种，一为浓墨，一为虚淡。"[2]1960年之后基本奠定了运用淡墨积染来表现，并在笔法特点上采用先擦再点最后渲染的方法。淡墨运用上，积染

图2　李可染《杏花春雨江南》，纸本设色，69.3cm × 45.7cm，1961年

① 李可染：《李可染的山水画讲义》。

② 杨彦编著：《李可染山水画技法解析》，江苏美术出版社1998年版。

的运用是在写生之中形成的，却是在正式确立积墨风格之后，完成对淡墨表现上积染技法的升华。通过对他的山水画淡墨积墨法与山水画浓墨积墨法的比较，我们会看出很多不完全相同的技法特点，有从传统之中来的部分，如《仿八大山人图》(1943)，远山全以淡墨勾染,笔简意清,有八大山人的神韵。在1979年李可染重新题跋:“是时专研传统，游心疏简淡雅，尚得见前人规范，与今日所迥异，判若两人……”究竟是什么原因使李可染后来由淡墨疏简变为深重浓厚的“积墨”的团块结构呢？李可染说：“画面需要浓的可以尽量浓，需要淡的可以尽量淡，总是以烘托意境，增强表现力为根据。”[①]从这些只言片语之中就可知道画家是在运用淡墨的方法来表现自己要表现的清淡、典雅，是因为要表现意境美。石涛说:“至人无法，非无法也，无法而法，乃为至法。”[②]李可染淡墨表现是一种无法之法，也是在实践中总结出的方法。虽然说淡墨山水画并不是李可染的典型风格，也没有“积墨”山水画数量多，从创作的用心程度和他在过世的前一年还有淡墨作品出现看，这样说来与他的“积墨”山水画具有同等的价值。李可染“积墨”山水画分为鸟瞰组构式、中景拉近式、截取置景式三种构图形式。中景拉近式构图以纪念碑式“高远法”经营画面；鸟瞰组构式构图以“深远法”“平远法”布局画面。其截取置景式构图借鉴了龚贤的“半截式”截取局部景致达到饱满布置于画内，上不沾天，下不着地，画面满而且不塞，可染“积墨”山水画意象“似欹反正”，近景或压缩，或呼应留白，安排直线题跋，求均衡。如《万山夕照》中景拔高，面积加大，近景放低压缩与中景相隔放置，画面有“秤”的平衡；《爱晚亭图》《山静泉声喧》等，均有这样的效果，变化之中求统一，自然组合画面有稳定的真实感；到了1982年之后，由于画家身体情况，不能外出写生，也产生了如《无尽江山入画图》(图3)这样的淡墨作品。《茂林清暑图》右侧浓而密，直线式题跋置于淡而疏的左侧，画面产生了均衡感，李可染的“积墨”山水画意象凝练，运用的手法个性化极强。李可染一生游遍江南名山大川，追求审美风格简约、雄强、涩重、稚拙，高度意匠、整中求变。李可染的“淡墨”有西方绘画的透视效果和光感，突出逆光表现，用光的方法以表现形神统一原则，因此产生了秩序感，产生了空间深度，用近大远小、近宽远窄的表现手法，产生纵深感，虚实和透视法结合强化了画面层次感。李可染说：

① 李可染:《李可染的山水画讲义》。

② (清)石涛:《苦瓜和尚画语录》。

图3 李可染《无尽江山入画图》，纸本设色，66.8cm×119cm，1982年

"墨气中见笔法，则墨气始灵。笔法中有墨气，则笔法始活。"① 提高了墨的表现力，塑造画面意象将泼墨、积墨、破墨等墨法结合运用。墨在层层泼染，反复积叠中达到了浑然无迹的艺术效果。画面也因墨的泼、积、破产生了缜密厚重的层次，物体的体积、空间和明暗都尽得表现。可染之意正是求其大象，浑然天成，晚年才真正达到了运用"淡墨"的炉火纯青，迹化于心，有型的物象运用，无完全定式的方法，我们却可以通过他在技法运用上的习惯，找到自然形成的特点。

二、李可染山水画中淡墨技法成因

李可染山水画淡墨技法的形成，直接来源是画家本身对于环境和内在思想的把握。在写生过程之中让自己的心灵得到了启迪，使内心得到无比的自由，借助于原有对传统笔墨深刻认识，万象在胸，化生出属于自己的笔墨语言，具有与他的浓黑积墨山水画同样独特的魅力和风采。由于画家的理性创作思想，他在进行山水画淡墨技法运用到创作过程之中是高度的"意匠"精神和苦心经营的结果。他在传统方面的修养很高，他的书法主要来源于北碑一路，自创"酱当体"书风，用笔沉稳厚重，自成一家。

在淡墨积墨法的技术表现上，先是干笔擦，后积点，再运用淡墨进行渲染，达到统一协调的目的。这是他个人的独创。积墨早在宋代"米家山水"就开始运用，到了元代高克恭、清代龚贤以及后来近代黄宾虹都擅长此法。"夫山川气象，以浑为宗。"② 李可染为了突出山川的"浑"，在运用淡墨积墨法时是以揉墨技法为主，并且带有破墨泼墨技法的特点，揉墨即是在运笔过程之中，动作缓慢而凝重，即运笔时墨处于待干未干的

① 李可染：《李可染的山水画讲义》。

② （清）笪重光：《画筌》。

状态下，这样画纸会尽量地吸收入墨，并且在缓慢行笔过程之中，持笔力度稳定而凝聚，反复运用。与此同时，与他的浓墨积墨技法不相同之处，在材料选择上也要有特殊性，纸张偏厚一些，韧性要足够强，纤维棉含量要高，纸面不发光，分层次丰富，用狼毫硬笔在纸张上画后墨色保留得非常优秀。黄宾虹说："论用笔法必兼用墨，墨法之妙全在笔出。"李可染用笔多以其自创"酱当体"书法用笔方式画画，笔精墨妙。在笔墨运用上强调笔墨难分，用笔占主导地位，墨随笔出，在龚贤墨法的基础上进一步创新，使黑墨更黑，淡墨更加淡远，内中有物。层次更加深厚，墨色湿润，灵透，淡墨更突出笔墨韵味，正是李可染所谓"气，含，笔，丰，大"在绘画中的表现。

当去细心总结整理李可染的山水画作品时，会发现一个现象，山水画多是描绘江南、漓江的景色时运用淡墨技法较多，这样就有了特定的地域环境。江南和漓江都有一个共同的特点，清净淡雅，小桥流水，给人一种唯美的感受，在景色旷达、淡远、柔美的环境里，再加上烟雨蒙蒙难免会使画家产生心灵上超脱的感受，这样形成山水画之中淡墨就不足为奇了。他说："漓江为我作稿本，我为漓江传千古。""为祖国河山立传"，是何等的胸襟！另外，画家受童年对"杏花春雨江南"感觉的影响，在内心深处有一种对江南景致淡雅、唯美的深刻认识，有了内心向往的环境，身在江南春雨之中，勾起对原有思维中那份美好的回忆，才是发自内心的用淡墨表现的根源所在。郎绍君说："他作品《春雨江南》（图4）的风格，可以用'深秀缜密'四字概括，'深秀'即深厚，茂密而又秀润。这一个特点和李可染所取山水对象的地理气候特质有关，他着重刻画南方山水的湿润，青翠而不是北国山川的荒阔，雄峻和高远。"[①] 一

图4　李可染《春雨江南》，纸本设色

① 郎绍君：《李可染：胸中丘壑，笔底烟霞》，《中华读书报》2007年11月7日。

件艺术品的诞生要有天时、地利的帮衬，能够去江南、漓江写生更要有人和的配合。雨中的江南、漓江都有一种让人向往的诗一般的境界，也正是这样，李可染在身处此情此景时，才会触发内心真情，用淡墨这种表现形式。我认为地域不同是形成李可染山水画运用淡墨表现的一个原因。

李可染说："笔墨是形成中国画艺术特点的一个重要组成部分。画家有了笔墨功夫，笔墨与物象浑然一体，笔墨腴润而苍劲，干笔不枯，湿笔不滑，重墨不浊，淡墨不薄，层层累加，墨越重而画越亮，画不著色而墨分五彩。笔情墨趣，光华照人。"[①] 李可染的山水画淡墨表现技法则是一种烟雨蒙蒙，静谧、畅快的心境，虽然运用了古人的表现方法，但是又得之于山水造化，与古人要表达的方向完全不相同。这也是李可染在运用传统创新自我的高妙之处。后期又以淡墨积染的方法，是合自然理法，表达自己要表达的情感，也是营造意境的整体需要，是为天地山川造像，是"可贵者胆，所要者魂"的真实体现。力取山川自然之魂，得于己思，合于己画。

李可染当时写生交通不便是个大的问题，但当人已经疲乏到一定程度时会出现一丝无比的宁静心态，这样的心态也促使他对山水写生的感悟变化，回归淡泊无染的本真，天性使然，对自我内心感受的细心体悟，真情实感的自在表达，达到萧散简远的境界。江南写生时正好遇到小雨，天公作美，合作为淡墨朦胧的画作。我们人类的世界总是喧闹的，而平静来之不易，难能可贵，能有这淡淡雅雅的山水画，合天时、得地利、恰人和。每个人在学习知识时都会有一定的阶段性认知，李可染也是一样，在1954年之前所出现的传统一路的淡墨山水作品，是在传统之中的创作尝试。1954年之后则是在写生的基础上进行创新性研究，所以在淡墨的表现形式上也不尽相同，如1954年的《雨亦奇》、1960年的《渔村春晓》《柳溪渔艇图》、1961年的《杏花春雨江南》和1963年的《烟雨桥亭》（图5）是具有写生过程的现场感所画，真实感很强。而1977年的《雨中漓江》、1982年的《无尽江山入画图》、1986年的《春雨江南图》、1988年的《水墨山水》和《元气淋漓障犹湿》，均为卧游而作，这可以在他的题跋之中窥见："元气淋漓障犹湿，真宰上诉神（天）应泣，一九八八年岁次戊辰三月，以水墨作此于师牛堂，可染。"在师牛堂中遥想江南美景，不免掺杂着对江南整体雨

① 王琢辑录：《李可染画论》，上海人民美术出版社1982年版。

图5 李可染《烟雨桥亭》，纸本设色，局部

意印象的表述，更是画家内心那份安宁的体现，用淡墨来表现应该是深思熟虑的，从传统学习创作到现场写生创作再到师牛堂卧游创作三个不同的阶段三种不同的心理状态，构建起完美的创作链条。

李可染在讲义之中说："怎样对待素描？我认为学中国画，山水画学点是可以的，或者说是必要的，素描是研究形象的科学，它概括了绘画语言的基本法则和规律，素描的唯一目的，就是准确地反映客观形象。形象描绘的准确性，体面，明暗，光线的科学道理，对中国画的发展只有好处，没有坏处。"要提高中国画的造型能力素描是一种很好的方法，对于学中国画的人学一点是有好处的，早年李可染在上海美专学习时受克罗多影响，对素描进行了全面的训练。运用传统的笔墨，素描的方法，吸收了一些油画的特点，直接去表现大自然的"真""美"，徐悲鸿在当时曾经提出："素描为一切造型艺术之基础。""仅仅直接师法造化而已。"这应该对李可染产生了很大的影响。他用实践经验已经为我们证明了这一点的正确性，他深有感触，对自己后来创新改造中国画有很大帮助，进行创作运用时也有独到之处，在整体把握素描关系的基础上不失去笔墨趣味。这样更加合乎自然的道理，在局部的山石上不做细微的刻画以突出整体性的协调统一。在树木亭台楼阁运用素描关系时，掌握了大的方向上是素描关系，古人讲"石分三面，树分四枝"，对

图6　李可染《峡江轻舟图》，纸本设色

于要想把树石的前后左右关系画出来，使得体积感更强烈，运用素描关系进行绘画是很科学的，但是中国画不完全是科学化的体现，更要有认识，有内在感知的认识深度。并且在块面分割上，李可染主要是黑白灰的整体基调来把握素描关系的。另外，在对于光的运用上，主要也是素描关系在起作用，在对逆光的处理上，光源来的方向淡而虚化，距离光源远的地方则是黑而密集。淡墨处理主要是在光源来的方向上，突出受光面，这和素描是一样的（图6）。李可染在运用素描关系上灵活，是一种借鉴方式，并没有完全被素描的细腻刻画所影响，而是把握大的方向，更多的是在对事物的内在“理”的寻求上。

三、李可染山水画中淡墨的实践意义

李可染运用淡墨法写生过程之中的总结，实践对中国画的改造。李可染山水画的淡墨运用，总体上是突出写实性与精神表达的高度统一。在创作状态上，他深入观察自然，体察一景一物的精神风尚；在对现实写生的态度上，他力求准确把握客观对象的精神内涵，重意象表达，看似草草，但意象极其准确，合自然之理法，得天地之大化。虽然在技法表达上并未全面完善，但却为我们新一代山水画家开辟了一条可行的道路，将中国山水画淡墨法推上了一个新的高度。

李可染的山水画淡墨也与他的山水画浓墨一样具备极高的研究价值，通过写生而形成的山水画淡墨运用法，去掉了古代文人所看重的清逸超脱、冷漠、萧瑟、冷寂、不入世俗的离世情怀，而所保留了淡雅清净、净化朴素的精神内涵。李可染在现实景致的促动下，真正做到澄怀味道，在自己内心极其净化时，完成画作。李可染的写生实践，打开中国传统山水画尘封了近500年的写生之路，促使自己从内而外的真正革新，让中国山水画淡墨运用重新出现了生机。李可染在山水画淡墨创作中表达主体审美情趣，从而达到创作的真正自由。

突破前人程式，再造新的语言形式。李可染山水画淡墨法的形成是写生过程在自然之中全面总结、提炼的结果，对新时代的中国山水画改造，提供了以写生为前提的方法与导向。山水的淡墨表现虽然不是李可染山水画的主要风格，但对画家本身是质的飞跃。这些创作研究成果的取得离不开他多年来不断地探索和实验，其后，对中国画在写生过程之中的笔墨研究从来没有停止过。

李可染的淡墨山水画改变线性结构为块面结构方式，这在传统中国山水画之中是没有的，这是李可染的一个大的转变。一切写生来自自然，来自大千世界，而同时又由心而发，把自己的真情实感注入作品之中，得天地之大象，化生出自我，“为天地山川立传”。虽然李可染山水画的淡墨作品并未受到当代画家的应有关注，但是他的尝试性创作对树立山水画新风格有很好的借鉴意义。

附：参加“百年山水”研讨班有感

我参加“百年山水课题组”过程之中，对论文写作有了一个全新的认识。非常感谢课题组的诸位专家导师！

我是从2014年参加课题组研讨会的，深有感触，向诸位专家导师学到了很多绘画理论方面的知识，尤其是对我论文写作上提出的意见，使我受益匪浅，对于如何查找资料，如何合理运用资料，我有了全新的认识。我写作这篇论文起因是看到北京画院出版的《所要者魂—李可染的艺术世界》一书中，刊登了李可染的14张淡墨绘制的山水画，我从这些资料中得到了写此论文的最初想法。想研究这些画为什么会出现？经过专家组的讨论，使我的思路逐渐清晰，论文写作水平也大有提高。记得最早我是想写李可染淡墨山水画研究的，在2015年9月一次研讨会上，牛克诚老师在我的论文结构上提出许多宝贵的修改意见，其中令我印象最深刻的是关于李可染的淡墨技法成因，牛老师批评至深，使我终生难忘，但是由于自己分析问题的能力有限，无法达到老师的要求。杭春晓老师说“淡墨山水画”这个题目不能用，原因是“什么是淡墨山水画”无法在理论上定义，建议我改为山水画中的淡墨研究。杨晓能、仇春霞、孔德平老师对我的资料收集工作提供了很多帮助，尤其是王跃奎老师从我论文的最初想法开始，到最后论文的成形，一直在细心地指导我。

在“百年山水课题组”的两年里，所有专家导师的批评指导，教给了我宝贵的研究方法和严谨的治学态度，让我在研究的道路上更加坚定了信心，他们教书育人、乐于奉献的精神，更是我的学习榜样。

参考文献

[1] 龚贤等:《山水画论》，台湾台北艺术图书公司 1975 年版。

[2] 萧平编:《龚贤》，人民美术出版社 1997 年版。

[3] 郎绍君:《李可染山水画的分期与特色》，《美术》2007 年第 76 期，总 478 期。

[4] 郎绍君:《李可染：胸中丘壑，笔底烟霞》，《中华读书报》2007 年 11 月 7 日。

[5] 孙美兰:《所要者魂——李可染的艺术世界》，台湾台北宏观文化事业有限公司 1993 年版。

[6] 孙美兰:《李可染研究》，江苏美术出版社 1991 年版。

[7] 万青力:《李可染评传》，台湾台北雄狮图书公司 1995 年版。

[8] 万青力:《名家翰墨》，台湾台北雄狮美术出版社 1993 年版。

[9] 万青力:《李可染的世界》，台湾台北羲之堂文化出版事业有限公司 2000 年版。

[10] 杨彦编著:《李可染山水画技法解析》，江苏美术出版社 1998 年版。

[11] 中国画研究院编:《李可染论艺术》，人民美术出版社 1990 年版。

[12] 王琢辑录:《李可染画论》，上海人民美术出版社 1982 年版。

[13] 梅墨生:《中国名画家全集：李可染》，河北教育出版社 2000 年版。

[14] 中国画研究院编:《李可染画语录》，人民美术出版社 2006 年版。

[15] 李松:《万山层林·李可染》，山东画报出版社 1999 年版。

[16] 边平恕:《李可染画语录图释》，西泠印社 2000 年版。

[17] 羲之堂编撰:《金铁烟云——李可染的艺术世界》，台湾台北羲之堂文化出版事业有限公司 2000 年版。

[18] 王伟主编:《中国当代美术家——李可染》，四川美术出版社 1990 年版。

[19] 王珊:《试论中国山水画的淡墨之美》，硕士学位论文，西安美术学院，2007 年。

李可染山水画中树木的笔墨研究

钟伦理

2014级中国山水画创作与技法研究方向硕士

树作为中国山水画中的重要组成元素，在漫长的中国山水画发展演变的历史长河中，成为了独特的审美意象，构成了一套完整的笔墨技法。宋代韩拙在《山水纯全集·论林木》中说："林木者，山之衣也，若人之衣装，使山无仪盛之貌，故贵密木茂林，有华盛之表也，木少者谓之露骨，如人衣少也。"[①] 他将树比作山之衣，人之装。明代松江派画家赵文度谓："山水以树始。"著名的《芥子园画谱·山水初集》中，首先就让学习者练习树谱，除了学习画树的姿态之外，书中还强调画树的笔墨，如画蟹爪"笔法皆主犀利也，焦墨画之再以淡墨罩染便成烟林"[②]。这些都可看出树在中国山水画中的重要作用。

李可染作为近代山水画大家，创造出了风格独特的山水画面貌，他卓越的天赋，对绘画的热爱，对写生的痴迷，使他既能够继承中国画传统，也能够突破中国画旧貌，以最大的功力打进去，最大的勇气打出来。他画中的树，既有传统山水画树的影子，又给人以全新的感受，运用夸张古拙的用笔，大胆独特的积墨，再加之与西画光影的融合，创造出了气势恢宏的云树世界。现在，我们就分别从他所画的近树、远树作简要分析，看看他是如何在继承中发展中国画的树的笔墨表现方式的。

一、李可染画近树的笔墨技法

（一）运笔缓慢，细心经营

虽然总体感觉浑厚浓重，但并不随意繁乱。相反，李可染对近树的塑造是极为细心的，这一点从他画近树时用笔的速度就可看出（详见北京科学教育电影制片厂纪录片）。

---

① 俞剑华编著：《中国古代画论类编》（下），人民美术出版社1998年版，第669页。

② 《芥子园画谱·山水初集》，天津市古籍书店1988年版，第33页。

图1　李可染《万山红遍》，180cm × 95cm，1964年，家属藏

李可染晚年也告诫学生，落笔宜慢，慢则笔不浮滑，线条厚重不虚。他说这是齐白石老人心得之言。他画近树往往从勾勒树的枝干开始，无论是双勾还是实笔，运笔皆缓慢悠闲，不急不躁，并且贯穿整个绘画过程，这样就形成了与大写意树法完全不同的面貌。他的这种运笔方式画出的线条十分均匀细腻，例如《万山红遍》（图1），这是受到了齐白石、黄宾虹的影响，正如郎绍君先生所说“齐、黄以及前人用笔平稳力均，圆润和谐，沉涩而不浮滑，富于力度”①。李可染很大程度上继承了这一点，他的作品虽以水墨为主，却给人一种细心经营、一丝不苟的严谨感。这样的运笔方式，使其画树时拖拉出的线条均匀质朴，贴近自然，无半点矫揉造作之感。这也是李可染能够自成一家面貌的重要原因。

（二）勾枝实在，画叶用点

李可染山水画中的近树往往安置于画面底部和中下处，画面中部或上部则画远山与远树。这样做，既是对传统的继承，符合我们在现实中的感觉，也采用了写实技巧。为了满足这种近大远小，近深远淡的视觉效果，常常用较浓的墨勾勒近树树干与树枝，用笔比传统树法更为实在，用墨也更为浓重，从而使近树清晰可见，让观者实实在在地体验到其体量感，拉近观者与近景的距离。20世纪六七十年代李可染的作品，直接用实线勾出主干是其常态，但画近树的叶则是用更淡的积墨结合颜色（或用纯色），使其从

① 郎绍君：《自然的再发现》，吉林美术出版社2007年版，第5页。

浓密的远景中“跳”出来，例如《水墨小品》(图2)，这是70年代李可染许多作品中经常能够看到的。另外，他画近树的叶时，往往蘸墨后将笔锋弄散，垂直向下点出树叶。用笔富有弹性，散锋在纸上任意点出各种形式的点，表现出繁枝密叶间的透气感，通透灵秀，充满生气，如作品《枫林暮晚》(图3)。

图2　李可染《水墨小品》，7.8cm × 34.3cm，1974年，家属藏

图3　李可染《枫林暮晚》，49.5cm × 46.2cm，1978年，家属藏

(三)用笔种类繁多，不拘常法

李可染画树尤其是近树的笔墨种类很多，所以其近树也千姿百态，变化多端。不同的画中所用笔墨不同，画中的树所呈现出的形象也各异。而绘画艺术，贵在能于变化中寻求统一。正如李可染所批评的：“有的人一辈子只会画几棵树，虽然画上了千棵树，但还是那几棵。”[①] 在李可染的山水画作品中很少用出现于宋元的蟹爪法来画树，大都是用鹿角法或根据写生经验自创，树枝上扬，给人一种欣欣向荣之感。其使用的鹿角法种类也十分丰富，有锐角的、钝角的、方角的鹿角枝等，或是互为交融，于一树中兼用多法。锐角和钝角鹿角枝用笔圆润，笔锋提按明显，出枝简拙凌乱，用墨亦浓亦淡，一虚一实，不求形似。方角鹿角枝用法则更为自然，画枝有实笔，亦有双勾。

① 李可染：《可染论画》，上海书画出版社2005年版，第84页。

图4　李可染《崇山烟岚图》，129cm × 67.8cm，1982年，家属藏

图5　李可染《无锡梅园》，32.1cm × 44.4cm，1956年，家属藏

画叶点、线、面搭配使用，层层相积，既有散锋戳出的浓密的点子，也有侧锋下笔横刷出的块面。《崇山烟岚图》（图4）左下既有黑如太阴的浓郁之貌，又有白似光照的清新之风。这些叶的不同处理方式以及画面中呈现出的强烈的黑白对比关系，不仅增强了画面的层次感，同时也增加了画面的趣味性与可读性。

值得一提的是，20世纪在五六十年代李可染的一些作品中的树，完全是超越了同人的绘画经验，走在了时代的前面。如他在1956年创作的《无锡梅园》（图5），画中的树枝以极其前卫而夸张的造型，随意而又新颖的笔墨方式给人一种耳目一新的感受。梅花树枝的那种蜿蜒盘绕之势和有节奏的穿插之美，都仿佛是给新时期的中国画吹来了一丝暖人的春风，预示着李可染的国画创作乃至整个中国画坛的又一个春天的来临。这种造型与笔墨方式，仿佛是在向抽象绘画靠拢，但又泾渭分明，与抽象绘画有所区别，他保留了大量中国绘画的气韵和笔墨，产生出了与20世纪西方抽象绘画截然不同的面貌。这一点，在张大千和吴冠中的作品中也是有所体现的。

（四）近树积墨法的运用

说到李可染的笔墨，不得不提积墨法。李可染是积墨法的集大成者，他的积墨法，受到了黄宾虹的影响，正如他在《山水画教学论语》中说："黄先生的画整体感很强，层次很深厚，充分表现了大自然多种物象的微妙复杂关系，若即若离，浑然一体，有的画远看草木葱茏茂密，山石重叠，近看一块石头也找不到；有的画充分表现了江南山水饱含水蒸气的浓郁气氛，在笔墨上达到了很高的成就，这些都值得我们很好学习的。"[①]但是，他又创造出了一种全新的既不同于清代龚贤，也不同于黄宾虹的积墨法样式。正如他评黄宾虹画，认为其意境太旧，笔墨可学。他用积墨法画出的树叶，充满着变幻的光影和独特的朦胧感。这种独特的感觉，明显受到了西方绘画的影响。他画树，无论远树还是近树，都是一层层积出来的。或用散锋反复在一处点染，或用中锋侧锋层层相积。黄宾虹山水中所呈现出的黑密浓厚，在李可染的画中体现出来了。但是，又不是全部采用深积墨的方式，而是有安排的处理，按照树与树之间的前后左右关系，树与整体画面的关系来安排积墨的浓淡效果，从而使树叶间有了浓淡对比，黑白变化，有时还出现明显的光影效果，将画山的渐影法运用在画树中来，与山相呼应，成为一个统一的整体，如作品《山林清音》（图6）。

图6　李可染《山林清音》，68cm × 45cm，1974年，家属藏

李可染笔下的树，尤其是近树，有些又仿佛与后面的山既相融又相离，既有明显的分界线，又有模糊相连的部分。一些地方，树叶的积墨与山的积墨连接在一起，仿佛他在有意缩小两者的距离，弱化二者的区别，使近树与远山浑然一体，从而使画面中充

① 李可染：《李可染谈黄宾虹先生山水画艺术》，吉林美术出版社2007年版，第276页。

图7　李可染《千岩万壑夕照中》(局部)，68cm×138cm，1984年，家属藏

满了一种混蒙的统一感，如作品《千岩万壑夕照中》(图7)。

(五)强烈的古拙感与夸张的造型

李可染画近树用笔缓慢，造型力求于写生中融合古雅之趣，故树的笔墨里充满着一种古拙味，我们通过对比清初王翚的作品《小中见大册》(图8)与李可染《万里风光万里船》(图9)的松，无论在造型上还是剪裁上，都可以找到二者的相似处。但李可染又结合写生，

图8　(清)王翚《小中见大册》，134.5cm×46cm，故宫博物院藏

图9　李可染《万里风光万里船》(局部)，49cm×80cm，1982年，家属藏

并有意放大一些树的特点，例如将树枝长长地展开，从而使古拙味中又平添一些夸张与胆识。我想，这一点也或多或少体现出了他所倡导的“用最大功力打进去，用最大勇气打出来”。在具体作品中，最能体现这一点的是他所画近处的松树，他画松树，主干细而修长，用笔几无大的顿挫，细细的线条中充满微妙的转折。树梢枝头横卧，其余枝干或斜垂，或向外张开，用笔则变平直为婉转，略有顿挫，线条依然十分匀细。松叶则采用勾勒法层层加深，直至厚重浓密为止。无论从其细长的树干，还是其向外张开的树枝，都包含着夸张的艺术加工，但绝对不过分而又恰到好处。这与他含蓄细腻的用笔、大胆浓重的用墨是不可分的。

二、李可染画远树的笔墨技法

（一）用笔简括

王维在《山水论》中有这样一段话：“凡画山水，意在笔先。丈山尺树，寸马分人。远人无目，远树无枝，远山无石，隐隐如眉。远水无波，高与云齐，此是诀也。”其中说到画远树，应该略去树枝，勾个大概就是。《唐朝名画录》中记载陆探微“画人物极为妙绝，至于山水，草木粗成而已”，作为人物画背景的山水，陆探微也是这样简括处理。这是传统山水画远树的基本方法，既符合我们近大远小，近处清晰、远处模糊的视角习惯，也有助于使画面的层次感更加分明。李可染继承了这一方法，同时又深受写生影响，通过全新的笔墨创造出了完全不同的远树形象。以下便是其具体画法。

（二）多用类似混点的小横点排出树叶

李可染的远树以杉树、枫树为主，用笔以混点为主，在《芥子园画谱·山水初集》中，点叶法就有30多种。而李可染画中的树与任何一种都不同，近树用积墨，远树用笔则接近于混点。这与石涛所说“古人写树叶苔色……成分字、个字、一字，品字……吾则不然”[①]有相似之处。由于受写生的影响，李可染山水中用于画树的笔墨，尤其是画远树的笔墨已摆脱了古意，而更加贴近自然。所谓混点，即先画树干（李可染画远树树干多用实笔），再用中侧锋沿着树干打横点，笔锋时而倾斜，时而竖立，点出的形态变化多端，并且点子要有参差错落感，以体现树木姿态的生动性。李可染的远树法也以这种横点为主，这些横点下

① 俞剑华编著：《中国画论类编》，人民美术出版社1986年版，第778页。

图10　李可染《山林之歌》，
68.6cm × 46.5cm，　1987年，家属藏

图11　李可染《雨后春山半入云》，
70cm × 46.3cm，1979年，家属藏

笔时墨浓而湿，随着向后拖笔水分减少，逐渐出现松松的砂砾状，称之为渴笔，有如珍珠一般。这样一遍遍将横点在纸上排出来，或错落有致，或井井有条，便形成了大片葱茏的远树，如作品《山林之歌》（图10）。

但是，李可染画远树也与他画近树一样，方法多变。常见的还有用竖笔或斜笔顺势拖拉出树形，笔墨或淡或深，相比排点则更为写意。这种画法，在他1986年创作的《春雨江南图》、1982年3月创作的《深山茂林图》中体现得最为明显。

（三）远树积墨，破墨的运用

之前说到，李可染画近树用积墨法，同样，他画远树也会用积墨法，而且墨色往往积得更浓、更深。为了避免积墨后出现墨块凝固，在画面上产生呆滞感，李可染在积墨的过程中十分善于发挥水的作用，这与黄宾虹所提倡的五笔七墨是相通的。他会用破墨和积墨相结合的方式。破者，破其平也，二者配合使用，积墨法沉厚稳重，破墨法潇洒自由，并结合皴擦点染，表现出的远树仿佛生于云烟之中忽隐忽现。用较深的墨点染出远处的云山树形，再用淡墨或水破之，用墨不够的还用积墨法加深，这样，水破墨，墨破水，浓破淡，淡破浓，做到云中之树有深有浅，创造出远树在云雾中的不同层次，如作品《雨后春山半入云》（图11）。笔墨任意结合，在不经意间画出了各种姿态的树。充分体现出中国画所要求的在画中要有笔墨关系和笔墨变化的原则。《唐朝名画录》中说“尝以手握双管，一时齐下，一为生枝，一为枯枝”，就是强调笔墨的变化所产生的美感。而李可染将积墨与破墨相结合，也就是这一美的原则的体现。

（四）侧锋皴刷的效果

除用破墨、积墨等画远树，有时还会用一种更加简单潇洒的技法，即用侧锋施淡墨在纸上皴刷。先画出树干，或深或浅，或描或点，体现其或隐或现、高低错落、形态各异的状态。接下来，用淡墨从树干或山体中部出发，沿着山势皴刷揉墨，墨或色向四周发散似的自由生发，由于用笔角度不断变化，拖刷出的墨痕形态各异，塑造出了葱茏滋润、清远浑厚的效果。有时像这样的皴刷技法会重复加在已经画好的大片远山远树上，再结合擦笔，使水与墨冲出山树的轮廓界限，向外晕化，产生出一种“起毛”的效果，如作品《泼墨云山》（图 12）。这种以自然而又生动的笔墨方式创造出的特殊效果表现出了极强的视觉美感，向外呈细丝状发散的水与墨，既是云烟又是树林，混混沌沌，一片烟雨朦胧之感。

图12　李可染《泼墨云山》，68.7cm×45.9cm，1981年，家属藏

（五）用墨浑厚，层次丰富

无论画树还是画山，李可染的用墨都是从画面整体出发的，我认为，这一点有必要提出来。前面说到，李可染画远树用积墨法层层积染，由于远景关乎画面的层次，所以李可染积染时也不是没有章法，而是十分留意画面的整体感、层次和远近。正如他所说的，“山水画家为要表达自然界的万千气象，不能不分清主次，注重整体感。……为了突出主体，次亮的部分都要压下去，色阶不乱，层次分明，整体感强，

主体就能明显突出”[1]。他在用墨不够的地方，加墨调整，需淡化虚化的地方，绝不用墨过分。画树也多用此法，近树层层积墨，远树亦是如此，只是用墨更少，用水更多，积墨层数更少而已。树林越远，用墨越淡，用笔越草率而不求形似，从而使画面层次丰富，更接近于真实。

三、李可染画树的笔墨技法体现了在继承中发展

在上述画近树、远树的分析中我们已经可以体会到李可染是如何继承古人，又如何创新发展中国山水画笔墨的。我再进行一定补充，专列一个部分说明李可染对画树的笔墨的继承和发展的问题。

（一）继承传统，认为笔墨是“外师造化，中得心源”的产物

说到李可染的笔墨技法的继承，首先应该知道李可染对笔墨本源的认识。我认为，李可染继承了古人“外师造化，中得心源”的观点。他说：“写生是对客观事物的认识，认识，再认识，不断深化的过程，所以写生是基本功里最关键的一环，要非常认真。”[2]李可染先生认为笔线的重要规律是由写而生力之美和节奏之美。这里的写即描写，那么描写的对象是什么呢？客观自然与主观精神。所以李可染先生才会说“可贵者胆，所要者魂”。胆即大胆深入自然，大胆创新笔墨语言。魂既指传统，也指个人精神情感的融入。所以，我们可以毫无怀疑地认为，李可染是在传统笔墨技法中，在祖国的名山大川中，在自己的情感命运中去寻找属于自己的画树的笔墨技法。正如北宋范宽所说：“居山林间，常危坐终日，纵目四顾，以求其趣。虽雪月之际，必徘徊凝览，以发思虑。”所以，李可染画树，不仅仅是在造型，而是在寄情，将他对大自然的理解和热爱寄托于他独特的笔墨语言当中。

（二）继承了用勾勒法表现树干、树枝的方法

在传统山水中，勾勒、皴擦是主要的用笔方式，而画树又以勾勒为主。正如前文所说，李可染画树用勾勒法表现树干，或用双勾，或用单线实笔。树枝亦为此法，粗枝用双勾或实笔，细枝用单线实笔。这种方法是中国传统山水画树的基本方法。同时，用笔

---

① 中国画研究院编：《李可染论艺术》，人民美术出版社1990年版，第373页。

② 中国画研究院编：《李可染论艺术》，人民美术出版社1990年版，第70页。

时注重转折顿挫以表现枝干时而遒劲有力、时而婉转多姿的特点。从李可染的画中，我们不难看出他对这种顿挫感的继承和创造。不同的是，他用传统勾线表现现代山水，在勾勒的方式上，在形象的塑造上有其独到的一面。

（三）以写实的造型为基础

当我们欣赏李可染的山水画时，总能感觉到与中国传统山水画存在着巨大的差异。这是因为他笔下的山与树早已脱离了传统山水的束缚，从大自然中，从写生的经验中去把握物象，用水墨的形式将其表现在纸上。这虽然是20世纪许多山水画家都在探讨的一条创新之路，但李可染却将这一“用现代写生来改造国画”的方式做得更好、更到位，并留下了一幅幅经典的作品。所以，这是不得不提的一件事。

研究李可染的树，必须知道这一点，就是他画中的大部分树的造型形式是从哪里来的。从黄宾虹《夔门纪游》（图13）和李可染《万里风光万里船》（图9）的两幅作品中不难看出，同为20世纪的画家，黄宾虹的树明显还带有强烈的“古意”，而李可染则已经与前者截然不同。他笔下的树从造型上已与传统山水画分道扬镳。这种全新的造型是从哪里来的？分明是对现实中真正的树的“照搬”，早已没有了那种“扭捏作态，任意剪裁”的古风。所以，李可染大部分作品的树是从写生中来的，与传统山水画划清了界限。李可染在50年代创作了大量的写生作品，其中《北京郊区春景》《春天的葛岭》等作品中的树很具有代表性。我们拿法国19世纪风景画大师柯罗的《孟特芳丹的回忆》与李可染的写生作品《北京郊区春景》做比较。

图13 黄宾虹《夔门纪游》，78cm×45.2cm，1945年，浙江省博物馆藏

在《北京郊区春景》中，修长的树干充满画面，时隐时现的树叶用侧锋刷出并施以淡彩，树枝的处理也早已没有了古法中类似蟹爪、鹿角的形式，整个画面清新而又恬静。无论形式还是抒情的方式都与柯罗十分相似。而柯罗等19世纪巴比松画派巨匠所钟情的不正是对景写生吗？他们不仅要真实地表现客观物象，还要求真实地把握光的变化，同时还要在画中注入真实的情感。这些，都应该是李可染改造中国画所借鉴的元素。所以，才会有《北京郊区春景》这样的国画作品出现。

（四）借古开今，中西合璧

以上两点是李可染对传统树法的继承，而李可染最为可贵的是能突破传统，借古开今。而帮助他实现这一点的是他对写生的不懈追求，并将西方绘画的一些优点合理地引入国画。“结合皴擦点染，创造出了带有独特因素的‘揉墨法’和带有光色因素的‘积墨法’。”他的树“内黑外亮”，即靠近树干、树枝的地方用墨更重，积墨更深，树叶边缘则更亮，用墨更淡，甚至采用留白的方式。依靠这种方法，李可染的树与后面黑密厚重的山便形成了鲜明对比，一下就从画面中跳了出来，远近层次，跃然纸上。但是，为了不让近树过于突出而影响画面的整体感，李可染会用积墨的方式弱化一部分亮面的光感，使其一部分又能与后面的山浑然一体，这一点前文已介绍，不再多说。

综上所述，李可染画树的笔墨技法是其整个山水画的笔墨体系的一部分，与其画山的笔墨技法有许多相似之处，正因如此，才形成了一个具有整体感和统一美的李家山水，在中国山水画史上独树一帜，充满着深沉而又博大的意蕴。

噶玛嘎孜唐卡中的青绿山水

董 菁

2014级中国画创作研究方向艺术硕士

唐卡是藏族特有的彩缎装裱的龛状卷轴画，这一词汇最早出现在12世纪左右的藏文典籍《巴协》中，系藏语音译，意为布画，又名孤唐，兴起于公元七八世纪，“唐”在藏文中表示平坦、平原、清楚的意思，而“孤”是身体的意思（引申为“佛神像”）。在制作时一般使用白色或乳白色的浅色棉布，将棉布缝制在由两长两短四根木棒组合而成的画框上，为了提高画布的着色能力，用矿石粉和牛胶对画布进行刷浆，刷浆后对其进行打磨，此后用自制的笔和自制的矿物质颜料绘制唐卡。唐卡的绘制主要流程有画定位线、打草图、白描、上色、晕染、开眼、勾金线和点睛等八个部分。佛教有五明之说，即声明、医方明、工巧明、因明、内明，而藏传佛教的造像艺术，则不单是工巧明之技艺，必须有五明知识的结合，唐卡艺术则是五明知识结合的完美体现。对于藏传佛教僧尼们来说，唐卡亦是修行时必不可少的用具，礼拜唐卡可获得功德，同时通过观看唐卡引发关于佛像义理的联想，无论走到哪里，裹成一卷的唐卡都可以随身携带；对于藏族人来说，唐卡是一座可移动的庙宇，一尊可随时亲近的神，在藏族游牧民族逐水草而居的时候，只要把唐卡挂在帐篷里或树枝上，都会让漂泊的藏人心有所依托。而现在僧侣们在重要的节日和法会时会将寺院最珍贵的唐卡展出，向民众及香客展现佛陀祖师的伟大、净土世界的光辉，因此唐卡被誉为“藏族的百科全书”。此后在其不断地发展和演化过程中，于15—16世纪形成勉唐画派、钦则画派、噶玛嘎孜画派三大画派为代表的艺术风格流派，其中以噶玛嘎孜画派最为突出，蜚声世界艺坛的藏族传统绘画的噶玛嘎孜画派及其所创造的美妙精湛的唐卡艺术（图1），是藏民族文化艺术宝库中一颗璀璨夺目的明珠。

图1 《十六罗汉之罗睺罗》，噶玛嘎孜画派组画唐卡，97cm×56cm，17世纪，四川德格八蚌寺藏

一、噶玛嘎孜画派唐卡形成的历史渊源

噶玛嘎孜画派从16世纪诞生开始，在之后的发展中，与汉族地区的地缘和政治接触而产生融合，因而具有显著的特征和独特的藏汉兼容风格，尤其是青绿山水在唐卡中的运用，无论从绘画工具、颜料还是技法方面都汲取了大量汉文化要素，融合于渊博的民族文化中，开创了该画派与众不同的典雅清新、人文气息浓厚之新面貌。

16世纪中叶，噶玛嘎孜画派由南喀扎西所创，“噶玛嘎孜”系藏语音译，画派以昌都噶玛巴祖寺和噶举教派大法会得名，兴盛于藏东康巴地区，以四川省甘孜德格、西藏昌都及青海玉树为中心，昌都噶玛地区噶玛寺[①]为传承基地，广泛流传在噶举教派分支——噶玛噶举寺院及地区，17世纪走向兴旺成熟。噶举派是藏传佛教的重要宗派之一，噶玛噶举派又是噶举派中势力最强、影响最大的派别，噶玛噶举派在藏传佛教中占有极其重要的

图2 噶玛噶举派祖寺西藏昌都噶玛寺，是噶玛嘎孜画派的精神母体和艺术来源

① 噶玛寺，全称噶玛萨丹寺，藏语音译。始建于1147年，建成后依地名“噶玛”而取名为“噶玛寺”，是噶玛噶举派的早期祖寺，位于西藏自治区昌都市卡若区扎曲河上游约120公里的白西山麓。

地位，是噶玛嘎孜画派的精神母体和艺术来源（图2）。

噶玛嘎孜画派的形成源于噶玛噶举教派历代法王噶玛巴对教派祖寺噶玛寺的修建和扩建工程，为了完成建筑、绘画、雕塑的创制，集中了包括汉族地区制造艺匠、纳西族建筑木雕艺人、藏地不同风格流派的画师等能工巧匠，故风格特色和表现技艺也呈现出多元一体的面貌，集众多画派优势于一身。它的唐卡艺术，更以无比精湛绝妙的艺术性，高度提炼的审美形式，生动而形象的题材内容，寓意深刻的哲理象征内涵，高尚的道德伦理准则和人文精神寄托，成为世界艺坛的艺术精品。[①]

该画派最显著的特点是施色浓重，讲究敷色的薄透之美，这也使得画家对颜料的使用进入一个深入思考的阶段。在绘制过程中，画家在乳钵中将矿物质颜料反复加水研磨，直至接近植物色的离子状态，然后用笔淡淡点染、层层叠加，最后可以用矿物质颜料染出植物颜料的润泽，在润泽的变化中，又带有矿物质的质感。画面对比强烈，富丽堂皇。噶玛嘎孜画派在百年中还形成一套颜料制作与使用的特殊技法，并且有一套研制金汁及涂金、磨金、勾金线、刻金、染金的绝技，不仅可以将金色分成多种冷暖变化、在黑地上用金线勾画十几种不同的层次效果，还可在大片涂金的地方用九眼石制成的笔摁出各种线条（俗称“宝石线”）[②]，故噶玛嘎孜画派又有“宫廷风格”之称。历史上该派画师作为神佛造像的制作者、文化传播者与传承者，始终活跃于当时的主流社会。

二、藏汉融合画风形成的政治基础与艺术环境

（一）藏地绘画的山水嬗变

西藏传统绘画中没有独立的山水、花鸟等画科，自古以来主要以壁画和唐卡绘画为主，其中宗教绘画占据很大的地位，画面主体受制于各种法度的限制，因此背景山水就成为画家们创造的领地。从绘画作品中不难看出西藏画家高超的描物绘景的技巧。从前、后弘期对空间、自然环境的粗狂式表达，到出现“水池、莲台、山水”这样的山水配景组合模式，直至元朝时期，由于藏汉之间的交流加强，文化艺术相互影响颇深，受中原

---

① 参见康·格桑益希《噶玛噶孜画派唐卡艺术的特征与文化审美》，《青海民族学院学报》2008年第1期。

② 参见康·格桑益西《藏传噶玛嘎孜画派唐卡艺术》（上卷），四川美术出版社2012年版，第164页。

图3 《释迦牟尼佛十二功德图》，齐乌岗巴画派风格，约12世纪，西藏昌都类乌齐查杰玛寺藏

绘画的影响，藏族画师们借鉴中原青绿山水画技法，尝试把世间各种形象描绘于唐卡背景中，即在唐卡佛像的后背和四周描绘现实世界中的山水泉石、花草林木、祥云彩虹、瑞禽祥兽，既有风景画般身临其境的可观、可行、可居感，又有山水画的爽神、明目、怡情作用。画面产生了奇特的效果，把藏民族对大自然界的理解和领悟，清晰恰当地表达出来。[①] 发展到15世纪以后，汉地青绿山水融入的加强，造就了西藏独特的山水画法。西藏绘画的山水画法，经历了一个从无到有，从模仿到创新，从简单到繁复的演化过程（图3）。[②] 西藏传统艺术中前弘期的绘画作品已经很少能见到了，拉萨大昭寺法王自修室外的壁画《金刚界佛及狮吼观音》有可能为吐蕃时代的作品。在此画中，虽然用红、白两色的圆点来装饰背景，但是并未见到有明确山水的表达。

后弘期在古格、拉达克以及卫藏等地绘画是直接学习和模仿克什米尔样式绘画，出现了对天空以及自然环境的山水表达。如托林寺壁画《水难图》中，画家开始用线条来表现河流。[③]

现存最早的唐卡《绿度母》一画中，开始出现南亚植物和山石图案。画中“方尖碑”状竖立的石峰参差排列，组成蹄形石龛。这一时期的山石、水流、树木等，都是以平面化、图案化的粗朴风格出现，成为西藏绘画后弘期的重要特征。[④]

---

① 参见蒋高军《唐卡艺术中的青绿山水研究——传统青绿山水与唐卡中青绿山水比较》，《美与时代》（下）2012年第1期。

② 参见刘忠俊《西藏绘画的山水嬗变》，《中国美术》2016年第4期。

③ 参见刘忠俊《西藏绘画的山水嬗变》，《中国美术》2016年第4期。

④ 参见刘忠俊《西藏绘画的山水嬗变》，《中国美术》2016年第4期。

直至14世纪，尼泊尔、克什米尔进入西藏，形成了“夏鲁风格”“江孜风格”以及后来的“古格样式”等绘画风格，对藏地山水画的发展产生了一定的影响。

日喀则夏鲁寺的壁画《龙尊王佛说法图》，画面是在红色底色上画出黑色的树形，再用不同冷暖的绿色画树叶。在主尊的前面画的一个水池后来也演变成为西藏山水绘画中的核心部分。

十四五世纪，受汉地画风的影响，江孜壁画已经出现了具有地面、天空、流云、植物的山水空间，并在汉风的基础上有了本土化倾向，但其山石还延续着后弘期的“方尖碑”造型和平面化、图案化的特征。

古格王宫中的一幅《白度母》确立了西藏山水绘画的构图的经典模式，具体表现为：画面底部中间有一个水池，水池中长出莲台，莲台下卷曲翻腾的叶子包围着莲台和主尊。此外，画面两边是对称、均衡的山坡或草地，地面上为蓝色天空。此后噶玛嘎孜画派等各个画派的山水布局都是在此基础上传承、发展、变化出来的。

从15世纪开始，随着汉地的绘画艺术和工艺美术大量进入西藏，受此影响，西藏绘画发展出大大小小许多派别，而背景画面中的山水画法成为风格归属的重要指标。[①] 在此时期孕育出的三大画派在不同层面上吸收了汉地青绿山水的特色，其中噶玛嘎孜画派在山水技法上做了大量的研究和探索，为藏族传统绘画的山水嬗变作出了巨大的贡献，为此后汉藏艺术的融合奠定了基础。

（二）中原山水文化对藏族山水画的影响

在中国古代，自然存在的山水有着非同寻常的文化内涵，山水是自然的总称，有着自然的总体特征，代表天地万物的根本品性，它们不仅是提供衣食和庇护场所的物质源泉，而且常被赋予更为丰富神秘的精神性因素。随着历史的演进，汉地先民对自然山水的特殊感情逐渐演化为中国独有的山水文化精神。

先秦时期道家的发端者老子就突出强调了“道法自然”，使人在精神上与道为一体，以此来体验那种返璞归真、回归自然状态下所得到的“天人合一”的理想人生状态。这与藏族苯教所倡导的天人合一的生态观不谋而合。

对于代表儒家文化的孔子来说，他对山水精神的发现，主要在于用自然山水来解释、

---

① 参见刘忠俊《西藏绘画的山水嬗变》，《中国美术》2016年第4期。

附会人事和社会现实，即所谓的“智者乐水，仁者乐山。智者动，仁者静；智者乐，仁者寿”。正是孔子从自然山水精神中发现了人的德行之美，观山水可以反观人类自身，并借此来实现人格修养的教化作用。这种以山水比德行的精神成为中国山水文化的一部分。藏地传统绘画中大多以佛像为主体人物，背景画面的山水画也恰恰是对主体人物德行的体现。

南朝宋宗炳所说的“山水以形媚道”“澄怀观道”此类接近老、庄之道的山水精神也是汉地山水文化的一部分。晚于宗炳的王微，所撰写的《叙画》，也是一篇重要的山水画论著作，在他的理论中，山水画的功能有了更多的情感愉悦的畅神需要，实质上是在山水和山水画中寻找精神的寄托。这无疑也对藏地的山水画产生了一定的影响。

中原地区的山水文化是人们对大自然的崇尚、对大好河山的热爱，是“天人合一”、人与自然和谐相处的生态观的体现。山水画是中国传统文化精神的体现，同时也是中国山水文化的外在表现形式，表达着人与自然和谐的精神追求，而所反映出的美学精神与价值，满足了人们安顿心灵的需要，提升着人们的精神境界。这与藏地山水画中所表现出来的崇尚大自然的精髓不谋而合。

藏地绘画的山水画表达形式自开始到当代都表现出发展内在，不断吸收、借鉴、融合外在的过程，使得西藏的山水画题材表达更加丰富、绘制形式更加多样、色彩表现更加丰富、文化底蕴更加深厚。

三、藏地唐卡对青绿山水的吸纳与融创

（一）唐卡艺术与青绿山水文化融合的必然性

青绿山水作为中国山水文化精神的一种表现形式，是佛教艺术中国化的产物，其技法、材料、形式等方面正好和唐卡的材料、造型手段相一致，符合藏民族的审美习惯。唐卡艺术创作的素材来自现实生活，与中国画中青绿山水的写实性的山水文化精神不谋而合，这些因素使得藏族唐卡艺术与中国青绿山水文化融合发展。

自隋唐初期佛教由中国汉地和印度两路传入西藏之后，佛教造像艺术也随之传入。初期西藏的佛教绘画均与汉地隋唐以前的佛教绘画法则基本一致，诸佛菩萨造像大多细腰婀娜，妙相庄严。随着唐卡艺术不断地发展，17 世纪开始已经把克什米尔、尼泊尔、印度式的外域风格融入西藏艺术之中，加上中原绘画的影响，形成了本土特色的绘画，

藏族绘画自然主义、写实主义特点呈不断强化的趋势。画中的人物依据情节安排在明媚清丽的山、云、水、石、花、树、鸟、兽、建筑等风景中，线条流畅，讲究功底，衣纹勾勒繁密紧凑，服饰飘逸潇洒，生动自由，让人耳目一新，并产生亲近感[①]，体现出一种神奇而美丽的宗俗融合的意境，这势必和青绿山水产生了共鸣。

由于藏族人民生活在高海拔、空气稀薄的极地地区，常年看到纯度极高的雪山草原色彩，因而，视觉审美上形成了对三原色的偏爱，藏族人民大都喜爱红、蓝、绿、黄、白等纯度高而鲜亮的颜色，他们认为，纯色的大面积使用使得画面更加庄重、典雅，而这些色彩在宗教意义上又有一定的象征内涵，比如，黄色象征着和平、解脱、涅槃；蓝色象征着威猛勇武；红色象征着权势统治世间；绿色象征着丰盛、富裕。对各种颜色的运用综合形成了对宇宙万物的看法，在说明着一种自然的规律。[②]青绿山水以青绿颜色为主，细笔重彩、色彩浓烈，有些用泥金勾勒，与唐卡画面多处使用金线平涂、勾勒有异曲同工之妙。因此，青绿山水与藏族唐卡的融合符合藏族人民的审美习惯。

山水画自独立于中国画就受到写实精神的影响，致力于描写真实的自然环境，在写实观念与外来色彩的影响下，青绿山水在描绘自然空间方面得到了很大的发展。而唐卡艺术的表现题材均来源于现实生活中的芸芸众生，使这种现实主义的表现手法与青绿山水的写实精神找到了结合点。

藏传佛教在藏族地区以及藏族人民的精神世界里具有至高无上主宰一切的地位，藏族唐卡艺术则是藏传佛教社会化的完美体现，唐卡中神的世界类似于人间，将经典、教义用绘画图像的形式来进行阐释，描绘了一个理想的彼岸世界——天界仙景、世外桃源，拉近了神与人的距离，主张修行者在自然山水中达到禅修的境界，靠自然山水悟得佛理 。[③]佛教艺术的传入、佛教艺术的中国化同时对中国山水画产生了一定的影响，六朝时期张僧繇在其绘画创作中就采用了印度佛画的手法，同时他所开创的“没骨山水”的画法，更加强化了以色造型的青绿山水的特点。总之，不论是唐卡艺术的产生，还是青绿山水的形成，

---

① 参见蒋高军《唐卡艺术中的青绿山水研究 —— 传统青绿山水与唐卡中青绿山水比较》，《美与时代》（下）2012年第1期。

② 参见蒋高军《唐卡艺术中的青绿山水研究 —— 传统青绿山水与唐卡中青绿山水比较》，《美与时代》（下）2012年第1期。

③ 参见蒋高军《唐卡艺术中的青绿山水研究 —— 传统青绿山水与唐卡中青绿山水比较》，《美与时代》（下）2012年第1期。

都源于佛教文化的背景，是佛教给予了它们生命，奠定了相互借鉴的基础。[①]

尽管唐卡是具有藏族传统文化特色的绘画形式，但是西藏是中国不可分割的一部分，并且西藏自古以来就与中原地区有着密切的联系，因而唐卡也是中华民族文化这个大的母体文化所包含的子文化，是中华民族文化的重要组成部分。这为借鉴融合中原青绿山水提供了地域优势，赋予了唐卡更为深厚的哲理内涵和人文精神风采，必然促进了唐卡艺术的不断发展。[②]

唐卡艺术是藏传佛教不断社会化的产物，伴随着社会的进步，在漫长的岁月变迁中，民族间交往频繁，文化艺术相互影响。由于唐卡和青绿山水的诸多渊源，唐卡画师必然会借鉴中原青绿山水画，把其形式、技法加以改造，巧妙地转化为唐卡的一部分，促进唐卡艺术的发展。[③]

（二）原始苯教信仰的基础性作用

中原地区山水画之所以能对藏地唐卡的艺术表现产生影响，除了双方历史上政治和地缘因素外，意识形态和精神思想上的要素也十分重要。唐卡能接受和吸纳青绿山水的绘画风格和技巧，除了建立在藏族美术包容和开放的特点上，本土信仰及精神的基础与之契合也是重要因素。

苯教是在佛教进入藏区之前对西藏康巴地区影响最为深远的体现藏族传统文化的宗教形式。苯教是全球最古老的宗教之一，“苯”一词最初是指各种现存的、有神秘祭祀仪轨的宗教派别，发源于古象雄文明，古象雄文明有着悠久灿烂的历史，已被列入世界文化遗产的保护范围，苯教是古象雄文化的传承者。[④]

---

① 参见蒋高军《唐卡艺术中的青绿山水研究——传统青绿山水与唐卡中青绿山水比较》，《美与时代》（下）2012年第1期。

② 参见蒋高军《唐卡艺术中的青绿山水研究——传统青绿山水与唐卡中青绿山水比较》，《美与时代》（下）2012年第1期。

③ 参见蒋高军《唐卡艺术中的青绿山水研究——传统青绿山水与唐卡中青绿山水比较》，《美与时代》（下）2012年第1期。

④ 古象雄，西藏早期历史上的古国，是吐蕃之前雄霸一方的部落国家，其历史可以追溯到远古的一万八千多年前，疆域中心地区位于今阿里地区。疆域辽阔且位于交通要道，与中亚、西亚、南亚等地域都有过交流，地理位置的特殊性，堪称“古代文明交往的十字驿站”。象雄文化是中国西藏的本土文化，它包括医学、建筑学、声明学、因明学、佛学以及天文学、哲学等浩如烟海的文化体系，是集草原文化、高原文化、波斯文化等多种文化的大集合中华文化体，是生活在雪域高原的藏族先祖文明智慧的结晶。

苯教兴盛时期曾是整个吐蕃的唯一宗教信仰，历史可以追溯到距今一万八千多年前。它不仅涵盖天文地理和历算，还包括藏医、绘画、占卦、哲学等方方面面，其中有很多与汉地自然科学相符的领域及分支，所以两个民族对很多方面有着共同认知的基础。直至今日，藏汉两地在一些领域还保持着高度共识和良好交流。

苯教基本教义是万物为神的泛神论，把天、地、山、石、水、树等自然元素作为神灵供奉崇拜，信仰万物有灵观念，追求人与人、人与自然万物、人与社会和谐共存的生态观，这些与自身环境息息相关的和谐生存理念，形成了现代意义上的天人合一的生态观、和谐生存观[①]，这与汉地山水画中对大自然的崇拜不谋而合。

噶玛嘎孜画派唐卡对青绿山水的吸纳，既得益于康巴地区自古兴盛不衰的苯教文化的深刻影响，另外全景式场景的写实描绘也使之很自然地容易吸取汉地山水画精神展现于画间天地。噶玛嘎孜画派唐卡和中国传统山水画有着异曲同工之处，在亲近自然的基础上，融入苯教“万物有灵”的崇拜信仰，描绘出天神、人类、动物、生灵等互相依存的博大世界和精妙图案，使该派唐卡成为区别于其他派别的风景线，让藏族传统美术呈现出多姿多彩的面貌（图 4）。

图4　唐卡表现了人与自然万物和谐共存的生态观与山水画天人合一的精神内涵，和文人寄托有相通之处

（三）噶玛嘎孜唐卡对汉地青绿山水的吸收

噶玛嘎孜唐卡对汉地青绿山水的吸收，主要体现在以下几个方面。

1. 噶玛嘎孜画派唐卡艺术借鉴了中国山水画中散点透视的画法，一改传统唐卡艺术

① 参见康·格桑益希《噶玛噶孜画派唐卡中汉地青绿山水技艺特点》，《中国西藏文化与宗教》2012年第4期。

主尊人物为主体，神佛人物众多，刻画写实而又大小均匀。在有些画面中还出现了不对称的构图样式，甚至还出现了以山水为主、人物为辅的唐卡绘画。

2. 噶玛嘎孜画派的画面比例往往会加大到3∶2，甚至加大到2∶1的比例，这样的审美习惯应该是受了中国画山水“立轴”的影响。[①]

3. 噶玛嘎孜画派设色强调冷暖对比，富丽典雅、清丽空灵并重，主体人物多用浓烈之暖色[②]，背景则多用自然主义的方式来表现，偏重青绿色调，多用青绿、石绿等颜色来凸显主体人物，比如，噶玛嘎孜画派在画天空的过程中使用花青色蘸着口水在画布底色上单色点染。这种天空的画法极具有空气感，有种中国山水画“平远法”的悠远和静穆的美。此外，噶玛嘎孜画派画师们善画山石瀑布、花鸟树木，明显是借鉴了中原山水画的色彩和山水表现形式，形成了自然而又写实的清雅之境。

4. 噶玛嘎孜画派唐卡艺术在勾勒上多用铁线描，线条柔美流畅，衣纹勾勒紧密紧凑，服饰飘逸潇洒，用笔上吸收了汉地工笔画的风格。

图5 《释迦摩尼佛本生故事》组画唐卡，二十一幅之十一，18世纪初，噶雪·嘎玛扎西作，是全景式场景的写实描绘与青绿山水结合的典范，西藏昌都噶玛乡拉登寺藏

5. 主体人物佛菩萨造像接受了中原丰满圆润之躯，清秀含蓄之容，安宁祥和之情，雍容大度之态的形制。[③]

6. 噶玛嘎孜画派唐卡艺术以苯教为思想基础，人与自然、人与社会和谐相处的世界观、生态观，这也无疑体现在了藏地的唐卡艺术中，以风景为背景，穿插有序，以景托人，以景传情，这与中国山水画的表达程式不谋而合，从而传达出一种独特的艺术情境（图5）。

十世噶玛巴法王却英多吉和八世司徒

① 参见刘忠俊《西藏绘画的山水嬗变》，《中国美术》2016年第4期。

② 参见康·格桑益西《藏传噶玛嘎孜画派唐卡艺术》（上卷），四川美术出版社2012年版，第163页。

③ 参见康·格桑益西《藏传噶玛嘎孜画派唐卡艺术》（上卷），四川美术出版社2012年版，第165页。

活佛却吉迥乃以教派领袖和艺术家的双重身份，对画派艺术的发展精心投入，因他们所在时代特殊的政治和地理因素，开创了教派和画派在“绛域”[①] 传播的新天地。

却英多吉一生经历坎坷。1624年，蒙古地区的固始汗入侵西藏，使他被迫开始了在绛域地区长达近25年的漫长流亡岁月。该地统治者木土司家族对藏传佛教虔诚信仰，接纳保护了他，并坚定不移地资助噶玛噶举派。却英多吉以顽强的毅力、高深的佛学修养和智慧，将绘画作为其修行的方式，创作艺术品是他一生中重要的宗教活动。

却英多吉在木氏府邸饱览了数以千计的中原地区绘画作品，包括江南金陵画派和宗教画家吕骥的作品，一改以线造型的藏传绘画基本技法。在到达丽江之前，他的画风克什米尔元素显著，色调以红色和黑色为主，构图以神佛形象主尊为中心，两侧辅以宗教护法人物形象。经在木府中对中原地区的大量绢本画进行的研究模仿，其画风发生了转变：

1. 首先是全景式场景的运用，并且都采用散点透视。神佛与人物众多，大小比例均匀，人物刻画写实化，代表作有《佛传图》组画唐卡（8幅）。

2. 其次是色调的转变，已完全呈现青绿色调，以石绿为主、石青为辅，融青绿山水技法之妙处，重彩设色，渲染出浓厚色泽，这在《佛传图》的一系列唐卡中均有体现（图6）。

图6 《佛传图之出游》组画唐卡，八幅之四，61cm × 43cm，17世纪中叶，十世噶玛巴却英多吉作，四川德格八蚌寺藏

3. 题材的丰富化也是却英多吉在丽江地区久居的结果。他创作了一批以汉装罗汉人物为主的唐卡，和中原地区的绢本人物画风格几乎无二，以精工细心的写实为表现手法。代表作有《尊者图》

① 云南滇西北一带藏语称绛域，也称江地，指今日迪庆藏族自治州、丽江地区、大理白族自治州和楚雄彝族自治州一带。

组画唐卡、《十六罗汉图》组画唐卡等。

4. 开创“汉风唐卡”。他接受并引领画派向中原地区汉族画风画技作借鉴融合，影响了其之后流派风格，如十四世噶玛巴特曲多吉的绘画即受了他的影响。

八世司徒活佛却吉迥乃（1700—1774）是18世纪康巴乃至丽江地区噶玛嘎孜派的首领，1727年他重建的八蚌寺是噶玛噶举教派的新中心。八蚌寺的汉族风格唐卡，最具代表性的是背景用水墨写意山石，人物用铁线描勾勒，画面中加入晕染元素的风格，这些都在一定程度上借鉴了中国传统山水画的表现程式。

却吉迥乃是精通五明[①]的大师，也是一位极具天赋的画家。他多次在丽江地区的生活经历，影响了他绘画方面的风格。他提倡写生，借鉴清代宫廷工笔画的技法，在唐卡中融合了汉藏两种风格，并形成了噶玛嘎孜画派的一个高峰。通过对四川德格八蚌寺所藏他的众多组画唐卡分析可知：

1. 却吉迥乃注重借鉴工笔画中重明暗渲染和勾勒的技艺，运用到整幅画面，包括神佛形象和山川树木。经探索，吸收了大量中原画法的树木花卉、飞禽走兽、建筑风景等元素，以工笔重彩绘制唐卡。

2. 艺术上不满足于原有朴素简洁风格，以“二十四次明暗渲染法”[②]丰富画面效果，即反复用水或白加入颜料或淡色涂抹画面。图中山川峰峦叠嶂、草地色调变化明显，都体现了由浓到淡的色彩变化。青绿色调层次分明，达到明暗显隐艺术效果。

3. 所绘主尊体量适中，画面空间大；层次深远清晰，莲花和云层穿插山水间；近水和远水、近山和远山画法各异，水之纹样不同、山之形态不同；渲染颜色巧妙，树木刻画精细，枝干细节及明暗变化佳，画面极富灵动生气。

4. 追求华丽精致，极其注重细节，并从现实中寻找艺术形象，神佛形象逼真自然。局部施用金色，借鉴了金碧山水技法，以加强艺术效果。

2009年2月，纽约喜马拉雅艺术博物馆举办了“守护神和画家：司徒班钦和自然

① 五明，梵语。“明”谓学问、学科，为五门学科，概括了当时所有的知识体系。一是“声明”，精通语言文字者为声明。二是“工巧明”，明一切工艺技术。三是“医方明”，明治病的各种医术。四是“因明”，明鉴别、考订正邪真伪之理法。五是“内明”，明自己修持的一切经藏、理法、宗旨，佛教以精通三藏十二部经典为内明。

② 二十四次明暗渲染法，反反复复用水或白加入颜料或淡色涂抹画面，产生由浓到淡的色彩变化，以表现物象的明暗，干后光滑平整，画面达到显隐，以加强艺术效果。

主义新画风的复兴”展览。却吉迥乃因其杰出的艺术才能，与十世噶玛巴却英多吉一起被藏学者誉为西藏绘画艺术史上空前绝后的天才之一。

无论从构图形式的改变、颜料制作的工艺、题材内容的丰富、绘画色彩的变化，抑或是艺术风格的多样，噶玛嘎孜画派唐卡艺术从各个细节之处借鉴并发展了汉地青绿山水，同时将藏民族的风采神韵展现出来（图7）。

图7 《第十三世噶玛巴堆督多吉》组画唐卡，98cm×59cm，18世纪，司徒活佛却吉迥乃作，美国纽约Rubin博物馆藏

四、噶玛嘎孜唐卡的传承创新与艺术实践

噶玛嘎孜画派唐卡艺术之所以有如此辉煌的成就，非常重要的一点就是对传统美术的继承在其发展中贯穿始终。它能延续500多年，各时期也都相对发达成熟，一方面得益于对传统美术的积累和传承，另一方面又从未脱离过每个时期的创新尝试。它与藏族苯教文化、藏传佛教文化、民间传统文化、中原山水画文化、世界多元文化中的优势交流互补，呈现出长期蓬勃发展的兴旺局面。尤其是在周边如南亚、中亚等外来文化多次强烈冲击下，其民族特质和地域风格不仅没有弱化，反倒更加鲜明，而其之所以能在现代美术、世界美术中不显得陈旧落后，也在于其能始终开拓创新，不断旺盛自己的艺术生命力（图8）。

图8 噶玛嘎孜画派发源地——西藏昌都噶玛乡，被评为“西藏自治区民间工艺美术之乡”

噶玛嘎孜画派唐卡艺术以寺院为主要的传承方式，四川甘孜地区德格县的八蚌寺藏有各种唐卡一万余幅，寺藏唐卡半数为稀世珍品，有噶玛嘎孜画派的历代大师代表作品，被称为“八蚌一绝”“唐卡宝库”,被誉为噶玛嘎孜画派的传承基地和唐卡艺术的博物馆。除此之外，以家族为单位的民间传承也成为噶玛嘎孜画派的主要传承形式。20 世纪初，藏地美术学校、四川美术学院的民族班等美术教学体系为噶玛嘎孜画派唐卡艺术提供了一种更为新颖的传承形式，并建立起了具有社会化、学术性、系统性的现代教学格局，在藏族地区美术的发展中发挥着巨大的作用。

噶玛嘎孜画派第十代传承人噶玛德勒对传承和弘扬画派风格起到了重要推动作用，其唐卡的特点是：人物清瘦儒雅，造型生动，动物较少；画面空间感强，背景宽阔；用色上继承并发扬了画派历代对青绿山水特点的吸收——整体色调以石青石绿为主，画法柔和，色调丰富。基本色不多但非常细腻，色彩关系和谐淡雅，以花青和石绿点染天地，晕染浓厚适中，用青绿色调营造出静谧空灵的意境。画面中的山水、云气、花草、林木、瀑布、亭台、楼阁布局精妙，令人叹为观止。

在大的时代背景下，噶玛嘎孜画派在当代的美术创作趋向于一种有目的和意义的创新，这种创新从技法手段、物质材料，延续到题材内容、体式样式、风格特性等几个方面都体现了当代藏地唐卡的新风采：

1. 噶玛嘎孜画派接受了现代科学观念指导下的焦点透视、解剖学、比例量度学等宏观认识事物的方法，使得作品中的人物更加精确，对人物的塑造以及真实场景的表现都起到了借鉴性的作用。除此之外还接受了现代造型和构成观念，利用平面构成、二维平面经营等手法使画面更加和谐。对色彩学、光学原理的领会为作品丰富多彩的色彩运用提供了一定的帮助。通过对新、旧技法的充分融合，而化为藏族传统美术自己的特色型技法。

2. 藏地唐卡绘画过程中所选用的绘画颜料都是当地的矿物质颜料经过自身的特殊的工艺制作而成，在保持这些矿物质颜料的基础上，噶玛嘎孜画派有选择地开拓使用新型的建筑材料、雕塑材料、绘画颜料、绘画基底材料、各种工艺美术原材料及现代制作工具。该画派不仅使用矿物质颜料调和色彩，更多地使用丙烯、水粉等颜料来丰富唐卡的色彩感，同时也改善了因矿物质颜料不易调和而造成的藏族绘画的色调变化。光学仪器复制放大技术同样也使得大件作品的准确度提高，作品更加完善精美。

3. 噶玛嘎孜画派在保留诸如《绿度母》《伎乐天》等传统的宗教绘画题材之外，还出现了一系列以现实题材为主流的譬如《翻身农奴庆解放》《秋收》等描绘现实生活细节的题材形式。在题材上反映政治思想，体现社会利益，寄托人生思想，倾诉人民新心声，实现时代精神，由题材的开拓获得的藏族现代美术新局面，无疑是其发展创新最得意的一笔。[①]

4. 噶玛嘎孜画派唐卡艺术立足于民族风格，在当代的发展创新中也保持着东方美术、中华民族美术和藏民族美术的基本风范。又在藏族传统美术这一基本体式上，新生着不同地域性质的个别风貌风采和不同单体的个性特征。风格的共性没有单调狭隘的保守性，个性也没有数典忘祖的游移性。[②]

在艺术创新实践过程中，民族共性风格总能激发出鲜明的个性风格，在民族共性的基因中提炼出适用于现实精神的个人风格的特点。与此同时，个人的创作风格特点也在潜移默化地实现着民族的审美风格，把整个民族共有的精神气质融入个人的血脉中。在自由发挥个性特点的同时，让民族风格自然地显露出来（图9）。

图9 《噶举金鬘之第四世噶玛巴噶玛茹必多吉》，100cm × 49cm，20世纪初，唐拉泽旺、索朗尼玛作，四川德格八蚌寺藏

① 参见康·格桑益西《藏传噶玛嘎孜画派唐卡艺术》（下卷），四川美术出版社2012年版，第169页。

② 参见康·格桑益西《藏传噶玛嘎孜画派唐卡艺术》（下卷），四川美术出版社2012年版，第170页。

五、结语

唐卡是藏族传统绘画的重要表现形式，作为重要流派之一的噶玛嘎孜画派在藏民族传统绘画中具有举足轻重的作用，它产生于藏族本土文化的沃土中，生长于汉藏文化艺术交融的环境中，植根于自身深厚的宗教信仰中，具有自身深厚的文化根基，同时吸收融合了多种外来文化，诸如南亚、中亚、中原文化，并隐约可见古希腊、罗马文化的间接浸染。在历史的长河中，噶玛嘎孜唐卡在发展自身宗教文化的基础上，汲取汉地山水画精神内涵和青绿山水画艺术技艺，广取博采，古今变通，把山水画中的自然艺术化，将汉地在山水中放情达性、在山水中达到修行的境界运用得淋漓尽致。噶玛嘎孜画派从继承前代吸纳青绿山水画特征到融合式的发扬，传承了技巧，再现着物象，在精神意趣层面起到了诉说心灵和寄托思想的作用，同时做到以画达意，把藏族美术从一种艺术形式的建树，引入一种文化本质和哲学真谛的完善。创新了传统绘画的特色和技法，用多种新型的科技创作出更为准确、精美的艺术作品，秉承了传统优势特色的同时又积极地走向现代。青绿技艺现已作为一种艺术营养被藏文化主动融于自身血脉中，催化了本土美术程式的蜕变，展现出全新的风貌神韵，民族共性与个性风格相互融会贯通，使唐卡成为人类文明在前进发展中对传统文化优化和传承技艺的方式，生生不息，代代沿袭。

20 世纪五六十年代傅抱石山水写生及风格研究

付 瓅

2014 级中国画创作研究方向艺术硕士

20 世纪四五十年代，中国百废待兴，党中央非常重视艺术发展，产生了一批艺术巨擘，傅抱石就是其中之一。他紧紧跟随时代大潮，高举“笔墨当随时代”与“思想变了，笔墨不得不变”的大旗，强调只有深入生活，才能更好地感悟生活。他一生当中一共有四次比较重要的写生活动，这四次写生活动也是他绘画风格、技法的形成过程，这种新的风格与相应技法的延续性、独特性都是具有时代性的。也正是这种写生为主，在生活中汲取素材的创作手法，诞生了以傅抱石为首的“新金陵画派”。先生似乎在用他的一生证明：以意运法，中国画笔墨是能够成功地描绘日新月异的新生活、新事物，在反映现实生活中具有无限表现活力的。他为中国画由传统形态向现代形态转型、发展做出了卓越贡献。“踪迹大化”与“其命维新”是时代赋予傅抱石一生的使命。

一、傅抱石写生风格的形成过程

第一时期：金刚坡时期，傅抱石任教于沙坪坝中央大学艺术系，在金刚坡的 8 年之中，他专注于美术教育和绘画，用功颇深，先后举办了 5 次个展与联展。这个时期是他创作生涯的转型期。画面多是朦胧的黑灰色调子，几乎没有留白，吸收了东洋和西洋绘画两方面的优点。他当时临摹了日本比较勇于创新的一批画家如桥本关雪、竹内栖凤、横山大观等画家的作品，充分利用渲染法表现墨色的层次和变化，使得画面有很强的表现力，风格面貌上体现出“朦胧感”。傅抱石尤为喜欢景物朦胧的雨季，呈现在画面上是朦胧中体现出形体与质地的笔墨交错。最具代表的《巴蜀雨夜图》（图 1）就是他无数次的“游”中偶然“一得”。这是他写生的初期，以“卧游”为主，因为善画雨景，笔墨酣畅淋漓，且速度疾快，虽逸笔草草但通幅的气势直逼画外。傅二石回忆道：

图1　傅抱石《巴蜀雨夜图》，纸本设色，90cm×60cm，1945年，南京博物院藏

图2　傅抱石《布拉格宫》，设色纸本，60cm×102cm，1957年，南京博物院藏

“川西山区多雨，每到夏季狂暴的山雨袭来，四周顿时混沌一片……在金刚坡下那间借居的‘山斋’里聆听山雨呼啸。”[①] 这一时期傅抱石逐渐形成“抱石皴”，人们一般会认为“抱石皴”同斧劈皴、披麻皴一样，是一种固定的技法，但傅抱石的这个“皴”随着景物和绘画题材的不同使用不同的笔墨技法，而不是遇到什么样的景物生搬硬套、削足适履地用在所有的对象上。“破笔散锋”的特点也是在这个时期形成的。在金刚坡后期，傅抱石在这种以刚劲为主的用笔基础上，开始加入了一些圆润的笔触，正所谓大胆地落笔，细心收拾，“乱头粗服”中有着严谨精细。

第二时期：1957 年 5 月，傅抱石抵达捷克斯洛伐克和罗马尼亚，开启了为期百天的异国写生之旅。其中《布拉格宫》（图 2）是他第一次真正意义上的对景写生。当时只有他一个人画中国画，他用中国画的创作手法描绘异国优美的现代化景象，并且还有很多的摄影机跟随拍摄，这对于傅抱石来说是与以往的创作有着很大不同的。因为客观条件必须对景写生，此时期的作品具有鲜活的时代气息，已经完全进化为用自己特有的绘画语言完成对现代社会生活的描绘，贴切、融通、自然、不造作、不扭

① 傅二石：《一半山川带雨痕 —— 谈父亲傅抱石画雨》，《新余高专学报》2008 年第 2 期。

捏，开启了现代中国画的先河。他大胆突破传统绘画许多无形框框，用中国画技法描绘欧洲，将异国情调和中国画笔墨结合，显得十分和谐、自然。这也为他以后开创新金陵画派的风格打下了基础。此时傅抱石的画奔放、深厚，浑然一体而又具特色，笔墨淋漓，气势磅礴。这一时期所写江南景致、田野水渠，多作平远推移的空间。现实题材的点景人物常以生产工作中的农夫、渔夫、学生等为主，逸笔草草，不求形似。他能鲜活地表现出自然和生活的气息，并且引入诗词一般细致柔和的情境，是师造化的成果，在造型方面亦有精彩突出的表现。

第三时期：万里写生的路线为南京—郑州—洛阳—三门峡—西安—延安—华山—成都—乐山—峨眉山—重庆—三峡—武汉—长沙—广州，全部旅程约为二万三千里。1961 年 5 月上旬，在中国美术馆举办了江苏省国画写生团二万三千里写生“山河新貌”画展。这次画展轰动全国画坛，在中国现代美术史上留下了浓重的一笔。这种现实主义的精神，也载入了中华民族的艺术史，为后人所推崇。正是因为大量的写生，他的绘画造型越发鲜活生动，写实功力也有所增强，大笔铺陈之中还存在许多精彩感人的细节，同时还提出了“时代变了，笔墨不得不变”的口号。《待细把江山图画》（图 3）就是他大胆进行尝试，将传统绘画的表达形式转向现代形式化的变革，呕心沥血创作出富有时代气息的崭新山水画佳作。在这次写生过程中，形成了以傅抱石为代表的，长期活跃在南京地区进行中国山水画创作活动的画家群体，有着鲜明的地域绘画流派特色。为区别三百年前的“金陵画派”，人们将之称为“新金陵画派”。

图3　傅抱石《待细把江山图画》（局部），纸本设色，110.5cm × 52.8cm，1960年，南京抱石纪念馆藏

第四时期：1961年6月到9月旅行东北地区写生。经历了多次写生后，他寻找到了发挥自身艺术个性的新的契合点，使他的绘画创作达到了巅峰状态，同时也把“抱石皴”推向了新的高度，既潇洒又雄健。从东北写生归来，他谈到感受：“山水画之皴法是从前画家接触真山真水中体会出来的，而不是画家为了好看，就能从画室里凭空想象把‘披麻’‘解索’画出来的……我到了长白山和镜泊湖等地，亲自感受到了那山水嶙峋，使我悟出新的皴法来。”他的意思是说，向真山真水的学习是没有止境的，因为造化是取之不尽、用之不竭的。傅抱石作品风格的塑造与各时期之演变，并非水到渠成自然成熟的结果，而是经过种种外界的刺激和内在的反应，坚韧不拔、努力不辍而达成的。

二、傅抱石的写生观

1. 傅抱石道家“任自然”的世界观。道家的“任自然”发源于魏晋南北朝时期，是当时审美意识的主流。所谓“任自然”就是遵循自然，随意任行，不苛求改变。尤其是在傅抱石创作生涯的后期，更多的是以“师造化”为主张，深入领悟和体会自然本身，由真山真水中得到启发而成画的杰作。傅抱石对于绘画美学上的观点是在表现新生活、新时代的新题材时结合道禅精神，即以时代需求为用，道禅美学原理为体。在创作中主要以刻画真实的社会现实题材为主，不捏造、不矫饰、遵循自然规律，使澎湃的浪漫主义激情与现实主义笔调相互融合。他经常以毛泽东诗词为主题，以现实生活为素材创作作品，而这些现实生活就是所谓的“任自然”。而傅抱石排山倒海般的气势以及他独特的抱石皴笔法，散锋破笔，每次落笔追求的是一种偶得，即天趣。貌似肆无忌惮却又恰到好处地掌控着整个画面，最终慢慢形成了傅抱石画法形式多变而独特、境界博大而内涵精深的典型画风。

2. “气韵生动”原则的创作性实践。“气韵生动”出自南齐谢赫的“六法”论，是指作品刻画的形象具有一种生动的韵致，显得画面富有生命力。画面可以是生涩的但是不能缺少鲜活的东西，让观者仿佛可以感受到画面之中扑面而来的生命的气息，已成为评判一幅中国画作品的重要标准之一。而傅抱石的写生创作就是在第一时间把这种鲜活的感觉通过手中的画笔记录下来的过程，正如在《秋谷飞瀑》（图4）中所展现

图4　傅抱石《秋谷飞瀑》，设色纸本，138cm×69cm，1955年

出的瀑布水口的气势。因为傅抱石对水口有着自己独特的表现方式，所以“飞瀑”这种题材是傅抱石最为得心应手的。纵览古代绘画时我们不难发现，“水口”处一般多用线描勾勒，而傅抱石则另辟蹊径，用散锋皴擦出水口的山石，通过黑白对比“挤”出了流水的动势和质感。曾有这样的美誉：把这幅画悬于壁上，有一种瀑布飞泉依山势曲折而下，万马奔腾，好似房间都要溢出水来的生动感。

3. 傅抱石写生与创作的相互关照。曾有人问傅抱石写生归来的作品是不是现场画的，傅抱石这样答道:“我很少在现场作画，我的稿子很少完整。”① 他认为作画需要的是“意在笔先”。画画之前要先有“意”然后有“笔”，“意”足才去考虑形式、技法。一幅画的创作过程首先是深入生活，先要想清楚自己要画什么，表达的主题是什么，感悟是什么，面对着日新月异、气象万千的现实生活有所感悟后再去动笔。而每个人对于事物的理解都有自己的看法，正因为这样，才能充分发挥各自的创造力。然后再考虑作画时的风格、形式、技法等问题，这就是所谓的“笔”，也就是着眼于艺术处理的过程，它是从属并决定于主题、内容的需要和与之相适应的。但是最重要的还是必须从生活出发，从主题内容的要求出发。仅仅认为掌握了传统的笔墨技巧便可走遍天下，那么笔墨造诣也很难再有所提升。学习中国山水画有两条路：一是临摹——“师

① 傅抱石原著，叶宗镐、万新华选编：《傅抱石论艺》，上海书画出版社2010年版，第226页。

古人”，二是写生——“师造化”，所以除了摹写经典以外还应抽出大量的时间到自然中去写生。

因为中国画写生有别于西画写生，它不仅仅是重视对客观事物的描写，更重要的是现实影像对主观思维的作用与反射，然后通过艺术处理再现到宣纸上，所以傅抱石提出中国画写生要按照“游”“悟”“记”“写”四个步骤。

“游”：到了一个地方先不要急于开始动笔，而是山前山后整个跑一遍，从各个角度观察一遍。

“悟”：就是深入思考自己要画的景物，然后概括提炼使它酿化成意境。

“记”：用手记录，用心记忆。

“写”：就是开始把自己想要表现的景物，用丰富的“笔墨”技巧表现在宣纸上。

4. 傅抱石写生新论——“思想变了，笔墨不得不变”。

新中国成立之初，很多艺术家不得不考虑以新的表现形式以及新的题材来适应新的社会环境，如何突破，如何将传统的山水画和新时代、新生活有机结合。艺术家们开展了一系列对真山水的写生活动，在“二万三千里旅行写生”时，他们一路上瞻仰革命遗址，壮游名山大川，饱览建设新貌，“长见识、开眼界、扩胸襟”。此时，傅抱石发出了“思想变了，笔墨不得不变”的感慨。郭沫若先生曾说过：“画道革新自破雅，民间形式在求真，境非真处在于幻，俗到家时自入神。”言下之意，传统中国画要革新，要面向大众。傅抱石出门写生时总是会随身携带一本《地貌学》。他总说：“画山水你不从地质的纹理、地质的科学、地貌的科学去寻求事物的本来面貌，仅从纸上来画山水是没有出路的。”有没有“科学”意识，也是标志着他的山水观念是否有别于旧的传统山水画。中国画笔墨是能够成功地描绘日新月异的新生活、新事物的，在反映现实生活中具有无限的表现活力。

三、写生创作中的技法特点

1. “抱石皴”的技法特点以大师“傅抱石”名字命名，具有独特美学特征的“抱石皴”的表现形态是撼人心魄的。傅抱石作画用笔粗犷，少有勾勒式的线条，行笔快疾而富于激情，惯用散锋落笔，俗称开花笔，用此皴法，在散锋运笔中，通过提按、疾

图5　傅抱石《潇潇暮雨》，纸本设色，103.5cm×59.4cm，1945年，南京博物院藏

徐、轻重、顿挫等变化，产生了线面的丰富韵味。所谓“散锋”就是将笔锋捻开，出现很多小中锋，通过在宣纸上的扭转，会呈现出比一般的中锋、侧锋更加丰富多样的表现力，既有面的效果，同时又有“笔”的味道。这种散锋用笔，会出现一连串的偶然效果，所以他能在满纸的乱皴中找到端倪与面目，这也就是画家常说的“大胆落笔，细心收拾”，如《潇潇暮雨》（图5）。尤其他善用散锋旁边的细茬，用小笔对细部进行深入刻画，用斗笔做泼墨时，常常一口气画下去而不停歇，也不会去蘸墨和水，使得纸上的笔墨由饱含水分的泼墨过渡到散锋乱皴的渴墨。傅抱石这种笔法的确是出于描绘现实的需要，是只从对真山石的感受效果出发的皴法，从而形成了独创的“抱石皴”。人们只能意会到它的“行神如空，行气如虹”的内在精神，便不由自主地想进一步品味它、感触它。

2.“墨韵”与“气眼”。以傅抱石大量的写生作品来分析他的用墨、重染和积色，他在作画时喜欢用斗笔将湿墨泼出，或在半湿半干的情况下掺入少量赭石或者以清水晕化，尤其是在一些墨色较浓的块面中冲撞出水墨交融淋漓的效果，有意识地用清水湿笔衔接住半湿半干的浓墨笔触，使原有的浓墨块按湿笔浸润的方向“冲”出去，水墨意味更加浓郁，墨色效果则浑融丰富，变化无穷。然后再依据具体的对象，把其轮廓画出。这种手法类似于日本画中的“撞水”“撞粉”技法，或是西洋水彩画中的湿画法。通过观察他的作品，我发现他在作画的时候极可能在墨里掺入一定量的胶，这样处理往往会使很湿的墨在接触纸面时渗化速度减慢，并且根据画面需要捕捉到最佳的艺术效果，这样的画法有利于控制把握画面中的形态。有时傅抱石为在墨色的晕化中留下

图6 傅抱石《镜泊飞泉》，纸本设色，87cm×34cm，1963年，南京博物院藏

纸上的空白（俗称“气眼”）或保持其淋漓的水墨效果，又会以电熨斗将墨色迅疾干燥定形。傅抱石作画常备有电熨斗和吸水的宣纸，为的是将层层积染后的墨色固定。使用这样的技法，画作中既保持了淋漓欲滴的“鲜活”墨韵，又巧妙地预留了应有的形象和使画面灵动透气的“气眼”。如在《镜泊飞泉》（图6）中，傅抱石画中浑厚的积墨和生动淋漓的墨韵形成，是和他使用了电熨斗这种特殊的工具分不开的。为了在第一时间控制住所需效果，就使用电熨斗。每一幅画他都需要积染多次，使画面富有厚度和层次感。如画绿树，往往近树用浓墨，远景用淡墨，有些地方仅略施颜色。他用墨多于用色，所以在焦墨、重墨用过之后还需使用淡墨，最后才是颜色。在画山石和较浓树荫的部分，色彩中都加上了墨，所以他的作品是那样的韵味足，分量重。

3. 题材与技法。内容是构成艺术形象的客观因素和主观因素的总和，形式是作品的存在方式。通常把其客观因素称为题材，主观因素称为主题。傅抱石一直主张的是深入生活，所以他画的大量题材都表现的是气象万千的现代生活，傅抱石绘画中经常表现的一个主题就是“雨景”。通过观察，我发现他在画雨景时，喜欢以毛笔蘸用明矾水，然后在构思好的画面中随势泼洒，用以表现雨势。这个时候画面上便会因明矾水对宣纸的熟化作用留下空白的笔触，再以熨斗快速干燥，这样没有矾水的地方遇到墨色就会留下一道道浅色的笔迹。而矾水之外的墨色则是浓一度，就像雨水倾盆而下时雨势在空气中留下的轨迹，从画面大的构成上看，其外观则浑然一体。傅抱石的山水画不同于传统山水画的程式化，他用浓重的渲染法，将点、线、面构成的形象统一成一个整体，但是，在这种整体当中，又彰显出精微的细节和丰富的层次。

比如《万竿烟雨》（图7）就是典型的傅抱石雨景画。可以看见画面由于事先洒过矾水，留下了一道道雨势的痕迹。这种倾盆而下的雨柱几乎打弯了画面下方的万竿新竹，充满了动感和戏剧性。画面在视觉上的近实远虚，尤其是远山的处理，透过雨柱只能看到远处山体朦胧的轮廓，营造出好似部分笼罩在雨雾之中的层层山影。用散锋破笔竖扫，更增加了雨里雾里看山不似山的氛围，水汽氤氲犹如梦境一般。新竹下的小河春水泛流，似可见溪水的涌动；岸边若隐若现的村舍使得这张作品一下子具有了现实感，可居可游；右下角的石桥上有一逆势而上撑伞的行人，伞势呈倾斜的三角形，好似是被大雨压迫，作步履蹒跚状，更加衬托出了雨势的滂疾。从黑白灰关系上来看，画面下部重染，但层次丰富，旁边挤出了一块明亮的白色区域，就是此画的“气眼”，使得画面下方的浓重色块不至于显得沉闷压抑，由此形成了强烈的对比效果，使人不得不佩服傅抱石所具有的卓越表现力。

傅抱石可以说是20世纪中国绘画承前启后、继往开来，做出杰出贡献的大师，他把创新看作时代赋予他的使命，他有一枚常常用的章叫作“其命唯新”。作为一个艺术创作者，只有深入生活才能有助于理解传统，才能创造性地发展传统。先生的意义在于，他以写生的方式，为我们思考中国山水画如何探索出既保有自己的特色又适应时代发展的新路，提供了一个内容丰富又难得的极有研究意义的个案，将中国山水画向写实推进了一大步。个人风格在写生中形成，个性化中体现自己的艺术特点，艺术之美来自大自然中，所以写生是发现艺术之美的有效途径。

图7　傅抱石《万竿烟雨》，纸本设色，133.5cm×40cm，1944年

参考文献

[1] 陈履生：《新中国美术图史（1949—1966）》，中国青年出版社 2000 年版。

[2] 蔡青：《新中国“十七年”中国画研究》，博士学位论文，中国艺术研究院，2007 年。

[3] 傅抱石：《傅抱石论艺》，上海书画出版社 2010 年版。

[4] 傅抱石：《往往醉后》，江苏文艺出版社 2006 年版。

[5] 傅抱石纪念馆编：《其命唯新——傅抱石百年诞辰纪念文集》，河南美术出版社 2004 年版。

[6] 黄名芊：《笔墨江山——傅抱石率团二万三千里写生实录》，人民美术出版社 2005 年版。

[7] 陆衡：《傅抱石大典》，古吴轩出版社 2004 年版。

[8] 刘曦林：《二十世纪中国画史》，上海人民美术出版社 2012 年版。

[9] 南京博物院编：《傅抱石写生画稿》，荣宝斋出版社 2010 年版。

[10] 王跃奎：《新中国十七年山水画从题材之变到笔墨之变研究》，博士学位论文，中国艺术研究院，2014 年。

[11] 吴雪杉：《媒介意识形态：1950 年代的“速写运动”》，《美术研究》2015 年第 1 期。

[12] 叶宗镐：《傅抱石年谱》，上海古籍出版社 2004 年版。

[13] 马鸿增：《新金陵画派五十年（1953—2002）》，江苏美术出版社 2008 年版。

[14] 邹跃进、邹建林：《百年中国艺术史：百年中国美术史（1900—2000）》，岳麓书社 2015 年版。

论李可染“对景创作”的形成特征

田建议

2014级中国画创作研究方向艺术硕士

“对景创作”是艺术家面对自然物象直接进行主客观融合并以主观表现为主的艺术创作活动。新中国成立初期，为反映新时代新生活，艺术家们积极深入生活进行了形式多样的艺术创作，“对景创作”就是当时新的创作方式之一。而李可染先生就是这种新创作方式的倡导者和实践者。

李可染先生明确提出“对景创作”是在20世纪60年代初期，具体时间可追溯到1962年5月李可染先生带学生到桂林历时三个月的写生期。在此次教学实践中，他首次提出了“对景作画”，即“这次写生以对景作画为主，这是压钉子，是深挖，再就是画速写，这是抓资料”，明确提出了两种不同的要求。他的这一观点由学生李行简、王超共同整理记录在《李可染论艺术》中。这里说的“对景作画”和“对景创作”用词上虽不完全相同，但明显“对景作画”的提法已包含更多的创作意识，相对于“画速写”和“抓资料”的写生，无疑是一个超越。由此可知：“对景作画”等同于“对景创作”。

在20世纪近百年的山水画发展进程中，“对景创作”是最具特色的艺术创作活动之一。在大力提倡民族复兴与文化创新的今天，对“对景创作”形成的必要因素和创作特点进行较深入的探讨和研究极具现实意义。

一、“对景创作”的基石——长期写生

体悟大自然的最好方式是走出门户而师造化。长期写生不仅能使艺术家了解和认识自然，更能体会到先贤们所遵循的艺术规律，帮助艺术家进入深层的思考当中，以此形成符合艺术规律的思维方式和表现语言。李可染先生提出“对景创作”就是长时间不间断写生的结果。他的写生往往持续几个月，最长能连续写生七八个月，这与十

天半月短期写生的感受是完全不一样的。短期写生我们可以用“走马观花”来形容，长时间写生却是将自己浸淫在自然环境与人文思想当中，真正体验自然之亘古和历史之沧桑。

李可染先生十分强调在写生中下“苦功”，即长期的写生积累，这是打基础，是山水画必不可少的环节。功夫的好坏直接影响到作品的质量，他有句名言叫“要把本领练成本能”，深刻地指出了练功夫的重要性。长期写生更为重要的是在自然中寻找自我，要和自己的审美取向联系起来。只有找到自己的内心而“明心见性”，才能找到艺术的发端，只有方向明确了，功夫才能练到点子上。

李可染先生还把写生的具体办法指出来。他说：要把所练习的内容分割开来，分段分时各个击破，专门解决那些最难解决的问题，一旦解决了就会上一个台阶。坚持长期写生，创作时就能集中精力营造意境。在生活中体会得越多，越能感受到以往的局限性；写生的时间越长，大自然给我们的启发就越多，越想求新求变。这种求新求变的需求就是“对景创作”的开始。

李可染先生经过长期写生和对景创作，画出了大量优秀作品，“对景创作”成为他整个艺术体系中重要的组成部分。可以说，没有长期写生的积累，就没有“对景创作”的提出和“对景创作”的艺术实践。因此，长时间写生是“对景创作”形成的基石。

二、对景创作的原动力——创新

创新是人类特有的认知能力和实践能力，是主观能动性的高级表现。无论从历史的纵向看还是从中外艺术的横向看，艺术的价值最终体现在“创新”这一本质特征上。“艺术是创造性活动”。苏珊·朗格在《艺术问题》中明确指出了艺术的本质所在，同时也提出了“艺术究竟要创造什么”和“怎么样去创造”两个不可忽视的问题。艺术家想要突破前人藩篱，拓展自己的艺术空间，首先要树立创新意识，这是一切艺术活动的开始，也是艺术活动的目的。

创新的动力存在于个体生命中。艺术家个体生命对美的追求和表达是永无止境的，因此艺术活动实质上是个体生命的体现，这是艺术的本质特征之一。艺术家只有感受到生命的使命感，并将生命意义附着于艺术之中，艺术才能体现生命的价值。艺术的另一本质特征表现在作品的独特性上，每一幅作品都应是自己的独特感受和个性表达。凡有成就的艺术家，无不是在其艺术道路上先探索艺术规律，再从艺术规律中探索艺术个性。如果创作千人一面，艺术价值就无从体现了。

对于传统与创新的问题，李可染先生站在一个较客观的视角来审视中国画，他曾说：“对传统中最优秀的东西要吸收。人类几千年的文化世世代代的研究和创造，我们不吸收是傻瓜。但对腐朽的不符合时代的东西也要扬弃。”他用“最大的功力打进去，最大的勇气打出来”来强调传统与创新的关系，并认为文人画之所以在几个世纪以来占据着中国画的主流，自有它的历史原因和文化背景。但文人画孤冷、高傲、苦涩的个人情调也使文人画的创作题材略显狭窄，“四王”墨守成规的僵化主义，更是在时代的变迁中使艺术创作失去了本身的生命力。对传统，应该批判性地吸收，在遵循艺术规律和继承传统精髓之上进行创新，这样才能创作出具有时代意义的作品。但也应该清楚地认识到，由于中国历史久远而文化厚重，各种因素叠加，中国画的推进困难重重，在“山重水复疑无路”的艺术创作道路上，“对景创作”这一独特创作方式的产生，无疑是当时背景下对艺术创新的有益尝试。“可贵者胆，所要者魂”，这是李可染对创新的最好诠释。

三、“对景创作”的基本特征

通过对李可染先生各时期的作品比较及艺术理论研究，其“对景创作”有以下基本特征。

第一，“对景创作”的思维方式。“对景创作”是由审美取向、意象启发、联想升华构成的完整思维过程，三者各自独立又各有侧重。在这一思维链条中，各环节呈递进关系并相互促进。例如，审美取向并非固定不变，它随着主客观因素的改变而改变，随之意象启发、联想升华的思维过程也会随之发生变化。

审美取向是艺术家通过不断的理论学习和艺术实践而形成的独特的审美倾向性，是艺术家群览饱读，神游大荒，从传统与自然中不断汲取各种养料逐步形成的。如果艺术家缺少了独特的审美取向，就不会有真正意义上的“对景创作”。

意象启发即艺术家在自然中寻找“形有所指”的理想图像，寻找过程中往往会眼前一亮而灵感闪现,这就是自然景物“形有所指”的意象启发,是图像形成的重要环节。

联想升华即艺术家的审美意象与自然形象发生碰撞而灵感闪现时借助想象将自然形象逐步升华为精神图像的过程。这一过程是“对景创作”最重要的思维方式。“想象力比知识更重要，因为知识是有限的，而想象力概括了世界上的一切，推动着社会的进步，并是知识进步的源泉。”爱因斯坦在《论科学》中这样概括了想象的意义。李可染先生也曾说：“借助想象将自己所见、所知、所想等各种形象加以融合，创造出比现实更美更有感染力的艺术形象才符合艺术创作的规律。”审美取向、意象启发、联想升华这一独特思维方式是“对景创作”之根本。

第二,“对景创作”与意境。意境一词源于佛教之“境界”。“境界”之“境”释为“相”,是我们能感知到和感知不到的所有现象。“境界”之“界”是障碍,同时也是层次分别,“境界”可以通过修为而精进。唐代张彦远在《历代名画记》中提出“意”，但没有涉及意与象的关系;宋代郭熙更具体地阐释了“意”，说“境界已熟，心手以应，方始纵横中度，左右逢源”;直至清代笪重光,才在《画筌》中第一次使用了“意境”一词。至此,“意境”代替“意”与“境界”，成为画论中的重要理论之一。意识达到哪一层，境也就在哪一界。所以“意境”，其实也就是意识所能达到的境界。艺术家们的内心世界借助这一概念，通过笔墨形式表达出来，最终使作品达到一个符合自我理想的高度。因此，艺术的修为不仅仅表现在技法上，同时也表现在艺术家对自然、社会和内心世界的认知上。北宋郭若虚言：“人品既高，气韵不得不高。”明代文徵明也自题：“人品不高，用墨无法”，都说明了人之境界的高低与艺术成就的关系。李可染先生曾说：“山水画要过两关，一是意境关，二是意匠关。”他把意境放在第一位，“意境是山水画之魂”，离开意境，山水画就成了地貌说明图，因此他特别强调意境是情与景的交融。“天地有大美而不言。”自然景观虽然与我们不能直接对话交流，但通过观察与思考，艺术家感悟到山之壮美，水之秀丽，四时更迭而变化无穷。自然造化会使艺术家浮想联翩，这是情感的来源，同时也是意境的来源。李可染在写生时和学生开玩笑：现代人画画往往用技法作画而把意境丢到一边。因此“画画之前要先把魂招回来”,以此强调意境的重要性。

第三，对景创作的意匠经营。李可染先生在他的艺术实践中特别强调意匠。许多人一听“匠”字就会警觉起来，感觉“匠”等同于僵化、机械。但意匠却是李可染山水画最为重要的组成部分。“意匠”其意是千方百计把意境表达出来。意匠在李可染这里是一种艺术经营手段,可以设计,这是他跟老师齐白石学来的。齐白石有一枚印章“老齐手段”，这是敢于突破前人的表现，认为意境如果没有意匠来保证，意境就不会体现。唐代诗人杜甫曾说，“意匠惨淡经营中”“语不惊人死不休”，都是指意匠的重要性。意匠具体表现在三个方面：剪裁、夸张、组织。

剪裁是对丰富而复杂的自然物象进行概括提炼，把与画面有关的形象抽离出来，其余大胆剪裁，甚至剪裁至零。中国画的“即白当黑”就是为了更加突出主体。剪裁的深层意义还在于艺术语言的符号化。我们知道，尽管大自然呈现出无限的丰富性，但也仅仅呈现的是自然之美，而非艺术之美。对于有精神需求、有思想情感的人类来说，自然之美还不能完全满足其更高层次的精神和情感需求，这就需要找到一种典型的语言来承载艺术家的内心世界，这种方式就是艺术。因为艺术中的符号具有指向性、象征性和喻意性。例如，文字符号中的“爱”和“憎”，不单表达一种文字表面的意思，更在我们心中涌出相应的生理和心理活动。艺术符号与文字符号同出一辙。艺术家把从自然中剪裁出来的形象经过心灵提纯转换成有节奏、有韵律的艺术符号，以此感染于人，这就是剪裁的重要性。

夸张是艺术的根本属性，以此区别于其他人文学科。夸张简单地说就是放大，也就是把信息符号放大，这样观者就会一目了然，可以迅速建立起心与心之间的联系。没有夸张，艺术信号不强烈，艺术就失去了生动的表达能力。所以李可染先生说“夸张是艺术之根”，并用“怒发冲冠”“咬碎牙根”等来形容夸张，表达只有把物象夸张到极致才能感染于人的观点。剪裁和夸张是一对姊妹关系，一个剪裁至零，一个夸张到极致，当艺术家从自然中剪裁提炼出新的形象，就需要用夸张来进行加工锤炼为典型性形象，这样才会大大加强艺术的感染力。因此，他在教学过程中紧紧抓住这个关键来启发学生，以此打开学生们的创作思路。

组织即构成关系或组织形式。小到一个符号大到画面的整体结构在形式上呈现出一种有机的幻觉空间。这种幻觉空间并非虚无，而是艺术家内心的真实。不同的组织形式构成了不同的视觉空间。

第四，“对景创作”中的笔墨形式。笔墨是中国画形式中最为突出的特征之一。中国画不同于西方绘画，西方绘画讲究的是用形体、色彩、光线、透视等多种手段塑造形象。而中国画则要用最简洁的笔墨来塑造自然中复杂的物象。因而，中国画对笔墨的要求就会非常高。历代画家在创作实践中总结出了极其丰富的笔墨形式，并将笔墨之审美提升到了哲学的高度。因此，笔墨的质量也成了衡量艺术家的重要标志之一。李可染先生通过向齐白石和黄宾虹两位大师学习后体悟到了中国画笔墨的精髓，“线条学齐老，积墨学黄老”。平、圆、留、重、变是他总结了两位大师而得出的笔法体会。所以我们能从李可染作品中体会到厚重与苍润。他还在保留中国画笔墨主体的基础上，尝试把满构图和光引用到山水画中来，大大丰富和拓宽了中国画几百年来固有的程式，使中国山水画显现出焕然一新的面貌。其代表作《万山红遍层林尽染》整个画面充满了勃勃生机，笔墨厚重苍润，用色大胆，是中国山水画中少有的。

通过对李可染先生“对景创作”特征的研究可知，“对景创作”与案头创作和写生具有明显的区别。“对景创作”是艺术家面对自然，借助自然物象直接进行主客观融合并以主观表现为主的艺术创作活动，其最大特点是面对自然物象直接进行创作。案头创作是艺术家常用的创作方式，创作过程是确定主题、收集资料、构思画稿、进行作画最终完成作品,其特征是借助资料进行主观创作的艺术活动 。写生是艺术家面对自然，直接描绘物象的一种绘画方式，是以客观表达为主的艺术活动，一般是作为收集素材和训练技法的一种手段。

总之，李可染先生所提倡的“对景创作”是十分艰苦的艺术创作活动，它是艺术家对中国文化和传统绘画具有了深刻理解，并通过长期深入生活写生而形成的自我独特的综合体现。从他的这一观念中，我们清晰地体会到，“对景创作”与案头创作及写生三者之间有着不同的思维方式和创作方法，长期写生是“对景创作”的必走路径，而“对景创作”又尽可能避免了案头创作所带来的概念化、程式化弊端。“对景创作”的真正含义是艺术家独特的审美取向在经过真实景物的启发和提示后，通过联想逐步升华出的幻象空间，是即时、即景、即想、即幻的新山水画创作方式，因此这一独特的创作方式更加符合“天人合一”的艺术观。

参考文献

[1] 中国画研究院编：《李可染论艺术》，人民美术出版社 2000 年版。

[2] 胡佩衡、胡橐：《齐白石画法与欣赏》，人民美术出版社 1959 年版。

[3] 王恪松等编：《贾又福画语录》，荣宝斋出版社 2012 年版。

[4] 孙美兰：《艺术概论》，高等教育出版社 1989 年版。

[5] 伍蠡甫：《中国画论研究》，北京大学出版社 1983 年版。

[6] 吴冠中：《我读〈石涛画语录〉》，荣宝斋出版社 1996 年版。

[7] 王伯敏编：《黄宾虹画语录》，西泠印社 1997 年版。

傅抱石水法摭谈

王召法

2014级中国画创作研究方向艺术硕士

傅抱石先生是我国20世纪著名的山水画家，在中国画坛上留下“抱石皴”和异于古今山水画画家的“水法”，成为新中国成立后有代表性的山水画画家之一。

在中国山水画中，水的画法是山水画构成要素之一，起着非常重要的作用。在历史上和现有的文献中对水的画法和研究不少，像马远的《十二水图》，现在对傅抱石水法研究较少。新中国成立后，傅抱石把中国画和现实主义相结合，特别是20世纪50年代的写生，画家在靠近现实生活，为工农兵服务，为国家建设服务，创作了中国画的“新”形象。笔者希望对傅抱石的水法研究，以指导自己的艺术创作。

目前关于中国画水法研究不多，倾向于中国画山、石、树木技法和画家的画风研究的很多。涉及水法的论文有陆俨少《山水画中的云水画法》[①]，沈明权《中国传统绘画技法丛书·中国画名师课徒画稿：陆俨少（石、云水法）》[②]，安一辉《陆俨少云水法研究》[③]。文章通过对传统山水画中云水技法的整理，分析陆俨少山水画中云水法对传统云水法的继承与创新，并深入分析创新的成因背景和思想渊源。结合陆俨少不同时期的山水画作品对云水法在其作品中的作用进行分析，比较各时期山水画中云水法的笔墨特点，并对当今山水画坛产生的影响进行总结归纳。袁延堃《“乐”水·“观”水——从马远〈十二水图〉到霍克尼的〈大水花〉》[④]，朱孟武《云卷浪舒——中国画云水法研究》[⑤]，张艳菊《山

① 陆俨少：《山水画中的云水画法》，《新美术》1982年第3期。

② 沈明权编：《中国传统绘画技法丛书·中国画名师课徒画稿：陆俨少（石、云水法）》，人民美术出版社2014年版。

③ 安一辉：《陆俨少云水法研究》，硕士学位论文，中国艺术研究院，2013年。

④ 袁延堃：《“乐”水·“观”水——从马远〈十二水图〉到霍克尼的〈大水花〉》，硕士学位论文，中国美术学院，2012年。

⑤ 朱孟武：《云卷浪舒——中国画云水法研究》，博士学位论文，南京师范大学，2014年。

以水为脉，得烟云而秀媚——论山水画中的水和云》[1]，韩立朝《在场的现实：20 世纪 20 年代至 60 年代山水画写生研究》[2]，对 20 世纪 20—60 年代的写生做了系统的梳理，特别是傅抱石、李可染写生的个案分析，其历史社会背景，为祖国河山立传，傅抱石山水画写生“游”“悟”“记”“写”四个步骤，及同时代的画家写生和创作与生活艺术做了精彩的阐述。

一、傅抱石水法的特点

傅抱石（1904—1965)，原名长生、瑞麟，号抱石斋主人。傅抱石曾任江苏国画院院长，并由此推动新山水画在 20 世纪中期的发展，把 50 年代初开始的以写生带动传统国画推陈出新的运动推向一个历史的高潮。

董棨在《养素居画学钩深》中说：“画贵有神韵，有气魄，然皆从虚灵中得来。若专于实处求力，虽不是规矩，而未知入化之妙。”

他的人物画意境高古，山水画画面有虚灵的留白，散锋的纵势抒情，有神韵、大气魄气吞山河，独创“抱石皴”。他的山水画中水的处理也非常有特点，有的散锋点染、墨气淋漓，有的淡墨点点、气韵灿然，与画面整体浑然一体。

傅抱石的水法有以下特点。

（一）依势用笔　激情恣肆

笔者认为，水是在山势整体布局之后留下的“水”的平面上进行，水的处理依赖山体、山势分析之后，顺势进行的水势的描绘。在散锋用笔的山体、重墨块的礁石的对比下，以淡淡的、大小不一的充满激情，又按照水的流向，恣肆地奔流不息。尤其是他对大雨倾盆而下、山体树木在风雨中随风动荡的感觉进行了艺术的表达。

《听瀑图》（图 1）扑面而来的巨石与山壁营造出临近瀑布的紧张感，似乎可以听到水流呼啸之声，山石间的留白又仿佛能令人感受到水花四溅和水雾氤氲之感。

他的水与古代画家笔下的水有很大的不同，傅抱石与古代宋朝山水画成熟时期马远的《水图》（图 2、图 3、图 4）对比：

① 张艳菊：《山以水为脉，得烟云而秀媚——论山水画中的水和云》，《大众文艺》2014 年第 4 期。

② 韩立朝：《在场的现实：20 世纪 20 年代至 60 年代山水画写生研究》，清华大学出版社 2015 年版。

图1　傅抱石《听瀑图》，纸本设色

图2　（宋）马远《黄河逆流》，绢本设色，26.8cm×41.6cm，故宫博物院藏

图3　（宋）马远《层波叠浪》，绢本设色，26.8cm×41.6cm，故宫博物院藏

图4　（宋）马远《寒塘清浅》，绢本设色，26.8cm×41.6cm，故宫博物院藏

从马远的《水图》卷可以看出，画家对水的深入细致的观察，向“水”学习并创造出形态各异的水的形态美感，令人赞叹！以马远的三张《水图》为例，《黄河逆流》用墨线勾勒，由近及远、由实到虚，配以渲染，把黄河水的谷和峰衬托出来，远处的淡淡的薄雾，浪谷有擦染，淡墨衬托出前后层次，咆哮着仿佛要腾空而起，波涛汹涌、仿佛水浪溢出画面。《层波叠浪》以流利墨线，勾染结合，中间下方一组浪花在烘染中浮出画面，浪花自左向右，左实右虚，远处的薄雾淡淡，渐渐虚化。波峰上浩浩江水、广阔从容，顺着左侧的江风向东流去。《寒塘清浅》一幅，却又是另外一番

境界。画家在左下方以重墨勾勒大小三块石头，用淡于石头的线画水波，近实远虚、间以淡墨染出前后关系，远处水天交界处薄雾腾起，更显境界宏阔。

马远的水法，勾染结合，远处的水雾淡墨染出、境界深远弥蒙。再看傅抱石的水法，有用湿笔颤笔由浓到淡、由密到疏、慢慢淡到无墨，有的用线淡淡地写出几笔水痕，使水面留有空白，给人以空灵而不迫塞之感。

（二）疏密结合 以虚衬实

傅抱石的水，依据画面表现主题的需要，以作品《海阔天空》（图5）来看，右下侧、左下侧是大墨块的一大一小的礁石，海面以淡的略显颤动的笔触、淡墨染出的海的波浪。画面中间偏下浅淡处，两三只黑色鸥鸟翱翔海上，与礁石上的白衣人形成呼应。中间和远处浅淡而疏，与礁石的大墨块形成大的疏密对比，把海面波涛汹涌、咫尺千里之感表现得淋漓尽致。

图5 傅抱石《海阔天空》，纸本设色，69cm×34cm，1963年

华琳在《南宗抉秘》中充分阐述作为“虚”的空白的性质和意义，以及安置空白应该注意的构图要点等。他说：

> 白即纸素之白，凡山石之阳面处，石坡之平面处，及画外之水天空阔处，云物空明处，山足之杳冥处，树头之虚灵处，以之作天、作水、作烟断、作云断、作道路、作日光，皆是此白。夫此白本笔墨所不及，能令为画中之白，并非纸素之白，乃为有情，否则画无生趣矣。然但于白处求之，岂能得乎！必落笔时气吞云梦，使全幅之纸皆吾之画，何患白之不合也。挥毫落纸如云烟，何患白之不活也。禅家云：“色不异空，空不异色，色即是空，空即是色。”真道出画中之白，即画中之画，亦即画外之画

也。…… 务使通体之空白毋迫促，毋散漫，毋过零星，毋过寂寥，毋重复排牙，则通体之空白亦即通体之龙脉矣。①

清朝王原祁在《麓台题画稿》曾云：

惟米家于虚中取气。然虚中之实，节节有呼吸，有照应，灵机活泼，全要于笔墨之外有余不尽，方无罣碍。②

看傅抱石的山水画，不管是山体、树石、云水都没有实的，水面笔与笔之间、波与波之间都留有空白，给予水面以“呼吸”的空间。在浓与淡、虚与实中，创作出灵动活泼的水的艺术形象，并与画面气息、浑然一体、和谐统一。特别是他的水的画法，在水的远处和山体交界处，多以空白表达，这空白是云、是雾、是水，此处之白非纸素之白，其中有“象”，蕴含有“情”，此画意趣生焉。傅抱石绘画时是充满激情的，他的画和倪瓒的《渔庄秋霁图》比较，可以看出倪瓒是相当理性的、内心是平静的，没有傅抱石充满激情的笔触，他的水面除了山石树木外不着一笔，留出大片的空白（湖水），使树石的形象愈加突出，画面有荒寒寂寥的感觉，这也是倪瓒的成熟画风。

（三）气随势生　气动生韵

可以看出，相对于静止的山石，“留白式”云水法的存在，一方面为“ 气”在其中游走提供了空间上的可能；另一方面，感觉具体位置的经营为“气”在其中游走提供了“势”。同时，“气”在云水的具体形态的引导下，有急有缓、有开有合、有行有止③，这样“气”随着整体的势而产生“生动”的山水画面。以不同节奏的动势，来对应静止的山石，使得整个画面运动起来，“气”动生“韵，气韵生而画“活”，“ 活”即是“气韵生矣”。所以“山以水为血脉”“故山得水而活”的内涵是：山以气为血液，以云水为血脉，所以得云水而气韵生动；外延是：山没有气作血液，没有云水作血脉、山为“阳”而水为“阴”，山水相依、相生画面就阴阳调和、气韵生动。

傅抱石在重庆时期的人物画以形求神，刻意表现人物的内在气质，虽乱头粗服，而

① （清）华琳：《南宗抉秘》。

② 王伯敏、任道斌主编：《画学集成・明清卷》，河北美术出版社2002年版，第409页。

③ 参见朱孟武《云卷浪舒 —— 中国画云水法研究》，博士学位论文，南京师范大学，2014年，第81页。

矜持恬静。《湘夫人》（图6）的水法以含淡墨的枯笔画出波谷，波峰以飞白或留白表现出来，近实远虚中景以上空白为之，配合萧萧落下的秋叶和人物衣袖在风中飘飞舞动，完美地表现了湘夫人的美。山水画表现金刚坡下、成渝道上的秀美景色，反映巴山夜雨的情景意趣，成了傅抱石这一时期的山水画创作的主题。他继承宋画的宏伟章法，取法元人的水墨逸趣，畅写山水之神情。而他的画法也一变传统的各种皴法，用散锋笔表现山石的结构，形成了独特的“抱石皴”。这种皴法以气取势，磅礴多姿，自然天成。在《前赤壁赋》（图7）中傅抱石以左侧高大右倾的黑色山崖制造“险势”，右上部以淡墨灰色与右下水面的白结合，拉开整体的黑白灰关系。船周围的水以动感的淡墨线写出崖下波涌激流，仿佛听到涛声阵阵不绝于耳，令人遐想无穷。

二、傅抱石与同时代画家水法的异同

（一）傅抱石与李可染水法的异同

20世纪中国画四大家是吴昌硕、齐白石、黄宾虹、潘天寿，还有著名山水画家李可染、陆俨少等，现在看看他们的水法和傅抱石的不

图6　傅抱石《湘夫人》，纸本设色，35.4cm×41.2cm，1945年，故宫博物院藏

图7　傅抱石《前赤壁赋》，纸本设色，68cm×32cm，1945年

同之处。

李可染(1907—1989),江苏徐州人,中国近代杰出的画家、诗人,画家齐白石的弟子。新中国成立后开始了轰轰烈烈的深入生活运动，画家到农田、到工厂、到企业中体验生活。李可染的山水画写生同样围绕他的艺术观念展开。他在《谈中国画的改造》中阐述自己的主张："我要改造中国画，必先以进步的科学方法，批判研究遗产，尤其要着重清算封建社会下降阶段产生的主观主义的文人画、公式主义的八股画，反对封建残余思想对旧中国画无条件的膜拜，反对半殖民地奴化思想对于遗产的盲目鄙视，我们要深入生活来吸取为人民服务的新内容，再从这新的内容产生新的表现形式。"[①]

李可染先生的中国画"改造"后的山水面貌如《漓江山水天下无》(图8)中，呈现的厚重、氤氲，墨气淋漓的艺术效果。其水法采用逆光法处理，自山体衔接水面处用逆光、透气的墨，慢慢由远及近淡下来，使水面通透如镜。加上舟行江上，帆影点点、由静而生动，仿佛能够透过水面，看到水下，创作出洁净安然的山水画新境界。

傅抱石的水的处理，与李可染偏静的笔触不同，他的如《前赤壁赋》中用简洁的线画船周围的水，远处山根下不着一笔。傅抱石整体的笔法是从传统中来的，构图处理略

图8　李可染《漓江山水天下无》，纸本设色，67.8cm×126.5cm，1984年，家属藏

① 韩立朝:《在场的现实:20世纪20年代至60年代山水画写生研究》，清华大学出版社2015年版，第190页。

出新意，傅抱石的舟行壁下、仿佛听到水流的声音。而李可染的处理方法借用了素描的逆光感觉，向西画进行了借鉴，其水如深沉的静流，幽静博大。

（二）傅抱石与潘天寿水法的异同

潘天寿（1897—1971），字大颐，号寿者。他为捍卫传统绘画的独立性竭尽全力、孜孜以求，形成一整套中国画教学的体系，对中国画的教学产生深远的影响。他的艺术博采众长，强调书法用笔，以花鸟画见长。不仅笔墨苍古、凝练老辣，而且大气磅礴，雄浑奇崛，具有摄人心魄的力量感和现代结构美。在《鱼鹰图》（图9）中，画面下部淡墨加赭石画岸边沙滩，通体重墨的鱼鹰站在滩上，上部石头下和岸边几笔中锋勾勒的动感的水纹，近实远虚，画面水的动、鱼鹰和石头的静相结合，水墨韵味十足。

图9 潘天寿《鱼鹰图》，纸本设色，89cm×50cm，1945年

潘天寿和傅抱石的水法，主要是在用笔上，在《雨后千山铁铸成》中，潘天寿用留白法处理水，其花鸟画中的配景也有用线表现水的方法。而傅抱石的水法处理，多是用墨、用面的方法处理，虚实相交，以激情的用笔表现水的动感。

（三）傅抱石与黄宾虹水法的异同

黄宾虹（1865—1955），原籍安徽省徽州歙县，生于浙江金华，初名懋质，后改名质，字朴存，号宾虹，别署予向。擅画山水，为山水画一代宗师。黄宾虹先生的水法有以下

图10 黄宾虹《云山逸居图》，水墨纸本，134cm × 59cm

图11 陆俨少《江涛万古峡》，纸本设色，95cm×44cm，1984年

几种方法：

1. 以岸边的水草丰茂，喻示水的存在。或者在留白的适当的地方以船行水上，喻水的存在。黄宾虹山水画这一类的水的处理较多，如《云山逸居图》（图 10）。

2. 船的周围简略的几笔水痕，或者在船的上面或下面用淡墨突出船，以示水等，也有在石头边以简洁水纹以示水的流动。如《初霁》在两条船的船桨周围全以淡墨横涂，和重墨的山石对照，显示出舟行于平静的水面。

整体看黄宾虹的水的处理主要以留白法处理，略带几笔水痕或者淡墨，石边几笔水草、水痕、淡墨来喻水，他的水面故简约而平静。而傅抱石的水则用动荡的激情的笔触，画出水的汪洋跃动之感。

（四）傅抱石与陆俨少水法的异同

陆俨少（1909—1993），现代画家。又名砥，字宛若，上海嘉定县南翔镇人。曾任浙江画院院长。擅画山水，善于发挥用笔效能，线条疏秀流畅，刚柔相济。其云水绝诣跌宕，勾染水云，烟波浩渺，云蒸雾霭，变化无穷。在《江涛万古峡》（图 11）中画面下部是枯笔重墨的石体，中间是两组大的巨浪勾染结合有波浪滔天之感，远处淡墨留白和动荡的长线间以虚实水墨配合，画面中传来江涛的轰鸣声……这是艺术家水的处理带来的画外之美。

20 世纪，在中西文化交融的时代背景下，云水法依旧发生着变化。陆俨少作为云水法创新的代表性人物，以云水为风格突破口创作了迥于时代的“陆家山水”。陆俨少以其对西方绘画的独特的认识和理解，吸纳西方绘画的形式特点。更重要的是陆俨少还从自然云水中汲取云水创作的灵感。在这些方面的共同作用下，形成了陆俨少云水法具有现代意味的独特形式。所以，陆俨少的艺术以传统样貌为主体，既保存传统艺术法的精神和韵味，又具备西方绘画的特征还拥有了自然云水的灵动。[①]

陆俨少说：

> 一个有出息的画家，经历一生长期的探讨摸索，总会有所创新……但创新必须有基础，有了传统技法的扎实基本功，才可能在陈的基础上出新。如果没有这个基础，凭空臆造，必如无根之木，无源之水，既无根基，何来补修改。[②]

陆俨少和傅抱石作为20世纪优秀的山水画大家，在传统方面有着深厚的基本功，由于个人的艺术思想、艺术境遇、艺术追求的不同，呈现出不同的艺术风貌、艺术风格及水法的处理。

把傅抱石和陆俨少先生的云水法相对比看，验证了陆俨少的话，但是傅抱石却是在传统的基础上进行了推陈出新，创作出“抱石皴”和与众不同的“抱石水法”。陆俨少云水善于用线，而傅抱石运用淡墨法用笔“点”成面，中间留有小的空白以示水波，近处密、远处疏。陆俨少水法用淡墨的渲染，傅抱石的以笔墨渐少渐淡，以至于空白，这一点和陆俨少先生的处理有相似之处。

三、傅抱石水法成因和对后代画家的影响

傅抱石先生的山水画在20世纪中占有重要的地位，创立“抱石皴”是其对美术界的重要贡献，其充满激情的画笔，描绘出个人的独特的对山水画的艺术诠释，笔者认为他的水法成因如下。

（一）精通画理，研习画论

傅抱石可以说兴趣广泛，1928年师范毕业留附小任教编辑《摹印学》，1929年编写

---

① 参见朱孟武《云卷浪舒——中国画云水法研究》，博士学位论文，南京师范大学，2014年，第154—155页。

② 陆俨少：《陆俨少画语录》，上海人民美术出版社1999年版，第100页。

教学讲义《中国绘画变迁史纲》。后结识徐悲鸿先生于1933年赴日留学。翻译金原省吾的《唐代之绘画》《宋代之绘入手》，开始对中国绘画史进行更为专业和系统的研究。又写了《论顾恺之至荆浩山水画史问题》《中国绘画理论》《论秦汉诸美术与西方之关系》。这一时期，他在美术史论方面的成就，在许多领域都填补了美术史论研究中的空白，同时这些方面的成就又反作用于傅抱石的美术创作，为他形成独特的画风奠定了基础。加上他的传统的功夫又以理论来指导艺术的创作实践，傅抱石"功夫在画外"是很好的诠释。

（二）融汇中日，师法造化

1933年傅抱石在徐悲鸿的支持下赴日本留学，跟随金原省吾学习美术史论。

> 我可以告诉关心日本画坛的人，中国画在日本，除了死去在二百年以上的作家，是看不起的。[①]

> 1．假借日本的传统追索中国业已失去的"古法"，因为曾经由中土传播东洋，所以可以不计为"学日本"，而是"寻祖先"；
> 2．假借日本的新画风触及西方的科学观和写实方法，因为这是日本源自西方的"舶来品"，所以学日本又不是学日本，而只是把日本作为学习西方的窗口。[②]

傅抱石在《民国以来国画之史的观察》一文中记录了他在日本时的感受，日本艺术界，对经过历史淘汰后记入美术史的画家（去世200年以上），他们才看得起。而且傅抱石赴日本是以追索中国"古法""寻祖先"作为学习西方的窗口的思想，其目的远超过一般意义的留学，是为"兴"中国画的学习与借鉴。

重庆时期的积累和新中国成立后的写生，说明在重庆时期住在金刚坡的傅抱石没有停下艺术创作，一批佳作是这一时期产生的。新中国成立后的二万三千里写生，可以看出，傅抱石是喜欢向造化、向大自然学习的。傅益瑶女士在《我的父亲傅抱石》中阐明：

> 父亲用他在日本学到的关于光线和色彩的知识以及从大自然中体悟出来的技巧，

① 傅抱石：《民国以来国画之史的观察》，载叶宗镐主编《傅抱石美术文集》，上海古籍出版社2003年版，第141页。

② 参见黄戈《论留日经历对傅抱石画学思想之影响》，《浙江艺术职业学院学报》2009年第2期。

去捕捉、描摹、表现大自然的景色，这是师法自然的结果。[①]

傅抱石在《前赤壁赋》中的整体的黑白灰关系的处理，显然是受到了西方素描的一些影响。左侧和右下部以散锋画的巨大的深色山体、右上部灰色浅淡的远山、近处的水、前实后虚至淡到空白，一舟四人赤壁下寄托怀古幽思，也是傅抱石精于对造化“化”为己有的诗意的表达。

（三）诗人情怀，笔端生情

在傅抱石的眼里，画家不是仅仅为了表现形象而绘画，而是山水画家该有诗人的情怀为山水传神。

傅抱石说:“在我看来，山水画家应该是诗人，因为诗人境界与常人不同，他看得远、站得高，能把物象集中概括起来描写。画山水最怕无选择的一览无余，这样就不会吸引人。石涛说‘山水可以卧，可以游’，最重要的还不在此，山水画还要‘可想’。石涛所说的‘山水叫我唤，我代山水言’，是说明山水画家需要抒发感情。我们画山水不是画形象，而是给山水传神。”[②]

他的这一美学思想和以我写我法、标新立异的石涛有相通之处，傅抱石的山水、人物都是他为山川、历史人物（包括毛泽东的诗意画）、时代代言的。

画家艺术家有了造化的积淀、技法的娴熟、人生的阅历，没有情感的升华、诗人的情怀，其画也难入神、逸之品。

（四）傅抱石水法对后代画家的影响

过去的20世纪，在山水画界，傅抱石是一位影响巨大的画家，不仅创作了“抱石皴”，其水的画法也和古代、现代画家不同。笔者认为对后代画家影响如下。

1. 画家应该博通画史画论，注重文化修养、诗人情怀的培养

从美术史来看，能够记入美术史的画家，对儒、道、释都有很深的个人理解和体悟。这是“道”的层面，文以载道，画也是载道的，孔子曰：“志于道，据于德，依于仁，游于艺。”对某一画派的画家的个人技法、历朝历代的名家名作了然于胸。明朝的

---

① 傅益瑶:《我的父亲傅抱石》，上海辞书出版社2006年版。

② 傅抱石:《“江苏省中国画展览会”座谈会上的发言》，载叶宗镐主编《傅抱石美术文集续编》，上海书画出版社2014年版，第446页。

画家董其昌对前人作品临摹、仿作很多，其文化修养相对高，又有很多的诗文传世，并且著述等身，其“南北宗”论彪炳画史，影响至今，非一般画家可以比拟。对于造化的概括和提炼、典型化的认识与把握，宋朝画家范宽终日在太华、终南对景写生，明朝的王履深入华山，弘仁以黄山为师，他们对着大自然进行着个人的提炼、思想的升华，“外师造化，中得心源”，都成为了不起的画家。

傅抱石先生说：“画家应该是诗人，有了诗人的情怀，不光个人的修养、眼光、境界都有所提高，这样他的概括和替‘山川’代言的能力也会提高。”所以成为画家必须有文史哲、阅读古文乃至外国语言的能力，现代社会是全球化的社会，我们欣逢这伟大的时代，艺术更是没有国界。世界在看中国，中国画家在传播、弘扬中国文化、艺术方面责无旁贷。

2. 画家应该把传统和造化结合起来，勇于创新

任何能够进入美术史的画家都有其独特的艺术风格或个人的风貌。但是如何在众多的绘画人群中，成为有这样风格、风貌的画家，笔者认为，就是在上一点的基础上，毫不犹豫地把传统吃透，和对“造化”、对自然的学习进行密切的结合。从荆浩、关仝、董源、巨然，后来的郭熙、李成、范宽、马远，黄公望、倪瓒、王蒙、吴镇，沈周、文徵明、唐寅、仇英，四王、吴历、恽南田，龚贤、四僧等来看，都是把笔墨传统和自然造化结合，在美术史上创作了自己的个人风格“和而不同”。美术史是时代的一面镜子，那些在时代中立于“潮头”的画家、艺术家，他们会在历史上被记入那些孜孜以求、标新立异、独创一格的人物行列。

1980年以后的青绿山水画形式因素分析

张 杰

2014级书法与篆刻创作研究方向艺术硕士

传统青绿山水画是画家主观感受的程式化语言符号的呈现，是艺术家对自然界山水的再创造的符号形式，在此称之为青绿山水画的传统形式。青绿山水画所用色彩材料以石青、石绿为主，兼或赭石、藤黄、朱砂、汁绿、白粉等颜料。南朝宗炳《画山水序》中的“画象布色，构兹云岭……以形写形，以色貌色”，即是对山水画色彩的描述。青绿山水从画面色彩的表现效果上可分为大青绿山水画和小青绿山水画两种。大青绿形式，清淡典雅，技法严谨，装饰感强；小青绿色彩较淡雅，色彩之间的微妙变化较多。青绿山水画经过了历代的发展演变，形成了不同时期的表现形式和审美形态。

1980年以后，随着物质文化的发展以及艺术观念的更新，社会意识形态经历了跌宕起伏的变化，从而对美术的发展变化产生了巨大影响。在此背景下，当代美术界经历了“星星美展”“85新潮美术”运动以及具有特殊意义的1989年人体绘画大展等之后，便进入了当代美术观念的转型与探索阶段，并出现了罗中立的《父亲》、陈丹青的《西藏组画》等具有转折性的作品。这时美术观念从政治服务的属性转向关注人自身的精神活动本体上来，艺术家对美术形式的探索与前卫绘画实践的热情很高。

在这样的一个时代语境中，作为传统山水画中的重要表现样式的青绿山水画，也呈现出了不同面貌。一些画家继承传统青绿山水画技法，在坚持传统审美的基础上进行语言的拓展探索，可以说是一种“传统今朝”的类型；另外一些画家则在绘画材料上进行实验，探索用一些易透明的颜料，通过多次晕染，表现出既具厚重感且又色彩亮丽的青绿山水画的效果，这些颜料，比传统技法使用石青、石绿等覆盖力强的矿物质颜料更能体现出某种独特的画面趣味；还有一些画家，由于受到西方色彩与平面设计观念的影响，在青绿山水画中运用点、线、面等平面构成因素，以及明度、色相、纯度等色彩构成手法，使传统的青绿山水画形式因素发生了改变，形成了具有构成形式因素的青绿山水画。

通过对1980年至2008年间青绿山水画作品的分析，可知这一时期的青绿山水画以探索新语言、新形式为主。“85新潮美术”以后，人们的思想观念发生了巨大变化，艺术家的创作理念充满了实验性、探索性，并大量地汲取西方的艺术审美元素（如平面构成因素、立体构成因素及西方艺术思潮及观念），这些艺术家对青绿山水画进行了深入的研究与探索，不少艺术家形成了极具时代个性的青绿山水画语言方式。

1980年以后的青绿山水画形式具有如下特点。

在色彩方面：

1. 艺术家在色彩上丰富了传统青绿山水的语言，色彩中微妙的细节性变化成分在增加。

2. 在色彩明度上，明度对比变化丰富，倾向于西方绘画的明暗变化，对比感增强。

3. 艺术家在继承传统的青绿山水色彩观基础上，融合西方色彩构成观念的增多。

在造型方面：

1. 艺术家倾向于模仿自然界现实山水造型。

2. 艺术家在作品形式中含有构成因素，作品有极强的装饰风格特性。

3. 艺术家在传统青绿山水程式化表现方式与技法中探索发展。

现代一部分青绿山水画作品偏重形式美，装饰性意味越来越浓厚。艺术家受西方艺术表现形式的影响，其表现语言朝着构成化、平面化、形式化的方向发展。从西方引进“三大构成”形式理念后，当代画家所构建的青绿山水画在此时期的部分作品称为具有“构成因素形式”的青绿山水。德国包豪斯学校创立的三大构成（即以点、线、面、体等几何元素通过一定组合重新构成物象），在20世纪60年代以后的中国高校教学中获得广泛的应用实践。60年代中央工艺美院首次开设“平面构成”与“色彩设计学”两门设计现代基础课，随后，全国各高等院校纷纷采用工艺美院的三大构成教学方法。在如此背景下，艺术家在绘画及设计领域植入了构成的观念，一部分艺术家在绘画形式上，例如在构图、色彩等方面，运用三大构成的观念从事绘画创作。这些观念逐渐渗透到青绿山水画创作中，以点、线、面的变化组合产生韵律美、节奏感，采用构成因素的视觉语言，画面中几何形态的对比关系，动静、大小、远近以及虚实、方圆、曲直、渐变等因素在青绿山水画中得以体现，并渗透着平面构成的理念，树木、山石趋于几何化形态的构成关系，在形式上呈现多样化。在构图上，局部取景方式增多；在色彩方面，注重补色、冷暖色的使用。这样使青绿山水画的语汇更加丰富，并产生新的审美因素，由此产生传统青绿山水画形式与构成因素形式并存的多样化现象。

当代青绿山水画具有构成因素的画家有许俊、林容生、牛克诚、祁恩进、杨启舆等，例如，牛克诚的《满路春》（图1），画面中的物象以隐含几何形体的形式出现，并隐含理性思维在其中。此外，还有一些艺术家主要继承传统青绿山水技法进行创作，而有的艺术家则做青绿山水画实验性探索，并形成有青绿山水色彩倾向的类型。按表现形式的特点，这一阶段青绿山水画，大致有以下三种类型：传统青绿山水画的继承发展类；含有青绿山水画色彩倾向类；以传统青绿山水为基础，借鉴西方构成观念形成的青绿山水画类。这三种类型具体的状况是：

1. 传统青绿山水画的继承发展类。这类作品如孔仲起的《黄鹤楼》（图2）、翁德

图1　牛克诚《满路春》，2010年

图2　孔仲起《黄鹤楼》，1983年

的《巫山南岸》(图3)等作品，与隋唐以后的传统青绿山水有明显的传承关系，在色彩上主要以石青、石绿为主，用赭石渲染，并以赭石形成的暖色与石青、石绿形成的冷色作为对比，对建筑的描绘严谨有度，采用散点透视法表现场景。《巫山南岸》采用墨线勾出山石轮廓，分出脉络，然后皴出凹凸变化，又反复晕染，作品具时代感受和人文情怀。

图3　翁德《巫山南岸》，1984年

2. 含有青绿山水画色彩倾向类。如袁运甫的《金碧春晓图》(图4)、罗平安的《神原绿源》(图5)作品中线的勾勒成分很少，艺术家受西方现代绘画观、焦点透视观、色彩写实观、抽象主义等观念影响。青绿山水表现在形式上以西方绘画观察法为主导，注重现实空间的感受与描述。画面的视觉因素，以体的观念作为表达方向，传统青绿山水中线的表现居次要位置，强调体积感的描绘，弱化皴、擦技法，以表达现实物象为主，因为古典西方绘画的观察方法以模仿自然为主，色彩传达的是描绘对象的表象与画家的主观感受的结合的产物。这些作品利

图4　袁运甫《金碧春晓图》(局部)，1994年

图5　罗平安《神原绿源》，1985年

用青绿山水中的石绿、石青，以及矿物色和透明植物色的结合，但用色范围已超出传统青绿山水的色彩体系范围。但此类作品用色变化较丰富、细腻，在色彩上有青绿山水画的倾向，多强调形体感的表现或自然界现状的描绘。

3. 以传统青绿山水为基础，借鉴西方构成观念形成的青绿山水画类。在20世纪80年代后产生的类型画风，形式上逐步趋向构成因素的现象比较显著，例如许俊的《纳云》（图6），作品中的物象符号，通过点、线、面的组合，表现出了极强的构成因素。《纳云》用古代分染的方法，采用“没骨”，用白粉以圆形为点因素表达白云，在画面的视觉中心位置，以几何方形体描绘石头与建筑物作呼应，三角形在画面中具有构成因素的视觉效果（图7）。白云后边的青山采用勾山石轮廓成为多边形，与下方的山石作形式呼应，技法上同时施以短皴，形成凹凸层次，远处山体采用晕染的方式，树木也采用“没骨”的技法，在形式上与山体有姿态协调的状态，总体形式上由远处山为一层面，青山石为一层面，白云为一层面，近处的绿石为一层面，这样就形成了含有平面构成中的韵律与对比因素。舒放与紧缩的同时晕染山石部分与皴染山石形成对比，加强了其自身的特性，并彰显出形式对比效果的美感。在画面具体物像中，艺术家以白云的圆弧形、山石的多边形、建筑的三角形与方形、山体的四边形进行穿插组合，排列与重组，树木、山石，趋向几何化的构成关系，变成符号学中艺术感强的“能指”，

图6 许俊《纳云》，1993年

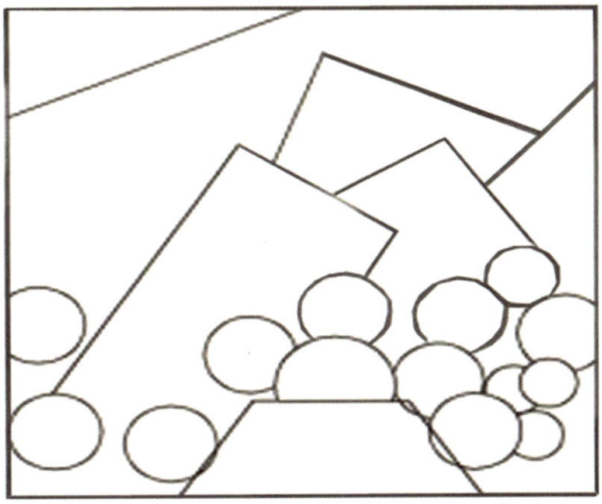

图7 许俊《纳云》，几何示意图

图8 平面构成图

图9 林容生《有缘》，2007年

图10 林容生《有缘》，几何示意图

这些是吸收西方平面构成中点、线、面元素和解构主义的哲学理念，采用传统青绿山水的技法，并散发出画家的个体情感，也隐含“气韵生动”的潜意识因素，从而使青绿山水画面的效果形式极具时代感、韵律感、节奏感。在画面构图上，采用局部橱窗式取景，这不同于传统青绿山水中的近、中、远景的表达方式，这样远、中、近景在同一平面中表现，增大了视觉冲击力，弱化了真实空间效果，使整体画面表现局部场景。另外在色彩运用上采用大面积的平涂与小范围的皴法，表现出凝重与秀妍相混合的效果，既色彩对比强烈，同时又蕴含在协调统一之中。在作品中，山石大面积采用石绿、石青形成补色关系，画面中间采用白粉作为调和颜色，远处的山体，用赭石染色反衬出山体的青绿冷色情调。综合画面效果传达出“间离化”的审美特性，含有动静、远近、厚薄、方直、疏密虚实的形式因素。

例如，平面构成图（图8）是采用平面构成理念完成的作品，黑白相间的曲线交织呼应，形成韵律和特异的图面效果，可以看出其中也隐含着《纳云》作品的构成观念。又如，在画家林容生的作品《有缘》（图9）中，线和面、面与面之间形成了一些对比因素，我们可以通过这幅画的几何示意图（图10）进行分析，图中四个方向各异的长方形构成画面的视觉中心因素，周围以近似菱形组成山脉的环境和以菱形地面的形式，在整体上具有装饰图案风格，同时也传达了画家的意识因素和审美倾向，从而有极强的形式感。林容生在传统的青绿山水画中采用构成的手法表达内心世界，表现出灵动超脱之美。《有缘》主要采用传统“没骨”的手法，表现树木、建筑、山石、树木和山石的形体线，以建筑的转折线组成平面构成中“线”的因素，建筑群体组合形成“面”，背景山也构成“面”的因素，近处的石有“点”的因素，主要是利用构成元素的艺术组合，传达出艺术作品的信息。在构图上采用“局部橱窗式”手法，使人有身临其境的感受。在明度上采用“中间高长调”，色彩纯度相对较低，颜料上局部用石青、石绿晕染，辅助以朱砂、土黄、灰色等，这是受西方绘画观念影响的色彩系统，艳丽而不通俗，在调和中蕴含着对比，以色为主，墨为辅助。例如，在画面中，淡彩晕染天空与建筑，使建筑的白色形成空灵的情调，产生出既有中国传统的空灵意境，又有时代气息，具有淡泊秀妍的效果。画家运用色彩构成理念，控制明度、色相、色彩的纯度，以及色彩在作品中所占的比例关系，将“冷暖”色彩观运用在作品中，统一在画面协调的范围内。画面制作上使用个人的技法，拓宽青绿山石的程式画法，局部每一块色彩变化有层次感，产生变化细腻的视觉效果，透露出明快、简洁、文雅、脱俗的审美效果，从而使作品成为具有蕴含构成因素的当代青绿山水画。又如平面构成图（图 11），观察其中的构成倾向因素可知，黑白菱形以平面构成的方式韵律分布组合，它所表现出来的意念因素，也蕴含有《有缘》作品中的形式导向。

图11　平面构成图

综合以上 1980 年以后存在的三种不同类型的青绿山水画状况分析，解析出 1980 年以后，以传统青绿山水符号为主的绘画风格，逐步转化成倾向于以“构成”因素为主的风格，其中一些艺术家受到西方绘画的色彩观、哲学观，如解构主义、抽象主义、超现实主义等观念的影响下，逐步转向以含有“构成”形式因素的青绿山水画。这种风格变化倾向与人们的时代审美心理需求有关系，在当今现代工业文明为主导的人工世界中，逐步成为人们新的审美需求的“构成”化符号，在青绿山水画艺术作品中得以表现，青绿山水画风格是和时代审美观转变同步发生的艺术现象，反映出人类科学探索的进步，促使人类感受的时空与世界也发生转变，在一定时期内产生新的审美观，体现艺术作品的形式变化。但是当今是多元化审美观并存的时代，致使产生出青绿山水画几种风格类型并存的现象，同时青绿山水画在形式上趋向符合时代审美观、含有“构成”因素的青绿山水画的转变。

参考文献

[1] 陈传席：《中国山水画史》，天津人民美术出版社 2001 年版。

[2] 吴耀华：《中国画形式语言》，人民美术出版社 2002 年版。

[3] 徐复观：《中国艺术精神》，商务印书馆 2010 年版。